तथागत फिर नहीं आते

(उपन्यास)

तथागत फिर नहीं आते

कथा बुद्ध की : बुद्ध-काल की

प्रदीप गर्ग

लोकभारती प्रकाशन

लोकभारती प्रकाशन
पहली मंजिल, दरबारी बिल्डिंग, महात्मा गान्धी मार्ग
प्रयागराज-211 001
वेबसाइट: www.lokbhartiprakashan.com
ईमेल : info@lokbhartiprakashan.com

शाखाएँ : 1-बी, नेताजी सुभाष मार्ग, दरियागंज
नई दिल्ली-110 002
अशोक राजपथ, साइंस कॉलेज के सामने
पटना-800 006
1, अनमोल सोराबजी सन्तुक लेन, मरीन लाइंस
मुम्बई-400002

पहला संस्करण : 2023
द्वितीय संस्करण : 2024

सुपर माधव ग्राफिक
प्रयागराज द्वारा मुद्रित

TATHAGAT PHIR NAHI AATE
by Pradeep Garg

ISBN : 978-93-93603-22-7

मूल्य: ₹ 895

अनुक्रम

प्रस्तावना

सिद्धार्थ या गौतम बुद्ध के घर छोड़ने की लोक-प्रचलित कथा यह है कि तीन दृश्य जीवन में प्रथम बार देख उन्हें संसार से विरक्ति हो गई और मुक्ति का मार्ग खोजने उन्होंने एक रात चुपके से घर छोड़ दिया।

इन तीन दृश्यों में सर्वप्रथम उन्हें एक वृद्ध दिखता है लाठी का सहारा लेने पर भी जिसके हाथ-पैर काँप रहे थे। फिर उन्होंने एक रोगी को अपने ही मल-मूत्र में लिपटा हुआ मार्ग में पड़ा देखा। अन्त में उन्हें अर्थी पर ले जाया जा रहा शव दिखा जिसे घेरे हुए स्त्रियाँ-बच्चे रोते-चिल्लाते हुए अपने बाल खींच रहे थे व सिर पर धूल फेंक रहे थे।

यह कथा सर्वप्रथम ज्ञात हुई थी संस्कृत-ग्रन्थ ललितविस्तर से जिसे तिब्बत में खोजा गया तथा जिसका वर्ष 1845 में फ्रांसीसी भाषा में अनुवाद हुआ, और फिर अंग्रेजी में। ललितविस्तर के अनुसार वृद्ध को देखकर सिद्धार्थ सोचता है कि यदि मैं भी वृद्ध होनेवाला हूँ तो मैं आनन्दित कैसे रह सकता हूँ, कैसे मैं क्रीड़ाओं में मग्न रह सकता हूँ? रोगी को देखने पर उसे विचार आता है कि स्वास्थ्य स्वप्न में देखा गया नाटक मात्र है। कौन बुद्धिमान व्यक्ति रोग की ऐसी यन्त्रणा को देख इन क्रीड़ाओं (नृत्य, संगीत इत्यादि द्वारा जीवन का आनन्द लेने) के प्रति सकारात्मक भाव रख सकता है? कैसे उनका आनन्द उठा सकता है? शवयात्रा को देख उसके मन में प्रश्न उठता है कि क्या मैं भी एक दिन मर जाऊँगा? कितने दुःख का विषय है एक बुद्धिमान पुरुष का जीवन अधिक समय तक नहीं रहता।

तीनों ही दृश्य देखने के उपरान्त सिद्धार्थ सारथी से रथ को तत्काल राजभवन लौटा ले चलने को कहता है क्योंकि उसे सोचना है—'किस प्रकार इन स्थितियों से मुक्ति मिल सकती है?' पीड़ितों के प्रति उसके हृदय में दया, सहानुभूति का भाव उत्पन्न होने अथवा उसके द्वारा पीड़ितों को सहायता, सान्त्वना देने के प्रयास का कोई उल्लेख नहीं है इस कथा में।

ये दृश्य युवक सिद्धार्थ ने पहली बार ही क्यों देखे थे? ललितविस्तर के अनुसार उसका जन्म होते ही ब्राहमणों ने भविष्यवाणी की थी या तो चक्रवर्ती सम्राट बनेगा वह अथवा संन्यासी। जीवन की कड़वी सच्चाईयों को सिद्धार्थ से छिपाने, ताकि संन्यासी बनने का विचार तक उसे न आए, उसके पिता राजा शुद्धोदन राजभवन के

चारों ओर तीन परकोटे उठवाकर उसके बाहर आने-जाने पर रोक लगा देते हैं तथा नाचने-गानेवाली सैकड़ों सुन्दर स्त्रियाँ उसका मन बहलाने के लिये नियुक्त कर देते हैं। किसी प्रकार जब वह बाहर निकल पाता है, तो ये तीन दृश्य देखने के पश्चात् विरक्त हो गृहत्याग कर देता है।

जब उसने ये तीन दृश्य देखे तब उसकी आयु क्या थी? बुद्ध के विषय में उपलब्ध प्राचीनतम ग्रन्थ तो पाली भाषा में रचित त्रिपिटक हैं किन्तु इनकी खोज, अनुवाद व प्रकाशन ललितविस्तर के पश्चात् हुआ। इनके अनुसार बुद्धत्व प्राप्ति के पाँचवे वर्ष में सिद्धार्थ चालीस वर्ष का था तथा गृहत्याग के छह वर्ष उपरान्त उसे बुद्धत्व प्राप्त हुआ था। इस प्रकार से गृहत्याग के समय सिद्धार्थ की आयु 29 वर्ष हुई। यह भी निश्चित है कि सिद्धार्थ की संवेदनाएँ गहरी रही होंगी अन्यथा उसने जो किया वह नहीं कर पाता। क्या यह सम्भव है कि ऐसा व्यक्ति 29 वर्ष की आयु तक राजभवन में नाच-गाना देखते हुए बैठा रह जाए? पिता की अनुचित निषेधाज्ञाओं का वह विरोध तक न करे और न ही बाहर के संसार को जानने का प्रयत्न करे?

सिद्धार्थ के परिवार में माता-पिता, पत्नी तथा एक सौतेले भाई व एक सौतेली बहन के अतिरिक्त चार या पाँच चाचा भी थे। उनकी पत्नियाँ व बच्चे भी रहे ही होंगे। सैकड़ों दास-दासियाँ और सेवक भी थे। क्या यह सम्भव है कि उसके 29 वर्ष का होने तक न कोई रोगी हुआ हो इनमें से, न किसी की मृत्यु हुई हो और न ही कोई वृद्ध हुआ हो?

पाली ग्रन्थों के अनुसार सिद्धार्थ के बुद्धत्व प्राप्ति के पाँचवे वर्ष में उसके पिता शुद्धोदन की 90वर्ष की आयु में मृत्यु हुई थी। अत: गृहत्याग के समय शुद्धोदन 79 वर्ष के पर्याप्त रूप से वृद्ध व्यक्ति थे। सिद्धार्थ को जन्म देने एक सप्ताह पश्चात् ही माँ महामाया की 55 वर्ष की आयु में मृत्यु हो गई थी। इसी के आसपास आयु की महामाया की बहन महाप्रजापति गौतमी रही होंगी जिन्होंने उसे पाला। अत: सिद्धार्थ ने जब गृहत्याग किया वे भी 80वर्ष से अधिक की ही रही होंगी।

जर्मन विद्वान् डॉ. ओल्डेनबर्ग ने 'बुद्धा - हिज लाइफ, हिज डॉक्ट्रिन, हिज आर्डर' में लिखा है: यदि यह जानना हो कि बुद्ध के विषय में कोई जानकारी उपलब्ध हो सकती है कि नहीं, तो हमें अन्य सभी स्रोतों पर प्रधानता देते हुए पाली भाषा में उपलब्ध परम्पराओं की ओर जाना चाहिये।

किन्तु ललितविस्तर की कथा के आधार पर सर एडविन अर्नाल्ड ने 'लाइट ऑफ़ एशिया' पुस्तक में, जो वर्ष 1879 में प्रकाशित हुई थी, इतनी सुन्दर कविताओं में सिद्धार्थ की कहानी सुनाई कि पश्चिम इस कथा पर रीझ उठा। उसके उपरान्त तो पाली-ग्रन्थों में दी हुई कहानी, जो राइस डेविड्स द्वारा वर्ष 1881 में 'पाली टेक्स्ट सोसाइटी' की स्थापना तथा उसके पश्चात् चालीस वर्षों तक उनके द्वारा पाली ग्रन्थों की खोज तथा अनुवाद के उपरान्त प्रकाश में आई, वह इतनी नीरस लगी होगी

कि उसे उठाकर एक ओर रख दिया गया तथा बच्चों को भी तब से ललितविस्तर में कही गई कहानी ही पढ़ाई गई। फिर पाली-ग्रन्थों में उनके जीवन की पूरी कथा मिलती भी तो नहीं है। कहीं-कहीं अपने प्रवचनों में बुद्ध कोई-कोई घटना सुना देते हैं, बस इतना ही।

पाली त्रिपिटक के सुत्त-पिटक में मज्झिम निकाय के सुत्त 36 में बुद्ध यह कहते मिलते हैं कि 'बुद्धत्व प्राप्ति के पूर्व जब मैं मात्र बोधिसत्व था मैंने सोचा गृहस्थ जीवन भीड़भाड़ भरा और धूल-धूसरित (कदाचित कोलाहल एवं व्यसनों से भरा होने के अर्थ में) होता है जबकि परिव्राजक जीवन विस्तृत व खुला है। घर में रहते हुए श्रेष्ठ, पवित्र जीवन जीना सरल नहीं है। कैसा हो जो मैं अपना सिर तथा दाढ़ी मुँड़ाकर पीले वस्त्र पहन गृहस्थ जीवन को त्याग परिव्राजक जीवन अपना लूँ?' ऐसा ही वे मज्झिम निकाय के सुत्त 51 में भी कहते हुए दिखते हैं।

सुत्त-पिटक के दीर्घ निकाय के महापदान सूत्र में गौतम बुद्ध अपने पूर्वजन्म की कथा कहते हुए एक विपस्सी बुद्ध के विषय में यह तीन दृश्योंवाली कहानी कहते अवश्य मिलते हैं किन्तु स्वयं के विषय में कहीं नहीं। और न ही त्रिपिटक में यह मिलता है कि वह रात में बिना किसी को बताये घर छोड़ गए थे। प्रत्युत वे अपने शिष्यों से यह कहते हैं कि घर छोड़ते समय जब वे सिर मुँड़वा रहे थे, उनके माता-पिता रो रहे थे।

किन्तु गृहत्याग का निर्णय लेने के पूर्व बालपन में तथा किशोरावस्था में उनका जीवन कैसा था, इस विषय में इनमें इससे अधिक कुछ नहीं मिलता कि उनके तीन प्रासाद थे जिनमें तीन रंग के कमलों से भरे तीन सरोवर थे। तीन वर्ष पुराने चावल ही उनके यहाँ पकते थे तथा वे काशी में बनी पादुकाएँ तथा वहीं निर्मित बहुमूल्य कोमल रेशमी वस्त्र ही पहना करते थे।

प्रवज्या लेने के पहलेवाले गौतम बुद्ध अर्थात सिद्धार्थ का अपेक्षाकृत विस्तृत चरित्र-चित्रण हुआ है अश्वघोष रचित बुद्धचरित में जिसका रचनाकाल सम्भवतः पहली से लेकर पाँचवी शताब्दी के बीच था अर्थात बुद्ध के निर्वाण के सात सौ वर्ष से भी अधिक पश्चात्, ललितविस्तर में जो दूसरी और चौथी शताब्दी के मध्य लिखी गई तथा चौथी शताब्दी में रचित निदानकथा में भी किन्तु उसमें मात्र उनके द्वारा गृहत्याग किये जाने तक के ही जीवन का वर्णन है। उनका सम्पूर्ण जीवन-चरित्र सम्भवतः धर्मगुप्त रचित अभिनिष्क्रमण में भी है परन्तु उसकी प्रति मुझे उपलब्ध नहीं हो सकी।

इनके अतिरिक्त उनके गृहत्याग-पूर्व जीवन के विषय में श्रीलंका के इतिहास महावस्तु में भी दिया हुआ है जो दूसरी शताब्दी ईसा पूर्व से चौथी शताब्दी के बीच कभी लिखा गया था। परन्तु उसमें पुत्र राहुल के जन्म के उपरान्त सीधे उनके द्वारा प्रवज्या लेने का वर्णन है, तीन दृश्यों का नहीं। इसके अतिरिक्त महावंश में, जो

श्रीलंका का इतिहास है छठवीं शताब्दी ईसा पूर्व से ईसा के पश्चात् चौथी शताब्दी तक का, बुद्ध की श्रीलंका यात्रा और वहाँ दिये गए प्रवचनों का वर्णन है जिनमें उनके जीवन की कुछेक घटनाओं का वर्णन भी आता है।

कैसा चित्रण है इनमें बुद्ध के जीवन का? निदानकथा तथा ललितविस्तर के अनुसार वे जन्म लेते ही सात पग भरने के पश्चात् सिंहनाद करते हैं कि मैं सर्वश्रेष्ठ हूँ। यद्यपि वे पूर्णत: स्वच्छ जन्मे हैं फिर भी आकाश से दो जलधाराएँ गिरती हैं उन्हें नहलाने के लिए। ललितविस्तर के अनुसार तो वे स्वर्ग में आनन्द से रह रहे थे तथा देवताओं के निवेदन पर ही पृथ्वी पर अवतरित हुए थे। (विष्णु के अवतारों की कथाओं से कितना साम्य है इसमें!)

राईस डेविड्स ने एक व्याख्यान में कहा था कि बुद्ध की जीवन-कथा में ललितविस्तर का महत्व उतना ही है जितना कि सुसमाचार (Gospel) के इतिहास में किसी मध्ययुगीन कविता का। उनका यह भी मानना था कि गौतम के घर छोड़ने का यह कारण, तीन दृश्यों को पहली बार देख विरक्त हो जाना, न केवल अपर्याप्त है अपितु बचकाना भी है।

तो फिर सच क्या है? यह निश्चित रूप से जान पाना अब ढाई हजार वर्ष पश्चात् तो सम्भव नहीं। किन्तु बुद्ध के जीवन पर जो कुछ भी सामग्री उपलब्ध है वह एवं त्रिपिटक में दिये गए उनके प्रवचनों का अध्ययन कर, उनके कालखंड के इतिहास के अध्ययन से तत्कालीन राजनीति और समाज को समझने का प्रयत्न करने के साथ-साथ उनके जीवन से सभी सम्बन्धित सभी स्थानों—नेपाल में तिलौराकोट जहाँ हुए उत्खनन में राजा शुद्धोदन का राजप्रासाद मिला है, जन्म स्थान लुम्बिनी, ननिहाल व ससुराल देवदह जिसे ढूँढ पाना मेरे लिए अत्यधिक कठिन सिद्ध हुआ था, एवं रामगाम से लेकर वर्तमान भारत में जिन स्थानों पर उनका गृहत्याग एवं बुद्धत्व-प्राप्ति के पश्चात् जीवन बीता जैसे उत्तरप्रदेश में कुशीनगर, कौशाम्बी, सारनाथ और फिर बिहार में वैशाली, नालन्दा, राजगृह, पाटलिपुत्र एवं गया की यात्राएँ कर मैंने प्रयास किया है उस काल को समझ पाने का तथा उस व्यक्ति के जीवन के विषय में प्रेरणा प्राप्त कर सकने का जिसे अब भगवान बुद्ध कहा जाता है; और अनुमान लगाने का प्रयत्न किया है कि वस्तुत: कैसा रहा होगा उनका जीवन और किस प्रकार के वे व्यक्ति रहे होंगे—उनका प्रभामंडल हटाकर उन्हें देवत्व के आरोपण से मुक्त कर देने के पश्चात्—तथा कैसी रही होगी उनकी खोजयात्रा?

यह पुस्तक उस यशोधरा के जीवन में भी झाँकती है जिसे पहले तो उसका पति छोड़ गया और फिर वह उसके इकलौते सात वर्ष के बेटे को भी अपने साथ ले गया। जो अन्तत: बौद्ध भिक्षुणी भी बनी तथा जिसे बौद्ध ग्रन्थों के अनुसार मुक्ति भी प्राप्त हुई। किन्तु उसे न तो बौद्ध ग्रन्थों में अधिक महत्व दिया गया और न ही

उसका कोई स्तूप बना जबकि बुद्धत्व प्राप्ति के पूर्व सिद्धार्थ को खीर देनेवाली सुजाता का अत्यन्त विशाल स्तूप गया के निकट आज भी स्थित है।

यह पुस्तक उस कालखंड की भी कहानी है। तत्कालीन समाज एवं राजनीति की कहानी है। मगधराज बिम्बसार, वत्सराज उदयन, कोशलनरेश प्रसेनजित तथा उनकी पटरानी मल्लिका की कहानी है। वैशाली गणतन्त्र के आश्चर्यजनक वैभव की कहानी है। विलक्षण शल्यचिकित्सक जीवक की कहानी है। तत्कालीन समाज में चल रहे विलक्षण वैचारिक आन्दोलन की कहानी है। साथ ही यह एक काल्पनिक चरित्र सुमित्र की भी कहानी है, किस प्रकार वह इन आन्दोलनों से प्रभावित होकर जीवन के उतार-चढ़ावों के भँवर में उलझता रहता है।

उपलब्ध तथ्यों से बिना कोई स्वतन्त्रता लिये उन्हें कल्पना के धागे में पिरोकर यह कहानी बुनी गई है। इस हेतु जिन ग्रन्थों की सहायता ली गई है वे इस पुस्तक के अन्त में सूचीबद्ध हैं। परन्तु जहाँ उनमें परस्पर विरोधाभास है वहाँ मैंने त्रिपिटक को ही प्रामाणिक माना है। बुद्ध के संघ एवं उनके शिष्यों के विषय में जिन घटनाओं का प्रसंग इस पुस्तक में आया हैं वे अधिकांश विनय-पिटक से ली गईं हैं और कुछेक सुत्त-पिटक से। उनके सभी प्रवचन त्रिपिटक से ही लिये गए हैं किन्तु उन्हें प्रभावी तथा स्पष्ट बनाने हेतु मैंने अत्यन्त अल्पांश में अपना योगदान भी दिया है।

जिस कालखण्ड की यह कथा है उसे ध्यान में रखते हुए इस पुस्तक में आम बोलचाल की हिन्दी में प्रयुक्त होनेवाले अरबी, फारसी इत्यादि भाषाओं के शब्दों से बचने की चेष्टा मैंने की है। परन्तु साथ ही भाषा को सुगम्य बनाए रखने के उद्देश्य से तत्सम अथवा संस्कृतनिष्ठ शब्दों का प्रयोग जहाँ तक सम्भव हुआ न होने देने का प्रयास भी मैंने किया है।

इस पुस्तक को वर्तमान स्वरूप देने में सर्वाधिक योगदान नामवर आलोचक, कवि एवं विचारक डॉ. विजयबहादुर सिंह जी का है, जिनका मैं कितना भी चाहूँ पर्याप्त रूप से आभार व्यक्त नहीं कर सकता। अपनी त्रुटियों से मुझे अवगत कराने में सहायक होने के लिये सुविज्ञ लेखक डॉ. आनन्द कुमार सिंह का मैं धन्यवाद करता हूँ। सुप्रतिष्ठित इतिहासकार डॉ. सुरेश मिश्र, संस्कृत के प्रकांड विद्धवान डॉ. राधावल्लभ त्रिपाठी तथा अपने परम मित्र ग़ज़लकार आलोक त्यागी से मिले प्रोत्साहन के लिये मैं इन सभी के प्रति मैं कृतज्ञताज्ञापन करता हूँ। मेरी बेटी वंशिका ने तो मुझे हमेशा ही उत्साहित किया है लिखने के लिये, इस बार भी प्रथम प्रारूप पर उसकी आरम्भिक प्रतिक्रियाओं ने ही मुझे इस पुस्तक को लेकर आगे बढ़ने हेतु प्रेरित किया था।

प्रयाण

रात्रि के निविड़ अन्धकार में देर से आकाश को तकते बैठा श्वान अचानक ही रो पड़ा। अगले ही पल भेड़ियों की गुर्राहट और लकड़बग्घों की हँसी उस घने जंगल में गूँज उठी। काले विशाल दैत्यों सरीखे खड़े वृक्षों के मुँह से निकलकर सैकड़ों पक्षी चाँव-चाँव चिल्लाते हुए फड़फड़ाने लगे। सोये पड़े बच्चे घबराकर उठ बैठे और गला फाड़ने लगे।

राजा नृचक्षु की रात तो आँखों में ही कटी थी। वह भी उठ बैठे और चन्द्ररहित आकाश में टिमटिमा रहे सितारों में कहीं दूर बैठे अपने पूर्वजों की ओर देखते हुए उन्होंने दोनों हाथ जोड़ लिये।

"कब समाप्त होगी आपके प्रजाजनों की यह लम्बी कठिन अमावस्या?" कहते हुए उनके मन की उदासी और गहरा गई। उन्हें सन्देह हो चला, 'क्या मेरा निर्णय उचित था? परन्तु चारा भी क्या था!'

हाथी, घोड़े, ऊँट, बैल, गायों के साथ सहस्त्रों आबालवृद्ध नरनारी उसके ही भरोसे चले आए हैं। गंगा नदी के दक्षिणी तट पर उसके सैनिक पूर्व दिशा में मार्ग बनाने हेतु वृक्षों को काटते चले जाते हैं। गंगा और यमुना के बीच सारा जंगल ही जंगल है, घना जंगल। वृक्षों के गिरने के साथ सैकड़ों घोंसले भी उजड़ रहे हैं। उन्हें देख नृचक्षु को बार-बार अपना उजड़ता हुआ हस्तिनापुर स्मरण हो आता है। इन घोंसलों सरीखे ही उसकी राजधानी के भवन भूमिसात हो गए थे और वह हस्तिनापुर जिसके वैभव के आगे पूरे जम्बूद्वीप में कोई नगर नहीं टिकता था, जो सभी राजाओं की ईर्ष्या का केन्द्र हुआ करता था, देखते ही देखते खंडहर हो गया था।

रात्रि का यह अन्तिम प्रहर आते-आते वन्यपशुओं से बचाव के लिये प्रज्वलित लकड़ियों के ढेर राख होने लगे हैं। थके-माँदे ऊँघते प्रहरी भी नींद में लुढ़क-लुढ़क जाते हैं। बच्चों का रोना सुन उन्होंने हड़बड़ाकर आँखें खोलीं और राख से ढकी लकड़ियों को कुरेद उनमें फूँक मारने लगे। लपटें उठने के साथ ही सिकुड़े पड़े सहस्त्रों शरीर सीधे हो गए। माँओं ने बच्चों को थपकियाँ देकर फिर सुला दिया। उनकी खुली आँखों में चमकते आँसू देख नृचक्षु की आँखें भी भर आईं और पुनः उनमें खंडहर होता हस्तिनापुर तैर गया।

'क्या इसी हस्तिनापुर के लिये महाराज शान्तनु के पौत्रों में वह महायुद्ध हुआ था! क्या इसी दिन के लिये मेरे पूर्वज सव्यसाची अर्जुन ने चौदह अक्षौहिणी सेना का वध किया था! दो माह हो चले हैं हस्तिनापुर छोड़े हुए। गन्तव्य पर अब यदि शीघ्र ही न पहुँच सके तो भारी कठिनाई होनेवाली है।'

सोचते हुए नृचक्षु ने दूर तक जल रही धूनियों के चारों ओर लेटे सहस्त्रों स्त्री-पुरुषों, बच्चों-बूढ़ों की ओर दृष्टि दौड़ाई। कितने ही तो मार्ग की कठिनाइयों से हारकर मृत्यु की शान्तिदायिनी गोद में सो गए हैं। कितने ही दास अवसर पाकर गहरे वनों में भाग लिये हैं। और कितने ही प्रजाजन थककर राह में ही रुक गए हैं, विशेषकर वे जिनके बच्चे कभी व्याधि से तो कभी कुपोषण से कालकवलित हो गए थे। हस्तिनापुर में अन्न का दाना तक तो शेष रहा नहीं था! अब मार्ग में आखेट कर जो ले आते हैं सैनिक व युवक अथवा वृक्षों पर जो कुछ भी फला होता है उससे ही काम चलाना पड़ता है। ऊब चुके हैं, थक चले हैं अब तो सभी! और सभी के मुख पर यह भी स्पष्ट दिखाई देने लगा है कि गन्तव्य पाने की आशा से वे अब हाथ धो बैठे हैं।

'परन्तु है कहाँ गन्तव्य?' नृचक्षु ने सितारों से पूछा। 'कहाँ ले जा रहा हूँ मैं इन्हें? कहाँ ले जाऊँगा?'

एक लम्बा-चौड़ा व अत्यन्त तगड़ा पुरुष माथे पर पट्टी बाँधे हस्तिनापुर से ही इस दल के पीछे-पीछे चला आ रहा है, किन्तु वन में वृक्षों के झुरमुट में छिपते-छिपाते ताकि उसे कोई देख न ले, और वह भी हस्तिनापुरवासियों की इस दुर्दशा से दुखी है। गन्तव्य ढूँढने में वह उनकी सहायता कर सकता है किन्तु चाहकर भी वह ऐसा न करने के लिये अभिशप्त है। उन्हें सान्त्वना देने का प्रयत्न करना भी उसके लिये निषिद्ध है।

सिद्धार्थ

हस्तिनापुर नगर जिस काल में उजड़ रहा था, हिमालय की तराई में बसा हुआ एक नगर फल-फूल रहा था। यह नगर है कपिलवस्तु जो अब भव्य अट्टालिकाओं एवं सुन्दर उद्यानों का नगर है; पक्के चौड़े मार्गों पर चौकड़ी भरते अश्वों तथा सरपट दौड़ते रथों का नगर है; तथा अपनी ही तरंग में सूँड़ झुलाते मन्थर गति से झूमते चलते शुभ्रवर्ण हाथियों का नगर भी।

इस नगर का भव्यतम भवन है गौतम गोत्र के शाक्य-वंशीय क्षत्रिय सिंहनु पुत्र राजा शुद्धोदन का जो प्रमुख हैं गणतान्त्रिक व्यवस्था से शासित कपिलवस्तु राज्य के जिसकी राजधानी है यह कपिलवस्तु नगर।

पुष्ट काया एवं प्रभावशाली व्यक्तित्व के स्वामी हैं राजा शुद्धोदन। उनके गौरवर्ण मुख पर लम्बी घनी श्वेत दाढ़ी उनके व्यक्तित्व को अनूठी गरिमा प्रदान करती है। सत्तर शरद देख लेने के उपरान्त भी उनके मुख पर युवाओं-सा तेज है।

किन्तु आज जो स्फूर्ति उनमें दिखाई देती है वह तो युवाओं को भी लजा दे। दासों और सेवकों को निर्देश देते हुए राजा शुद्धोदन त्वरित गति से विशाल राजभवन के एक सिरे से दूसरे सिरे तक जाते हैं, और फिर-फिर लौटते हैं। प्रत्येक पग पर उनके हृदय में उमड़ रहा प्रसन्नता का आवेग छलका पड़ रहा है। उनके होठों पर, उनकी आँखों से तथा उनकी चाल से भी।

भारी चहल-पहल और आवा-जाही से भरे राजभवन की यज्ञशाला में से आती हुई मन्त्रोच्चारण की ध्वनियाँ चारों दिशाओं को गुँजा रही हैं। मोर तथा हिरण के मांस को दूध एवं गुड़ के साथ पकाये जाने की पाकशाला से उठती गन्ध मन्त्रोच्चार करते ब्राह्मणों के मुँह में पानी ला-लाकर यज्ञाहुतियों को देवताओं तक पहुँचाने के महत कार्य में बार-बार व्यवधान उत्पन्न कर रही है। राजभवन की अतिथिशाला में भोजपत्रों पर झुके बैठे ब्राह्मण नक्षत्रों की स्थिति विचारने के साथ ही इस गन्ध को नथुनों में भरकर यह अनुमान लगाने की चेष्टा कर रहे हैं कि ब्राह्मण-भोज में आज क्या-क्या पकवान मिलनेवाले हैं और उन पर टूट पड़ने की कल्पना का आनन्द भी उठा रहे हैं। न्यूनाधिक यही स्थिति उन ब्राह्मणों की भी है जो दुष्ट ग्रहों को शान्त करने तथा पुरखों को प्रसन्न करने हेतु मन्त्रजाप में लगे हैं।

और यह सब इसलिए हो रहा है क्योंकि राजकुमार सिद्धार्थ, राजा शुद्धोदन का प्रिय पुत्र जो बड़ी सारी मन्नतों के उपरान्त उन्हें विवाह के बीस वर्ष पश्चात् तब प्राप्त हुआ था जब वे अधेड़ावस्था की ड्योढ़ी वर्षों पूर्व पार कर चुके थे, आज सन्थागार का सम्माननीय सदस्य बनने जा रहा है। सन्थागार संसद है कपिलवस्तु गणराज्य की और इसका सदस्य बनने का सम्मान कुलीन शाक्य-परिवारों की प्रत्येक पीढ़ी के वरिष्ठतम सदस्य को ही प्राप्त है, बीस वर्ष की आयु प्राप्त कर चुकने के उपरान्त। सिद्धार्थ भी सन्थागार के सदस्यों में लोकप्रिय हो तथा उनके पश्चात् वह भी सन्थागार-प्रमुख बने इसी कामना के साथ वे यह सारा कर्म-कांड पूर्ण विधि-विधान के साथ करवा रहे हैं।

स्वच्छ गोरी त्वचा स्वर्णिम कान्ति लिये हुए, उन्नत ललाट, लम्बी सुतवाँ नाक, नीले नेत्र। आँखों को बरबस बाँध लेनेवाले सिद्धार्थ के मुख पर सन्थागार भवन में बैठने की कल्पना मात्र से उपजी प्रसन्नता जैसे सोने पर सुहागा हो रही है।

सिद्धार्थ के जीवन में प्रसन्न रहने के कारणों की पहले भी कोई कमी नहीं थी। अच्छा स्वास्थ्य, स्नेहिल मित्र, भरा-पूरा एवं समृद्ध परिवार जिसने उसे भरपूर प्रेम के साथ-साथ हर सुख-साधन भी उपलब्ध करा रखा है। और पत्नी यशोधरा तो आनन्द की वह सतत नवीन-स्वरूपा अविरल, अविराम प्रवाहित धारा है जिसमें उसका तन-मन भीगा ही रहता है, चौंसठ घड़ी और आठों पहर। आज उन कारणों में यह एक कारण और जुड़ गया है।

यज्ञ समाप्त होते-होते क्षुधा-व्याकुल हो चुके ब्राह्मण अभी भोजन परोसे जाने की प्रतीक्षा ही कर रहे थे कि कन्थक, सिद्धार्थ का प्रिय अश्व, गुरु अर्जुन के आश्रम की ओर दौड़ पड़ा। गुरु अर्जुन भी गौतम गोत्र के शाक्य-वंशीय क्षत्रिय हैं, परन्तु उन्होंने चालीस वर्ष पूर्व जब वे मात्र बीस वर्ष के थे अध्ययन-अध्यापन का मार्ग अपना लिया था। अब वे राजगुरु हैं कपिलवस्तु के तथा पड़ोसी राज्य कोलिय के भी।

अत्यन्त चित्ताकर्षक अश्व है कन्थक। उज्जवल, श्वेत, दमकती हुई त्वचा और ऊँचे पुष्ट पुट्ठे। धूप में चमकती उसकी लम्बी, घनी अयाल के गिरते-उछलते केश इस समय मानो उसके अन्तर की प्रसन्नता से ही लहरा रहे हैं। जब भी कन्थक सिद्धार्थ के साथ होता है,उसकी प्रसन्नता का ठिकाना नहीं रहता। प्रेम को यूँ तो हर पशु समझता है। किन्तु सिद्धार्थ का प्रेम? वह तो अनोखा ही है! रात्रि में जब स्वयं उसे ठंड लगती, अश्वशाला जाकर पहले कन्थक पर ऊनी कम्बल डालता। भोजन का पहला कौर उसके गले के नीचे ही नहीं उतरता जब तक वह स्वयं न देख ले कि कन्थक को उसका भोजन—चना, गुड़ और घी—मिला है अथवा नहीं तथा अंजलि-भर उसे खिला न दे।

वैशाख का महीना है। कँपकँपाती शीत काल के गर्त में विलीन हो चुकी है किन्तु ग्रीष्म ऋतु अभी उसके गर्भ में ही है। वसन्त ने अभी पूर्ण रूप से विदाई नहीं ली है, न ही उसकी थपकी से खिल उठे फूलों की मुस्कान अभी मन्द पड़ी है। कन्थक की अयाल की ही भाँति सिद्धार्थ के कन्धों पर उसके लम्बे घुँघराले केश लहरें ले रहे हैं। गुनगुनाती धूप और वायु की कोमल सरसराहट मन में नये प्राणों का संचार कर रही है। सिद्धार्थ ने आनन्दित हो कन्थक की अयाल सहलाई और वह उछाह से भर छलाँगे मारने लगा।

आश्रम का मार्ग अभी आधा शेष था कि कन्थक रुक गया। उसे पता है भगीरथी नदी के तट पर यहाँ कुछ देर ठहरे बिना उसका स्वामी कभी आगे नहीं बढ़ता। पता नहीं क्यों सिद्धार्थ को यह भगीरथी सदा ही उससे कुछ कहती हुई प्रतीत होती है। जैसे कुछ स्मृतियाँ जगाने का यत्न कर रही हो—पुरानी, बहुत पुरानी, स्वप्न सरीखी, अनजान लोगों व अनचीन्हे स्थानों से भरी, अनसुनी ध्वनियों व अनदेखे दृश्यों से भरी। जैसे कोई सैकड़ों वर्ष दूर-दूर के देश घूमता रहा हो लगातार, और अब स्मरण करते बैठा हो कहाँ क्या देखा। किन्तु सब अत्यन्त अस्पष्ट-सा, वह भी टुकड़ों-टुकड़ों में स्मरण आ रहा हो।

"मैं भूल भी जाऊँ, तू नहीं भूलता!" कहते हुए सिद्धार्थ ने स्नेह से कन्थक को थपथपाया और सधी हुई छलाँग के साथ नीचे उतर गया। "जब तक मैं यहाँ बैठा हूँ, तू जी भरकर घास चर ले।"

कन्थक ने प्रसन्नता भरी हिनहिनाहट दी और चारों ओर छाई हरियाली में व्यस्त हो गया।

नदी में पड़े पत्थरों पर सधे पाँव रखते हुए सिद्धार्थ उसी चट्टान पर जाकर बैठ गया जिस पर वह सदैव बैठा करता है, कभी अकेले तो कभी यशोधरा के साथ। यशोधरा उसकी पत्नी ही नहीं प्रेयसी भी है, और बालसखा भी।

कोलिय-राज्य, जो कपिलवस्तु की पूर्वी सीमा बनाती रोहिणी नदी के दूसरी ओर स्थित गणराज्य है लगभग उतना ही बड़ा जितना कि कपिलवस्तु, के प्रमुख सुप्रबुद्ध की बेटी है यशोधरा।

राजा सुप्रबुद्ध शुद्धोदन के फुफेरे भाई हैं, और आपस में जीजा-साले भी। एक-दूसरे की बहनों के साथ विवाह जो रचाया है दोनों ने, सुप्रबुद्ध ने कपिलवस्तु के स्वर्गीय राजा सिंहनु की पुत्री अमृता के साथ जिससे उन्हें यशोधरा प्राप्त हुई है और शुद्धोदन ने महामाया एवं प्रजापति के साथ जिनके पिता कोलियराज अंजन ने राजकुमार शुद्धोदन के रणकौशल एवं वीरता से प्रभावित हो अपनी दोनों ही पुत्रियाँ का विवाह उनके साथ कर दिया था।

इन दोनों ही राज्यों के क्षत्रियों को अपने आर्य-रक्त की शुद्धता पर भारी अभिमान तो है ही, अन्य क्षत्रिय-वंशों के रक्त की शुद्धता पर सन्देह भी है। इस

कारण कपिलवस्तु राज्य के शाक्यवंशी क्षत्रिय युवक-युवतियों का विवाह केवल कोलिय राज्य के क्षत्रिय युवक-युवतियों के साथ ही होता है। अतः इन दोनों राज्यों के क्षत्रिय स्त्री-पुरुषों के बीच आपस में फुफेरे भाई-बहनों का सबन्ध है।

इन दोनों राज्यों के निवासियों में वंशाभिमान तो है ही, सौन्दर्याभिमान भी है। और यह अभिमान निराधार नहीं है।

गत शताब्दियों में सिन्धु नदी से पूर्व की ओर बढ़ते आर्य जब स्थानीय निवासियों विशेषकर नागों के सम्पर्क में आए तो उनकी स्त्रियों की स्निग्ध व श्याम त्वचा तथा तन्वंगी काया के सौन्दर्य से अभिभूत हो उनके साथ सम्बन्धों में बँधते चले गए और ऐसी सन्तानों को जन्म देते चले गए जिनकी त्वचा का रंग तथा मुखाकृति मूल आर्यों-सी नहीं शेष रही। परन्तु शाक्य पुरुषों में अभी आर्यों के कतिपय मूल गुण विद्यमान हैं। लालिमायुक्त गौरवर्ण, नीली आँखें, सुगठित एवं पुष्ट काया। और शाक्य स्त्रियाँ तो सकल जम्बूद्वीप में ही अपने देहानुपात तथा गरिमायुक्त सौन्दर्य के लिये विख्यात हैं।

किन्तु यशोधरा का सौन्दर्य तो उनमें भी अप्रतिम है! मुख पर पूर्णिमा के चन्द्रमा-सा शीतल तेज। लजाती हुई उषा की लालिमा लिये कपोल। तने हुए धनुष की प्रत्यंचा-सी भृकुटि। भगीरथी के स्वच्छ जल-से नीले व तरल नेत्र। तथा ओष्ठ कमल की वह सुकोमल, अरुणाभ कली जो सूर्य की पहली किरण का स्पर्श पाकर खिलने को आतुर हो उठी है। उसकी आयु उतनी ही है जितनी सिद्धार्थ की। दोनों एक ही दिन इस संसार में आए थे और लगभग एक ही समय। किन्तु चंचल, हँसमुख यशोधरा गम्भीरमना सिद्धार्थ से आयु में छोटी प्रतीत होती है।

दोनों का बचपन साथ-साथ खेलते-कूदते व कट्टी-पुच्ची करते हुए ही बीता है। नानी के घर देवदह जाना होता ही रहता था सिद्धार्थ का, कभी माँ प्रजापति के साथ जिसे अपने सात दिन का पुत्र सौंप उसकी जननी मायादेवी स्वर्ग सिधार गईं थीं तो कभी अपने सेवक छन्दक के साथ जो अभी कुछ वर्षों पूर्व तक भी छाया-सा उसके साथ लगा रहता था। सुनते ही कि सिद्धार्थ आया है यशोधरा उछल पड़ती और दौड़ते हुए द्वार पर पहुँच उसे लगभग खींचते हुए भीतर ले जाती। उस समय उसकी पुलकन देखते ही बनती थी।

"अबकी बड़े दिन लगा दिये आने में!" सिद्धार्थ का हाथ पल भर भी छोड़े बिना यशोधरा पूछती, हँसी जिसके होठों और आँखों से विदा होने का नाम ही नहीं ले रही होती थी।

"गत माह ही तो आया था।" सिद्धार्थ कहता और रोकते-रोकते भी उसके अन्तर में फूट रहा आनन्द का झरना बाहर को छलक ही पड़ता।

और यह संवाद दोनों में हर बार होता था, तथा इसी प्रकार होता था।

''चलो झील चलते हैं!'' सिद्धार्थ के स्नान व भोजन तक अत्यन्त कठिनाईपूर्वक संयम रख वह उसे हाथ पकड़कर खींच ले जाती। कभी सिद्धार्थ का मन नहीं होता और वह मना कर देता तो कट्टी करके मुँह फुलाकर बैठ जाती। उसे मनाने में सिद्धार्थ को इतना आनन्द मिलता था कि कभी तो वह मन होते हुए भी जाने से मना कर देता।

यशोधरा के घर से अधिक दूर नहीं है देवदह झील। कभी तो दोनों उसमें नौका-विहार करते तो कभी उसके तट पर बैठे रहते पहरों हाथों में हाथ डाले। यशोधरा झील में पाँव डाले लहरें उठाती रहती और अविराम बोलती रहती। कहने को इतना कुछ होता था उसके पास कि समाप्त होने का कभी नाम ही नहीं लेता था। सिद्धार्थ मुस्कुराते हुए उसे देखता रहता और जब-जब वह पूछती सुन तो रहे हो न? तब-तब हाँ में सिर हिलाते रहता।

पक्षियों का कलरव सुन सिद्धार्थ की विचार-तन्द्रा टूट गई। उसने सिर उठाकर देखा, एक हंसावली हिमवन्त की दिशा में उड़ी जा रही थी। उनके सुन्दर श्वेत पंखों की लय में वह ऐसा खोया कि उनके ओझल हो जाने पर ही उसकी दृष्टि पवन के झोंकों के साथ लहराती हरी-धानी चुनरी की ओर गई। धान प्रमुख उपज है कपिलवस्तु की। दूर शालवृक्षों तक विस्तृत खेतों के बीच-बीच में आम, जामुन, नीम, पीपल, गूलर के वृक्षों से घिरे हुए गाँव भी हैं—ब्राह्मणों के पृथक तथा कुम्हारों, बढ़इयों, बुनकरों के पृथक।

देवदह का मार्ग इन्हीं गाँवों से होकर जाता है। उसे आते-जाते देख ग्रामवासी अपने हाथों को लहरा-लहराकर उसका अभिवादन करने से कभी नहीं चूकते।

"अब इनके लिये भी कुछ कर सकूँगा।" अंजुली में भगीरथी का जल ले उसे उछालते हुए सिद्धार्थ बुदबुदाया।

बचपन में देवदह से लौटने पर उसने अपने पिता से एक बार अनुरोध किया था।

''तात! क्या हम उन निर्धन ग्रामीणों को नये वस्त्र नहीं दे सकते, और इतना अनाज भी कि वे भरपेट खा सकें?''

''कितनों की सहायता करोगे पुत्र? राज्य भर में सहस्त्रों लोग हैं ऐसे। और फिर यह सब भाग्य का विषय है। जो लिखाकर लाये हैं वह तो भोगना ही होगा।''

''किसने लिखा है उनका भाग्य पिताजी?''

''विधाता ने, और उस पर किसी का वश नहीं। न ही उसके लिखे को कोई मिटा सकता है। बड़े होकर समझ पाओगे यह।''

किन्तु सिद्धार्थ आज तक भी यह नहीं समझ पाया है। पिता से तो अब कुछ नहीं कहता परन्तु जब भी देवदह जाता है जो कुछ सम्भव हो ले जाता है उनके लिये। किन्तु उसे सन्तोष नहीं होता।

सिद्धार्थ ने एक गहरी साँस भरी। तभी कन्थक हिनहिना उठा।

"समझ गया, देर हो रही है न?" कहते हुए सिद्धार्थ ने उठकर कन्थक के गले में हाथ डाल उसका माथा चूम लिया। "चल, चलते हैं! यहाँ बैठने से तो मेरा मन कभी भरेगा नहीं!"

वृक्षाच्छादित आश्रम के द्वार पर पहुँचते ही दो मृगछौने कुलाँचे भरते चले आए और बड़ी-बड़ी आँखों को और भी बड़ा कर आगन्तुक का परिचय पूछने लगे। सिद्धार्थ ने घुटनों के बल बैठकर दोनों को गले लगा लिया। इस परिचय से सन्तुष्ट हो अतिथि आगमन की सूचना देने दोनों शावक आश्रम के बीचोबीच बनी कुटिया की ओर दौड़ गए।

तभी देवदत्त बाहर आता हुआ दिखा।

"नमस्कार बन्धुवर!" सिद्धार्थ ने मुस्कुराते हुए अभिवादन किया।

"नमस्कार।" देवदत्त ने माथे पर बल डालते हुए रूखे स्वर में उत्तर दिया।

वह यशोधरा का बड़ा भाई है और सिद्धार्थ का फुफेरा भाई भी। बचपन से ही सिद्धार्थ उसे फूटी आँख नहीं सुहाता।

एक तो इस कारण कि उसे लगता था उसकी छोटी बहन उसकी अपेक्षा सिद्धार्थ को अधिक चाहती है। यह उसे बड़े भाई होने के नाते यशोधरा पर अपने अधिकार को—जैसा कि हर बड़े भाई का छोटी बहन पर होता है, विशेषकर बचपन में—चुनौती देता हुआ जान पड़ता था। कोई भी खेल होता, यशोधरा का सिद्धार्थ की टोली में रहने का हठ उसे रत्ती भर नहीं भाता था। और जब उसे वह बलपूर्वक विरोधी टोली में खड़ा कर देता तो उसे लगता सिद्धार्थ जान-बूझकर हार जाता है। इस पर से उसे क्रोध तो आता ही था, यह भी समझ नहीं आता था कि सिद्धार्थ हारकर भी इतना प्रसन्न क्यों दीखता है। सिद्धार्थ उसे समझा भी नहीं सकता था कि यशोधरा को ताली बजाकर उछलते, खिलखिलाते हुए देखने में उसे क्यों इतना आनन्द आता है।

दूसरा कारण यह कि बच्चों में सिद्धार्थ की लोकप्रियता उसके दम्भ को आघात पहुँचाती थी। वह मानता था कि वह हर प्रकार से अधिक योग्य है लट्टू घुमाने से लेकर गिल्ली-डंडा खेलने तक में। तथा यह भी कि उसकी भुजाओं में सिद्धार्थ की अपेक्षा कहीं अधिक शक्ति है जिसका उपयोग बच्चों की बाँहें मरोड़ उनसे कंचे और सीपियाँ छीन लेने में, हारे हुए खेल में भी उनसे अपनी जीत मनवा लेने में या फिर उन्हें यूँ ही धौंसने-धमकाने में करने से वह कदाचित ही कभी चूकता था।

आयु बढ़ने के साथ उसमें यह अहंकारी भाव और जाग गया, जिसे जगाने में उसके पिता सुप्रबुद्ध का भी मुक्त-हस्त योगदान रहा कि उसकी रगों में शुद्धतम क्षत्रिय-आर्य रक्त दौड़ता है। साथ ही यह भी कि वह सिद्धार्थ की अपेक्षा अधिक

गोरा तथा लम्बा-तगड़ा तो है ही, समस्त युद्ध-विद्याओं में भी पारंगत है जबकि सिद्धार्थ का युद्ध-कौशल अभी तक सन्देहास्पद है। यह सब उसके अहंकार की अग्नि में घी डालता चला गया है जो धधकती हुई अब उसके हाव-भाव तथा स्वभाव में भी प्रतिबिम्बित होने लगी है।

इस कारण ही मृदुल एवं मृदुभाषी सिद्धार्थ के विपरीत देवदत्त के व्यक्तित्व एवं व्यवहार में कठोरता व रूखापन दिखाई देता है। दोनों के स्वभाव का यह अन्तर उनके पहनावे में भी झलकता है। सिद्धार्थ की पादुका कोमल मखनी वस्त्र से बनी होती है तो देवदत्त की व्याघ्रचर्म से जिसके अग्रभाग पर खड़ा बारहसिंघा के सींग का टुकड़ा धमकाता हुआ-सा प्रतीत होता है। इससे लोग प्रभावित तो होते हैं परन्तु आकर्षित नहीं। देवदत्त किन्तु इसे भी अपना गुण मानता है, शासकोचित गुण। उसके सामने सब छोटे हैं, सामान्यजन, प्रजा के अंग। अत: अधिक निकट न आने देने योग्य।

"आश्रम के लिये सामग्री लाये थे बन्धु?" सिद्धार्थ जानता है कि यह प्रश्न निरर्थक है। इसलिये कि उसे ज्ञात है यशोधरा के जन्मदिन पर राजा सुप्रबुद्ध आश्रम के लिये वस्त्र एवं अन्न प्रत्येक वर्ष ही भिजवाते हैं, और इसलिये भी कि देवदत्त का उत्तर उसे पता है।

"हूँ।" देवदत्त ने लम्बी हुंकार भरी और अपने अश्व पर बैठ एड़ लगा दी।

सिद्धार्थ उसे अश्व दौड़ाते देखता हुआ मुस्कुराता रहा और मोड़ पर उसके ओझल होते ही हँस पड़ा। यशोधरा के साथ उसका विवाह आज भी देवदत्त के मन में फाँस बना हुआ है, सिद्धार्थ यह जानता है तथा इसीलिये उसे देवदत्त के इस प्रकार के व्यवहार पर न कभी क्रोध आता है और न ही कभी चिढ़ छूटती है। उलटे उसकी हँसी ही फूट पड़ती है यशोधरा के स्वयंवर के दिन देवदत्त के मुख पर आते-जाते भावों की स्मृति से।

राजा शुद्धोदन को जब समाचार मिला कि किशोरावस्था प्राप्त हो चुकने के पश्चात् भी सिद्धार्थ और यशोधरा हाथ में हाथ डालकर घूमते हुए पाए जाते हैं तो अविलम्ब उन्होंने राजा सुप्रबुद्ध के समक्ष दोनों के विवाह का प्रस्ताव रख देने का निश्चय किया।

"यशोधरा से उत्तम पत्नी और कौन हो सकती है सिद्धार्थ के लिये!" माँ प्रजापति ने उत्साहपूर्वक सहमति जताई।

कहने को तो प्रजापति सगी माँ नहीं है सिद्धार्थ की, परन्तु सगी माँ से अधिक प्यार दिया है उसने। कोई बच्चा नहीं था तब उसका अपना जब उसकी बड़ी बहन मायादेवी अपने नवजात शिशु को उसे सौंपकर चल बसी थी। किन्तु सिद्धार्थ को छाती से चिपकाते ही न जाने कैसे दूध उतर आया था उनमें। चमत्कार ही था!

"ऐसा कैसे सम्भव है? क्षत्रियोचित कोई भी गुण तो नहीं है उसमें!" शुद्धोदन का प्रस्ताव सुनते ही राजा सुप्रबुद्ध बोल उठे।

आपत्ति उनकी निर्मूल नहीं थी। युद्ध-कौशल अर्जित करने में सिद्धार्थ की कभी रूचि नहीं रही। उसके प्रिय विषय तो सदैव गणित, दर्शन एवं तर्कशास्त्र ही रहे हैं। ये विषय देवदत्त के लिये जहाँ हिमवान की दुर्गम चोटियाँ थे तो सिद्धार्थ के लिये जीवनदायिनी शीतल गंगा जिसमें डुबकियाँ लगाकर उसका कभी जी ही नहीं भरता था।

"किन्तु वह क्षत्रिय कुल में जन्मा है।" शुद्धोदन ने तर्क दिया।

राजा सुप्रबुद्ध ने नकारात्मक भाव से सिर हिलाते हुए अपने पुत्र की ओर देखा।

देवदत्त के आँकलन में भी सिद्धार्थ क्षत्रियत्व के मापदण्डों पर खरा नहीं उतरता था। न तलवार चलाने में दक्ष, न धनुर्विद्या में। आखेट पर भी कभी नहीं जाता। आग्रह करने पर सदा यही सुनने को मिलता कि व्यर्थ हिंसा में रूचि नहीं उसकी।

"इस तथाकथित हिंसा के लिये भी एक क्षमता चाहिये होती है, वह नहीं है तुममें। स्पष्ट क्यों नहीं कहते?" ऐसे में देवदत्त कटाक्ष करता।

किन्तु सिद्धार्थ कोई उत्तर दे सके उसके पहले ही यशोधरा ढाल बन कर सामने आ खड़ी होती और तमककर कहती, "मैं जानती हूँ सिद्धार्थ की क्षमता क्या है, किन्तु उसकी रूचि नहीं है प्रदर्शन में। राज्य और परिवार की रक्षा का प्रश्न उठेगा तो मैं जानती हूँ सिद्धार्थ ही सबसे आगे होगा।" और उसका हाथ पकड़ वह उसे देवदत्त से दूर खींच ले जाती।

"तात! आपके मत से मैं पूर्णतः सहमत हूँ।" देवदत्त ने अपनी प्रसन्नता छिपाने का कोई प्रयत्न नहीं किया। "यशोधरा का स्वयंवर रचा देते हैं। सिद्धार्थ आए, अपनी क्षमता का प्रदर्शन करे, और ले जाए ब्याह के मेरी बहन को।"

देवदत्त के स्वर का दर्प चुभ गया था राजा शुद्धोदन को। किन्तु कहा उन्होंने कुछ नहीं, और न ही विदा लेते समय अपनी बहन अमृता को ही कुछ बताया।

अगले ही दिन से कपिलवस्तु में यशोधरा के स्वयंवर की घोषणा होने लगी। यशोधरा को पता चला तो वह रोने बैठ गई।

"मुझे भी सिद्धार्थ अच्छा लगता है बेटी।" माँ ने समझाया। "किन्तु अब कुछ नहीं हो सकता। बात हाथ से बाहर जा चुकी है।"

"छाँट-छाँटकर धनुर्विद्या में प्रवीण युवकों से स्वयं मिल रहा है मेरा भाई।" चिन्तित हो उसने सिद्धार्थ को सन्देश भिजवाया।

"चिन्ता मत करो।" सिद्धार्थ ने देवदह आकर सान्त्वना दी, यद्यपि चिन्तित वह स्वयं भी था।

स्वयंवर-सभा के द्वार पर खड़ा देवदत्त मानो उसकी ही प्रतीक्षा कर रहा था।

"आशा नहीं थी मुझे कि तुम आओगे।" उपहास भरी मुस्कुराहट के साथ वह बोला। "न भी आते तो कोई अन्तर नहीं पड़ता।" और ठठाकर हँस दिया।

"मुझे पड़ता!" दृढ़ निगाहों से देवदत्त की आँखों में झाँकते हुए सिद्धार्थ ने कहा था। "और यशोधरा को भी।"

उसकी आँखों में गहरा आत्मविश्वास पढ़कर अत्यन्त अचम्भित हुआ था देवदत्त।

शाल के सात वृक्ष इस प्रकार थे पंक्ति में कि उनके बीच से एक शर निकलने भर को स्थान था। पंक्ति के अन्तिम वृक्ष से कुछ दूर लटकी थी एक मछली जिसे लक्ष्य किया जाना था। एक के पीछे एक धनुर्धर उल्लास से भरे आते और लटका हुआ मुँह लेकर लौट जाते। प्रत्येक शर किसी न किसी वृक्ष से टकरा ही जाता और लक्ष्य से कोसों दूर जाकर गिरता। राजा सुप्रबुद्ध के ललाट पर चिन्ता की रेखाएँ उभर आईं थीं: कहीं अत्यधिक कठिन तो नहीं रख दी परीक्षा? उन्होंने प्रश्नवाचक निगाहों से देवदत्त को देखा। इस प्रतिस्पर्धा का योजनाकार वही था। सिद्धार्थ की बारी आने तक देवदत्त के मुख से भी निराशा टपकने लगी थी किन्तु फिर भी वह कटाक्ष करने से नहीं चूका।

"व्यर्थ ही क्यों प्रयत्न करते हो? यह काम तुम्हारे वश का नहीं है!"

धनुष पर प्रत्यंचा चढ़ाते हुए सिद्धार्थ प्रत्युत्तर में मात्र मुस्कुरा दिया।

कुछ ही पलों में देवदत्त की निगाहों का उपहास आश्चर्य में परिवर्तित हो गया था। शरसन्धान किये हुए सिद्धार्थ मूर्तिवत खड़ा था, लक्ष्य पर दृष्टि निर्निमेष टिकाये हुए। पुतलियों में चमकते मात्र दो तारे ही उसमें जीवन शेष होने के साक्षी बने हुए थे।

अगले ही पल कोलाहल मच गया। अपलक सिद्धार्थ को देख रहे देवदत्त को आभास तक नहीं हुआ कब सिद्धार्थ का अँगूठा और अनामिका प्रत्यंचा से अलग हुए और कब लक्ष्यभेदी बाण छूटा। राजा सुप्रबुद्ध के मुख पर निराशा एवं चिन्ता का स्थान आश्चर्य-मिश्रित प्रसन्नता ने ले लिया था।

"कैसे किया तुमने?" देवदत्त भौंचक्का था। "अभ्यास करते तो कभी देखा नहीं तुम्हें!"

"एकाग्र होकर।" सिद्धार्थ ने सहज रूप से उत्तर दिया।

"मात्र एकाग्र होकर?"

"हाँ।"

"और यह एकाग्र होना कैसे सीखा?"

"सीखा नहीं, स्वभावगत है।"

फटी आँखें और खुला मुँह लिये देवदत्त कुछ और पूछ पाए उसके पहले ही सिद्धार्थ मुस्कुराता हुआ यशोधरा की ओर बढ़ गया था जो फूलों की बड़ी-सी माला हाथों में लिये खड़ी थी और जिसके हृदय में उठ रहा हर्ष का ज्वार उसकी सुकुमार काया में समाये नहीं समा रहा था।

सिद्धार्थ की विचार-तन्द्रा गुरु अर्जुन की कुटिया के द्वार पर पहुँचने के उपरान्त ही टूटी।

"प्रणाम गुरुवर!" दोनों हाथों को जोड़ वह झुकते हुए बोला।

सिद्धार्थ के आने का सन्देश लेकर आए मृगशावकों को गुरु अर्जुन अपनी थाली में बचा भात हथेली में लेकर खिला रहे थे। उसके चाचा का बेटा और परम-मित्र आनन्द भी वहीं बैठा था। आज उसका भी तो जन्मदिन है। दोनों मित्रों ने आँखों ही आँखों में एक-दूसरे का अभिवादन किया।

"चिरंजीवी भव!" गुरु अर्जुन ने दूसरा हाथ आशीर्वाद की मुद्रा में उठा दिया। "आज तुम भी बीस वर्ष के हुए, और सन्थागार के सदस्य।"

"जी गुरुदेव।"

"तुम्हें ज्ञात है गणराज्य की शक्ति किसमें निहित है? एकता में! आपसी फूट, परस्पर अविश्वास, वैमनस्य—ये गणराज्य के पतन के कारण बनते हैं। इनसे बचना होगा। ऐसी कोई भी स्थिति जिसमें आपसी मतभेद कटुता की सीमा तक पहुँच जाएँ, उसे उत्पन्न होने से रोकना तुम्हारे सर्वाधिक महत्वपूर्ण कर्तव्यों में से एक होगा। ध्यान रहे यह बात!"

"जी गुरुदेव, यथासम्भव प्रयत्न करूँगा।"

"प्रयत्न ही पर्याप्त है। फल पर तो किसी भी स्थिति में मनुष्य का नियन्त्रण नहीं, विशेष रूप से सामाजिक एवं राजनीतिक प्रसंगों में किये गए प्रयत्नों का फल।"

सिद्धार्थ सिर झुकाये मौन बैठा रहा।

"क्या सोचने लग गए सिद्धार्थ?"

"कर्मफल सिद्धान्त के विषय में गुरुदेव, जो यह कहता है कि मनुष्य अपने कर्मों का फल अवश्य पाता है।"

गुरु अर्जुन हँसते हुए खड़े हो गए और मृगशावकों को थपथपाते हुए : "चलो जाओ, बाहर जाकर घास चरो अब!" कहकर कुटिया के पीछे स्थित कुएँ की ओर बढ़ गए।

"वह सिद्धान्त भी ठीक है सिद्धार्थ। परन्तु जहाँ समाज का प्रश्न आता है वहाँ कर्मफल मात्र प्रयत्नों पर ही निर्भर नहीं होता। वह उन समस्त कर्मों पर भी निर्भर करता है जो इस पल तक अन्य व्यक्तियों व व्यक्ति-समूहों द्वारा किये गए हैं। शाक्यवंशियों ने गत कई वर्षों में जो कुछ भी किया अच्छा-बुरा, उसका परिणाम

है कपिलवस्तु—नगर, राज्य और समाज। और तुम स्वयं जो भी हो आज, जैसे भी हो, वह तुम्हारे अपने कर्मों के साथ-साथ तुम्हारे पूर्वजों के कर्मों का भी परिणाम है। मैं तो कहूँगा, न केवल तुम्हारे पूर्वजों द्वारा किये गए कर्मों का अपितु इस आर्यावर्त्त में अब तक जितने भी मनुष्य हुए हैं और वर्तमान में हैं—विशेषकर कोलिय-राज्य में, कोशल-राज्य में, और तुम्हारे अपने राज्य में—एक सीमा तक उन सबके कर्मों का भी। उन सबके एकत्रित कर्मों से तुम्हारे समाज का और परिणामत: किंचित परिमाण में तुम्हारे कर्मों का भी फल निर्धारित होता है।"

"ध्वनि की भाँति सिद्धार्थ, कर्म भी कभी नष्ट नहीं होते। एक विशाल चक्र है जो इन एकत्रित कर्मों के फलस्वरूप निश्चित दिशा में चला जा रहा है। किसी व्यक्ति के वश में नहीं है इसे रोकना अथवा इसकी दिशा परिवर्तित करना। तनिक व्यवधान मात्र उत्पन्न कर सकता है, इससे अधिक कुछ नहीं। उसकी गति, उसकी दिशा अब नियति बन चुकी है।"

"नियति गुरुदेव?" सिद्धार्थ ने लोटा-डोरी से पानी खींचकर गुरु अर्जुन के हाथों पर डालते हुए पूछा।

"हाँ सिद्धार्थ, और यही नियतिचक्र हम सबको चलाता है, अपने साथ खींचता चलता है।"

"तो फिर यज्ञ गुरुदेव? इनका क्या कोई प्रयोजन नहीं? ब्राहमण तो गर्वोक्ति करते हैं कि व्यक्ति और समाज की दशा में ही नहीं, घटनाओं की दिशा में भी यज्ञ द्वारा परिवर्तन किया जा सकता है।"

"मूर्ख हैं वे या फिर पाखंडी!" गुरु अर्जुन का स्वर तीव्र हो गया। "उन्हीं के अनुसार परमात्मा तो सर्वव्यापी, सर्वज्ञ और सर्वशक्तिमान है। तो क्या उसके निर्णयों को प्रभावित करने का दम्भ भरनेवाले ये ब्राह्मण उस सर्वशक्तिमान से भी शक्तिशाली हो गए?"

कहते हुए गुरु अर्जुन ने गेरुए अधोवस्त्र के उनके कन्धे पर लटके छोर से हाथों को पोंछा और एक विशाल पीपल के नीचे ईंटों से बने चत्वर पर जाकर बैठ गए, तथा सिद्धार्थ और आनन्द सामने धरती पर।

"ऋग्वेद की ऋचाएँ जिस समय कही गईं थीं सिद्धार्थ, अत्यन्त सुगम्य थीं जीवन तथा अस्तित्व की व्याख्याएँ। आत्मा-परमात्मा की धारणाएँ नहीं थीं। जीवित रहते हुए यज्ञ करके देवों को प्रसन्न रखना ही मनुष्य का कर्त्तव्य समझा जाता था,तथा मृत्यु-पश्चात् पुरखों के लोक जाना ही उसका उद्देश्य। वह सादा सरल यज्ञ जो प्रत्येक गृहपति स्वजनों के साथ बैठकर स्वयं ही कर लेता था अब दुरूह एवं दुस्साध्य कर्मकांड बन गया है। जिस पशु को भोजन के लिये मारना होता था, ऋग्वेदकालीन आर्य तो मात्र उसी पशु की आहुति देते थे यज्ञ में और उसे देवताओं का प्रसाद मान वे श्रद्धा के साथ ग्रहण कर लेते थे। किन्तु अब तो

ब्राह्मण विशाल और अति विशाल महायज्ञ करवाते रहते हैं जिनमें सहस्त्रों पशुओं की बलि व्यर्थ ही चढ़ा दी जाती है।"

"आपने देखा है गुरुदेव कभी कोई महायज्ञ होते हुए?"

"हाँ श्रावस्ती में देखा था। सैकड़ों भेड़-बकरियाँ गायें बाड़े में बन्द थे। विशाल यज्ञवेदी के चारों ओर ब्राह्मण बैठे थे। गले में बँधी रस्सी से खींचकर पशु को यज्ञवेदी के पास गड़े खूँटों से बाँध दिया जाता। मन्त्रोच्चार के साथ जब उनके शरीर पर घी मला जाता और सिन्दूर व पुष्प से उनकी पूजा की जाती, वे पशु कातर नेत्रों से उन्हें देखते रहते और आशंका से भरकर मिमियाने रँभाने लगते। फिर जब यज्ञ-पुरोहित संकेत देता, एक साथ कई फरसे उन निरीह पशुओं पर गिरते और रक्त की फुहारें फूट पड़तीं। नदी-सी बह निकली थी रक्त की। पशुओं की मृत्यु-पूर्व चीत्कार हृदय को थरथराये दे रही थी।"

कहकर गुरु अर्जुन ने दुखी भाव से सिर हिलाया।

"और वे तो अधमरे पशु के पेट से ही ऊतक और झिल्लियाँ खींच-खींचकर अग्नि में झोंके दे रहे थे। उनका मानना है कि इनके भुनने की महक जब देवताओं तक पहुँचती है तो वे प्रलोभित हो खिंचे चले आते हैं, उन्हें आना ही होता है। फिर मृत पशु का एक-एक अंग खींचकर मन्त्र के साथ उस अंग का नाम लेते हुए लपलपा रही अग्नि-ज्वालाओं में उछालते जाते। ऐसी चिरायन्ध कि साँस लेना दूभर हुआ जा रहा था! रक्त में सने ब्राह्मण भयावह दिखाई दे रहे थे! वीभत्स था वह दृश्य, वीभत्स!! आज भी जुगुप्सा जगा जाता है मन में। और विगत तीन माह से चल रहा था वह यज्ञ। सहस्त्रों सैनिक लगे थे गाँवों से पशुओं को लाने में। न जाने और कितने दिन भुगता होगा पशुओं ने यह सब!"

गुरु अर्जुन ने गहरी ठंडी साँस छोड़ी।

मौन बैठे हुए सिद्धार्थ को देख गुरु अर्जुन की आँखों में स्नेह झलक रहा था तो आनन्द की आँखों में आदर, प्रशंसा व प्रेम का मिलाजुला भाव। गुरु अर्जुन को गर्व है अपने इस नित्य-जिज्ञासु मेधावी शिष्य पर, और आनन्द का तो वह आदर्श ही है।

"कहाँ खो गए सिद्धार्थ?" गुरु अर्जुन ने मौन तोड़ा।

"मैं सोच रहा था गुरुदेव, जब कर्मफल हमारे हाथ में है ही नहीं, सब कुछ नियति के ही हाथ में है, तो किसी भी कर्म को करने से क्या लाभ?"

"हाँ, यज्ञादि कर्मकांड का तो मेरे विचार से कोई फल नहीं है। और नियति के विषय में मैंने जो कुछ कहा वह समाज के परिप्रेक्ष्य में कहा। किन्तु जहाँ तक व्यक्ति द्वारा स्वयं के स्तर पर किये गए कार्यों तथा प्रयत्नों का प्रश्न है, कर्मफल का सिद्धान्त बड़ी सीमा तक फलीभूत होता है। तुमने पौधा रोपकर पानी दिया है, उसकी देखभाल की है, तो वह फल देगा इसकी पूरी सम्भावना है। परन्तु फल

होता है, कब होता है, कैसा और कितना होता है यह धरती की उर्वराशक्ति पर निर्भर करेगा तथा साथ ही जलवायु पर भी। उसी प्रकार तुम्हारे प्रयत्नों का फल भी प्रयत्नों की सच्चाई के साथ-साथ समाज-रूपी धरती और परिस्थितियों-रूपी जलवायु पर भी निर्भर करेगा। हाँ, एक विषय में अवश्य कर्मफल पूर्णतः कर्म के ही अनुरूप होता है।"

"कौन-सा विषय गुरुदेव?"

"आत्मोन्नयन का। उस हेतु किये गए कर्म गणित के सिद्धान्तों का पालन करते हैं। दो और दो को जोड़ोगे तो चार होगा, परस्पर घटाओगे तो शून्य।"

सुमित्र

सात वर्ष का बालक घुटनों तक का झँगुला पहने उकड़ू बैठा बड़े ध्यान से सामने धरती को देख रहा है। कुछ समय पश्चात् वह उठा, भागकर अपनी नन्ही अंजलि में जल भर लाया, और वह जल धरती पर छिड़क फिर बैठ गया वैसे ही बड़े ध्यान से देखते हुए।

"क्या कर रहा है रे सुमित्र?"

"माँ! बीज उगा रहा हूँ।"

सुकन्या की हँसी छूट गई। कैसी मनमोहक हँसी! कोमल कुसुम्भीवर्ण अधरों के मध्य शुभ्र मणिमाला-सी दन्तपंक्ति जैसे लाल कमल की पंखुड़ियों पर ओस की बूँदें! चम्पई खिलता हुआ रंग, सुडौल देह, यौवनदीप्त त्वचा।

"बीज उगा रहा है?"

"हाँ माँ! परन्तु यह उगता ही नहीं!"

"बेटा, इतनी शीघ्र कैसे उगेगा?"

"तो कब उगेगा?"

"समय दे उसे, चार-पाँच दिन का।" सुकन्या ने अपने बेटे के पास ही उकड़ू बैठते हुए कहा।

"किन्तु पाँच दिन तो हो गए माँ!"

"तू पाँच दिन से ऐसे ही जल छिड़क रहा है इस पर?"

"हाँ माँ!"

सुकन्या ने हँसते हुए सुमित्र को अपनी गोद में खींच लिया और उसके भरे हुए गोरे-गोरे गालों को चूम लिया।

सुकन्या की आयु लगभग पच्चीस वर्ष है। देह पर मात्र एक उज्ज्वल श्वेत वस्त्र जो उसके बाएँ कन्धे से उतरता हुआ रोमरहित पिंडलियों के बीच पहुँच थम गया है। गले में माला है मल्लिका के श्वेत फूलों की जो उन्नत वक्षों पर कुछ सकुचाये-से कुछ ललचाये-से ठहरे हुए हैं। लम्बी, घनी अलकों को बेला की लड़ियों से शंख-ग्रीवा पर पीछे की ओर बाँध रखा है तथा मालती-पुष्पों के बीच

गुँथी जूही-कलियों की माला से सामने माथे पर भी। फिर भी पवन के झोंकों को निमित्त बना वे काले केश लालसावश उसके कोमल कपोलों पर गिरे-गिरे पड़ रहे हैं। चमेली की लड़ियों के भुजबन्ध हैं स्निग्ध भुजाओं पर, तथा गोल कलाइयों पर उनके ही कड़े।

"परन्तु यदि तू यूँ ही बैठा देखता रहेगा तो थोड़े ही उगेगा।"

"क्यों माँ, फिर कैसे उगेगा?"

"रात में उगेगा चुपके से।" सुकन्या सुमित्र के कान में फुसफुसाई। "फिर जब तू सवेरे देखेगा नन्हा-सा मेरे बेटे जैसा प्यारा अंकुर बीज के आवरण को मस्तक पर मुकुट-सा सजाए दिखेगा।"

"किन्तु रात में ही क्यों माँ, रात में ही क्यों उगेगा?"

"लजाता है तेरी भाँति।"

सुमित्र माँ के गले से लिपट गया और अपना प्यारा मुखड़ा उसके आँचल में छिपा लिया। हँसते हुए सुकन्या उसे अपनी छाती से चिपकाये उठकर जाने लगी तो सुमित्र को पुनः अपने बीज की चिन्ता हुई।

"माँ! उग तो जाएगा न?"

"हाँ, देव चाहेंगे तो अवश्य उग जाएगा।"

"देव कौन होते हैं माँ?"

"देव? देव ऊपर रहते हैं आकाश में। पृथ्वी पर जो भी होता है वे ही करते हैं। वायु वे ही प्रवाहित करते हैं, वर्षा वे ही करवाते हैं, अग्नि-प्रज्वलन भी उनकी ही कृपा से होता है।"

"आकाश में जब मेघ गड़गड़ाते हैं माँ, तब क्या कड़कड़ाती हुई बिजली भी वे ही गिराते हैं?"

वनों के बीच स्थित उस आश्रम में बाँस, फूस और मिट्टी से बनी छोटी सुन्दर कुटिया में सुमित्र के मन में भय मात्र इसी कारण उत्पन्न हुआ करता है।

"हाँ मेरे लाडले! बिजली भी वे ही गिराते हैं, मेघ भी वे ही लाते हैं और तुझे भी वे ही डाल गए हैं मेरी झोली में।"

"माँ! सब काम देव ही करते हैं?"

"हाँ बेटा हाँ!" सुकन्या को अब खीझ हो चली थी सुमित्र के कभी न समाप्त होनेवाले प्रश्नों से।

"तो माँ मनुष्य क्या करते हैं?"

"मनुष्य?" सुकन्या की हँसी फिर फूट पड़ी। "मनुष्य सुमित्र के प्रश्नों के उत्तर देते हैं।" कहते हुए उसने सुमित्र को गोद से उतार दिया।

समूचा ही स्थान अत्यन्त सुरम्य है—वृक्षों से आच्छादित, रंग-बिरंगे फूलों से खिला-महका। मृगशावक निर्भय घूम रहे हैं। कहीं पंख पसारे मोर दौड़ते फिर रहे हैं तो कहीं वृक्ष की शाखों पर तोता मैना बतियाने में लगे हैं। दाईं ओर गायों का बाड़ा है व बाईं ओर यज्ञशाला, चारों ओर से खुला वृक्षों के तनों पर टिका बाँसों पर बिछी फूस का गोल छप्पर मात्र जिसके बीचोबीच यज्ञवेदी बनी हुई है। लयपूर्वक उच्चारित गायत्री-मन्त्र और आहुतियों का मन्द समीर में लहराता धुआँ वातावरण में पवित्रता का अनुभव करा रहा है।

"क्या वार्तालाप चल रहा है माँ-बेटे के बीच?" गायत्री-पाठ समाप्त कर यज्ञशाला से बाहर आकर ऋषि सन्दीपन ने कन्धे से घुटने तक आते गेरुए वस्त्र को सँभालते हुए पूछा।

पचपन वर्ष से अधिक के ही हैं ऋषि सन्दीपन, सम्भवत: साठ वर्ष के। सिर पर रूखे केशों की जटा और छाती पर लटकती खिचड़ी दाढ़ी। कृशकाय झुर्रियों-भरी काया, सूखे काठ-सी टाँगें घने लोमयुक्त और गहरी बिवाइयाँ पड़े पैरों पर उभरी हुईं नसें।

"वार्तालाप नहीं प्रश्नोत्तर!" सुमित्र को लाड़पूर्वक निहारते हुए सुकन्या बोली। "अत्यधिक ही प्रश्न करता है आपका पुत्र! इसका उपनयन संस्कार करके इसे शीघ्र ही वेदों की शिक्षा देना आरम्भ कीजिये।"

"परन्तु उपनयन संस्कार आठ वर्ष की आयु के पूर्व शास्त्र-सम्मत नहीं है।"

"आठ वर्ष? पेट में इसके दाढ़ी है, आपसे भी बड़ी!"

सुकन्या के साथ-साथ ऋषि सन्दीपन भी हँस दिये ।

मन्त्रोच्चारणों की ध्वनि समाप्त होते ही गायें रँभाने लगीं थीं। उन्हें पता चल गया है कि उनके घास चरने हेतु वन जाने की वेला आ पहुँची है।

"तात! मैं भी जाऊँगा गाय चराने!" पिता का वस्त्र अपनी ओर खींचते हुए सुमित्र बोला।

"किन्तु अभी छोटा है तू।"

"माँ तो कहती है मेरे पेट में दाढ़ी है, फिर छोटा कैसे?" कहते हुए सुमित्र बाड़े के भीतर को दौड़ गया और चुहुक-चुहुक कर माँ के स्तनों से दूध पीते बछड़े के पास खड़े होकर बोला, "और इससे तो बड़ा हूँ मैं। जब यह जा सकता है वन तो मैं क्यों नहीं?"

"अच्छा बेटा अच्छा! चले जाना।"

ऋषि सन्दीपन जो बड़े-बड़े विद्वानों को शास्त्रार्थ में हरा देते हैं सुमित्र से हार मानते हुए बोले। इसे देख आसपास खड़े दस-बारह युवक, जो पन्द्रह से पच्चीस

वर्ष तक की आयु के हैं, हँस दिये। ये सभी इस गुरुकुल में अध्ययनरत युवक हैं, ब्राह्मण एवं कुलीन क्षत्रिय जो विद्योपार्जन के लिये दूर-दूर से आए हैं ऋषि सन्दीपन की ख्याति सुनकर।

"चलो फिर सुमित्र, चलते हैं।" विद्यार्थियों में से एक बोला। "देखो तो गायें कैसे तृष्णामय नेत्रों से देख रही हैं तुम्हें!"

सुमित्र बल्लियों उछल पड़ा।

"ठीक है प्रतुल्य भैया, चलो चलते हैं!"

"ठहरो-ठहरो! पहले कुछ खा-पी तो लो।" कहते हुए सुकन्या रसोईघर की ओर बढ़ गई और कुछ ही देर में सत्तू का घोल तथा गुड़ ले आई।

इन सभी अन्तेवासियों का पुत्रवत ध्यान रखती है सुकन्या। वे भी उसे माँ जैसा ही मान देते हैं। विद्यार्थियों के जाते न जाते एक परिव्राजक आश्रम-द्वार पर आ खड़ा हुआ।

आगन्तुक को आतिथ्य देना तथा यदि वह शास्त्रार्थ की इच्छा प्रकट करे तो उसे भी पूरा करना पुनीत धर्म है किसी भी ब्राह्मण का। आज इन दोनों कर्तव्यों को पूरा करने का भार ऋषि सन्दीपन पर आ पड़ा है।

यह गुरुकुल गंगा के दक्षिण तथा हिरण्यक (वर्तमान सोन नदी) के पूर्व में स्थित मगधदेश में है। मगध इस काल में रूढ़ियों व परम्पराओं के विरुद्ध वैचारिक आन्दोलनों का गढ़ बना हुआ है। मत-मतान्तरों के न जाने कितने प्रवर्तक हैं यहाँ जिनके सहस्त्रों शिष्य परिव्राजक बन घूमा करते हैं गाँव-गाँव, जंगल-जंगल अपने-अपने मत का प्रचार करने।

किन्तु कुछ ऐसे परिव्राजक भी हैं जो किसी को भी गुरु नहीं मानते। जो सत्य की खोज में हैं और शास्त्रार्थ के अवसर ढूँढ़ते रहते हैं। कई ऐसे भी हैं जो मात्र व्यवस्थाओं एवं परम्पराओं के प्रति विरोध जताने के लिये ही परिव्राजक बन बैठे हैं। ऐसे परिव्राजकों की भी कमी नहीं जिन्हें जीवन से विरक्ति हो गई है आध्यात्मिक कारणों से। साथ ही बड़ी संख्या उनकी भी है जो सांसारिक कारणों से परिव्राजक हो गए हैं। किसी की पत्नी भाग गई तो किसी की प्रेमिका ने उसे छोड़ किसी अन्य पुरुष के साथ विवाह कर लिया। किसी ने व्यापार में दिवालिया हो अथवा उधारी में डूबकर लेनदारों से पिंड छुड़ाने के लिये परिव्राजक-वेश धारण कर लिया है तो कुछ मात्र इस कारण से परिव्राजक बने हुए हैं कि परिश्रम करने में न तो उनकी रूचि है, न ही विश्वास। उन्हें भिक्षाटन द्वारा ही जीवनयापन करना सुहाता है।

इसमें कुछ कठिनाई भी नहीं है। अन्यान्य कारणों से इस काल में स्थापित मान्यताओं एवं आस्थाओं के प्रति जनसामान्य के मन में सन्देह उत्पन्न हो चला है।

साथ ही परिव्राजकों के प्रति उनमें यह धारणा बनी हुई है कि वे सांसारिक प्रलोभनों को त्याग जीवन के अनसुलझे प्रश्नों के उत्तर पाने तथा सच्चा धर्म एवं धर्म का सच खोजने में अपना जीवन होम कर रहे हैं। इस कारण उनके प्रति सामान्यतः आदर एवं श्रद्धा का भाव है। इसलिये बिरले ही किसी परिव्राजक को भिक्षा प्राप्त करने में कभी कोई कठिनाई हुआ करती है।

"काल क्या है?" परिव्राजक ने पूछा।

भोजनोपरान्त ऋषि सन्दीपन उसे लेकर यज्ञशाला में ही बैठ गए थे।

"काल अथवा समय इन्द्रिय-ग्राह्य नहीं हैं। इसका आभास मात्र गति में है और सूर्य की गति ही इसके अस्तित्व का प्रमाण है।"

"तो क्या सूर्य के अस्तित्व में आने के पूर्व काल का अस्तित्व ही नहीं था?"

"अस्तित्व तो था, परन्तु उसका विभाजन सम्भव नहीं था। जो काल सूर्य के साथ अस्तित्व में आया वही विभाजन योग्य है।"

"क्या इच्छाओं का अन्त सम्भव है?"

"नहीं।" ऋषि सन्दीपन ने नकारात्मक भाव से सिर हिलाया। "ऋषि ऐतरेय ने कहा है एषः पुरुषः समुद्रः, अर्थात पुरुष और समुद्र दोनों की प्रकृति एक जैसी है। सदैव ही बढ़ते रहने का प्रयत्न करना समुद्र की प्रकृति है। वह अनवरत अपनी लहरें तट के आगे दौड़ाता रहता है, विस्तार पाने की आकांक्षा लिये। ऐसा ही मनुष्य के साथ है। उसकी एक इच्छा फलीभूत हो जाए या उसका एक उद्देश्य पूरा हो जाए तो वह उससे आगे जाने की इच्छा करता है। वहाँ पहुँच जाए तो और भी आगे जाने की इच्छा करेगा। इच्छाएँ कभी समाप्त नहीं होंगी।"

"ज्ञानी पुरुष कहते हैं बिना इच्छाओं से मुक्ति पाए ब्रह्मज्ञान सम्भव नहीं। यदि आपका कथन सत्य है तो ब्रह्मज्ञान प्राप्त करना असम्भव ही हुआ!"

"ऐसे जन्मान्ध को जिसने कभी प्रकाश देखा ही न हो, दृष्टि प्राप्त होते ही यदि आकाश में कड़क रही तड़ित-विद्युत का दर्शन हो जाए तो क्या होगा? वह अन्धा हो जाएगा! उसके नेत्र सह नहीं सकेंगे उस तीव्र प्रकाश को! किसी प्रकार के आनन्द का कोई पूर्वानुभव न रखनेवाला व्यक्ति भी इसी प्रकार ब्रहमज्ञान से प्राप्त होनेवाले आनन्द को सह नहीं सकेगा।"

कहकर ऋषि सन्दीपन ने सुकन्या की ओर दृष्टि दौड़ाई जो यज्ञशाला के एक स्तम्भ की आड़ में खड़ी रहकर अत्यन्त ध्यानपूर्वक यह चर्चा सुन रही थी।

"वस्तुतः ब्रहम ही समस्त आनन्दों का स्रोत है। ब्रह्मज्ञान से प्राप्त होनेवाले आनन्द का ही अंश पत्नी के प्रेम में है, सन्तान के प्रति वात्सल्य में है, मित्र-भाव में है और ज्ञानार्जन में भी है। बिना इन आनन्दों का अनुभव लिये ब्रह्मज्ञान से प्राप्त

होनेवाले परमानन्द को अनुभव कर पाना किस प्रकार सम्भव होगा? कैसे इन आनन्दों को नकार व उनकी विपरीत दिशा में यात्रा कर उस तक पहुँचा जा सकता है जो इन समस्त आनन्दों का स्रोत है?"

दिन का दूसरा प्रहर बीत जाने पर जब तृप्तमना गायें लौटकर आईं तो साथ लौटे विद्यार्थी कन्द मूल फल खोद-बीन लाये थे तथा रसोई एवं समिधा के लिये सूखी लकड़ियाँ भी। सुमित्र एक प्रश्न लेकर आया है।

"तात! सभी गायें हरी-हरी घास ही चर रहीं थीं, धवला भी और श्यामा भी। दूध किन्तु दोनों ही श्वेत देती हैं, ऐसा क्यों?"

सन्दीपन ऋषि का शास्त्रार्थ-कर्म अभी सम्पन्न नहीं हुआ था।

सुकन्या ने तरकारी-भात बना रखा है। साथ बैठकर भोजन के पश्चात् सभी विद्यार्थी अपनी-अपनी कुटी में चले गए स्वाध्याय करने, और सुमित्र पहुँच गया अपने बीज के पास।

सांझ होते ही यज्ञवेदी में मौन आहुतियाँ दे लेने के पश्चात् सारे शिष्य नित्य की भाँति आज भी प्रश्नोत्तर एवं चर्चा के लिये अपने गुरु के सामने घेरा बनाकर बैठ गए हैं। अपने पति की बाईं ओर सुकन्या भी बैठ गई है, सुमित्र को गोद में लेकर।

"आपने परिव्राजक से कहा था इच्छाओं का अन्त सम्भव नहीं। इच्छाओं का जनक कौन है?" आज पहला प्रश्न सुकन्या ने किया।

"विधाता! उसने ही इस सृष्टि का संवर्धन तथा संरक्षण करने हेतु इच्छाएँ निर्मित की हैं। भोजन की इच्छा न हो तो व्यक्ति पोषण प्राप्त न होने से अकाल मृत्यु को प्राप्त हो जाएगा। स्त्री-पुरुष में परस्पर संसर्ग की इच्छा न हो तो मानव का अस्तित्व ही समाप्त हो जाएगा। ऐसा ही पशु-पक्षियों के साथ भी है।"

प्रतुल्य की दृष्टि अनायास ही सुकन्या की ओर उठ गई। प्रतुल्य वरिष्ठतम विद्यार्थी है और सर्वाधिक मेधावी भी। वह तेईस वर्ष का हो चुका है।

आचारसंहिता के अनुसार गुरु-माँ के चरणों को छोड़ अन्य किसी अंग पर दृष्टि डालना शिष्यों के लिये वर्जित है, और पाप भी। किन्तु प्रात:काल जब वे पद-वन्दनार्थ उसके आगे अपना सिर झुकाते हैं तो उन सुन्दर चरणों को देख उनकी स्वामिनी के मुख का दर्शन करने की प्रबल इच्छा को कौन-कौन दबा पाता है, कहना कठिन है। यह किन्तु निश्चित है कि प्रतुल्य यह लोभ-संवरण नहीं कर पाया है। इतना ही नहीं तो यह अपराध उसने बार-बार किया है, विशेष रूप से गत एक वर्ष में।

सुकन्या से यह छिपा नहीं है और उसे यह अच्छा लगता है।

"फिर तो पशु-पक्षियों और मानव में कोई अन्तर ही नहीं रहा गुरुदेव?" सुकन्या की दृष्टि अपनी ओर उठते देख प्रतुल्य ने शीघ्रता से अपनी आँखें उस पर

से हटाकर ऋषि सन्दीपन पर गड़ाते हुए पूछा। उसे भय था मादक नेत्रों का सम्मोहन उसकी दृष्टि को बाँध न ले और गुरुदेव इसे लक्षित न कर लें।

"अन्तर है!" ऋषि सन्दीपन ने दो-तीन बार ऊपर-नीचे सिर हिलाया। "समाज और परिवार का अन्तर है! इच्छाओं की अराजकता से निकालकर मनुष्य को रचनात्मक दिशा देने के लिये ही इन संस्थाओं का प्रादुर्भाव हुआ है। वस्तुतः व्यक्ति, परिवार तथा समाज में सामंजस्य उत्पन्न करना ही सनातन धर्म है। शरीर में प्रत्येक अंग का विशिष्ट एवं महत्वपूर्ण स्थान है। एक भी अंग के न होने अथवा अस्वस्थ होने से जैसे शरीर का कार्य-व्यापार सुचारू रूप से नहीं चल पाता, वैसे ही इस प्रकृति एवं मानव-जाति के अस्तित्व का उद्देश्य भी मनुष्य, परिवार और समाज तीनों के ही विद्यमान होने, स्वस्थ होने तथा उनमें परस्पर सामंजस्य होने से ही पूर्ण होता है।"

"आपने कहा था ब्रह्मज्ञान का आनन्द प्राप्त कर पाना संसार के अन्य आनन्दों का अनुभव किये बिना सम्भव नहीं है।" प्रतुल्य की दृष्टि पुनः अपनी ओर उठती देख सुकन्या ने अपना ललाम होता मुख सत्वर अपने पति की ओर घुमाते हुए प्रश्न किया। "किन्तु क्या अन्य आनन्दों में उलझकर मनुष्य ब्रह्मज्ञान प्राप्ति का प्रयत्न कर पाएगा?" प्रतुल्य के नेत्रों का रह-रहकर अपनी ओर उठ जाना सुकन्या के हृदय में आनन्द एवं उत्तेजना की लहरें उच्छलित कर रहा है।

"ऋषि ऐतरेय का यह स्पष्ट मत है कि विवाह एवं सन्तानोत्पत्ति के बिना मनुष्य का जीवन अधूरा ही नहीं अप्रिय भी है।" ऋषि सन्दीपन ने सुकन्या तथा उसके गोद में लेटे सुमित्र पर स्नेहसिक्त दृष्टि डाली। "और मेरा भी यह दृढ़ मत है कि बिना पत्नी व पुत्र से प्राप्त होनेवाले आनन्द का अनुभव किये ब्रह्मज्ञान के आनन्द को अनुभव करने के समस्त प्रयत्न निष्फल ही सिद्ध होंगे। ऋषि याज्ञवल्क्य से जब प्रश्न किया गया कि ब्रह्मज्ञान का आनन्द कैसा होता है, तो उन्होंने उत्तर दिया वैसा ही जैसा तब प्राप्त होता है जब प्रेमिल पत्नी अपने प्रगाढ़ आलिंगन में भर लेती है। तब न यह भान रहता है हमारे आसपास क्या है, कौन है; और न ही स्वयं का भान रहता है।"

सन्दीपन ऋषि ने एक-एक कर सभी शिष्यों पर दृष्टि दौड़ाई और सन्तुष्ट होकर कि वे सभी दत्तचित्त होकर सुन रहे हैं, उन्होंने पुनः कहना आरम्भ किया।

"प्रकृति में चहुँओर क्रमशः विकास दिखाई देता है। बीज कई सप्ताह में पौधा बनता है, पौधा कई वर्षों में वृक्ष। यही मनुष्य के साथ है। नन्हा शिशु बालक बनता है, बालक युवक। इस क्रमशः विकास में आनन्द की कई परतें हैं। शिशु सर्वप्रथम माता-पिता के स्नेह का आनन्द लेता है। फिर बालक होकर मित्रों के साहचर्य का आनन्द उठाता है। किशोरावस्था में ज्ञानार्जन का आनन्द प्राप्त करता है। युवा होने

पर विवाह करता है और दाम्पत्य-सुख भोगता है। सन्तानोत्पत्ति के साथ आनन्द-यात्रा के नये चरण का आरम्भ होता है एक नये यात्री के साथ—सन्तान के प्रति वात्सल्य एवं प्रेम से उपजे आनन्द की यात्रा, उसकी बाल-सुलभ क्रीड़ाओं से प्राप्त आनन्द की यात्रा। तैत्तिरीय उपनिषद में ऋषि वरुण कह गए हैं कि आनन्द सम्पूर्ण प्रकृति में ही व्याप्त है। भोजन के आनन्द से लेकर मित्रता, समृद्धि, विद्वत्ता, प्रसिद्धि इत्यादि से मिलनेवाले आनन्द एवं ब्रह्म पर ध्यान लगाने से लेकर ब्रह्मज्ञान की प्राप्ति के आनन्द तक सब उसी असीम आनन्द के भिन्न-भिन्न स्वरूप हैं विभिन्न परिमाणों में। आनन्द मनुष्य का मूल स्वभाव है, और उसका लक्ष्य भी।"

उस रात न तो सुकन्या सो सकी, न ही प्रतुल्य।

अधिक दिन नहीं लगे ऋषि सन्दीपन के मन में सन्देह का अंकुर फूटने में। परन्तु था तो सन्देह ही! और फिर सुकन्या के पातिव्रत्य पर उन्हें पूर्ण विश्वास था। अत: प्रतुल्य से उन्होंने कहा तो कुछ नहीं किन्तु अब जब भी वे वन्यग्रामों के प्रवास पर जाते—वनवासियों के बीच आर्यधर्म एवं संस्कृति का प्रचार-प्रसार करने—तो उसे भी साथ ले जाते।

आरम्भिक चरणों में आर्यों ने पश्चिम से पूर्व की ओर विस्तार बाहुबल से ही किया था। प्रत्येक वर्ष वर्षा की समाप्ति पर अश्वारोही सैनिक पूर्व की ओर वनों में कई योजन (आठ मील) आगे बढ़कर अपना ध्वज फहरा देते। फिर वहाँ एक विशाल यज्ञ का आयोजन होता और बीच की सारी भूमि उनके राजा की हो जाती। तत्पश्चात वृक्षों को काट अथवा जलाकर भूमि को कृषि योग्य बना उस पर आर्यों की बसाहटें कर दी जातीं। इस क्रम में मूल निवासी या तो लड़ते हुए मारे जाते अथवा भागकर और गहरे वनों में नये गाँव बसा लेते। जो पकड़े जाते उन्हें दास बनाकर आर्यों की सेवा करने के लिये बाध्य किया जाता।

कालान्तर में आर्यों को अपनी भूल का अनुभव तब हुआ जब उनके नित नये बसते और विस्तार पाते नगरों के विकास तथा समृद्धि से उपजी नवीन आवश्यकताओं की पूर्ति के लिये श्रमिकों एवं शिल्पियों का अभाव होने लगा। इस प्रकार से किये गए विस्तार में पर्याप्त संख्या में दास नहीं मिल पाते थे और जो मिलते थे वे सदैव ही विद्रोह पर उतारू रहते थे। इसका एक महत्त्वपूर्ण कारण उन्हें समझ आया उन दासों के मन में अपनी जड़ों से उखड़ जाने का व अपनी धरती से बिछड़ जाने का दु:ख। और उससे भी अधिक अपने उन देवताओं और देवियों से दूर हो जाने की पीड़ा जो गाँव की सीमा पर किसी पेड़ पर या किसी पत्थर में निवास किया करते थे तथा जिनके आसपास ही उनका जीवन-चक्र घूमा करता था। आर्यों की जीवनशैली भी उन्हें रास नहीं आती थी तथा अपनी पहचान खोती हुई प्रतीत होती थी।

किन्तु अब आर्य-संस्कृति का दक्षिण में विस्तार करनेवाले ऋषि अगस्त्य से प्रेरणा पाकर सहस्त्रों ब्राह्मण इन दिनों अनार्य-वनवासियों के बीच घूमा करते हैं तथा उन्हें कथाओं के माध्यम से प्रेरित करते हैं आर्य-संस्कृति अपनाने के लिये। इन कहानियों में अनिन्द्य सौन्दर्य की स्वामिनी मनमोहिनी अप्सराएँ भी होती हैं और अलौकिक शक्तियों के स्वामी यक्ष, गन्धर्व तथा राक्षस भी। दूरवाणी और दूरदर्शन के युग से सहस्त्रों वर्ष दूर इस काल में वनवासी अत्यन्त चाव से ये कहानियाँ सुना करते हैं।

यह प्रयत्न वनवासियों को उन श्रमणों से बचाने के लिये भी है जिन्हें अस्तित्व में आए अधिक समय नहीं हुआ है। ऋषि सत्यवाह भरद्वाज, जिन्हें अब मुण्डक मुनि के नाम से अधिक जाना जाता है, के अनुयायी ये श्रमण सिर घुटाकर और जनेऊ का बहिष्कार कर वनों में घूमा करते हैं मार्ग में पड़नेवाले ग्रामों के निवासियों में आर्य-संस्कृति के प्रति विद्रोह की भावना जगाते हुए—वह आर्य-संस्कृति जिसके अत्याज्य अंग हैं यज्ञ में देवताओं को हवि देना, जनेऊ धारण करना तथा जन्म से लेकर मृत्यु तक के विभिन्न संस्कार ब्राह्मणों द्वारा सम्पन्न करवाना। ये श्रमण जप, तप, उपवास आदि को भी व्यर्थ मानते हैं।

जनेऊ न पहनने पर आग्रह उनके इसी विद्रोह का परिचायक है, क्योंकि आर्य-संस्कृति में उपनयन संस्कार सम्पन्न करवा जनेऊ पहने बिना न तो कोई ब्राह्मण हो सकता है और न ही क्षत्रिय अथवा कुलीन आर्य। तथा क्योंकि आर्य ऋषि-मुनि लम्बी दाढ़ी व जटाएँ रखते हैं जिस कारण से उन्हें केशिन अथवा जटालिक भी कहा जाता है, ये श्रमण सिर घुटाए घूमते हैं। शिखा तक नहीं छोड़ते सिर पर क्योंकि शिखा रखना भी आर्य-संस्कृति में अनिवार्य है। साथ ही उन साधु-संन्यासियों के विपरीत जो वृक्षों से गिरे हुए फल अथवा तृणमूल खाकर ही उदरपूर्ति किया करते हैं, ये श्रमण भिक्षा माँगकर पेट भरना ही अभीष्ट समझते हैं।

किसी भी प्रकार की विद्रोही मनोवृत्ति शासकों को अप्रिय होती है। इन श्रमणों की विचारधारा विस्तार न पाने पाए इस विचार से वे सन्दीपन ऋषि जैसे ब्राह्मणों को प्रश्रय एवं प्रोत्साहन दिया करते हैं। आश्रमों में अनाज, वस्त्र, औषधियाँ पहुँचती रहती हैं। कई बार राजा स्वयं भी इन सामग्रियों को लेकर आश्रमों में जाते हैं तथा अपनी शक्ति एवं वैभव का प्रदर्शन कर वनवासियों को आकर्षित करने की चेष्टा कर लिया करते हैं। इस हेतु वे वनवासियों में वितरित करने के उद्देश्य से सस्ते आभूषण एवं दर्पण इत्यादि भी ले आते हैं।

वन्यग्रामों की इन यात्राओं में ऋषि सन्दीपन कई सप्ताह तक प्रतुल्य के हाव-भाव का निरीक्षण, परीक्षण, आँकलन करते रहे और धीरे-धीरे उन्हें विश्वास हो

चला कि प्रतुल्य की यौवनेच्छाएँ अब ब्रह्मचर्य का बाँध तोड़ने को आतुर ही नहीं अपितु व्याकुल हो रही हैं।

"तुम्हारी शिक्षा इस गुरुकुल में समाप्त हुई।" एक प्रवास से लौटते हुए उन्होंने प्रतुल्य से कहा। "अब एक वर्ष देशाटन करो। नये प्रदेशों को देखो। वहाँ उपलब्ध ग्रन्थों का अध्ययन करो। विद्वानों के साथ शास्त्रार्थ करो। उन प्रदेशों के निवासियों की रीतियों तथा प्रथाओं को जानो और समझो। इस प्रकार अपनी शिक्षा पूर्ण कर गृहस्थाश्रम में प्रवेश करो। कल से शुक्ल पक्ष आरम्भ हो रहा है। अष्टमी के दिन यात्रा आरम्भ करो ताकि रातें अँधियारी न मिलें।"

उस दिन के पश्चात् प्रतुल्य की भूख समाप्तप्राय: ही हो चली। सुकन्या समझ पा रही थी कि यह कौन-सी भूख है जो भोजन कि भूख पर भारी पड़ रही है। वह भूख स्वयं उसे भी तो व्यथित करती है!

षोडशी सुकन्या का विवाह जब लगभग पचास-वर्षीय निस्सन्तान विधुर ऋषि सन्दीपन के साथ होना निश्चित हुआ तो आशंकित पुत्री को माँ ने समझाया।

"बड़े भाग्य की बात है बेटी ऐसे कुलीन ब्राह्मण पति का मिलना! जाने कितने पुण्यकर्म किये होंगे तूने पूर्वजन्म में!"

"आयु का अन्तर कोई अर्थ नहीं रखता बेटी!" पिता ने जोड़ा। "यह तो दुर्लभ अवसर है तेरे लिये अपना इहलोक और परलोक दोनों सुधारने का। राजाओं तक ने अपनी बेटियाँ ऋषियों को दी थीं। राजा मरुत्त ने महर्षि अंगिरा को अपनी बेटी दी थी, मदिराश्व ने हिरण्यहस्त ऋषि को तथा राजर्षि लोमपाद ने ऋष्यश्रंग मुनि को।" पिता ने और भी कई प्राचीन ऋषि-मुनियों की युवा पत्नियों के उदाहरण देते हुए आश्वस्त किया। "और महाराज शर्याति की पुत्री जिसका नाम भी सुकन्या था ऋषि च्यवन की पत्नी बनी थी। हम तेरे माता-पिता हैं बेटी! क्या हम कभी तेरा अमंगल चाहेंगे?"

और सुकन्या ने अपने मन को मना लिया था, या यूँ कहें मार दिया था।

पति के साथ सुकन्या जब गुरुकुल पहुँची थी, प्रतुल्य आया ही था। पन्द्रह वर्ष का बालक उसके ही सामने तेईस-वर्षीय युवक बना। उसके ही देखते-देखते उसकी छाती चौड़ी होती गई, भुजाओं में मछलियाँ उभरती गईं, कौपीन-वस्त्र से झाँकती जंघाएँ पुष्ट होती चली गईं। और वे लालसाएँ जिन्हें सुकन्या सोचती थी मार चुकी है वह, मन की न जाने किन अँधेरी कन्दराओं से निकलकर मुँह बाए आ खड़ी हुईं। किन्तु मर्यादाओं का उल्लंघन यदि कोई था भी अब तक तो मात्र नेत्रों तक सीमित था। परन्तु उस रात जब कुटिया के बाहर टहल रहे प्रतुल्य की पगध्वनि उसके हृदय-भावों को उद्वेलित करने लगी और बहुत समझाने पर भी मन जब नहीं माना, तो वह दबे पाँव बाहर निकल आई।

पुनः सुकन्या जब शैय्या पर लेटी, नींद ने उसकी आँखों में समाने से स्पष्ट मना कर दिया। समाती भी कैसे? उनमें तो प्रतुल्य के नेत्रों से बहते मौन प्रणय-निवेदन का उसके पैरों को भिगोना बसा हुआ था। प्रातः जब शृंगार के लिये पुष्प एकत्रित करने वह उद्यान पहुँची तो प्रतुल्य पहले से ही वहाँ खड़ा था, अंजलि में पुष्प भरे। मुख से बिना कुछ बोले परन्तु अश्रुपूरित नयनों से सब कुछ कहते हुए उसने सुकन्या के चरणों पर पुष्प रखे और लम्बे डग भरता हुआ चला गया।

प्रतुल्य का यह नित्य-नियम बन गया। उसकी इस मौन आराधना से सुकन्या विचलित भी थी, आनन्दित भी। आकर्षण आसक्ति में परिवर्तित होने लगा। संस्कारों एवं भावनाओं के मध्य युद्ध जब विकराल हो चला तो उसे दुविधा से उबारने आई उसकी तर्क-बुद्धि।

मनुष्य की तर्क-बुद्धि भी विचित्र है, एक दोधारी तलवार जो दोनों ओर से मार करती है। जहाँ एक ओर यह भले-बुरे का निर्णय लेने में सहायक होती है तो वहीं दूसरी ओर किये गए और किये जानेवाले न्याय-विरुद्ध अथवा अनैतिक कर्मों को अनुचित न सिद्ध कर देने में भी सिद्धहस्त होती है। चोर-डाकुओं को यह लूटपाट करने के उचित कारण उपलब्ध कराती है तो हत्यारे को भी अपने कार्य के न्याय-हित में होने का प्रमाण दे देती है।

यही नहीं तो तर्क-बुद्धि द्वारा भ्रष्ट राजकर्मचारियों को भी यह गहन-ज्ञान प्राप्त हो जाता है कि उन्हें अपने परिश्रम एवं समय का पर्याप्त प्रतिदान नहीं मिल रहा, अतः जो वे कर रहे हैं वह भ्रष्टाचार नहीं प्रत्युत उनके द्वारा किये जा रहे कार्य का उचित प्रतिफल है। उनका अधिकार है जो वे न्यायोचित रूप से ले रहे हैं। दूसरी ओर राज्य के अधिकारी भी घूस खाकर विधि-विरुद्ध कार्य की अनुमति देने अथवा उसे अनदेखा कर देने पर व्यर्थ ही अपराध-भाव नहीं पालते। उन्हें अपनी तीक्ष्ण तार्किक बुद्धि के उचित प्रयोग से पहले ही यह बोध प्राप्त हो चुका होता है कि राज्य द्वारा दिया जा रहा वेतन उनकी योग्यता एवं उनके द्वारा सम्पादित कार्य की महत्ता तथा गुणवत्ता को देखते हुए लगभग नगण्य-सा ही है,जिसकी भरपाई कर लेना न तो अनुचित है और न ही नीति-विरुद्ध।

'क्या उन्होंने ही नहीं कहा था आनन्द मनुष्य का मूल स्वभाव है?' सुकन्या की तर्क-बुद्धि उसे समझाने लगी। 'फिर मूल स्वभाव को प्राप्त करने का प्रयत्न निन्दनीय कैसे हो सकता है? यदि हर प्रकार के आनन्द का स्रोत ब्रह्म है तो यह आनन्द जो मैं अनुभव करती हूँ प्रतुल्य के सान्निध्य एवं उसके साहचर्य की अपनी कल्पनाओं में, इस आनन्द का उद्‌भव भी तो उसी से है! और जिसका उद्‌गम ब्रह्म है वह अवांछनीय किस प्रकार हो सकता है, उसे अनैतिक कैसे ठहराया जा सकता है?' इस सारे तर्क-वितर्क के बीच सुमित्र का ध्यान आते ही सुकन्या का

हृदय टीसने लगा। 'किन्तु सारी इच्छाओं का जनक तो विधाता ही है, मेरी भी। और विधाता पर किसका जोर चला है?' उसकी तर्कबुद्धि ने हस्तक्षेप करने में क्षण भर का भी विलम्ब नहीं किया। 'क्या वही हम सबको नहीं चला रहा कठपुतलियों की भाँति? वह क्या करता है और क्यों, वही जानता है। क्या वही एक नहीं है जो मनुष्य के हृदय में जन्म लेती प्रत्येक प्रेरणा का स्रोत है? जो मनुष्य के मन में विचारों को उत्पन्न करता है। जो परिस्थितियों का निर्माण करता है किसी भी कार्य के होने अथवा न होने देने के लिये? और फिर प्रारब्ध को कौन टाल सकता है? प्रत्येक व्यक्ति का एक प्रारब्ध है, सुमित्र का भी।'

प्रतुल्य के आश्रम से जाने का जो दिन नियत था उस दिन सवेरे ऋषि सन्दीपन को यह देख आश्चर्य हुआ कि न तो यज्ञकुंड में समिधाएँ सजाई हुईं हैं और न ही घी का पात्र रखा है। वे तनिक क्रोध में भरे हुए रसोई की ओर बढ़े जहाँ इस समय सुकन्या सामान्यत: हुआ करती है। परन्तु आज रसोई भी नहीं चढ़ी थी। कुटिया में घुस कर देखा, सुमित्र अकेला सो रहा है। सुकन्या को उन्होंने कई बार पुकारा किन्तु कोई प्रत्युत्तर नहीं। उसी समय विद्यार्थियों ने आकर बताया प्रतुल्य भी कहीं नहीं दिख रहा।

ऋषि सन्दीपन सिर पकड़ कर बैठ गए। वे समझ गए, क्या हुआ होगा। उस दिन न तो यज्ञाहुतियाँ दी गईं, न ही अध्यापन-कार्य हुआ। ऋषि सन्दीपन के मन में इस मायावी संसार के प्रति गहरा वैराग्य-भाव उत्पन्न हो गया और सुमित्र के जागने से पूर्व ही वे गहन वन में प्रस्थान कर गए—इस असार संसार से मुक्ति पाने की राह खोजने।

मल्लिका

हिमवन्त की तराई से लेकर दक्षिण में विन्ध्याचल तक और पश्चिम में (वर्तमान में लुप्त हो चुकी) सरस्वती नदी से लेकर पूर्व में सदानीर (वर्तमान गण्डक) नदी तक का क्षेत्र जिसे लगभग हजार वर्षों से निरन्तर चले आ रहे आर्य-संस्कृति-विस्तार के पश्चात् अब आर्यावर्त्त के नाम से जाना जाने लगा है, इसमें स्थित राज्यों में सर्वाधिक शक्तिशाली व सर्वाधिक समृद्ध राज्य है कोशलदेश जो तराई से आरम्भ होकर गंगा तक चला गया है। दक्षिण और पूर्व में इसके घने जंगल हैं जिनमें अभी तक तो मूल-निवासी ही रह रहे हैं। इस कोशलदेश की राजधानी है श्रावस्ती जिसमें हैं बड़े-बड़े व्यापारियों की बड़ी-बड़ी अट्टालिकाएँ सात-सात खंडोंवाली जिनके स्तम्भ मढ़े हैं सोने से और चाँदी से गढ़े गए हैं द्वार, झरोखे व गवाक्ष।

कोशलदेश ही नहीं, सम्पूर्ण आर्यावर्त्त में ही यह काल अभूतपूर्व समृद्धि का काल है। लोहे का उपयोग तो आर्य यहाँ पहुँचने के पूर्व ही जान गए थे, किन्तु प्रचुर मात्रा में लौह-अयस्क मिले वत्सदेश और मगध की खदानों में। यहाँ वे असुर भी मिले जो खनिज से धातु निकालने की उन्नत पद्धति में पारंगत थे। अब रथों और गाड़ियों के पहियों से लेकर नावों और पोतों में लोहे के उपयोग से गतिशीलता तो बढ़ ही गई है, लम्बी यात्राएँ अपेक्षाकृत सुगम और सुरक्षित भी हो चली हैं। इसका सर्वाधिक लाभ हुआ है दूरदेशों के साथ आयात-निर्यात में रत व्यापारियों को जिनके भव्य भवन अब प्रत्येक नगर में दिखाई देने लगे हैं।

कोशलदेश का राजा है संजय महाकोशल। जब व्यापारियों की यह स्थिति है कि उन्हें ज्ञात नहीं उनके समस्त सुविधायुक्त भवनों में कितने कक्ष मूल्यवान रत्नों से भरी मंजूषाओं से अटे पड़े हैं और कितने सोने-चाँदी की मुद्राओं व आभूषणों से ठसाठस पेटियों से पटे हुए हैं तो फिर राजा का तो कहना ही क्या! राज्य में कई विशाल और धनवान श्रेणियाँ (Guilds) हैं जिनके नियन्त्रण में सहस्त्रों शिल्पी उत्पादनरत हैं। उनके द्वारा निर्मित वस्त्र, आभूषण, भांडे, खिलौने, सजावटी वस्तुएँ तथा अन्य सामग्रियाँ सैकड़ों जहाजों में भरकर धनाढ्य वणिक समुद्र पार ले जाते हैं, पूर्व में और पश्चिम में भी। तथा वहाँ से काँच, सीसा, ताँबा, जस्ता तथा इनसे निर्मित वस्तुएँ ले आते हैं—साथ में दास-दासियाँ भी।

इस आयात-निर्यात के व्यापार से न केवल उनके अपने कुबेरकोषों में सोने-चाँदी, हीरे-माणिकों की वर्षा हो रही है अपितु संजय महाकोशल के महाकोषागार में भी करों के रूप में यह धन बाढ़ पर आई नदी की विशाल जलराशि-सा अटाटूट बहा चला आ रहा है, जो उन्मुक्त भाव से उलीचने पर भी घटता नहीं अपितु बढ़ता ही जाता है।

सैकड़ों आयुध-गृह, सहस्त्रों अन्न-भंडारगृह तथा लाखों पशु—हाथी, अश्व, साँड़, बैल, गायें। धनुष-बाण, तलवार तथा भाले-बरछों से सन्नद्ध सैनिकों के लिये पृथक ही नगर बसाना पड़ गया है राजधानी श्रावस्ती के बाहर। और राजसभा? उसका तो कहना ही क्या! देवराज इन्द्र भी कुढ़ उठें उसका वैभव देखकर।

कभी यह कोशलदेश छोटा-सा राज्य हुआ करता था काशी राज्य के अधीन। तब तीन ही राज्य शक्तिशाली हुआ करते थे: अंग, विदेह और काशी। काशी के दक्षिण-पूर्व में स्थित वत्सप्रदेश पर जब पुरुवंशियों का राज हो गया—जिनका एक पूर्वज कभी काशी-नरेश की पुत्रियों अम्बा, अम्बिका तथा अम्बालिका को स्वयंवर-सभा से अपहरण कर ले गया था और घटना पुरानी हो जाने पर भी जिस अपमान का दंश अभी भूला नहीं था काशी—तो काशीनरेश ने वत्सदेश पर धावा बोल दिया। किन्तु युद्ध में उसे पराजित होना पड़ा और इसके साथ ही पुरुवंशियों का वर्चस्व काशी पर भी स्थापित हो गया।

इस अप्रत्याशित घटनाक्रम से विक्षुब्ध हो विदेहराज ने विशाल सेना संगठित कर काशी पर आक्रमण कर दिया तथा वहाँ के भरत-वंशीय राजा को हरा उसके राजसिंहासन पर स्वयं आसीन हो गया। इस सत्ता-परिवर्तन को अवसर मान कोशल ने स्वतन्त्र होने की चेष्टा की तो उसने उस पर भी चढ़ाई कर दी तथा कोशलराज दिघीति को बन्दी बनाने के उपरान्त उसे परलोक पहुँचा दिया और उसकी पटरानी को अपने अन्त:पुर में डाल लिया।

कालान्तर में विदेहराज दाण्डक्य पर एक ब्राह्मण-कन्या के अपहरण एवं बलात्कार का आरोप लगा तो सम्पूर्ण ब्राह्मण-समुदाय विरोध में उठ खड़ा हुआ। अवसर का लाभ उठा काशी स्वतन्त्र हो गया तथा तत्कालीन काशी-नरेश अजातशत्रु ने ब्राह्मणों के आक्रोश की अग्नि को धधकती ज्वाला बनाने का कोई प्रयास शेष नहीं रख छोड़ा। अन्तिम परिणाम यह हुआ कि विदेह के राजवंश का अन्त होने के साथ-साथ राजतन्त्र का भी अन्त हो गया तथा राज्य के विभिन्न क्षेत्र पृथक-पृथक गणराज्य बन गए।

विदेह का पतन होते ही काशी-नरेश की महत्वाकांक्षाएँ बढ़ने लगीं और अजातशत्रु के उत्तराधिकारी धृतराष्ट्र ने सकल-जम्बूद्वीप (भारतीय उपमहाद्वीप) का सम्राट बनने के उद्देश्य से अश्वमेध यज्ञ कर डाला। परन्तु यज्ञ के अश्व को वत्सदेश के राजा शतानीक ने पकड़ लिया और युद्ध करने आई काशी की सेना

को घुटने टेकने पर विवश कर दिया। काशी-नरेश ने शक्ति-संचयन कर पुन: रण का डंका बजा दिया। परन्तु जब सात राजाओं की सेना ने मिलकर राजधानी काशी को घेर लिया तो उसे हथियार डालने पड़े। अवसर की ताक में बैठे राजा दिघीति के उत्तराधिकारी ने कोशलदेश की स्वतन्त्रता की घोषणा कर दी तथा शाक्यों व कोलियों ने भी काशी की अधीनता का जुआ उतार फेंका।

इन सारे युद्धों का परिणाम यह हुआ कि राजकोष रिक्त हो गए। राजाश्रय के अभाव में सैनिकों की विधवाएँ अपने बच्चों को साथ लिये भीख माँगतीं भटकने लगीं। युद्ध में अपंग हुए सैनिक या तो विवश होकर आत्महत्या कर लेते या भिखारियों के समुदाय में सम्मिलित हो जाते।

राजाओं की युद्धाकांक्षाएँ परन्तु फिर भी समाप्त होने का नाम नहीं ले रहीं थीं। वत्सराज शतानीक अंगराज दधिवाहन वाहन पर चढ़ दौड़ा। किन्तु काँटे की लड़ाई में न कोई हारा न कोई जीता और शतानीक को अपना-सा मुँह लेकर लौट आना पड़ा। वत्सदेश और अंगदेश को परस्पर उलझा देख कोशलनरेश संजय महाकोशल ने नक्षत्रों की गणना करवा ब्राह्मणों से जयन्त योग निकलवाया और निश्चित दिन निश्चित समय पर रणभेरी बजवा काशी पर आक्रमण कर उसे अपने राज्य में मिला लिया। साथ ही उन्होंने कपिलवस्तु एवं कोलिय राज्यों को भी अपनी सम्प्रभुता मानने पर विवश कर दिया। दोनों ही राज्य अब प्रतिवर्ष एक निश्चित कर पशुओं एवं अन्न के रूप में कोशलराज को चुकाया करते हैं तथा समय-समय पर उनके आदेशानुसार सैनिक टुकड़ियाँ भेजने के लिए भी वे प्रतिबद्ध हैं।

अपनी सफलताओं का प्रथम श्रेय तो संजय महाकोशल उस शिक्षा को देते हैं जो उन्हें बचपन में ही मिल गई थी जब एक ऋषि ने उसके पिता को समझाया था: 'राजन! शक्तिशाली सेना से विहीन राज्य खुले में पड़ा वह मांस-पिंड है जिसे घेरकर बैठे हुए गिद्ध ललचाई दृष्टि से उसे देखते हुए लार टपका रहे हैं। तथा जो राजा यज्ञ नहीं करता, ब्राह्मणों का आदर-सत्कार नहीं करता, उन्हें दान नहीं देता वह अपना सौभाग्य खोकर उसी प्रकार शत्रुओं से घिर जाता है जिस प्रकार पति को खो देने पर सुन्दर युवा स्त्री लोलुप पुरुषों की भीड़ से घिर जाती है। यथार्थत: राजन! यज्ञ ही इस संसार-चक्र को चलाते हैं तथा सृष्टि का सृजन भी एक यज्ञ से ही हुआ था जिसमें प्रजापति ने स्वयं की ही आहुति दे दी थी।'

अत: महाराज संजय महाकोशल अपने राजपुरोहित के निर्देशानुसार समय-समय पर यज्ञ करवाते रहते हैं, जिनकी यह साधिकार दृढ़ोक्ति है कि दोषमुक्त यज्ञ का फल उसी प्रकार अवश्यम्भावी है जिस प्रकार अग्नि द्वारा जलाया जाना तथा जल द्वारा भिगोया जाना। परन्तु इसके लिये यह अनिवार्यत: सुनिश्चित करना होगा कि यज्ञवेदी के निर्माण में निर्धारित ज्यामिति से सूत भर भी हेर-फेर न हो। शास्त्रों में निर्दिष्ट मानकों के अनुसार ही यह भी सुनिश्चित किया जाए कि वेदी के अग्रभाग

में किस आकार-प्रकार की ईंटें प्रयुक्त हों, पश्चभाग में किस आकार-प्रकार की एवं मध्यभाग में कैसी; तथा किस विधि से ये ईंटें स्थापित हों। तत्पश्चात निर्धारित प्रक्रिया का पालन करते हुए वेदी में यज्ञाग्नि प्रज्वलित हो, निर्धारित विधि से ही उस अग्नि में घी अर्पित किया जाए निर्धारित आकार-प्रकार के पात्र में से निर्धारित काष्ठ से निर्मित निर्धारित आकार-प्रकार के यज्ञचमस से। आहुतियाँ भी वांछित फल के आधार पर भिन्न-भिन्न निर्दिष्ट हैं जिन्हें अर्पित करते हुए समुचित मन्त्र त्रुटिहीन उच्चारण के साथ कुलीन एवं सुयोग्य ब्राह्मण द्वारा पढ़े जायें तो वे चुनौती देते हैं कि देवताओं के वश में भी नहीं यज्ञफल की प्राप्ति में रोड़ा अटकाना।

किन्तु साथ ही राजपुरोहित ने संजय महाकोशल को यह भी आगाह कर रखा है कि यज्ञाहुति देने में जाने-अनजाने हुई छोटी-सी चूक अथवा त्रुटि से यज्ञ विफल तो हो ही जाएगा, यज्ञफल विपरीत भी हो सकता है। इतना ही नहीं तो यज्ञवेदी के पास बिछे भूसे और घास के तिनकों की संख्या, यहाँ तक कि उनकी स्थिति से भी यज्ञ का परिणाम प्रभावित हो सकता है और एक असन्तुष्ट, अप्रसन्न ब्राह्मण इनमें अत्यल्प भी उलटफेर कर अथवा मन्त्रोच्चारण में किंचिन्मात्र ही परिवर्तन कर न केवल राज्य का पतन करवा सकता है प्रत्युत सम्पूर्ण राजवंश का ही विनाश कर सकता है। अत: संजय महाकोशल ब्राह्मणों को दान देने व उनका सम्मान करने में कभी कोई चूक न होने देने पर भी उनसे भयभीत ही रहा करते हैं।

श्रावस्ती की ख्याति सुन दूर देशों से आए सैकड़ों व्यापारी नगर के व्यस्त वाणिज्य-केन्द्रों में विभिन्न एवं विचित्र परिधान धारण किये घूम रहे हैं, विशाल पण्यशालाओं में भरी पड़ी ऐसी सामग्रियों को चौंधियाई आँखों से देखते हुए जिन्हें उनके देशों में दुर्लभ समझा जाता है। कहीं जड़ी-बूटियों, कालीमिर्च, दालचीनी, सोंठ इत्यादि के ढेर लगे हैं। कहीं मनोहारी आकृतियाँ उकेरी हुईं शीशम एवं शाल की शय्याएँ, आसन तथा चौकियाँ तले ऊपर छत तक चिनी हुई हैं। किसी पण्यशाला में नयनाभिराम रेखाचित्र-उत्खचित काँस्य-भाँड़ भरे पड़े हैं तो किसी में स्वर्ण-तन्तुओं से पर्ण-पुष्प कढ़े हुए कौषेय परिधान। किन्तु सबसे अधिक भीड़ उस पण्यशाला के सामने लगी है जिसकी भित्तियों पर ऐसे सैकड़ों तीक्ष्ण-धार खड्ग पंक्तिबद्ध टँगे हुए हैं जिनकी हाथीदाँत से बनी मूठों पर अत्यन्त आकर्षक व महीन काम किया हुआ है। अपने देश में उन्हें इन वस्तुओं का कई गुना मूल्य प्राप्त होनेवाला है यह जानकर भी ये व्यापारी मोलभाव करने में जुटे हैं और पण्यशाला के स्वामी की आँखों के सामने अपनी स्वर्णमुद्राओं से भरी थैली रह-रहकर खनकाते जा रहे हैं।

वाणिज्य-केन्द्रों से कहीं अधिक उद्यान हैं नगर में, सुन्दर एवं विशाल, जिनमें स्त्री-पुरुष, युवक-युवतियाँ हाथों में हाथ डाले स्वच्छन्द विचरण कर रहे हैं। निर्मल जलाशयों के तट पर युवतियाँ कभी खिलखिल करती हैं अपने प्रेमी की चुहल पर,

कभी अपने सौन्दर्य की प्रशंसा सुन लजाती हैं, तो कभी उसकी छेड़ पर रूठने का अभिनय कर लेती हैं। प्रेमी द्वारा चुम्बन माँगने पर एक प्रेमिका धत कहकर उसे मुक्कियों से पीटती है। फिर चोर-निगाहों से इधर-उधर देख वह प्रेमी के होठों पर अपने होंठ रख अगले ही पल अपना लाल होता मुखड़ा दूर कर उखड़ी हुई साँसों को थामती हुई घबराहट भरी मुस्कान लिये अपने होंठों को पोंछ धरती पर आँखें गड़ा लेती है। ऐसे में उसके वक्ष-स्थल पर उठता-गिरता उत्तरीय उसके हृदय की बढ़ी हुई धड़कनों को नापता हुआ प्रतीत होता है।

किन्तु मल्लिका अकेली व उदास बैठी है उस युवक की प्रतीक्षा में जो प्रतिदिन सवेरे आकर उससे पुष्पमालाएँ ले जाया करता था।

मल्लिका नगर के मालियों के श्रेणी-प्रमुख की बेटी है जिसने अभी-अभी यौवन की चौखट पर हिचकिचाता हुआ पाँव रखा है। दुबली-पतली, छोटी, साँवली। न आँखें सुन्दर कही जा सकतीं हैं उसकी, न नाक अथवा होंठ। फिर भी वह सुन्दर दिखती है। घुटनों के नीचे तक आती दो लाँग की धोती तथा नाभि तक पहुँचने के तनिक ही पहले रुकी हुई चोली पहने वह श्रावस्ती के मुख्य मार्ग के पीछे सौ मालियों के बैठने योग्य छायादार लम्बे पक्के चौतरे पर नित्य प्रातः बैठा करती है जहाँ आकर श्रद्धालु नगरवासी उससे पुष्पमालाएँ ले जाया करते हैं, अपने-अपने देवता को प्रार्थना के साथ समर्पित करने। कोई व्यापार में सफलता की कामना करता है; कोई राजा की कृपा-दृष्टि का अभिलाषी है; कोई स्वास्थ्य-लाभ का याचक है और कोई शत्रु-विनाश का।

मल्लिका की किन्तु कोई कामना नहीं है। वह अपने सरल व साधारण जीवन से पूर्णतः सन्तुष्ट है जो मालाएँ पिरोने, उन्हें बेचने तथा अपने वृद्ध पिता की सेवा पर ही समाप्त हो जाता है। श्रावस्ती के पश्चिम में नगर से बाहर छोटा-सा घर है उसका जिसमें मात्र वे दो ही प्राणी रहते हैं।

श्रावस्ती का मुख्य मार्ग उत्तर से दक्षिण की ओर जाता हुआ नगर को दो भागों में विभक्त करता है। पूर्वी भाग ब्राह्मणों एवं क्षत्रियों के लिये है तथा पश्चिमी भाग वैश्यों तथा शिल्पियों के लिये। शूद्रों की बस्ती नगर के बाहर है और अछूतों—डोम, चांडाल, मेहतर—की उनके भी आगे। कुम्हार, लुहार, बढ़ई, बँसोड़, माली, मछुआरे, सूत, सुनार, केवट, धोबी, रज्जुक, बुनकर, ग्वाले: सबके अलग-अलग टोले हैं।

मल्लिका अँधेरे मुँह अचिरवती नदी (वर्तमान राप्ती) में स्नान कर घड़े में पानी भर लाती है रसोई के लिये। पौ फटते-फटते वह फूल चुनने निकल जाती है। फिर चना-चबैना चबाकर चौतरे पर आ जाती है जहाँ बैठी वह मालाएँ पिरोती रहती है। सूरज सिर पर आते-आते वह अपनी रसोई में होती है और कुछ ही समय पश्चात् फूलों के खेत में जहाँ उसके पिता धूल-धूसरित पसीने में नहाए उसकी प्रतीक्षा कर

रहे होते हैं। जब वे कहते: 'मल्लिका, तू तो अपनी माँ से भी अच्छा खाना पकाती है!' तो उसकी प्रसन्नता का पारावार नहीं रहता। उसे जीवन में इससे अधिक की न तो आकांक्षा है, न ही अपेक्षा। उसके हृदय का यह सन्तोष, यह स्वभावगत प्रसन्नता उसके भोले मुखड़े पर सदैव खिली रहनेवाली मुस्कान में भी परिलक्षित होती है। कदाचित यही उसकी सुन्दरता का रहस्य भी है।

किन्तु इन दिनों यह मुस्कान विलुप्त नहीं तो छोटी एवं विरल अवश्य हो गई है। अब अपराह्न का समय सहेलियों के साथ हास-परिहास में न बिताकर वह अचिरवती के घाट पर अनमनी-सी बैठी नदी के बहाव पर दृष्टि टिकाये न जाने क्या सोचती रहती है। अचानक ही उसके होठों पर एक मन्द, लजीली मुस्कान तैर गई। जब-जब वह उस पल को स्मरण करती है, एक अननुभूत आनन्द की सिहरन उसके शरीर में दौड़ जाती है।

कोशल के राजपुरोहित अग्निदत्त जी के यहाँ वह प्रतिदिन ही जाती है मालाएँ देने। उनके विशाल भवन को वह अब भी वैसे ही आश्चर्य-मिश्रित प्रशंसा के भाव से देखा करती है जैसे कई वर्षों पूर्व देखा करती थी जब बचपन में वह अपने पिता की अंगुली पकड़ वहाँ जाया करती थी। सोने से आकर्षक चित्रकारी किये हुए स्तम्भ! और सतह ऐसी चिकनी व स्वच्छ कि उसमें देख अपने केश सँवार लो!

विशाल-द्वार से प्रवेश करते ही बड़ा-सा दालान है जिसके दोनों ओर अन्नागार हैं। उस खुले दालान में जब देखो तब सेवक-सेविकाएँ अनाजों की छँटाई-बिनाई करते ही रहते हैं। ऊपरी खंड पर छतरी लगाये बैठा एक वरिष्ठ कर्मचारी निरीक्षण करते हुए उन्हें ठीक से काम करने के निर्देश भी देता रहता है। सामान्यत: वहीं पर मल्लिका एक सेविका को मालाएँ सौंपकर चली जाया करती थी। किन्तु उस दिन जब पहुँची तो सेविका ने बताया राजपुरोहित जी ने उसे भीतर बुलाया है।

सेविका के पीछे-पीछे चौड़े और ऊँचे गलियारों से होकर सहमते हुए चलती मल्लिका राजपुरोहित जी के सामने पहुँचकर सिर झुकाये खड़ी हो गई। ऐसा ओजस्वी व्यक्तित्व है उनका कि उनके सामने सिर उठाने का न तो साहस होता और न ही इच्छा। राजपुरोहित ही नहीं वे राज-ज्योतिषी भी हैं—महाराज के पश्चात् राज्य के सर्वाधिक शक्तिशाली, सर्वाधिक महत्वपूर्ण व्यक्ति। संजय महाकोशल के निर्णय उनके साथ परामर्श तथा उनकी सहमति के बिना नहीं होते।

"राजकुमार विद्याध्ययन हेतु विदेश जा रहा है। विशेष आयोजन है। जितनी मालाएँ हों, और ला सको, सब दे दो।" राजपुरोहित जी बोले।

मालाओं समेत अपनी टोकरी छोड़कर निकल ही रही थी कि वही नवयुवक सामने पड़ गया जो लगभग प्रतिदिन ही घोड़ा दौड़ाते हुए आता था और उससे पुष्पमाला ले जाया करता था।

"मेरी माला कहाँ है?" उसने गम्भीर मुद्रा में पूछा।

"वह तो सब राजपुरोहित जी ने ले लीं।" मल्लिका ने तनिक हिचकते हुए उत्तर दिया।

"यदि अब माला अर्पित न करने से मेरे देवता मुझ पर कुपित हो गए तो?"

"तो?" मल्लिका ने घबराहट में विस्फारित हुए नयनों से नवयुवक को देखते हुए पूछा।

"तो क्या? दंड भुगतना होगा, और क्या!"

"किसको? मुझको!"

"और नहीं तो किसको?"

"ठीक है।" कुछ देर सोचकर मल्लिका ने भोलेपन से स्वीकार-भाव में सिर हिलाकर पूछा, "क्या दंड होगा?"

सुनते ही उस नवयुवक ने हठात उसे एक स्तम्भ की आड़ में खींच अपने बाहुपाश में जकड़ लिया और उसके अधखुले अधरों पर अपने होंठ रख दिये। उसकी पकड़ इतनी शक्तिशाली थी कि मल्लिका छटपटा भी नहीं पाई। परन्तु अगले ही पल उसने छोड़ भी दिया, कदाचित किसी के द्वारा देख लिये जाने के भय से। मल्लिका के होंठ काँप रहे थे उसे भीतर जाते देखते हुए। वह हतप्रभ थी, आश्चर्यचकित थी, और क्रोधित भी। घर लौटते हुए सारा समय बड़बड़ाती रही।

'धृष्टता तो देखो उस दुष्ट की! कोई देख लेता तो? राजपुरोहित जी क्या सोचते? बाबा सुनते तो क्या कहते? आज के पश्चात् कोई माला नहीं बेचूँगी उसे! पास भी आया तो फटकार कर भगा दूँगी!'

किन्तु घर पहुँचते-पहुँचते उसका सारा क्रोध ठंडा पड़ गया था और उसका स्थान ले लिया था एक सुखद अनुभूति ने। रह-रहकर उसे वह पल स्मरण हो आता जब युवक के होंठ उसके होंठों का रस ले भी रहे थे और अपना रस दे भी रहे थे। वह प्रगाढ़ आलिंगन! वह उसके शरीर से आती पुरुष-गन्ध! उस पल की स्मृति से उसके रक्त का आवेग अब भी बढ़ जाता है और होंठ काँपने लगते हैं। उसे अब सन्देह हो चला है कि उस पल के उपरान्त भी क्या उसके होंठ क्रोधवश ही काँप रहे थे?

अगले दिन मल्लिका के मन में प्रतीक्षा बनी रही। आँखें बार-बार उस मार्ग पर घूमती रहीं जहाँ से प्रतिदिन वह नवयुवक आया करता था। किन्तु वह नहीं आया। दूसरे दिन भी नहीं। उसके अगले दिन भी नहीं। मल्लिका को अमंगल की आशंका हो चली। कहीं उसका स्वास्थ्य न बिगड़ गया हो। सकुशल तो है वह? किन्तु पता कैसे करे? न तो नाम जानती है उसका, न ही उसका पता। उसने कभी पूछा नहीं, नवयुवक ने बताया नहीं।

उसके पश्चात् वह नवयुवक फिर नहीं ही आया।

अचिरवती के घाट पर बैठी वह आज भी उसी पल को स्मरण कर रही है जिसे उसने हर दिन कई-कई बार जिया है, और सोच रही है वह फिर क्यों नहीं आया। कहाँ चला गया? किसी प्रकार वह आ जाए! एक बार!

भोली मल्लिका! उसे कैसे पता हो वह नवयुवक इस समय गान्धारदेश में है, तक्षशिला विश्वविद्यालय के विशाल प्रांगण में खड़ा होकर प्रशंसा भरी दृष्टि चारों ओर फिराता हुआ।

गान्धारदेश स्थित तक्षशिला इस काल में सर्वाधिक ख्याति प्राप्त विश्वविद्यालय है जहाँ देश-विदेश से सहस्त्रों शिक्षार्थी आया करते हैं। धर्म, दर्शन, चिकित्सा-विज्ञान, भाषा एवं व्याकरण, शस्त्र-कौशल, अस्त्र-नैपुण्य, रणनीति, कूटनीति, राजनीति, पाषाण-शिल्प, ज्योतिष, भूगर्भ-शास्त्र, इतिहास: सभी पाठ्यक्रम है यहाँ। किन्तु सबसे अधिक माँग है विधि-विज्ञान एवं तर्कशास्त्र की, चिकित्सा-विज्ञान में शल्यक्रिया की तथा युद्धकौशल एवं कूटनीति के पाठ्यक्रमों की। धनुर्विद्या का प्रशिक्षण तो यहाँ अद्‌भुत ही है! इसकी भारी माँग को देखते हुए कठिन परीक्षा लेकर ही इस पाठ्यक्रम में प्रवेश दिया जाता है, जिसमें दृष्टि तथा श्रवण-शक्ति के अतिरिक्त एकाग्र होने की क्षमता भी परखी जाती है।

"आचार्य-श्रेष्ठ! एक नवयुवक द्वार पर प्रतीक्षारत है। कहता है वह आर्यावर्त्त से आया है। आपके दर्शन का अभिलाषी है। स्वयं को कोशलदेश का राजकुमार प्रसेनजित बताता है।"

प्रस्तर-कक्ष में, जिसे न छोटा कहा जा सकता है न बड़ा, नीचे बाँस की चटाई बिछी है। उस पर तह किये रखे ऊनी कम्बल पर अधेड़-वय के प्रभावशाली पुरुष अपने शरीर पर सेमल की रुई के रंग का मोटा सूती वस्त्र लपेटे बैठे हैं। सामने उनके कुहनी तक ऊँची चौकी है जिस पर रखे बड़े-से दिये के प्रकाश में वे ताड़पत्र पर सरकंडे की लेखनी से कुछ लिख रहे हैं। सेवक के वचन मानो उनके कानों तक पहुँचे ही न हों इस भाव से वे लिखते रहे तथा कुछ समय पश्चात् लेखनी को ताँबे के असिपात्र में छोड़ ताड़पत्र को ध्यान से देख सन्तुष्टि-भाव से सिर हिलाते हुए बोले।

"क्या चाहता है?"

आचार्य-श्रेष्ठ की वाणी में वैसी ही गहन गम्भीरता है जैसी उनके व्यक्तित्व में है। विद्वत्ता से चमकता माथा, संयमित जीवन का साक्षी बनता दीप्त मुख, कड़े परिश्रम के अभ्यास का प्रमाण देता गठा हुआ पुष्ट शरीर।

सेवक मौन खड़ा रहा। वह जानता है कि आचार्य-श्रेष्ठ जानते हैं वह युवक क्यों आया है। वर्षों से वह उनकी सेवा में है और ऐसे सहस्त्रों ब्राह्मण, क्षत्रिय तथा वैश्य युवकों को भी जो अध्ययनार्थ तथा कौशल-प्रशिक्षणार्थ आतुर व समर्पित

होते हैं और दूर-दूर से यहाँ खिंचे चले आते हैं विश्वविद्यालय की प्रतिष्ठा सुनकर, आचार्य-श्रेष्ठ के सामने वह प्रस्तुत कर चुका है।

"बुलाओ उसे!"

प्रसेनज़ित ने कक्ष में प्रवेश करते ही साष्टांग प्रणाम किया।

"आयुष्मान भव!" आचार्य-श्रेष्ठ आशीर्वाद की मुद्रा में हाथ उठाकर बोले।

प्रसेनजित ने घुटनों के बल बैठकर पिता द्वारा सौंपा गया पत्र आदरपूर्वक उनके सामने रख दिया।

उन्हें पत्र पढ़ते देख प्रसेनजित उस कक्ष का निरीक्षण करने लगा। एक ओर लकड़ी की खाट है जिस पर कम्बल तह किया हुआ रखा है। उसके निकट ही लकड़ी के खाँचों में हस्तलिखित पुस्तकें सजी हैं। दूसरी ओर चार-पाँच चटाइयाँ और उतने ही कम्बल गोल लिपटे हुए रखे हैं। यह आचार्य-श्रेष्ठ का शयनकक्ष है, उनका कार्यालय है और विश्वविद्यालय की प्रबन्ध-समिति का सभा-कक्ष भी।

"क्या चाहते हो?" पत्र में सब कुछ स्पष्ट लिखा होने के पश्चात् भी आचार्य-श्रेष्ठ ने पूछा।

"राजनीति-विज्ञान, कूटनीति-शास्त्र एवं समर-विद्या का ज्ञान तथा अस्त्र-शस्त्रों का प्रशिक्षण।"

"अत्यन्त कठिन है जीवन यहाँ, राजभवन जैसा सुविधापूर्ण नहीं!"

"जानता हूँ आचार्य-श्रेष्ठ! मैं प्रस्तुत हूँ हर सुविधा त्यागने के लिये।"

"कड़ा परिश्रम करना होगा। प्रातः मुर्गे की बाँग से आधा प्रहर पूर्व उठना होगा। शाम अँधेरा होने के उपरान्त भी अध्ययन करना होगा। दिन में विश्राम के लिये कोई अवकाश नहीं होगा। कर पाओगे?"

"जी आचार्य-श्रेष्ठ! आपको निराश नहीं करूँगा।"

"प्रातःकाल केवल दलिया, दूध, शहद मिलेगा और सायंकाल खिचड़ी-दही। दोपहर के भोजन में अवश्य मांस, भात तथा गुड़ रहेगा।"

प्रसेनजित मौन खड़ा रहा।

"किन्तु चाहे जितनी मात्रा ले सकते हो, गुड़ के अतिरिक्त।"

प्रसेनजित के मुख से तनाव छँटते देख आचार्य-श्रेष्ठ की आँखों में मुस्कुराहट तैर गई।

"तुम्हारे साथ कौन आया है?"

"कुछ सैनिक हैं।"

"तुम्हारा सामान यदि कुछ है तो उनके साथ लौटा दो। यहाँ दिये गए वस्त्र ही तुम्हें पहनने हैं और दी हुई चटाई कम्बल ही उपयोग में लाने हैं। इसके अतिरिक्त भी जो आवश्यक होगा यहीं से प्राप्त होगा।"

कहते हुए आचार्य-श्रेष्ठ ने एक तालिका पर दृष्टि दौड़ाई और उनके ताली बजाते ही वही सेवक दौड़ा चला आया। नये विद्यार्थी को कहाँ ठहराना है इस विषय में उसे आवश्यक निर्देश दे उन्होंने आशीर्वाद की मुद्रा में प्रसेनजित की ओर हाथ उठा दिया।

अब तक अँधेरा छाने लगा था। ज्योतिस्तम्भ हाथ में लिये सेवक आगे-आगे चलने लगा और पंक्ति में बने छोटे-छोटे प्रस्तर-कक्षों में से एक के सामने जाकर रुक गया।

"यह रहा आपका कक्ष। शेष बातें आपको आपका कक्ष-सहभागी बता देगा।"

छोटे-से द्वार के अन्दर बाईं ओर की भीत के आले में जल रहे दीपक के प्रकाश में दिख रहा था कि कक्ष की लम्बाई मात्र तीन डगों में नापी जा सकती है। यह देख प्रसेनजित को कुछ निराशा हुई जो भीतर पहुँचते के साथ और भी बढ़ गई। एड़ियाँ उचकाते ही उसका सिर छत पर जा लगा। बाहें दोनों ओर सीधी कीं तो हाथ भित्तियों से जा लगे। दो प्रस्तर-चत्वरों पर रखे चटाई व कम्बल बता रहे थे कि ये शय्याएँ हैं। और उन कठोर शय्याओं की चौड़ाई मात्र इतनी कि करवट लेते समय भीतर की ओर न खिसको तो नीचे ही गिर पड़ो।

तभी एक पगचाप सुनाई दी। मुड़कर देखा तो उसी की आयु का युवक, किन्तु दुबला एवं छोटा, सामने खड़ा मुस्कुरा रहा है।

"अभी-अभी आए हो?"

प्रसेनजित ने हाँ में सिर हिला दिया।

"भोजन का समय तो समाप्त हो चुका है।"

"मुझे भूख नहीं है।"

"है नहीं या कक्ष देखकर समाप्त हो गई?"

और एक हँसी के साथ दोनों मित्र बन गए, बिना एक-दूसरे का नाम तक जाने।

"मेरा नाम जीवक।"

"मेरा प्रसेनजित, कोशलदेश का राजकुमार।"

"ओहो! तब तो तुम्हें अधिक ही निराशा हुई होगी!"

और दोनों फिर से हँस दिये ।

"क्या विषय चुने हैं तुमने?"

"राजनीति-विज्ञान, कूटनीति-शास्त्र, समर-विद्या तथा अस्त्र-शस्त्र प्रशिक्षण।"

"यह जानकर कि राजकुमार हो, मुझे पूछना ही नहीं था।"

"तुम कहाँ से हो?"

"मगध से। चिकित्सा-विज्ञान की शिक्षा तथा शल्यक्रिया का प्रशिक्षण प्राप्त करने महाराज बिम्बसार ने भेजा है।"

कुछ देर और चर्चा करके जीवक चटाई बिछा दीपक के प्रकाश में पढ़ने बैठ गया।

श्रावस्ती से प्रसेनजित शुक्ल-पक्ष के अर्धचन्द्र के दिन चला था। उत्तर-पांचाल होते हुए, जहाँ के शासक राजा दुर्मुख ने अपने दक्षिण में विस्तार पाते राज्य के लिये एक नई राजधानी कान्यकुब्ज बसाना आरम्भ कर दिया था, पूर्णिमा की शाम वह हस्तिनापुर पहुँचा था। यह देखकर उसे दुःख हुआ कि जिस नगर का वैभव किसी समय पूरे ब्रह्मावर्त्त में चर्चा का विषय हुआ करता था, अब छोटी-सी बस्ती मात्र था।

यमुना नदी में पूर्णिमा का स्नान कर कुरुप्रदेश से होकर अगले दिन शाम तक वह सरस्वती के तट पर था। तीसरे दिन उसने शतद्रु नदी को पार किया तथा मद्र-देश से होता हुआ जहाँ पर चन्द्रभागा एवं वितस्ता नदियों की दिशा परिवर्तित होती है वहाँ के चौड़ाते पाट और धीमी पड़ती लहरों में से अपना अश्व दौड़ाता हुआ वह कृष्ण-पक्ष के अर्धचन्द्र तक लगभग दो सौ योजन की यात्रा पूर्ण कर गान्धारदेश में प्रवेश कर चुका था। और जैसा कि होता है, गन्तव्य पर पहुँचते ही अचानक लम्बी यात्रा की थकान उसके शरीर को तोड़ने लगी थी। फिर भी प्रसेनजित कुछ देर तक जीवक को पढ़ते हुए देखता बैठा रहा। जब नहीं रहा गया तो चटाई बिछाकर द्वार की ओर मुख करके लेट गया।

चन्द्रमा आकाश में ऊपर सरक आया था। उसे देख प्रसेनजित को प्यारी, भोली मालिन का स्मरण हो आया और वह मुस्कुरा दिया। चन्द्रमा भी मुस्कुरा दिया, प्रसेनजित और अचिरवती के तट पर बैठी मल्लिका दोनों को अपनी ओर ताकता देख।

सन्ताप

क्वार बीत चला है। जहाँ तक दृष्टि जाती है, आँखों को शीतल करती हरियाली छाई है। स्वच्छ नीले आकाश में रुई के गालों-से प्रसन्नमुख मेघखंड उड़ रहे पक्षियों को रोक उनसे कहना चाह रहे हैं: थम कर तनिक नीचे तो निहारो! देखो हमारे पूर्व-पुरुष कैसा चमत्कार कर गए हैं! परन्तु अपनी ही धुन में मगन पक्षियों को कहाँ अवकाश किसी की भी सुनने का!

राजप्रासाद की सबसे ऊपरी छत पर बने चौबारे में बैठे सिद्धार्थ का ध्यान किन्तु इस सब की ओर नहीं है। वह तो जैसे सुदूर उत्तर में छाये उस कोहरे को बीन्धने का प्रयास कर रहा है जिसने पर्वतों की हिम-मंडित चोटियों को ढक रखा है। अचानक वह उठा, नीचे उतरा, और कन्थक पर बैठ चल दिया। यशोधरा पुकारती ही रह गई।

वह चिन्तित है इन दिनों। सिद्धार्थ खोया-खोया, खिंचा-खिंचा रहने लगा है। न संगीत में रूचि शेष रही है उसकी, न नृत्य में। कदाचित स्वयं उसमें भी नहीं। न जाने क्यों? बड़े जतन किये उसने। कई बार, कई-कई प्रकार से प्रयास किये उसने अपने पति के मन में झाँकने के। परन्तु सिद्धार्थ तो मानो ऐसा भवन हो जिसमें न द्वार, न झरोखा और न ही कोई गवाक्ष।

यशोधरा ही क्या! राजा शुद्धोदन और प्रजापति गौतमी भी इस बात को लेकर चिन्तित हैं, यहाँ तक कि कन्थक भी। उसे भी लगने लगा है कि स्वामी में न तो वैसा उत्साह शेष रहा है, न ही कदाचित उसके प्रति पहले जैसा प्रेम। न तो पहले जैसा दौड़ाते हैं, न ही वैसा पुचकारते और थपथपाते हैं। चुपचाप या तो बैठे रहते हैं भगीरथी नदी में उसी चट्टान पर क्षितिज को ताकते हुए, या फिर सिर झुकाये धरती पर आँखें गड़ाये मन्थर गति से नदी के तट पर चलते जाते हैं, चलते ही चले जाते हैं। कई-कई बार हिनहिनाने पर भी न सुनते हैं, न रुकते हैं।

कन्थक कैसे जाने उसके स्वामी के मन-मस्तिष्क में कैसी उथल-पुथल मची हुई है? कैसा अन्धड़ चल रहा है?

ऐसा कोई अभी से नहीं है। न ही कोई एक कारण है सिद्धार्थ के मन:विक्षोभ का। कई हैं, और कई अनुत्तरित प्रश्न हैं उसके मन में—सन्थागार को लेकर, शाक्य युवकों को लेकर और इस जीवन को लेकर भी।

अत्यन्त प्रसन्न था सिद्धार्थ जब सौ स्तम्भोंवाले उस विशाल सन्थागार भवन में आसनप्रज्ञापक ने उसे वह आसन दिखाया था जहाँ उसके नाम की काष्ठ-पट्टिका रखी हुई थी। उस दिन कार्यसूची में प्रथम स्थान पर था उसके द्वारा शपथग्रहण—राज्य की रक्षा करने की शपथ, शाक्यवंश की मानरक्षा की शपथ, सन्थागार के सदस्य के रूप में अपने कर्तव्यों का निर्वाह करने की शपथ तथा सन्थागार का एवं उसके निर्णयों का सम्मान करने की शपथ। फिर बारी आई विभिन्न विभागों के गण-ज्येष्ठिनों द्वारा अपने-अपने विभागों के प्रस्ताव रखने की। प्रत्येक प्रस्ताव पर चर्चा होती और फिर उस पर मतदान होता। प्रत्येक आसन के पास काले व लाल रंग की काष्ठ-शलाकाएँ रखी हुईं थीं।

"जो प्रस्ताव के पक्ष में हों लाल शलाका चुन लें और जो प्रस्ताव से असहमत हों काली शलाका चुन लें।" शलाकापति ने उच्च-स्वर में घोषणा की। "मेरे सहायक झोली लिये आपके पास आयेंगे, चुनी हुई शलाका आप उसमें डाल दें।"

सहायकों से एकत्रित कर शलाकापति ने शलाकाएँ राजा शुद्धोदन के सामने मंच पर रख दीं। पाँच गण-ज्येष्ठिनों के समक्ष उन्हें गिना गया।

"लाल शलाकाएँ हैं तीन-सौ-छब्बीस। काली शलाकाएँ हैं एक-सौ-चार। अत: प्रस्ताव पारित पाया गया।" राजा शुद्धोदन ने घोषणा की।

"कितना अच्छा है न!" उस रात यशोधरा के साथ दिन भर की कार्यवाही को बड़े उत्साह के साथ साझा करते हुए उसने कहा था। "सभी निर्णय बहुमत के आधार पर होते हैं, न कि मात्र एक व्यक्ति की इच्छा से जैसा कि राजतन्त्र में होता है।"

किन्तु सिद्धार्थ का सन्थागार से शीघ्र ही मोहभंग होने लगा।

"सभी प्रस्ताव कपिलवस्तु नगर और शाक्यों के लिये ही क्यों होते हैं?" अधिक दिन नहीं हुए थे उसे सदस्य बने जब उसने यह आपत्ति उठाई। "इस नगर के परे भी एक संसार है, उसमें भी मनुष्य रहते हैं, यह जैसे हम भूल ही जाते हैं। उस ओर झाँकने भी नहीं जाते जब तक खेतों में बुवाई, कटाई का समय न आ जाए। बैलों की गर्दन पर जुआ रखता है गाड़ीवान, किन्तु उसे सहलाता भी है। परन्तु हम हैं कि... ।"

"तुम कहना क्या चाहते हो सिद्धार्थ?" राजा शुद्धोदन ने उसे बीच में ही टोक दिया।

"यही कि उपज की बटाई में किसानों का भाग बढ़े। साथ ही करों से होनेवाली आय का कुछ भाग उन्हें पक्के मकान, वस्त्र इत्यादि उपलब्ध करवाने में व्यय किया जाए।"

"तुम्हारा तात्पर्य है कि उन्हें हम उपज में अतिरिक्त भाग दें और ऊपर से करों से होनेवाली आय भी उनके साथ साझा करें?" वित्त विभाग के गण-ज्येष्ठिन की भ्रकुटि भर्त्सना-भाव से सिकुड़ गई थी। "फिर इस नगर का क्या होगा? अठारह हाथ ऊँचा परकोटा जर्जर हो रहा है। वह कैसे सुधारा जाएगा? उस पर प्रति योजन आठ निरीक्षण-स्तम्भ बनवाने का प्रस्ताव भी कब से पड़ा धूल खा रहा है, जिन पर से हमारे प्रहरी दस्युओं पर दृष्टि रख सकें।"

"आपत्ति उठानेवाले यह माननीय सदस्य भूले नहीं होंगे," गण-सेनापति ने 'यह माननीय' पर बल देते हुए कहा, "क्योंकि अधिक दिन तो नहीं हुए हैं जब दस्युओं ने सैनिकों की अभिरक्षा में जा रही पालकियों को रोक हमारी स्त्रियों को लूट लिया था। विडम्बना तो यह है कि वे दुष्ट कभी हमारे ही दास हुआ करते थे!"

"किन्तु वे दस्यु बने क्यों, इस पर कभी विचार किया है आपने?" सिद्धार्थ का स्वर उग्र हो गया। "शोषण सहने, अत्याचार झेलने की एक सीमा होती है सबकी! और दस्युओं का भय क्या मात्र नगरवासियों को है? सच्चाई यह है, और आप सब जानते हैं, गाँवों के आसपास वन भरे पड़े हैं दस्युओं से!"

"गाँवों में है क्या लूटने के लिये?" वित्त गण-ज्येष्ठिन हँसते हुए बोले।

और पूरा सन्थागार ठहाकों से गूँज उठा।

यह देख सिद्धार्थ को आश्चर्य हुआ और ग्लानि भी कि इन ठहाकों में युवा सदस्यों के ठहाके भी सम्मिलित थे जो एक-दूसरे को कुहनियों से टोहके देते हुए खिल्ली उड़ाती दृष्टि उसकी ओर फेंक रहे थे।

"तुम लोग हँस क्यों रहे थे मेरे प्रस्ताव को लेकर?" सन्थागार से बाहर आने पर उसने उनसे पूछा। "क्या तुम लोगों का कोई कर्त्तव्य नहीं उन ग्रामीणों के प्रति जो हमारे लिये ही दिन-रात खटते हैं?"

"तुम्हें क्या लगता है, तुम्हीं सोचते हो उनके बारे में? सन्थागार के वरिष्ठ सदस्य और गण-ज्येष्ठिन मूर्ख हैं? असंवेदनशील हैं? क्या भला है, क्या बुरा। क्या सबके हित में है, क्या नहीं। वे लोग हमसे-तुमसे अधिक जानते हैं। व्यर्थ पचड़े में मत पड़ो। शाम को द्यूत-शाला आया करो। नृत्य-शाला में समय बिताया करो। फिर सब समझ आ जाएगा कि क्या अच्छा, क्या बुरा।"

"इसे इसकी क्या आवश्यकता है! इसके तो घर में ही नृत्य-शाला है।"

और एक सम्मिलित ठहाका गूँज उठा।

सिद्धार्थ पानी-पानी ही गया। अन्तिम कटाक्ष किसी सीमा तक सच था।

राजा शुद्धोदन के चार भाई हैं, धोतोदन, सक्कोदन, सुक्कोदन, एवं अमितोदन। उन सब के कई बेटे हैं, सभी वयस्क। और जैसा कि क्षत्रिय-परिवारों में हुआ करता है, नृत्य-संगीत व सुरापान के प्रेमी हैं सभी। इसलिये हर शाम ही बैठक होती है जिसमें विदेशी मदिरा की चषकें लिये दासियाँ उपस्थित रहतीं हैं। सुरापान में स्त्रियाँ

भी पीछे नहीं रहतीं। घुँघरुओं की छनक और मृदंग की थाप देर रात तक सुनाई देती है।

सन्थागार से लौटकर राजा शुद्धोदन ने सिद्धार्थ को अपने कक्ष में बुलवाकर समझाया।

"इस सब को लेकर दुखी होने की आवश्यकता नहीं है सिद्धार्थ! पीढ़ियों से यही व्यवस्थाएँ चली आ रहीं हैं। इसमें न तुम कुछ कर सकते हो, न मैं।"

पिता से तो कुछ नहीं कह सका सिद्धार्थ, किन्तु आश्वस्त नहीं हो पाया। उलटे उसे सन्देह होने लगा कि कदाचित उसके पिता भी इस शोषणकारी व्यवस्था के पक्षधर हैं। कदाचित इसी में उनका अपना स्वार्थ भी निहित है। किन्तु फिर गहराई से विचार करने पर उसे लगा, विषय इतना सीधा सरल भी नहीं है। यह कदाचित सन्थागार की राजनीति है जिसने उनके हाथ बाँध रखे हैं।

कोशल-नरेश संजय महाकोशल के आदेश पर लगभग प्रत्येक वर्ष ही गणसेनापति सैनिक टुकड़ियों के साथ श्रावस्ती जाता रहा है। इस कारण वह संजय महाकोशल के निकट आ गया है और इसका लाभ उठाकर वह स्वयं कपिलवस्तु का प्रमुख बनना चाहता है। अत: उसे प्रतीक्षा है कोई ऐसा प्रसंग हो जाए जिससे राजा शुद्धोदन के विरुद्ध अविश्वास का प्रस्ताव लाकर वह स्वयं उनके पद पर आसीन हो सके।

कुछ ही माह पश्चात् एक और घटना हुई, और उस घटना ने कई और प्रश्न खड़े कर दिये सिद्धार्थ के मन में।

उन दिनों व्यापारियों के एक दल ने कपिलवस्तु में डेरा डाला हुआ था।

तक्षशिला से राजगृह जानेवाला एक मार्ग वाराणसी होते हुए है और दूसरा हिमवन्त की तराई से होकर, जहाँ के अपेक्षाकृत विरल वनों में बनी पगडंडियों को पकड़कर चलना सरल है। इसके अतिरिक्त इस मार्ग पर नदियाँ भी अभी अधिक चौड़ी नहीं हैं जिनकी तलहटी में रेत मिट्टी की अपेक्षा पत्थर ही अधिक हैं। इन कारणों से पशुओं तथा गाड़ियों समेत उन्हें पार करना सरल है। तक्षशिला से आनेवाले व्यापारी इस तराईवाले मार्ग से श्रावस्ती, कपिलवस्तु, कुशीनगर, पावा होते हुए वैशाली पहुँचने के पश्चात् दक्षिण में स्थित गंगानदी को पार कर राजगृह चले जाते हैं जहाँ ताम्रलिप्ति पोताश्रय से आनेवाला मार्ग जुड़ता है। नेपाल से काशी के लिये जो मार्ग है वह भी श्रावस्ती तथा कपिलवस्तु होकर ही है।

इसलिये चाहे गैंडे के चमड़े से बने लोहे की कीलों से जड़े कवच तथा चमड़े से ही बने वस्त्र एवं सूखे मेवे व सुगन्धित द्रव्य लेकर गान्धार से आनेवाले व्यापारियों के दल हों अथवा उत्तर में नेपाल तथा कश्मीर से ऊनी वस्त्र, कम्बल, केसर, कस्तूरी और फल लेकर आनेवाले—सभी कपिलवस्तु होकर ही जाते हैं।

व्यापारियों के इन दलों के लिये नगर के पश्चिमी छोर पर विशाल खुला क्षेत्र है जहाँ राज्य की ओर से उनके पशुओं के लिए पानी तथा हरी घास की व्यवस्था भी की जाती है। क्योंकि ये व्यापारी पर्याप्त कर तो चुकाते ही हैं, विलासिता की विभिन्न सामग्रियाँ भी लाते हैं, गान्धार की द्राक्ष मदिरा के अतिरिक्त यवन देश से लाईं गईं सुन्दर गौरवर्ण दासियाँ भी।

सिद्धार्थ जब वहाँ पहुँचा था, एक छोर पर दासियों का निरीक्षण-परीक्षण एवं मोल-भाव चल रहा था तो दूसरे छोर पर सिन्ध, कम्बोज, गान्धार तथा उत्तरापथ से लाये गए अश्वों को जाँचते-आँकते युवकों की भीड़ जमा थी। किन्तु उसे व्यापारियों के द्वारा लाई गई वस्तुओं में कोई रूचि नहीं है। उसे तो उनके अनुभव सुनने तथा दूर देशों के विषय में जानने की उत्सुकता रहती है।

"श्रीमन्त! इतना विशाल होता है समुद्र कि आप कल्पना भी नहीं कर सकते।" एक व्यापारी के पास बैठ वह सुनने लगा। "जहाँ तक दृष्टि जाती है, जल ही जल। न ओर का पता, न छोर का। और वे दानवाकार तिमिंगल! उन्हें तो दानवाकार कहना भी ऐसा होगा जैसे चने की तुलना राई के दाने से करे कोई। वे करवट भर लेते हैं तो ठाठें मारती लहरें पोत को डुबोने लगतीं हैं। कुछ तो इतनी विशाल कि समूचा पोत ही निगल लें। कभी वायु इतनी शान्त कि कई-कई दिन बस एक ही स्थान पर पड़े रहो। और कभी ऐसे झंझावत कि पोत उनका खिलौना बन जाए। अँधेरी, अकेली, सुनसान रातें! पगलाया-सा ऊपर-नीचे झकझोरे खाता पोत! धुकधुकी लगी रहती है। और सब के सब प्रार्थना में लीन। ऐसे में जब आकाश में पक्षी दिख जाते हैं, हृदयमें उठता आल्हाद कैसे समझाऊँ आपको? जैसे मरुस्थल में भटक रहे कई दिन के प्यासे को पानी दिख जाए!"

"किन-किन देशों से होकर आए हो श्रेष्ठी?" व्यापारी के चुप होते ही सिद्धार्थ ने प्रश्न किया। "कैसे हैं वहाँ के लोग? किस धर्म को मानते हैं? कैसा है वहाँ का धर्म?"

"श्रीमन्त! हम लोग यहाँ से सैकड़ों योजन दूर पश्चिम में स्थित पर्शुदेश (फारस या ईरान) होते हुए आए हैं। वहाँ के लोग भी अग्नि की पूजा करते हैं, उसमें आहुतियाँ देते हैं। परन्तु ऐसे विशाल यज्ञ वहाँ नहीं होते जैसे हमारे यहाँ होते हैं। न तो वे यज्ञों की हमारे यहाँ जितनी महिमा मानते हैं, और न ही उनके द्वारा सैकड़ों पशुओं की बलि दी जाती है। एक महान ऋषि हुए थे वहाँ जिनका नाम मैं ठीक से समझ नहीं पाया, जरथुस्त या ऐसा ही कुछ। वे ज्ञान की खोज में कई वर्ष भटके। किन्तु गुरुओं से जो कुछ भी मिला उससे वे सन्तुष्ट नहीं हुए, क्योंकि उन्हें अपने प्रश्नों के उत्तर नहीं मिल पा रहे थे। संसार में इतना द्वेष, इतनी घृणा क्यों है? इतनी हिंसा, इतनी क्रूरता क्यों है मनुष्य के मन में? तब उन्होंने अपनी ही बुद्धि और तर्कशक्ति के सहारे उत्तर खोजने का निश्चय किया।"

"वह कैसे?" सिद्धार्थ ने श्रेष्ठी की ओर तनिक झुकते हुए पूछा।

"श्रीमन्त! अधिक विस्तार से तो मुझे ज्ञात नहीं। मात्र इतना जानता हूँ कि अपने मन को केन्द्रित करने के लिये वे सारे कोलाहल, ताप-सन्ताप से दूर पहाड़ों में चले गए जहाँ उन्होंने शान्त वातावरण में अकेले रहकर वर्षों चिन्तन, मनन व ध्यान किया। लौटकर उन्होंने बताया कि ब्रह्मांड में अच्छी और बुरी शक्तियों का निरन्तर युद्ध चल रहा है। मनुष्य का धर्म है अच्छी शक्तियों का समर्थन करना, न्याय का साथ देना। या यूँ कहें अच्छा होना तथा न्यायप्रिय होना ही धार्मिक होना है। मनुष्य को पूर्ण स्वतन्त्रता है कि वह क्या चुनता है और इस चयन के लिये मात्र वही उत्तरदायी है, अन्य कोई नहीं। जो अच्छी शक्तियों का साथ देगा, सत्य एवं न्याय का साथ देगा, उसे ही इस लोक के पश्चात् स्वर्ग या देवलोक प्राप्त होगा।"

सिद्धार्थ देर तक विचारमग्न बैठा रहा था यह सुनकर।

"क्या कभी पर्शुदेश के भी आगे भी जाना हुआ है श्रेष्ठी?"

"नहीं श्रीमन्त! मैं तो नहीं गया। किन्तु मैं उन व्यापारियों से अवश्य मिला हूँ जो आगे पश्चिम में तुरुष्कों (तुर्कों) के प्रदेश तथा उससे भी सैकड़ों योजन दूर स्थित यवन-देश से पर्शुदेश आकर चमड़े के कवच, सुन्दर मूर्तियाँ तथा दास-स्त्रियाँ हमें बेचते हैं। उनसे ज्ञात हुआ था कि यवन-देश में व्यक्ति या तो स्वामी होता है या दास। ये दो ही विभाजन हैं वहाँ के समाज में। यहाँ जैसी चतुर्वर्ण व्यवस्था वहाँ नहीं है। और न ही श्रीमन्त यह व्यवस्था पर्शुदेश में है। वहाँ भी दो ही विभाजन हैं, आर्य तथा दास। यही नहीं श्रीमन्त, पर्शुदेश में तो जो व्यक्ति आज आर्य है वह कल दास हो सकता है तथा जो व्यक्ति आज दास है वह कल आर्य भी बन सकता है।"

सिद्धार्थ को अत्यन्त आश्चर्य हुआ था यह सुनकर। ब्राहमणों की मानें तो यह वर्ण-व्यवस्था सृष्टिकर्ता ने ही बनाई है। फिर ऐसा कैसे कि कहीं यह व्यवस्था है, कहीं नहीं? वह अभी इसी उधेड़बुन में था कि उठते कोलाहल की ध्वनि उसके कानों में पड़ी। मुड़कर देखा, अश्वों के आसपास खड़े युवक दो भागों में बँट गए थे और तलवारों के टकराने की खनक सुनाई दे रही थी। तभी एक अधेड़-वय के सम्भ्रान्त पुरुष लगभग दौड़ते हुए वहाँ आ पहुँचे।

"क्या हो रहा है यहाँ? क्या हो रहा है?"

सिद्धार्थ भी पहुँच गया। एक युवक के कन्धे से बहते रुधिर ने उसका उत्तरीय लाल कर दिया था।

"बन्द करो, मैं कहता हूँ बन्द करो!" डाँटते हुए वे लड़ रहे युवकों के बीच जा खड़े हुए। बहते रुधिर से चिन्तित हो उन्होंने तत्काल घायल युवक को बलात लिटाकर उसका सिर अपनी गोद में रख लिया और घाव पर हथेली से दबाव बनाते हुए एक सेवक को आदेश दिया, "जाओ, दौड़ कर वैद्यराज को शीघ्र बुला लाओ!"

एक श्वेतवर्ण-अश्व को लेकर उन युवकों में तलवारें खिंच गईं थीं। कम्बोज के व्यापारी इस बात के लिये कुख्यात हैं कि लौटते हुए वे अवसर पाकर उन्हीं के द्वारा बेचे गए अश्वों को चुरा ले जाते हैं। फिर भी सभी की ललचाई दृष्टि उनके द्वारा लाये गए अश्वों पर लगी ही रहती है क्योंकि कम्बोजी अश्व अत्यन्त निडर होने के लिये सर्वत्र विख्यात हैं। किसी भी प्रकार की ध्वनि से न वे भड़कते हैं, न ही बिदकते हैं। भले फिर सिंह ही क्यों न दहाड़ रहा हो। उस पर से अश्व श्वेत भी हो तो कहना ही क्या!

बीच-बचाव करनेवाले पुरुष थे अमितोदन, आनन्द के पिता और सिद्धार्थ के पितृव्य। वर्षों पूर्व उन्होंने निगंठ नातृपुत्र (जैन तीर्थंकर महावीर स्वामी) का धर्म ग्रहण कर लिया था।

सिद्धार्थ तब बहुत छोटा था कदाचित दस बरस का, जब उन्होंने एक भव्य समारोह में दीक्षा ली थी। कपिलवस्तु और कोलिय के सभी सम्भ्रान्त नागरिक पहुँचे थे, स्त्रियों व बच्चों के साथ। निगंठ नातृपुत्र के शिष्य को, जिसे दीक्षा देने के लिये अधिकृत किया गया था, पूर्णत: नग्न देखकर सिद्धार्थ को अभी भी स्मरण है वह कितना असहज हो गया था। उसके द्वारा किये गए नरक के वर्णन को तो वह कभी भूल ही नहीं सकता।

"हिंसा से बड़ा पाप नहीं। ऐसे पापी का सहस्त्रों वर्ष नरक भोगना निश्चित है, जहाँ उसके गले में पिघला हुआ राँगा और सीसा ठूँसा जाएगा। खौलते हुए तेल के कड़ाहों में बार-बार उसे फेंका जाएगा। कुल्हाड़ी से उसकी त्वचा छीली जाएगी। आग की धधकती लपटों में उलटा लटका दिया जाएगा। यदि वह भागने का प्रयास करेगा तो जंगली कुत्ते और भेड़िये उसे दबोच लेंगें और पैने पंजों में जकड़कर तीखे दाँतों से उसकी अँतड़ियों को फाड़ डालेंगें। नोंच-नोंचकर गिद्ध उसका मांस खायेंगे।"

कई रातों को ये दृश्य उसके सपनों आकर उसे डराते और रुलाते रहे थे।

"क्या हो गया है तुम लोगों को?" वैद्यराज को घायल युवक सौंपकर उठते हुए अमितोदन दुखी स्वर में बोले। "छोटे-छोटे प्रसंग लेकर तलवारें खींच लेते हो। रक्त में इतना ही उबाल है तो जाकर कोशलराज से लड़ लो!"

"हाँ हाँ लड़ लेंगे!" द्वन्द्व-युद्ध का दूसरा योद्धा बोला जिसने तलवार को कन्धे पर गदा की भाँति टिका रखा था। "करवा दो आप युद्ध की घोषणा! चूड़ियाँ नहीं पहन रखीं हमने!" कहते हुए उसने तलवार लहराई।

"हम क्षत्रिय हैं, युद्ध करना ही हमारा धर्म है! शास्त्रों में भी यही कहा गया है।" आसपास खड़े युवकों ने भी देखादेखी अपनी-अपनी तलवारें वीर-भाव से लहरा दीं।

"और शाक्यों को निर्वंश होने दें? उनका समूल नाश होने दें? अनुमान भी

है तुम्हें कोशलराज की शक्ति का? चींटी भी नहीं हैं हम उसकी विशाल सेना के समक्ष! तुम नई पीढ़ी के लोग युद्ध को कदाचित खेल समझते हो। मैं छोटा था किन्तु स्मरण है मुझे।" अमितोदन व्यथित स्वर में बोले। "एक युवक ऐसा नहीं था जिसका हाथ या पैर न कटा हो अथवा आँखें न फूटी हों। हर घर में शोक था। कितनी स्त्रियाँ विधवाएँ हो गईं थीं, कितने ही बच्चे अनाथ।"

कहकर उन्होंने आँखें बन्द कर लीं।

"कभी-कभी तो मुझे डर लगने लगता है।" कुछ समय पश्चात् आँखें खोल उन्होंने अत्यन्त धीमे स्वर में पुनः कहना आरम्भ किया मानो स्वगत-कथन कर रहे हों। "हम शाक्य दम्भी तो पहले से ही थे, अब युवा पीढ़ी क्रोधी भी हो गयी है। गौण, निरर्थक विषयों को ले लड़ने-मरने खड़े हो जाते हैं। न जाने क्यों इतना आक्रोश है इनके मन में? वरिष्ठजनों का परामर्श मान लेने से तो जैसे इनकी नाक ही कट जाती है। वृद्धजनों को सम्मान देना भी भूल गए हैं। उलटे उनका उपहास करते हैं।"

अमितोदन का दुःख निराधार नहीं था। जिस समाज में यौवन एवं सौन्दर्य ही सर्वोपरि हों, शारीरिक-शक्ति तथा शरीर-सौष्ठव को ही सर्वोत्तम गुण माना जाए, सारी कामनाएँ इन्हीं तक सिमट कर रह जाएँ—उस समाज में युवक-युवतियों का ऐसा व्यवहार आश्चर्य का विषय नहीं है। रोगियों, अपंगों, वृद्धों को देख मात्र अरुचि ही जगती है शाक्य-युवकों के मन में।

"पितृव्य! क्या अत्यन्त विनाशकारी था वह युद्ध, कोशलदेश के साथ?" राजभवन लौटते हुए सिद्धार्थ ने पूछा था।

"भीषण! और अत्यन्त क्रूरता के साथ लड़ा गया था! युद्ध में जो जितना क्रूर होगा सिद्धार्थ, उसकी विजय-सम्भावना उतनी ही अधिक होगी। यही नियम है। काशी और कोशल के बीच लम्बे चले युद्ध में भी ऐसा ही हुआ था। कभी काशी की जीत होती, कभी कोशल की। और हर बार पराजित राजा की निर्ममतापूर्वक हत्या कर दी जाती थी। किन्तु इसमें न तो कुछ असामान्य था, न अचरजकारी। युद्ध में निर्मम होना, क्रूर होना अनिवार्य है। ये जो अच्छे गुण कहे जाते हैं न—दया ... करुणा ... सच्चाई ... नैतिकता—युद्ध में इनका कोई स्थान नहीं है। और हर युद्ध यही शिक्षा देता है।"

"किन्तु ब्राह्मणों ने उसे भी महिमामंडित कर दिया है। युद्ध करना ही क्षात्रधर्म तथा युद्ध में मृत्यु प्राप्त हुई तो स्वर्ग जाना निश्चित। और ऐसा दोनों ही पक्षों के लिये है। न्याय-अन्याय का प्रश्न नहीं है यहाँ, न ही युद्धक्षेत्र में नीति व नियम के अनुसार आचरण का प्रश्न है। बस युद्ध करो, मृत्यु का वरण करो, और स्वर्ग चले जाओ।

"किन्तु पितृव्य! यह तो मेरी सहजबुद्धि को भी अनुचित व आपत्तिजनक प्रतीत होता है। न्याय और अन्याय में से, भले तथा बुरे में से किसका साथ देते हैं हम, क्या यह कोई अर्थ नहीं रखता?"

"अर्थ रखता है सिद्धार्थ! निश्चित ही अर्थ रखता है! मेरे अनुमान से तो यह राज्य-विस्तार के भूखे राजाओं का षड्यन्त्र है जो उन्होंने ब्राह्मणों के साथ मिलकर रचा है ताकि उन्हें ऐसे सैनिक मिल सकें जो युद्ध में बिना तनिक भी हिचके, बिना एक क्षण भी झिझके अपने प्राणों की बलि दे सकें। जो न तो निरपराधों को तलवार के घाट उतारने में कतराएँ, न ही निरीह मनुष्यों को उनके घरों में ही जीवित भस्म कर देने में। वे किसी भी प्रकार की दुविधा में, किसी असमंजस में न पड़ें ऐसा करते हुए, यह सुनिश्चित करने के लिये उनके मस्तिष्क में कूट-कूटकर यह भर दिया जाता है कि उनका सर्वप्रथम एवं सर्वोपरि धर्म, अपितु एकमात्र धर्म ही राजाज्ञा-पालन है जो उन्हें निभाना ही है—बिना कुछ भी सोचे-विचारे, बिना कोई प्रश्न किये।"

अगले ही दिन सिद्धार्थ ने सारा संवाद गुरु अर्जुन को सुनाकर पूछा था, "गुरुदेव, क्या युद्ध करना ही है क्षात्रधर्म?"

"नहीं सिद्धार्थ, रक्षा करना है क्षात्रधर्म। इस हेतु युद्ध अनिवार्य हो जाए तो रणक्षेत्र में कूदना ही होगा। किन्तु रक्षा किसकी? रक्षा उस प्रजा की जो तुम्हारे प्रश्रय में है।"

आँखें बन्द कर कुछ पल विचार-मग्न रहने के उपरान्त गुरु अर्जुन पुनः बोल उठे।

"शताब्दियाँ बीत गईं किन्तु भुलाये नहीं भूलता वह विनाशकारी युद्ध जिसे ब्राह्मणों ने धर्मयुद्ध की संज्ञा दे रखी है। परन्तु कोई पूछे उनसे, किस धर्म की रक्षा हुई और परिणाम किसने भोगा? लाखों निरपराध काल के गाल में समा गए। युद्धभूमि में विधवाएँ पतियों के शव ढूँढती थीं तथा माँएँ अपने बच्चों के। परन्तु धड़ कहीं पड़े थे और सिर कहीं, जो हाथियों के पैरों तथा रथों के भारी पहियों तले कुचले जाकर मांस का ऐसा लोथड़ा हो चुके थे जिसे पहचान पाना असम्भव था। माँओं की छाती फटी पड़ती थी और विधवाओं के आर्तनाद से आकाश की छाती छलनी हुई जाती थी। गिद्धों, गीदड़ों और भेड़ियों के झुंड के झुंड घात लगाये थे। शवों को उनसे बचाना सम्भव ही नहीं हो पा रहा था। जो अत्यन्त घायल थे, हाथ-पैरों से लाचार होकर अपनी रक्षा करने में असमर्थ थे, उन्हें भी गिद्ध नोंचे जा रहे थे। भूखे भेड़िये उन्हें चीथे डाल रहे थे।"

सिद्धार्थ को बचपन में सुना नरक का चित्रण स्मरण हो आया था।

"अत्यन्त गर्व के साथ अर्जुन की वीरता का बखान किया जाता है कि उसने एक ही दिन में चौदह अक्षौहिणी सेना का वध कर दिया। क्या वे लाखों कीड़े-मकोड़े थे जिनका वध हुआ? इस संहार में गर्व का अनुभव करने वालों को उन सैनिकों का, जो मात्र अपना व अपने परिवार का पेट भरने ही सेना में आए होंगे, हृदयविदारक चीत्कार सुनाई नहीं देता? अपने लाड़लों के शवों से लिपटी माँओं का

करुण-क्रन्दन नहीं सुनाई पड़ता? विधवाओं का अपनी छाती पीट-पीटकर मूर्छित हो जाना दिखाई नहीं देता?"

कहते हुए गुरु अर्जुन शोकविह्वल हो उठे थे।

"विजयी पक्ष के वंश का—किसी को भी विजयी पक्ष कहना यद्यपि अर्थहीन है उस युद्ध में दोनों ही पक्षों का सर्वनाश हो रहने के पश्चात्—अर्जुन का अवयस्क पौत्र परीक्षित हस्तिनापुर के सिंहासन पर बिठाया गया तथा युयुत्सु को उसका सरंक्षक नियुक्त कर दिया गया। गुप्तचर एक दिन समाचार लाया: 'राजन, ग्रामवासी विचित्र व्यवहार कर रहे हैं। विक्षिप्तों की भाँति हँसते हैं फिर अचानक रोने लगते हैं। भयभीत आँखों से शून्य में ताकते हैं और सहमकर चीखने लगते हैं। उनमें से कई तो आत्महत्या कर चुके हैं। पूछो तो कहते हैं कि उन्हें सपने में ही नहीं दिन में जागते हुए भी क्षत-विक्षत, सिर-कटे सैनिक लड़ते हुए दिखाई देते हैं।' परीक्षित सान्त्वना देने पहुँचा तो उन लोगों ने उसे गाँव में घुसने ही नहीं दिया।"

"क्यों गुरुदेव?"

"क्योंकि युयुत्सु भी उसके साथ वहाँ पहुँचा था। राजा सुयोधन, जिसकी हार हुई थी, वह उसके पिता धृतराष्ट्र का ही पुत्र था एक वैश्य स्त्री से जन्मा। किन्तु अपने भाई की ओर से न लड़कर वह विरोधी पक्ष में चचेरे भाइयों के साथ जा खड़ा हुआ था। गाँववाले उसे ही उत्तरदायी ठहरा रहे थे विध्वंस के लिये। 'हमें तो कोई कष्ट नहीं था राजा सुयोधन से! तुम्हारी पारिवारिक कलह ने हमारे सारे बेटे लील लिये। अब क्या लेने आए हो यहाँ?' उनका क्रोध उचित ही था। पूरी एक पीढ़ी समाप्त हो गई थी।"

"पूरी पीढ़ी गुरुदेव!"

"हाँ सिद्धार्थ, पूरी पीढ़ी! निशक्त वृद्धजनों और बच्चों के अतिरिक्त युवतियाँ और विधवाएँ ही बची थीं, और कुछेक अपंग सैनिक जो विक्षिप्त हो चले थे। जब भी कोई कुलीन ब्राह्मण अथवा क्षत्रिय युवक गाँव होकर निकलता, युवतियाँ उसे बन्दी बना लेतीं। उसे सभी सुविधाएँ दीं जातीं। अच्छे से अच्छा भोजन दिया जाता। परन्तु छोड़ा उसे तब तक नहीं जाता था जब तक वह उन सबके साथ एक-एक रात सो न ले। ताकि वंश चले। जीने का कोई उद्देश्य मिले। वृद्धावस्था का कोई सहारा बने।"

देर तक इसके पश्चात् गुरु अर्जुन और सिद्धार्थ मौन विचारमग्न बैठे रहे थे।

"किन्तु हम पुनः यह सब भूल गए!" गुरु अर्जुन एकाएक पुनः बोल उठे। "अधिक समय नहीं हुआ है जब आर्यावर्त्त के राजाओं ने आपसी युद्ध में कितने ही बच्चों को अनाथ बनाया था व स्त्रियों को विधवा, जिनके पास वेश्या बनने अथवा भिक्षावृत्ति के अतिरिक्त अन्य कोई चारा नहीं बचा था अपना और अपने बच्चों का पेट पालने के लिये। लंगड़े, लूले, अन्धे सैनिक हताश हो सहस्त्रों की संख्या में

आत्महत्या का मार्ग चुन रहे थे।" गुरु अर्जुन ने विषादग्रस्त भाव से सिर हिलाया। "मुझे भय है सिद्धार्थ कहीं उस सबकी पुनरावृत्ति न हो जाए।"

"ऐसा क्यों कहते हैं गुरुदेव?"

"इसलिये कि नैतिक मूल्यों के साथ जैसा खिलवाड़ उस युद्ध के समय हुआ था, स्थापित मान्यतायें जिस प्रकार से ध्वस्त की गईं थीं, पुन: मुझे आज वही सब होता दिखाई दे रहा है।"

"मान्यताएँ ध्वस्त की गईं थीं! कैसे गुरुदेव?"

"उस युद्ध में सिद्धार्थ, व्यापक स्तर पर न केवल छल, प्रपंच, झूठ तथा षड़यन्त्रों का प्रयोग किया गया था अपितु उनके औचित्य को सिद्ध करने के लिये नैतिक मानदंडों को मनमाने ढंग से तोड़ा-मरोड़ा भी गया था। जिस युद्ध को धर्मयुद्ध की संज्ञा दी गई, कटु सत्य यह है कि उसमें धर्म का खुलकर उल्लंघन हुआ। अब फिर वही हो रहा है। नैतिकता और अनैतिकता के धागों को आपस में उलझाकर सब के सब ऐसा समाज बुनने में लगे है जिसमें निर्बल को कोई आसरा नहीं होगा और शक्तिशाली दुविधामुक्त रहकर अत्याचार कर सकेगा, शोषण कर सकेगा। जिस समाज में जिसकी लाठी उसकी भैंस का ही विधान चलेगा।"

"एक आचार्य हैं पूर्ण काश्यप जिनके शिष्य उन्हें पूर्ण बुद्ध मानते हैं। वे कहते हैं न कोई कार्य अच्छा है, न कोई कार्य बुरा। न तो हत्या, लूटमार, चोरी करना पाप है, न ही दान देना पुण्यकर्म है। क्योंकि कोई भी कार्य शरीर करता है, न कि आत्मा। ऐसे ही एक गणाचार्य हैं पकुध कात्यायन जो अपने सैकड़ों शिष्यों को यह समझाते हैं कि न तो कोई हत्यारा है और न ही कोई हन्ता। यदि कोई सोचता है कि वह किसी की हत्या कर सकता है तो वह अज्ञानी है। उनके मतानुसार यह शरीर सप्त-तत्वों से निर्मित है—पृथ्वी, जल, वायु, अग्नि, आनन्द, पीड़ा और सातवाँ प्राण। इन तत्वों का जन्म के समय जुड़ जाना तथा मृत्यु के समय पृथक हो जाना मात्र यान्त्रिक प्रक्रियाएँ हैं जो पीड़ा एवं आनन्द में निहित सिद्धान्तों द्वारा संचालित हैं। अत: जब कोई किसी के शरीर में तलवार घुसाता है तो वह इन सप्त-तत्वों के मध्य स्थित आकाश के पार भर होती है। इन तत्वों को पृथक-पृथक तो ये सिद्धान्त ही करते हैं।"

"और तो और, मुनि सत्यवाह भारद्वाज भी मुण्डक उपनिषद में कह रहे हैं कि यदि कोई सोचता है उसने हत्या की है और यदि हन्ता सोचता है उसकी हत्या हुई है, तो दोनों ही अज्ञानी हैं। न कोई मारता है और न कोई मारा जाता है, क्योंकि आत्मा तो अमर है। और मेरे विचार में ये सारी अवधारणाएँ उपजी हैं उस कलह, अशान्ति व युद्धों से जिन्होंने पूरे आर्यावर्त्त को वर्षों से अपनी जकड़ में ले रखा है।"

कहकर गुरु अर्जुन तो मौन हो गए थे परन्तु सिद्धार्थ के मन में विचारों के अन्धड़ मचलने लगे। 'क्यों अभिशप्त है मानव युद्ध की विभीषिका को बार-बार

झेलने के लिये? क्यों है यह युद्ध-तृष्णा? क्यों इसका अन्त नहीं होता? मनुष्य मनुष्य के प्रति कैसे इतना निर्मम हो जाता है?'

तभी गुरु अर्जुन फिर बोल पड़े थे, जैसे उन्होंने सिद्धार्थ के मनोभावों को पढ़ लिया हो।

"सच्चाई यह है सिद्धार्थ! हमारे समाज की जड़ों में स्वार्थ का मट्ठा भर गया है, और वह गहरे पैठता जा रहा है। प्रेम के, सौहार्द के फूल सारे झड़ चुके हैं। और उग आए है काँटे ईर्ष्या के, द्वेष के। यही कारण है कि हमारी युद्ध-तृष्णा कभी समाप्त नहीं होती। यही कारण है कि आज व्यापारी हो, क्षत्रिय हो, यहाँ तक कि अधिकांश ब्राह्मण भी—सब के सब भौतिक सुख-साधनों को जुटाने की गला-काट स्पर्धा में लीन हैं। इन्द्रप्रस्थ में पांडवों द्वारा बनवाये गए राजभवन के वैभव को देख, और फिर उनके द्वारा किये गए राजसूय यज्ञ में पराजित राजाओं द्वारा भेंट किये गए मणि-माणिक, हीरे-मोती, घोड़े-हाथी देख सुयोधन के मन में उपजी जलन-कुढ़न ने ही तो दूसरी बार द्यूत-क्रीड़ा की भूमिका रची थी, जिसकी अन्तिम परिणिति उस विनाशकारी युद्ध में हुई। आज वही जलन-कुढ़न मुझे पूरे समाज में व्याप्त दिखती है। स्वार्थ सर्वोपरि हो गया है और निर्धनता अभिशाप।"

"निर्धनता तो मुझे भी अभिशाप प्रतीत होती है गुरुदेव। देवदह आते-जाते सूखे-सिकुड़े शरीरों पर चिथड़े लिपटे देखता हूँ तो मन व्याकुल हो उठता है। कोई उत्साह नहीं होता उनकी आँखों में जीवन जीने का। आश्चर्य होता है मुझे, क्यों नहीं वे आत्महत्या कर लेते! कुछ भी तो नहीं उनके जीवन में लाचारी के अतिरिक्त! रोग व बुढ़ापा तो जैसे उनके लिये नरक के द्वार खोल देता है। वहीं दूसरी ओर कपिलवस्तु नगर समृद्धि का स्वर्ग बना हुआ है। और मेरे पिता कहते हैं पीढ़ियों से ऐसी ही व्यवस्थाएँ चली आ रही हैं, ऐसे ही चलती रहेंगी। इसमें कोई कुछ नहीं कर सकता!"

"एक सीमा तक सच ही कहा है उन्होंने।" सिद्धार्थ के कन्धे पर हाथ रख बाहर उद्यान में आते हुए गुरु अर्जुन ने कहा था। "शक्तिशाली सदैव ही निर्बल को दबा कर रखता है, यह नियम है प्रकृति का। और यह नियम प्रकृति में हर स्तर पर दृष्टिगोचर होता है—पशुओं में, पक्षियों में, यहाँ तक कि इन वनस्पतियों में भी। मनुष्यों के साथ भी ऐसा ही है।"

"अब कोशलराज के साथ सम्बन्धों को ही ले लो। वह अधिक शक्तिशाली है इसलिये हर वर्ष हमें कर चुकाना पड़ता है। अपने सैनिक भी उसकी सेवा में भेजने पड़ते हैं। परन्तु इसमें अनुचित कुछ भी नहीं। तुम्हारे पितामह राजा सिंहनु ने बुद्धिमानी ही दिखाई जब उन्होंने कोशलराज के साथ सम्मानजनक सन्धि का मार्ग चुन लिया। अपने अहंकार को आड़े नहीं आने दिया। इसी में सबकी भलाई थी।

नारियल का वृक्ष झुक जाता है इसलिये अन्धड़ झेल लेता है, परन्तु आम्रवृक्ष टूट जाता है क्योंकि शक्तिशाली के समक्ष झुकने में अपनी हेठी समझता है।"

"परन्तु क्या यह अधीनता नहीं है? क्या इससे हमारा स्वातन्त्र्य नहीं छिन गया? हमारे स्वाभिमान को ठेस नहीं पहुँची?"

"स्वाभिमान और अहंकार में अन्तर अत्यन्त महीन है सिद्धार्थ, और अहंकार कभी-कभी स्वाभिमान का रूप भी धर लेता है। फिर राजा के स्वाभिमान की रक्षा में तथा उस राजा पर ही आश्रित प्रजा के हितों की रक्षा में सन्तुलन भी तो देखना होगा। देखना होगा कि क्या राजा द्वारा अपने स्वाभिमान की रक्षा हेतु प्रजा को विनाश की ओर धकेल देना न्यायसंगत होगा? क्या गिने-चुने व्यक्तियों का अहं पोषित करने की अपेक्षा ऐसा समझौता उपयुक्त नहीं होगा जो प्रजा को सुख-समृद्धि की राह पर अग्रसर करे?"

"फिर तुम जिस स्वतन्त्रता व स्वाधीनता की बात करते हो, श्रमिक और किसान नहीं समझते ये कौन-सी चिड़ियाएँ हैं। क्योंकि पेट खाली है इनका। पहले इन्हें पेटभर खाने को दे दो। ठंड से बच सकें इतने वस्त्र दे दो। एक ऐसी छत दे दो जिसके नीचे वर्षा से बचाव हो सके व रात भर चैन से सो सकें। उसके पश्चात् ये बातें करना। तब कदाचित वे स्वतन्त्रता व स्वाधीनता का अर्थ समझ सकें।"

"अतः इन्हें तो कोई अन्तर पड़ता नहीं तुम्हारी स्वाधीनता से या तुम्हारी अधीनता से। यथार्थ अनुभव भी यही कहता है। पहले कोशल काशी के अधीन था, अब काशी कोशल के अधीन है। क्या काशी या कोशल में इससे उनकी स्थिति में कोई परिवर्तन आया? नहीं! और न ही यहाँ कपिलवस्तु में आया है। पहले भी दिन भर बैलों सरीखे खटते थे, अब भी खटते हैं। श्रमिकों को पहले भी एक मासक प्रतिदिन की दर से महीने के मात्र डेढ़ कार्षापण मिलते थे, वह भी सारा दिन प्रतीक्षा करने के पश्चात्। अभी भी उतने ही मिलते हैं, और उसी प्रकार मिलते हैं। जबकि आज बैलों की जोड़ी चौबीस कार्षापण में मिलती है और कम्बोजी अश्व तो छह हजार कार्षापण से भी अधिक में। वे तो शाक्यों के राज में रहें अथवा कोशलराज के, उनकी स्थिति में कोई परिवर्तन नहीं आनेवाला। वे सदा से ही पीड़ित हैं, वंचित हैं क्योंकि वे निर्बल हैं।"

"चिन्ता का विषय यह है सिद्धार्थ कि हमारे उनके बीच की खाई बढ़ती जा रही है। और यहाँ कपिलवस्तु में ही नहीं, पूरे आर्यावर्त्त में यही स्थिति है। व्यापारियों की नित नई अट्टालिकाएँ खड़ी हो रहीं हैं। परन्तु किसान के लिये पहले भी फूस की झोंपड़ी ही थी, अब भी वही है। उच्चवर्गीय ब्राह्मणों और क्षत्रियों, शासकीय कर्मचारियों और सैन्य अधिकारियों के आवासों में विलासिता की सामग्री पर पानी की भाँति धन बहाया जाता है, किसान के भाग्य में दो जोड़ी कपड़े भी नहीं।"

सन्थागार में रहकर भी कुछ न कर पाने का दुःख, विशेषकर उनके लिये

जिनके लिये कुछ करने का सपना सिद्धार्थ ने बचपन से ही पाल रखा था, गत दो-तीन वर्षों में धीरे-धीरे कब व्यवस्थाओं के प्रति क्रोध में परिवर्तित हो गया था, और यह नपुंसक क्रोध विद्रोह में तथा विद्रोह वैराग्य में—उसे भी नहीं पता चल पाया था। शाक्य युवकों के व्यवहार और गुरु अर्जुन के साथ चर्चाओं की भी इसमें महती भूमिका थी। परिणाम यह हुआ था कि सन्थागार से विमुख हो सिद्धार्थ अपना अधिकांश समय आश्रम में ही बिताने लगा था।

वर्षा ऋतु के पश्चात् उमड़ी पड़ रही भागीरथी के तट पर टहल रहे सिद्धार्थ की विचारतन्द्रा दाने की खोज में निकले पक्षियों के अपने घोंसलों में लौट आने की प्रसन्नता भरी चहचहाहट सुन अचानक ही टूटी। वह ईर्ष्या से भर उठा। 'कल प्रात: ये फिर उड़ जाएँगें भोजन की खोज में और सन्ध्या को लौटकर फिर ऐसे ही चहचहाएँगें। इनके मनों में कोई उहापोह नहीं है, न ही किसी प्रकार की हताशा अथवा पश्चात्ताप। किन्तु मैं कैसे इनके जैसे हो सकता हूँ? मैं मनुष्य हूँ, ऐसा मनुष्य जो विचार कर सकता है। परन्तु अपनी शंकाएँ-आशंकाएँ मैं किसके साथ बाँटूँ? अब तो गुरु अर्जुन भी यहाँ नहीं हैं। अनचाहे ही मैं स्वयं ही कारण बन गया था उनके कपिलवस्तु से चले जाने का।'

सन्थागार में सिद्धार्थ और गणसेनापति के बीच विभिन्न कारणों से टकराव होता ही रहता था।

कपिलवस्तु और कोलिय राज्यों में खेतों की सिंचाई रोहिणी नदी पर बहुत अधिक निर्भर है। उस वर्ष वर्षा पर्याप्त नहीं हुई थी अत: रोहिणी का जलस्तर अपेक्षाकृत नीचे था। अपने धान में पानी देने के लिये कोलिय-राज्य के खेतिहरों ने नदी के ऊपरी हिस्से से लम्बी जलवाहिनी खुदवाकर रोहिणी का लगभग सारा ही जल अपनी ओर खींच लिया। शाक्यों के कानों तक बात पहुँचने की देर थी कि वे और कोलिय आमने-सामने थे।

"हमें मात्र एक बार पानी लगा लेने दो! फिर हमारा धान खड़ा हो जाएगा।" कोलियों ने अनुनय की।

"और अपनी उपज सूखने दें?" शाक्यों ने कटाक्ष किया। "फिर तुम्हारे द्वार आयें धान खरीदने, सोना लेकर। अच्छी युक्ति है लूटने की!"

"लूटने को है क्या तुम्हारे पास?" कोलियों ने भी हाथ नचाते हुए कटाक्ष किया। "तुम तो बड़े धन्ना सेठ हो न?"

"तुमसे तो अच्छे हैं! अपनी बहनों के साथ तो विवाह नहीं करते!" आवेश में आकर कोई कोलिय बोल उठा।

शाक्य तिलमिला गए। यह कटाक्ष उनके उन पितृ-पुरुषों पर किया गया था जिन्होंने शाक्यवंश की नींव रखी थी।

सुन्दर युवा पत्नी के मोहजाल में उलझे राजा इक्ष्वाकु ने उससे उत्पन्न सन्तान

को अपना उत्तराधिकारी नियुक्त करने का वचन तो उसे दे ही दिया, उसके हठ के आगे झुकते हुए अपनी पहली पत्नी से उत्पन्न चार पुत्रों एवं पाँच पुत्रियों को वनवास भी दे डाला। भाई-बहन भटकते हुए भगीरथी के तट पर आ निकले। निकट ही उन्हें एक सुन्दर सरोवर के तट पर कुटिया छाकर निवासरत कपिल मुनि मिले जिन्होंने उन भाई-बहनों को आशीर्वाद देते हुए भविष्यवाणी की कि इसी स्थान पर उनके स्वतन्त्र शक्तिशाली राज्य की नींव पड़ेगी। अत: वे सब वहीं बस गए तथा चारों भाइयों ने अपनी शिराओं में बहते आर्य-रक्त की शुद्धता को अक्षुण्ण बनाये रखने के लिये अपनी चार बहनों के साथ ही विवाह कर लिया। वह बसाहट कालान्तर में नगर का रूप लेती गई जिसका कपिल मुनि के सम्मान में नाम रखा गया कपिलवस्तु।

इन व्यंग्य-वचनों के आदान-प्रदान में स्थिति हाथापाई तक जा पहुँची। कुछ के सिर फूटे, कुछ के हाथ-पैर टूटे और विवाद सन्थागार पहुँच गया।

"कोलियों ने सीमा पार कर दी है! हमारे सम्मान को ठेस पहुँचाई है!" कृषि-प्रभारी गण-ज्येष्ठिन ने पूरा प्रकरण सदस्यों के समक्ष रखकर कहा। "जल को लेकर विवाद पहले भी हुआ है। किन्तु यह स्वीकार्य नहीं, ऐसा लांछन।"

"चींटियों के पर निकल आए हैं! मुँहतोड़ उत्तर देंगे हम उन्हें!" गणसेनापति गरजा। "चुटकी बजाते मसल कर रख देंगे!"

"मेरी धृष्टता क्षमा करेंगे गणसेनापति।" सिद्धार्थ ने टोका। "ताली कभी एक हाथ से नहीं बजती। बजी भी हो तो इतना अधिक आक्रोश न तो आवश्यक है, न ही उचित।"

"तो अब तुम बताओगे मुझे क्या आवश्यक है और क्या उचित!" गण-सेनापति की आँखों में लाल डोरे खिंच गए।

"मेरा यह तात्पर्य नहीं है।"

"तो क्या तात्पर्य है!" गणसेनापति चिल्लाया और राजा शुद्धोदन की ओर देखकर चीखा, "मैं कोलिय-राज्य पर आक्रमण का प्रस्ताव रखता हूँ तथा तत्काल मत-विभाजन की माँग करता हूँ!"

"हम उनसे ही युद्ध करेंगे जो हमारे अपने हैं?" सिद्धार्थ ने विस्मित होकर पूछा। "अपनी ही बहनों को विधवा बनायेंगे? अपनी ही भाभियों का सुहाग उजाड़ेंगे?"

"यही क्षत्रिय-धर्म है।" गणसेनापति छाती फुलाकर तनते हुए बोला। "कोई भी सच्चा क्षत्रिय अपने वंश का अपमान नहीं सह सकता। ऐसे में उसे युद्ध करना ही है, परिणाम की चिन्ता किये बिना। भले फिर भाइयों के साथ ही क्यों न युद्ध करना पड़े। यही शास्त्र-सम्मत भी है।"

"मैं इसका प्रबल विरोध करता हूँ।" कहकर सिद्धार्थ सन्थागार से बहिर्गमन

कर गया था।

किन्तु युद्ध तक स्थिति पहुँचने नहीं पाई। राजा शुद्धोदन ने राजा सुप्रबुद्ध के साथ बैठकर रोहिणी के पानी के बँटवारे का समझौता कर लिया, साथ ही उनके लोगों द्वारा की गईं अशिष्ट टिप्पणियों के लिये सार्वजनिक रूप से उनसे खेद भी व्यक्त करवा दिया। गणसेनापति इससे क्षुब्ध था। इसे वह अपनी पराजय मान रहा था। उसे पता था सिद्धार्थ नित्य ही गुरु अर्जुन के आश्रम जाया करता है और उन पर श्रद्धा तो रखता ही है, उनके प्रति अत्यधिक स्नेह-भाव भी रखता है। खिसियानी बिल्ली खम्भा नोंचे की शैली में उसने सन्थागार में एक दिन गुरु अर्जुन के विरुद्ध ही प्रस्ताव रख दिया।

"अर्जुन गौतमपुत्र, जिन्हें हमने शाक्य युवाओं की शिक्षा का दायित्व सौंप रखा है, अपने कर्तव्य-पालन में नितान्त विफल रहे हैं। अपने विद्यार्थियों के मन में उन्होंने न केवल प्राचीन संस्कारों के प्रति तिरस्कार एवं अवहेलना का भाव उत्पन्न किया है, अपितु धर्म के प्रति सन्देह तथा आशंकाएँ उत्पन्न कर उनकी आस्था और विश्वास की जड़ों पर भी कुठाराघात किया है। और इससे भी अधिक गम्भीर आरोप उनके विरुद्ध यह है कि वे राज्य-निष्ठा का उपहास करते हैं और इस प्रकार राज्य की सुरक्षा को क्षति पहुँचाते हैं। अत: मैं सन्थागार के माननीय सदस्यों के समक्ष प्रस्ताव रखता हूँ: उन्हें भारमुक्त कर उनके स्थान पर अन्य किसी सुयोग्य गुरु को यह दायित्व सौंपा जाए।"

और प्रस्ताव पारित भी हो गया। सारे युवा सदस्यों को गणसेनापति ने अपने प्रस्ताव के पक्ष में कर लिया था। वे हों भी क्यों न? नगर में एक के पश्चात् एक द्यूतशालाएँ, मद्यशालाएँ एवं नृत्यशालाएँ खुलवा दीं हैं उसने सन्थागार में अपने प्रभाव का उपयोग कर तथा आक्रामक मुद्राएँ अपनाकर। और युवा सदस्यों को इससे अधिक कुछ लेना-देना नहीं है सन्थागार से या उसकी राजनीति से।

गुरु अर्जुन ने सुना उनके निष्कासन का पूरा प्रसंग, तो हँस दिये।

"इसमें हँसने जैसा क्या है गुरुदेव?" सिद्धार्थ चकित था।

"हँसता यह सोचकर हूँ कि राज्य-निष्ठा का राग तो सभी आलापते हैं परन्तु मानव के प्रति निष्ठा को कोई नहीं पूछता। ये राज्य और देश सदा से तो नहीं थे। जो कल थे वे आज नहीं हैं तथा जो आज हैं निश्चित ही वे कल नहीं रहेंगे। अधिकांश का तो कोई नामलेवा तक नहीं रहेगा। उनके भग्नावशेष भी भुला दिये जायेंगे। परन्तु मानव रहेगा। अत: प्रथम निष्ठा तो मानव-जाति के प्रति ही होनी चाहिये जो कहीं नहीं दिखाई देती। परन्तु जो हुआ अच्छा हुआ।"

"ऐसा क्यों कहते हैं गुरुदेव!" सिद्धार्थ रुआँसा हो आया।

"तुम तो सिद्धार्थ जानते ही हो कि मैं बीस वर्ष की आयु में ही देशाटन पर

निकल गया था और दस वर्ष मैंने यायावर की भाँति बिताये थे। उस अवधि में मैंने जो देखा, सुना, जाना उस पर चिन्तन करते हुए उसका विश्लेषण करते हुए मैं वह ज्ञान प्राप्त कर सका जो अपने गुरु से नहीं पा सका था। किन्तु तब से यह संसार बहुत आगे जा चुका है। और जबसे ऋषि याज्ञवल्क्य ने बृहदारण्यक उपनिषद दिया है तथा अपने गुरु आरुणि उद्दालक द्वारा प्रतिपादित पुनर्जन्म के सिद्धान्त की आकर्षक व्याख्याएँ की हैं, तबसे सर्वव्यापी ब्रह्म के अस्तित्व पर तथा आत्मा के अजर अमर होने पर आस्था बढ़ती जा रही है, और मृत्यु-पश्चात् मोक्ष पर भी जिसके पश्चात् पुनर्जन्म नहीं। सच क्या है, मैं नहीं जानता। परन्तु जानना चाहता हूँ, खोजना चाहता हूँ। इतने वर्षों से कपिलवस्तु में रहते हुए मैं भी मोह के बन्धन में पड़ गया था। अब इसे तोड़ने का अवसर प्रारब्ध ने ही मुझे दे दिया है।"

अब तक सूरज अपनी किरणें समेटकर अस्ताचल के पीछे जाने का उपक्रम करने लगा था। हिनहिनाहट से काम नहीं चला तो कन्थक अपने दाँतों से पकड़ सिद्धार्थ का उत्तरीय खींचने लगा।

"समझ गया, समझ गया! देर हो गई। है न? चल, चलते हैं!"

बेटे के लौट आने की सूचना पाते ही प्रजापति दौड़ी चली आई।

"कहाँ चला गया था रे तू? कब से तेरी प्रतीक्षा हो रही है। कैसा हो गया है!" सोने के दीप-स्तम्भों पर रखे चाँदी के बड़े-बड़े दीपकों के प्रकाश में सिद्धार्थ का मुख ध्यान से देखते हुए वह बोली। "न अपना ध्यान रखता है आजकल, न यशोधरा का। जाने कहाँ भटकता फिरता है!"

सिद्धार्थ मुस्कुरा दिया सुनकर, बोला कुछ नहीं।

"मुस्कुरा क्या रहा है! हँस! उत्सव मना! तू पिता बनने जा रहा है और मैं मातामही!" कहते हुए प्रजापति उछल-उछल पड़ रही थी।

प्रसन्नता सिद्धार्थ को भी हुई, परन्तु उससे अधिक उसने सन्तोष का अनुभव किया। माँ और पिता दोनों ही चिन्तित रहते थे विवाह हुए बारह बर्ष बीत जाने पर भी यशोधरा का पैर भारी न हो पाने से। आए दिन ब्राह्मणों को बुलाकर जन्मपत्री दिखवाते, हवन करवाते, मन्त्र जपवाते। कानाफूसी भी होने लगी थी कपिलवस्तु में उसके पिता न बन पाने को लेकर। अब यह सब बन्द हो जाएगा।

उसे देखते ही शय्या पर लेटी यशोधरा उठ बैठी। उसका हर्षित मुख देख सिद्धार्थ का मन भी मुदित हो उठा।

"देवदह जाऊँगी, कल ही।" यशोधरा ने सिद्धार्थ से लिपटकर उसके वक्ष पर अपना सिर रख दिया।

"क्या वहीं जन्म दोगी अपने पुत्र को?" यशोधरा के बालों में अंगुलियाँ फिराते हुए सिद्धार्थ ने पूछा।

"तुम्हें कैसे पता पुत्र ही होगा?" सिद्धार्थ की आँखों में झाँकते हुए यशोधरा

चंचलता से मुस्कुराई। "और मेरा पुत्र क्यों? तुम्हारा नहीं?"

"नहीं ऐसा नहीं है, हमारा होगा वह।" यशोधरा के माथे पर गिर आई लट को उसके कान के पीछे खोंसते हुए सिद्धार्थ ने कहा। "किन्तु इतने दिन दूर रहोगी यह सोच मन उदास-सा हो रहा है।"

"क्या मैं रह पाऊँगी तुमसे दूर?" सिद्धार्थ को लेकर यशोधरा शय्या पर बैठ गई। "बस एक सप्ताह रहकर लौट आऊँगी, सबको यह समाचार सुनाकर—माँ को, पिताजी को, सखियों को, और भाई को भी।"

"हाँ, देवदत्त को अवश्य सुना देना।"

"क्यों, ऐसा क्यों कहा तुमने?"

कोई उत्तर दिये बिना सिद्धार्थ उठ खड़ा हुआ।

"भोर के पहले ही चल देंगे। मैं व्यवस्था करवाता हूँ।"

किन्तु निकलते-निकलते सवेरा हो गया। दास, दासियाँ, सैनिक, रसोइये, कहार—सब मिलाकर पाँच-सौ से भी अधिक लोगों का दल निकल पड़ा अनाज, भांडे, वस्त्र आदि से लदी बैलगाड़ियों के साथ। रोहिणी के पार बसा देवदह पाँच योजन दूर है कपिलवस्तु से। बीचोबीच पाँच-छह गावुत (गावुत = दो मील) पर लुम्बिनी-वन है जिसके निकट एक छोटी-सी नदी है तिलार, तथा वन के भीतर एक सरोवर भी। कपिलवस्तु से देवदह आते-जाते यात्री दोपहर का पड़ाव यहीं किया करते हैं।

"सँभालकर!" कहारों से सरोवर के निकट पालकी उतरवाते हुए सिद्धार्थ बोला और दोनों हाथों का सहारा दे यशोधरा को बड़े जतन से उठाकर पूछा,

"ठीक तो हो न?"

"हाँ, बहुत अच्छे-से आई हूँ! तुम जो थे कहारों के सिर पर सारा समय उनसे कहते हुए कि धीरे-धीरे, सँभालकर!" कहकर यशोधरा हँस दी। "इतनी ही चिन्ता थी तो हाथी पर क्यों नहीं बिठा लाये? उसमें अधिक सुविधा रहती।"

"और चढ़ते-उतरते हुए कहीं पैर फिसल जाता तो?"

रसोइये भोजन पकाने में जुट गए। गाड़ीवानों ने जुआ खोलकर बैलों को चारा डाला। छन्दक भी वहीं था दाने की बोरी लिये। कन्थक की देखरेख उसका ही दायित्व है। सिद्धार्थ ने दो अंजुलि भरकर दाना कन्थक को खिलाया और यशोधरा के हाथ में हाथ डाले वृक्षकुंजों की ओर निकल गया।

"यही है वह स्थान जहाँ मेरा जन्म हुआ था।" एक शालवृक्ष के नीचे पहुँच वह रुक गया।

"जानती हूँ। जितनी बार आते हो, उतनी ही बार बताते हो।"

"क्या करूँ! जब भी यहाँ आता हूँ गहरी चुभन होने लगती है मन में उस कष्ट की कल्पना मात्र से जो माँ ने सहा होगा खड़े-खड़े ही मुझे इस संसार में लाते

हुए!" सिद्धार्थ रुआँसा हो आया। "और उसी कष्ट में वे इस संसार से चलीं गईं।"

यशोधरा कुछ नहीं बोली, बस और पास सिमट आई। सिद्धार्थ की रुलाई फूट पड़ी। यशोधरा ने उसे कसकर अपने से चिपका लिया।

"लुम्बिनी से ही लौट आईं थीं महारानी जी।" सिद्धार्थ जब बारह वर्ष का था तब एक वृद्ध सेविका ने उसे बताया था। "मैं दिन-रात उनके साथ थी। भयंकर रक्त-स्राव हो रहा था उन्हें किन्तु उन्होंने सबसे छिपाकर रखा ताकि आपके जन्म पर मनाये जा रहे उत्सव में विघ्न न पड़े।" कहते हुए वह बुक्का फाड़कर रो पड़ी थी। "कितना ध्यान रखतीं थीं हम सबका! कोई भी अस्वस्थ होता तो स्वयं होकर वैद जी को बुलवातीं। कई-कई बार देखने आतीं। औषधि ली कि नहीं? कुछ खाया कि नहीं? अपने से फल लेकर आतीं। खिचड़ी बनवाकर अपने सामने खिलवातीं। न कभी भौंह तनी देखी उनकी, न ही कभी कटु वचन सुने उनके मुख से। ममता और करुणा की देवी थीं वे तो! साक्षात देवी!!"

सिसकियाँ उसकी देर तक बन्द नहीं हो पाईं थीं, सिद्धार्थ अब तक नहीं भूला।

"माँ को देखा तो होगा मैंने," यशोधरा के आलिंगन से निकल उसके आँचल से अपने आँसू पोंछते हुए सिद्धार्थ बोला, "किन्तु स्मरण नहीं, कैसी रही होंगी वे? जो सुना है उसी पर से एक चित्र बना रखा है मन में। सुन्दर, आलोकित मुख जिस पर सदैव ही एक मोहक मुस्कुराहट तैरती रहती है। और नेत्रों में तो जैसे करुणा पिघल रही हो! ऐसी ही रही होंगी न वे?"

"इससे भी सुन्दर!" यशोधरा की आँखें नम हो आईं और वह पुनः सिद्धार्थ से लिपट गई।

"मेरा जन्म ही उनकी मृत्यु का कारण बन गया," अपना कंठ स्थिर करने के प्रयास में आकाश की ओर देखते हुए सिद्धार्थ बोला, "यह मैं भूल नहीं पाता। यह दुःख मुझे सदैव सालता रहेगा कि मेरे जन्म तथा अपनी मृत्यु दोनों ही अवसरों पर उन्होंने कितना भीषण कष्ट झेला होगा! न जाने क्यों यशोधरा, मेरे मन में उत्तरोत्तर यह विचार गहराता ही जाता है कि कितने विवश हैं हम! कितने लाचार! न मृत्यु पर वश है हमारा, न ही जन्म पर। वस्तुतः इस जीवन पर ही हमारा कोई वश नहीं। बस हो जाता है जन्म। क्यों होता है? क्या अर्थ है जन्म लेने का? जीवन का कोई अर्थ है भी या नहीं? किसी को कुछ पता नहीं। गुरु अर्जुन को भी नहीं।"

यशोधरा मौन खड़ी विस्मय से उसे तकते हुए सुनती रही। पहले कभी उसने सिद्धार्थ को ऐसी बातें करते नहीं सुना था।

"क्या हमारा-तुम्हारा साथ कोई अर्थ नहीं देता तुम्हारे जीवन को?" सिद्धार्थ के मौन हो जाने पर कुछ पल सोचते रहने के पश्चात् उसने अत्यन्त मन्द स्वर में पूछा। "क्या आनेवाला नया जीवन भी कोई अर्थ नहीं दे पाएगा?"

सिद्धार्थ ने कोई उत्तर नहीं दिया, न ही यशोधरा ने आग्रह किया। किन्तु पहली

बार एक खिड़की खुली थी, अंगुली बराबर ही सही। एक झलक तो मिली थी कि क्या चल रहा है उसके सिद्धार्थ के मन में। क्यों वह उखड़ा-उखड़ा रहता है।

ठंड बढ़ती जा रही थी किन्तु यशोधरा अब तक भी देवदह में ही थी। भगीरथी के तट पर कन्थक को साथ लेकर चलते-चलते सिद्धार्थ आज बहुत दूर निकल आया है। पहाड़ियों से उतरते झरनों को अपने में समेटकर कोलाहल करती हुई भगीरथी की लहरें एक-दूसरे को धकेलकर आगे बढ़ते हुए कभी किसी शिला के उनके मार्ग में व्यवधान उत्पन्न करने की उद्दंडता से कुपित हो उछल कर उसके वक्षस्थल पर चढ़ जाती हैं। और फिर छोटा-सा झरना बन नील-श्वेत कौतुक-मणि बिखराते हुए दूसरी ओर से नीचे गिर जाती हैं। कभी तो वे ऊँचाई से गिरते हुए दूधिया फेन का उफान मचाती हैं, और कभी शिलाओं के बीच से इठलाते बल खाते निकलते हुए बुलबुलों के मोतियों की माला पिरोने लगती हैं।

हिमपात आरम्भ हो इसके पूर्व ही कुछ चरवाहे अपनी भेड़ों को साथ लिये नीचे उतरने लगे थे। उनके साथ-साथ एक संन्यासी भी चला आ रहा था, एक हाथ में लाठी व दूसरे में कमंडल पकड़े। वस्त्र के नाम पर काषाय-वस्त्र का चीर मात्र था उसकी कटि पर। सिर पर उलझी हुई जटाएँ, मुख पर लम्बी अस्त-व्यस्त दाढ़ी।

"भन्ते! आप क्या हिमवन्त से उतरे हैं?" आदरपूर्वक प्रणाम करने के पश्चात् सिद्धार्थ ने पूछा।

"हाँ वत्स!"

"आप अन्यथा न लें तो आपसे कुछ पूछूँ।"

"पूछो।" कहते हुए संन्यासी एक शिला पर बैठ गया।"

"आप संन्यासी क्यों बने?"

"वत्स! लालसाओं के दुश्चक्र को मैंने शीघ्र ही पहचान लिया था, और कालान्तर में उस ज्ञान की निरर्थकता को भी जान लिया जो शैशव से युवावस्था तथा युवावस्था से प्रौढ़ावस्था व वृद्धावस्था में प्रवेश करते हुए, अपने पर्यावरण के साथ क्रिया-प्रतिक्रिया करते हुए, देखते-सुनते हुए हम प्राप्त करते हैं व जिसे हम मानव-जाति की प्रगति का नाम देते हैं, मनुष्य के मस्तिष्क का विकास समझते हैं। जबकि ऐसा है नहीं। अन्यथा ऐसा कैसे कि यह विकास मुक्ति की राह दिखाने के स्थान पर पतन की ओर ले जाता है? आनन्द की अभिलाषा लिये हम जीवन को कबाड़ से—भवन, वस्त्र, आभूषण, विलासिता की सामग्री से—भरते चले जाते हैं किन्तु आनन्द नहीं मिलता! मिलता है तो मात्र आनन्द का भ्रम, वह भी कुछ ही समय के लिये। फिर भी हमारा लोभ-लालच बढ़ता ही जाता है, समाप्त ही नहीं होता मृत्यशय्या पर पहुँच जाने के उपरान्त भी।"

तपस्वी के मुख को ध्यान से देखा सिद्धार्थ ने—शान्त, निर्विकार, तेजोमय!

"किन्तु आपने हिमवन्त ही क्यों चुना? ऐसा क्या है वहाँ जो आपने उस कठिन, निर्जन स्थान में रहना चाहा?"

"नीरवता है। शान्ति है। प्रलोभनों से दूरी है। लालसाओं के उपादानों से अलगाव तप में सहायक होता है।"

"लालसाएँ?"

"हाँ लालसाएँ, जो विकारों की मूल स्त्रोत हैं। जो मोह, घृणा, लालच, द्वेष की जननी हैं। जो कि सर्वाधिक दुर्लंघ्य अवरोध हैं अन्तर्मन में प्रवेश करने, सत्य को पहचानने के मार्ग में।"

"और वह सत्य क्या है?"

"ब्रह्म! शब्दों के द्वारा न तो मैं उसे व्यक्त कर सकता हूँ, न तुम समझ सकते हो। किन्तु वही एकमात्र सत्य है, शेष मिथ्या।"

"मृत्यु भी?"

"हाँ, मृत्यु भी!"

"किन्तु मुझे तो मृत्यु ही एकमात्र सत्य प्रतीत होती है!"

"तुम वह क्षितिज देखते हो? क्या है उस पार?"

"नहीं जानता।"

"किन्तु कुछ है, यह तुम जानते हो।"

"हाँ।"

"कैसे? कैसे जानते हो?"

"क्योंकि पृथ्वी का अन्त वह क्षितिज नहीं हो सकता, न ही आकाश का। उसके पार भी पृथ्वी होगी, और आकाश भी।"

"बिना देखे तुम जानते हो क्योंकि तुम्हें विश्वास है पृथ्वी और आकाश दोनों ही अत्यन्त विशाल हैं, अत: क्षितिज उनका अन्त नहीं। उसी प्रकार यह जीवन भी अत्यन्त विशाल है। मृत्यु इसका अन्त नहीं, क्षितिज मात्र है। जीवन उस पार भी है। किन्तु यह जान पाने के लिये तुम्हें ऊपर उठना होगा—स्वयं से, इस संसार से। तभी तुम क्षितिज के पार देखने में सक्षम हो पाओगे।"

"और उसका मार्ग भन्ते?"

"वह तुम्हें कोई समर्थ व योग्य गुरु ही बता सकता है। बिना गुरु के भटक जाना निश्चित है। यह भी," भगीरथी की ओर इंगित करते हुए तपस्वी बोला, "सागर को नहीं पा सकेगी बिना गंगा का सहारा लिये!"

भटकाव

ग्रीष्म ऋतु चरम पर है। पहला पहर बीतते न बीतते सूरज निर्दयी हो अंगारे बरसाने लगा है। निर्जन जंगलों से होते हुए एक गाँव से दूसरे गाँव फिरते संन्यासी और परिव्राजक भी, जिन्हें ऋतुओं की मार सहने का अभ्यास हो चुका है, व्याकुल हो उठे हैं। दुपहरी भर पेड़ों के साये में बिताते हैं फिर भी कल नहीं पड़ती, विशेषकर तब जब तन-मन को झुलसाती लू भी चल रही हो। ऐसे में कभी किसी उजड़े पड़े गाँव में कोई वीरान झोंपड़ी मिल जाए या किसी खंडहर में दुबके रहने का आसरा हो जाए तो वैसी ही प्रसन्नता होती है जैसी शीत ऋतु की रक्त को जमा देनेवाली रातों में जलती हुई धूनी मिल जाने पर हुआ करती है।

"वर्षा अब दूर नहीं है।"लम्बी साँस खींचकर एक परिव्राजक ने कहा। "वायु में नमी आने लगी है।"

"फिर तो शीघ्र ही ठिकाना ढूँढना होगा!" दूसरा बोला।

प्रत्येक वर्ष का नियम है वर्षाकाल ऐसे स्थान पर व्यतीत करना जहाँ छत और भिक्षा दोनों ही सुगमता से उपलब्ध हो जायें। पहली चाहत सबकी कुम्हारों का मिट्टी के बरतनों से अटा अहाता हुआ करता है। अन्यथा गोशाला, भूसाघर, बढ़ई अथवा लुहार की कार्यशाला या फिर श्मशान-गृह—जहाँ ठौर मिल जाए वहीं ठिकाना कर लिया करते हैं।

"मैं तो कौशाम्बी जाने की सोच रहा हूँ।" तीसरे परिव्राजक ने बताया।

"परन्तु वह तो पन्द्रह दिन की दूरी पर है! मार्ग में ही वर्षा हो गई तो?"

"तो क्या? मार्ग में ही कोई ठिकाना ढूँढ लिया जाएगा।" पूरी निश्चिन्तता के साथ तीसरा परिव्राजक बोला। "नये नये परिव्राजक हुए हो?"

सुमित्र ने हाँ में सिर हिला दिया। उसके एक हाथ में सूखे कुम्हड़े को खोखला कर बनाया हुआ भिक्षापात्र है, दूसरे में शालवृक्ष की शाखा को छीलकर बनाया हुआ दंड। हल्दी से रँगे सूती वस्त्र को छाती से घुटनों तक लपेट बाएँ कन्धे पर गाँठ लगा रखी है। सिर के बाल बिखरे हुए, लम्बे। पैर नंगे। हलकी मूँछ भी निकल आई है। सोलह वर्ष का जो हो गया है वह! किन्तु बड़ी-बड़ी आँखों से उसकी अभी भी बालसुलभ भोलापन झाँकता है।

अन्य परिव्राजकों के साथ वह भी गाँव-गाँव घूमता है। भिक्षा सुलभ है। उदार ग्रामवासी आवश्यकतानुसार वस्त्र भी दे ही देते हैं। समय उसका अन्य परिव्राजकों के साथ चर्चा करने, उनके मतों व धारणाओं को जानने, वाद-विवाद करने में बीत जाता है। किसी आश्रम या कुतूहलशाला में कोई ज्ञानी-ध्यानी विद्वान मिल जाए तो उससे मिलकर अपनी कभी न समाप्त होनेवाली जिज्ञासाएँ शान्त करने में तो उसे अत्यधिक ही आनन्द आता है। और यह जीवन उसे अच्छा लगने लगा है।

पुराना जीवन किन्तु भूला नहीं है। भटकते हुए महीनों पहले न जाने कैसे पिता के आश्रम जा पहुँचा था। उजाड़, सुनसान आश्रम में गीदड़ बोल रहे थे। सुन्दर उद्यान जंगल हो गया था। बहुतेरा प्रयत्न किया, परन्तु रुलाई थी कि रुकती ही नहीं थी। बचपन का स्मरण करके, माँ और उसकी ममता का स्मरण करके, और उस दिन का स्मरण करके भी जिस दिन वह अचानक ही अनाथ हो गया था।

सुमित्र की उस दिन जब आँख खुली थी, सूरज ऊपर चढ़ आया था। माँ दूध का सकोरा लिये जगाने नहीं आई अब तक, उसे तनिक आश्चर्य हुआ। माँ-माँ पुकारता बाहर आया तो देखा गायें रँभा रहीं हैं किन्तु किसी का भी उनकी ओर ध्यान नहीं है। हवनकुंड ठंडा पड़ा है और यज्ञशाला के बाहर खड़े शिष्य मन्द स्वर में चर्चा कर रहे हैं।

"प्रतुल्य ऐसा करेगा कोई सोच सकता था भला!"

"पता नहीं गुरुमाँ ने क्यों किया ऐसा? मुझे तो समझ नहीं आता।"

"मानव-मन का कोई ठिकाना नहीं।"

"भोली है गुरुमाँ, उसका कोई दोष नहीं। प्रतुल्य ने ही ..."

"माँ कहाँ है?"

शिष्य इतने तल्लीन थे अपनी बातों में कि सुनकर चौंक पड़े।

"माँ चली गई सुमित्र।"

"कहाँ?"

"पता नहीं भाई, और तुम्हारे पिता भी।"

"मेरे पिता भी?" सुमित्र रुआँसा हो आया।

"हाँ भाई।"

"सब चले गए?" सुमित्र रो पड़ा। "कहाँ चले गए? मुझे भी जाना है!"

और रोते हुए वह आश्रम के बाहर दौड़ गया।

"हम ले चलेंगे तुम्हें माँ के पास।" शिष्यों ने अत्यन्त कठिनाई से उसे रोका, मनाया।

"मैं अपने साथ ले जाता हूँ।" वत्सदेश से आया एक शिष्य बोला।

"इस बीच गुरुदेव या गुरुमाँ लौट आए तो?"

"किन्तु यहाँ छोड़ भी तो नहीं सकते!"

"आसपास किसी और आश्रम में व्यवस्था करवाना कैसा रहेगा?"

सुमित्र ध्यान से सुन रहा था। उसे समझ आ गया कि कोई नहीं जा रहा ढूँढने उसकी माँ को, उसके पिता को। जिस समय शिष्य अपनी पोटलियाँ बाँधने में लगे थे वह माँ-माँ पुकारता वन की ओर भाग निकला। शिष्यों को जब तक इसका पता चलता वह बहुत दूर जा चुका था।

नन्हे पैरों से पगडंडियाँ नापते-नापते दोपहर होने को आई किन्तु न तो माँ का पता चल रहा था, न पिता का। जंगल का भी कोई ओर-छोर नहीं था। उसके बालमन में धरती के इतना विशाल होने की कल्पना ही नहीं थी। वह ठिठक गया। पैर दुखने लगे थे। प्यास सताने लगी थी, और भूख भी। उसकी रुलाई छूट गई। एक पेड़ के नीचे बैठ सुबकते हुए वह कब नींद की गोद में लुढ़क गया था, उसे नहीं पता। उठा तो सूरज पेड़ों के पीछे जा चुका था। मुड़कर आश्रम की दिशा में दौड़ा परन्तु बीच में ही अँधेरा घिर आया। जंगली जानवरों की चिल्लाहटें आरम्भ हो गईं। डर के मारे उसका पसीना छूटने लगा था। रह-रहकर रोना भी आ रहा था। कुछ समझ नहीं पा रहा था, क्या करे? तभी कुछ सरसराहट हुई, जैसे आसपास ही कोई जंगली जानवर हो। तुरन्त वह एक पेड़ पर चढ़ गया।

'अच्छा हुआ प्रतुल्य भैया ने सिखा दिया जब उनके साथ गायें चराने जाता था। कितने अच्छे थे प्रतुल्य भैया! मेरा कितना ध्यान रखते थे! वे भी चले गए, सब चले गए!'

स्मरण करते हुए सुमित्र फूट-फूटकर रो पड़ा।

कैसे वह रात बीती, वही जानता है। भूख, प्यास, नींद के झोंके, गिरने का डर, और यह डर भी कि कोई हिंसक पशु न चढ़ आए पेड़ पर। एक शाखा से लिपटकर सोते, जागते, डरते रात काटी। उल्लुओं की वू-वू सियारों की हुआँ-हुआँ के बीच शेर की दहाड़ पूरे जंगल को दहला जाती और वह थरथरा उठता। कभी कोई तेंदुआ निकलता नीचे से और उसकी साँस ऊपर की ऊपर नीचे की नीचे रह जाती। भेड़िये पेड़ की जड़ में आकर गुर्राने लगते और वह पसीने में नहा जाता।

सवेरा होते ही वह उतरा, झड़बेरियाँ बीन कर खाईं और फिर चल पड़ा आश्रम की ओर। किन्तु न जाने कहाँ खो गया था आश्रम! खोजते-खोजते शाम हो गई। फिर रात पेड़ पर। फिर वही भयावह चिल्लाहटें। वन्यपशुओं का फिर पेड़ के नीचे आ खड़ा होना और उसका फिर वही काँप उठना। और सवेरा होते ही फिर से खोज में लग जाना अँधेरा घिरने तक। तीसरे दिन सुमित्र को विश्वास हो चला कि खोया आश्रम नहीं है, वह स्वयं खो गया है—हिंस्र पशुओं से भरे उस घने जंगल में।

कई वर्ष बीत चुके हैं तब से। अब उसे स्मरण नहीं वह कितने दिन या महीने भटका था उस जंगल में। दिन झड़बेरियाँ और पेड़ों से गिरी फलियाँ चुनते, खाते और बीच-बीच में रोते हुए कट जाता था तथा रातें किसी पेड़ की डाल से लिपटकर

माँ को स्मरण कर रोते, सोते, डरते, जागते हुए। उन्हीं दिनों दिखा था वह पहली बार।

उसे सदैव ही लगता रहा था कोई है जो उसके आसपास ही बना हुआ है। किन्तु ऊँची, घनी घास में जब-तब होती सरसराहट को किसी जानवर की आहट समझ इसे अपना भ्रम मान लिया करता था। एक दिन किन्तु झलक दिखी उसकी। ऊँचा, विशाल शरीर। घने बाल, लम्बे और उलझे हुए। विशाल नेत्रों में लालिमा। उसके ऊँचे माथे पर चौड़ी पट्टी बँधी हुई थी। सुमित्र की आँखें जैसे ही उसकी आँखों से मिलीं, झाड़ियों के झुरमुट में वह ओझल हो गया। फिर नहीं दिखा। सुमित्र चकित था और भयभीत भी। कौन है यह? क्यों मेरे आसपास बना रहता है? अगली कुछ रातों को उसके सपनों में भी वह आया, कुछ कहना चाह रहा हो जैसे।

और फिर एक दिन उसे वह दिखा जिसे देखने उसकी आँखें तरस गईं थीं। मनुष्य!

छोटा-सा वस्त्र मात्र कटि पर लपेटे निपट काली चमकीली त्वचावाली पुष्ट युवती पेड़ के तने पर कुल्हाड़ी चला रही थी। सुमित्र भागा-भागा उसके पास जा पहुँचा।

"तुम कहाँ से आ गए?" युवती ने घुटनों के बल बैठ उसकी ठुड्डी के नीचे हाथ रखकर पूछा। "घर कहाँ है तुम्हारा?"

सुमित्र सहमा हुआ खड़ा रहा। वह क्या बोल रही थी, रत्ती भर भी उसके पल्ले नहीं पड़ रहा था। युवती खड़ी हो गई और मुस्कुराते हुए अपना हाथ उसकी ओर बढ़ा दिया।

हाव-भाव संकेतों की भाषा तो प्राचीनतम भाषा है। उसे समझने में न देश का व्यवधान होता है, न काल का। सुमित्र ने झट वह हाथ थाम लिया।

जंगल के बीच ही तीस-चालीस झोंपड़ियों का गाँव था जहाँ वह उस युवती के साथ पहुँचा था। हँसते शोर मचाते बच्चे चूजों और मेमनों के पीछे दौड़ रहे थे। उसे देख झोंपड़ी का छप्पर सुधारती एक स्त्री कुछ चिल्ला उठी। सारे बच्चे खेल छोड़कर दौड़े चले आए और उसे घेरकर खड़े हो गए ।

"भूख लगी है?" युवती ने अपने नंगे पेट पर हाथ फिराते हुए पूछा। सुमित्र ने अपना सिर ऊपर-नीचे कई बार हिला दिया। न जाने कितने महीनों पश्चात् उसने भात और साग खाया था, वह भी भरपेट, और फिर निश्चिन्त होकर सोया था। आँख खुली उसकी बकरियों की सामूहिक मिमियाहट से। झोंपड़ी से बाहर आकर देखा, उस युवती जैसे ही काले व मात्र लँगोट लगाये युवक हाथों में कुल्हाड़ी और भाले लिये बकरियों को हाँकते हुए चले आ रहे थे। दो युवकों के कन्धे पर मोटा बाँस था जिस पर मरा हुआ चीतल उलटा लटका हुआ था।

भुना हुआ माँस अत्यन्त चाव के साथ खाया था उस शाम सुमित्र ने सब बच्चों के साथ। किन्तु जैसे ही युवक-युवतियों, स्त्री-पुरुषों का ताड़ी पीना और फिर ढोल की थापों पर अग्नि-लपटों के चारों ओर घूमते हुए नाचना-गाना आरम्भ हुआ, बच्चे तो सब खेलने निकल गए किन्तु उन्हें ललचाई दृष्टि से देखता हुआ सुमित्र वहीं बैठा रह गया। पिरनी ने, जिसने उसे भोजन करवाया था, ताड़ लिया कि सुमित्र का ध्यान खेल में मगन बच्चों में लगा है। नाच के घेरे से बाहर निकल वह उसे हाथ पकड़कर ले गई और खेल में सम्मिलित करवा दिया।

'बच्चों के साथ धमाचौकड़ी मचाता हल्ला-गुल्ला करता हुआ कितना प्रसन्न था मैं!' सोचते हुए सुमित्र के होठों पर मुस्कान तैर गई। 'पहली बार मुझे समवयस्क साथी मिले थे। ऐसे साथियों के साथ खेलने, उधम मचाने व हुल्लड़ हा-हा हू-हू करने में क्या आनन्द है यह उसी दिन जाना।'

किन्तु देर रात जब पिरनी ने उसे चटाई पर अपने साथ सुलाया तो माँ को स्मरण करके वह रो दिया। पिरनी की दो वर्ष की बेटी उसकी छाती से चिपकी हुई दूध पी रही थी। पिरनी ने उसके मुँह से स्तन निकाल सुमित्र के मुँह में डाल दिया। सुमित्र ने अभी दो वर्ष पहले तक भी माँ का दूध पिया था। अभी भी कभी-कभी हठ करके उसके आँचल में घुसकर पीने लगता था उसकी छातियों को, दूध यद्यपि शेष रहा नहीं था उनमें। पिरनी का स्तन पीकर और उसके स्नेह की ऊष्मा पाकर सुमित्र के मन की उदासी छँटने लगी। किन्तु कुछ ही पल पश्चात् वह बच्ची रोने लगी। सुमित्र ने स्तन को हाथ से धकेलते हुए संकेत किया बच्ची को दूध पिलाने का। उस अँधेरे में भी पिरनी के दाँत चमक उठे थे।

बचपन विचित्र समय है। वर्तमान बिना अधिक प्रयास के भूतकाल को विस्मृति के गर्भ में धकेल देता है। सब कुछ भूलकर वह शीघ्र ही घुल-मिल गया था बच्चों के साथ, और पिरनी के साथ भी जिसने उसे माँ का प्यार दिया था। उसकी बेटी तो, जिसे पिरनी चिक्की कहकर पुकारती थी, उसके साथ ही बनी रहती। जब भूख लगती, तभी उसे पिरनी स्मरण आती। सुमित्र भी सारा दिन उसे गोद में उठाये घूमा करता, उसके साथ खेला करता। यह देख पिरनी सुमित्र को प्यार से चिक्का कहकर पुकारने लगी थी।

छोटी-सी एक नदी थी पास में ही। उसमें नहाने से अधिक खेला करते थे बच्चे। कोई रोकने-टोकनेवाला नहीं था। लौटकर तभी जाते जब पेट में चूहों का हुड़दंग उनके अपने हुड़दंग पर भारी पड़ जाता।

सवेरे से ही पुरुष तो निकल जाते बकरियाँ चराने, आखेट करने तथा स्त्रियाँ चलीं जातीं लकड़ियाँ काटने, ताड़ के पेड़ों से दूध निकालने, महुए के फूल व जंगली धान बीनने अथवा कन्दमूल खोद लाने जिनमें किसी को भूनकर या उबालकर तो किसी को कच्चा ही खाया जाता था। पीछे से सारे बच्चे दिन भर कभी

पेड़ों पर चढ़ आम खाते तो कभी उन्हें ढेले फेंककर गिराते। पेड़ों के नीचे गिरे पड़े बेरों को खाते-खाते बीनते और बीनते-बीनते खाते। जामुन खा-खाकर जीभ काली पड़ जाती तो एक-दूसरे को दिखा-दिखाकर हँसते। कभी मुर्गियों के पीछे दौड़ते कभी एक-दूसरे के पीछे। कितने ही तो स्रोत थे आनन्द के!

शाम ढले बकरियों का दूध दुहा जाता। रात में हिंसक पशुओं से बचाने के लिये उन्हें बासों के बाड़े में हाँक दिया जाता जिस मनोरंजक काम में सब बच्चे भी लग जाते थे। सोने के पहले युवक घूम-घूमकर झोंपड़ियों पर डंडे बरसाते बुरी आत्माओं को भगाने के लिये तो साथ-साथ बच्चे भी डंडियाँ घुमाते चलते यह स्पर्धा करते हुए कि कौन कितनी आत्माएँ भगाता है।

दिन आनन्दपूर्वक बीत रहे थे। पाँच वर्ष कैसे निकल गए, पता ही नहीं चला। एक रात पिरनी ने उसे झिंझोड़ कर जगाया। झोंपड़ी में धुआँ भरा हुआ था। नींद से भरा सुमित्र कुछ पूछ पाता उसके पहले ही पिरनी उसे हाथ पकड़कर खींचते हुए बाहर भागी।

"और चिक्की? चिक्की कहाँ है?" सुमित्र ने घबराकर पूछा। पल भर में ही धुँधुआती झोंपड़ी धू-धू कर जल उठी थी।

"गई बाबा के साथ!"

बाबा पिरनी के पिता थे और साथ ही रहते थे।

लपटों के प्रकाश में सुमित्र ने देखा बरछे-भालेधारी सैनिक गाँव को घेरे हुए झोंपड़ियों में आग लगा रहे थे। वह समझ नहीं सका, क्यों?

अंगदेश के राजा ने बिम्बसार को हराकर राजगृह पर अधिकार कर लिया था। ये उसके ही सैनिक थे जो भगोड़े राजा का पीछा करते हुए वनों में घुस आए थे और गाँव के गाँव अग्नि-ज्वालाओं में झोंके दे रहे थे।

लगभग पाँच वर्ष पूर्व बिम्बसार ने, जब वह राजकुमार ही था, अपने पिता के आदेश से अंगदेश पर धावा बोल दिया था जिसके पश्चात् हुए भीषण युद्ध में अंगराज दधिवाहन खेत रहे थे। किन्तु अंगवासियों का मानना था कि उनके राजा को बन्दी बना लेने के उपरान्त मौत के घाट उतारा गया। राजधानी चम्पा पर अधिकार कर लेने के पश्चात् मगध के विजयोन्मत्त सैनिकों द्वारा नगरवासियों को निर्दयतापूर्वक लूटा-खसोटा गया था तथा सहस्त्रों चम्पावासियों को मौत का भय दिखाकर दास-व्यापारियों के हाथ बेच दिया गया था—यहाँ तक कि दधिवाहन की पुत्री वसुमति को भी जिसे निगंठ नातृपुत्र द्वारा दीक्षा दिये जाने के पश्चात् चन्दनबाला नाम मिला।

उसका ही प्रतिशोध लेने अब अंगदेश के सैनिक पागल हाथियों-से घूम रहे थे और पकड़-पकड़ कर निरपराध मागधों की निर्ममतापूर्वक हत्या कर रहे थे। जिन निरीह स्त्री-पुरुषों का उस युद्ध से और चम्पा में हुए अत्याचार से कोई सरोकार

कभी भी नहीं रहा था, जीवित ही उनकी चिता जला रहे थे अथवा उन्हें दास बना रहे थे।

सैनिक मानो प्रतीक्षा में ही थे। पिरनी के झोंपड़ी से बाहर आते ही उन्होंने उसके बाल पकड़ झटके से उसे नीचे गिरा दिया। सुमित्र अलग जा गिरा। हाथ-पैर फेंकती पिरनी गिड़गिड़ा रही थी और बालों से खींचकर उसे घसीटते हुए सैनिक ठहाके लगा रहे थे। असहाय खड़ा देखता रहा सुमित्र और रोता रहा। पिरनी की भयाक्रान्त चीखें और फटी-फटी आँखें अब भी उसकी रातों को सिहरा जातीं हैं। चीख़ती-चिल्लाती पिरनी को वह तब तक देखता रहा जब तक वह उसकी आँखों से ओझल नहीं हो गई, और फिर एक ओर को भाग लिया। सैनिकों ने देखा उसे परन्तु रोका नहीं। न जाने क्यों? अपनी माँओं के पीछे दौड़ते, चीखते, मिमियाते अन्य बच्चों को तो उन्होंने पकड़कर रस्सियों से बाँध रखा था।

धड़कती छाती लिये पसीने में नहाया सुमित्र दूर झाड़ी के पीछे से देखता रहा उस बर्बरता को। भागते-चिल्लाते पुरुष जिन्हें पकड़-पकड़ कर सैनिक तब तक लाठियों, लातों से पीटते रहते जब तक वे या तो प्रतिरोध करना नहीं छोड़ देते या मूर्छित नहीं हो जाते। रोती, चीखती, गिड़गिड़ाती स्त्रियों को घसीटकर ले जाते सैनिक हँसते क्यों थे, वह आज तक नहीं समझ पाया है।

दोपहर होते-होते वे सैनिक बन्दियों को लेकर चले गए थे। बहुत डरते-डरते सुमित्र लौटा। राख, धुआँ और जले-अधजले शवों के अतिरिक्त गाँव में कुछ बचा था तो वह थी मानव-मांस के जलने की दुर्गन्ध तथा उसके कानों में गूँजती चीखें। घुटनों पर गिरकर चीत्कार करते हुए उसने आकाश को देखा जहाँ देवता रहते हैं। क्यों वे कुछ नहीं करते? कैसे वे यूँ चुप, अनजान बने रह सकते हैं! न जाने वह कब तक रोता रहा था। तभी उसे कुछ आहट सुनाई दी और यह सोच कि उसे ही पकड़ने सैनिक लौट आये हैं, वह सिर पर पैर रखकर भाग लिया था।

धरती पर दृष्टि जमाये चलता, स्मृतियों में डूबा सुमित्र अचानक ठिठक गया। उसके साथी परिव्राजक दूर-दूर तक कहीं नहीं दिख रहे थे। उसे घबराहट होने लगी। सब साथ रहते हैं तो हिंसक मशुओं से बचाव रहता है। तभी पाँवों तले सूखे पत्तों के पिसने की चर-चर और सूखी टहनियों के टूटने की तड़-तड़ सुनाई दी। उसने घूमकर देखा। लताओं, टहनियों को हिलते-झूलते देख उसे विश्वास हो गया कि अवश्य कोई था जो अभी-अभी जंगल में अन्दर घुसा है।

'कहीं वही तो नहीं?' सोचते हुए सुमित्र उस ओर को दौड़ गया। वह उत्सुक था जानने को कि कौन है जो उसके आसपास ही बना रहता है, और क्यों? अचानक ही लम्बी घास और झाड़ियों के बीच पड़े एक तने से उसका पैर टकराया और वह आड़ा-तिरछा नीचे जा गिरा। उठने के प्रयास में उठी पीड़ा की लहर से उसे निश्चय हो गया कि पैर मोच खा गया है। घास और झाड़ियों के बीच से आँखें

गड़ाकर आसपास झाँका तो दूर एक झोंपड़ी दिखाई दी। आशा नहीं थी ऐसी अलग-थलग बनी झोंपड़ी में कोई रहता भी होगा। फिर भी पिरनी के गाँव में लँगड़ी खेलने के अभ्यास का लाभ उठा दंड के सहारे किसी प्रकार उस तक पहुँचा और चिल्लाया,

"कोई है? कोई है? कोई है?"

तीन बार चिल्लाने पर भी कोई उत्तर न मिला तो वह तीन सीढ़ियाँ एक पैर पर उछलते हुए चढ़ गया। जैसे ही उसने खटखटाने के लिये किवाड़ को हाथ लगाया, वह चरमराते हुए खुल गया। एक कोने में मिट्टी का चूल्हा था और अधजली लकड़ियाँ तथा दूसरे कोने में एक ऊँचा मर्तबान बाँस से बुना हुआ। उसके ही निकट रखे छीपे में कुछ सूखी जड़ें और पत्तियाँ पड़ीं थीं और छत से एक सूप टँगा था।

'कोई रहता अवश्य है यहाँ!' उसे आशा बँधी। पसीना पोंछकर वह ओसारे में भीत का सहारा ले नीचे सरका और टिककर बैठ गया। झपकी अभी लगी ही थी कि मंजरी और दामिनी उसके सामने आ खड़ीं हुईं और हड़बड़ाकर उसने आँखें खोल दीं।

सूरज उत्तप्त होता जा रहा था और लू की लपटें शरीर में सुइयाँ चुभोने लगीं थीं। उसकी इच्छा हुई कि जाकर भीतर बैठ जाए, किन्तु यह उसे उचित नहीं लगा।

अचानक वह पुनः आशंकित हो उठा, 'कोई रहता भी है यहाँ?' उठने का प्रयास किया तो पाया पीड़ा और भी बढ़ गई है। किसी प्रकार उठकर दंड के सहारे एक पैर पर फुदकते हुए वह पीछे तक गया। बाड़े में दो बकरियाँ बँधीं हुईं थीं। कुछ मुर्गियाँ घूम रहीं थीं। एक घड़ा भी रखा था और उसके ढकने के ऊपर एक कुल्हड़ भी। विश्वस्त होकर उसनें प्यास बुझाई और पुनः ओसारे में आ बैठा। न चाहते हुए भी पुरानी स्मृतियों ने उसे फिर से घेर लिया।

कदाचित एक माह ही हुआ होगा उसे जंगल में पुनः भटकते हुए जब दूर से आती मृदंग-थापें सुनाईं दीं। वह उत्तेजित हो उठा और सत्वर उस दिशा में दौड़ गया। कुछ ही दूर गया होगा कि भवनों की पंक्ति देख वह उछल पड़ा। तनिक और आगे बढ़ा तो पाया वहाँ तो ढेर सारे भवन थे, पक्के व चौड़े मार्गों के दोनों ओर बने हुए। उसकी आँखें फटी रह गईं थीं उन्हें देखकर। ऐसे सुन्दर सुकल्पित भवन, वृक्षों से घिरे हुए!

कुछ ही दूर पर एक चल-समारोह जा रहा था जहाँ से ये थापों की ध्वनियाँ आ रहीं थीं। दौड़कर वह वहाँ पहुँच गया।

ऊँचे हृष्ट-पुष्ट साँड़ों जुते रथ पर काले वस्त्रों में एक प्रभावशाली पुरुष हाथों में लोहें के कड़े डाले और लम्बा भाला पकड़े खड़ा था। आगे-आगे मृदंग बजाते युवक थे और नाचती, गाती युवतियाँ जिनकी पुष्ट, सुडौल जंघाएँ तथा उन्नत वक्ष

उनके छोटे-छोटे वस्त्रों को जैसे मुँह चिढ़ा रहे थे। गले में कौड़ियों, रंगीन पत्थरों, हाथीदाँत के मनकों की मालाएँ। बालों में फूलों का शृंगार। कटि से लटकती गुंजा के लाल-काले बीजों की लड़ियाँ, थिरकते कदमों के साथ झूलतीं हुईं।

मृदंग की थापों पर उन्मुक्त भाव से नृत्य करती युवतियों को निहारते हुए सुमित्र मन्त्रमुग्ध हो खड़ा था जब अचानक उसने एक कोमल स्पर्श अपने हाथ पर अनुभव किया। मुड़कर देखा तो एक उसके समवयस्क लड़की, बड़ी-बड़ी चमकती आँखें और चौड़ी मुस्कान लिये उससे भी अधिक तन्मय थी नृत्य देखने में। वक्ष पर उसने एक हाथ चौड़ा श्वेत वस्त्र बाँध रखा था, बीच-बीच में जिस पर हलके हरे रंग के फूल थे। वैसा ही दो हाथ चौड़ा वस्त्र उसने कटि पर लपेटा हुआ था जिस पर हल्दी के रंग का कटिबन्ध भी था। प्रसन्नता के आवेग में उसने अनजाने ही सुमित्र का हाथ पकड़ लिया था। कभी वह ताली बजाते हुए उछल पड़ती, कभी कूद-कूदकर खिलखिलाती। नृत्य देखना भूल सुमित्र उस दुबली-पतली भोली-सी लड़की को ही देखता रह गया।

"कितना अच्छा नाचती है न मेरी बहन!" सुमित्र का हाथ फिर से थामकर वह लड़की घूमी और उसे देख सकपका गई। "मैं समझी ...।"

भाषा कुछ भिन्न अवश्य थी परन्तु समझ आ रही थी।

"मैं सुमित्र।"

"मैं मंजरी। तुम यहाँ के तो नहीं दिखते?"

सुमित्र कोई उत्तर दे पाए उसके पहले ही उसने दूसरा प्रश्न कर दिया।

"कहाँ रहते हो?"

मुग्ध-भाव से उसे निहारते हुए सुमित्र ने अपना हाथ बढ़ाकर दूर संकेत किया।

"अकेले हो? तुम्हारे माता-पिता कहाँ हैं?"

सुमित्र के मुख पर एक भाव जाता, दूसरा आता। क्या उत्तर दे इस प्रश्न का? वह चुप खड़ा रहा। इसके उपरान्त भी वह एकपक्षीय वार्तालाप देर तक चला। सुमित्र का मन रह-रहकर मुदित हो उठता था उस प्यारी लड़की को बोलते हुए देख। उसकी आँखें, भौहें, होंठ, हाथ सब बोल रहे थे। अन्त में मंजरी ने उसे खींचते हुए एक अधेड़ व्यक्ति के सामने ला खड़ा किया।

"पितृ! यह सुमित्र है। इसका कोई नहीं है। अब यह हमारे साथ रहेगा।"

"मेरी बेटी कहती है तो अवश्य रहेगा!" गौरवर्णीय सुगठित शरीरवाले उस व्यक्ति ने मुस्कुराकर मंजरी के सिर पर प्यार से हाथ फिराते हुए ध्यान से सुमित्र को देखा। उसका एकमात्र वस्त्र कई स्थानों पर फट गया था। बाल उलझे हुए थे और मुख मुरझाया हुआ।

"मंजरी, तुम इसे लेकर घर जाओ। मैं दामिनी को लेकर आता हूँ। तब तक तुम इसे कुछ खाने को दे दो, मेरा कोई वस्त्र भी।"

"जलवाहिनियाँ कई हैं यहाँ!" मार्ग के दोनों ओर स्वच्छ जल से भरी प्रस्तर-निर्मित जलप्रणाली देख सुमित्र बोल पड़ा।

"तुम्हारे यहाँ नहीं हैं?"

"मेरे यहाँ?" कहते हुए सुमित्र कुछ सोच में पड़ गया।

"क्यों, चुप क्यों हो गए?"

"कुछ नहीं, मैं स्वयं से ही पूछ रहा था कहाँ है मेरा 'यहाँ'?" कहकर सुमित्र हँस दिया। मंजरी कुछ समझी तो नहीं परन्तु देखादेखी वह भी खिलखिला दी।

शाल की लकड़ी से बना वह दोतल्ला भवन था अत्यन्त सुरुचिपूर्ण ढंग से बना हुआ जहाँ पहुँचने के पश्चात् ही मंजरी ने सुमित्र का हाथ छोड़ा था।

"पीछे कुंड है, वहीं कलसी रखी है। गमछा भी टँगा होगा। जाओ नहा लो। तुम्हारे लिये वस्त्र निकाल रखती हूँ। तब तक भोजन भी बन जाएगा। शौच के लिये वहाँ दूर जो ऊँचा मंच दिख रहा है, उस पर कई शौचगृह हैं उनमें जाना होगा।"

"ऐसे ऊँचे क्यों बने हैं शौचगृह?"

"उनके नीचे सूअर जो पले हुए हैं।"

स्नान करते हुए सुमित्र ने देखा सारा जल पेड़-पौधों में जा रहा है।

'इसी कारण इतना स्वच्छ है यह नगर!' उसका मन प्रशंसा से भर उठा। 'पिरनी का गाँव भी सुन्दर था। परन्तु ऐसा स्वच्छ कहाँ था!'

भात और मांस खाकर सुमित्र की रंगत लौट आई थी। मंजरी उसे अपनी बहन के बारे में बताने लगी और सुमित्र उसके स्वर का उल्लास, उसकी आँखों की चमक और हाथों की भंगिमाओं को देखते हुए मौन बैठा मुस्कुराता रहा। कुछ ही देर में अनिकेत और दामिनी, मंजरी के पिता और उसकी बहन जो नाच रही थी, आ गए। दामिनी ने भी मंजरी जैसे ही वस्त्र पहन रखे थे। अन्तर मात्र इतना था कि उसके वस्त्र छोटे थे तथा रंग चटकीले।

"तो यह है सुमित्र! हमारी मंजरी का नया मित्र।" कहते हुए दामिनी ने झुककर सुमित्र के गाल चूम लिये। "प्यारा है।"

दामिनी की स्मृति के साथ ही सुमित्र के नथनों में एक मोहक महक समा गई। जब भी उसका स्मरण आता है, वह गन्ध भी साथ चली आती है। जंगली फूलों की गन्ध का झोंका जैसे अपने साथ चम्पा की सुगन्ध भी समेट लाया हो।

"देखने से तो आर्य लगते हो परन्तु जनेऊ नहीं है गले में!" अनिकेत सुमित्र के पास ही बैठ गए। "यज्ञोपवीत नहीं हुआ तुम्हारा?"

"पता नहीं, कदाचित नहीं। सच तो यह है, मैं जानता ही नहीं यज्ञोपवीत होता क्या है।"

"तब तो तुम भी हम जैसे ही व्रात्य हुए!" अनिकेत हँस पड़े।

"व्रात्य?"

"व्रात्य नहीं समझते? आर्य जब जम्बूद्वीप नहीं पहुँचे थे तब से ही सांसारिक भोगों को तजने का व्रत लेकर परिव्राजक या संन्यासी हो जाने की परम्परा यहाँ रही है। आर्य आए तो वे इन परिव्राजकों और संन्यासियों को व्रात्य कहने लगे।"

"परन्तु मैं न तो परिव्राजक हूँ, न ही संन्यासी।"

"हाँ, जानता हूँ। फिर भी तुम, हम व्रात्य हैं क्योंकि आर्यावर्त्त के ब्राह्मण अब उन सभी को व्रात्य पुकारते हैं जो यज्ञ इत्यादि अनुष्ठान में विश्वास नहीं रखते, यज्ञोपवीत संस्कार नहीं करते, जनेऊ नहीं पहनते, शिखा नहीं रखते। इस परिभाषा के अनुसार यहाँ पर सभी व्रात्य हैं।" कहते हुए अनिकेत ने ठहाका लगाया। "राजा भी, जिसे तुमने शोभायात्रा में रथ पर खड़े देखा होगा।"

सुमित्र को अधिक कुछ तो समझ नहीं आया, किन्तु अनिकेत उसे अच्छे लगे। नीली आँखें, लम्बी-तीखी नाक, स्वर में मिठास व हँसमुख।

"आज तो विश्राम कर लो, कल उसके प्रासाद तक घूम आना। अब यहीं रहना है तो नगर से परिचय भी कर लो! मंजरी सब बता देगी।"

"वर्तुलाकार बसा है हमारा नगर। केन्द्र में राजप्रासाद है।" अगले दिन मंजरी उसे बता रही थी। "साथ में आयुधागार भी है। वह जो बड़ा-सा भवन देख रहे हो न, वह सभागार है। सारे महत्वपूर्ण निर्णय यहीं बैठकर लेते हैं नगर के प्रमुख लोग। आपसी विवाद यहीं निपटाए जाते हैं, यद्यपि यदाकदा ही कोई विवाद उठता है जैसा मेरे पिता बताते हैं। यह विशाल अंडे जैसा भवन अन्नागार है। जो भी उपज होती है खेतों में, यहीं भंडारित कर दी जाती है जिसमें से आवश्यकतानुसार ले लिया करते हैं हम लोग समय-समय पर।"

ईंटों के खड़ंजे बिठाकर बनाये गए मार्ग राजभवन को केन्द्र में रख सूर्यकिरणों सरीखे सभी दिशाओं में जा रहे थे। उनके दोनों ओर बनी जलवाहिनियों से धाराएँ निकलकर भवनों में स्थित कुंडों में पहुँच रहीं थीं। अनेक झीलें भी थीं।

"जल बड़ा प्रिय है तुम्हारे नगरवासियों को! आता कहाँ से है?"

"नदी से, भूमिगत जलवाहिनियों में होकर। पता है, उनमें होकर तैर सकते हैं झील से नदी और नदी से झील तक। इसीलिये कई लोग तो समझते हैं हम नाग लोग जल के नीचे ही नगर बसा लेते हैं।"

"नाग लोग?"

"हाँ, मेरी माँ नाग जाति की थी न!"

"और तुम्हारे पिता?"

"वे आर्य हैं।"

स्थान-स्थान पर वृक्षकुंज भी थे।

"जल जैसे ही वृक्ष भी हम लोगों को अत्यन्त प्रिय हैं। सभी प्रकार के वृक्ष हैं हमारे कुंजों में पीपल, बरगद, नीम। फूलों और फलों के वृक्ष भी हैं। कदम्ब,

अशोक, कचनार, इमली, आँवला, आम, जामुन, गूलर। किन्तु सर्वाधिक पेड़ चन्दन के हैं, हम नागों को सर्वाधिक प्रिय।" मंजरी लगातार बोले जा रही थी। "चलो अब कुछ काम भी कर लें।"

"क्या काम?"

"चलो तो!" सुमित्र का हाथ पकड़कर खींचते हुए वह बोली। "अभी पता पड़ जाएगा क्या काम!"

"तुम ये पके हुए जामुन बीन कर इस पर रखो।" कहते हुए मंजरी ने अपना कटिबन्ध खोलकर नीचे बिछा दिया। "मैं फूल और पत्तियाँ चुनती हूँ।"

"आ गई बेटी!" लौटने पर अनिकेत बाहर ही मिल गए। "सुमित्र को भी काम पर लगा दिया? अच्छा है!" कहते हुए हँसकर वे सीढ़ियों से ऊपर चल दिये।

बड़ा-सा कक्ष था वह जिसमें पत्थर के खरल-बट्टे के चारों ओर गेरू, खड़िया, कोयले के टुकड़े, रंगीन कंकड़-पत्थर, सूखे फूल-पत्तियाँ, जड़ व छालें बिखरीं पड़ीं थीं और भित्तियों पर चित्र ही चित्र टँगे हुए थे—सब एक ही स्त्री के। श्यामवर्ण, क्षीण कटि व उन्नत वक्ष। सिर पर केश इस प्रकार बँधे हुए मानो कुंडली मारे कोई नाग बैठा हो और उनके सिरे ऊपर को यूँ झूलते हुए मानो उसका फन हो। नीले रंग के अधोवस्त्र पर लाल लताएँ नीचे से ऊपर को बढ़ रहीं थीं और वक्षस्थल पर बँधे खिलते लाल वस्त्र पर बसन्ती रंग के फूल बिखरे पड़े थे।

एक चित्र में वह धनुष पर बाण चढ़ाये थी, तो दूसरे में भाला फेंक रही थी। एक चित्र में वह शालवृक्ष की डाल थामे अपना एक पाँव पीछे तने पर रखे सिर झुकाए खड़ी थी, तो उसके निकट ही टँगे एक अन्य चित्र में सुमित्र को वह बाँहें उठा अंगड़ाई लेती हुई मोद भरे नयनों से उसे ही निहारती हुई प्रतीत हो रही थी। बड़ी-बड़ी काली आँखों में जगमग सितारे व भरे हुए लोहित-श्याम अधरों पर मन्द मोहक मुस्कान। कुछेक चित्रों में वह नृत्य-मग्न भी थी, नेत्र अर्धनिमीलित व अंग-अंग लहराता हुआ-सा।

"यह यामिनी है, मेरी दिवंगत पत्नी।" सुमित्र को उन चित्रों को अपलक देखते देख अनिकेत ने बताया।

"अत्यन्त सुन्दर हैं!"

"कौन, यामिनी या चित्र?" और अनिकेत ठठाकर हँस दिये।

"दोनों ही!" कहते हुए सुमित्र का मुख लाल हो गया। "आप सिखायेंगे मुझे ऐसे चित्र बनाना?" उसने तनिक हिचकिचाते हुए पूछा।

"चित्र बनाना तो सिखा दूँगा। ऐसे बनाओगे या वैसे, यह नहीं बता सकता।" और फिर से अनिकेत का मुक्तहास गूँज उठा। "चलो आज ही से तुम्हारा प्रशिक्षण आरम्भ करते हैं! पहले चित्रफलक बनाना सीखो। उसके पश्चात् रंग बनाना तथा उनका मिश्रण करना सिखाऊँगा।"

धान का भूसा, लकड़ी का बुरादा और पेड़ों की कोमल छाल—इन सबको पत्थर की सिल पर पानी छिड़कते हुए पीसकर अत्यन्त महीन लेप बनाना; शालवृक्ष की पकी व पुरानी लकड़ी को काट-छील-जोड़कर चित्रफलक का आधार बनाना; बबूल के पेड़ों से गोंद निकाल उसे लेप के साथ मिला उस आधार पर पोतना और सूख जाने पर पुनः पोतना परत दर परत, पतली-पतली परतों में। कई-कई दिन लग जाते थे एक फलक को छोपने में। शेष समय अनिकेत उसे लिखना-पढ़ना सिखाते रहते।

मंजरी पूरे समय सुमित्र के साथ ही बनी रहती। संसार भर की बतकहियाँ थीं उसके पास, कभी न चुकनेवाला भानमती का पिटारा। पीने को पानी, खाने को बेरियाँ और फलियाँ ले आती। सुमित्र के हाथ सने होने पर स्वयं ही उसके मुँह में डालते हुए हँसती जाती। कैसी निश्छल हँसी थी! कैसा मनभावन भोलापन! प्रफुल्लित हो उठता था सुमित्र का मन। पढ़ाई के समय भी साथ ही बनी रहती। कितना स्नेह! कितना प्यार! कभी नहीं भूल सकता वह।

दामिनी किन्तु भिन्न थी। हाव-भाव में इठलाहट, चाल-ढाल में दर्प—मानो धरती के जिस टुकड़े पर पाँव रख रही है उस पर वह भारी उपकार कर रही है। और आँखों में वह भाव जो हर उस युवती की आँखों में होता है जिसके पैरों पर प्रणय-याचना करते युवक गिरे-गिरे पड़ते हों। गिरें भी क्यों न? उसकी श्यामल, मांसल किन्तु सुगठित देह से यौवन जैसे फूटा पड़ता था।

दिनचर्या भी उसकी भिन्न थी। सवेरे से ही वह आखेट पर निकल जाती कटि में कटार खोंसे और कन्धों पर धनुष व तूणीर लटकाये। और दोपहर होते-होते कोई न कोई युवक चला आता था उसके पीछे-पीछे, कन्धे पर आखेट किये हुए पशु को लादे। दोपहर के उपरान्त फिर निकल जाती खेलने-कूदने युवकों के साथ। युवतियों का साथ उसे अधिक नहीं सुहाता था, न ही वह उन्हें मित्र बनाना चाहती थी। परन्तु हर खेल में दौड़ में, कूद में, मल्ल-क्रीड़ा में युवकों को वह हर बार ऐसी पछाड़ मारा करती थी कि उससे प्रभावित हो कुछ युवतियाँ अपनी ही पहल से उसकी सखियाँ बन गईं थीं, उसके द्वारा उनकी उपेक्षा किये जाने पर भी।

अधिक समय नहीं लगा सुमित्र को यह जानने में कि नगरवासी न केवल उत्सवप्रेमी हैं, बल्कि प्रसन्न व आनन्दित रहना उनके स्वभाव में ही है। इसके लिये उन्हें किसी अवसर की आवश्यकता नहीं। वे बस प्रसन्न थे और प्रसन्न रहने के पर्याप्त कारण थे उनके पास। खाद्यान्न और वस्त्रों की बहुतायत नहीं थी तो न्यूनता भी नहीं थी। स्त्री-पुरुष दोनों क्षमतानुसार श्रम करते थे और आवश्यकतानुसार पाकर सन्तुष्ट रहते थे, सामान्यतया स्वस्थ भी। स्त्रियाँ सुन्दर तथा कामेच्छापूर्ण थीं। जब-तब समूहों में इकठ्ठा हो जाना और नाचना-गाना होता ही रहता था। नृत्य व संगीत तो जैसे नागों के रक्त में ही था।

पूर्णिमा का दिवस तो प्रत्येक माह ही उनके लिये अत्यन्त विशेष था। युवक उस दिन युवतियों को फूलों से सजाते, उनसे प्रणय निवेदन करते और शाम ढलते-ढलते वे जोड़े बनाकर निकल पड़ते वृक्षकुंजों में या पास के जंगल में। दामिनी के साथ जाता हुआ युवक अन्य सभी युवकों के लिये भारी ईर्ष्या का पात्र होता था।

सुमित्र भी अपने इस नये परिवार के साथ अत्यन्त प्रसन्न था। विगत जीवन के कष्टों को धीरे-धीरे भूलकर इस नये जीवन में रमने लगा था। चित्रकला के रहस्य भी उसके सामने एक-एक करके खुलते जा रहे थे। कैसे भात व उसके माँड़ में काजल मिलाकर काला रंग बनाया जाता है। कैसे बाँस की नलिका में तांबे की सुई लगाकर उससे रेखाचित्र खींचे जाते हैं। कैसे रंगों का मिश्रण कर मनचाही आभा व रंगत पाई जाती है और कैसे गाय की पूँछ के बालों से तूलिका बना रेखाचित्रों में रंग भरा जाता है। बछड़े के कान के बालों से महीन तूलिका बनाना भी वह सीख गया था।

सुमित्र की प्रगति देख अनिकेत को अपने शिष्य पर गर्व होता और वे उससे पुत्रवत स्नेह करने लगे। उसे चित्रकला का प्रशिक्षण देते हुए वह जब-तब ऐसे प्रश्न पूछ बैठते कि सुमित्र चकरा जाता।

"यह चित्र क्या है जो तुम बना रहे हो?" एक दिन उन्होंने पूछ लिया।

"जी, मैं आपका तात्पर्य नहीं समझा!"

"मेरा प्रश्न यह है, इस चित्र को बनाने की, इस प्रक्रिया की व्याख्या कैसे करोगे? यह ऐसा ही क्यों बनाया जा रहा है?"

"क्योंकि ... क्योंकि ऐसे ही बनाना मुझे अच्छा लगा।"

"और यह चित्र ऐसे ही बनाना अच्छा क्यों लगा, इसका भी तो कोई कारण होगा?"

"सम्भवतः इसलिये कि इस प्रकार बना हुआ चित्र सुन्दर दिखता है।"

"और इस प्रकार बना हुआ चित्र सुन्दर क्यों दिखता है?"

सुमित्र को सिर खुजाते देख अनिकेत हँस दिये ।

"ऐसा इसलिये कि हमारे मस्तिष्क में सुन्दरता को लेकर कुछ धारणाएँ बनी हुईं हैं। इन धारणाओं के अनुरूप जो दीखता है उसे ही हम सुन्दर मानते हैं। परन्तु यह धारणाएँ सभी की एक जैसी नहीं होती। देश, काल और समाज से इनमें अन्तर आ जाता है। आर्य गौरवर्ण को सुन्दर मानते हैं तो नाग साँवली त्वचा को। व्यक्तिगत रूप से मुझे भी साँवला रंग अधिक सुन्दर लगता है। इसमें एक प्रकार की जीवन्तता है जो मुझे गौरवर्ण में दिखाई नहीं देती।"

ऐसे ही और एक दिन पूछ बैठे।

"तुमने देखा होगा, उद्यान में पेड़-पौधे सीधी पंक्ति में लगाये हुए हैं। क्यों?"

"आकर्षक प्रतीत होते हैं सीधी पंक्ति में लगे हुए। बिखरे हुए, अव्यवस्थित रूप से लगे होने पर ऐसे मनोरम नहीं दिखेंगे।"

"ठीक कहा तुमने। और यह अव्यवस्थित होना क्या है? यह उस व्यवस्था को नकारना है जो हमारे मस्तिष्क ने दी हुई है। मनुष्य के मस्तिष्क को व्यवस्था इष्ट है। अत: वह इस विश्व में भी एक व्यवस्था देखना चाहता है। इसीलिये मानता है कि हर घटना का कोई कारण होना चाहिये, पृथ्वी पर उसका अस्तित्व होने का भी।"

सुमित्र को शीघ्र ही समझ आ गया इस प्रकार से अनिकेत उसे सोचना, तर्क करना सिखा रहे थे। साथ ही उसकी वेदों, उपनिषदों की शिक्षा भी चल रही थी।

"रुकता नहीं पवन कभी क्यों?
शान्त होता नहीं मन कभी क्यों?
कहाँ से आया सूर्य, किसने इसे बनाया?
गिरता नहीं क्यों, कभी यह आकाश से?
चले कहाँ जाते हैं तारे भोर होते से?'
अन्धकार मात्र था तब, अन्धकार में लिपटा अन्धकार;
आदिगर्त्त में सब एकरूप, सब शून्य, सब निराकार।"

"सुन्दर! अति सुन्दर!" सुनते ही सुमित्र के मुँह से निकल पड़ा।

अनिकेत उस समय ऋग्वेद के श्लोक कहकर उनके अर्थ समझा रहे थे।

"सच कहते हो। अत्यन्त सुन्दर है, श्लोक भी व उसका अभिप्राय भी! किन्तु..." कहते-कहते अनिकेत रुक गए और सुमित्र की आँखों को डबडबाया देख बोले, "किन्तु इतना सुन्दर है कि सुनकर आँखें भर आयें, यह ज्ञान मुझे आज ही मिला।"

कहकर वह मुस्कुराये परन्तु अगले ही पल वह मुस्कान विलुप्त हो गई, सुमित्र के आँसुओं में छिपी पीड़ा देख।

"क्या हुआ सुमित्र?"

"कुछ नहीं, माँ की स्मृति हो आई।" रुँधे गले से सुमित्र ने कहा। "मैंने भी एक रात उससे पूछा था: तारे दिन में कहाँ चले जाते हैं। और उसने मुझे अंक में भरकर बताया था: ये जगमग करते तारे तो दीये हैं और दीयों को तेल-बाती करने ले जाना होता है न!" कहते हुए सुमित्र का स्वर काँपने लगा। "फिर मैंने पूछा था: कौन ले जाता है। तो उसने हँसकर कहा था: देवता, और कौन! जिनके विशाल भवनों में ये दीये जला करते हैं।"

कहते-कहते सुमित्र हाथों से मुँह ढककर बिलख पड़ा। मंजरी रसोई से दौड़ी चली आई। कुछ पल खड़े-खड़े देखती रही और फिर घुटनों के बल बैठकर सुमित्र का सिर अपने कन्धे पर टिका लिया।

महीनों पश्चात् जब वेदों इत्यादि की सुमित्र की शिक्षा से अनिकेत सन्तुष्ट हो चले थे, तो एक दिन उन्होंने उसे समझाया।

"तुमने अब तक जान ही लिया होगा सुमित्र कि वेदों उपनिषदों में सभी कुछ सुन्दर व तर्कसंगत नहीं है। कुछ ऐसा भी है जो अनर्गल और निराधार प्रतीत होता है, मेरी बुद्धि से तो परे होता है। इनमें तुमने कई विरोधाभास भी पाए होंगे। वेदों में कोई ऋषि कहता है सृष्टि का आविर्भाव जल से हुआ, तो दूसरा इसे वायु से और तीसरा अग्नि से उत्पन्न हुई बताता है। इस कारण मेरे मन में तो वेदों की प्रामाणिकता को लेकर सन्देह उपजता है। इसी प्रकार उपनिषदों में कोई ऋषि कहता है कि प्राण जल से उत्पन्न हुआ था, कोई कहता है सूर्य के प्रकाश से, तो कोई कहता है अन्न से और किसी का विश्वास है कि वायु से उत्पन्न हुआ है प्राण क्योंकि उसके बिना एक पल भी जीना सम्भव नहीं।"

"किन्तु ऐसा क्यों है? वे ऋषि तो परम ज्ञानी कहे जाते हैं!"

"मैंने और भी ज्ञानार्थियों को देखा है सुमित्र, जीवन तथा अस्तित्व के प्रश्नों के साथ जूझते हुए, और पाया है कि कतिपय स्वानुभूत तथ्यों एवं गहन ध्यान से उपजी प्रेरणाओं तथा विचारों में सहज बुद्धि व तर्क द्वारा सामंजस्य बिठाकर ही प्रत्येक ज्ञानार्थी अपने-अपने निष्कर्ष निकालता है। परन्तु इन तथ्यों, इन विचारों व प्रेरणाओं के व्यक्तिपरक होने पर भी वह उन निष्कर्षों को सार्वलौकिक अन्तिम सत्य मान लेता है। सम्भवतः ऐसा ही वैदिक ऋषियों के साथ रहा हो, यद्यपि निश्चित रूप से कुछ भी कह पाना सम्भव नहीं। अब क्या सत्य है क्या नहीं, यह तो तुम्हें ही अपने विवेक एवं तर्क का प्रयोग कर जानना होगा। असंगतियाँ-विसंगतियाँ पहचान कर तुम्हें स्वयं ही निर्णय लेना होगा कि क्या स्वीकार्य है और क्या त्याज्य।"

उस दिन सुमित्र अपनी स्मृति से पिरनी के चित्रांकन में तल्लीन था जब अनिकेत ने अचानक पुकारा, "सुमित्र नीचे आओ! एक संन्यासी आए हैं, उन्हें सुनने चलते हैं!"

पल भर को सुमित्र चौंक पड़ा, फिर तूलिकाएँ पानी में डुबो दौड़कर नीचे आ गया। राह में वह अनिकेत से पूछता गया कौन संन्यासी, कहाँ से आए, क्यों आए? अनिकेत बताते गए और जब उसके प्रश्नों से उकता गए तो कह दिया शेष प्रश्न उन्हीं से कर लेना। जो कुछ अनिकेत ने उसे बताया उसका सार यह था।

वनों में तपस्यारत जटाजूटधारी, वल्कल-वस्त्र अथवा मृगचर्म पहने हुए संन्यासी अपना दंड-कमंडल लेकर यदाकदा नगर में भी आ जाया करते हैं। समाचार पाते ही स्वयं राजा उनकी अभ्यर्थना करने जाता है तथा उनका आशीर्वाद प्राप्त करने एवं उन्हें सुनने नगरवासी भी पहुँच जाया करते हैं। ये संन्यासी धर्म और दर्शन के विषय में प्रवचन देने के साथ-साथ मनुष्य की मूढ़ताओं की कथाएँ भी सुनाया करते हैं ताकि उनकी पुनरावृत्ति करने की मूर्खता से बचा जा सके।

एक घने पीपल के नीचे ऊँचे आसन पर संन्यासी पद्मासन में बैठे हुए थे। सामने धरती पर प्रथम पंक्ति में राजा तथा उसके परिजन थे, पीछे अन्य नागरिक। संन्यासी कह रहे थे,

"नागराज तक्षक सुख-शान्तिपूर्वक रहा करते थे खांडव-वन में अपने परिवार और प्रजा के साथ। एक दिन अचानक बिना किसी पूर्व सूचना के शान्तनु-वंशज अर्जुन ने वन में आग लगवा दी। इतना ही नहीं तो प्राण बचाकर भागते हुए असुर, नाग तथा निरीह वानरों, हिरणों, खरहों व उड़ते हुए तोते, मैनाओं, कपोतों को भी उसने अपने तीखे शरों का लक्ष्य बना उस दावानल में ही भस्म हो जाने पर विवश कर दिया। इसमें वृष्णि-यादव वंश के कृष्ण ने भी उसका पूरा-पूरा साथ दिया था। कहते हैं, छत्तों को छोड़कर अपने बचाव का मार्ग खोजते हुए उड़ रहीं मधुमक्खियों और अपने बिलों से बाहर आ रहीं पँक्तिबद्ध चीटियों तक को नहीं छोड़ा उन्होंने। ऐसे क्रूर, इतने वीभत्स कृत्य का दूसरा उदाहरण नहीं है!"

"मेरा एक प्रश्न है प्रभु।" राजा खड़ा हो गया।

"हाँ हाँ, कहो राजन।" संन्यासी के मुख पर स्नेह-सिक्त मुस्कान थी। "जो भी प्रश्न किसी के मन में आए पूछ सकता है।"

"प्रभु, ब्राह्मणों से मैंने सुना है कि स्वयं अग्निदेव ने विनती की थी अर्जुन और कृष्ण से ऐसा करने की, पशु-पक्षियों को अग्नि-लपटों में झोंक देने की, ताकि वे अपना खोया हुआ तेज पुनः प्राप्त कर सकें?"

"कहानियाँ गढ़ने में तो ब्राह्मणों की कोई बराबरी ही नहीं है!" संन्यासी व्यंग्यात्मक स्वर में बोला। "उनकी मानें तो राजा स्वेतकी द्वारा करवाये गए महायज्ञ की अग्नि में आहुति-स्वरूप बहाई जा रहे घी की मोटी धार बारह वर्षों तक नहीं टूटी थी, जिससे एक ओर तो सैकड़ों होत्रियों ने नेत्रों की ज्योति खो दी धुएँ के कारण और दूसरी ओर अग्निदेव का तेज खो गया उनकी पाचनशक्ति बिगड़ जाने से। क्या यह विश्वास करने योग्य है? यदि मान भी लें ऐसा हुआ था, तो यह कहाँ का न्याय है कि स्वेतकी तो यज्ञ के पुण्य-प्रताप से सशरीर स्वर्ग जाए, जैसा कि ब्राह्मणों की यह कथा बताती है, तथा सहस्त्रों-लाखों निरीह प्राणी—जिनका कोई लेना-देना नहीं इस सबसे, अग्निदेव की पाचन-शक्ति बिगाड़ने में जिनका कोई योगदान नहीं—वे इसका दंड भुगतें?"

"तो क्या प्रभु अर्जुन और कृष्ण ने भुगता अपनी करनी का फल?" अनिकेत ने खड़े होकर पूछा।

"अटल है सिद्धान्त कर्मफल का तो! नियति-चक्र कुछ ऐसा घूमा कि भाइयों के आपसी युद्ध में राजा शान्तनु के अधिकांश वंशज मारे गए। अपने गुरुजनों, वरिष्ठ-जनों तक को नहीं छोड़ा उन्होंने। कभी बल से मारा, कभी छल से। विधवाओं ने गंगा में डूबकर आत्महत्या कर ली। शोकग्रस्त माता-पिता वन में

पलायन कर गए जहाँ वे सब के सब दावानल में भस्म हो गए।" कहते हुए संन्यासी आँखें मूँदकर सोच में डूब गया।

"और कृष्ण?" सुमित्र अपने को रोक नहीं सका पूछने से।

"वे भी कहाँ बच पाए! वृष्णि यादवों, जिनमें कृष्ण की पटरानी रुक्मिणी का पुत्र प्रद्युम्न और प्रद्युम्न का पुत्र अनिरुद्ध भी था, के साथ-साथ अन्धक तथा भोजक वंश के यादव भी मदिरापान कर उन्मत्त हो आपस में लड़ मरे। कृष्ण स्वयं एक बहेलिये के बाण से घायल हो अन्तगति को प्राप्त हो गए। उनका एवं उनके भ्राता बलराम का दाह-संस्कार कर अर्जुन द्वारका-वासियों को लेकर जैसे ही हस्तिनापुर के लिये निकला, समुद्र ने उस नगरी को अपनी विशाल जलराशि में समा लिया। मार्ग में अर्जुन को आभीर दस्यु मिल गए जिन्होंने उन स्त्रियों का, जिनमें कृष्ण की सहस्त्रों विधवाएँ भी थीं, बलात अपहरण कर लिया। कुछ को वे घसीटते हुए ले गए, तो कुछ रोते-बिलखते हुए परन्तु बिना किसी प्रकार का प्रतिरोध किये उनके साथ चलीं गईं। कई तो बिना किसी प्रकार का दु:ख जताये स्वयमेव ही उनके साथ प्रसन्नतापूर्वक चल दीं। अर्जुन यह सब देखते खड़ा रह गया, विवश और लाचार। लाख प्रयत्न किये परन्तु गाण्डीव की प्रत्यंचा ही नहीं चढ़ पाई उससे! अन्त में अर्जुन और उसके भाई पश्चात्ताप की अग्नि में जलते हुए हिमवन्त चले गए जहाँ थकान और भूख-प्यास से वे मृत्यु को प्राप्त हो गए तथा ज्येष्ठतम युधिष्ठिर हिमस्खलन में दब गए।"

"क्या कोई नहीं बचा?" सुमित्र यह कथा सुनकर अचम्भित था।

"बचा था न! द्रौपदी के तो सारे पुत्र मारे गए थे अश्वत्थामा के प्रतिशोध में, परन्तु पांडवों की अन्य पत्नियों से उत्पन्न पुत्र जीवित थे। किन्तु हस्तिनापुर के राजसिंहासन पर बैठा अर्जुन-पुत्र अभिमन्यु का बेटा परीक्षित। परन्तु अधिक वर्ष जीवित नहीं रह सका वह भी। खांडव-वन दहन में नागराज तक्षक बच गए थे क्योंकि वे कहीं बाहर गए हुए थे। लौटने पर जब देखा कि खांडव-वन में अब मात्र जले हुए पेड़ और शव ही शेष रहे हैं तथा उनके समस्त बन्धु-बान्धवों की दुखद, अकाल मृत्यु हो चुकी है तब उन्होंने प्रतिशोध लेने का प्रण किया तथा परीक्षित की कड़ी सुरक्षा-व्यवस्था को भेदकर वे उसे मृत्युलोक पहुँचाकर ही माने।"

"प्रभु, क्या पाडवों के अन्य वंशजों ने कुछ नहीं किया इस प्रतिशोध के प्रत्युत्तर में?" श्रोताओं में से एक ने पूछा।

"किया, अवश्य किया! परीक्षित का पुत्र जनमेजय जब बड़ा हुआ और उसे ज्ञात हुआ अपने पिता की हत्या के विषय में तो उसने पृथ्वी को नाग-विहीन करने का निश्चय कर नवगठित विशाल सेना के साथ धावा बोल दिया तक्षशिला पर, जहाँ नागराज तक्षक ने खांडव-वन दहन में सौभाग्य से बचे हुए नागों को पुनर्स्थापित किया था। किन्तु सौ वर्ष भी न बीत पाए थे उसके उपरान्त कि हस्तिनापुर ही मिट गया।"

सुमित्र को उत्सुकता हुई कैसे, और हस्तिनापुरवासियों का क्या हुआ? किन्तु वह प्रश्न करता उसके पहले ही संन्यासी उठ गए थे। लौटते हुए अनिकेत ने कहा,

"तुमने देखी सुमित्र राजा स्वेतकी में स्वार्थ की पराकाष्ठा! मात्र सशरीर स्वर्ग जाने हेतु उन्होंने उन बारह वर्षों में न जाने कितने लाख अथवा कदाचित करोड़ों स्वर्ण-मुद्राएँ व्यर्थ बहाई होंगीं, बिना एक पल को भी अपनी प्रजा के हित का विचार किये।"

तीन वर्ष हँसते-खेलते कैसे बीत गए, पता ही नहीं चला। मंजरी बच्ची नहीं रही। दामिनी और भी अधिक सुन्दर हो गई। सुमित्र का बचपन भी बीत चला था। चित्रकारी में अच्छा हाथ सध गया था उसका। मंजरी तो उसकी स्थाई प्रशंसक थी फिर भी सुमित्र को प्रतीक्षा रहती थी उसकी सराहनापूर्ण टिप्पणियों की। किन्तु जब दामिनी उसके बालों में अंगुलियाँ फिराते हुए कहती: तू तो अच्छे चित्र बनाने लगा रे!, तो उसकी उत्फुल्लता अलग ही दीखती थी। न जाने क्यों ऐसे में उसके गाल और कान लाल हो जाते थे और दामिनी की गन्ध उसके भीतर झुरझुरी उत्पन्न कर देती थी।

विवाह की संस्था पर अनावश्यक जोर नहीं था नागों में और न ही इस पर विश्वास था कि मरणोपरान्त पुत्र द्वारा दाह-संस्कार हुए बिना मनुष्य की मुक्ति सम्भव नहीं। विवाह-पूर्व सहवास भी न तो वर्जनीय था, न ही निन्दनीय तथा इस विषय में उनकी स्त्रियाँ स्वतन्त्र तो थीं ही, स्वच्छन्द भी थीं। यौनसम्बन्ध विवाह में बाधा नहीं थे और न ही अविवाहित कन्या का गर्भ ठहरना लांछनीय था। मातृत्व उस प्रकृति के साथ एकाकार होना समझा जाता था जो प्रतिपल नवीन सृजन कर रही है। अत: माँ बनना न केवल स्वयं में प्रसन्नता का विषय था अपितु संसार का सबसे महत्वपूर्ण एवं स्त्री को गौरवान्वित करनेवाला कार्य भी था। उसका विवाहित होना या न होना इसमें कोई अर्थ नहीं रखता था।

एक दिन पता चला, दामिनी को गर्भ ठहर गया है। अनिकेत की प्रसन्नता तो देखते ही बनती थी। जब मंजरी को ज्ञात हुआ कि गर्भ ठहरने का अर्थ है एक नन्हे शिशु का घर में आना, तो वह उछलती-कूदती सुमित्र के पास जा पहुँची और विस्फारित आँखें लिये उसने यह आश्चर्यचकित कर देनेवाला समाचार उसे सुना दिया। फिर जाकर सारे अड़ोस-पड़ोस में भी बता आई। जिसे पता चला वही बधाई देने चला आया।

दामिनी के मुख पर दर्प का स्थान अब एक सौम्य, कोमल भाव ने ले लिया था जिससे उसकी सुन्दरता में एक अद्भुत आकर्षण उत्पन्न हो गया था। यही नहीं तो सुमित्र के साथ अब वह अधिक समय बिताने लगी थी। उसके पास बैठी पहरों वह उसे चित्र बनाते देखती रहती। सुमित्र मुग्ध था उसमें हुए इन परिवर्तनों को देख। साथ ही, दामिनी के दिनोंदिन बढ़ते जाते पेट को देख वह विस्मित भी

रहता। उसे अचरज होता कैसे उसके भीतर शिशु रह पाता होगा, क्या खाता-पीता होगा!

मंजरी तो अत्यन्त ही उत्सुक थी, और उत्तेजित भी, कि कब वह शिशु बाहर आए और उसके साथ वह खेले। सुमित्र के साथ मिलकर कई योजनाएँ बन गईं। कैसे-कैसे खेल उसे खिलाये जाएँगे। कैसे वस्त्र बनाये जायेंगे उसके लिये और क्या पकवान उसके लिये पकेंगे।

"पता है, पहले-पहले उसके मुँह में दाँत नहीं होंगे!" न जाने कहाँ से मंजरी को इस सत्य का ज्ञान हुआ और वह सुमित्र को ऐसे समझाने लगी जैसे वह तो कोई बड़ी-बूढ़ी हो और सुमित्र एक नादान बालक। "इसलिये हम उसके खाने के लिये हलवा बनवायेंगे, और हाँ दूध की लपसी भी।"

अनिकेत भी उनकी इन योजनाओं में उत्साहपूर्वक सम्मिलित हो जाया करते।

किन्तु सारी योजनाएँ ठप्प हो गईं। प्रसव का समय आने पर तीन दिन, तीन रात दामिनी तड़पती रही असहनीय पीड़ा से। किन्तु शिशु बाहर नहीं आ सका। अनिकेत भागते रहे दाईयों और चिकित्सकों के पीछे। किन्तु सब निष्फल गया। कोई नहीं सोया उन तीन रातों में, न ही घर में खाना बना। अनिकेत दामिनी का हाथ थामे उसके सिरहाने मौन बैठे आँसू बहाते रहे। मंजरी की तो रो-रोकर ऐसी स्थिति हो गई कि अनिकेत उसके लिये चिन्तित हो उठे। सुमित्र असहाय-सा यह सब देखता, सुनता रहा और उसका कलेजा फटता रहा। बड़ी ही दुलारी थी दामिनी सभी की!

रात्रि का अन्तिम प्रहर था जब सब कुछ अचानक शान्त हो गया। दामिनी का पीड़ा से विद्रूप हुआ मुखड़ा फिर से सुन्दर हो गया। बेटी का अन्तिम कर्म पूरा करके अनिकेत संन्यास लेकर जंगलों में निकल गए। मंजरी को उसके बुआ और फूफा ले गए। बहुत रोई वह, सुमित्र को भी साथ ले चलें। किन्तु उसकी एक न चली।

सुमित्र फिर से अकेला रह गया। दिन उसे काटने को दौड़ा करता और रात का सन्नाटा झाँय-झाँय करता भीतर गहरे तक उतर जाता। हर पल सताती स्मृतियों से घिरे रहकर तीन दिन उस घर में वह बड़ी कठिनाई से काट पाया, और फिर भटकाव को ही अपनी नियति मान उसने वह नगर छोड़ दिया।

प्रसेनजित

श्रावस्ती आज नववधू-सी सजी हुई है। मार्ग के दोनों ओर रज्जुओं पर लटकी रंग-बिरंगी पताकाएँ वायु में झूल रहीं हैं। स्थान-स्थान पर पुष्पमालाओं से सजे तोरणद्वार खड़े हैं।

"कैसा दिखता होगा री राजकुमार? पहले ही कामदेव-सा दीखता था! अब तो और भी सुन्दर हो गया होगा, है न?"

आरती का थाल हाथ में लिये, सिर से पैर तक स्वर्णाभूषण लादे सजी-सँवरी स्त्रियों में से एक ने लजाते हुए निकट खड़ी स्त्री से पूछा।

"पाँच वर्ष का समय लम्बा होता है री! यह भी तो हो सकता है कि राजभवन सरीखी सुख-सुविधाएँ न मिलने से वह मुरझा गया हो!" दूसरी ने आशंका व्यक्त करते हुए मन ही मन प्रार्थना की: 'हे परमात्मा, ऐसा न हुआ हो!'

सभी के मन में ऐसा ही कुछ चल रहा है। प्रसेनजित ने श्रावस्ती की गलियों में अपना घोड़ा दौड़ाते हुए, झरोखों में खड़ी युवतियों के नयनों से नयन टकराते हुए तथा हाथों को लहरा उनकी ओर चुम्बन उड़ाते हुए ही यौवन में प्रवेश किया था। अत: कई स्त्रियाँ हैं इनमें जो न केवल बाँके युवराज पर मर-मिटीं थीं अपितु उसके साथ उन्होंने विवाह करने के सपने भी पाल लिये थे। उनमें से अधिकांश का विवाह तो हो चुका है अब तक, अत: उनके उस सपने की तो दुखद मृत्यु हो चुकी है। परन्तु प्रेम का सपना अभी जीवित है। और जो संयोग से अविवाहित रह गईं हैं उनकी उत्तेजना का तो कहना ही क्या! आहें अब भी निकल ही जाती हैं उन दिनों को स्मरण कर जब राजकुमार उनके घर के सामने से निकलते हुए ठिठक जाता था और उसकी मोहिनी मुस्कुराहट उनके हृदय में मधुर कामना की तरंग उठा देती थी।

नगर-द्वार पर गणमान्य नागरिक पुष्पमालाएँ लिये खड़े हैं अपने भावी राजा का स्वागत करने। इतने में अश्वों की टापें सुनाईं दीं। धूल का अम्बार उठा जिसमें से कुछ सैनिक बाहर निकले और द्वार के दोनों ओर बँट गए, राजकुमार को मार्ग देते हुए।

पहली स्त्री का ही अनुमान सच निकला।

प्रसेनजित ने अश्व से उतरकर विनम्रता के साथ झुककर सबको प्रणाम किया। स्वागतार्थ एकत्रित लोगों के मुख खिल उठे। बहुत अच्छे संस्कार लेकर आया है राजकुमार!

यह विनम्रता तक्षशिला की शिक्षा, अपितु यूँ कहें तक्षशिला में रहने का ही परिणाम है। वहाँ जम्बूद्वीप के अतिरिक्त पर्शुदेश, यवनदेश और तुरुष्क-प्रदेश से भी विद्यार्थी आया करते हैं शिक्षा प्राप्त करने। उनसे उनके देशों की समृद्धि तथा उनके राजाओं की सेनाओं का विवरण सुन प्रसेनजित का यह भ्रम कि कोशलदेश ही सर्वाधिक शक्तिशाली राज्य है दूर होते समय नहीं लगा। फिर भी यदि किसी प्रकार का भ्रम अथवा गर्व शेष रहा था तो उसे गोशोरून ने समाप्त कर दिया, जो इस समय प्रसेनजित के पीछे-पीछे चल रहा है। गोशोरून पर्शुपुर से पहुँचा था तक्षशिला, तर्क-शास्त्र व दर्शन तथा इतिवृत्त (इतिहास) का अध्ययन करने।

प्रसेनजित को विश्वविद्यालय आए दो वर्ष भी नहीं हुए थे जब पर्शुदेश के महाप्रतापी राजा कुरुष (Cyrus) ने गान्धारदेश विजित कर अपना साम्राज्य तक्षशिला के पूर्व तक बढ़ा लिया था। उस समय उन्होंने स्वयं आकर आचार्यों एवं विद्यार्थियों को सम्बोधित करते हुए न केवल आश्वस्त किया था कि विश्वविद्यालय की स्वतन्त्रता एवं स्वायत्तता पर कोई आँच नहीं आएगी, अपितु स्वर्णमुद्राओं से भरी थैली आचार्य-श्रेष्ठ को सौंपते हुए निरन्तर सहायता करते रहने का आश्वासन भी दिया था। अपने सम्राट का मन्तव्य गोशोरून ही बताता गया था संस्कृत में अनुवाद करके, जो कि शिक्षा एवं विचार-विनिमय का माध्यम थी विश्वविद्यालय में तथा जिसमें पारंगत होना सभी के लिये अनिवार्य था। उस दिन पहली बार गोशोरून से मिला था प्रसेनजित।

योजनों का विस्तार लिये अंजीर और अखरोट के वृक्षों से भरे व घिरे विश्वविद्यालय-प्रांगण में पाँच हजार से भी अधिक युवक शिक्षा पाते थे। अत: आश्चर्य नहीं कि लगभग दो वर्ष से दोनों वहीं होकर भी एक-दूसरे से अपरिचित थे। उस दिन के पश्चात् दोनों परस्पर निकट आते चले गए थे।

उसी से सुना प्रसेनजित ने महाराजाधिराज कुरुष की अकूत सम्पत्ति, अविजेय सेना तथा अपरिमित राज्य-विस्तार के विषय में। उनके प्रति श्रद्धा से भर उठा था प्रसेनजित जब उसे ज्ञात हुआ कि बावेरू (Babylon) के विशाल साम्राज्य पर अधिकार करते ही उन्होंने वहाँ दास बनाकर रख छोड़े उरुसलेम (Jerusalem) के लाखों लोगों को न केवल अपना धर्म मानने की स्वतन्त्रता दे दी थी, अपितु उन्हें उस प्रतिबन्ध से भी मुक्त कर दिया था जो उन पर अपने देश लौटने पर लगा हुआ था। शीघ्र ही प्रसेनजित और गोशोरून लँगोटिये मित्र बन गए थे।

तक्षशिला में एक और विद्यार्थी था बन्धुल मल्ल, प्रसेनजित से एक वर्ष वरिष्ठ। दोनों के विषय एक ही थे फिर भी प्रथम वर्ष के अन्त में ही दोनों का परिचय हो पाया था। अत्यन्त प्रसन्न हुआ था बन्धुल अपने क्षेत्र के अपनी ही बोली बोलनेवाले विद्यार्थी से मिलकर। किन्तु जैसे ही उसे ज्ञात हुआ की प्रसेनजित कोशलराज संजय महाकोशल का पुत्र है, वह उससे कटने लगा।

मल्लदेश व कोशलदेश पड़ोसी राज्य हैं और उनके बीच किसी न किसी कारण तनाव बना ही रहता है। कभी सीमा को लेकर, कभी पानी को लेकर, तो कभी भागे हुए अपराधियों के प्रत्यर्पण को लेकर। उनके बीच का तनाव उनकी शासन-प्रणाली के कारण भी है। मल्लदेश गणतन्त्र है, कपिलवस्तु जैसा। गणतान्त्रिक शासन-व्यवस्थावाले राज्य जहाँ अन्य राज्यों पर आक्रमण कर उन पर अधिकार कर लेने में सामान्यत: कोई रूचि नहीं रखते, वहीं राजतन्त्र द्वारा शासित मगध और कोशल सदैव ही राज्य-विस्तारकी उधेड़बुन में लगे रहते हैं। कोशलराज द्वारा उनके पड़ोसी राज्यों कपिलवस्तु तथा कोलिय पर अपनी सम्प्रभुता लादे जाने की घटना अधिक पुरानी नहीं है। तबसे तो मल्लदेश-वासी कोशलराज के गुप्त मन्तव्यों को लेकर और भी अधिक आशंकित रहने लगे हैं।

किन्तु प्रसेनजित जब बार-बार स्वयं होकर उससे मिला और बन्धुल ने पाया प्रसेनजित में न केवल कोशलदेश के राजकुमार होने का कोई दम्भ नहीं है, जैसी कि उसे आशंका थी, अपितु कनिष्ठ विद्यार्थी को जैसा सम्मान वरिष्ठ विद्यार्थी को देना चाहिये वैसा उसे वह सम्मान भी देता है तो उसे विरासत में मिला अविश्वास एवं तनाव धीरे-धीरे दूर होता गया। और जैसा परदेश में एक ही क्षेत्र के एक ही बोली बोलनेवाले लोगों के साथ होता है, शीघ्र ही दोनों एक-दूसरे के अत्यन्त निकट आ गए और फिर घनिष्ठ मित्र बन गए।

उसके पश्चात् तो प्रसेनजित, बन्धुल और गोशोरून की तिकड़ी अवकाश के समय सदैव साथ ही दिखाई पड़ती। कुछ ही माह में गोशोरून उनकी बोली बिलकुल उनके जैसे ही बोलने लगा था। यह गुण है उसमें, किसी भी नई भाषा या बोली पर उसकी पकड़ शीघ्र हो जाती है।

तक्षशिला से चलते समय प्रसेनजित ने गोशोरून से कहा।

"मित्र! तुम्हारी भी शिक्षा यहाँ पूरी हो चुकी है। क्यों नहीं कुछ दिन मेरे साथ श्रावस्ती चलकर रहते?"

"तुमने तो मेरे मन की बात कह दी मित्र! मैं तो स्वयं उत्सुक हूँ जाने को! कितना कुछ है तुम्हारे आर्यावर्त्त में जानने को—दर्शन, धर्म, परम्परायें।"

"परन्तु मुझे तो तुम परम्पराओं के विरोधी जान पड़े थे!"

"परम्पराओं का नहीं पारम्परिक ज्ञान से चिपके रहने का, परम्पराओं के अन्धानुकरण का। विशेषकर ऐसी परम्पराओं का जो ज्ञान के प्रवाह में, उसकी प्रगति में बाधक हों, उसमें व्यवधान बनें।"

"मैं समझा नहीं।"

"मित्र! पारम्परिक ज्ञान तो स्थिर है, गतिहीन है, प्रवाहहीन है। जबकि ज्ञान का गुणधर्म होना चाहिये कि नदी-सा वह सदैव बढ़ता रहे, बहता रहे। परम्परायें तो उस समय से सम्बन्धित हैं जो बीत चुका है, जबकि ज्ञान निरन्तर उस समय की ओर तकता है जो अभी गर्भ में है। परम्परायें विश्वास माँगती हैं, ज्ञान खोज और विवाद। सन्देह और सन्देह के पीछे का तर्क ही तो ज्ञान का जन्मदाता है मित्र! हमारे महान जरथुस्त्र तर्क के कट्टर पक्षधर थे। तत्कालीन गुरुओं में परम्पराओं को तर्क से परे रखने की प्रवृत्ति के कारण ही तो उन्हें उनके ज्ञान पर सन्देह होता था!"

"वह किस प्रकार मित्र?"

"उन्हें उन गुरुओं ने बताया कि देवताओं को प्रसन्न रखने से ही जीवन में सुख और शान्ति है, सफलता है। परन्तु जब जरथुस्त्र ने विचार किया तो पाया कि जो लोग देवताओं को प्रसन्न रखने के सारे उपाय करते हैं उनका जीवन भी मात्र आनन्द और सुख के ताने-बाने से ही बुना हुआ नहीं है। बहुत-सा क्लेश, बहुत सारा दु:ख भी हैं उसमें। उन्होंने देखा अधर्म और अन्याय, दमन और अत्याचार, अकिंचनता और अभाव, लालच और तृष्णा, क्रोध और घृणा, लूट और छल-कपट, ईर्ष्या और द्वेष, अपराध और दुराचार, कष्ट और सन्ताप: इनका ही साम्राज्य है चारों ओर! तब उन्हें देवताओं के कल्याणकारी, उनके परोपकारी होने पर सन्देह हो चला, और गुरुओं के ज्ञान पर भी।"

बन्धुल मल्ल तो शिक्षा समाप्त कर गत वर्ष ही जा चुका था। जीवक परन्तु अभी भी वहीं था। चिकित्सा का पाठ्यक्रम सात वर्ष का होता है इसलिये अभी एक वर्ष शेष था उसका पाठ्यक्रम पूरा होने में।

"जब राजगृह जाओ मित्र तो श्रावस्ती होते हुए जाना। स्मृति सतायेगी तुम्हारी!"

गले मिलते हुए प्रसेनजित और जीवक दोनों की ही आँखें भर आईं थीं। पाँच वर्ष साथ रहे थे दोनों घर-परिवार से दूर, दु:ख-सुख की व एक-दूसरे के मन की बातें बाँटते हुए।

"वह मालिन मिल जाए तो समाचार भिजवाना।" विश्वविद्यालय से दूर तक प्रसेनजित के साथ आए जीवक ने आँखों में आँसू तथा होठों पर नटखट मुस्कान के साथ कहा था।

ढेर सारी मालाएँ गले में पहने और स्वागतकर्ताओं द्वारा एक के ऊपर लगाये गए सिन्दूर के बड़े-से टीके को माथे पर लिये प्रसेनजित पैदल ही चल पड़ा

नागरिकों के आगे-आगे। जो वेशभूषा गुरुकुल में थी, वही अभी भी है। वक्ष पर मात्र जनेऊ है तथा घुटनों तक आता अधोवस्त्र है।

शीत ऋतु में विद्यार्थी दिन में एक उत्तरीय पहन सकते थे, युद्धाभ्यास का समय छोड़कर, तथा रात्रि में लोई भी। किन्तु जब तक्षशिला के आसपास की पहाड़ियों पर हिमपात हो जाता था, लोई में भी प्रसेनजित के दाँत किटकिटाते रहते। परन्तु अगले वर्ष तक अभ्यास हो गया। फिर तो रात्रि में भी जब अन्य विद्यार्थियों की लोई ओढ़े रहने पर भी कँपकँपी छूटा करती, प्रसेनजित मात्र उत्तरीय में ही फिरा करता।

मन्थर गति से चलता हुआ प्रसेनजित अपने गले में पड़ी मालाओं में से फूलों को खींच झरोखों व गवाक्षों से झाँकती और अंजुलियाँ भर-भर कर उस पर पुष्प-वर्षा करती स्त्रियों की ओर उछालता दिखा तो तोरणद्वार पर खड़े-खड़े उकताई हुई स्त्रियों के मुख खिल उठे। एक ही छलाँग में आयु के कई सोपान उतर गतयौवनाएँ भी नवयौवनाएँ हो गईं। आपस में चुहल और ठिठोली चल पड़ी। जब तक वह उनके निकट पहुँचा, ऐसी स्त्रियों की संख्या अधिक नहीं थी जो स्वप्नलोक में विचरण करतीं हुईं प्रसेनजित के शयनागार में सुहागरात मनाने न पहुँच गईं हों। कैसी बलिष्ठ साँचे में ढली देह! कैसी मदमत्त हाथी-सी चाल! और कैसी चितचोर मुस्कान!

"क्या सुध बिसराये खड़ी हो! आरती उतारो!" नगरद्वार से प्रसेनजित के साथ-साथ आए सुदत्त ने स्त्रियों को फटकारा।

सुदत्त श्रावस्ती का नगर-श्रेष्ठी है जिसकी सम्पत्ति जनश्रुतियों की विषयवस्तु बन चुकी है। कोई कहता हीरे-माणिकों की गुप्त खानें मिल गईं हैं उसको सुवर्णद्वीपों में (इंडोनेशिया द्वीपसमूह) जहाँ वह जब-तब व्यापार का निमित्त बनाकर जाता रहता है। तो कोई कहता यवनदेश से लौटते समय एक महाकाय तिमिंगल ने उसका सोने-चाँदी से भरा पोत समुद्र में डुबा दिया था जिसे खोजते हुए उसे तलहटी में पड़े सैकड़ों पोत मिल गए, बहुमूल्य रत्नों से भरे हुए। पूर्व-समुद्र के तट पर ताम्रलिप्ति पत्तन से लेकर पश्चिम में भृगुकच्छ के पोताश्रय तक जानेवाले सभी व्यापारिक मार्गों पर उसके विशाल आगार हैं। साथ ही काशी राज्य में कई ग्राम भी हैं उसके द्वारा बसाये हुए, जहाँ मात्र और मात्र उसके ही लिये मूल्यवान वस्त्रों का उत्पादन किया जाता है जो अधिकांशत: निर्यात हेतु ही आरक्षित होते हैं।

प्रसेनजित को आशा थी कि नगरद्वार पर उसके पिता भी होंगे। वहाँ न मिले तो सोचा राजभवन के द्वार पर अवश्य उसे गले लगायेंगे। किन्तु जब सेनापति वीरभद्र ने स्वागत करते हुए उसे बताया महाराज सभागृह में प्रतीक्षा कर रहे हैं तो उसका मन अत्यन्त उदास हो आया।

चन्दन की धूप का सुगन्धित धुआँ विशाल सभागृह के बाहर तक आ रहा था। प्रसेनजित के पीछे-पीछे भव्य द्वार की चौखट पर पाँव रखते के साथ ही गोशोरून ठिठक गया—हंस, मोर, कमल तथा पुष्पलताएँ उकेरे हुए स्वर्णमंडित स्तम्भों को देख। किन्तु जब वह भीतर पहुँचा तो जड़वत ही खड़ा रह गया। भित्तिचित्रों में वीणावादन-रत गन्धर्व हैं, नृत्यमग्न अप्सराएँ हैं, उद्यान में कन्दुक-क्रीड़ाएँ करतीं अल्हड़ बालाएँ हैं तथा सरोवर में स्नानरत उन्नतवक्षा चारुलोचनाएँ भी। जब कुछ सँभला तो उसकी दृष्टि छत पर बने नयनाभिराम दृश्यों पर गई: सूँड़ उठाये हाथी चिंघाड़ते हुए, सिंह हिरणों का पीछा करते हुए, गैंडे घास चरते हुए, और वह निर्निमेष, अचम्भित खड़ा रह गया उन जीवन्त चित्रों में गति का आभास भी देख।

भैंस के चमड़े को घोटकर बनाया गया वज्रलेप नामक द्रव्य आग में तपाने पर पिघल जाता है तथा वायु के सम्पर्क में आने पर शीघ्र ही सूख भी जाता है। मिश्री तथा शंख-चूर्ण के साथ मिलाकर उसका भित्तियों तथा छत पर प्रस्तरण करने के पश्चात् घिस-घिसकर इतना चिकना बना दिया गया है कि उसमें अपना प्रतिबिम्ब भी दिखाई दे जाता है। फिर उन पर लाल, हरे, पीले, नीले रंगों से यह चित्रकारी की हुई है।

संजय महाकोशल स्वर्ण-सिंहासन पर विराजमान थे। प्रसेनजित ने जाकर चरण-स्पर्श किया। उसे आशा थी, अब तो पिता उठकर उसे गले लगाएँगे ही। किन्तु यहाँ संजय महाकोशल महाराजाधिराज थे, मात्र महाराजाधिराज।

"बैठो।" संजय महाकोशल ने दाईं ओर रखे चाँदी के सुन्दर आसन की ओर संकेत किया।

"यह गोशोरून है, मेरा अभिन्न मित्र। तक्षशिला में मेरा सहपाठी था।"

संजय महाकोशल ने एक तीक्ष्ण दृष्टि गोशोरून पर डाली और दूर रखे आसन पर बैठने का संकेत किया।

भाँति-भाँति के प्रसाधन एवं पहनावों, विशेष रूप से शिरोवस्त्रों को गोशोरून कौतूहलपूर्वक देख रहा है। विभिन्न रंगों के विभिन्न प्रकार के शिरोवस्त्रों को भिन्न-भिन्न प्रकार से बाँधा गया है, तथा कई प्रकार से मणि-माणिकों एवं स्वर्ण-आभूषणों से सजाया हुआ है।

गोशोरून संजय महाकोशल को भी बड़े ध्यान से देख रहा था। माथे, कन्धे, सीने पर चन्दन का लेप जिस पर कुंकुम से बनी धारियाँ। गले में मोतियों का हार तथा मताली के सुगन्धित पुष्पों की माला। कानों में रत्नजटित कुंडल, भुजाओं पर सोने के भुजबन्ध, चमकीला पीला कौषेय उत्तरीय तथा चटक लाल कौषेय अधोवस्त्र।

गोशोरून की सूक्ष्म दृष्टि से बच नहीं पाया कि संजय महाकोशल के अधोवस्त्र में चुन्नटें अत्यन्त सावधानीपूर्वक डाली गई हैं, एक आकार की और बराबर दूरी पर।

संजय महाकोशल व्यवस्था के कट्टर पक्षधर हैं। उनके भोजन में मांस या तरकारी के टुकड़े तनिक भी छोटे-बड़े हुए तो रसोइयों की दुर्दशा हुई समझो। शय्या पर हलकी-सी भी सिलवट पाते हैं तो आकाश सिर पर उठा लेते हैं। कदाचित इसीलिये उनकी मूँछ के बाल बाल बराबर भी इधर से उधर नहीं होते। उनका सिद्धान्त है प्रत्येक कार्य व्यवस्थित रूप से, नियम से। तथा विधि-विधान के पालन में कोई चूक क्षम्य नहीं। कदाचित यही उनकी सफलता का रहस्य भी है। कर उगाहने में कटोरता। कोई छूट नहीं, कोई अनुग्रह नहीं। किन्तु ब्राह्मणों को दान देने में कोई कृपणता नहीं। कार्षापण माँगते तो स्वर्ण-मुद्राएँ मिलतीं। सूती वस्त्र चाहते तो कौषेय मिलता।

जिस समय प्रसेनजित पहुँचा था एक आपराधिक प्रकरण में सुनवाई चल रही थी। कुछ देर तो वह अनमना-सा बैठा रहा और फिर पिता की आज्ञा लेकर अपने मित्र के साथ राजनिवास चल दिया। द्वार पर लावण्यमयी आरती-थाल लिये अपने पुत्र का स्वागत करने देर से खड़ी थी। डबडबाई आँखों से उसने तिलक लगाया तो माथे से अधिक नाक पर लग गया। प्रसेनजित माँ के चरणों पर गिर पड़ा।

"आँखें तरस गईं तुझे देखने को! अपनी भगिनी के विवाह पर भी नहीं आया तू!" प्रसेनजित को उठाते हुए लावण्यमयी के आँसुओं की धार बह निकली थी।

प्रसेनजित के तक्षशिला रहते मगधराज बिम्बसार ने संजय महाकोशल से उनकी ज्येष्ठ पुत्री कोशलकुमारी का हाथ माँगा था। राजपुरोहित अग्निदत्त विरुद्ध थे इस सम्बन्ध के क्योंकि बिम्बसार उनके मतानुसार आर्य ही नहीं था। परन्तु संजय महाकोशल इस चढ़ते सूरज के साथ सम्बन्ध बनाने को उत्सुक थे। अत: एक विशाल यज्ञ द्वारा इस दोष को दूर कर गत वर्ष ही यह विवाह धूमधाम के साथ सम्पन्न हुआ था।

प्रसेनजित के खड़े होते ही उसका मुख हाथों में ले लावण्यमयी बिलख पड़ी।

"कैसा मुरझा गया है मेरा पुत्र!"

प्रसेनजित को स्मरण आया, उसके जाते समय भी माँ ऐसे ही रोई थी। वह नहीं चाहती थी उसका बेटा इतनी दूर जाए, सो भी इतने वर्षों के लिये। रोई, रूठी, चिल्लाई किन्तु सब व्यर्थ। संजय महाकोशल के सामने भला किसकी चली है जो उनकी चलती?

"सुमना कहाँ है, दिख नहीं रही?" प्रसेनजित ने पूछा।

"अपनी दादी के पास, उनका स्वास्थ्य ठीक नहीं रहता।" लावण्यमयी आँसू पोंछते हुए रुँधे गले से बोली।

प्रसेनजित दादी के कक्ष पहुँचा तो उसे देखते ही सुमना दौड़कर उससे लिपट गई।

"तू तो वैसी की वैसी है जैसी मैं छोड़कर गया था!"

सुमना छोटी बहन है प्रसेनजित की, दुबली-पतली और सुकोमल।

"दादी कैसी हैं?"

"सो रही हैं, जगाऊँ?" जितना कोमल शरीर है सुमना का उतना ही कोमल उसका स्वर है।

"नहीं, रहने दे!" सोती हुई दादी के निकट जाकर उनके चरणस्पर्श करते हुए प्रसेनजित बोला। "फिर आ जाऊँगा।"

संजय महाकोशल जब तक सभागृह से आए, शाम हो चुकी थी। प्रसेनजित को प्रशंसा-भरी दृष्टि से देखते हुए उन्होंने सिर हिलाया, एक हुंकार भरी और मन्त्रणा-कक्ष की ओर चल दिये जहाँ राजपुरोहित और सेनापति उनकी प्रतीक्षा कर रहे थे।

"इन्हें तो कुछ लेना-देना ही नहीं है किसी से!" लावण्यमयी ने बुरा-सा मुँह बनाया। "लड़की विवाह-योग्य हो गई है परन्तु इन्हें तो कोई चिन्ता ही नहीं।"

"मुझे नहीं करना विवाह।" सुमना ठुनकी।

"देख रहा है तू? कौशाम्बी से राजकुमार उदयन के सम्बन्ध का भी प्रस्ताव आया था। किन्तु बस, नहीं! नहीं करना विवाह!"

"क्यों भला? उदयन तो सुना है बड़ा सुन्दर है।" सुमना को देख प्रसेनजित मुस्कुराया और हलके से उसके गालों पर चिकोटी काट ली। "यही नहीं उसे तो संगीत और शस्त्र, दोनों ही विद्याओं में निपुण बताते हैं।"

सुमना कुछ नहीं बोली। प्रसेनजित ने भी अभी इस विषय में आगे चर्चा करना उचित नहीं समझा।

अपनी मालिन से माला लेने वह जिस समय जाया करता था, अगले दिन प्रसेनजित उसी समय पहुँच गया उसके चौतरे पर। वहाँ नहीं दिखी तो वह मालीटोला चला गया। उन सँकरी गलियों में पहली बार किसी तेजस्वी, भद्रपुरुष को देख बच्चे पीछे-पीछे हो लिये। प्रसेनजित के मन में आया इनसे पूछूँ। किन्तु क्या पूछूँ, यह समझ नहीं आया। नाम तक तो उसका जानता नहीं। तीन दिन ऐसे ही निकल गए चौतरे से मालियों के टोले और मालीटोले से चौतरे आते-जाते। आश्चर्य तो उसे देख पहले ही दिन से किया करते थे मालीटोले के निवासी, अब कानाफूसी भी होने लगी। यह देख प्रसेनजित असहज होने लगा और चौथे दिन उसने साहस करके चौतरे पर बैठे मालियों से पूछ ही लिया।

"यहाँ एक साँवली-सी लड़की मालाएँ लेकर बैठा करती थी, वह अब कहाँ गई?"

"साँवली लड़कियाँ तो यहाँ कई बैठतीं थीं राजकुमार, आप किसके विषय में पूछ रहे हैं?" भेदभरी निगाहों से उसे देखते हुए एक माली ने पूछा।

"वही जो सबसे सुन्दर थी।"

"सबसे सुन्दर तो मेरी पत्नी है राजकुमार।" उस माली ने अर्थपूर्ण मुस्कुराहट के साथ कहा। "पर अब पेट से है इसलिये नहीं आती।"

सुनते ही साथ बैठे माली ठठाकर हँस पड़े।

प्रसेनजित झेंप गया। पाँच वर्षों में कितना कुछ परिवर्तन हो चुका होगा श्रावस्ती में, यह तक्षशिला में रहते हुए कभी उसके ध्यान में ही नहीं आया। उसकी दृष्टि में तो वह मालिन अभी भी वहीं बैठी थी मालियों के चौतरे पर। जब वह श्रावस्ती पहुँचेगा तो सीधे चौतरे पर जाएगा, उसे उठाकर अपने अश्व पर बिठायेगा, और पिता के सामने ले जाकर खड़ा कर देगा—"तात! मैं इस कन्या के साथ विवाह करना चाहता हूँ।" और धूमधाम से वे उस मालिन के साथ उसका ब्याह रचा देंगे।

तक्षशिला में रहकर प्रसेनजित भूल ही गया था कि उसके देश में वर्ण-व्यवस्था है जो जन्म-आधारित है। और यह भी कि वर्णानुसार ही व्यक्ति का समाज में यहाँ स्थान निर्दिष्ट है। वर्ण से ही यहाँ उसका कार्यक्षेत्र, उसकी वृत्ति, उसका व्यवसाय निर्धारित होता है। गान्धार, पर्शु आदि देशों जैसा नहीं जहाँ व्यक्ति को स्वतन्त्रता है वह क्या वृत्ति अपनाये। शिक्षण कार्य चुने, सैनिक बने अथवा माली, बढ़ई या लुहार का कार्य करे। समाज में व्यक्ति का स्थान जहाँ इससे निश्चित नहीं होता कि वह किसके घर जन्मा है। वह यह भी भूल गया था कि आर्यावर्त्त में क्षत्रिय और शूद्र के बीच विशाल खाई है, कि उनमें आपस में विवाह उसके समाज को स्वीकार्य नहीं। और फिर वह तो राजकुमार है। एक मालिन के साथ विवाह! संजय महाकोशल तो कभी नहीं स्वीकारेंगे।

उस दिन जब वह भीगी आँखें लिये लौटा तो पहुँचते ही शयनागार में जा चुपचाप शय्या पर पड़ गया। लावण्यमयी दौड़ी-दौड़ी आई। सेवकों ने बता दिया था राजकुमार उदास दीखते हैं।

"क्या हुआ मेरे पुत्र को?" लावण्यमयी प्रसेनजित के गालों को अपने हाथों में लेकर बोली। "कैसा कुम्हलाता जा रहा है!"

लौटने पर पहले दिन भी अकेले में उसे अपनी छाती से चिपकाकर लावण्यमयी रोते हुए यही दोहरा रही थी, "कैसा कुम्हला गया है मेरा फूल-सा बालक!"

हुआ यूँ था कि तक्षशिला के अनुशासनपूर्ण कठिन जीवन ने प्रसेनजित के शरीर की अनावश्यक वसा छाँट दी थी। धूप में दिन-दिन भर शस्त्राभ्यास करते रहने से गोरी त्वचा तांबई हो गई थी। किन्तु माँ की स्मृति में तो वही गोरा-गोरा फूले हुए गालोंवाला बेटा बसा था जो वह तक्षशिला जाने के पहले था। और उसे वैसा ही चाहिये था, न कि गठी हुई माँसपेशियों और धूप में तपी हुई त्वचावाला बेटा।

"अब माँ तेरे पास आ गया हूँ।" माँ की भावनाओं को समझ प्रसेनजित हँस दिया। "कोमल शय्या पर देर तक सोने को मिल रहा है। जो चाहूँ, जितना चाहूँ खाने को मिल रहा है। तू देख लेना, कुछ ही दिनों में मैं फिर से खिल जाऊँगा।"

कहते हुए प्रसेनजित को तक्षशिला की प्रथम रात्रि स्मरण हो आई। उसकी यह आशंका निर्मूल सिद्ध हुई थी कि करवट लेते समय भीतर की ओर न सरकने पर वह शय्या से नीचे गिर जाएगा। यात्रा की अत्यधिक थकान और फिर रात के तीसरे पहर ही जीवक का उसे झिंझोड़कर जगा देना यह चिल्लाते हुए कि तूर्यघोष हो चुका है, इन कारणों से करवट लेने का उस रात अवसर ही नहीं आ पाया था। और उस रात के उपरान्त भी हर रात कक्ष में घुसने की देर नहीं होती थी कि वह प्रस्तर-शय्या पर धड़ाम हो जाता और गिरते ही सुधबुध खो बैठता। चेतना तब आती जब जीवक उसे झकझोरते हुए डाँटता, तुम्हारा तो यह नित्य का ही रोना हो गया है! तूर्यघोष हुए आधी घड़ी बीत चुकी है। विलम्ब से पहुँचने का दंड तो पता है न!"

और अगले पाँच वर्षों की सहस्त्रों रातों में से एक भी रात ऐसी न हुई जब उसे करवट लेने का अवसर मिल सके। ब्रह्म-मुहूर्त में उठकर नित्यकर्म से निवृत्त होना, फिर शीतल जल से स्नान जो उस शीत-प्रान्त की हड्डियों तक को ठिठुरा देनेवाली ठंडों में तो घोर यन्त्रणा ही हुआ करता था, फिर योजनों में प्रस्तरित उस प्रांगण में पाठ्यक्रम तथा प्रशिक्षण-वर्ष के अनुसार नियत स्थान पर पहुँचना। कोई दिन ऐसा न हुआ जब उसे हड़बड़ी में दौड़ते-भागते न जाना पड़ा हो।

पहुँचते से ही सर्वप्रथम योगाभ्यास। फिर व्यायाम, दौड़, लम्बी कूद, ऊँची छलाँग और उसके पश्चात् शस्त्राभ्यास जो सिर पर सूरज चढ़ आने पर भी समाप्त होने का नाम नहीं लेता था। थकान से चूर होकर वह गिर-गिर पड़ता, परन्तु शिक्षकों के मन में तो दया-माया का नाम तक नहीं था। उलटे तनिक भी चूक हुई नहीं कि पड़ा पीठ पर धाड़ से धौल! उसकी ही नहीं न्यूनाधिक सभी की यही स्थिति थी। दो वर्ष पश्चात् तो वे सब आपस में परिहास करते हुए कहा करते थे, "धौल खा-खाकर पीठ तो ऐसी पक्की हो गई है अब कि उस पर पत्थर पटको तो पत्थर ही टूट जाए।"

तब तक पेट में चूहे नहीं मगरमच्छ दौड़ने लगते थे। किन्तु पहले निकट ही बह रही नदी में कूदो, तैरो, नहाओ और तब भोजन के लिये जाओ। कैसे टूट पड़ते

थे सब बिना देखे, बिना जाने कि भोजन में क्या है! खाद्य-पदार्थ है, मात्र इतना ही जानना पर्याप्त होता था। दो घड़ी भी विश्राम नहीं हो पाता था कि युद्धनीति एवं युद्धसंचालन की कक्षाएँ आरम्भ हो जातीं। और उसके तुरन्त पश्चात् अस्त्राभ्यास, अँधेरा घिरने तक।

तक्षशिला के इस कठिन जीवन ने प्रसेनजित के पाचनतन्त्र को कुछ अधिक ही सक्रिय कर दिया था। पहले ही दिन पाकशाला में दबे स्वर में चर्चा होने लगी।

"लगता है आज किसी के लिये कुछ नहीं बचनेवाला।"

लावण्यमयी के कानों तक यह चर्चा पहुँची तो उसने अपने लाडले को अपने कक्ष में स्वयं ही परोसकर भोजन कराने का निर्णय लिया। रथ के पहिये जितना बड़ा थाल बनवाया गया, जिसके दोनों ओर हंडिया व कटोरदान रख दिये जाते और सामने अपने बेटे के लावण्यमयी बैठ जाती करछुल लेकर। उसी दिन से रसोइयों की संख्या भी बढ़ा दी गई थी।

तक्षशिला में रहते हुए प्रसेनजित को दो व्यसन भी हो गए हैं, व्यायाम तथा मल्लयुद्ध करने के। अँधेरे मुँह दो सेर दूध पीने के साथ उसकी दिनचर्या प्रारम्भ होती है। पाँच-सौ बार मुद्गर भाँजे जाते हैं। एक-हजार उठक-बैठक के पश्चात् पाँच सौ डंड भी पेले जाते हैं। फिर जमकर मिट्टी खोदी जाती है अखाड़े की और चार-छह हट्टे-कट्टे योद्धाओं को उसी मिट्टी में धूल चटाई जाती है। उसके उपरान्त घी सूजी और बादाम का दो सेर हलुआ उदरस्थ किया जाता है, बिना डकार लिये।

फिर देर तक चलता है अंगमर्दन। उसके विशाल होते जाते शरीर पर तेल उँडेलकर कभी कुहनियों तो कभी घुटनों के बल ऊपर से नीचे, नीचे से ऊपर फिसलते ही रहते हैं हृष्ट-पुष्ट अंगमर्दक। वे हाँफ-हाँफ जाते हैं, पसीने-पसीने हो जाते हैं, फिर भी उन्हें यही सुनने को मिलता है: कुछ खाया नहीं क्या?

तत्पश्चात चलता स्नानोत्स्व और फिर देर तक होता भोजन। अब इतना सब करने के पश्चात् कोई सोये न तो क्या करे?

गोशोरून इस अवधि में श्रावस्ती की धूल छानता फिरता और अपराह्न में आकर अपने मित्र को नये-नये अनुभव सुनाता।

"आज एक आध्यात्मिक गुरु मक्खलि घोसाल के विषय में पता पड़ा। उसके सहस्त्रों शिष्य हैं यहाँ श्रावस्ती में ही। उनका कहना है मनुष्य की अच्छाई-बुराई, पवित्रता-चरित्रहीनता का कोई परिणाम नहीं, कोई फल नहीं। न आसन्न, न दूरस्थ। न प्रत्यक्ष, न परोक्ष।"

"यह तो विचित्र अवधारणा है!"

"इतना ही नहीं, वे तो साधिकार यह भी कहते हैं कि यह ब्रह्मांड स्व-प्रवृत्ति द्वारा स्वोत्पन्न है, स्वनिहित उर्जा-चलित है, एवं स्वोत्पन्न निवृत्ति द्वारा ही यह

नष्ट हो जानेवाला है। तथा यह सम्पूर्ण प्रक्रिया नियति के अधीन होकर उसके अपरिवर्तनशील नियमों के अनुसार ही संचालित है।"

"कभी सुना नहीं यह नाम, मक्खलि घोसाल।"

"सुनोगे कैसे? तुम्हारा प्रथम प्रहर तो व्यायाम, मल्ल-क्रीड़ा और अंगमर्दन में चला जाता है। फिर स्नान और भोजन करके सो जाते हो। दोपहर पश्चात् निकलते भी हो राजनिवास से तो सीधे आखेट पर चले जाते हो।"

"तुम तो सारा दिन ज्ञान बटोरते घूमते हो न! सुनाओ और क्या बटोरा आज?"

"मक्खलि घोसाल का कहना है, किसी व्यक्ति को भलाई करना रुचिकर प्रतीत होता है तो यह नियति द्वारा ही निर्दिष्ट है। और किसी को यदि बुरा करने में रूचि है तो यह भी नियति द्वारा ही निर्धारित है। मनुष्य कितना भी चाहे उसका कोई प्रयत्न नियति को प्रभावित नहीं कर सकता। इसके लिए वे एक उदाहरण देते हैं कि मगध-सम्राट अम्बुविच का मन्त्री महाकरणी लाख प्रयत्न करने पर भी राज्य को हड़प नहीं पाया था जबकि अम्बुविच रत्ती भर भी ध्यान नहीं देता था राजकाज पर, और साँस छोड़ने व लेने के अतिरिक्त कोई उद्योग उसने कभी किया नहीं था।"

"रोचक है! किन्तु मित्र यह तो बताओ इतना सारा ज्ञान तुम्हें मिला कहाँ से?"

"एक कुतूहलशाला से।"

"तो तुम्हें भी कुतूहलशालाओं का चस्का लग गया! मेरे पिता को तो तनिक भी रूचि नहीं कुतूहलशालाओं में। कहते हैं, ठलुओं का ठिकाना हैं।"

"फिर बनवाई क्यों हैं? मैंने तो सुना है राज्य की ओर से ही बनवाई गईं हैं।"

"हाँ, क्योंकि प्रजा की सामूहिक इच्छा का सम्मान करना कर्तव्य है राजा का।"

"जो भी हो, तुम्हारे देश में अब तक मुझे सर्वाधिक रोचक एवं आश्चर्यजनक यही लगीं—कुतूहलशालाएँ।"

"तुम्हारे देश में नहीं हैं?"

"ऐसे स्थान तो है जहाँ वाद-विवाद होते हैं, किन्तु इक्का-दुक्का। ऐसे तो सर्वथा नहीं जहाँ सारा दिन चर्चा-परिचर्चा, तर्क-वितर्क, प्रवचन होते रहते हों। और कितनी सारी हैं, नगर के हर कोने में! मैंने तो यहाँ तक सुना है कि राज्य में सभी स्थानों पर हैं, गाँवों में भी। क्या यह सच है?"

"सभी गाँवों में तो नहीं, परन्तु हाँ निगमों (कसबों) और निगम-ग्रामों अर्थात बड़े गाँवों में अवश्य हैं। वहाँ इन्हें कुतूहलशाला न कहकर मात्र शाला कहा जाता है जो उनका सभागृह भी होता है जिसमें बैठकर स्थानीय विषयों पर सामूहिक निर्णय लिये जाते हैं, आपसी विवाद सुलझाये जाते हैं। वहाँ के निवासी स्वयं ही शाला बनाते हैं और वे ही उसका रख-रखाव करते हैं।"

"और नगरों में, यहाँ?"

"देख-रेख यहाँ भी नागरिक ही करते हैं। जो परिव्राजक या श्रमण वर्षाकाल व्यतीत करते हैं अथवा रात्रि विश्राम करते हैं इन कुतूहलशालाओं में उनके खाने-पीने, सोने की व्यवस्था नागरिकों का ही उत्तरदायित्व है। और वे इसे सहर्ष निभाते भी हैं।"

"हाँ, मैंने देखा है। प्रत्येक कुतूहलशाला के साथ कक्षों के अतिरिक्त रसोई और कुएँ भी हैं। यह कल्पना कर मैं चमत्कृत हूँ मित्र कि गाँव-गाँव में प्रवचन हो रहे हैं, चर्चाएँ चल रहीं हैं, वाद-विवाद हो रहे हैं—वह भी सांसारिकता से इतर विषयों पर! विचारों का ऐसा आन्दोलन मैं नहीं समझता विश्व में और कहीं चल रहा होगा, या चलेगा। अद्भुत है यह, अद्भुत! मेरा आना सफल हो गया। अत्यन्त प्रसन्न हूँ मैं!"

"यह जानकर मैं भी प्रसन्न हूँ मित्र कि तुम प्रसन्न हो अन्यथा कभी-कभी अपराध-भाव से ग्रस्त हो उठता था कि तुम्हें समय नहीं दे पा रहा। अच्छा, और बताओ मित्र! मक्खलि घोसाल के विषय में और क्या जाना?"

"और कुछ जान पाता इसके पहले ही न जाने कैसे निगंठ नातृपुत्र के अनुयायियों और मक्खलि घोसाल के शिष्यों में वाग्युद्ध छिड़ गया। मक्खलि के शिष्य कहने लगे नातृपुत्र के अनुयायियों से कि ब्रह्मचर्य का ढोंग रचता है तुम्हारा गुरु और स्त्रियों को शिष्या बनाकर उनके साथ रहता है।"

"तो नातृपुत्र के अनुयायियों ने प्रत्युत्तर में क्या कहा?"

"वे बोले, तुम्हारा यह गुरु वही पाखंडी है न जिसे मात्र ढाई दिन में कैवल्य प्राप्त हो गया था! वही ढोंगी जो उस कुम्हारिन हलाहल के घर उसके साथ बिना ब्याह रचाए पड़ा रहता है, यहीं पोलाशपुरा में! उस मूर्ख को हमारे शास्ता ने ही तो पिटने से बचाया था जब बरातियों के ही सामने वह दूल्हे की हँसी उड़ाने लगा था! और जब चोरी के सन्देह में सैनिक उसे बन्दी बना कर ले जा रहे थे तब भी हमारे शास्ता ने ही उस कृतघ्न को छुड़वाया था। ऐसे गुरु के शिष्य मूर्ख और पाखंडी न होंगे तो और क्या होंगे? और वाह, क्या अद्भुत सिद्धान्त दिया है उस पाखंडी ने! मनुष्य के हाथ में कुछ भी नहीं। मानो पत्थर और मनुष्य में कोई अन्तर ही नहीं रहा। फिर तो इस भवन में और तुम में कोई अन्तर ही नहीं! न यह कुछ कर सकता है, न तुम!"

"क्या सभी चर्चाएँ ऐसे ही किसी परिणाम पर पहुँचती हैं? तब तो व्यर्थ हैं यह कुतूहलशालाएँ! बन्द करवा देना चाहिये इन्हें!"

"मित्र, ऐसा अनर्थ मत कर देना! यह तो अपवाद था। वस्तुतः मक्खलि घोसाल और निगंठ नातृपुत्र के शिष्यों के बीच छत्तीस का आँकड़ा है। दोनों पहले साथ-साथ ही वनों में घूमते थे, साथ ही तपस्या करते थे। परन्तु फिर कुछ मत-

वैभिन्य हो गया और वे पृथक हो गए। उसके पश्चात् एक ही वर्ष के भीतर मक्खलि ने कैवल्य-प्राप्ति की घोषणा कर दी जबकि निगंठ नातृपुत्र उसके दस वर्ष उपरान्त जिन व तीर्थंकर हुए। अब दोनों ही एक-दूसरे को पाखंडी बताते हैं।"

"किसी दिन मैं भी चलूँगा तुम्हारे साथ।"

"कहाँ?"

"किसी कुतूहलशाला में, और कहाँ?"

"पहले चलो तुम्हारी मालिन को ढूँढने चलें। भूल तो नहीं गए न उसे?" गोशोरून ने भेद-भरी मुस्कुराहट दी।

"भुला तो उसे मैं कभी सकता नहीं। किन्तु छोड़ो इस प्रसंग को।"

अपने मित्र के स्वर की उदासी गोशोरून से छिपी नहीं रहीं। उसने तत्काल चर्चा की दिशा मोड़ी।

"सुना है मित्र कि तुम्हारा विवाह होनेवाला है?"

"हाँ, मगधराज बिम्बसार की छोटी बहन के साथ।"

"महाराज बिम्बसार तो तुम्हारे बहनोई हैं न?"

"हाँ, परन्तु कोशलकुमारी जिसके साथ उनका विवाह हुआ था वह मेरी सहोदरा नहीं है।"

"नाम क्या है मेरी होनेवाली भाभी का?"

"सुवर्णलता।"

गृहत्याग

आषाढ़ का महीना है, पूनम की रात। सात दिन से मेघ साँस लेने का नाम ही नहीं ले रहे थे। आज आकाश खुला देख चाँदनी दौड़ी चली आई है पृथ्वी से मिलने, और यशोधरा के शयनकक्ष में भी चुपचाप घुस आई है।

दबे पाँव द्वार की ओर जाता हुआ सिद्धार्थ ठिठक गया। अपनी प्रियतमा, अपनी जीवनसंगिनी को एक अन्तिम बार निहारने।

'कितनी सुन्दर लग रही है ज्योत्स्ना में नहाई हुई! मुक्ता-मणियों का हार स्फटिक-सी ग्रीवा पर कैसा झिलमिल-झिलमिल कर रहा है, मानो प्रकाश-सरिता प्रवाहित हो रही हो! प्रसव से उपजी दुर्बलता भी एक ही सप्ताह में समाप्त हो लालिमा लौट आई है मेरी गोपा के सुन्दर मुख पर।'

जब बहुत प्यार आता है तब उसे गोपा कहकर ही बुलाया करता है सिद्धार्थ।

सुन्दर तो यशोधरा सदैव ही थी किन्तु विवाह के पश्चात् तो उसका सौन्दर्य और भी निखरता चला गया है। आत्म-सन्तुष्टि से सिंचकर, सिद्धार्थ के प्रेम में पगकर।

सिद्धार्थ धुरी है उसके जीवन की। उसी के आसपास उसका जीवन घूमता है। किन्तु चहेती वह सबकी ही है, बच्चों से बड़ों तक सबकी। अपने देवर नन्द और ननद सुन्दरी के साथ तो वह छोटी बच्ची ही बन जाती है गेंद-टप्पा, छिपम-छिपाई, लँगड़ी खेलते हुए या उन खिलौनों के साथ खेलते हुए जिनसे उन दोनों का कक्ष भरा पड़ा है। सास-ससुर की सेवा-सुश्रूषा भी बड़े चाव से करती है। किन्तु सिद्धार्थ की देखभाल करने में जो आनन्द उसे मिलता है, वह बता सकना शब्दों की सामर्थ्य के बाहर है।

सैकड़ों सेवक-सेविकाएँ हैं राजभवन में। किन्तु सिद्धार्थ का हर काम उसे स्वयं ही करना है, शय्या ठीक करने से लेकर स्नानागार में उसके लिये आवश्यक प्रसाधन जुटाने तक। स्वयं होकर ही बुलवाया करती है वह व्यापारियों से उसके लिये कौषेय परिधान सुन्दर, कोमल, चिकने, सोने के महीन तारों से कढ़ाई किये काशी में बने जहाँ के बुनकरों के कौशल की प्रशंसा पूर्व में सुवर्णद्वीपों से लेकर पश्चिम में पर्शुदेश तक में हुआ करती है। काशी से ही वह सिद्धार्थ के लिये भिन्न-

भिन्न सजावटवाली पादुकाएँ भी बुलवा लेती है, कोमल और नम्य।

साथ ही यशोधरा शाम-सवेरे रसोई भी देखा करती है, यद्यपि पूरी सेना है रसोइयों की। क्या बन रहा है, कैसा बन रहा है। पहले चखती और फिर स्वयं ही जुट जाती पकाने या पकाया हुआ ठीक करने में। किसको क्या और कैसा भोजन रुचिकर है, वह सब जानती है। इसलिये भी वह सबकी दुलारी हो गई है।

यशोधरा के प्रति सिद्धार्थ ईर्ष्या से भर उठा। राहुल को छाती से चिपकाये कौमुदी में नहाई यशोधरा के मुख पर मीठी, मन्द, तृप्ति भरी मुस्कान तैर रही थी।

'कितनी प्रफुल्लित रहती है मेरी गोपा! पूरे राजभवनमें जैसे उमंग, उल्लास बाँटती फिरती है सारे दिन! और वही क्या? सभी प्रसन्न हैं, सभी सन्तुष्ट हैं, एक मुझे छोड़कर।'

'पिता राजकाज और दैनन्दिन-चर्या से बचा समय परिवार के सदस्यों और मित्रों के साथ हास-परिहास करते, गल्प कहते-सुनते हुए मगन रहते हैं। और जब से राहुल आया है तब से तो फूले-फूले फिरते हैं सारा दिन। अब तो उन्हें पलक झपकने का भी अवकाश नहीं। राहुल ने दूध पी लिया यशोधरा? रात को ठीक से उढ़ा दिया था न? शीत बढ़ गई है, उष्ण-जल की व्यवस्था की या नहीं राहुल को नहलाने के लिये? और फिर स्वयं ही राहुल को नहलाने की व्यवस्था करने में जुट जाते हैं। माँ मीठे स्वर में उलाहना देतीं, अजी हटो भी! कभी किया है यह सब जो अब करने चले हो? बाहर निकलो, यशोधरा को घुसने दो स्नानागार में! और पिता कहते, कभी करने दो तब न! तुम्हें तो ईर्ष्या होती है मुझसे, तभी तो! अच्छा जाता हूँ, किन्तु काजल का डिठौना लगाना मत भूलना उसके गाल पर। और माँ प्रजापति के मुख पर प्रेमसिक्त मुस्कान तैर जाती है यह सुनकर। पूरे बारह वर्ष प्रतीक्षा की है उन्होंने अपने पौत्र का मुँह देखने के लिये। जाने कितने हवन करवाये हैं और न जाने किस-किस से कौन-कौन-से मन्त्रजाप। जो भी ब्राह्मण आता उससे बस एक ही प्रश्न: कब, कब बनूँगा मैं पितामह?'

'एक मैं ही दुखी हूँ। मैं क्यों इन सब जैसा सन्तुष्ट और प्रसन्न नहीं रह सकता? मेरा जाना अत्यन्त दुःखदायी होनेवाला है, विशेषकर यशोधरा के लिये।' सोचते हुए सिद्धार्थ ग्लानि से भर उठा। 'किन्तु विवश हूँ। पीड़ा मुझे भी हो रही है। कितना स्नेह करते हैं सब मुझसे। कैसा आश्चर्य है कि मैं, जिसके पास सब कुछ है, वही वैरागी हुआ जा रहा है!'

'आनन्द भी कहता है, सब कुछ तो है तुम्हारे पास फिर यह असन्तोष क्यों? मैं नहीं समझा सकता उसे। उसे क्या, किसी को भी नहीं समझा सकता। न ही कोई समझ पाएगा, कदाचित यशोधरा भी नहीं। क्या कहूँ उससे? क्यों है यह अकुलाहट? क्यों है यह गहरी अनुभूति रिक्तता की?'

'सच तो यह है, मैं भी नहीं जानता क्यों यह विचार मन को रह-रहकर घेर लेता है कि नितान्त निरर्थक जीवन जी रहा हूँ। जो जीवन बिताया, व्यर्थ बिताया। किन्तु जीवन में अर्थ भरने के लिये यह तो ज्ञात होना चाहिये कि जीवन का अर्थ है क्या? अभी तो यह जाने बिना ही दिन, महीने, वर्ष निकलते जा रहे हैं। शेष भी ऐसे ही निकल जायेंगे। कहीं नृत्य, संगीत, सुरा के यही प्रयोजन तो नहीं हैं कि हम स्वयं को भुलाये रखकर ही अपना सारा जीवन व्यतीत कर दें?'

'उस संन्यासी से मिलने के पश्चात् तो जीवन में अर्थहीनता की यह अनुभूति और भी गहरा गई है। विचित्र व्याकुलता रहा करती है मन में। भगीरथी के तट पर सुनाई देनेवाली वे ध्वनियाँ भी तीव्र हो चलीं हैं। रात्रि के सन्नाटे में तो कई बार मुझे यहाँ तक सुनाई देती हैं। और वह दु:स्वप्न!'

"मुझे डर लगने लगा है गुरुदेव!" महीनों तक टालते रहने व हिचकिचाने के पश्चात् एक दिन सिद्धार्थ ने अपने मन की व्यथा गुरु अर्जुन के सामने रख ही दी थी।

"किस से सिद्धार्थ?" गुरु अर्जुन आश्चर्यचकित थे।

"कदाचित अपने आप से गुरुदेव। दु:स्वप्न आने लगे हैं मुझे। कभी देखता हूँ, यशोधरा नहीं रही और मैं विक्षिप्त हो घूम रहा हूँ। कभी सपना आता है नगर उजाड़ पड़ा है और मृतकों के ढेर लगे हैं। पास जाकर देखता हूँ तो मेरे अपने परिवारजन, बन्धु-बान्धवों, मित्रों के शव हैं—क्षत-विक्षत, रक्तरंजित! और मैं पसीने में नहाया चौंक कर उठ जाता हूँ आधी रात को।"

सिर झुकाये आँखें बन्द किये गुरु अर्जुन सोचते रहे थे कुछ देर।

"मात्र स्वप्न नहीं सिद्धार्थ, सम्भवत: भविष्य की परछाईं है। कभी तुमसे कहा नहीं, किन्तु शाक्यों के भविष्य को लेकर कभी-कभी मैं आशंकित हो उठता हूँ।"

"आशंकित गुरुदेव, क्यों भला?"

"तुम तो जानते हो सिद्धार्थ कि तुम्हारे खेतों में रात-दिन परिश्रम तो श्रमिक व किसान ही किया करते हैं। शेष कार्यों के लिये, सेवा के लिये दास-दासियों की प्रचुरता है सभी शाक्यों के घरों में। धरती उपजाऊ है। विलासिता की सामग्री प्रचुरता से उपलब्ध है। साथ ही,कोशलराज के साथ सन्धि के कारण बाहरी आक्रमण का भी भय नहीं। परिणाम है अप्रयास प्राप्त समृद्धि और उससे उपजी अनिर्बाध भोग-विलासिता तथा अकर्मण्यता—किसी भी समाज के सर्वनाश का अचूक मन्त्र। हमारे युवकों के पास कोई आदर्श नहीं, कोई प्रकाशस्तम्भ नहीं उन्हें उचित राह दिखाने को। दम्भ और क्रोध, मात्र यही दो गुण दिखाई पड़ते हैं उन सब में। और भोग-विलास में इस जीवन को होम कर देना तथा एक दिन आपस में ही लड़-मरना, यही उनके उद्देश्य प्रतीत होते हैं।"

"क्या शाक्य ही ऐसे हैं गुरुदेव? अन्य राज्यों में, दूसरे वंशों में ऐसा नहीं है?"

"यह तो मैं नहीं कह सकता, किन्तु इतना जानता हूँ कि नैतिक मूल्यों का ह्रास पूरे आर्यावर्त्त में ही हुआ है, कदाचित ब्रह्मावर्त्त तथा उसके परे भी। सोचे-समझे बिना दौड़े जा रहे हैं सुख-साधन जुटाने की होड़ में! धन-संचय के पीछे पागल हो रहे हैं! बीस करोड़ स्वर्णमुद्राओं का स्वामी चालीस करौड़ जुटाना चाह रहा है, चालीस करोड़ का स्वामी अस्सी करोड़! और इस प्रतिस्पर्धा में अब तो मित्रों में आपसी मनोमालिन्य तथा गृह-कलह भी होने लगी है! जिस प्रकार से स्वार्थ की अन्धी आँधी चल रही है, जिस प्रकार से नैतिक मूल्यों का पतन हो रहा है, मुझे भय है सिद्धार्थ इसकी भी अन्तिम परिणिति शताब्दियों पूर्व हुए उस महायुद्ध में हुए महाविनाश सरीखी ही न हो।"

"क्या पहले कभी नहीं हुआ था गुरुदेव, नैतिक मूल्यों का ऐसा पतन?"

"सुना है एक सतयुग था जब आकाश अधिक नीला था, भूमि अधिक हरिताभ। जल अधिक स्वच्छ था, मानव-हृदय करुणाभ। कहते हैं समाज में तब नैतिकता के उच्चतम मानदंड स्थापित थे। फिर त्रेतायुग आया और उसके पश्चात् द्वापर, जिसके कलियुग के साथ सन्धिकाल में वह युद्ध हुआ था। नैतिकता के मानदंड कदाचित नीचे फिसल जाते हैं हर युग में।"

"परन्तु यह कैसी नैतिकता यह कैसा धर्म जो द्रौपदी के श्वसुर-समान पितामह भीष्म को उसका चीरहरण होते देख, उसका करुणक्रन्दन सुनकर भी असहाय लाचार बैठे रहने पर विवश कर देता है? कृपाचार्य तथा द्रोणाचार्य जैसे सामर्थ्यवान गुरु भी नपुंसक-भाव से उसका बलात्कार होते देखते रहते हैं, वक्ष पर हाथ बाँधे हुए!"

"उस अन्याय के विरुद्ध एकमात्र स्वर उठा था विकर्ण का। परन्तु उसे भीष्म ने यह कहकर चुप करा दिया कि धर्मस्य गहना गतिः। धर्म की गति गूढ़ है, वह कठिनाई से समझ में आनेवाला है। यह तो ऐसे ही हुआ जैसे किसी स्त्री के साथ बलात्कार होते देख दंडनायक उसकी रक्षा करने के स्थान पर दंड-संहिता का अध्ययन करने बैठ जाए यह खोजने कि धारा कौन-सी लगेगी।"

"पांचाल-नरेश द्रुपद जब यह जान विचलित हो जाते हैं कि उनकी प्रिय सुता को पाँचों ही पांडु-पुत्र अपनी पत्नी बनाने की चाह रखते हैं तब भी युधिष्ठिर उन्हें समझाने अथवा कदाचित सान्त्वना देने के लिये कहते हैं, धर्म की गति अति सूक्ष्म है। किन्तु जब वारणावर्त में विदुर से चेतावनी मिल जाने पर भीमसेन माँ कुन्ती समेत अपने भाइयों को गुप्त सुरंग के मार्ग से लाक्षागृह के बाहर निकाल उस भवन को अग्नि की भेंट चढ़ा देता है, उनसे ही शरण पाकर उस भवन में सोये पड़े पाँच वनवासी युवकों तथा उनकी माँ को उन लपलपाती ज्वालाओं में भस्म हो रहने के लिये सोता हुआ छोड़, तब इसी गूढ़ और सूक्ष्म धर्म के पक्षधर चुप्पी साध जाते हैं।

ऐसा करते समय भीम की अन्तरात्मा ने कुछ कहा हो या इस पर से धर्म के विधाता कुछ बोले हों, इसका कहीं कोई उल्लेख नहीं मिलता।"

"एक अर्जुन ही उन सब भाइयों में सर्वाधिक विचारवान प्रतीत होता है। परन्तु युद्धक्षेत्र में उसकी भी दुविधा मात्र यह है कि स्वजनों को, उन्हें जो उसके प्रिय हैं, आदरणीय हैं, पूज्य हैं—उन्हें कैसे मारूँ? शेष को मारने में उसे कोई आपत्ति नहीं है। कहते हैं, रक्त की नदी बहा दी थी उसने जिसके तट पर बैठे बगुले उसमें अपनी प्यास बुझा रक्तवर्ण हो गए थे। शवों के अम्बार, क्षत-विक्षत रक्तरंजित सैनिक रोते कराहते हुए जीवन की अन्तिम घड़ियाँ घोर पीड़ा में काटते हुए, उनकी स्त्रियों का हृदय को विदीर्ण करता करुण विलाप: कल्पना मात्र से ही मेरी तो छाती फटने लगती है!"

गुरु अर्जुन के मुख पर उपजा शोक व करुणा का भाव कुछ ही पलों के मौन के उपरान्त आवेश में परिवर्तित गया था।

"और किस धर्म की रक्षा हुई इस तथाकथित धर्म-युद्ध से, यह भी रहस्य है! क्योंकि सामान्यजन को तो हस्तिनापुर के राजा सुयोधन के प्रति, जिसे दुर्भावनावश दुर्योधन का नाम दिया गया, कोई असन्तोष हो ऐसा कहीं कोई विवरण नहीं मिलता। जैसा मैंने पहले भी बताया था सिद्धार्थ, इस युद्ध की नींव पड़ी थी उस द्यूतक्रीड़ा में जो युधिष्ठिर उस जुआरी मनोवृत्ति के साथ खेलते चले गए जिसमें हारनेवाला हर दाँव पर सोचता है कि इस बार अवश्य जीतूँगा। अन्त में द्रौपदी को दाँव पर लगाकर तो उन्होंने मर्यादा की समस्त सीमाएँ ही लाँघ दी! रक्षा करने के उस वचन को भंग करते हुए क्षण-मात्र भी सोच-विचार नहीं किया जो विवाह के समय अग्नि के समक्ष उन्होंने उसे दिया होगा!"

"किन्तु इस कृत्य के लिये युधिष्ठिर की कहीं आलोचना नहीं हुई जबकि ऋग्वेद में, जिसे देववाणी कहा जाता है, जुए की लत को निन्दनीय ही नहीं दंडनीय भी कहा गया है। जब युद्ध में विजयी होकर युधिष्ठिर हस्तिनापुर में प्रवेश कर रहे थे, चार्वाक नामक ब्राह्मण आचार्य ने प्रश्न किया: अपने बन्धु-बान्धवों को मारकर तुम्हें क्या मिला? तो उसे जीवित ही जला दिया गया। सम्भवत: भय था कि उसे आगे बोलने दिया गया तो वह युधिष्ठिर पर यह लांछन न लगाने लगे कि उनके जुए की लत के कारण ही यह भीषण व अनावश्यक नरसंहार हुआ है, जो निश्चित ही उस समय उन सभी का मत रहा होगा जिनके पुत्र पिता बन्धु-बान्धव उस युद्ध में अकाल मृत्यु को प्राप्त हुए थे, कदाचित अन्य प्रजाजनों का भी।"

शयनकक्ष में यशोधरा को निहारते खड़े सिद्धार्थ को स्मरण आया कि यह सुनते ही उसे विचार आया था कि कहीं भगीरथी के तट पर सुनाई देनेवाली ध्वनियाँ

यही तो नहीं—उन निरीह सैनिकों की चीत्कार, उनके परिजनों का करुण-क्रन्दन! ध्वनियाँ कभी मरती नहीं, गुरु अर्जुन ने ही तो बताया था।'

'या कदाचित मृत्यु की आहटें हैं ये! उस मृत्यु की जो सदा ही आसपास मँडरा रही है। एक दिन मेरी भी मौत आएगी अचानक और ले जाएगी न जाने कहाँ! अपनों से दूर, यशोधरा से दूर, अपने परिवार से और मित्रों से दूर। क्या होगा उसके पश्चात्, पता नहीं। और यह भी नहीं पता कि फिर कभी उनसे मिल पाना सम्भव होगा अथवा नहीं जो मुझे प्राणों से भी अधिक प्यारे हैं।'

'किन्तु मृत्यु तो अन्तिम सत्य नहीं, जैसा उस संन्यासी ने बताया था। और अन्तिम सत्य को जानने के लिये मुझे गुरु की खोज करनी ही होगी।'

संन्यासी के साथ देर तक वार्तालाप चला था उसका उस दिन।

"संन्यासी का जीवन कठिन तो है वत्स। परन्तु आनन्दप्रद है, चिन्ताविहीन है। इन नन्ही चीटियों को देखो। मानव तो घबराता है कठिन प्रतीत होनेवाले कार्य को हाथ में लेने से भी। किन्तु ये नन्हे जीव अपने भार से भी कई गुना भारी खाद्य-पदार्थ खींचकर ले जाने का असम्भव-सा प्रयास करते हुए तनिक भी नहीं हिचकते।"

"और परिवार-जनों के प्रति कर्त्तव्य?"

"एक व्यक्ति देखता था," संन्यासी मुस्कुराते हुए बोला, "जब भी कुम्भकार चाक घुमाते हुए मिट्टी को घड़े का रूप दे रहा होता है, एक गधा सदा ही उसके निकट खड़ा रहता है। इससे उसने निष्कर्ष निकाला, बिना गधे को वहाँ खड़ा किये घड़ा नहीं बन सकता। कदाचित चाक घूमने के लिये उस गधे का वहाँ खड़े रहना आवश्यक है। ऐसा ही हमारे साथ है। हम सोचते हैं हमारा संसार, हमारा परिवार हम नहीं होंगे तो कैसे चल पाएगा? परन्तु यह संसार-चक्र हमारे बिना भी घूमेगा।"

'नहीं, मुझे अब जाना ही होगा!' सोचते हुए सिद्धार्थ मुड़कर फिर से द्वार की ओर बढ़ा। 'किसी और का सत्य तुम्हारे लिये भी सत्य हो यह आवश्यक नहीं, गुरु अर्जुन ने कहा था। अपना सत्य हरेक को स्वयं खोजना होता है। गुरु मात्र सहायता कर सकता है। और गुरु की खोज घर बैठे नहीं हो सकती। प्रव्रज्या मुझे लेनी ही होगी। यशोधरा का प्रेम पैरों की बेड़ी बन जाता है। किन्तु अब मुझे इसे तोड़ना ही होगा। और फिर उस रात के पश्चात् पिता को दिया हुआ वचन भी तो पूरा हो चुका है!'

विचारों में डूबे सिद्धार्थ ने शयनकक्ष का द्वार खोल एक पाँव चौखट के पार रखा परन्तु दूसरा पाँव भीतर ही ठहर गया। चौखट पर हाथ टिकाये सिर झुकाये खड़े हुए वह उस रात की स्मृति से सिहर उठा। कैसी भयंकर रात थी! और गहरे तक झकझोर देनेवाला दिन! सब कुछ एक ही साथ घट गया था।

मायके से यशोधरा के लौटने के लगभग एक माह उपरान्त की घटना है। सवेरे से ही मन खिन्न था उसका। कन्थक पर आरुढ़ हो विचारों में डूबा हुआ नित्य की भाँति भगीरथी की ओर जा रहा था कि मार्ग में कुछ युवक एक वृद्ध की खिल्ली उड़ाते दिखे। दाँत सारे गिर चुके थे उसके, शरीर दोहरा हो चुका था और लाठी का सहारा लेने पर भी हाथ-पाँव काँप रहे थे। सिद्धार्थ ने युवकों को डाँट कर भगाया और नीचे उतरकर पूछा,

"पहुँचा दूँ आपको, कहाँ जाना है?"

"यहीं नीचे की बस्ती में। मैं चला जाऊँगा, बेटा। प्रमात्मा भला करे तुम्हारा।" वृद्ध ने काँपते हुए स्वर में अटक-अटक कर कहा और लड़खड़ाते हुए चल दिया।

उस वृद्ध की दुर्दशा, उसके प्रति शाक्य युवकों का व्यवहार और अपनी वृद्धावस्था के बारे में सोचता-विचारता वह वहाँ से चला तो न जाने कैसे उत्तर की ओर न जाकर पश्चिम दिशा में निकल गया जहाँ नगर-द्वार से कुछ ही दूर श्मशान स्थित है।

गाँवों में कदाचित किसी महामारी का प्रकोप हुआ था। नन्हे-नन्हे शिशु, खेलने-कूदने की आयु के बालक जिनके प्यारे मुखड़ों पर अद्भुत शान्ति दिख रही थी, उन्हें गहरे गड्ढों में रख जैसे ही उनके ऊपर पर मिट्टी फेंकी जाती, घेरकर बैठी हुई स्त्रियों का रोना-बिलखना चीत्कार बन जाता। सिद्धार्थ ने अपनी रुलाई तो किसी प्रकार रोकी किन्तु आँसू बहने से नहीं रोक पाया और वहाँ से हट गया।

पास ही चिताएँ जल रहीं थीं। विलाप करते परिजन एक-दूसरे को ढाढ़स बँधाने के व्यर्थ प्रयास कर रहे थे। बालों में तथा शरीर पर तेल चुपड़े हुए भुजंग काला व तगड़ा चांडाल जलती चिता में रखे शव की खोपड़ी पर नुकीले लट्ठ से बार-बार ऐसे वार कर रहा था मानो युद्धक्षेत्र में कोई सैनिक शत्रु के पेट में भाला घोंप रहा हो। कई वारों के पश्चात् फट्ट की ध्वनि के साथ खोपड़ी के फूटते ही उसमें घी की धार लगा दी गई और चिता धधक उठी। ऐसी तीव्र लपट कि दूर खड़े सिद्धार्थ को भी पीछे हटने पर विवश होना पड़ा था।

'जीवन का ऐसा अन्त! हिल गया था मैं भीतर तक। जिन शरीरों में कल तक हँसता-खेलता जीवन रहा होगा, आज कितनी निर्ममता के साथ भारी-भारी लट्ठों को इन पर लादकर इन्हें जलाये चले जा रहे हैं, धरती में इन्हें गाड़े दे रहे हैं! कितनी साज-सँभाल करते हैं हम इस शरीर की, कितने जतन से इसे रखते हैं। उसका यह अन्त! कल मैं भी मरूँगा। तब क्या ऐसे ही विलाप करेगी यशोधरा? और उसकी मौत! विचार मात्र से ही मैं कैसे काँप उठा था!'

किन्तु उस दिन तो देवताओं ने जैसे षड्यन्त्र ही रचा हुआ था। अवसादग्रस्त मन लिये सिद्धार्थ लौट रहा था कि देखा मार्ग में अपनी ही विष्ठा और मूत्र में

लिपटा पड़ा कोई व्यक्ति कराह रहा है। आते-जाते लोग नाक बन्द कर अथवा उस पर कपड़ा रख निकल रहे थे। सिद्धार्थ के मस्तिष्क ने मानो काम करना ही बन्द कर दिया। हाथ-पैरों में उसके जैसे शक्ति ही शेष नहीं रही। उस व्यक्ति को देखते हुए भी नहीं देखता हुआ-सा वह शून्य निगाहें लिये कन्थक पर ही बैठा रह गया।

'क्या यही है जीवन, दु:ख ही दु:ख है जिसमें! भूत, भविष्य,वर्तमान सभी जैसे बन्धक बने हैं दु:ख के!'

वह रात उसकी इसी सोच में करवटें लेते हुए ही बीत गई। कभी झपकी आती भी तो एक सपना चौंका कर उठा देता। पूरी पृथ्वी पर धुन्ध छाई हुई है। केवल लाखों हाथ ऊपर उठे हुए दिख रहे हैं। हाहाकार मचा हुआ है। बचा लो हमें, कोई तो बचा लो!

भोर होते-होते तनिक नींद लगी तो एक और सपना आया। वह भगीरथी की उसी चट्टान पर बैठा है। एक सूखा, मुरझाया पत्ता नदी में गिरता है। उसकी ओर वह दृष्टिपात करता है तो पानी में अपना प्रतिबिम्ब देख घबरा उठता है। पत्ते जैसी ही सूखी झुर्रियों भरी त्वचा, दाँतों-रहित पोपला मुँह, गिनती के केश वह भी श्वेत! अपनी ही कुरूपता से भयभीत हो वह उठ बैठा था।

'समय नहीं है अब! जो करना है, शीघ्र ही करना है। उठते से ही मुझे इस विचार ने मानो जकड़ लिया था। आज मैं स्वस्थ हूँ, सुन्दर हूँ। किन्तु कभी मुझ पर भी रोग झपटेगा, बुढ़ापा घेरेगा, और फिर एक दिन काल के क्रूर पंजे मुझे मृत्यु के अन्ध-गर्त में धकेल देंगे, कदाचित कभी न लौट आने के लिये। और मैं चला जाऊँगा इस पृथ्वी से बिना यह जान पाए कि जीवन है क्या? इसका अर्थ क्या है? क्यों है यह? रोग क्यों हैं? बुढ़ापा क्यों है? दु:ख क्यों हैं? मृत्यु क्यों है? मैं अपनी माँ की मृत्यु और उसके कष्टों को तो कभी भूल ही नहीं पाऊँगा। क्या इनके बिना जीवन सम्भव नहीं?'

'नहीं, नहीं! अन्तर्मन से मेरे तब यह पुकार उठी थी। इस अस्तित्व से परे भी कोई अस्तित्व तो होगा—अजन्मा, अजर, अरोगी! अदु:ख हो, अमृत्यु हो जिसमें! जन्म के साथ मृत्यु ही जुड़ी हो ऐसा आवश्यक तो नहीं। अजन्म भी जुड़ा हो सकता है। सभी कुछ मरणशील हो, आवश्यक तो नहीं। कुछ अमर भी हो सकता है। सभी कुछ ह्रासशील नहीं हो सकता, कुछ अजर भी होगा। और कोई न कोई मार्ग भी होगा यह जान पाने का।'

इसी सोच-विचार में सिद्धार्थ सारा दिन मुँह ढाँपे अपने शयनकक्ष में पड़ा रहा था। यशोधरा चिन्तित हो बार-बार पूछने आती, क्या हुआ है तुम्हें? भोजन तो कर लो। किन्तु नींद का अभिनय किये हुए वह पड़ा रहा। सन्ध्या होते-होते तो उसके चित्त की उद्विग्नता और भी बढ़ गई। शीतल पवन कदाचित शान्ति दे इस विचार

से वह छत पर चला गया। सूरज डूबते ही असमय घटाएँ घिर आईं। कुछ ही देर में वर्षा आरम्भ हो गई। रह-रहकर कड़कती बिजली रीढ़ में कँपकँपी उठा रही थी। तभी कानों को फोड़ देनेवाला धमाका हुआ। निकट ही कहीं तड़ित-विद्युत ने धरती की छाती को भेदा था। उसके हृदय की धड़कनें मेघों की गड़गड़ाहट पर भारी पड़ने लगीं फिर भी वह वहीं बैठा रहा, बुदबुदाते हुए: भय से मुक्त हुए बिना नहीं हो सकता।

धमाका सुन राजा शुद्धोदन भी चौंक उठे थे। तभी उन्हें सूचना मिली, सिद्धार्थ कहीं दिख नहीं रहा। अपने पुत्र में होते परिवर्तन से वे अनजान नहीं थे। उन्हें किसी अशुभ की आशंका हो चली। तत्काल ही उनके आदेश पर सेवकों में भगदड़ मच गई और शीघ्र ही एक सेवक समाचार ले आया कि राजकुमार छत पर हैं।

सिद्धार्थ के वस्त्रों से धार लगाकर बहते पानी को देख शुद्धोदन के अचरज की सीमा नहीं थी।

"क्या हुआ सिद्धार्थ! इतनी रात गए ऐसे भीग क्यों रहे हो?"

तभी बिजली फिर से कड़की। राजा शुद्धोदन सिद्धार्थ को देखते ही रह गए। विचित्र निगाहों से देख रहा था वह उन्हें, जिनमें व्यथा भी थी और नीरवता भी। हाथ पकड़ वे उसे नीचे खींच लाये और उसके लिये सूखे वस्त्र त्वरित ले आने का सेवकों को निर्देश दिया।

इतने में सिद्धार्थ को ढूँढती हुई यशोधरा अपने श्वसुर के शयनकक्ष से आती ध्वनियाँ सुनकर वहीं पहुँच गई।

"क्या हुआ, भीग कैसे गए?"

"ऐसे ही।"

"ऐसे तो शीत पकड़ लेगा!" यशोधरा के माथे पर चिन्ता की रेखाएँ उभर आईं। "तुम्हें हो क्या गया है?" सिद्धार्थ का हाथ पकड़ उसे लगभग खींचते हुए वह अपने शयनकक्ष ले गई।

"क्या है जो तुम्हें खाये जा रहा है अन्दर ही अन्दर, कभी कुछ बताते क्यों नहीं? हुँ?" यशोधरा ने उसे सूखे वस्त्र देते हुए पूछा।

सिद्धार्थ कुछ नहीं बोला, सूखे वस्त्र पहनकर लेट गया। यशोधरा ने उसके घने, घुँघराले बालों में अपनी अंगुलियों से कंघा करते हुए फिर एक बार पूछा, "बताओ न, क्यों इस प्रकार व्यथित रहा करते हो?"

सिद्धार्थ ने चुपचाप दूसरी ओर करवट ले ली। यशोधरा ने यह चर्चा फिर नहीं छेड़ी। सिद्धार्थ यदि नहीं बताना चाहता कुछ तो कोई उससे नहीं कहलवा सकता, उसे पता है। किन्तु सिद्धार्थ के बालों में उसकी अंगुलियाँ घूमती रहीं, कुछ सोचते-

विचारते। कब वह स्वयं नींद में लुढ़क गई थी यशोधरा को पता ही नहीं चला, और न ही यह पता चला कि सिद्धार्थ रात भर सोया ही नहीं।

पक्षियों का प्रात:गान आरम्भ ही हुआ था कि राजा शुद्धोदन का सन्देश आ गया।

"अपने कक्ष में बुलाया है स्वामी आपको। लगता है रात भर सोये नहीं। देर तक उनकी पगचाप सुनाई देती रही।" सन्देशवाहक ने सिद्धार्थ के बिना पूछे ही सब बता दिया।

"तुम्हें क्या कचोट रहा है, इसका कुछ-कुछ अनुमान है मुझे। परन्तु मैं तुम्हारे मुँह से सुनना चाहता हूँ।" राजा शुद्धोदन ने अपने बेटे की आँखों में आँखें डालकर पूछा।

"तात! मैं प्रव्रज्या लेना चाहता हूँ।"

राजा शुद्धोदन चौंककर खड़े हो गए। इस बात की कल्पना तो उन्होंने स्वप्न में भी नहीं की थी। उनका अनुमान था कि सिद्धार्थ की उदासी का कारण सन्थागार में गणसेनापति के साथ होता रहता टकराव और गुरु अर्जुन का कपिलवस्तु छोड़कर चले जाना ही होगा।

"यशोधरा के साथ झगड़ा हुआ है?"

"नहीं तात! कुछ खोजना है मुझे, कुछ जानना है।"

"क्या जानना चाहते हो तुम? किसके विषय में? आत्मा? परमात्मा? ब्रह्म? क्योंकि आजकल सब इसी खोज में लगे दीखते हैं। किन्तु कितने ही संन्यासियों ने अपना जीवन नष्ट कर दिया, कितने ही परिव्राजक घूमते फिरते हैं यही सब खोजने! किन्तु मुझे तुम एक व्यक्ति बतला दो जिसने इन्हें यथार्थ में जाना-समझा हो; और मैं स्वयं छोड़कर आऊँगा तुम्हें नगरद्वार तक। मृगमरीचिका है, और कुछ नहीं। कोई सार नहीं इसमें।"

"हाँ तात! मैं जानना चाहता हूँ यह सब। परन्तु उससे भी अधिक मैं अपनी ही निरीहता से लड़ना चाहता हूँ।" कहते-कहते सिद्धार्थ का गला रूँधने को हो आया।

राजा शुद्धोदन के सामने रात का दृश्य तैर गया। ऐसी ही पीड़ा थी सिद्धार्थ की आँखों में। देर तक वे सिर झुकाये मौन बैठे रहे।

"मैं आपका दु:ख समझ सकता हूँ तात, परन्तु मैं क्या करूँ? जीवन मुझे निष्प्रयोजन प्रतीत होता है। नितान्त निस्सार! और कितना निरीह, कितना असहाय! शोषण, अन्याय, हिंसा, युद्ध-लिप्सा: नपुंसक हो यह सब देखते-सुनते हुए जीना मुझे भयंकर अभिशाप प्रतीत होता है। फिर भी इस जीवन को मुझे बार-बार जीना होगा, यह सोच मैं आतंकित हो उठता हूँ। क्या कोई प्रयोजन है भी इस जीवन का, अथवा निरुद्देश्य ही हमारा जन्म होता है? यह मुझे पता नहीं। क्या कोई अर्थ है भी इस जीवन का, अथवा पूर्णत: निरर्थक है यह? यह भी मुझे पता नहीं। तात! मैं इस 'पता नहीं' से बाहर आना चाहता हूँ।"

राजा शुद्धोदन सिद्धार्थ की आँखों में गहरे झाँकते हुए कुछ देर विचारमग्न बैठे रहे और फिर उठकर सिद्धार्थ के कन्धे पर हाथ रखते हुए बोले,

"मैं समझ रहा हूँ तुम्हारे साथ वाद-विवाद करना व्यर्थ है। परन्तु गाँठ बाँध लो, यह यात्रा तुम्हारी निष्फल ही रहनेवाली है।"

सिद्धार्थ ने बिना कोई प्रतिवाद किये सिर झुका लिया और उनके कक्ष से बाहर चला आया।

सन्देह उसे भी था। किन्तु साथ ही उसकी तर्क-बुद्धि यह भी कह रही थी कि यह सोच पता नहीं स्वस्थ हो पाऊँगा अथवा नहीं, रोगी यदि वैद्य के पास न जाए तो क्या यह निर्णय विवेकपूर्ण होगा? दस्युओं ने घेर लिया हो तो बच निकलने का प्रयत्न क्या मात्र इसी कारण नहीं करना चाहिये कि सफल होने की सम्भावना क्षीण है? सफलता-असफलता का विचार करते निष्क्रिय बैठे रहना तो साहसी और बुद्धिमान व्यक्ति का गुण नहीं। अपनी जिज्ञासाओं को शान्त करने गुरु की खोज में तो तुम्हें जाना ही होगा।

किन्तु राजा शुद्धोदन भी सरलता से हार मानने वालों में नहीं थे। रात में उन्होंने सिद्धार्थ को फिर बुला भेजा।

"संन्यासी बनने के लिये गृहत्याग की क्या आवश्यकता है? युद्ध के उपरान्त विरक्त हुए युधिष्ठिर को नारद ने नहीं समझाया था कि संन्यासी बनने के लिये आतंरिक एवं बाह्य रूप से निर्लिप्त होना मात्र आवश्यक है, न कि सब कुछ छोड़-छाड़कर चले जाना!"

'नारद का युधिष्ठिर को कहना सरल है।' सोचते हुए सिद्धार्थ मौन खड़ा रह गया। 'सारा दिन भड़भड़ाते फिरते सेवक, दास और दासियाँ। आते-जाते सम्बन्धी और मित्र। नित नये आयोजन, उत्सव, हलचल, कोलाहल। विचित्र आपाधापी मची रहती है! महत्वहीन व अनावश्यक गतिविधियों का अन्तहीन क्रम जिसका न कोई प्रयोजन दिखाई देता है और न ही कोई परिणाम, अतिरिक्त इसके कि बिना सोचे-विचारे समय सरकता जाता है। इस सब के बीच रहकर निर्लिप्त हो पाना उतना ही सम्भव है जितना कि नदी में डुबकी लगाकर भी सूखे ही बाहर निकल आना।'

"तुमने उत्तर नहीं दिया।" सिद्धार्थ के मौन से राजा शुद्धोदन को आशा बँधने लगी।

"किन्तु मुझे गुरु की खोज में तो जाना ही होगा।"

"एक ही सुर छेड़ रखा है तुमने तो कि जाना है, जाना है!" राजा शुद्धोदन भड़क उठे। "और हमारा क्या? तुम्हारी माँ का क्या? यशोधरा का क्या? वह कैसे सहेगी तुम्हारा विछोह? तुम्हें कदाचित अनुमान नहीं, कितना प्रेम करती है वह

तुमसे! जानते होते तो ऐसा सोच भी नहीं सकते थे। या कि तुम्हारा हृदय पाषाण हो गया है? अन्यथा तुम भी कैसे सह पाओगे यशोधरा का विछोह?"

सिद्धार्थ के पास किसी प्रश्न का कोई उत्तर नहीं था। अत्यन्त कठिन होगा, वह जानता है, अत्यन्त ही कठिन! किन्तु उसे यह करना ही होगा। कष्ट सहना भी होगा, कष्ट देना भी होगा।

"मैं शीघ्र लौट आऊँगा तात! जो मैं खोजना-जानना चाहता हूँ, वह पाते ही।"

"तुमने हठ पकड़ ही लिया है तो ठीक है, चले जाओ! ले लो प्रव्रज्या! परन्तु यशोधरा के प्रसव तक तो रुक जाओ। उसका और उसके गर्भ में पल रही अपनी सन्तान का तो कुछ विचार करो! तुम भी अनुमान लगा सकते हो कितना गहरा आघात पहुँचनेवाला है उसे यह जान लेने पर कि तुम उसे छोड़ गए हो। इस अवस्था में यह घातक हो सकता है उसके लिये, और उससे भी अधिक गर्भस्थ शिशु के लिये।"

सिद्धार्थ बिना हाँ या ना कहे अपने शयनकक्ष में जाकर पड़ गया।

सिद्धार्थ के प्रवज्या लेने के विषय में जैसे ही प्रजापति को ज्ञात हुआ, वह दौड़ी-दौड़ी आई और आते के साथ ही अपने पति पर बरस पड़ी।

"ऐसे कैसे कह दिया आपने चले जाओ? मैं नहीं जाने दूँगी अपने सिद्धार्थ को! मैंने जन्म नहीं दिया तो क्या, नन्द से बढ़कर उसे समझा है!" प्रजापति के आँसू छलक पड़े। "छाती से लगा कर रखा है मैंने! अपना दूध पिलाया है!" आवेशवश प्रजापति का स्वर ऊँचा होता जा रहा था। "क्या मेरा कोई अधिकार नहीं जो मुझसे पूछे बिना कह दिया चले जाओ? मैंने ... "

"रुको भाग्यवान! साँस तो ले लो। घोड़ा दौड़ाना आरम्भ करती हो तो रास खींचने का नाम ही नहीं लेतीं। यहाँ बैठो मेरे पास।" शुद्धोदन ने अपनी अर्धांगिनी का हाथ पकड़ उसे शय्या पर अपने निकट बिठा लिया। "तुम क्या समझती हो, मैंने चाहकर कहा है कि चले जाओ? वह तो हठ पकड़े बैठा है। अभी से बवाल खड़ा हो गया तो यशोधरा न जाने क्या कर बैठे? तुम समझ रही हो न?"

"वह तो सब ठीक है, परन्तु ..."

"तुम्हारे परन्तु का भी समाधान करता हूँ, तनिक धीरज धरो। देखो, अभी उसका चित्त दुखी है किन्हीं कारणों से। कल भी रहेगा यह आवश्यक तो नहीं! समय बड़ा बलवान है। और जिस दिन अपनी सन्तान का मुँह देख लेगा, तुम समझती हो फिर वह जा पाएगा?"

यह सुनते ही प्रजापति खिल उठी और आँचल से अपने आँसू पोंछते हुए बोली, "हाँ, यह तुमने ठीक कहा। फिर कैसे जा पाएगा! यह बेड़ी तो वह नहीं तोड़ सकेगा!"

शुद्धोदन का अनुमान मिथ्या नहीं था और राहुल की पहली किलकारी ने सिद्धार्थ के निश्चय को डिगाया भी। परन्तु कल रात उसने पिता से आज्ञा ले ही ली।

सिद्धार्थ शयनकक्ष के बाहर पहुँच द्वार बन्द करते हुए अपने नन्हे बेटे को वात्सल्यपूर्ण दृष्टि से निहारने लगा। उसके प्यारे मुखड़े पर कभी मुस्कान आती, कभी वह चौंक उठता, कभी हाथ-पैर चलाने लगता।

'क्या चल रहा होगा इसके नन्हे मस्तिष्क में? क्या पूर्वजन्म की स्मृतियाँ?'

सिद्धार्थ के भीतर जैसे कुछ पिघलने लगा। आवेग आया कि दौड़कर अपने बेटे को छाती से लगा ले परन्तु अगले ही पल उसने स्वयं को ही डाँटा।

'अपने को सँभालो सिद्धार्थ! यह क्या करने जा रहे हो? यशोधरा जाग गई तो तुम्हारा जाना दूभर कर देगी। यह जानते हो न? मोह के ये बन्धन तो तुम्हें तोड़ने ही होंगे। अभी तक यशोधरा ही पैरों की बेड़ी बनी हुई थी, अब पुत्र भी आ गया है। नहीं, अब नहीं गए तुम तो फिर कभी नहीं जा सकोगे!'

फिर भी सिद्धार्थ अपने बेटे और यशोधरा को बारी-बारी से निहारते हुए देर तक निश्चल खड़ा रहा और फिर अपने निश्चय को दृढ़ कर लम्बे डग भरते हुए त्वरित गति से चल दिया।

राजा शुद्धोदन और प्रजापति जगे ही हुए थे। सिद्धार्थ ने चरण-स्पर्श किये तो राजा शुद्धोदन ने उसे गले लगाकर अपने आँसुओं से भीगे गाल उसके गालों से चिपका दिये। कहा परन्तु कुछ नहीं।

फूट-फूटकर विलाप करती प्रजापति उससे चिपट गई। "क्यों जा रहा है पुत्र? मत जा!"

"शीघ्र लौट आऊँगा माँ।" सिद्धार्थ के भी आँसू बह निकले।

"उपाली आ गया है स्वामी।" छन्दक ने रुँधे गले से सूचना दी। सिद्धार्थ ने जब उसे जगाकर उपाली को बुलाने हेतु भेजा तो अपने प्रव्रज्या लेने के विषय में भी उसे बताना ही पड़ा।

उपाली सिद्धार्थ का नाई है और बचपन का मित्र भी। उस्तरा हाथ में लेते हुए उसके हाथ काँप रहे थे। छन्दक से उसे पता चल चुका था उसे क्यों बुलाया गया है। सिद्धार्थ के लम्बे सुन्दर बाल नीचे गिरते ही उसके आँसुओं की धार लग गई। शुद्धोदन और प्रजापति की आँखों से तो वह धार रुकी ही नहीं थी।

सिर घुटवाकर, दाढ़ी-मूँछ पर भी उस्तरा चलवाकर सिद्धार्थ ने काषाय-वस्त्र पहने और कन्थक की पीठ पर कूद गया।

"दूसरे अश्व पर मेरे पीछे आओ छन्द।" छन्दक को सिद्धार्थ स्नेह से छन्द कहकर पुकारता है। "कन्थक को तुम्हें लौटाकर भी लाना है।"

"जी स्वामी।" छन्दक रोते-रोते बोला।

पूर्वी नगरद्वार पहुँच सिद्धार्थ स्वयं को रोक नहीं पाया जी भरकर देख लेने से उस कपिलवस्तु को जहाँ उसका अब तक का जीवन बीता था। जहाँ उसकी यशोधरा थी, जहाँ राहुल था। कन्थक को रोक वह पूरा पीछे की ओर घूम गया, परन्तु इस प्रकार वहाँ वह अधिक समय नहीं ठहरा। आँसू पोंछते हुए वह शीघ्र ही पुन: मुड़ा और कन्थक को पूर्व दिशा की ओर दौड़ा दिया।

दो ही घड़ियाँ बीतीं होंगीं कि वह बस्ती को पीछे छोड़ वन में प्रवेश कर गया। वर्षा का जल सोख अपनी कठोरता खो चुकी धरती पर धप-धप करती कन्थक की टाप झींगुरों की झाँय-झाँय और मेंढकों की टर्राहट में डूबी जाती है। अँधेरे में कभी कोई हिरण सामने से दौड़ जाता है, कभी कोई खरहा। भेड़िये दोनों ओर घात लगाये खड़े हैं चमकती आँखों में लालसा लिये, किन्तु उन्हें साहस नहीं हो पा रहा। तभी शेर की दहाड़ गूँजी और सब तितर-बितर हो गए। किन्तु कन्थक की चाल में कोई व्याघात नहीं आया। वह भी तो कम्बोजी अश्व है!

आधे प्रहर के पश्चात् झरझर की ध्वनि सुन वह रुका। दूर तक एक के पश्चात् एक कई सारी जलधाराएँ प्रवाहित हो रहीं थीं। कन्थक को उसने दक्षिण दिशा में मोड़ दिया और आकाश की ओर देखा। शिथिल-भाव से मेघ जहाँ-तहाँ विश्राम कर रहे थे जिनकी आड़ लेकर चलता हुआ चन्द्रमा उसे उदास और भयभीत-सा प्रतीत हुआ।

'क्या इसे भी आशंका है?' पिता की चेतावनी सिद्धार्थ के कानों में प्रतिध्वनित होने लगी। 'गाँठ बाँध लो, यह यात्रा तुम्हारी निष्फल ही रहनेवाली है।'

अब तक रात आधी से अधिक बीत चुकी थी। आकाश में उसे सप्तर्षि तारे चमकते दिखे तो मन में बालपन की स्मृतियाँ घुमड़ आईं।

'कितने प्यार से पिता हर रात मुझे गोद में बिठाकर शूरवीर पूर्वजों की कहानियाँ सुनाया करते थे। राजा दिलीप की, उनके पुत्र राजा रघु की और राजा भागीरथ की भी जो तपस्या के बल पर गंगा को स्वर्ग से धरती पर उतार लाये थे।'

"अब कहाँ हैं वे सब?" बालक सिद्धार्थ ने पूछा था।

"वहाँ।" पिता शुद्धोदन ने बेटे का हाथ पकड़ ऊपर की ओर घुमाते हुए कहा था। "वहाँ आकाश में, सितारों में कहीं।"

"वहाँ भी हमारे जैसे घर हैं उनके लिये?"

"हाँ पुत्र, इनसे भी बड़े, इनसे भी सुन्दर! शीतल, सुगन्धित समीर जिनमें सदैव ही प्रवाहित होता रहता है।"

"वहाँ से वे कभी लौटकर नहीं आते?"

"लौटना तो होता ही है पुत्र, पुनः इसी लोक में।"

"ऐसा क्यों, वहीं नहीं रह सकते?"

"नहीं पुत्र! आना ही होता है, जब वे समस्त संचित पुण्यकर्म भोग चुके होते हैं।"

"उन चमकीले सितारों में कौन रहता है?" बालक सिद्धार्थ ने सप्तर्षि तारा-पुंज की ओर संकेत किया।

"उनमें ऋषिगण रहते हैं अत्रि, वशिष्ठ आदि जिन्होंने घोर तपस्या की थी।"

"क्या उन्हें भी लौटकर आना होगा?"

"हाँ मेरे लाडले, उन्हें भी आना होगा!" कहकर शुद्धोदन ने अपने पुत्र के गालों को प्यार से चूम लिया था।

'क्या इन ऋषियों ने मात्र पुण्य संचित करने व स्वर्ग-प्राप्ति के लिये ही की थी तपस्या?' सिद्धार्थ का हाथ स्वतः कन्थक की अयाल पर फिरने लगा। 'वह स्वर्ग जहाँ से पुण्य क्षीण होने के पश्चात् इस पृथ्वी पर लौटना ही होता है। किन्तु मुझे कभी पुनर्जन्म नहीं चाहिये ऐसे संसार में जिसमें अन्याय हो, शोषण हो, कभी न समाप्त होनेवाली हिंसा हो; जहाँ दुखों ने घेर रखा हो मनुष्य को चारों ओर से! क्यों इन्होंने वह मार्ग नहीं ढूँढा जिसे मैं ढूँढना चाह रहा हूँ, जिसके लिये गुरु की खोज में जा रहा हूँ? क्या इन्होंने चाहा नहीं अथवा इन्हें मार्ग मिला नहीं?' सोचकर सिद्धार्थ के मन में निराशा-सी छाने लगी। 'क्या मैं ढूँढ पाऊँगा वह मार्ग? कहीं मैं व्यर्थ ही तो अपनी यशोधरा और प्यारे राहुल का विछोह सहने नहीं जा रहा?'

यशोधरा का स्मरण आते ही सिद्धार्थ के भीतर का अन्धकार अपराध-भाव से और भी सघन हो आया।

'क्या सोचेगी वह जब जानेगी कि मैंने प्रवज्या ले ली है? उसकी विरह-वेदना की कल्पना से ही कलेजा फटने लगता है। न जाने मुझे अपना उद्देश्य प्राप्त करने में सफलता मिलेगी भी कि नहीं? कहीं ऐसा न हो, प्रव्रज्या लेना मेरा व्यर्थ ही रहे। किन्तु यह तो तभी पता चलेगा न जब मैं प्रयत्न करूँ! बिना प्रयास किये कैसे सम्भव है यह जान पाना कि कोई कार्य सफल होगा अथवा नहीं?' सिद्धार्थ ने स्वयं को समझाया। 'क्या यह प्रयत्न का परिणाम ही नहीं है जो यह भेद बताता है?'

कोलिय-राज्य पार कर मल्लदेश में प्रवेश करते-करते पौ फटने लगने लगी। सूर्योदय होते-होते सिद्धार्थ अनोमा नदी के तट पर था। पाट चौड़ा था फिर भी अधिक कठिनाई नहीं हुई कन्थक को नदी पार कराने में।

"अब तुम जाओ छन्द। मेरे प्यारे कन्थक को भी लेते जाओ।" कन्थक के गले में हाथ डालकर उसका माथा चूमते हुए सिद्धार्थ बोला।

"मुझे भी साथ चलने दें, स्वामी।" छन्दक रो पड़ा। "अकेले कैसे रह पाएँगे आप? कौन तो आपका ध्यान रखेगा?"

"नहीं छन्द। इसके आगे की यात्रा मुझे अकेले ही करनी है। मेरे पिता और माँ का तुम ध्यान रखना। यशोधरा से क्षमा माँग लेना मेरी ओर से। उसे बिना बताये ही चला आया।"

किन्तु छन्दक ने जब कन्थक को लौटाना चाहा तो वह वहीं अड़ गया। अपने स्वामी को छोड़ कैसे चला जाए? उसकी आँखों में प्रश्न पढ़ लिया सिद्धार्थ ने और उसके गले लगकर रो पड़ा।

"तुम्हें जाना ही होगा कन्थक। मैं तुम्हें साथ नहीं ले जा सकता।"

सिद्धार्थ को रोते देख कन्थक की आँखों की कोर भी भीग चली। स्वामी के आग्रह पर वहाँ से चल तो दिया परन्तु बार-बार मुड़कर देखता रहा। क्या सच ही उसके स्वामी उससे दूर हो रहे हैं? उसे विश्वास नहीं हो रहा था। आपके अतिरिक्त तो कौन है मेरा इस संसार में? बिना आपके क्या शेष रहेगा जीवन में मेरे? वह जैसे पूछना चाह रहा था किन्तु पूछ नहीं पा रहा था। पैर उसके मन-मन भर के हो चले। सिद्धार्थ को पता ही नहीं चला कि उसके मुड़कर जाने के पश्चात् अधिक दूर नहीं चल पाया था कन्थक और भूमि पर पसर गया था। स्वामी का विछोह उससे नहीं सहा जा रहा था। अपना कहने को उसका इस संसार में मात्र सिद्धार्थ ही तो था! आँखों से उसकी अश्रुधार बह चली थी और रोते-रोते ही वह इस संसार को विदा कह गया था।

सलोनी

"उठ जा सुमित्र! शाम होने को आई, कब तक सोया रहेगा?" झिंझोड़ते हुए माँ बोली।

उनींदे-से सुमित्र ने आँखे खोल दीं। एक नारी-स्वर डाँटते हुए कह रहा था।

"कौन हो तुम? यहाँ क्यों सोये पड़े हो?"

सुमित्र ने अचरज से दाएँ-बाएँ देखा और तब उसे चेतना हुई कि वह उस सुन्दर आश्रम में नहीं है जिसमें कूदते-फाँदते बछड़ों के बीच उसका बचपन बीता था। झोंपड़ी के ओसारे में बैठे-बैठे स्मृतियों में विचरता हुआ कब वह निद्रा-देवी की गोद में लुढ़क गया था, उसे सुध नहीं।

"क्यों बैठे हो यहाँ, क्या चाहिये?"

कोई उत्तर न देते हुए सुमित्र ने दृष्टि उठाकर देखा। साँवले रंग की, मांसल शरीर किन्तु गठी काठीवाली बीस-इक्कीस वर्ष की युवती कन्धे पर कुछ लादे हुए खड़ी थी।

"हो कौन तुम?" कन्धे पर लदा गट्ठर ओसारे के एक कोने में फेंककर छाती से जाँघों तक आते सूती लाल वस्त्र को ठीक करते हुए युवती ने पुन: पूछा, यद्यपि सुमित्र के वस्त्र तथा भिक्षापात्र को देख वह समझ गई थी कि कोई परिव्राजक है।

"मैं सुमित्र, परिव्राजक हूँ।"

"भिक्षा चाहते हो?"

"हाँ, और वर्षा ऋतु के लिये आश्रय भी।"

युवती ने ध्यान से सुमित्र को देखा, मानो आँखों ही आँखों में उसे तौल रही हो।

"परन्तु मैं तो यहाँ अकेली रहती हूँ। रह सकोगे ब्रह्मचारी एक अकेली स्त्री के साथ?" चंचल मुस्कुराहट के साथ युवती ने प्रश्न किया। भरे हुए साँवले होंठों के बीच से झाँकती उसकी शुभ्र दन्तपंक्ति मनोहर प्रतीत हो रही थी।

सुमित्र सिर झुकाकर मौन रह गया।

"क्या हुआ परिव्राजक, किस सोच-विचार में पड़ गए?"

युवती की भाषा व उच्चारण सुनकर सुमित्र को विस्मय हुआ। देखने से तो शिक्षित प्रतीत नहीं होती, उसने मन ही मन सोचा।

"कुछ नहीं, ऐसे ही। हाँ, रह लूँगा। यहीं पड़ा रहूँगा।"

"और जब वर्षा की झड़ी लगेगी तब?"

"वहाँ सरक जाऊँगा।" सुमित्र ने उस कोने की ओर संकेत किया जहाँ युवती द्वारा फेंका हुआ गट्ठर पड़ा था।

युवती हँस दी।

"मैं सलोनी। भूख लग रही होगी न? चलो, भात पकाने रखती हूँ।" कहते हुए वह भीतर जाकर चूल्हे में लकड़ी व फूस डालकर चकमक पत्थरों को आपस में रगड़ने लगी।

"ये क्या हैं?" सुमित्र ने फेंके हुए गट्ठर की ओर देखते हुए पूछा।

"वहाँ कोने में?" ऊँचे स्वर में सलोनी ने पूछा। "जड़ी-बूटियाँ हैं। छाँटकर, ठीक करके बेच आती हूँ। जो मिलता है उससे अनाज, तेल, नमक ले लेती हूँ, कभी-कभी वस्त्र भी।" मिट्टी की हंडिया को चूल्हे पर चढ़ाते हुए सलोनी बोली।

"कौन देश के हो?" बाहर आते हुए सलोनी एक दिया जलाकर ले लाई और मिट्टी के छीदे से ढककर रखते हुए सुमित्र के सामने उकड़ू हो बैठ गई।

"देश? यह जंगल ही मेरा देश है। बचपन से इन्हीं में पला-बढ़ा।"

"देखने से तो भद्रजन लगते हो! ब्राह्मण हो?"

"जन्म से तो हूँ।"

"घर में कौन-कौन हैं, या थे?" कहने के साथ ही सलोनी को अपनी भूल का आभास हुआ और उसने दाँतों में जीभ दबा ली। "परिव्राजकों का कोई सम्बन्धी नहीं होता ऐसा मानते हैं न, इसीलिये थे कहा।"

"ऐसा ही है कुछ।" कहते हुए सुमित्र के मुख पर पीड़ा के भाव उभर आए। अपने पिता पर तो उसे क्रोध आता परन्तु माँ पर नहीं। उसके द्वारा इस प्रकार अपने को छोड़ जाने की स्मृति से उसे मात्र दु:ख होता, आश्चर्य-मिश्रित दु:ख। 'कैसे मुझे छोड़ पाई! कितना प्यार करती थी मुझसे!'

"नहीं बताना चाहते तो मत बताओ। मैं तो ऐसे ही समय बिताने के लिये पूछ रही थी।" सलोनी उठते हुए बोली। "चलो, भीतर चलो! भात की सुगन्ध आने लगी है।"

"यहीं दे दो तो अच्छा है।"

"क्यों, अन्दर भूत-प्रेत रहते है जो तुम्हें खा जायेंगे?"

"ऐसा नहीं है।" कहकर सुमित्र ने सिर झुका लिया। समझ नहीं पा रहा था अपना संकोच कैसे व्यक्त करे?

"फिर कैसा है?" सुमित्र का संकोच सलोनी समझ रही थी परन्तु उसे छेड़ने में उसे आनन्द आ रहा था।

"परिव्राजक को नारी से दूर ही रहना चाहिये, मेरे गुरु कहा करते थे।"

"ऐसा क्यों? काँटे चुभते हैं परिव्राजक के शरीर में स्त्री के सामीप्य से?"

"नहीं काँटे तो नहीं चुभते परन्तु मेरे गुरु ने कहा था मदिरा का तो पान करने से मतवाला होता है मनुष्य, परन्तु रूपवती युवती को पुरुष देख भर ले तो उस पर उन्मत्तता छा जाती है। अतः स्त्रियों से दूर रहने में ही कल्याण है।"

"अच्छा? तो मुझे देखकर तुम भी उन्मत्त हो गए हो क्या?" सलोनी मन ही मन मुस्कुराई।

"नहीं, ऐसा नहीं है। मैं तो बता रहा था मेरे गुरु क्या कहते थे।"

"चलो मान लिया," अपनी मुस्कुराहट दबाने का असफल प्रयत्न करते हुए सलोनी बोली, "किन्तु यदि तुम उन्मत्त नहीं हुए हो तो या तुम्हारे गुरु झूठे हैं या मैं रूपवती युवती नहीं हूँ।"

"मैंने ऐसा तो नहीं कहा।" सुमित्र हड़बड़ा गया।

सलोनी ठहाका मार कर हँस दी। सुमित्र मुग्ध-भाव से उसकी उन्मुक्त हँसी को देखता रह गया। उसे दामिनी का मुक्तहास स्मरण हो आया।

"अच्छा चलो, इसमें कोई उलझन नहीं। मैंने मान लिया मैं रूपवती हूँ, जो मैं जानती हूँ मैं नहीं हूँ। किन्तु युवती तो हूँ। अतः तुम्हें मुझसे दूर रहना होगा। और इस कारण तुम भीतर नहीं चलोगे। ठीक?"

"ऐसा नहीं है, पाँव में मोच आ गई है।" सुमित्र को अचानक एक और कारण स्मरण आ गया।

"यह तो सूज रहा है!" सलोनी ने झुककर देखा। "चलो पहले इसका उपचार कर दूँ।" कहते हुए सलोनी ने एक बूटी छाँटी और भीतर से एक पत्थर पर घिस हथेली पर लेप रख लाई। परन्तु जैसे ही उसने अपना हाथ सुमित्र के पाँव पर रखा, उसने अचकचाकर पैर खींच लिया।

"मैं इस समय युवती नहीं हूँ!" सुमित्र का पैर अपनी ओर खींचते हुए सलोनी क्रोधित स्वर में बोली। "चिकित्सक हूँ! तनिक शान्त बैठे रहो।" और हलके-हलके लेप मलने लगी। सुमित्र चोर दृष्टि से उसे देखने लगा। बालों की एक लट उसके माथे पर झूल आई थी। न जाने क्यों उसकी इच्छा हुई कि लट को सलोनी के बालों में खोंस दे। किन्तु अगले ही पल वह स्वयं पर क्रोधित हो उठा। वह परिव्राजक है और उसने स्त्रियों से दूर रहने तथा ब्रह्मचर्य-पालन की शपथ ली हुई है। 'ऐसा विचार भी कैसे आ सकता है मेरे मन में?' उसने स्वयं को कोसा।

लेप लगा चुकने के पश्चात् सलोनी ने एक जड़ी को दीपक की लौ पर बार-बार तपाकर उससे सुमित्र के पाँव की सिकाई कर दी। कुछ ही पलों के पश्चात् उसके मुख के भाव पढ़कर सलोनी मुस्कुरा दी।

"अब तो चल सकते हो न भीतर?"

सुमित्र बिना कुछ कहे उठकर सलोनी के पीछे चल दिया।

"कल हाट से लौटकर एक मुर्गी काट दूँगी।" प्रेम से भोजन कराकर सलोनी ने कहा। "पीछे बाड़े में पाल रखीं हैं।"

सुमित्र कुछ नहीं बोला और उठकर बाहर जाने लगा।

"वह लेते जाओ।" सलोनी ने कोने में रखी चटाई की ओर संकेत किया।

वायु में शीतलता आने लगी थी। आकाश में चमकते तारों को देख सुमित्र को माँ स्मरण हो आई। पता नहीं कहाँ है, कैसी है? मुखाकृति तो धुँधली हो गई है परन्तु उसकी स्नेहिल आँखें अभी भी सजीव हैं उसकी स्मृतियों में।

'कहते हैं इन तारों में ही पुरखों का निवास है। क्या माँ भी? नहीं नहीं! यह मैं क्या सोचने लगा?' मन ही मन अपने को धिक्कारते हुए सुमित्र ने सलोनी के बारे में सोचना आरम्भ कर दिया। 'क्यों अकेली रहती है, वह भी सबसे पृथक निर्जन में?' इसी उधेड़बुन में वह सपनों के संसार में पहुँच गया।

भरपेट स्वादिष्ट भोजन परिव्राजक के भाग्य में यदा-कदा ही होता है किन्तु सुमित्र का भाग्य सलोनी ने सँवार दिया था, कुछ ही समय के लिये क्यों न हो। साथ ही वह शाम-सवेरे सुमित्र के पाँव पर लेप लगाती और सिकाई भी करती। तीन दिन के पश्चात् पीड़ा और सूजन दोनों ही चली गईं। सुमित्र के मन में आया कि अब वह कहीं और ठिकाना ढूँढ ले। एक अकेली स्त्री के घर रहना परिव्राजक-धर्म के विरुद्ध तो है ही, उचित भी नहीं है।

तब तक किन्तु घने बादल घिर आए थे। वर्षा की झड़ी लग चुकी थी। यह पहली बौछार निकल जाने पर चला जाऊँगा, यह सोचकर वह वहीं पड़ा रहा। किन्तु वर्षा थमने के स्थान पर अपना वेग बढ़ाती ही चली गई। दिन तो किसी प्रकार बीत जाता उस ओसारे में, रात परन्तु कठिनाई से ही कटती। कभी-कभी पवन के प्रचंड झोंके चलने लगते तो हर सम्भव प्रयत्न के पश्चात् भी छींटों से बचाव नहीं हो पाता था। बार-बार चटाई सरकने की सर-सर ध्वनि से सलोनी समझ पा रही थी सुमित्र का कष्ट, परन्तु कुछ बोली नहीं। न ही सुमित्र ने कुछ कहा। किन्तु उस रात जब वर्षा घनघोर होती गई और झंझावात चलने लगे तो ओसारे में सो पाना तो दूर बौछारों से बचकर बैठे रहना भी दूभर हो गया।

"भीतर आ जाओ!" सलोनी ने पुकारा। "कहीं ठंड लग गई या रोग ने जकड़ लिया तो कोसोगे मुझे!"

चटाई उठाकर सुमित्र चुपचाप भीतर चला आया और किवाड़ की ओट में बैठ गया।

"रात भर ऐसे ही बैठे रहोगे? यहाँ आ जाओ, खा नहीं जाऊँगी तुम्हें!"

कोई उत्तर न पाकर सलोनी उठकर आई और सुमित्र का हाथ पकड़कर उसे उठाते हुए बोली।

"कहीं यह तो नहीं सोच रहे कि इसीलिये खिला-पिलाकर मोटा कर रही हूँ तुम्हें?"

कहकर सलोनी खिलखिला दी। अँधेरे में वह देख नहीं पाई, सुमित्र का मुख लाल हो गया था।

"अपनी चटाई लेते आओ और उस कोने में बिछा लो।" कहकर सलोनी अपने बिछौने पर जा लेटी। "किवाड़ लगा देना, नहीं तो रात भर में तालाब भर जाएगा।"

उस रात के पश्चात् कई दिनों तक वर्षा लगातार हुई और मूसलाधार हुई। सलोनी कभी अपनी गुदड़ी पर औंधी पड़ी थिगली टाँका करती कपड़ों पर, तो कभी दोनों पाँव पसारे टोकरी बुनती, अथवा उकड़ू बैठी जड़ी-बूटियों को काट-छाँट उनकी गड्डियाँ कुशा से बाँधा करती। बीच-बीच में सुमित्र के साथ ठिठोली भी कर लेती। उसके अल्हड़पन और उसकी उन्मुक्तता ने धीरे-धीरे सुमित्र का संकोच समाप्त कर दिया। अब देर रात तक वार्तालाप चलता।

"अकेली क्यों रहती हो? तुम्हारे माता-पिता, भाई-बहन कोई नहीं हैं?"

"सब थे, अब कोई नहीं है। पति भी था।" कहते हुए सलोनी गम्भीर हो गई। "वणिकपुत्र था। पन्द्रह-सोलह वर्ष की आयु से ही मेरे गाँव आता रहता था, अपने व्यापारी पिता के साथ। किन्तु व्यापार में उसका मन नहीं था और ज्ञान की उसे बड़ी प्यास थी। तुम्हारे जैसे परिव्राजक और संन्यासी उसे मिल ही जाया करते थे और वह उन्हीं के साथ चर्चाओं में मगन रहा करता। मैं भी सुनने खड़ी हो जाती। कभी-कभी प्रश्न भी कर देती जिन्हें सुनकर वह बड़ा प्रसन्न हो जाता। कब हम दोनों प्रेम में पड़ गए, पता ही नही चला। मैं मुखिया की बेटी थी। किन्तु थी तो अनार्य वनवासी। और वे थे द्विज आर्य। हमारे विवाह को तो स्वीकृति मिल ही नहीं सकती थी। इसलिये एक रात हम दोनों भागकर यहाँ आ छिपे।"

"अब कहाँ है तुम्हारा पति।"

"वहाँ।" अंगुली से सलोनी ने ऊपर को संकेत किया। "दो माह पश्चात् ही एक विषैले साँप ने काट खाया था। तीन वर्ष हो गए उसे भी गए।" सलोनी का स्वर भीग गया।

"फिर?"

"फिर क्या? छाती पर पत्थर रखकर पड़ी हूँ यहाँ, अकेली!"

"लौटकर अपने गाँव ही क्यों नहीं चलीं गईं?"

"कुछ नहीं बचा वहाँ! न जाने किस देवता का प्रकोप हुआ, महामारी समूचा गाँव ही निगल गई। सब समाप्त हो गया।" कहते हुए सलोनी सुबकने लगी।

सलोनी ने बहुत ध्यान रखा था सुमित्र का। इसलिये उसके मन में सलोनी के प्रति कृतज्ञता का भाव उत्पन्न हो गया था। अब उसके प्रति उसे सहानुभूति भी हो गई।

एक रात अचानक सुमित्र की नींद खुली। धुआँधार वर्षा के बीच आकाश में बिजली कड़की थी और कलेजा थर्रा देनेवाला धमाका हुआ था।

"डर लग रहा है!"

सुमित्र ने देखा सलोनी निकट ही बैठी थी।

"यहीं ले लाऊँ अपना बिछौना?"

सुमित्र समझ नहीं पाया, क्या कहे? सलोनी इसे मौन स्वीकृति मान अपना बिछौना घसीट लाई। सुमित्र उठकर बैठ गया।

"बहुत अकेलापन लगता है, और डर भी। किन्तु करूँ क्या, समझ नहीं पाती। एक बच्चा हो जाता तो बड़ा सहारा हो जाता जीने का।"

"तो क्यों नहीं हुआ?"

"बताया तो कि दो ही महीने में विधवा हो गई थी।"

"विधवा को बच्चा नहीं होता क्या?"

"लगता है पूरे अनाड़ी हो। बच्चा कैसे होता है, पता है?"

सुमित्र कुछ नहीं बोला। दामिनी को जब गर्भ ठहरा था, वह और मंजरी अत्यन्त प्रसन्न थे कि एक बच्चा आनेवाला है। किन्तु दोनों को न तो पता था और न ही पता करने का प्रयास किया था कि उसके पेट में बच्चा आया कैसे?

"मैं कुछ माँगूँगी तो दोगे?"

"मेरे पास है क्या देने को?"

"माँगूँ तो दोगे?"

"वश में होगा तो अवश्य दूँगा।"

"वचन देते हो?"

सुमित्र चुप बैठा रहा।

"संकट में पड़ी नारी की सहायता करना क्या तुम्हारा धर्म नहीं?"

"तुम्हारी सहायता करने से पीछे नहीं हटूँगा, यदि मेरे वश में होगा।"

"तो वचन दो।"

"चलो, दिया।"

"मुझे तुमसे एक बच्चा चाहिये।"

"बच्चा? मेरे पास कहाँ है बच्चा?"

"मैं तुमसे भीख माँगती हूँ।" सलोनी सुमित्र के पास सरक आई।

"यह क्या?" सुमित्र घबराकर परे सरकते हुए बोला। "मेरे पास नहीं है बच्चा, सच मानो!"

"पागल!" सलोनी हँस दी। "कैसे बुद्धू हो? लगता है किसी स्त्री से कोई नाता नहीं रहा कभी?" कहते हुए सलोनी सुमित्र को धक्का देकर उसके ऊपर चढ़ गई।

"यह क्या कर रही हो?" सुमित्र चिहुँक उठा।

"देखो, वचन दिया है तुमने! अब मुकर नहीं सकते।" सलोनी की साँसें तीव्र हो चलीं थीं। "कोई कष्ट नहीं होगा, आनन्द ही आएगा। मैं जैसा कहूँ वैसा करते चलो।" कहते हुए सलोनी ने अपना एकमात्र वस्त्र खींचकर फेंक दिया और सुमित्र के वस्त्र की गाँठ खोल दी।

सवेरे जब सुमित्र जागा तो ग्लानि से भरा हुआ था। नागों के नगर को छोड़ देने के उपरान्त दो माह तो वह अकेला ही फिरा था, फिर नग्न परिव्राजकों के एक दल के साथ हो लिया था। ब्रह्मचर्य पर उनका विशेष जोर था।

"स्त्री समस्त दुखों का कारण है, साक्षात नरक का द्वार।" दल के मुखिया और गुरु बार-बार समझाया करते थे। "स्त्री का विचार तक मन में लाना पाप है। स्त्री के अंगों का स्पर्श विषधर नाग के दंश से भी अधिक घातक है।"

गुरु के अतीव आग्रह के सामने झुकते हुए उसने अंजुलि से जल छोड़कर ब्रह्मचर्य-पालन की शपथ ले ली थी, यद्यपि उसे ठीक-ठीक पता नहीं था ब्रह्मचर्य होता क्या है।

किन्तु शीघ्र ही उसे उन परिव्राजकों से अरुचि होने लगी। वे स्वयं तो पूर्णत: नग्न विचरण करते ही थे, उससे भी ऐसा ही करने को कहते। देह पर मैल कितना ही क्यों न जम जाए वे नहाते नहीं थे, भीषण ताप में भी। अधिक हुआ तो गीले वस्त्र से शरीर पोंछ लिया। ऐसा ही करने के लिये सुमित्र से भी आग्रह करते थे। किन्तु मार्ग में नदी-नाले देख उनमें कूद जाने से वह अपने को कभी रोक नहीं पाया। बचपन में पिरनी के गाँव में बच्चों के साथ नदी में खेलते हुए तैरना कुछ-कुछ तो वह सीख ही गया था, शेष मंजरी ने सिखा दिया था। एक बार मार्ग में वह हिरण्यवती नदी में कूद पड़ा और तैरते हुए दूसरे तट पर जा निकला जहाँ उसे वस्त्रधारी परिव्राजकों का दल मिल गया। उन्हीं के साथ था वह जब बिछड़कर सलोनी की झोंपड़ी आ पहुँचा था।

किन्तु आज उसे ब्रह्मचर्य का अर्थ समझ में आ गया था और शपथ भंग होने से वह आत्मग्लानि अनुभव कर रहा था। परन्तु साथ ही रात्रि के अनुभव को स्मरण कर उसे आनन्द की अनुभूति भी हो रही थी। उसने चारों ओर दृष्टि दौड़ाई, सलोनी कहीं नहीं दिख रही थी। अनमना-सा वह ड्योढ़ी पर आकर बैठ गया। रिमझिम वर्षा अभी भी हो रही थी। कुछ ही देर में सलोनी आती दिखाई दी, कटि पर घड़ा टिकाये। यह उसका नित्य-नियम था, सवेरे-सवेरे जाकर नदी में नहाना और पानी भर लाना।

गीला वस्त्र सलोनी के वक्ष पर चिपक गया था। सुमित्र ने आँखें झुका लीं। घड़ा टिकाकर सलोनी उसके पास ही बैठ गई।

"रुष्ट हो?"

"उहूँ।" सुमित्र ने दाएँ-बाएँ सिर हिला दिया।

"दुखी हो?"

"पता नहीं।"

"फिर इतने अनमने क्यों हो?"

"मैंने ब्रह्मचर्य की शपथ ली थी वह भंग हो गई।"

सलोनी हँस पड़ी।

"इसमें हँसने की क्या बात है?" सुमित्र ने चिढ़ते हुए पूछा।

"जो फल कभी चखा ही नहीं उसे न खाने की शपथ? धन्य हो तुम! और तुम से भी अधिक धन्य हैं तुम्हें शपथ दिलानेवाले।"

सुमित्र सिर झुकाये मुख पर पश्चात्ताप के भाव लिये मौन बैठा रहा।

"स्त्री-पुरुष में आकर्षण अत्यन्त नैसर्गिक है सुमित्र, उतना ही नैसर्गिक जितना रात के पीछे-पीछे दिन का चले आना और दिन के पीछे-पीछे रात का आ जाना। और यही नहीं, स्त्री-पुरुष का यह काम-सम्बन्ध जीवन का सुन्दरतम पक्ष है। तुम परिव्राजकों में न जाने काम के प्रति कछुआ-प्रवृत्ति क्यों है? वासना को दबाने, छिपाने से तो विकृतियाँ ही उत्पन्न होना है। ब्रह्मचर्य को अनुचित रूप से महिमामंडित करने व उसे अनिवार्य बना देने के दुष्परिणाम सुमित्र यह होनेवाले हैं कि युवावस्था में काम से वंचित आचार्य और गुरु ब्रह्मचर्य का ढोंग रचेंगे, और उनकी काम-विकृतियाँ भोले बच्चों और निरीह युवतियों पर घात लगायेंगी।"

सुमित्र के मुख पर कोई भाव-परिवर्तन होता न देख सलोनी ने पूछा,

"अपराध-बोध अब भी हो रहा है?"

सुमित्र ने हाँ में ऊपर-नीचे सिर हिला दिया।

"किन्तु तुमने तो कोई अपराध किया ही नहीं।" सिर झुकाये बैठे सुमित्र की ठुड्डी को अपनी अनामिका से ऊपर उठाते हुए सलोनी मुस्कुरा दी। "जब द्रौपदी एक भाई के साथ है तब दूसरे भाई का उसके कक्ष में प्रवेश वर्जित था। किसी भी भाई द्वारा भूलवश ऐसा हो जाने पर उसे पश्चात्ताप-स्वरूप ब्रह्मचर्य का पालन करते हुए बारह वर्ष वनवास करना होगा, यह नियम उन्होंने बना रखा था। अर्जुन से एक बार यह भूल हुई और उसे भी वन जाना पड़ा। गंगा में उसे नहाते देख नागराज की बेटी उलूपी उस पर मोहित हो गई और उसे नागलोक में खींच ले गई। किन्तु उसके साथ सम्भोग करने पर अर्जुन का ब्रह्मचर्य व्रत टूट गया, ऐसा आक्षेप उस पर कभी नहीं लगा।"

"क्यों?" सुमित्र ने आश्चर्यपूर्ण स्वर में पूछा।

"क्योंकि उलूपी ने अर्जुन से कहा था कि वह कामवासना से जल रही है। उसके साथ यदि उसने समागम नहीं किया तो वह जीवित नहीं रह पाएगी और ऐसी दशा में वह उसकी हत्या के पाप का दोषी होगा।"

"यह सब किसने बताया तुम्हें?"

"व्यापारियों के साथ परिव्राजक और संन्यासी भी तो आते ही रहते थे मेरे गाँव!"

लम्बी यात्राओं में जब योजनों का विस्तार लिये दस्युओं से भरे गहन वनों में से जाना होता है, शस्त्रधारी सैनिकों की सुरक्षा में चलते व्यापारियों के साथ दूर-दूर से आते परिव्राजक और संन्यासी भी हो लेते हैं, न केवल सुरक्षा की दृष्टि से अपितु इस कारण भी कि भोजन और वस्त्र दोनों ही सुगमता से उपलब्ध हो जाते हैं। व्यापारियों को भी इनका साथ सुहाता है। जंगलों की नीरस, नीरव शामों में इनके साथ नीति एवं दर्शन पर चर्चा करना तथा पुरा-आख्यान सुनना उन्हें रुचिकर प्रतीत होता है।

"परन्तु तुमने तो मुझे कोई धमकी नहीं दी थी।"

"हाँ, परन्तु जैसे शरण में आई स्त्री की प्राण-रक्षा करना धर्म है पुरुष का, सन्तान-प्राप्ति की इच्छा लेकर आई स्त्री के साथ समागम करना भी पुरुष का धर्म है। राजा ययाति ने असुरों के गुरु ऋषि शुक्राचार्य से यही तो कहा था।"

"क्या कहा था?"

"यही कि ऋतुमती होकर नारी यदि किसी पुरुष के पास संसर्ग की इच्छा लेकर आए तो उसे ठुकराना भ्रूण-हत्या के समान है।" कहते हुए सलोनी सुमित्र की बाँह पकड़ और निकट खिसक आई। उसकी भीगी हुई देह की महक सुमित्र के नथनों में भरने लगी।

"परन्तु राजा ययाति ने थोड़े ही ब्रह्मचर्य-व्रत ले रखा होगा?"

"ऋषि विश्वामित्र ने तो ले रखा था।" सलोनी के होठों पर मादक मुस्कान तैर गई। "किन्तु वस्त्रों को तनिक ढुलकाकर मेनका जब उनकी गोद में जा बैठी," कहते-कहते सलोनी सुमित्र की गोद में सरक आई, "तो उनका ब्रह्मचर्य पिघलते देर नहीं लगी थी।"

सुमित्र के शरीर में उत्तेजना की सिहरन दौड़ गई।

"तुम मेनका हो?"

"नहीं, परन्तु जो आनन्द मेनका नहीं दे पाई होगी विश्वामित्र को वह तुम्हें मैं दे सकती हूँ।" कहते हुए सलोनी ने सुमित्र का सिर अपनी छाती पर खींच लिया।

इस बार वर्षा ऋतु कुछ शीघ्र ही समाप्त हो गई, सुमित्र को लगा जब चलने का समय हुआ। उसकी इच्छा हुई कि सलोनी रोक ले उसे और इसलिए वह जाते हुए बार-बार पीछे मुड़कर उसे देखता भी रहा। उसे सलोनी के साथ बिताई रातें, उसकी हँसी, देर रात तक उसके साथ बातें करना स्मरण आता रहा पूरे मार्ग में। सलोनी उसे अच्छी लगने लगी थी।

'यहाँ जंगल में अकेली पड़ी है, कितनी साहसी है! कैसी प्रत्युत्पन्नमति है उसकी और कितनी बुद्धिमानी की बातें करती है! एक बार कह भर देती रुकने के लिये।'

सुमित्र को अब भिक्षा में प्राप्त भोज्य-पदार्थ अरुचिकर लग रहे थे। रात होते-होते सलोनी की स्मृति उसे उत्तप्त कर देती और वही गन्ध उसके नथनों में भर जाती जो उस पहली रात भर गई थी जब सलोनी उसके ऊपर चढ़ बैठी थी, और तब भी जब अगले दिन सवेरे उसकी गोद में बैठकर वह उससे चिपक गई थी। पहली वर्षा की सोंधी-सोंधी गन्ध के अतिरिक्त भी एक अनजानी गन्ध थी। कई रातों के पश्चात् उसे समझ आया था, कामेच्छा से भरी स्त्री के शरीर की गन्ध थी वह। गृहस्थ-जीवन उसे आकर्षित करने लगा था। मन कह रहा था कि सलोनी जैसा ही कोई साथी मिले तो उसके साथ ही वह शेष जीवन बिता दे। परिव्राजक जीवन उसे अब अधूरा-सा लगने लगा था। इस अधूरे जीवन से छुटकारा पाने का निश्चय कर सुमित्र कौशाम्बी की दिशा में बढ़ चला।

अश्विन माह का शुक्ल पक्ष था। दिन तप रहे थे, रातें ठंडी थीं। चार दिन हो चुके थे सलोनी से विदा लिये। जैसे-जैसे कौशाम्बी निकट आता गया, सुमित्र के मन में पुलक उठने लगी। भावी जीवन की कल्पनाएँ पंख लगाकर उड़ने लगीं। राह चलते हुए कभी अपने से ही कुछ कहता, कभी मुस्कुरा देता और कभी ठंडी साँस भरता। उस दिन भी ऐसे ही चला जा रहा था अपने में मगन जब अचानक उसे किसी अन्य की उपस्थिति का आभास हुआ, जैसे कोई पीछे-पीछे चला आ रहा हो। झट उसने घूमकर देखा, वही था। सुमित्र की आँखों से आँखें मिलते ही वह मुड़ा और जंगल में अदृश्य हो गया।

'कौन है यह, क्यों मेरे आसपास बना रहता है?' सुमित्र विस्मित था। 'क्या सम्बन्ध है इसका मेरे साथ?'

यशोधरा

नींद खुलते के साथ सबसे पहले नन्हे राहुल के लाल-लाल, गोल-गोल गालों को चूमा यशोधरा ने। फिर देर तक अपने लाडले को निहारती रही, मुस्कुराती रही और एक बार फिर उसे चूम लिया। उसके उपरान्त ही वह दूसरी ओर घूमी सिद्धार्थ को देखने। उसकी शय्या को रिक्त पड़ा देख उसे आश्चर्य नहीं हुआ। कुछ वर्ष पूर्व हुआ होता ऐसा तो वह अवश्य चकित होती। तब तो वही उठा करती थी सिद्धार्थ के पहले और नहा-धोकर उसे जगाया करती थी। प्रातः का प्रथम चुम्बन भी तब सिद्धार्थ को ही मिला करता था। किन्तु अब ऐसा नहीं रहा। सिद्धार्थ तड़के ही निकल जाता है। क्यों, यह तो वह निश्चित रूप से नहीं जानती। किन्तु कहाँ, यह वह भली प्रकार जानती है।

'पहले तो मुझे भी कभी साथ ले जाया करते थे प्रातः कन्थक पर अपने आगे बिठाकर, परन्तु गत दो-तीन वर्षों से तो अकेले ही निकल जाते हैं। मेरी सहेली थी जो कभी वह अब मेरी सौतन बन गई है।' यशोधरा की हँसी फूट पड़ी यह सोच। 'आज कहूँगी इनसे। हाँ, सौतन ही तो हो गयी है भगीरथी मेरी! उसके पास अधिक रहने लगे हैं मेरी अपेक्षा।'

केशों को सिर के पीछे लपेट उनके सिरे को उनमें ही खोंस उसने जूड़ा बनाया; सिद्धार्थ के भाग में आनेवाला चुम्बन भी राहुल को दिया; और शय्या से उतरकर वह राजभवन के पृष्ठभाग में स्थित विशाल उद्यान में झूले पर जा बैठी।

पाषाण-हृदय ग्रीष्म के निष्ठुर व्यवहार से आहत पेड़-पौधों के म्लानमुख वर्षा की पुचकार पाकर पुनः खिल उठे हैं और मन्द समीर में झूमते हुए उनके पत्ते मानो यशोधरा से कह रहे हैं, तुम भी हमारे जैसे पेंगें क्यों नही भरतीं? यशोधरा ने कदाचित उनका आग्रह सुन लिया और मुस्कुराते हुए अपने पाँवों से धरती को धकेला। मुख पर शीतल समीर का अनुभव कर उसकी आँखें आनन्द से मुँद गईं। पहले यह आनन्द सिद्धार्थ और वह साथ-साथ लिया करते थे। हर शाम जब परिवार के अन्य स्त्री-पुरुष संगीत-नृत्य सभा में बैठ सुरापान का सुख लिया करते थे, उन दोनों की शाम इस उद्यान में ही बीतती थी। सारा दिन उसे प्रतीक्षा बनी रहती थी कि कब शाम हो। स्मरण कर यशोधरा उदास हो आई।

'न जाने कितने महीने हो गए अब तो साथ-साथ इस झूले पर बैठे।' उसने गहरी साँस छोड़ी।

नित्यकर्म से निवृत हो वह स्नानागार पहुँची तो उस सेविका का अतापता नहीं था जो स्नान करने में उसकी सहायता करती है। आज स्नान स्वयं ही कर लेने की सोच अन्दर घुसी तो ध्यान आया, रसोई में भी कोई खटपट नहीं हो रही।

'सब के सब अभी तक सोये पड़े लगते हैं।'

आज उसने स्नान शीघ्र समाप्त कर लिया। उत्सुकता हो रही थी उसे कि अब तक कोई हलचल क्यों नहीं है? रसोई अब तक भी शान्त पड़ी थी। जब सास-ससुर की चरण-वन्दना करने पहुँची नित्य की भाँति, तो शयनकक्ष का द्वार खुला पाया।

'सब कुछ विचित्र है आज।' कपाट को अभ्यासवश खटखटाते हुए यशोधरा के मन में आया।

प्रजापति और शुद्धोदन सिर झुकाये बैठे थे शय्या पर। झुककर पैर छूते समय लगा जैसे कुछ टपका उसके हाथ पर। सीधे खड़ी हुई तो कलेजा धक हो गया! दोनों की आँखों से बहते हुए आँसू थे जो उसके हाथ पर टपके थे। रात की रात में जैसे कई वर्ष बूढ़े हो गए थे दोनों। आँखें लाल और पलकें भारी, जैसे रात भर सोये न हों और रोते ही रहे हों। किसी भयंकर अनिष्ट की आशंका से यशोधरा काँप उठी।

"क्या हुआ माँ? क्या हुआ श्वसुरजी?"

शुद्धोदन और प्रजापति ने आँसुओं के कारण धूमिल हो रही दृष्टि एक-दूसरे पर डाली, मानो पूछ रहे हों कौन बतायेगा?

"आप लोग कुछ कहते क्यों नहीं? हुआ क्या है?" यशोधरा अधीर हो उठी।

"सिद्धार्थ चला गया बेटी।" प्रजापति ने ही साहस किया बताने का।

"चले गए? कहाँ चले गए?"

"प्रव्रज्या लेकर।"

"प्रव्रज्या लेकर?"

यशोधरा का मुख विवर्ण हो उठा। पैर लड़खड़ाने लगे। अगले ही पल वह धड़ाम से नीचे थी। शुद्धोदन त्वरापूर्वक उठ खड़े हुए और प्रजापति के साथ मिलकर उन्होंने उसे जैसे ही शय्या पर लिटाया, वह उठ बैठी।

"कब, कब गए?"

"आधी रात को।" प्रजापति ने पानी का कटोरा यशोधरा के मुँह से लगाते हुए कहा। "ले बेटी पानी पी ले।"

"बिना मुझसे कहे?" हाथ से पानी का कटोरा परे हटाते हुए यशोधरा बोली। "बिना मुझे बताये?" उसका स्वर उग्र हो चला। "राहुल का भी विचार नहीं किया? श्वसुरजी, रथ में अश्व कसवाएँ। मैं जाऊँगी! मैं पूछूँगी! छोड़ना ही था तो विवाह क्यों किया? राहुल को क्यों जन्म दिया? उसे किसके सहारे छोड़ गए हैं?" यशोधरा

विक्षिप्त-सी हो चली। "पूछूँगी उनसे! मैं जाऊँगी! मैं पूछूँगी! पूछूँगी उनसे मैं! मैं जाऊँगी! पूछने जाऊँगी!" कहते-कहते वह मूर्छित हो गिर पड़ी।

मूर्छा टूटी तो प्रजापति गोद में उसका सिर लिये मुख पर पानी छिड़क रही थी। आँचल से मुख पोंछते हुए वह उठी और फटी-फटी आँखों से कभी प्रजापति को देखती तो कभी शुद्धोदन को।

"ले मेरी अच्छी बेटी, पानी पी ले!" यशोधरा के हाथों में कटोरा देकर प्रजापति उसके गले से नीचे उतरते पानी को देखती रही। 'कैसी स्वच्छ त्वचा है मेरी बेटी की! पारदर्शी! और ऐसा ही है इसका हृदय। कैसे छोड़ पाया सिद्धार्थ इसे? कितना प्यार है दोनों में! और कैसा कोमल हृदय है सिद्धार्थ का! जब सुन्दरी का जन्म हुआ था तो वह चौदह वर्ष का था और वहीं देवदह में था। मेरी हँसी छूट गई थी जब यशोधरा ने बताया था: पता है बुआ, कैसे रो रहा था सिद्धार्थ आपकी चीखें सुनकर? कह रहा था यशोधरा तुम कभी बच्चे मत जनना।'

"मेरी अच्छी बच्ची।" खाली कटोरा यशोधरा से लेकर प्रजापति बोली। "जा, जाकर उसे दूध पिला दे। भूखा है राहुल, रो रहा है।"

"राहुल? भूखा है? रो रहा है?"

भावशून्य मुख से निकले भावहीन शब्द सुनकर प्रजापति और शुद्धोदन दोनों घबरा गए ।

"हाँ बेटी, राहुल! उठो, अब तुम्हें ही अपने बेटे को सँभालना है।"

"बेटे को सँभालना है?"

"अरे कोई है? तुरन्त राहुल को ले आओ!" भयातुर हो शुद्धोदन चिल्लाये। प्रजापति की साँस तो जैसे आना-जाना ही भूल गई।

कुछ ही पलों में नन्द आ खड़ा हुआ राहुल को गोद में लिये। यशोधरा के प्रलाप को सुनकर राजभवन में उठे कोलाहल से वह और सुन्दरी दोनों ही जाग गए थे।

"लो भाभी।" रोते हुए राहुल को यशोधरा की गोदी में देते हुए नन्द बोला। "बहुत भूखा है।"

यशोधरा ने लपककर अपने बेटे को छाती से चिपका लिया और उसकी आँखों से अश्रुधार बह निकली। अब जाकर प्रजापति की साँस आई।

"भाभी क्यों रो रही है?" सुन्दरी ने, जो नन्द के पीछे-पीछे चली आई थी, अपने बड़े भाई से पूछा। वह लगभग बारह वर्ष की है और उसे विश्वास है कि उससे तीन वर्ष बड़े नन्द के पास उसके हर प्रश्न का उत्तर है। उसे आश्चर्य हुआ जब नन्द ने पता नहीं कहकर कन्धे उचका दिये।

"क्या हुआ माँ?" इस बार सुन्दरी ने प्रजापति को सम्बोधित किया।

"चलो, पहले नहा-धो लो।" प्रजापति उठकर दोनों को बाहर ले जाने का उपक्रम करते हुए बोली। "फिर बताते हैं।"

"नहीं, अभी बताओ।" सुन्दरी ने ठुनकते हुए पैर पटके।

"चलो, मैं बताता हूँ।" शुद्धोदन दोनों का हाथ पकड़कर उन्हें फुसलाते हुए बाहर ले गए। "पहले नहा-धो लो दोनों, फिर कठपुतली का खेल देखने चलेंगे।"

अगले दिन सवेरे तक छन्दक लौट आया।

"कन्थक कहाँ है?" राजा शुद्धोदन ने अपने बेटे के प्रिय अश्व को उसके साथ न देखकर पूछा।

छन्दक की आँखों में जैसे बाढ़ आ गई आँसुओं की।

"क्या हुआ, कुछ बोलते क्यों नहीं? सिद्धार्थ को सकुशल तो छोड़कर आए हो न?" राजा शुद्धोदन ने भयभीत स्वर में पूछा। निकट खड़ी प्रजापति के भी हाथ-पाँव फूल रहे थे।

"जी स्वामी।" अत्यन्त कठिनाई से छन्दक के मुँह से निकला।

"और कन्थक?"

"वह नहीं रहा स्वामी!" छन्दक बिलख पड़ा। "ऐसा निढाल हो गया था वह राजकुमार को उसे छोड़कर जाते हुए देख! बड़ी देर तक तकते रहे हम दोनों याचक नेत्रों से कि वे मुड़कर देख लें, हमें भी साथ ले लें।" रह-रहकर रोते हुए अटक-अटक कर उसने वर्णन पूरा किया।

"तुमने कहा था उससे साथ जाने के लिये?"

"बहुत आग्रह किया स्वामी, परन्तु वे नहीं माने। कहने लगे, अकेले ही करनी है उन्हें आगे की यात्रा। कन्थक मुड़-मुड़कर देखता रहा और हिनहिनाता रहा। कदाचित स्वामी आ जाएँ, कदाचित उसे बुला लें!" छन्दक फिर से बिलख पड़ा। "किन्तु उन्होंने एक बार भी मुड़कर नहीं देखा। कुछ ही दूर चले थे हम दोनों कि कन्थक गिर पड़ा, और वहीं उसके प्राण-पखेरू उड़ गए।"

कहते हुए छन्दक धरती पर पसर गया और सिर पटक-पटक कर रोने लगा।

छन्दक के लौटने का समाचार मिलते ही यशोधरा ने उसे अपने कक्ष में बुलवा भेजा।

"तुम्हें पता था?"

छन्दक सिर झुकाये मौन खड़ा रहा।

"तुम्हें पता था कि नहीं छन्द?" यशोधरा का स्वर ऊँचा हो गया।

"जाने के कुछ ही देर पहले पता चला था।" छन्दक ने अत्यन्त धीमे स्वर में कहा।

"उसके पहले कोई आभास नहीं था?"

"अन्यमनस्क उदास रहते थे, बस इतना ही। छोड़ जायेंगे, यह सपने में भी नहीं सोचा था।" छन्दक रो दिया।

यशोधरा भी रो पड़ी। "तुमने पूछा नहीं, कहाँ रहेंगे कैसे रहेंगे?" रोते-रोते ही वह बोली। "कौन खिलायेगा? कौन कपड़े धोयेगा? एक काम तो अपने से कभी किया नहीं।"

"पूछा था स्वामिनी। हठ भी किया था साथ ले चलने के लिये। किन्तु बोले, अब स्वयं ही करेंगे सब कुछ।"

मौन बैठी यशोधरा को आँसू टपकाते देख छन्दक का कलेजा फटने लगा।

"आप आदेश दें तो एक बार देख आऊँ। कहाँ हैं, कैसे हैं?"

"मैं क्यों आदेश दूँ? कौन होती हूँ मैं आदेश देनेवाली?" आँसुओं से भीगे गालों पर हथेलियाँ फिराते हुए यशोधरा बोली। "वे कौन होते हैं मेरे जो मैं पता करवाऊँ? जो उनकी चिन्ता करूँ? कुछ होते तो क्या ऐसे छोड़कर चले जाते मुझको? राहुल को?"

प्रजापति द्वार पर ही कान लगाये खड़ी थी। यशोधरा की दशा से चिन्तित हो वह उसके आसपास ही मँडराती रहती थी कि कहीं कुछ अनर्थ न हो जाए।

"तुम जाओ छन्दक!" कक्ष में प्रवेश करते हुए प्रजापति आदेशात्मक स्वर में बोली। "इसका कुछ न लगता हो, मेरा तो लगता है। जाओ पता करके आओ। एक बार पूछ भी देखो। मैं जानती हूँ कैसी कठिनाइयाँ झेल रहा होगा मेरा पुत्र। हो सकता है लौटने का मन बना ले।"

यशोधरा सिर झुकाये आँसू बहाती हुई सुनती रही और फिर उठकर प्रजापति से लिपट गई।

दो दिन बीतते न बीतते राजा प्रबुद्ध और देवदत्त आ पहुँचे। अमृता भी साथ थी।

"यह क्या है शुद्धोदन? क्या सुन रहा हूँ मैं?" राजा प्रबुद्ध ने क्रोधित स्वर में पूछा।

शुद्धोदन सिर झुकाये चुपचाप बैठे रहे।

"तुमने जाने कैसे दिया उसे, बोलो?"

"मैं तो पहले ही इस विवाह के विरुद्ध था।" देवदत्त का मुख तमतमा रहा था। "मेरी बहन के योग्य ही नहीं था वह।"

"कैसी मुरझा गई है मेरी पुत्री!" अमृता अपने आँसू पोंछ यशोधरा का मुख अपने हाथों में लेकर बोली।

"चल बेटी, हमारे साथ चल!" राजा प्रबुद्ध ने अपनी बेटी के सिर पर हाथ फेरते हुए वात्सल्यपूर्ण स्वर में कहा। "अब यहाँ क्या शेष रहा है तेरे लिये?"

"नहीं तात! वे आयेंगे, अवश्य आयेंगे।" यशोधरा ने प्रयत्नपूर्वक अपने आँसुओं को बहने से रोका। "मैं यहीं रहकर प्रतीक्षा करूँगी उनकी।"

"नहीं आएगा!" देवदत्त तिरस्कारपूर्वक बोला। "भगोड़ा है वह!"

"ऐसा न कहो भाई!"

"क्यों न कहूँ? और तू इतना कुछ हो जाने पर भी उसका ही पक्ष ले रही है? मुझे तो आश्चर्य होता है और तुझ पर दया भी आती है! व्यर्थ है प्रतीक्षा। तू घर चल। तेरा फिर से स्वयंवर रचाएँगे और किसी सच्चे क्षत्रिय के साथ तेरा विवाह करेंगे।"

देवदत्त का कथन विधि-विरुद्ध नहीं था। स्त्री को अपने पति से सबन्ध विच्छेद करने तथा पुनर्विवाह करने की स्वतन्त्रता है यदि पति पागल या नपुंसक हो अथवा संन्यासी होकर या अन्य किसी कारण से वह उसका परित्याग कर दे। किन्तु यह सुनते ही राजा शुद्धोदन क्रोध में भरकर गरज उठे।

"यह क्या कह रहे हो देवदत्त! यशोधरा बहू है हमारी! कहीं नहीं जाएगी, यहीं रहेगी! अभी जीवित हैं हम। और सिद्धार्थ ने वचन दिया है, वह अवश्य लौटेगा।"

"हुँह, सिद्धार्थ और उसका वचन!" देवदत्त ने बुरा-सा मुँह बनाया।

"माँ, मैं आऊँगी। परन्तु अभी नहीं, कुछ समय उपरान्त।"

"ठीक है बेटी। तब तक तेरा जी भी हलका हो जाएगा।"

"आप लोग थके होंगे, तनिक विश्राम कर लें।" शुद्धोदन हाथ जोड़कर विनम्र स्वर में बोले। "या पहले जलपान करेंगे?"

"नहीं, हम लौट रहे हैं!" देवदत ने तुनक कर कहा और खड़ा हो गया। "मेरी बहन की इस दशा के लिये आप ही उत्तरदायी हैं। आपके यहाँ जलपान? पानी की बूँद गले में जाना भी पाप है!" और धड़धड़ाते हुए वह बाहर निकल गया।

शुद्धोदन से अधिक यशोधरा आहत थी अपने भाई के व्यवहार से।

"मेरे भाई को क्षमा कीजियेगा श्वसुरजी। वह शीघ्र ही क्रोधित हो उठता है।" अपने माता-पिता के भी चले जाने के पश्चात् उसने कहा।

"मैं समझता हूँ बेटी। और फिर उसका क्या दोष? कोई भी भाई ऐसी ही प्रतिक्रिया देगा ऐसी स्थिति में।" शुद्धोदन यशोधरा के सिर पर स्नेह से हाथ फेरते हुए भीगे स्वर में बोले। "मुझे तो बस तेरी और राहुल की चिन्ता है। तेरे साथ बेटी, बड़ा ही अन्याय किया है सिद्धार्थ ने!"

यशोधरा के रुके हुए आँसू झरझर बह निकले।

"अब तुम भी बार-बार वही चर्चा क्यों ले बैठते हो?" प्रजापति अपने पति को डाँटती हुई बोली। "चल बेटी, कुछ खा-पी ले। सवेरे से तू भूखी है। ऐसे कैसे चलेगा? बिना खाये दूध भी कैसे उतरेगा! राहुल को भूखा रखेगी तू?"

शुद्धोदन और प्रजापति का जीवन अभी तक राहुल के ही चारों ओर घूमा करता था। अब उस घेरे में यशोधरा भी सम्मिलित हो गई। स्नेह तो उससे था ही उन्हें, अब उनके हृदय में उसके प्रति करुणा और दया का भाव भी उत्पन्न हो गया

था। अब प्रजापति स्वयं ही यशोधरा की कंघी-चोटी करती। स्नान के पश्चात् अच्छे वस्त्र पहनाने का हठ करती।

"अच्छे-से रहेगी, सज-सँवर कर रहेगी, तो मन भी अच्छा रहेगा।"

"मन कैसे अच्छा रहे माँ? और किसके लिये सजूँ-सँवरूँ?

"राहुल के लिये। तेरे मन का प्रभाव तेरे दूध पर भी तो पड़ता है। अब तेरा उत्तरदायित्व दोगुना हो गया है, समझी?"

यशोधरा ने हाँ में सिर हिला दिया।

समय के साथ जी जब कुछ हलका होने लगा तो एक दिन यशोधरा ने अन्तरंग भवन जाकर वीणा उठा ली।

राजभवनके पीछे स्थित विशाल उद्यान में दो भवन हैं जिन्हें अन्तरंग भवन कहा जाता है। एक ग्रीष्म ऋतु के लिये है दूसरा शीत ऋतु के लिये। सिद्धार्थ के जन्म के पश्चात् राजा शुद्धोदन के खेतों में उपज दोगुनी-चौगुनी हो गई थी और उन्होंने अपने बेटे के वयस्क होते-होते उसके लिये यह दो भवन बनवा दिये थे।

ग्रीष्म ऋतु का अन्तरंग भवन, जिसमें इस समय यशोधरा थी, एक विशाल सरोवर के नीचे भूगर्भ में बना हुआ है जिसमें सैकड़ों कमल खिले हुए हैं—लाल, पीले, नीले। दो द्वार हैं, एक उत्तर में दूसरा दक्षिण में। उन तक झरनों के बीच से उतरती सीढ़ियों से जाना होता है।

यशोधरा ने वीणा पर अंगुलियाँ फिराईं। झंकार कानों में पड़ते ही उसके आँसू छलक उठे।

'कितने सुहाने दिन थे! सन्ध्या को उद्यान में प्रायः वीणा भी ले आते थे वे। मैं झूले पर बैठ जाती और वे सामने स्फटिक-चत्वर पर। जैसे ही उनकी अंगुलियाँ तारों को छेड़तीं, उद्यान के सारे पशु उन्हें घेर लेते—हरिण, शशक, गिलहरियाँ। पक्षी तो जैसे चहचहाना ही भूल जाते। अब तो एक वर्ष से हाथ तक नहीं लगाया था उन्होंने वीणा को। सदैव उदास, उद्विग्न-से! किसी काम में रूचि नहीं! मैं ही निगोड़ी समझ नहीं पाई।'

यशोधरा ने वीणा को कन्धे से टिकाया और तारों को झनझनाने लगी।

'बिना उनके कुछ नहीं रुचता। वीणा बजाना भी नहीं। उनके साथ रहकर मैं भी सीख गई थी वीणावादन। किन्तु जब हृदय ही रस-शून्य हो गया हो, इन तारों से कैसे रस उपजे?'

प्रजापति और शुद्धोदन सब देख-समझ रहे थे। यशोधरा के दुःख ने पुत्र-विछोह का दुःख और भी बढ़ा दिया था।

"बेटी, देवदह रह आ कुछ दिन।" एक दिन राजा शुद्धोदन ने आग्रहपूर्वक कहा। "कदाचित मन बहल जाए तेरा, सखियों से मिलकर। आनन्द को साथ लेती जा।"

"देवरजी, तुम्हें कभी ऐसा नहीं लगा कि वे संन्यास लेनेवाले हैं? तुमसे तो सब कुछ कह लेते थे।" दोपहर को भोजन और विश्राम के लिये लुम्बिनी-वन में पड़ाव करते समय यशोधरा ने आनन्द से पूछा।

"व्याकुल तो रहता था भाभी। पूछा भी था एक बार। तो बोला, जीवन में सुख-शान्ति नहीं रही।"

"क्यों, क्यों नहीं रही सुख-शान्ति?"

"मैंने भी यही पूछा। तो बोला, कहाँ है सुख-शान्ति? मनों में भय का अन्धकार छाया हुआ है। मृत्यु का भय, अपनों से बिछड़ने का भय, रोग का भय, वृद्धावस्था का भय। किन्तु इससे छुटकारा पाने का मार्ग ढूँढने के स्थान पर हम द्यूतक्रीड़ा, नर्तकियों की अंगभंगिमाओं और मद्यपान में उसे भुलाने की चेष्टा करते हैं। परन्तु भुला नहीं पाते। अन्तर्मन से उठते स्वरों को घुँघरुओं की छनक में दबा देना चाहते हैं। अन्त:करण में उठे प्रश्नों को मदिरापान कर भुला देना चाहते हैं। अन्तरात्मा में उपजे असन्तोष को कामवासना में डुबो देना चाहते हैं। किन्तु वह बढ़ता ही चला जाता है। बढ़ेगा ही! दीपक दिखाकर हम उस अन्धकार को दूर करना चाहते हैं जो सूर्य के प्रकाश से ही दूर हो सकता है। किन्तु भाभी ऐसा कभी नहीं लगा था, यूँ चला जाएगा।" सिर झुकाये हुए आनन्द स्वयं को अपराधी अनुभव कर रहा था। "अधिक ही संवेदनशील था! पूछा करता था—संसार में इतनी हिंसा क्यों है? जीवन में इतना दु:ख क्यों है? यह परिवर्तन गत तीन-चार वर्षों में ही अधिक आया था उसमें।"

"कैसा दु:ख?"

"सभी प्रकार के दु:ख। वे जिन पर मनुष्य का कोई वश नहीं, और मनुष्य द्वारा स्वयमेव उत्पन्न किये हुए दु:ख भी—मनुष्य के लालच और उसके अन्तर की हिंसा से उपजे दु:ख। मैं तो कई बार उसके साथ देवदह आया-गया। श्रमिकों और किसानों की दशा देख वह द्रवित हो उठता था और जो कुछ भी होता उसके पास, सब उनमें बाँट देता: अन्न, वस्त्र, मुद्राएँ। कई बार तो इस कारण भूखे ही करनी पड़ी थी यात्रा। किन्तु कहता, दो दिन भूखे रह लेंगे तो मर नहीं जायेंगे। और मर भी गए तो क्या? ऐसा निरर्थक जीवन जीकर क्या मिल जाएगा?"

"तो उनके लिये यहीं रहकर कुछ हो सकता था न? प्रवज्या लेने से कैसे उनकी समस्या का समाधान होगा?"

"तुम ठीक कहती हो भाभी। किन्तु सिद्धार्थ का हृदय जितना कोमल है, मस्तिष्क उतना ही तार्किक और स्वभाव चिन्तनशील। कहा करता था, ऐसे ही सहस्त्रों लोग पूरे राज्य में हैं। लाखों पूरे आर्यावर्त्त में होंगे, और करोड़ों आर्यावर्त्त के बाहर जो विशाल विश्व है उसमें। उन सब के दुखों का निदान कैसे होगा?"

"तो प्रव्रज्या लेने से दुखों से इन सबकी मुक्ति का मार्ग मिल जाएगा?" यशोधरा ने उग्र स्वर में पूछा।

"भाभी! यह तो मैं नहीं कह सकता। परन्तु इतना जानता हूँ, वह अत्यन्त हठी है और बुद्धिमान भी। प्रत्येक विषय की जड़ तक में जाने का स्वभाव है उसका। कोई न कोई मार्ग वह ढूँढ ही लेगा, विश्वास है मुझे।"

"पता नहीं।" यशोधरा विचारशील मुद्रा में बोली। "कदाचित तुम ठीक कहते हो। किन्तु मेरा दुःख क्या दुःख नहीं है? उसका क्या? इस बारे में उन्होंने नहीं सोचा कभी?"

कहकर यशोधरा उठकर जाने लगी तो आनन्द ने पूछा, "कहाँ जा रही हैं भाभी? भोजन तो कर लीजिये।"

"मुझे भूख नहीं है।" कहती हुई यशोधरा जाकर उसी शाल वृक्ष के नीचे बैठ गई जहाँ हर बार सिद्धार्थ उसे ले जाया करता था, और आनन्द टहलते हुए नदी की ओर निकल गया। वर्षा के कारण पानी मटमैला हो गया था तथा बहाव तीव्र। आनन्द ने देखा नदी में तट के निकट पड़े पत्ते तो ठहरे हुए हैं, परन्तु अभी-अभी टूटी एक हरी टहनी बीच धार में दौड़ी चली जाती है।

"यही तो अन्तर है भाभी सिद्धार्थ में और हम लोगों में!" आनन्द बड़बड़ाया। "वह निकल लिया अपना लक्ष्य पाने, परन्तु हम वहीं ठहरे हुए हैं। कदाचित बीच धार में कूदने का साहस नहीं हममें। कदाचित क्योंकि कोई लक्ष्य ही नहीं हमारे पास!"

देवदह पहुँचकर पहले तो घर में रोना-धोना चला। फिर यशोधरा अपनी सखियों से मिलने निकल गई। उन सबकी आँखों में अपने लिये सहानुभूति पढ़ उसे क्रोध हो आया।

"सिद्धार्थ चला गया तो यह मेरे और उसके बीच का विषय है! तुम लोगों को क्या लेना-देना है इससे?"

"हम तो सखियाँ हैं तेरी! हमें नहीं बताएगी तो किसे बताएगी? ऐसा क्या हुआ तेरे और उनके बीच जो वे अपनी अप्सरा-सी पत्नी को छोड़ संन्यासी हो गए?"

उनकी हँसी शूल-सी गहरे तक चुभ गई यशोधरा को।

"हँस लो, हँस लो!" वह तमतमाते हुए बोली। "मेरे दुःख से तुम्हें आनन्द प्राप्त होता है तो ठीक है। मैं अब कभी नहीं आऊँगी तुम लोगों से मिलने, न ही तुम लोग मेरे घर आना।" और वह भागती हुई बाहर निकल आई कि कहीं उनके सामने ही न टपक जाएँ उसकी आँखों में भर आए आँसू। उस दिन के पश्चात् तो मानो उसने स्वयं को बन्दी ही बना लिया अपने घर में।

देवदत्त से भी कटने लगी यशोधरा। जब देखो तब पुनर्विवाह का आग्रह। एक दिन उसको भी झिड़क दिया,

"यह क्या आप विवाह की और स्वयंवर की रट लगाये रहते हैं! आप नहीं चाहते मैं यहाँ रहूँ?"

देवदत्त खिसिया गया। पहली बार डाँट खाई थी उसने यशोधरा से, वरना अब तक तो वही उसे डाँटता आया था।

जब तक कपिलवस्तु पहुँची यशोधरा तब तक छन्दक भी लौट आया था।

"अत्यन्त कष्ट में हैं स्वामी, परन्तु स्वीकार नहीं करते। कहते हैं आनन्द से हूँ। कह देना सबसे, मेरे लिये चिन्ता न करें। कैसे न करें चिन्ता? कोमल गोरी त्वचा रूखी और काली हो गई है। पैरों में बिवाइयाँ पड़ गईं हैं। भिक्षा में जो रूखा-सूखा मिले, खा लेते हैं। वह भी दिन भर में केवल एक बार। नहीं तो नहीं भी खाते हैं। रात्रि में भूमि पर ही पड़े रहते हैं।" छन्दक कहता जा रहा था और आँसू बहाता जा रहा था।

सुनते हुए यशोधरा के कलेजे में तीव्र पीड़ा की एक के पश्चात् एक लहरें उठती रहीं परन्तु अब वह आँसुओं को भीतर ही भीतर पीना सीख गई थी।

उस दिन से यशोधरा एक ही समय भोजन करने लगी, वह भी मात्र एक कटोरी भात। दो सूती वस्त्र छोड़ उसने सब बाँट दिये। और राहुल की शय्या के पास धरती पर ही सोने लगी। प्रजापति के हठ करने पर बड़ी कठिनाई से चटाई बिछाना स्वीकार किया।

उसके जीवन में अब अगर कोई रस शेष था, तो वह था वात्सल्य-रस।

वैशाली में

सावन बीत चला है। दूर-दूर से जल ढोकर लाये मेघों के मुख बोझ हलका होने की प्रसन्नता से दमक रहे हैं। प्यासी धरती छककर पानी पी चुकी है और हरियाली से उसका मुख खिल उठा है। किन्तु सिद्धार्थ का मुख कुम्हला रहा है, बाल रूखे और उलझे हुए हैं तथा होंठों पर पपड़ी चढ़ गई है।

दो सप्ताह से अधिक हो चुके हैं उसे कपिलवस्तु से निकले हुए। इन दो सप्ताहों में उसने बहुत कुछ सीखा है। भूख और प्यास सहना सीखा है। पेड़ों तले खुले में या गोशाला में भूसे के ढेर पर सोना सीखा है। चिलचिलाती धूप सहना सीखा है, तथा तपती धरती पर नंगे पाँव चलना भी। और उन परिव्राजकों से जो उसे पाँच दिन पहले राह में टकराए थे, यह भी सीखा है किस पौधे की पत्तियों के रस से तलवों में पड़े छालों में चैन मिलता है।

"कौन आपका गुरु है भन्ते? किस धर्म का अनुसरण करते हैं?"

सिद्धार्थ सिर झुकाये मार्ग पर दृष्टि जमाये प्रत्येक डग के साथ एक-दो एक-दो गिनते हुए चला जा रहा था। यशोधरा और राहुल की स्मृति जब भी अधिक सताने लगती, वह ऐसे ही अपना ध्यान बँटाने की चेष्टा करता। प्रश्न सुनकर वह चौंक पड़ा। कन्धे पर झोला लटकाए दो परिव्राजक उसे ही देख रहे थे।

उसे सारे मार्ग में ही परिव्राजक मिलते रहे हैं। सब का यही प्रश्न होता है कि कौन गुरु है और किस धर्म का अनुसरण करते हैं। नाम गौण है, और कुल या गोत्र होता नहीं परिव्राजक का।

"खोज में हूँ।"

"अभी अभी ली है प्रव्रज्या?"

सिद्धार्थ ने हाँ में सिर हिला दिया।

"आएँ तनिक सुस्ता लें इधर छाँह में।" कहकर वे सिद्धार्थ के साथ एक पीपल की छाया में बैठ गए।

"सम्भ्रान्त परिवार से लगते हैं?" सिद्धार्थ को तलवों में पड़े छालों पर फूँक मारते हुए देख एक ने पूछा।

उसने कोई उत्तर नहीं दिया। कुछ समय वह परिव्राजक उन छालों को देखता रहा और फिर जाकर पास ही उगे अकौआ के पौधे से पत्तियाँ तोड़ लाया।

"जहाँ भी जाइयेगा यह मिलेगा।" पत्तों से निकलता दूध छालों पर टपकाते हुए वह बोला। "पहले तनिक छरछराएगा। पर बड़े काम का है। साँप काटे तो पत्तियाँ चबाएँ और जहाँ काटा है वहाँ पर यह दूध टपकाएँ। दाँतों में कष्ट हो तो इस दूध को मसूढ़ों पर रगड़ लीजिये। अच्छा लग रहा है न? चैन आया?"

"हाँ, बहुत!"

"आपके पास तो भिक्षापात्र भी नहीं दिखाई देता।" दूसरा परिव्राजक बोला। "मुख देखकर लगता है कई दिन से कुछ खाया भी नहीं है।"

सिद्धार्थ मौन बैठा रहा। उसने अपना मुख देखा ही कहाँ था इतने दिनों से। देखता तो जान पाता कि धूप में तपने से कैसी कलौंस चढ़ गई है सोने-सी दमकती त्वचा पर! भूख और थकान के चलते मुख कैसा म्लान हो रहा है! भिक्षा माँगने में अभी संकोच होता है। किसी ने स्वयं ही बुलाकर कुछ दे दिया तो अंजलि में लेकर खा लिया, बस इतना ही।

"लीजिये मेरे पास यह तुम्बा पड़ा है।" झोले में हाथ डालते हुए वही परिव्राजक बोला। "यहाँ से काट लीजियेगा।" तुम्बे पर अंगुली फिराते हुए उसने बताया। "और भीतर से खुरच लीजियेगा। परन्तु आपके पास तो झोला ही नहीं हैं फिर चाकू कहाँ से होगा? लीजिये मैं ही किये देता हूँ।"

उन्होंने ही पीपल की तीन टहनियों को छीलकर कुशा से उन्हें आपस में बाँध त्रिदंड बना दिया था उसके लिये, वैसा ही जैसा उनके हाथ में था। यह सभी परिव्राजकों के हाथ में हुआ करता है, सहारे से अधिक गाँवों में स्वयं ही पहरे पर नियुक्त हो जानेवाले कुत्तों को डराने और भगाने के लिये। उस दिन सिद्धार्थ पहली बार एक घर के सामने भिक्षा के लिये खड़ा हुआ था।

शाम होने को आई सूरज फिर भी आग उगल रहा है। वायुदेव का कोई अतापता नहीं। पसीना परनालों-सा बह रहा है। तभी अचानक शीतल बयार चलने लगी। देखते-देखते काले मेघ घुमड़ आए। वर्षा की फुहार पड़ते ही सिद्धार्थ का मन प्रफुल्लित हो उठा और आकाश की ओर मुख उठा उसने आँखें बन्द कर लीं। राह में शीघ्रता से पाँव बढ़ाते परिव्राजक उसे देख ठिठक गए ।

"वर्षा अब बढ़ती ही जानेवाली है। क्या यहीं खड़े रहेंगे?"

"यहीं? यह क्या स्थान है?"

"अनुप्रिया निगम से कुछ ही दूर हैं हम।"

"वहाँ आम्रवन-स्थित कुतूहलशाला जा रहे हैं वर्षाकाल व्यतीत करने।" एक अन्य परिव्राजक ने बताया।

सिद्धार्थ भी उनके साथ हो लिया।

दूर से ही आमों की सुगन्ध ने बता दिया कि आम्रवन आ गया है। नीचे टपके हुए आमों को उठाकर परिव्राजक चूस रहे थे। सिद्धार्थ ने भी एक आम लेकर क्षुधा

को तनिक शान्त किया और उस ओर चल दिया जहाँ से वाद-विवाद की ध्वनि आ रही थी।

कक्ष खचाखच भरा था। परिव्राजकों के अतिरिक्त स्थानीय ब्राह्मण, पंडित एवं सामान्य नागरिक भी थे। केशों से बुना हुआ वस्त्र पहने एक जटाधारी पुरुष कह रहे थे,

"मूर्ख तो नहीं कहूँगा मैं। परन्तु दिग्भ्रमित हैं वे जो इस लोक को अनदेखा कर दूसरा लोक सुधारने में लगे हैं, वह लोक जिसका अस्तित्व ही नहीं है। कहते हैं दूर के ढोल सुहाने लगते हैं। किन्तु यहाँ तो न ढोल है, न ही ढोल की थाप। मेरी तो समझ से परे है, क्यों हम इन्द्रियजनित संवेदनाओं और उनसे उपजी भावनाओं को हेय दृष्टि से देखते हैं? क्यों हम अतीन्द्रीय आनन्द प्राप्त करने के पीछे इस जीवन के सरल, मधुर आनन्दों की उपेक्षा करते रहते हैं?"

"कौन हैं ये?" सिद्धार्थ ने निकट ही खड़े एक अधेड़ परिव्राजक से पूछा।

"श्रावस्ती से आए हैं। अजित नाम है इनका, और केसकम्बलि उपनाम क्योंकि केशों से बुने वस्त्र ही ये पहनते हैं। इनकी तर्क-बुद्धि की बड़ी धाक है। सुना है इनसे कभी कोई नहीं जीत सका है वाद-विवाद में।"

"मृत्यु-पश्चात् अस्तित्व अथवा अस्तित्व की निरन्तरता का यदि कोई आश्वासन देता है तो वह पाखंडी है, झूठा है।" अजित केसकम्बलि कह रहे थे। "शरीर से पृथक कोई आत्मा नहीं, दोनों सदा साथ ही हैं। यह मात्र हमारे मस्तिष्क की उपज है कि ये दो पृथक अस्तित्व हैं या पृथक हो सकते हैं।"

"इसी प्रकार पहले हमने बिना पर्याप्त साक्ष्य के यह मान लिया कि इस संसार को बनानेवाला कोई न कोई अवश्य होना चाहिये, और फिर उसे परमात्मा का नाम दे दिया। चूँकि संसार परमात्मा ने बनाया है तो हमने तर्क किया कि वही इसे चलाता भी होगा। यदि ऐसे किसी परमात्मा का अस्तित्व है भी, तो मैं पूछता हूँ: जिसने घर बनाया है क्या उस घर में होनेवाली गतिविधियों पर भी उसका ही नियन्त्रण रहेगा? बढ़ई भवन बनाता है तो क्या उसमें होनेवाला कार्य-व्यापार भी उसी के निर्देशों पर चलता है?"

व्याख्यान समाप्त होने के पश्चात् सिद्धार्थ ने उसी अधेड़ परिव्राजक से पूछा, "केशों से बने वस्त्र ही क्यों पहनते हैं ये?"

परिव्राजक ठठाकर हँस दिया। "क्योंकि ये शीत ऋतु में ठंडे व ग्रीष्म ऋतु में उष्ण प्रकृति के होते हैं।"

"मैं समझा नहीं।"

"ये मानते हैं कि शरीर एक अश्व के समान है। अपनी इच्छा-शक्ति के कोड़े से इसे वश में रखना तथा प्रशिक्षण देते रहना अत्यन्त आवश्यक है। ये और इनके सहस्त्रों शिष्य भोजन-वस्त्रादि के आनन्दों से स्वयं को दूर रख, अत्यन्त सादा एवं

कठोर जीवन व्यतीत करने में विश्वास रखते हैं। इनका मानना है, भोगों में लिप्त रहने पर हम उनके अभ्यस्त हो जाते हैं। फिर उनका अभाव हुआ अथवा न्यूनता हुई तो दुखी होते हैं। भोगों में लिप्त रहकर हम अपने शरीर एवं स्वास्थ्य को भी हानि पहुँचाते हैं। अन्त में उस कारण भी दुःख पाते हैं। अतः इनके अनुयायी सन्तुलित, साधारण भोजन एवं व्यायाम द्वारा शरीर को स्वस्थ रखने तथा अध्ययन, ध्यान, वाद-विवाद में ही आनन्द प्राप्त करने में विश्वास रखते हैं।"

"किन्तु नैतिकता? ये न तो परलोक को मानते है, न आत्मा को। जबकि ऋषि आसुरी कहते हैं, परलोक और स्वर्ग-नरक में विश्वास ही समाज में नैतिकता का आधार है।"

"निस्सन्देह!" पास ही खड़े एक व्यापारी ने प्रशंसा-भरी दृष्टि से सिद्धार्थ को देखते हुए कहा। "यदि परलोक में विश्वास न हो तो दंड का भय और पुरस्कार का लालच दोनों समाप्त। फिर व्यक्ति अच्छे कर्म करे ही क्यों? और क्यों ही वह बुरे कर्मों से दूर रहे?"

"हाँ, ठीक कहते हैं आप।" बड़े ध्यान से ये वार्तालाप सुन रहा एक ब्राह्मण नवयुवक बोल उठा। "इनका तो मानना है कि न अच्छे कर्मों का कोई फल है, न ही बुरे कर्मों का। तथा यह भी कि मूर्ख और बुद्धिमान, अन्त में दोनों श्मशान पहुँचकर एक ही गति को प्राप्त होते हैं।"

अधेड़ परिव्राजक पुनः हँस दिया। "इनके आलोचक इनकी बातों को तोड़-मरोड़ या आधा-अधूरा समझ कुछ का कुछ अर्थ निकाल लेते हैं। वस्तुतः इनका कहना है इस लोक से परे तो कोई फल नहीं है अच्छे, बुरे कर्मों का। किन्तु इस लोक में अच्छे कर्म करके जो आत्मिक प्रसन्नता मिलती है, वही अच्छे कर्म का अभीष्ट फल है। और बुरे कर्म करने से उत्पन्न जी को कचोटता अपराध-भाव तथा रातों की नींद उड़ाता भय, ये राजदंड से भी अधिक त्रासक हैं। क्योंकि मन का सुख व मन का दुःख, तन के सुख व तन के दुःख पर कहीं अधिक भारी है। ये मानते हैं कि नैतिक जीवन जीने से प्राप्त होनेवाला आत्म-सन्तोष ही भरपूर पारितोषिक है ऐसा जीवन अपनाने के लिए।"

उस रात सिद्धार्थ अजित केसकम्बलि के कथनों के विषय में सोचता हुआ देर तक कुतूहलशाला में लेटा छत की कड़ियाँ गिनता रहा।

वर्षा का वेग बढ़ चला था अतः सिद्धार्थ को एक सप्ताह अनुप्रिया आम्रवन में ही रुकना पड़ गया। सारा दिन चलते वाद-विवाद भी उसे रोक रहे थे।

अनुप्रिया आम्रवन छोड़ने के ग्यारहवें दिन वह सदानीरा नदी के तट पर था जिसके उस पार वैशाली नगर का परकोटा दिख रहा था। कछार की दोमट मिट्टी में बिछी तरबूज और ककड़ी की बेलों को पार करते हुए सिद्धार्थ जब तक परकोटे के विशाल द्वार तक पहुँचा, सूरज सिर पर आने को था।

ईंट, पत्थर, लकड़ी, मिट्टी और चूना मिलाकर बनाये हुए छह हाथ ऊँचे चार हाथ चौड़े परकोटे के ऊपर चार हाथ ऊँची हाथ भर चौड़ी मुँडेर है मोटे-मोटे लट्ठों से बनी जिसमें हर दस पग पर बड़े-बड़े गोल छेद हैं शत्रु पर खौलता हुआ तेल उड़ेलने, भारी-भारी पत्थरों को लुढ़काने तथा शर-प्रक्षेपण के लिये। पहिये लगी सीढ़ी भी है चढ़ने के लिये। द्वार से प्रवेश करने के पश्चात् थोड़ा आगे बढ़ते ही शिल्पियों की बस्तियाँ आरम्भ हो जाती हैं।

सबसे पहले लुहार टोला है जहाँ अनगढ़ तलवारों को दोनों ओर से पीटा जा रहा है और सान पर चढ़ाकर दुधारी बनाया जा रहा है, जैसी कि यहाँ के लिच्छवि क्षत्रिय चाहते हैं। दूसरे टोले में चापकार एक आँख बन्द करके देख रहा है कि बाण में कहीं तिरछापन या लहर तो नहीं। अन्यथा लक्ष्य कहीं और होगा व बाण कहीं और भागेगा। अगले टोले में बढ़ई वसूले से छीली गई शीशम की लकड़ी को हाथ में ले उछाल रहा है। इसके सिरे पर भाले का फल लगाया जाना है इसलिये इसका भार और सन्तुलन दोनों ही महत्वपूर्ण हैं। लगे हुए टोले में हिरण के सींगों को जोड़कर धनुष बनाये जा रहे हैं जिन पर चमड़े की डोरी चर्मकारों द्वारा चढ़ाई जाएगी।

और आगे कसेरा-टोला है, फिर कुम्भकार-टोला जहाँ एक कुम्हार घड़े को गेरू-चूने से सजा रहा है और सजी-धजी कुम्हारन रेत मिली मिट्टी को पैरों तले रौन्दते हुए चंचल नयनों से उसे देखती हुई गा रही है।

बरसे बदरिया, बौराय मन;
लागे ना जी मोरा,
अब तो आजा सजन।

एक गावुत आगे उसे दूसरा परकोटा मिला जिसके पार फुटकर व्यापारी, राजकीय कर्मचारी, स्वर्णकार आदि मध्यमवर्गीय नागरिकों के भवन थे। फिर और एक गावुत आगे तीसरा परकोटा भी, जिसके उस पार स्थित आम्रकुंज में बने सप्ताम्रक चैत्य से अगरु की धूप का धुआँ उठकर चारों ओर छा रहा है।

इस अन्तिम नगर-द्वार से प्रवेश करते ही सिद्धार्थ ठिठक गया। पक्के चौड़े मार्गों के दोनों ओर रंग-बिरंगे फूलों से लदे वृक्षों की पंक्तियाँ खड़ी हैं जिनमें चहचहाते पक्षियों की भरमार है। वृक्षों के पीछे फूलों की झाड़ियों में से पथ निकलकर भव्य भवनों तक जाते हैं जिनके अग्रभाग में नयनाभिराम उद्यान और महकते फूलों की क्यारियाँ हैं, तथा कमल-तालों में ऊँची उछाल भरते फुहारे भी।

और भवन भी कैसे-कैसे? किसी भवन की भित्तियों पर चार अंगुल से लेकर दो बित्ते तक की आयताकार, वर्गाकार तथा षटकोणीय ईंटें जुड़ी हैं जिनमें कुछ पर स्फटिक के मनके जड़े हैं तो कुछ पर फूलों, लताओं के चित्र उभरे हुए हैं। या फिर कमल की एक पंखुड़ी ही पूरी ईंट को घेरे हुए है। कुछ भवनों की ईंटों में विभिन्न

मानव आकृतियाँ उकेरी हुईं हैं—वीणावादिनी, नृत्यांगना, शृंगारिणी, अभिसारिका अथवा गले में माला और कानों में झुमके पहने निर्वसना स्त्री की आवक्ष प्रतिमा। किसी-किसी भवन की भित्तियों पर भिन्न-भिन्न प्रकार के मुखौटे उत्कीर्ण किये हुए हैं तो किसी की दर्पण-सी चिकनी शुभ्र धवल भित्तियों पर फुहारों से उछलती, गिरती जलधाराओं के पल-पल नये प्रतिबिम्ब बन रहे हैं।

कहीं-कहीं इन ईंटों पर विभिन्न ज्यामितीय आकृतियाँ भी हैं और कुछ पर अबूझ, अरूप प्रतीत होते उभार एवं रेखाएँ जिन्हें विशेष कोण से देखने पर रोचक चित्र उभरते हैं, जैसे स्त्री की गोद में दोहरा हुआ जाता पुरुष और पीछे से उसकी ओर बढ़ता विशाल पंजा। इन ईंटों की कलात्मक चुनाई द्वारा चित्ताकर्षक बुनावटें भी प्राप्त की गईं हैं।

इन बहुखंडे भवनों की छतों पर तो न जाने कितने आकार-प्रकार के स्वर्ण-शिखर स्थापित हैं जिनके भिन्न-भिन्न विन्यास द्वारा आकाश की पृष्ठभूमि में आकर्षक रूपरेखाएँ उत्पन्न की गईं हैं। विशाल द्वारों के सामने पुष्पलताएँ उकेरे हुए स्फटिक तोरण-स्तम्भ हैं जिन पर लाल-पीली पुष्पलताएँ चढ़ाई हुई हैं तथा जिनके दोनों ओर आम्रपर्ण-आच्छादित मंगल-कलश स्थापित हैं। स्थान-स्थान पर उपवन भी हैं। आम और केले के वृक्षों की तो भरमार है। उपवनों में स्थित सामुदायिक-भवनों में युवतियों की खिलखिलाहट और युवकों के ठहाके गूँज रहे हैं।

और भी देशों में स्त्री को स्वतन्त्रता प्राप्त है, परन्तु ऐसी नहीं जैसी वैशाली की युवतियों को है। न ही अन्य कहीं उन्हें ऐसी जीवनशैली उपलब्ध है। यही कारण है कि वैशाली में पली-बढ़ी युवतियों का अन्यत्र कहीं प्रसन्न रह पाना सम्भव नहीं होता। और मात्र स्त्री-स्वातन्त्र्य ही नहीं, व्यक्ति-स्वातन्त्र्य में भी वैशाली अनुपम है। विश्व में सम्भवतः यह अकेला राज्य है जहाँ विभिन्न मानव-प्रजातियों के लोग बिना किसी भेदभाव के बसते हैं। यहाँ काले भी हैं, गोरे भी हैं और वे भी जिनकी त्वचा साँवली, पीली अथवा लाल है। वैशाली में सभी का स्वागत है। चाहे वे आजीविका की खोज में आए प्रवासी हों, भागकर आए या भगाये गए शरणार्थी हों अथवा कोई और। सुवर्णभूमि (दक्षिणी बर्मा या म्यांमार) से लेकर नेपाल व तिब्बत तथा गान्धारदेश से लेकर मिस्रदेश एवं यवनदेश तक के व्यापारी, नाविक, सैनिक आदि यहाँ आए तो इसकी चकाचौंध में फँसकर यहीं के होकर रह गए। पार्शवराज कुरुष द्वारा गान्धार विजय किये जाने के पश्चात् भी बहुत-से लोग वहाँ से यहाँ आकर बस गए थे।

इतना ही नहीं तो सभी को अपनी-अपनी परम्पराओं को निभाने की भी यहाँ पूर्ण स्वतन्त्रता है। यहाँ के वासियों में कुछ वृक्ष-पूजा करते हैं, कुछ यक्ष-पूजा और कुछ नाग-पूजा। तथा कुछ नागरिक ऐसे भी हैं जिन्होंने अपने पुरखों को पूजने के

लिये चैत्य बना रखे हैं। मृत्यु-पश्चात् संस्कार भी सबके भिन्न-भिन्न हैं। कुछ लोग शव को पशुओं के भक्षण हेतु वन में छोड़ देते हैं, तो कुछ पक्षियों के खाने हेतु वृक्ष पर लटका देते हैं। कुछ ऐसे हैं जो शव-दहन के पश्चात् अस्थियाँ एकत्रित कर उन्हें चैत्य में रख देते हैं। तो कुछ ऐसे भी हैं जो संरक्षण करने हेतु शव को उपचरित कर उसे लम्बे समय तक किसी ऊँचे चौतरे पर लिटाये रखते हैं, ताकि यदि मृतक की इच्छा हुई व उसके लिये सम्भव हुआ तो वह अपने शरीर में लौट सके। यद्यपि विरोधी नहीं हैं वैशालीवासी उपनयन इत्यादि संस्कारों तथा ब्राह्मणों द्वारा स्थापित रूढ़ियों के, परन्तु उन्हें मानने अथवा अपनाने के प्रति उनमें आग्रह भी नहीं है। यही कारण है कि ये भी व्रात्य कहे जाते हैं।

कुछ आगे बढ़ने पर सिद्धार्थ को सुन्दर कमलों से भरा एक विशाल सरोवर दिखा जिसे हाथों में भाले व तलवार लिये हुए सैनिकों ने घेर रखा था। उत्सुकतावश उसने एक सैनिक से ही पूछ लिया,

"सैनिक! इस सरोवर की भला इतनी सुरक्षा क्यों? ऐसा इसमें क्या विशेष है?"

"श्रीमान! यह कोई ऐसा-वैसा सरोवर नहीं है। यह मंगल-पुष्करिणी है जिसमें वैशाली-सन्थागार का सदस्य बनाये जानेवाले व्यक्ति को स्नान करवाकर इसके ही जल से उसका अभिषेक किया जाता है। अत: इसमें स्नान करना तो दूर रहा, यदि कोई व्यक्ति इसका जल पीने के लिये भी ले ले तो वह गम्भीर अपराध का दोषी होता है।"

अब तक अँधेरा घिरने लगा है फिर भी भारी चहल-पहल है मार्ग पर, जिसके दोनों ओर ऊँचे-ऊँचे प्रकाशस्तम्भ खड़े हैं जिन पर रखे घट सरीखे दीपकों में तेल भरकर राजकर्मचारी मोटी-मोटी बातियों को प्रज्वलित करने में व्यस्त हैं। लाल, पीले, हरे, नीले वस्त्र पहने और उसी रंग के रत्नों की माला तथा उसी रंग की पादुकाएँ धारण किये हुए युवक उसी रंग के रथ सरपट दौड़ाये चले जा रहे हैं, गाते-चिल्लाते हुए।

वैशाली अपनी गणिकाओं के लिये जाना जाता है और युवकों की ये टोलियाँ उन्हीं के प्रासादों की दिशा में भागी जा रहीं हैं।

वैशाली की गणिकाएँ सकल जम्बूद्वीप में चर्चा एवं कौतूहल का विषय हैं। इनके विशाल, सुरुचिपूर्ण सजावटवाले प्रासाद आर्यावर्त्त ही नहीं तो ब्रह्मावर्त्त, दक्षिणावर्त्त और उत्तरापथ से लेकर सुदूर पश्चिम तक से आए श्रीमन्तों, धनाढ्य व्यापारियों तथा राजपुत्रों से सदैव ही शोभायमान रहते हैं, जो यहाँ आकर खुले हाथों अपना धन लुटाते हैं। नन्दनवन की अप्सराओं को लजाती नृत्यांगनाओं की लालित्यपूर्ण अंग-भंगिमाओं और मादक चितवन पर कितने ही हृदय इन भव्य भवनों में नित्य ही घायल हो रहते हैं। ऐसे रसिकों की भी न्यूनता नहीं जो आए तो फिर लौटकर ही नहीं गए।

वैशाली की गणिकाएँ यूँ ही सबकी चाहत नहीं हैं। अठारह भाषाओँ में निष्णात ये चारुदर्शना तन्वंगियाँ गीत एवं वाद्य, नृत्य एवं नाट्य, चित्रकला एवं कामकला: चौंसठ ही कलाओं में पारंगत हैं। यही नहीं तो अपनी पुरुष-संयम भंजक देहयष्टि एवं सौन्दर्य को और भी अधिक मारक बना लेने के प्रयोजन से ये रमणियाँ चित्ताकर्षक परिधानों के आकल्पन में तो निपुण हैं ही, पुष्पों व रत्नों एवं मोतियों से नित नये नयनाभिराम आभूषणों की परिकल्पना करने में भी दक्ष हैं। कलिंगदेश के दक्षिण में स्थित अन्ध-देश की खानों से निकले मूल्यवान हीरों के व्यापारियों को सर्वाधिक ग्राहक वैशाली में ही मिलते हैं। साथ ही, पर्शुदेश की कर्दम नदी व बावेरू स्थित स्रोतसी नदी एवं श्रीघंट झील से प्राप्त मोतियों की भी सबसे अधिक माँग यहीं पर है। इन हीरे-मोतियों से विभिन्न प्रकार की मालाएँ गुँथवाकर ये इस प्रकार लटकाया करतीं हैं अपने सुडौल वक्षस्थल पर जिससे कि उनके उभार और भी अधिक उभर जायें।

इसके अतिरिक्त नाना प्रकार के सौन्दर्य-प्रसाधन बनाना भी जानती हैं यहाँ की गणिकाएँ, तथा विदेशों से विभिन्न प्रकार के सुगन्धित द्रव्य बुलवाकर उनका देशी जड़ी-बूटियों, फूलों, केसर, कस्तूरी के साथ सम्मिश्रण कर रसिक-हृदयों में कामना का ज्वार उठानेवालीं सुरभियों का सृजन भी। और वस्त्रगोपन की कला में तो कोई तुलना ही नहीं है इन चपलाओं की। अल्पवसना या अत्यल्पवसना होकर भी कैसे शालीन तथा गरिमायुक्त दिखना है, यह तो कोई इनसे सीखे।

इन्हें रिझाने हेतु यहाँ के नवयुवक भी स्वयं को सजाने, सँवारने, आकर्षक दिखने को लेकर नित नये प्रयोग करते ही रहते हैं। यही कारण है कि जम्बूद्वीप के युवा अधुनातन परिधानों तथा भूषणों की प्रेरणा वैशाली से ही प्राप्त किया करते हैं।

वैशाली में कई वर्षों से प्रत्येक वसन्त एक प्रतियोगिता होती आई है जिसमें सर्वांग सौन्दर्यवती, सर्वोत्कृष्ट नृत्यांगना, बुद्धिमान तथा प्रत्युत्पन्नमति की स्वामिनी सर्वाधिक काम्य गणिका का चयन कर उसे वैशाली की जनपद-कल्याणी एवं नगरवधू की उपाधि प्रदान की जाती है तथा राजदूत के समकक्ष सुविधाएँ तथा अधिकार भी। इस समय जगनमोहिनी वैशाली की नगरवधू है, परन्तु यह चर्चा इन दिनों प्रबल है कि आते वसन्त विजयश्री सुहासिनी का ही वरण करेगी। अल्प समय में ही वह वैशाली की सर्वाधिक वांछनीय गणिका बन गई है। उसके नृत्य में, देखनेवाले कहते हैं, ऐसा लास्य है कि पाषाण-हृदय में भी प्रेम-उमंग जगा दे।

वैशाली-गणतन्त्र की अर्थव्यवस्था में इन गणिकाओं का तो महत्वपूर्ण योगदान है ही, प्रचुर संख्या में स्थित उन मद्यशालाओं का भी है जिनमें सुन्दर, सुगढ़ मधुबालाएँ वक्ष पर झीनी कंचुकी या मात्र एक चीर बाँधे तथा स्निग्ध जंघाओं को आवृत करने में संकोच करता अधोवस्त्र धारण किये चिकनी मिट्टी से गढ़े स्फटिक-से चमकते मधुघट क्षीणकटि पर टिकाये लहराती हुई घूम रहीं हैं। वे

मद्यपात्र रिक्त देखतीं हैं तो मदभरी मुस्कान के साथ-साथ मदिरा भी उसमें ढाल देतीं हैं अन्यथा तिरछी चितवन फेंक आगे बढ़ जातीं हैं। यवनदेश एवं गान्धारदेश से आई द्राक्ष-आसवित सुरा को सुवर्णद्वीपों से लाई गई दालचीनी के साथ प्रसंस्कृत कर वर्षों परिपक्व किये जाने के उपरान्त निर्मित एक से बढ़कर एक सुरभित एवं स्वादिष्ट मदिराएँ इन मद्यशालाओं के सुरागारों में भंडारित रहा करतीं हैं, जिनके मद-प्रभाव को अपने मादक सौन्दर्य, मदभरी चितवन तथा मदमाती अंगभंगिमाओं से संवर्धित कर देने की कला में भी अत्यन्त कुशल हैं ये बिन्दास बालाएँ।

साथ ही, कुतूहलशालाएँ भी वैशाली में कई हैं। नगरवासी विषयभोगों के जितने रसिक हैं उतनी ही रूचि वे दर्शन एवं अध्यात्म की चर्चाएँ करने-सुनने में भी रखते हैं। मद्यशालाओं और गणिकाओं के प्रासादों में रात्रि व्यतीत करनेवाले भी दिन में यहाँ पाए जाते हैं, विशेष रूप से तब जब कोई प्रकांड विद्वान अथवा प्रख्यात धर्मगुरु आया हुआ हो।

"यदि कोई मुझसे पूछे ब्रह्म का स्वरूप क्या है तो मेरा उत्तर होगा, मैं नहीं कह सकता कि मैं जानता हूँ। और न ही मैं यह कह सकता हूँ कि नहीं जानता।" एक कुतूहलशाला से आती ध्वनि सुन सिद्धार्थ भीतर चला आया। एक अधेड़पुरुष कह रहे थे, "जो कहते हैं कि वे जानते हैं, वस्तुत: वे नहीं जानते; और यह भी नहीं जानते कि वे नहीं जानते।"

"कौन हैं ये आयुष्मान?" सिद्धार्थ ने एक युवक से पूछा।

"संजय बेलट्ठीपुत्त। बहुत बड़े गणाचार्य हैं! कुशीनगर से राजगृह जा रहे थे जहाँ इनके सैकड़ों शिष्य हैं। रात्रि-विश्राम के लिये यहाँ ठहर गए हैं।"

"तो क्या आप ब्रह्म के अस्तित्व को ही नकारते हैं?" एक ब्राह्मण ने उनसे प्रश्न किया।

"नहीं! न तो मैं नकारता हूँ और न ही स्वीकार करता हूँ। ब्रह्म की जो अवधारणा प्रचलित है, उसके अनुसार वह इन्द्रियानुभाव से परे है। निष्कर्षत: वह उस अस्तित्व से भी परे है जिसे हम अस्तित्व की संज्ञा देते हैं। क्योंकि अस्तित्व को जिन अर्थों में हम लेते हैं, उस का शाब्दिक अर्थ समझते हैं, वह हमारे इन्द्रियानुभाव पर ही तो आधारित है! इसलिये हम यह भी नहीं कह सकते कि ब्रह्म का अस्तित्व है, न ही यह कह सकते हैं कि उसका अस्तित्व नहीं है। यदि मैं कहूँ गूँगे का गुड़ है ब्रह्म तो मिथ्या नहीं होगा। और यदि यह मान भी लिया जाए कि ब्रह्म का अस्तित्व है, तो इतना तो निश्चित है कि वह अव्याख्येय है, अविज्ञेय है।"

"क्या आत्मा के विषय में भी आपका दृष्टिकोण संशयात्मक है?" एक युवा परिव्राजक ने पूछा।

"मेरे मतानुसार तो जो कुछ भी इन्द्रियों के अनुभव तथा मस्तिष्क की पहुँच दोनों से परे है, उस पर चर्चा अथवा विवाद निरर्थक है। आत्मा, पुनर्जन्म, ब्रह्म ऐसे

ही उदाहरण हैं। यही मोक्ष के साथ भी है। कई आचार्यों का विश्वास है कि मोक्ष ही जीवन का परम उद्देश्य है। किसका मोक्ष? तो कहते हैं आत्मा का, उसकी मुक्ति आवागमन से। परन्तु जिसे वे आत्मा की संज्ञा देते हैं, उनके ही मतानुसार वह भी तो ज्ञानेन्द्रियों के अनुभव से परे है! अतः जब वे मोक्ष की चर्चा करते हैं, या आत्मा के विषय में कुछ कहते हैं, तो वह वह एक अनर्गल प्रलाप है। न मैं समझ पाता हूँ तुम क्या कह रहे हो, न तुम समझ पाते हो मैं क्या कह रहा रहा हूँ। न मैं तुम्हें समझा पा रहा हूँ, न ही तुम मुझे समझा पा रहे हो।"

"यह पूर्ण सत्य नहीं है।" एक अन्य ब्राह्मण ने उनकी धारणा का खंडन किया। "यह सच है कि अस्तित्व के मूल में क्या है, यह इन्द्रियों की पहुँच से बाहर है। किन्तु उसका अनुमान तो लगाया जा सकता है तर्क द्वारा, जैसा कि तक्षशिला-शिक्षित ऋषि उद्दालक ने भी कहा है। हाँ, यह अवश्य है कि ऐसा तर्क अनिवार्यतः इन्द्रियों द्वारा ग्राह्य अनुभव के आधार पर ही होना चाहिये।"

"उदाहरण-स्वरूप कोई तर्क दे सकते हैं आप?" संजय बेलट्ठीपुत्त ने पूछा।

"क्यों नहीं! स्वानुभव से हम जानते हैं कि कई ऐसे वृक्ष हैं जो बीज से उगते हैं। परन्तु बीज को यदि हम तोड़ते हैं, उसके भीतर झाँकते हैं, तो उसमें ऐसा कुछ नहीं मिलता जो यह बता सके कि इस निर्जीव बीज में से सजीव वृक्ष कैसे विकसित हुआ? हम यह भी देखते हैं कि टूटे हुए बीज को बोने पर अंकुरण नहीं होता। इससे तार्किक निष्कर्ष यह निकलता है कि एक प्रकार की सम्भाव्यता है उस बीज में जो वृक्ष को जन्म देती है। ऐसा ही आत्मा के अस्तित्व के साथ है। आत्मा दिखाई नहीं देती तो इसका अर्थ यह कैसे हो गया कि आत्मा है ही नहीं? जिसे हम देख नहीं सकते, जिसका हम अनुभव नहीं कर सकते, वह है ही नहीं यह मान लेना तर्कसंगत नहीं है। सुगन्ध का अस्तित्व हमारे लिये तब तक ही है जब तक कि हमारे पास घ्राण-शक्ति है, सूँघने की क्षमता है। यदि मनुष्य सूँघ पाने में अक्षम हो जाए तो क्या पुष्पों में सुगन्ध का अस्तित्व ही नहीं रहेगा?"

"किन्तु क्या तुम किसी पुष्प को सूँघकर उसकी सुगन्ध का वर्णन इस प्रकार कर सकते हो," संजय बेलट्ठीपुत्त ने प्रतिप्रश्न किया। "कि मात्र उस वर्णन को सुन मुझे उस गन्ध का अनुभव होने लगे जो मैंने पहले कभी न सूँघी हो। मुझे विशेषण नहीं चाहिये, और न ही मैं उपमाएँ सुनना चाहता हूँ। तुम्हारे द्वारा किये गए वर्णन को सुन उस पुष्प की गन्ध यथार्थतः है कैसी, मैं यह अनुभव करना चाहता हूँ। इसके अतिरिक्त भी, क्या अन्य कोई व्यक्ति भी उस पुष्प को सूँघ उसकी गन्ध का वर्णन वैसा ही करेगा जैसा तुम करोगे? क्या उस पुष्प को सूँघने से उसे मिला अनुभव और आनन्द वैसा ही होगा जैसा तुम्हें हुआ है?"

'हाँ, सच तो है।' सिद्धार्थ को तर्क उचित प्रतीत हुआ। 'कितनी सीमित है शब्दों की सामर्थ्य! घरोंदों में लौट आने से प्रसन्न हो रहे इन पक्षियों की चहचहाहट को

कितना ही प्रयत्न करो शब्दों में नहीं बाँध सकते। ची-ची, चूँ चूँ, चियूँ-च्याऊँ—कोई भी शब्द तो व्यक्त नहीं कर पाता ठीक-ठीक!'

'ऐसा ही भगीरथी के साथ था। कितना प्रयत्न करता था, देर तक ध्यान से सुनता था, दोहराता था उसके साथ-साथ: कल-कल, थल-थल, छल-छल। किन्तु कोई भी ध्वनि उसकी लहरों की, उसके प्रवाह की ध्वनि से मेल नहीं खाती थी। जब हम इन ध्वनियों तक को शब्दों में बाँध नहीं पाते तो अस्तित्व को, ब्रह्म को, मोक्ष को किस प्रकार बाँध सकते हैं? और कैसे फिर इन पर चर्चा हो सकती है?'

"अरिहन्त होते यहाँ तो इस संशयवादी को मुँह-तोड़ उत्तर देते।" संजय बेलट्ठीपुत्त का व्याख्यान समाप्त होते ही एक परिव्राजक वेशधारी युवक बोल उठा।

"कौन अरिहन्त?"

"एक ही तो अरिहन्त हैं इस संसार में, हमारे शास्ता निगंठ नातृपुत्र। उन्हें महावीर कहकर भी पुकारते हैं हम क्योंकि उन्होंने मनुष्य के प्रबलतम शत्रुओं को जीत लिया है: लोभ, मोह, क्रोध, कामवासना।"

"वही तो नहीं जिन्होंने वस्त्रों का पूर्णतः ही परित्याग कर दिया है?" सिद्धार्थ को उनका नग्न शिष्य स्मरण हो आया जिसे उसने बचपन में देखा था।

"हाँ वही। पूरे बारह वर्ष उन्होंने ऐसी कठोर, घनघोर तपस्या की थी जैसी पहले किसी ऋषि-मुनि ने न की होगी। उसके उपरान्त ही प्राप्त हुआ था उन्हें कैवल्य!"

"किस प्रकार की तपस्या?"

"तपती ग्रीष्म ऋतु में तो वे सूरज-तले उकड़ू बैठे रहते थे और ठिठुरती शीत ऋतु में दिन-रात पेड़ों की छाँह में। महीनों न कुछ खाते थे, न पीते थे। उन्हें विक्षिप्त जान बच्चे उन पर पत्थर फेंकते। कुछ दुष्टों ने तो उनके कानों में काँस तक ठूँस दी! तोषाली (उड़ीसा) में उन पर कुत्ते छोड़े गए, उनसे उन्हें कटवाया गया। परन्तु फिर भी वे मौन रहकर निर्विकार भाव से वहीं बैठे रहे।"

"गत तेरह वर्षों से तो वे लगातार प्रवास कर रहे हैं, अपने मत का प्रचार-प्रसार करने।" दूसरे शिष्य ने बताया। "वत्सदेश, कोशलदेश, काशी, अंगदेश व विदेह-गणराज्य में उनके लाखों अनुयायी हो गए हैं। वत्सदेश की महारानी मृगावती भी गत वर्ष ही उनकी अनुयायी बनी हैं।"

"कहाँ हैं वे महापुरुष इस समय?" सिद्धार्थ ने उत्सुकतावश पूछा।

"मिथिला में। पिछला वर्ष उन्होंने वहीं व्यतीत किया था, किन्तु यह वर्षाकाल वे यहाँ बितानेवाले हैं। उनसे अवश्य मिलियेगा। कहाँ से आगमन हुआ है आपका? किस गुरु के अनुयायी हैं?"

"कपिलवस्तु से आया हूँ। गुरु की खोज में हूँ।"

"फिर तो आपको हमारे निगंठ नातृपुत्र से अवश्य मिलना चाहिये।"

देर रात तक चली चर्चाओं में सिद्धार्थ को यह भी ज्ञात हुआ कि कुतूहलशाला में ठहरे हुए परिव्राजकों में सर्वाधिक संख्या निगंठ नातृपुत्र के शिष्यों की ही है। उसे यह भी पता चला कि उनके पिता राजा सिद्धार्थ नाथवंशी नाथवंश के प्रमुख थे और वैशाली गणराज्य के ही थे, तथा उनकी माता त्रिसलादेवी वैशाली-सन्थागार के प्रमुख राजा चेटक की बहन थीं। माता-पिता की मृत्यु के पश्चात् उन्होंने अपनी पत्नी यशोदा तथा बेटी प्रियदर्शना का उत्तरदायित्व अपने भाई नन्दिवर्धन को सौंप तीस वर्ष की आयु में प्रव्रज्या ले ली थी। उसे यह जान आश्चर्य हुआ कि मगधराज बिम्बसार राजा चेटक की पुत्री छलना के साथ विवाह के पश्चात् निगंठ नातृपुत्र के अनुयायी तो बन ही गए हैं, यह घोषणा भी उन्होंने करवा दी है कि जो भी निगंठ नातृपुत्र का शिष्य बनेगा उसके परिवार के जीवनयापन की व्यवस्था राज्य द्वारा ही की जाएगी।

निगंठ नातृपुत्र के शिष्यों के अपने-अपने कक्ष में चले जाने के पश्चात् एक अन्य परिव्राजक ने सिद्धार्थ से धीमे स्वर में कहा,

"आप इन लोगों की बातों में न आएँ। आप तो गणाचार्य आलार कालाम से मिलें।"

"आलार कालाम?"

"हाँ, पहुँचे हुए ध्यानी-ज्ञानी योगी पुरुष हैं। सबको अपना शिष्य भी नहीं बनाते। जाँचते हैं, आँकते हैं और योग्य पाया तो ही दीक्षा देते हैं।"

"मैं इन्हें किस प्रकार मिल सकता हूँ?"

"यहाँ से उत्तर-पूर्व में गावुत भर की दूरी पर पहाड़ियों के बीच उनका मनोरम आश्रम स्थित है। वहीं पर उनके तीन सौ शिष्यों के आवास भी हैं।"

अगले दिन पौ फटने के पहले ही सिद्धार्थ निकल पड़ा। वैशाली का रूप अलग ही था उस समय। न दौड़ते हुए रथ थे, न हल्ला मचाते युवक। दल के दल युवक-युवतियाँ कन्धे पर तूणीर व धनुष लटकाये पैदल ही उस दिशा में जा रहे थे जिस ओर सिद्धार्थ जा रहा था। सभी ने अपने केशों को सिर पर जूड़े में कस रखा था तथा घुटनों तक आते सूती अधोवस्त्र को दो-लाँग करके पीछे खोंस रखा था।

"कहाँ जा रहे हैं आप सब आयुष्मान?" सिद्धार्थ को उत्सुकता हुई जानने की।

"आचार्य महालि के आश्रम।" एक युवती ने उत्तर दिया।

"आचार्य महालि?"

"आप नहीं जानते उन्हें? वैशाली प्रथम बार आए हैं?"

"हाँ।"

मार्ग में बातों ही बातों में उसे पता चला, आचार्य महालि तक्षशिला विश्वविद्यालय से धनुर्विद्या का प्रशिक्षण लेकर आए थे वर्षों पूर्व। और तब से अपना एक ही ध्येय बना रखा है—वैशाली गणराज्य के प्रत्येक युवक तथा युवती को इस विद्या

में पारंगत करना। इस ध्येय की प्राप्ति के लिये वे प्रत्येक शिष्य से गुरुदक्षिणा के रूप में सीखी हुई विद्या को गणराज्य के न्यूनतम पचास युवक-युवतियों में बाँटने की शपथ लेते हैं।

"ऐसा क्यों? धनुर्विद्या में क्यों पारंगत करना चाहते हैं वे सभी युवाओं को?"

"आप उनसे ही पूछ लीजियेगा, आश्रम सामने ही है।"

विस्तृत सपाट भूमि के बीचोबीच वृक्षों से घिरी पर्णकुटी के सामने पीपल-वृक्ष के नीचे बने ऊँचे चत्वर पर लम्बे केश, घनी दाढ़ी और बलिष्ठ शरीर के स्वामी एक अधेड़ आयु के पुरुष शुभ्र अधोवस्त्र लपेटे ध्यानावस्था में पद्मासन लगाये बैठे थे। युवक-युवतियों ने बारी-बारी से उन्हें प्रणाम किया और पंक्ति बनाकर उसी आसन में बैठते चले गए, आँखें बन्द कर ध्यान की मुद्रा में।

सिद्धार्थ उस दृश्य की सुन्दरता में खो-सा गया। अनुशासनपूर्वक पंक्तिबद्ध हो शान्त बैठे युवक-युवतियाँ, सूर्योदय के पूर्व आकाश में आरम्भ हो रहा रंगों का खेल, एक और दिन जीने की प्रसन्नता में आरोह लेता पक्षियों का आलाप। सूर्य के क्षितिज से ऊपर आते-आते 'ॐ' के उच्चारण के साथ जैसे ही आचार्य ने आँखें खोलीं, उनकी दृष्टि सर्वप्रथम सिद्धार्थ पर ही पड़ी।

"कौन हो तुम वत्स? किस प्रयोजन से यहाँ हो?"

"भन्ते! मैं सिद्धार्थ, कपिलवस्तु से आया परिव्राजक हूँ।" सिद्धार्थ ने तनिक झुकते हुए हाथ जोड़कर प्रणाम किया तथा बैठे हुए युवक-युवतियों की ओर संकेत करके कहा, "इन लोगों के साथ उत्सुकतावश चला आया।"

"जाओ! तुम लोग अभ्यास आरम्भ करो।" आचार्य ने शिष्य-शिष्याओं को सम्बोधित करते हुए उन वृक्षों की ओर संकेत किया जिन पर लक्ष्य-भेदन के अभ्यास हेतु काष्ठ-पट्टिकाएँ बँधी हुई थीं।

"कहो वत्स, क्या उत्सुकता है तुम्हारी?" सिद्धार्थ की ओर पुनः उन्मुख होकर आचार्य ने पूछा।

"यही कि आप वैशाली के प्रत्येक युवक, यहाँ तक कि युवतियों को भी, धनुर्विद्या में पारंगत क्यों करना चाहते हैं? क्या आपको किसी आक्रमण की आशंका है?"

"प्रथम तो तुम्हें यह स्पष्ट कर दूँ, मैं स्वयं ही पारंगत नहीं हूँ धनुर्विद्या में तो इन बच्चों को क्या पारंगत कर पाऊँगा? एक महायुद्ध ने द्रोणाचार्य, कृपाचार्य जैसे धनुर्विद्या के गुरुओं की परम्परा का ही अन्त कर दिया। अतः न तो कोई सव्यसाची अर्जुन बन पाया है उसके पश्चात्, और न ही बन सकेगा। तक्षशिला में यह विद्या किंचित संरक्षित है। वहाँ से मैं जो ले सका वही दे पा रहा हूँ।"

"अब तुम्हारा प्रश्न। अनुमान तुम्हारा मिथ्या नहीं है। जहाँ भी भिन्न शासन-पद्धतिवाले राज्य पड़ोसी होते हैं उनमें शत्रुता की अधिक सम्भावना रहती है। और

यदि उनमें से एक राजतन्त्र द्वारा शासित हो तो यह सम्भावना और भी अधिक हो जाती है।"

"ऐसा क्यों आचार्य?"

"क्योंकि राजतन्त्र में तो एक ही व्यक्ति का आदेश सर्वोपरि होता है, और अधिकांशत: उस व्यक्ति पर कोई अंकुश भी नहीं होता। ऐसे में राजा के निर्णय सामान्यत: जनहित से अधिक स्वहित में, स्वयं को शासक बनाये रखने तथा अपने राज्य का विस्तार करने एवं राजकोष को अधिक से अधिक भरे जाने के हित में ही होते हैं।"

"इसके अतिरिक्त भी, पड़ोसी राज्य का गणतान्त्रिक व्यवस्था से शासित होना, विशेषकर तब जब वह राज्य समृद्ध व सुशासित हो तथा प्रजाजन आर्थिक एवं सामाजिक दृष्टि से सन्तोषजनक स्थिति में हों," कहते हुए आचार्य की वाणी में गर्व की झलक आ गई, "निरंकुश राजाओं के मन में असुरक्षा उत्पन्न करता है कि कहीं उसके राज्य की प्रजा भी ऐसी ही शासन-व्यवस्था की इच्छा न कर बैठे, और इस कारण उसके राज्य में विद्रोह न खड़ा हो जाए।"

आचार्य महालि का अभिमान निराधार नहीं था। सामान्यजन को जितने अधिकार यहाँ प्राप्त हैं, अन्य किसी राज्य में नहीं हैं। यहाँ तक कि दासों के प्रति भी मानवीय दृष्टिकोण अपनाया जाता है तथा उनके साथ हुए अन्याय, दुर्व्यवहार, क्रूरता की सुनवाई के लिये भी यहाँ न्यायालयों की व्यवस्था है। इतना ही नहीं तो विश्व में निश्चित रूप से यह पहला राज्य है जिसकी न्याय-व्यवस्था ने इस सिद्धान्त को कार्यरूप दिया हुआ है कि सौ अपराधी भले ही छूट जाएँ परन्तु एक निर्दोष को दंड न मिले। किसी भी आरोपी को तब तक अपराधी नहीं माना जाता जब तक एक के ऊपर एक छह अपीलीय न्यायालय उसे दोषी न घोषित कर दें।

"फिर हमारा गणराज्य तो तीन ओर से राजतन्त्रों से घिरा है। उत्तर-पश्चिम में कोशल है, दक्षिण-पश्चिम में वत्स है तथा दक्षिण में, एवं चम्पा पर विजय प्राप्त करने के पश्चात् पूर्व में भी, मगध है। तीनों ही राजतन्त्रों की आँखों में हमारा गणतन्त्र खटकता है। इसलिये तीनों ही दिशाओं में पर्याप्त सैन्यबल नियुक्त करना हमारी विवशता है।"

"हमारे उत्तर में तो नेपाल तक सैकड़ों योजनों में विस्तृत महावन स्थित है। अत: उस ओर हमें एक सीमा तक प्रकृति-प्रदत्त सुरक्षा प्राप्त है। परन्तु इसकी भरपाई दक्षिण में हो जाती है। वहाँ वह दुष्ट बिम्बसार गंगातट पर एक के पश्चात् एक दुर्ग बनवा रहा है। प्रत्येक दुर्ग में कुशल सैनिकों की टुकड़ियाँ नियुक्त करने के साथ-साथ अस्त्र-शस्त्रों के भंडार भी भरे जा रहा है। मगध का दक्षिण में विस्तार करने पर उसे लौह-अयस्क की प्रचुर खानें तथा अयस्कों से धातु निकालने में प्रवीण असुर जो मिल गए हैं!"

"क्या आपको ऐसा नहीं लगता युद्ध की तैयारी उस मानसिकता को भी जन्म देती है जिसके कारण युद्ध अवश्यम्भावी हो जाता है?"

"तुम सच कहते हो, परन्तु कोई उपाय नहीं इससे बचने का। जब तक कभी न समाप्त होनेवाला लालच, कभी न तृप्त होनेवाली महत्वाकांक्षाएँ बनी रहेंगी, युद्ध होते रहेंगे। कभी छोटे, कभी बड़े, तो कभी कौरवों-पांडवों के बीच हुए युद्ध सरीखे महा-विध्वंसक। यदि मांस के लिये काटे जानेवाली भेड़-बकरी की मौत नहीं मरना है, यदि स्वतन्त्रता प्यारी है, तो युद्ध के लिये कटिबद्ध रहना ही होगा। सावधान भी रहना होगा। शत्रु पर अविश्वास भी करना होगा। अन्य कोई उपाय नहीं। युधिष्ठिर की सत्यवादिता पर अटूट विश्वास ही अपराजेय गुरु द्रोणाचार्य के वध का कारण बना था। वह भूल हम नहीं दोहराना चाहते।"

"किन्तु यह अवश्य कहूँगा कि युद्ध को महिमा-मंडित नहीं किया जाना चाहिये, उसे धर्म से जोड़कर अथवा अन्य किसी प्रकार से। न ही किसी युद्ध को धर्म-युद्ध की संज्ञा देनी चाहिये। कोई युद्ध शान्ति लेकर नहीं आता और हर युद्ध में धर्म का उल्लंघन होता है। कृष्ण ने नहीं कहा था युधिष्ठिर से कि युद्ध के नियमों का कठोरता से पालन करते हुए गुरु द्रोणाचार्य पर विजय पाना असम्भव है? भीम तथा सुयोधन के बीच हुए अन्तिम युद्ध के समय भी उन्होंने यही कहा था पांडव भाइयों से कि यदि हम न्यायपूर्वक युद्ध करेंगे तो भीम की विजय में सन्देह है। इसमें कोई दो मत नहीं वत्स कि युद्ध में विजय ही महत्वपूर्ण है—न्याय से हो, अन्याय से हो।"

आचार्य से विदा लेकर जब सिद्धार्थ चला, सूरज क्षितिज से एक हाथ ऊपर आ चुका था। मार्ग में आचार्य की बातों पर विचार करते हुए गुरु अर्जुन की वाणी उसके कानों में गूँजने लगीं।

"अपने को असमर्थ पाता हूँ यह जान पाने में कि मनुष्य की युद्ध-लिप्सा क्यों कभी समाप्त नहीं होती! सम्पूर्ण पुरा-आख्यान हमारा युद्धों का ही इतिवृत्त प्रतीत होता है। शान्ति थी भी कभी तो जैसे युद्ध की तैयारी के लिये ही थी। उस वंश-विध्वंसकारी युद्ध के पश्चात् हस्तिनापुर के सिंहासन पर बैठते ही युधिष्ठिर को अश्वमेध यज्ञ करने और अपने भाइयों को ससैन्य चारों दिशाओं में भेजकर युद्धों में फिर से निरपराधों की बलि देने की आवश्यकता क्यों आ पड़ी? मैं नहीं समझ पाता।"

सूरज सिर के ऊपर आते-आते सैकड़ों कुटियाएँ सिद्धार्थ के सामने थीं। विशाल वटवृक्ष के नीचे एक तेजस्वी पुरुष सिर घुटाये, श्वेत वस्त्र एवं रुद्राक्ष-माला पहने लकड़ी की चौकी पर बैठे थे। सामने बैठे परिव्राजक दत्तचित्त हो उन्हें सुन रहे थे।

"कक्ष में यदि अन्धकार है, प्रकाश कहीं से नहीं आ रहा, और न ही कोई उपाय सूझ रहा है प्रकाश पाने का, तो मात्र एक ही विकल्प है—शान्त-चित्त होकर बैठो और आँखों को अँधेरे में देखने का अभ्यस्त बनाओ।"

"जहाँ तर्कबुद्धि नहीं जा सकती वहाँ अन्तर्दृष्टि, अन्तर्प्रेरणा ही उपाय है। किन्तु तर्कबुद्धि को त्यागना नहीं है। वस्तुतः अन्तर्प्रेरणा और तर्कबुद्धि में कोई विरोध ही नहीं है, अपितु एक-दूसरे के पूरक हैं दोनों। उस कथा के अन्धे और लँगड़े की भाँति जिसमें वे दोनों साथ रहकर एक-दूसरे की सहायता करते हुए गन्तव्य पर पहुँचने में सफल हो जाते हैं।"

"किन्तु साथ ही यह भी समझना होगा कि ब्रह्मज्ञान एक मानसिक अवस्था है जिसे केवल योग द्वारा प्राप्त किया जा सकता है, न कि तर्क द्वारा। चेतन-जगत तथा स्वप्न-जगत के अतिरिक्त एक अचेतन-जगत भी है जिसमें प्रवेश योग के माध्यम से ही सम्भव है। किन्तु सृजनकर्ता ने इन्द्रियों-रूपी द्वार बना दिये शरीर में ताकि तुम भीतर न झाँको, बाहर ही देखते रहो। अधिकांश व्यक्ति यही करते भी हैं। परन्तु कुछ हैं जो ये द्वार बन्द कर लेते हैं और बैठ जाते हैं शान्त, एकाग्रचित्त, भीतर झाँकने का प्रयास करते हुए। किन्तु इनमें से भी ब्रह्मज्ञान पाने में सफल कुछ ही होते हैं।"

"कौन हैं वे जो सफल होते हैं? ये वे हैं जिनके अन्दर वैसी ही जिजीविषा है जैसी पीपल के फल में से निकले उस नन्हे बीज में है जिसे वायु के झोंके ने किसी भवन की महीन दरार में फेंक दिया था। वहाँ वह बिना किसी देखरेख के महीनों जीवित रहा। ग्रीष्म की झुलसाती तपन झेली। लू के निष्ठुर थपेड़े सहे। अन्धड़ झेले, बवंडर झेले; फिर भी जीवित रहा। और वर्षा की फुहार मुख पर पड़ते ही अंकुरित हो झूम उठा।"

कौशाम्बी

नगर-द्वार से प्रवेश करते ही सुमित्र भौंचक रह गया। नागों का नगर सुन्दर था, सुव्यवस्थित और स्वच्छ भी था, परन्तु ऐसा भव्य नहीं था। न तो ऐसी अट्टालिकाएँ थीं, न ही ऐसे चौड़े मार्ग। न ही ऐसे भव्य अश्व थे और न ही इतने सुसज्जित रथ।

सुमित्र मुग्ध नेत्रों से उन रथासीन स्त्री-पुरुषों को देखता ही रह गया जिनके मुखों तथा हाव-भाव से समृद्धि का तेज टपक रहा है और उनके वस्त्राभूषणों से चकाचौंध करता ऐश्वर्य झलक रहा है। मणि-माणिक-खचित स्वर्ण-आभूषणों से आपाद-मस्तक सुसज्जित रूपगर्विताएँ अनाच्छादित पालकियों में ऊँचे आसन पर बैठी हैं और आते-जाते लोगों को देखते हुए भी वे न देखने का भाव मुख पर लिये हैं। पीछे-पीछे उनकी परिचारिकाएँ हैं रेशमी वस्त्रों में, और हाथों में भाले लिये अश्वारोही अंगरक्षिकाएँ भी।

पदचर्या करते श्रेष्ठीगण भी हैं मार्ग में, सभी श्वेत पदत्राण तथा श्वेत कौषेय परिधान धारण किये हुए। उनके पीछे कई सेवक हैं। कुछ अपने स्वामी को धूप से बचाने उनके सिर पर मोतियों से सुसज्जित छत्रों की छाया किये हुए हैं तो कई उनके लिये अतिरिक्त पादुकाएँ लिये तथा शीतल जल व अन्य मीठे, सुवासित पेयों से भरे हुए घड़े सिर पर उठाये चल रहे हैं।

कौशाम्बी राजधानी है वत्स-देश की जिसकी समृद्धि प्रमुखत: उसकी खनिज-सम्पदा के कारण है। किन्तु इसका कुछ श्रेय यहाँ के सूती वस्त्रों को भी जाता है जिनकी जम्बूद्वीप ही नहीं विदेशों में भी भारी माँग है। इस कारण दक्षिण में महिष्मति से उज्जैन व विदिशा होकर उत्तर में साकेत, श्रावस्ती जानेवाले मार्ग तथा पश्चिम में सिन्धु-सौवीर एवं भृगुकच्छ के पोताश्रयों से पूर्व में वाराणसी, वैशाली, राजगृह जानेवाले सभी व्यापारिक मार्ग यहीं होकर जाते हैं।

अट्टालिकाओं, रथों, पालकियों को रुक-रुक कर निहारता चलता सुमित्र एक सुरम्य उद्यान की सुषमा देख ठिठक गया। विभिन्न प्रकार के फूलों के पौधों की सैकड़ों क्यारियों में शरद ऋतु ने सोती हुई कलियों को जगा दिया है और वे रसिक भँवरे के गुंजन में अपने सुन्दर, सुरभित रूप की प्रशंसा सुन प्रफुल्लित हुई जा रही हैं। पंखों पर मनभावन चित्रकारी किये इतराती फिरतीं तितलियाँ उनके साथ

सौन्दर्यस्पर्धा कर रही हैं, और उन युवतियों के साथ भी जो वृक्षों पर पड़े झूलों पर पेंगें भरने की प्रतिस्पर्धा में मगन हैं। कानों में लटकी कमल-कलियाँ कोमल कपोलों के स्पर्श से पुलकित हो झूम रही हैं। उनकी मधुर देह-गन्ध से मदमत्त पवन उनके उत्तरीय उड़ाये लिये जा रहा है, और शाखाओं पर बैठे पक्षी अपनी चहचहाहट से भी अधिक चित्ताकर्षक और सुरीली उनकी हँसी से मोहित हो निशब्द बैठे हुए हैं।

सुमित्र स्वयं को रोक नहीं सका भीतर जाने से और उद्यान में टहलने लगा। एक स्थान पर उसने पाया कि खुरपी चलाते हुए वनमालियों के हाथ कहीं चल रहे हैं, निगाहें कहीं और हैं। परिणाम भुगत रहे थे निरीह पौधे। रुककर उसने उनकी निगाहों की दिशा में दृष्टि डाली जहाँ सुव्यवस्थित रूप से कतरी हुई कोमल घास पर कई युवतियाँ बैठी हैं और रह-रहकर खिलखिला रही हैं। कोई घास के तिनके तोड़कर फेंक रही है, तो कोई तिनका चबा रही है और कोई बार-बार अपना उत्तरीय सँभाल रही है जो अपने स्थान से कहीं सरका ही नहीं है। उनकी ये भंगिमाएँ स्पष्ट बता रही हैं कि उन्हें पता है आम्रवृक्ष के नीचे झुंड बनाकर खड़े युवक चोरी-छिपे उनकी ही ओर देख रहे हैं, और उनके ही विषय में चर्चा कर रहे हैं। युवकों का रीझना युवतियों में यौवन एवं रूप का मद कई गुना बढ़ा देता है। और वे इसका पूरा-पूरा आनन्द ले रही हैं।

सुमित्र निकट ही स्थित नीम-वृक्ष के पीछे खड़ा हो उन्हें एकटक निहारने लगा। उन्हें देख उसके हृदय में मधुर भावों का संचार होने लगा था। तभी उसकी दृष्टि उनमें से एक युवती पर जाकर टिक गई। कान्तियुक्त कांस्यवर्ण त्वचा, घने काले केश, भरे हुए होंठ, चौड़ी किन्तु सुडौल नाक तथा आकर्षक मुख पर ऐसा आत्मविश्वास जो तनिक दम्भ की झलक भी दे रहा है। एक बार भी न मुँह खोला था उसने, न तिनके तोड़े थे और न ही उत्तरीय सँभाला था। बस एक ही मुद्रा में बैठी हुई वह सुनती और मुस्कुराती रही थी।

जैसे ही वह युवती उठकर अपना अधोवस्त्र झाड़ते हुए जाने को हुई, सुमित्र मानो नींद से जागा। उसके हृदय की धड़कन अचानक ही तीव्र हो गई और इस विचार ने उसे अत्यन्त प्रबलता के साथ घेर लिया कि यही है वह जिसके साथ जीवन बिताने का सपना वह पूरे मार्ग में देखता आया है।

आते-जाते लोग आश्चर्य और कौतूहल से देख रहे हैं। परिव्राजक-वेशधारी युवक का अश्वारूढ़ युवती के पीछे इस प्रकार दौड़ते जाना कोई सामान्य व्यवहार तो है नहीं! किन्तु सुमित्र का ध्यान उनकी ओर नहीं है। वह तो अश्व की दुलकी चाल के साथ उस युवती की उछलती, गिरती देह तथा उसके लहराते उत्तरीय पर दृष्टि जमाये भागे चला जा रहा है।

कुछ समय पश्चात् उसने साँस को मुँह फुलाकर छोड़ना आरम्भ कर दिया। दामिनी की युवकों के साथ नित्य होती दौड़-स्पर्धा में वह भी चला जाता था कभी-

कभी, किन्तु कभी भी दौड़ पूरी नहीं कर पाता था। तब दामिनी ने उसे बताया था कि इस प्रकार मुँह से साँस छोड़ने पर साँस शीघ्र नहीं उखड़ती। यह भिन्न विषय है कि ऐसा करने पर वह दौड़ तो पूरी कर पाया गिरते-पड़ते, परन्तु अन्य युवकों की भाँति वह भी सदैव ही उससे हारा।

युवती का अश्व एक ऊँची प्राचीर में बने विशालद्वार से भीतर प्रविष्ट होते देख सुमित्र ने अपनी गति धीमी कर ली।

"यह किसका भवन है?" माथे से टपकते पसीने को बाँह से पोंछते हुए उसने द्वारपालों से पूछा।

"राजपुरोहितजी का।"

"मुझे कोई काम मिल सकता है?"

"काम या भिक्षा?"

"नहीं, भिक्षा नहीं। काम।"

तभी वही युवती भिक्षा ले आई। राजपुरोहितजी का आदेश है कोई भी याचक बिना भिक्षा प्राप्त किये न लौटे।

"भिक्षापात्र कहाँ है तुम्हारा? बिना भिक्षापात्र ही भिक्षा माँगने निकल पड़े हो?" युवती ने उपहास भरे स्वर में पूछते हुए सुमित्र को नीचे से ऊपर तक देखा। मँझोले से लम्बा कद, ऊँचा माथा, बड़ी-बड़ी आँखें और मुख पर भोलापन।

"भिक्षा नहीं चाहिये मुझे।" सुमित्र उस युवती को निकट से अब देख पाया। सुदृढ़ भुजाएँ, घुटने तक आते अधोवस्त्र के नीचे पुष्ट पिंडलियाँ तथा गठे हुए शरीर में सैनिक-सी कसावट लिये वह सैनिक सरीखी मुद्रा में ही खड़ी थी छाती तानकर, जिसके कारण उसके उन्नत वक्ष और भी अधिक उन्नत प्रतीत हो रहे थे।

"तो फिर?" युवती ने अपनी लम्बी भौंहों को ऊपर खींचते हुए पूछा।

"कोई काम मिल सकता है?"

"काम?" युवती ने विनोदमय दृष्टि से सुमित्र को निरखा। "क्यों, भिक्षा से निर्वाह नहीं हो पा रहा?" कहते हुए युवती के कालापन लिये लाल होठों पर परिहास भरी मुस्कान उभर आई।

सुमित्र ने सिर झुका लिया और मौन खड़ा रह गया।

"आओ, अन्दर आ जाओ!" मुस्कुराहट को दबाते हुए युवती ने आदेशात्मक स्वर में कहा और मुड़कर चल दी।

द्वार से अन्दर घुसते ही सुमित्र विस्फारित नेत्र लिये चित्रवत खड़ा रह गया।

अत्यन्त भव्य एवं विशाल भवन है वह। ऊँची छत पर विशाल वातायन है। पथ के दोनों ओर पंक्तिबद्ध वृक्ष हैं: आम, जामुन, शिरीष, अशोक, कचनार, कदम्ब, नीम। रंग-बिरंगे फूलों से भरी क्यारियों की छटा तो देखते ही बन रही है। कई तड़ागों में लाल, पीले, नीले कमल खिले हैं और कुछ में चकवे और वत्तकें तैर रही हैं।

जहाँ-तहाँ लटके बाँस के पिंजड़ों में तोता-मैना बतिया रहे हैं। सुन्दर लम्बे पंखों को पसारे मोर यहाँ-वहाँ दौड़ते फिर रहे हैं। और क्यारियों से पुष्प चुनती युवतियाँ उस हाथी को देख हँस-हँस कर दोहरी हुई जा रही हैं जो उनकी षोडशी स्वामिनी की राह रोके खड़ा है।

"मेरे पास समय नहीं है तुम्हारी छेड़खानियों के लिये।" षोडशी तरुणी ने घूमकर जाने का प्रयास किया तो हाथी ने उसकी क्षीण कटि को अपनी सूँड़ में लपेट उसे ऊपर उठा लिया।

"क्या करते हो दुष्ट?" तरुणी ने क्रोधित हो हाथी की सूँड़ पर चाँटा मारा। पिंजरे में से तोता चिल्लाया, "क्या करते हो दुष्ट!" मोर उचक-उचक कर हाथी के पैरों पर चोंच मारने लगे। मैनाओं के फुदक-फुदक कर पंजे मारने से पिंजड़े इधर-उधर झूलने लगे। वत्तकों ने अपनी कर्कश ध्वनि से मानो आकाश ही सिर पर उठा लिया। और चकवों के पंखों की तीव्रगति फड़फड़ाहट ने तो तड़ागों की सतह के ऊपर बूँदों का आवरण ही बिछा दिया।

हाथी ने तरुणी को बड़े सँभालकर नीचे उतारा, और मुड़कर चल दिया।

"तुम तो रुष्ट हो गए!" तरुणी उसके पीछे दौड़ी। "अच्छा करो, जो करना हो करो!" कहते हुए तरुणी उसके सामने खड़ी हो गई। "अत्यन्त ढीठ हो! तुमसे पार पाना तो ..."

तरुणी का कथन अभी पूरा भी नहीं हो पाया था कि हाथी ने उसे उठाकर अपने मस्तक पर बिठा लिया और एक तड़ाग से जल अपनी सूँड़ में भरकर उसके ऊपर उड़ेल दिया।

"बस! या और भी कुछ बचा है?" तरुणी ने बनावटी क्रोध से कहा।

तोता भी चिल्लाया, "और भी कुछ बचा है?"

हाथी ने अपना सिर ऊपर-नीचे हिलाया और पुष्प चुनती युवतियों से डलियाएँ छीन-छीन कर उस पर उलटने लगा।

यह सब देख सुमित्र के अचम्भे की सीमा नहीं थी। तभी अचानक तरुणी की दृष्टि उस पर पड़ी।

"कौन हो तुम? यहाँ आओ!"

'कैसा मधुर स्वर! सुने तो कोयल भी लज्जित हो जाए!' सोचते हुए सम्मोहित-से खड़े सुमित्र का मुँह तो खुला परन्तु उनमें से बोल नहीं निकल पाए।

"इसे काम चाहिये।" द्वार पर आई युवती, जिसका नाम कामिनी है, उपहासात्मक दृष्टि से सुमित्र को देखते हुए मुस्कुराई।

सुनते ही पुष्प चुन रही युवतियों की हँसी छूट गई।

हँसी सुन सुमित्र को जैसे चेतना हुई। सकुचाते हुए वह जब तक उस तरुणी के निकट पहुँचा, हाथी ने धीरे-से उसे नीचे उतार दिया था। आँखें फाड़े सुमित्र

ठगा-सा उसे देखता रह गया। भोर की प्रथम किरण-सी उजास मुख पर। अधर जैसे अर्धकुसुमित किंशुक-कली। और त्वचा ऐसी कोमल व स्निग्ध कि कमल-पंखुड़ी भी लजा जाए। सुमित्र के मन में अनायास विचार आया कि यदि सौन्दर्य का कोई मापक्रम बनाना हो तो इस तरुणी को शिखर पर रखकर ही नीचे आना होगा।

सुमित्र का सोच मिथ्या नहीं था। अद्भुत सौन्दर्य है तरुणी का! पारलौकिक!! तभी तो पशु-पक्षी तक मोहित हैं उस पर!

"वस्त्रों से तो परिव्राजक लगते हो, परन्तु इस प्रकार किसी स्त्री को देखना तो निषिद्ध होता है परिव्राजक के लिये।" मुस्कुराते हुए उस तरुणी ने कहा जिसका नाम मागन्धिया है।

आत्मविस्मृत-सा सुमित्र उस कोमलगात तरुणी के सस्मित मुख पर मणिमाला-सी उज्जवल दन्तपंक्ति को निहारता मौन खड़ा रह गया।

"गूँगे हो?" मागन्धिया ने हँसते हुए पूछा तो जैसे नन्ही-नन्ही कई घंटियाँ एक साथ बज उठीं।

यह सुन सारी युवतियाँ भी खिलखिला पड़ीं। ऐसा दृश्य उनके लिये नया नहीं था फिर भी हर बार मनोरंजक होता था।

मागन्धिया के पिता अत्यन्त धनी ब्राह्मण हैं। उनके पुरखे सैकड़ों वर्ष पहले कुरु-प्रदेश से आकर यहाँ बस गए थे। सहस्त्रों एकड़ भूमि है। सैकड़ों सेवक हैं। अश्व कितने हैं उनकी अश्वशालाओं में उन्हें नहीं पता, न ही यह पता है उन्हें कि उनकी गौशालाओं में गायें कितनी हैं।

कभी वे राजपुरोहित हुआ करते थे वत्सराज शतानीक के। किन्तु दो वर्ष की बेटी को छोड़ उनकी पत्नी जब स्वर्ग सिधार गई तो उन्होंने अपने पद को त्याग मागन्धिया का स्वयं ही बड़े लाड़-प्यार से पालन-पोषण किया है। पद छोड़े यद्यपि उन्हें कई वर्ष हो गए हैं परन्तु अभी भी उन्हें राजपुरोहितजी कहकर ही सम्बोधित किया जाता है।

उनकी इस इकलौती कन्या के अद्भुत सौन्दर्य के चर्चे पूरे आर्यावर्त्त में हैं, और मागन्धिया को भी अपनी सुन्दरता का बोध है। उसके लिये राजकुमार उदयन के साथ विवाह का प्रस्ताव भी आ चुका है, परन्तु उसने मना कर दिया। राजपुरोहितजी ने भी छोटी आयु को निमित्त बनाकर टाल दिया। कदाचित उनकी भी इच्छा नहीं थी कि उनकी लाडली इतनी शीघ्र उनसे दूर हो जाए।

तभी कामिनी ने निकट आकर सुमित्र के कन्धे को झिंझोड़ा।

"स्वामिनी तुमसे कुछ पूछ रही हैं!"

"कुछ कहा आपने?"

सारी युवतियाँ पुनः हँस पड़ीं।

"तुम्हें काम चाहिये?" मागन्धिया ने बड़ी कठिनाई से अपनी हँसी को रोकते हुए पूछा।

सुमित्र ने हाँ में सिर हिला दिया।

"क्यों?"

"परिव्राजक-जीवन त्याग गृहस्थ-जीवन अपनाना चाहता हूँ।" सुमित्र ने सिर झुकाये हुए उत्तर दिया। कहते हुए उसे लज्जा आ रही थी।

"ऐसा क्यों?" मागन्धिया के स्वर में भोला विस्मय था।

सुमित्र ने कोई उत्तर नहीं दिया। मागन्धिया देर तक ध्यान से सुमित्र को देखती रही।

"अपने घर ही क्यों नहीं लौट जाते? कहीं तो होगा तुम्हारा घर!"

सुमित्र तब भी कुछ नहीं बोला।

"अच्छा, मत बताओ। किन्तु काम क्या करोगे?"

सुमित्र के मन में एक बार को आया कि कह दे, मैं चित्रकारी कर सकता हूँ। किन्तु अनिकेत ने कहा था ज्ञान व कला मूलतः स्वान्तःसुखाय हैं। उनका यदि अन्य कोई उपयोग हो तो वह समाज-हित में ही हो। साथ ही उससे यह वचन भी लिया था कि वह न तो उनसे प्राप्त ज्ञान का और न ही चित्रकला का उपयोग कभी भी आजीविका अथवा धन का अर्जन हेतु करेगा।

"कोई भी काम कर लूँगा, परिश्रम से मैं नहीं डरता।"

"ठीक है, आज से मेरे अश्व की देखभाल तुम करोगे।"

राजपुरोहितजी को पता चला तो अत्यन्त कुपित हुए।

"बिना आगा-पीछा सोचे तुमने उसे रख लिया। कौन है? कहाँ से आया है? माता-पिता कौन हैं? न कुछ जाना, न कुछ बूझा और अपने अश्व की देखभाल उसे दे दी।"

किन्तु मागन्धिया के आगे भला किसकी चली है जो उनकी चलती? उन्होंने ही तो उसे अपने लाड़-प्यार से ऐसा बिगाड़ रखा है कि उसकी बड़ी-छोटी कोई भी इच्छा पूरी न हो तो उत्पात मचा देती है। फिर भी यदि उसका कहा पूरा न हो तो अनशन पर बैठ जाती है, और तब उन्हें उसके हठ के सामने झुकना ही होता है।

"अवसर मत देना मुझे कभी सन्देह भी करने का!" राजपुरोहितजी ने सुमित्र को अपने कक्ष में बुलवाकर डाँटा। "वरना चमड़ी उधड़वा दूँगा! न ही कभी सिर उठाना उसके सामने! आँखें हर पल नीचे।"

सुमित्र की इच्छा हुई कह दे, रखो अपना काम अपने पास। मैं तो चला। किन्तु कह नहीं पाया। कामिनी के प्रति आकर्षण उसके मुँह पर ताला जड़ गया।

मुख्य भवन के पीछे एक बड़ी अश्वशाला है जिसमें राजपुरोहित जी के अश्व हैं और एक छोटी, जिसमें मागन्धिया की अंगरक्षिकाओं के अश्व हैं। मागन्धिया के

अश्व हेतु इन सबसे पृथक अश्वशाला है जिसके भीतर ही दो छोटे-छोटे कक्ष भी हैं। इनमें से एक उसे दे दिया गया।

इसके साथ ही सुमित्र की दिनचर्या भी निश्चित हो गई। अँधेरे मुँह उठकर वह सबसे पहले अश्व की लीद उठाकर बाहर फेंकता, फिर अश्वशाला की सफाई करता, और नित्यकर्म से निवृत्त हो अश्व का दाना-पानी कर देता। सूर्योदय होते-होते मागन्धिया आ जाती और चम्पा, बेला, चमेली जितने भी पुष्प हैं सभी की गन्ध अश्वशाला में भर जाती।

मागन्धिया को अश्वारुढ़ करवाते हुए पहले ही दिन सुमित्र की दृष्टि उसके पाँवों पर टिकी तो टिकी ही रह गई। इसलिये नहीं कि राजपुरोहितजी ने कहा था, आँखें नीचे। न ही उसे डर है उनका। वह तो उन पाँवों को बरबस ही निहारता रह गया था। कितने सुन्दर पाँव! न जाने किसकी स्मृति जगा रहे थे? उसे ऐसा अनुभव हुआ जैसे बरसों से वह उन पाँवों को पहचानता है। उसके जाने के उपरान्त भी उनकी छवि देर तक उसके मन में तैरती रही थी। और फिर तो दिनोंदिन मागन्धिया के प्रति ऐसा आकर्षण हो चला, ऐसी श्रद्धा उपजती गई उसके मन में, मानो वह कोई देवी हो।

मागन्धिया की सुन्दरता गर्व का कारण है राजपुरोहितजी के लिये तो समस्याओं का स्रोत भी है। आते-जाते उनकी पुत्री की एक झलक पाने युवकों की भीड़ लगी रहती है मार्ग में। कई बार ऐसा भी हुआ है, अब भी होता रहता है, कि मागन्धिया के अश्व के सामने वे युवक लेट जाते हैं और गिड़गिड़ाने लगते हैं कि वह उनके साथ विवाह कर ले। इनमें कुलीन ब्राह्मणों के साथ-साथ राजपरिवारों के क्षत्रिय भी हैं तथा धनवान श्रेष्ठियों के पुत्र भी। यही कारण है कि उन्हें अपनी पुत्री के साथ अंगरक्षिकाओं की पूरी एक टुकड़ी भेजनी पड़ती है, जिसकी प्रधान है कामिनी। इसलिये वह भी प्रतिदिन सवेरे मागन्धिया के साथ होती है अश्व पर सवार, कटिबन्ध में कटार खोंसे तथा हाथ में भाला लिये।

सुमित्र शीघ्र ही जान गया कि कामिनी मागन्धिया की अंगरक्षिका मात्र ही नहीं है, उसकी सबसे प्यारी सखी भी है।

कामिनी की माँ भी अंगरक्षिका थी तथा राजपुरोहितजी की सेवा में ही थी। और वह असुर-वंश से थी।

राजा-महाराजाओं से लेकर सामन्तों, पुरोहितों तक भी अंगरक्षक के रूप में असुर स्त्रियों को प्राथमिकता देते हैं। एक तो वे शारीरिक-शक्ति, साहस तथा वीरता में अंगरक्षक पुरुषों से बराबरी करती हैं। दूसरे, वे न तो राजनीति समझती हैं और न ही उसमें रूचि रखती हैं। अत: उनके किसी षड्यन्त्र में सम्मिलित होने की सम्भावना न के बराबर ही रहती है।

राजपुरोहितजी अत्यन्त सुदर्शन व्यक्तित्व के स्वामी हैं। वाणी में उनकी रसधार बहती है, यदि वे चाहें। पत्नी उनकी सुन्दर व चरित्रवान थी, फिर भी वे उससे दुखी रहा करते थे। जब देखो पूजा-पाठ! जब देखो सत्संग-उपवास!

यह दुःख उनके अकेले का ही नहीं था। ब्राह्मणियों की, विशेष रूप से सम्पन्न परिवारों की, लगभग-लगभग यही स्थिति हर घर में है। धर्म-कर्म, यज्ञ-अनुष्ठान करके परलोक को सुधारने की चिन्ता में इहलोक पर उनका ध्यान ही नहीं है। इस कारण काया-सुख और काम-सुख, दोनों ही के प्रति वे उदासीन रहा करती हैं। राजपुरोहितजी जैसे एक-पत्नीव्रती पुरुषों के लिये पत्नियों के ये रंग-ढंग विशेष रूप से त्रासदायक हैं।

दूसरी ओर असुर स्त्रियों का सम्मोहन तब से अब तक भी घटा नहीं है जब कि आर्य पामीर के पठार से उतरकर कश्यप (Caspian) सागर और फिर सिन्धु नदी और उसके पार आ पहुँचे थे, मार्ग में असुरों के साथ युद्ध करते व उनके दुर्गों को ध्वस्त करते हुए; तथा साथ ही उनकी स्त्रियों को दासी बनाते हुए एवं स्वयं उनके श्यामल सौन्दर्य तथा मांसल देहयष्टि के दास बनते हुए।

असुर स्त्रियों के साथ आर्यों के संसर्ग से उत्पन्न कन्याओं में आर्यों के कुछ लक्षण आ गए हैं। नाक लम्बी हो गई है; वर्ण ताँबईपन की ओर चला गया है; काली आँखों में भूरापन आ गया है। किन्तु अधर अभी भी भरे हुए हैं; त्वचा में अब भी वही चमक है; देह की गठन और गढ़न भी वही है जिसने शताब्दियों पहले आर्यों को लुभाया था। और वही उन्मुक्तता है उनमें, वही सहज-प्रवृतियाँ, जहाँ तक काम का आनन्द लेने व देने का प्रश्न है।

अतः एक अंगरक्षक असुर-कन्या को सम्पन्न, सुसंस्कृत, पौरुषवान आर्य-पुरुष की अंकशायिनी बनने में कोई संकोच नहीं हुआ था। वैसे भी राजाओं, सामन्तों व श्रेष्ठियों के साथ-साथ सम्पन्न ब्राहमणों के लिए भी दासियों के साथ संसर्ग अत्यन्त सामान्य बात है।

जैसे ही कामिनी की माँ ने बताया कि उसे गर्भ ठहर गया है, राजपुरोहितजी ने उसका विवाह अश्वशाला में काम करनेवाले एक दास से करा दिया। कामिनी की माँ को भी न कभी आशा थी न ही चाह कि वह राजपुरोहितजी की पत्नी बने। यद्यपि कई ऐसे ब्राह्मण हैं जिन्होंने शूद्र अथवा असुर कन्या के साथ विवाह करने के लिये अपना ब्राह्मणत्व तजना स्वीकार लिया था, परन्तु राजपुरोहितजी ने ऐसी भूल नहीं की। यह मागन्धिया के जन्म से कई वर्ष पूर्व की घटना है।

कामिनी के सामने पड़ते ही सुमित्र सिटपिटा जाता है। जिस प्रकार से वह उसे देखती है, ग्रीवा को बाएँ कन्धे पर झुका और गले में पड़ी मौतियों की माला में अंगुली फँसा उसे दाएँ-बाएँ घुमाते हुए तिरछी निगाहों से उसे तौलती हुई-सी, उनमें जैसे चुनौती होती है कि मुझसे नहीं छिपा पाओगे तुम कुछ भी। आँखें उसकी हैं भी

अत्यन्त वाचाल। कुछ न कहते हुए भी सब कह देती हैं, सब पूछ लेती हैं।

मागन्धिया आधा पहर बीतने के पहले नहीं लौटा करती है। सुमित्र उसके आने के पहले ही भोजन कर लेता ताकि लौटने पर अश्व को पानी दिखाने व दाना देने के पश्चात् वह जमकर उसे लकड़ी के कंघे से खरहरा करके चरोखर ले जा सके। अपराह्न में अश्व को बाँध और नाँद में दाना डाल वह प्रायः नगर-भ्रमण पर भी निकल जाया करता है।

लगभग तीन माह हो चुके हैं उसे कौशाम्बी आए परन्तु नगर को देख सुमित्र का जी ही नहीं भरता। हाथीदाँतों को छाँट-छीलकर बनाये गए विभिन्न आकार-प्रकार के चौखटों और उनमें जड़े दर्पणों तथा प्रतिष्ठान व महिष्मति से लाईं गईं चन्दन की लकड़ी एवं हाथीदाँत में उत्कीर्ण मनोहारी मूर्तियों से सजी पण्यशालाओं के सामने वह अभी भी देर तक खड़ा रह जाता है।

शीत ऋतु ने अब तक शीत लहर दौड़ा दी है। धूप सेकते नगरवासी हाथों को आपस में मलते, ठिठुरते हुए कह रहे हैं,

"पहले तो कभी नहीं पड़ी इतनी ठंड! रात में तो जमा ही देती है। दो मोटी दुलाईयाँ भी पूरी नहीं पड़तीं।"

"मुझे तो डर है खेतों पर कहीं पाला न पड़ जाए!"

व्यापारी भी पण्यशालाओं के बाहर ही धूप में खड़े हैं।

"तुमने देखा, इस बार कपास कैसा बढ़िया लाये हैं दक्षिण के व्यापारी!"

"हाँ हाँ, देखा। रेशा अच्छा लम्बा है, और पक्का भी।"

"फिर तो इस वर्ष वस्त्रों का मूल्य और भी अच्छा मिलेगा, नहीं?"

"किन्तु कपास के भाव भी तो बढ़ा दिये हैं उन्होंने!"

कौशाम्बी के निवासी भिन्न-भिन्न प्रकार की पादुकाओं के प्रति अत्यधिक चाव रखते हैं इसलिये पण्यशालाओं में पादत्राण भी भाँति-भाँति के सजे हैं। कई नगरवासी तो जिस भी पशु का आखेट करते हैं, उसके ही चमड़े से पादुकाएँ बनवा लेते हैं और फिर उन्हें मोरपंखों व बिच्छुओं की पूँछ से अलंकृत करवा उन पर चाँदी के तारों से कढ़ाई भी करवा लेते हैं। स्त्रियाँ इन पादुकाओं में भीतर की ओर कौषेय अथवा ऊनी वस्त्र की परतें भी सिलवा लिया करती हैं। किन्तु अधिकांश स्त्रियाँ सोने के तार से कढ़े विभिन्न रंगों के चमकीले वस्त्र चमड़े के पट्टों पर सिलवा लेने के पश्चात् उन्हें आपस में इस प्रकार जुड़वाकर पद-परिधान बनवाती हैं कि उनके पाँवों में वायु-स्पर्श बना रहे।

कौतूहलपूर्वक चारों ओर दृष्टि दौड़ाते हुए सुमित्र को दूर चौराहे पर एक भीड़ जुटी दिखाई दी। तुरन्त वह उस ओर दौड़ गया। अपने अधोभाग पर व्याघ्रचर्म लपेटे तथा हाथ में पकड़े दंड को धरती पर टिकाये हुए एक वृद्ध संन्यासी कोई कथा सुना रहा था।

"यह उन दिनों की कथा है जब गंगा के पश्चिम में स्थित राज्यों के कभी शक्तिशाली रहे राजा, कुरुक्षेत्र में हुए विनाशकारी महासंग्राम के उपरान्त उसी प्रकार निस्तेज हो चले थे जिस प्रकार आँधी चलने पर सूर्य हो जाया करता है। हस्तिनापुर इसका अपवाद नहीं था। वह भी अपना प्राचीन वैभव एवं गौरव खो चुका था। उसके राजसिंहासन पर तब अर्जुन के प्रपौत्र का प्रपौत्र नृचक्षु आसीन था। जानते हो न अर्जुन कौन था?" संन्यासी ने सभी श्रोताओं की ओर दृष्टि घुमाते हुए पूछा।

जितने बच्चे वहाँ खड़े थे सब एक साथ चिल्ला उठे, "हाँ, महान धनुर्धारी अर्जुन!"

"बहुत अच्छे! हाँ तो, नृचक्षु ने भी अपने पूर्वजों के पदचिह्नों पर चलते हुए देवों को प्रसन्न रखने के उद्देश्य से कई यज्ञ किये। परन्तु एक समय न जाने क्या कारण हुआ कि इन्द्रदेव कुपित हो गए और उन्होंने मेघों के प्रधान को आदेश दे डाला: हस्तिनापुर राज्य में जल की एक बूँद भी न बरसे! फिर क्या था! देखते ही देखते खड़ी फसलें सूख गईं। कुछ ही महीनों में प्रजा के भूखों मरने की स्थिति आ गई। लोग सूख कर सलाई होने लगे। यह देख महाराज नृचक्षु ने राज्य के सारे अन्नागार खुलवा दिये। प्रजा जय-जयकार कर उठी! उनकी तुलना दानवीर कर्ण से होने लगी। राजा नृचक्षु भी यह जानकर कुप्पा हो गए।"

कहते हुए संन्यासी ने गाल फुला लिये तथा दोनों कोहनियाँ मोड़कर ऊपर उठा दीं। भीड़ में खड़े बच्चे खिलखिल हँस पड़े।

पूरे आर्यावर्त्त में ही पुरा-आख्यान सुनाते हुए ऐसे संन्यासी घूमा करते हैं। गृहस्थ जीवन के दायित्वों को पूरा करने के पश्चात् ये वानप्रस्थ-काल अध्ययन व तप में व्यतीत कर समाज में लौटे हैं। इन्हें दंडिन कहा जाता है।

"किन्तु जब अगले वर्ष भी मेघों ने जल नहीं बरसाया तो त्राहि-त्राहि मच गई। इन्द्रदेव को प्रसन्न करने के लिये इतने यज्ञ किये नृचक्षु ने, इतने यज्ञ किये कि बलि चढ़ाये हुए पशुओं की हड्डियों का पहाड़ खड़ा हो गया! किन्तु इन्द्रदेव प्रसन्न नहीं हुए, तो नहीं हुए। महाराज नृचक्षु ने अब अपना राजकोष भी खोल दिया। दूसरे देशों से अनाज बुलवाकर बँटवा दिया। प्रजा उनकी तुलना उनके पूर्वज धर्मराज युधिष्ठिर से करते नहीं अघाती थी।"

"परन्तु जब तीसरे वर्ष भी वर्षा ऋतु सूखी निकल गई तो अकाल पड़ गया। जंगलों से जानवर समाप्त होने लगे, वृक्षों से फल। जलाशय जल व कमल दोनों से ही रीत चले। ठठरी बन चुके लोग पथराई आँखों से आकाश को तकते-तकते जब इस संसार से पलायन करने लगे, तो शेष बचे लोगों ने दूसरे देश पलायन करने की मानसिकता बना ली। राजपुरोहित ने भी महाराज नृचक्षु से कहा: दुर्भाग्य की परछाईं पड़ चुकी है महाराज हस्तिनापुर पर! इसे त्याग देने में ही बुद्धिमानी है। किन्तु महाराज नृचक्षु का मन नहीं माना।"

"तभी एक साँझ घनघोर मेघ धौंसा बजाते घुमड़ आए और गड़गड़-गड़गड़ करते झमाझम बरसने लगे। पूरा हस्तिनापुर घरों से बाहर निकल आया और झूम-झूम कर नाचने लगा।" संन्यासी ने दोनों हाथ ऊपर उठाये और एक पैर पर उछल-उछल कर नाचने लगा। देखादेखी बच्चे भी नाचने लगे।

"धरती की प्यास बुझी। पशुओं की प्यास बुझी। पक्षियों की चहचहाहट फिर से सुनाई देने लगी। मेघ भी गरजते, तरजते हुए बरसते ही रहे, बरसते ही रहे। लगातार! धुआँधार! दस दिन हो गए। पन्द्रह दिन हो गए। बीस दिन बीत गए। पूरा हस्तिनापुर पानी-पानी हो गया। चारों ओर कीड़े-मकोड़ों का राज हो गया। रसोई में चूल्हा जलना बन्द हो गया क्योंकि जलावन को सूखी लकड़ी ही न बची। व्याधियों ने हर घर में डेरा डाल दिया। सब चिन्तित हो इन्द्रदेव से प्रार्थना करने लगे: प्रभु! अब तो बस करो। मेघों को जाने का आदेश दो। सूर्यदेव को फिर से चमकने दो। किन्तु मेघ थे कि टस से मस होने का नाम ही नहीं ले रहे थे, और न ही उनका जल-भंडार रीत रहा था।"

दंडिन साँस लेने के लिये रुका और कमंडल में से पानी का घूँट भरकर भीड़ पर दृष्टि डाली। अब क्या होगा? सभी के मुख पर यह प्रश्न पढ़कर वह मुस्कुरा दिया और कथा फिर आगे बढ़ाई।

"मेघाछन्न आकाश! तिमिरावेष्टित धरती! अमावस्या की वह निशा मानो कालरात्रि ही बन कर आई। माँ गंगा के हृदय में वर्षों से कसकती पीड़ा उस रात जैसे घनीभूत हो उमड़ आई, और वह हस्तिनापुर में घुस अपने साथ आधे नगर को बहा ले गई। शिखण्डी की आड़ लेकर अर्जुन द्वारा अपने पुत्र भीष्म के छल से किये गए वध को वह कब भूल पाई थी! और न ही वह उस करुणक्रन्दन को भूल सकी थी जो उसके अंक में समाते हुए कौरवों की विधवाओं के मुख से फूटा था। अपने घरों को ढहते व प्रियजनों को डूबते-बहते देख रोते-बिलखते हुए निरीह नगरवासियों पर कदाचित इन्द्रदेव को दया आ गई और अगले ही दिन से मेघ छँटने लगे।"

"फिर क्या था! महाराज नृचक्षु ने राजकोष रीता कर दिया और दूसरे देशों से महँगे मूल्य पर अनाज बुलवाकर बँटवा दिया। प्रजा ने नये उत्साह के साथ खेतों को जोतकर उनमें बुवाई कर दी। खेतों में उस वर्ष जैसी उपज लहलहाई वैसी पहले कभी नहीं लहलहाई थी। हस्तिनापुरवासी अपने समस्त दुःख, सारी पीड़ा भूलकर धान के पकने की प्रतीक्षा में प्रसन्नचित्त हो दिन बिता रहे थे कि एक दिन पश्चिम दिशा से छोटी-छोटी लाल-लाल चिड़ियाएँ लाखों की संख्या में आईं और आकाश पर छा गईं। साँझ होने के पहले ही अँधेरा हो गया। खेत सारे लाल हो गए। अगले दिन सवेरे लोग सोकर उठे तो देखा, खेतों में केवल ठूँठ खड़े थे!"

"पूरा का पूरा धान खा गए?" सुमित्र ने विस्फारित नेत्र लिये प्रश्न किया।

"हाँ, पूरा धान! एक दाना नहीं बचा! कुरुक्षेत्र में खेत रहे सैनिकों की आत्माएँ थीं ये लाल पक्षी, राजपुरोहित ने कहा। ये अब प्रत्येक वर्ष ही आयेंगी। यह सुनकर तो राजा नृचक्षु भी विचलित हो उठे। विवश हो उन्होंने हस्तिनापुर को त्यागने का निर्णय ले ही लिया।"

कहकर दंडिन जाने का उपक्रम करने लगा तो सुमित्र से पूछे बिना नहीं रहा गया।

"तो कहाँ बसाया उन्होंने अपना नया देश?"

"यहीं, जहाँ तुम खड़े हो। राजकुमार उदयन उन्हीं के वंशज तो हैं।"

सुमित्र को अनिकेत का स्मरण हो आया। उनके साथ संन्यासी को सुनते हुए जो प्रश्न उसके मन में आए थे, आज जाकर उसे उनका उत्तर मिला है। किन्तु इसी के साथ मंजरी और दामिनी की स्मृतियाँ भी उमड़ आईं और उसका मन उदास हो आया।

"न जाने कैसे होंगे वे!" तभी भीड़ में से कोई बोला।

"कौन कैसे होंगे?" सुमित्र ने पूछा।

"राजकुमार उदयन, और कौन?"

"क्यों, क्या हुआ उन्हें?"

"तुम्हें नहीं पता? नये आए हो?"

सुमित्र ने हाँ में सिर हिला दिया।

टुकड़े-टुकड़े जो कहानी सुमित्र ने भीड़ में उपस्थित लोगों से सुनी, वह इस प्रकार थी।

उज्जैन का राजा प्रद्योत अपने प्रचण्ड क्रोध के कारण चण्डप्रद्योत के नाम से अधिक जाना जाता है। जिस दिन से उसका विवाह वैशाली के गण-प्रमुख चेटक की पुत्री के साथ हुआ है उसी दिन से वह अपनी साली मृगावती पर आसक्त है। और यह आसक्ति मृगावती का विवाह वत्सराज महाराजा शतानीक के साथ हो जाने के पश्चात् भी बनी हुई है।

चम्पा के साथ हुए अनिर्णायक युद्ध से लौटते समय महाराजा शतानीक की मृत्यु हो गई थी। उनका एकमात्र पुत्र उदयन उस समय अवयस्क था, अत: उसे युवराज घोषित कर उसकी माँ महारानी मृगावती को उसकी संरक्षिका बना दिया गया। बस, तब से ही चंडप्रद्योत हाथ धोकर महारानी के पीछे पड़ा है कि अब वे उसके साथ विवाह कर लें। कभी अपने प्रेम की दुहाई देता है तो कभी धमकाता है कि वह आक्रमण कर उनके राज्य को तहस-नहस कर देगा।

और यह मात्र गीदड़ भभकी नहीं थी। विशाल शक्तिशाली सेना रखने के कारण ही उसे महासेन का उपनाम भी मिला हुआ है। पहले-पहल महारानी मृगावती ने यह कहकर टाल दिया कि अभी उन्हें उदयन के वयस्क होने तक वत्सदेश का

राजकाज सँभालने के उत्तरदायित्व को निभाना है। परन्तु उदयन के वयस्क होने और उसके राज्याभिषेक के पश्चात् भी महारानी मृगावती के टालमटोल करने से चिढ़कर उसने धमकियाँ तो बढ़ा ही दी हैं, सीमा पर अपनी सैनिक टुकड़ियों की संख्या भी चौगुनी कर दी है।

लगभग एक वर्ष पूर्व महाराज उदयन हाथियों का आखेट करते-करते उज्जैन राज्य की सीमा तक पहुँच गए। टोहियों से समाचार पाते ही चंडप्रद्योत के सेनापति ने वत्सदेश में घुसकर शिविर में रात्रि-विश्राम कर रहे महाराज को छल से बन्दी बना लिया। अब चंडप्रद्योत कहता है, महारानी मृगावती ने उसके साथ विवाह नहीं किया तो वह उनके पुत्र को सूली पर चढ़ा देगा।

सुमित्र उस दिन बड़े दुखी मन से लौटा और देर रात तक राजकुमार उदयन तथा महारानी मृगावती के विषय में ही सोचता रहा।

अगली प्रात: मागन्धिया ने उससे पूछ लिया।

"उदास दिखते हो, क्या बात है? कुछ हुआ है?"

सुमित्र की उसके प्रति भावनाएँ मागन्धिया से छिपी नहीं थीं। पुरुषों का उसके प्रति आकर्षित होना उसके लिये कोई नई बात नहीं थी, और न ही उसे यह बुरा लगता था। उलटे यदि उसे देख कोई मोहित न हो तो उसे वह अपना शत्रु समझ लेती थी। किन्तु वह जान रही थी सुमित्र का उसके प्रति आकर्षण वह नहीं है जो किसी पुरुष का स्त्री के प्रति होता है। पुरुष के मन में उठनेवाली वासना को स्त्रियाँ न जाने कैसे जान लेती हैं? कदाचित पुरुष-शरीर से उटती तरंगें, या कोई गन्ध, अथवा छठी इन्द्रिय।

सुमित्र की सेवा से भी प्रभावित थी मागन्धिया। एक दिन कामिनी ने उससे कह भी दिया।

"स्वामिनी! पहले तो कभी आपका अश्व ऐसा नहीं चमकता था, और न ही इसकी हिनहिनाहट में इतनी प्रसन्नता झलका करती थी।"

इन सभी कारणों से मागन्धिया के मन में सुमित्र के प्रति स्नेह-भाव उत्पन्न हो गया है।

"नहीं, कुछ नहीं हुआ।" मागन्धिया का प्रश्न सुनकर सुमित्र ने विचारमग्न मुद्रा में दाएँ-बाएँ सिर हिला दिया।

"नहीं, कुछ तो है! अरे हाँ! तुम तो गृहस्थ-जीवन अपनाने आए थे न? कहीं विवाह न हो पाने से तो दुखी नहीं हो? कोई भा गई हो तो बता दो।"

सुमित्र चाहते हुए भी कुछ नहीं बोल पाया। कैसे बताये कि कामिनी का आकर्षण ही तो उसे यहाँ खींच लाया था। और कैसे कहे कि इतने माह बीत जाने पर भी कामिनी को देख उसके हृदय की धड़कन वैसे ही बढ़ जाती है जैसे उस पहले दिन बढ़ गई थी।

एक दिन उसने साहस करके कामिनी से पूछ भी लिया था।

"मुझसे विवाह करोगी?"

"विवाह? वह भी तुमसे?" कामिनी ठठाकर हँस दी थी। "यह मुँह और मसूर की दाल!"

सुनकर सुमित्र का मुँह उतर तो गया ही था, अपमान का अनुभव कर लाल भी हो गया था।

"क्यों? क्या खोट है मुझमें?"

"मैं विवाह करूँगी तो किसी श्रेष्ठी-पुत्र के साथ अथवा किसी आभिजात्य क्षत्रिय के साथ।" तिरस्कारपूर्ण दृष्टि से उसे देखते हुए कामिनी ने कहा था।

वह दृष्टि गहरे तक चुभ गई थी सुमित्र के मन में, फिर भी कामिनी के प्रति उसकी भावनाओं में कोई परिवर्तन नहीं आया था।

कामिनी के मन में इस महत्वाकांक्षा की नींव अपने शरीर-सौष्ठव और पुरुष-चित्त को विचलित कर देनेवाले सौन्दर्य के प्रति अभिमान के साथ-साथ अपने जन्म के उस रहस्य पर भी टिकी हुई है जिस पर से उसकी माँ ने मरते समय आवरण उठा दिया था। उस दिन उसे समझ आया था कि राजपुरोहितजी उससे पितृवत स्नेह क्यों करते हैं।

"कह दो, निस्संकोच कह दो यदि किसी पर मन आ गया हो।" मागन्धिया ने जब सुमित्र से आग्रहपूर्वक पुनः पूछा तो न चाहते हुए भी उसकी आँखें कामिनी की ओर उठ गईं।

"अच्छा, तो मेरी प्यारी सखी पर दृष्टि है तुम्हारी!" कहते हुए मागन्धिया ने कामिनी को देखा। उसके मुख के भाव पढ़कर वह समझ गई उसे सुमित्र के साथ विवाह में आपत्ति है, और क्या आपत्ति है यह भी वह समझ गई। अपने पिता से हठ करके उसने सुमित्र को अश्वशालाओं का प्रमुख बनवा दिया तथा उसका वेतन कई गुना बढ़ाकर उसे पाँच कक्षोंवाला निवास भी दिलवा दिया।

कामिनी यद्यपि अभी भी तैयार नहीं थी इस विवाह के लिये, परन्तु मागन्धिया को वह मना नहीं कर सकी। कर भी नहीं सकती थी।

सुमित्र तो मानो धन्य हो गया कामिनी के साथ विवाह करके। जितना भी अवकाश मिलता उसे काम से, सारे समय उसके आस-पास ही मँडराता रहता। कभी रसोई में हाथ बँटाता, तो कभी घर की झाड़ू-बुहारी कर देता। उसके केशों में तेल भी मल देता, प्यार से उन्हें सुलझा भी देता और उनकी चोटी बना उसमें स्वयं की ही पिरोई हुई वेणी भी गूँथ देता। पाँवों में उसके मेहँदी और महावर भी सजा देता। कामिनी भी उसे अपनी अंगुलियों पर नचाती और उससे अपनी हर इच्छा पूरी करवाती। किन्तु सुमित्र को सब स्वीकार था, बस कामिनी प्रसन्न रहे। रात में भी

कामिनी देर तक चिरौरी करवाती, पाँव दबवाती तब कहीं जाकर सुमित्र के साथ रमण को सहमत होती, सो भी कभी-कभी।

किन्तु एक बार जब वह मनुहार स्वीकार लेती तो उसके असुर-रक्त में आया उफान कठिनाई से ही थमता, और उसके शरीर से उठती महुए-सी मादक गन्ध में सुमित्र सारी रात डूबा रहता। कदाचित यह भी कारण है कि कामिनी के प्रति सुमित्र का प्यार घटा नहीं प्रत्युत समय के साथ बढ़ता ही चला गया है, जबकि कामिनी का व्यवहार उसके प्रति पति से अधिक नौकरों जैसा होता चला गया है। समय के साथ वह अकारण ही उस पर जब-तब बरसने भी लगी है।

छह माह बीतते-बीतते कामिनी को गर्भ ठहर गया। सुमित्र तो सारे दिन उछला-उछला पड़ता। उसे समझ ही नहीं आता था कैसे वह अपनी प्रसन्नता व्यक्त करे। किन्तु कामिनी की प्रतिक्रिया से स्पष्ट था कि वह प्रसन्न नहीं थी। कुछ ही महीनों में एक नन्ही कली घर में आ गई। बिम्बाफल सरीखे लालिमा लिये गोल-गोल गाल और बड़ी-बड़ी चमकीली आँखें। सुमित्र उसे देख-देख फूला नहीं समाता था। उसका नाम उसने ही रखा—सुनयना।

सुमित्र का अधिकांश समय अब सुनयना के साथ ही बीतने लगा। उसके कोमल-कोमल, प्यारे-प्यारे, छोटे-छोटे हाथों को अपने गालों पर लगाने और उन्हें चूमने में इतना आनन्द हो सकता है इसकी उसे कल्पना भी न थी। सुमित्र के भाँति-भाँति प्रकार से मुँह बनाने पर जब वह किलकारी भरती या गुदगुदी करने पर खिलखिला उठती तो उसे ऐसा प्रतीत होता मानो संसार के सारे ही सुख उसकी झोली में आ गिरे हैं। कभी गोद में तो कभी कन्धे पर उसे उठाये नगर भर में घूमता-फिरता। प्रत्येक रात्रि अपनी बेटी को लोरी भी सुनाता। ऐसे में उसे अपनी माँ का स्मरण हो आता। वह भी उसे ऐसे ही लोरियाँ गाकर सुलाया करती थी।

अच्छे दिन तो पंख लगाये उड़ते हैं। कब सुनयना वर्ष भर की हो गई सुमित्र को पता ही नहीं चला।

तभी समाचार मिला महाराज उदयन चंडप्रद्योत के बन्दीगृह से निकल भागे हैं।

यह जान कि महाराज उदयन का वीणावादन सुन हाथी मदमत्त हो जाया करते हैं, चंडप्रद्योत की युवा पुत्री वासवदत्ता ने उनसे संगीत सीखना आरम्भ किया और शीघ्र ही उनके प्रेमपाश में बँध गई। एक दिन यह जाँचने के निमित्त से कि हाथियों के मदमत्त हो जाने की कहानी में कितनी सच्चाई है, उसने अपना एक हाथी बुलवाया। वासवदत्ता की माँ नागवंश से थी और उसके शरीर में वही चपलता थी तथा वही लोच जो नाग-स्त्रियों में हुआ करता है। साथ ही, बचपन से वह हाथियों के साथ ही खेलती आई थी। उसके हाथ के एक संकेत पर हाथी के झुकते ही उसने एक पैर उसके कुम्भ पर रखा और दोनों हाथों से सूँड़ को थाम पलक झपकते उस

पर चढ़ बैठी व उसके कान में कुछ फुसफुसाई। अगले ही पल वह हाथी उदयन को अपनी सूँड़ में लपेट भाग खड़ा हुआ।

सूचना मिलते ही चंडप्रद्योत ने तीव्रगति अश्वारोहियों को पीछा करने भेजा। किन्तु वे पकड़ पायें उसके पूर्व ही हाथी वत्सदेश की सीमा में प्रवेश कर गया जहाँ महारानी मृगावती के आदेश से वत्सदेश का महामन्त्री यौगन्धरायण सेना लिये खड़ा था।

आज कौशाम्बी के हर घर पर पताका फहर रही है। द्वार पर गृहिणियों ने हल्दी, गेरू, आटे तथा रँगे हुए चावलों से नयनाभिराम अल्पनाएँ सजाई हुई हैं। पकवानों की गन्ध वातावरण में तैर रही है। स्थान-स्थान पर निर्धनों व भिखारियों हेतु भोजन पक रहा है। कौशाम्बी के नगर-श्रेष्ठी तथा राज्य के भूतपूर्व कोषाध्यक्ष घोषित ने भी अपने विशाल भवन के प्रांगण में भोजन-वितरण की व्यवस्था कर रखी है, जिसे उसकी पुत्री सामवती सँभाल रही है।

सामवती घोषित की दत्तक-पुत्री है। कहीं से कुछ वर्ष पहले ही वह आई थी कौशाम्बी अपने वृद्ध व अशक्त माता-पिता को लेकर, और यहीं रहने लगी थी। घोषित की दानशाला वर्ष भर ही खुली रहती है। पंक्ति में वह प्रतिदिन धैर्य के साथ अपनी बारी की प्रतीक्षा कर जितना और जो प्राप्त हो, ले जाया करती थी। कभी भी अन्य याचकों की भाँति उसने अधिक की माँग नहीं की। कुछ दिनों के पश्चात् उसने आँचल में डाला गया अनाज लगभग आधा लौटा दिया, और कुछ दिनों के उपरान्त उसका भी आधा ही लेने लगी।

घोषित को सेवकों ने जब यह जानकारी दी तो उसे उस युवती के विषय में जानने की उत्सुकता हुई तथा एक सेवक से उसका पीछा करने तथा उसके विषय में जानकारी प्राप्त करने को कहा। लौटकर उस सेवक ने बताया कि युवती का नाम सामवती है तथा उसके पिता कौशाम्बी के समीप ही स्थित भद्द्वतिका निगम के प्रमुख श्रेष्ठी हुआ करते थे, जो व्यापार में घाटा खाकर दिवालिया हो गए। दुर्दिनों की मारी सामवती निगमवासियों की आँखों में कभी उपहास तो कभी दया का भाव देख लज्जा के मारे अपने वृद्ध माता-पिता के साथ यहाँ चली आई। पिछले दिनों उसके पिता स्वर्गलोक सिधार गए, और कुछ समय पश्चात् माँ भी। दिया हुआ अनाज वह इस कारण लौटाने लगी थी कि उसकी अब आवश्यकता घट गई थी।

घोषित ने सामवती को बुलवाया और पंचों के सामने उसे अपनी पुत्री बना दानशाला का उत्तरदायित्व उसे सौंप दिया।

महाराजा उदयन के स्वागत को पूरा कौशाम्बी ही उमड़ पड़ा था। जयजयकार के नारों के साथ उनके राजभवन पहुँचते ही राजमाता मृगावती ने पूरे राज्य में सात दिन तक उत्सव मनाने तथा उसके पश्चात् अपने पुत्र का वासवदत्ता के साथ विधिवत विवाह करने की घोषणा कर दी। सभी राजाओं को निमन्त्रण भेज दिये गए।

घोषित ने भी इस अवसर पर अपने कई मित्रों को निमन्त्रण दे डाला, जिनके आतिथ्य का भार भी सामवती पर ही आ पड़ा। उसने विस्तार से सब बताते हुए अपनी सहेली कामिनी को एक सेवक के हाथ सन्देश भेजा,

'भारी बोझ सिर पर आ पड़ा है। चिन्तित हूँ, कहीं किसी प्रकार की कोई चूक न हो जाए। नौकर-चाकर तो कई हैं, परन्तु उन्हें देखनेवाला भी तो कोई होना चाहिये न! मुझे तुम्हारी सहायता चाहिये। तुम्हीं कर सकती हो। तुम्हारे अतिरिक्त और किसी से आशा भी नहीं।'

सामवती जब आई-आई ही थी कौशाम्बी तभी उसकी कामिनी के साथ मित्रता हो गई थी। पश्चिम से बहकर आती यमुना नदी जहाँ से दक्षिण को घूमती है, उसी स्थान पर नदीतट के समीप ही राजा उदयन का उद्यान है। इसके गावुत भर आगे स्त्रियों के लिये एक स्नान-घाट है जहाँ मागन्धिया भी जाया करती है स्नान करने तथा तैरने। वहीं पर कामिनी का सामवती से परिचय हुआ जो शीघ्र ही मित्रता में परिवर्तित हो गया।

सामवती का सन्देश पाते ही कामिनी ने पहले तो मागन्धिया से अनुमति ली और फिर प्रतिदिन सवेरे से ही घोषित के प्रासाद पहुँच सामवती का हाथ बँटाने लगी। जब तक वह लौटती अँधेरा घिर आता। सुनयना अभी तक उसका दूध पीती थी अत: उसे भी साथ ले जाती। सुमित्र का दिन बड़ी कठिनाई से बीतता। अत: वह कभी घोषित के प्रासाद भी चक्कर लगा आता। परन्तु कामिनी को उसका वहाँ आना नहीं जँचा।

"क्या मेरे भेद लेने आते हो? कि किसी के साथ अनुचित सम्बन्ध तो नहीं बना रही मैं?"

तब से वह अब रात में ही वह अपनी बेटी से मिल पाता है।

एक रात कामिनी नहीं लौटी। सुमित्र ने चाहा कि जाकर देखे, क्या कारण हुआ न आ पाने का। परन्तु उसके रुष्ट हो जाने के भय से नहीं जा सका और रात भर सवेरा होने की प्रतीक्षा करता रहा। रात में नहीं आ पाई तो सवेरे अवश्य आएगी, स्वयं को वह आश्वस्त करता रहा। जब सवेरे भी कामिनी नहीं आई तो उससे रहा नहीं गया और वह सामवती के पास पहुँच गया।

"वह तो कल दिन रहते ही चली गई थी। कह रही थी कि सिर में पीड़ा हो रही है।"

अधिक समय नहीं लगा रहस्य खुलने में। घोषित के यहाँ ही ठहरा हुआ श्रावस्ती से आया एक श्रेष्ठी भी नहीं दिखाई दे रहा था।

"हाँ, दोनों में मित्रता तो हो गई थी। आपस में चुहल भी चलती थी।" सामवती को स्मरण आया। "किन्तु कामिनी तो ऐसी ही थी। पुरुषों का साथ उसे रास आता

था तथा उनके साथ उसका मेलमिलाप भी शीघ्र ही हो जाया करता था। इसलिये मैंने सोचा ..."

"और सुनयना?" सुमित्र ने घबराकर पूछा।

"वह भी नहीं है।"

बौखलाया हुआ सुमित्र मार्गों पर हर घर में और हर आने-जानेवाले से दिन भर पूछताछ करता रहा।

"हाँ, कल दोपहर के उपरान्त एक रथ निकला तो था तीव्र गति से दौड़ता हुआ। उसमें एक स्त्री भी थी।"

"और बच्ची?"

"हाँ एक छोटी बच्ची भी थी।"

और भी लोगों ने इसकी पुष्टि की।

"हाँ, देखा था हमने। एक पुरुष, स्त्री और छोटी बच्ची रथ में बैठ उत्तर की ओर जा रहे थे।"

अगली प्रातः अश्वशाला में सुमित्र को न पाकर मागन्धिया ने सेविका को पता करने भेजा। घर पर कोई नहीं था। अगले दिन भी नहीं दिखा सुमित्र तो मागन्धिया ने नगर भर में ढूँढ़ मचवा दी।

"कल तक तो वह दिखा था स्वामिनी, बावरा-सा नगर भर में घूमता हुआ। किन्तु आज उसका कहीं पता नहीं चल रहा। लोग बता रहे हैं जंगल की ओर जाते दिखा था।"

राजगृह में

उत्तर में विपुल गिरि, पूर्व में छठ गिरि, पश्चिम में वैभार गिरि इत्यादि पाँच पहाड़ियों से घिरा है राजगृह नगर। सुरक्षा के उद्देश्य से मनों भारी अनगढ़ पत्थरों की सूखी चिनाई कर बनाये गए पाँच-हाथ ऊँचे तथा इतने ही चौड़े परकोटे से पाँचों पहाड़ियों को आपस में जोड़ दिया गया है। अस्त्र-शस्त्रधारी रक्षक इस पर खड़े रहकर नगर की रात-दिन चौकसी किया करते हैं, जिन्हें शत्रु-सेना के अश्वों की धूल दिखाई देने के साथ ही धौंसा बजा देने के आदेश मिले हुए हैं।

राजगृह पहले गिरिव्रज के नाम से जाना जाता था। परन्तु अंगदेश की सेना को खदेड़ देने के पश्चात् मगधराज बिम्बसार ने इस नगर को व्यवस्थित एवं भव्य बनाने के साथ-साथ इसका नामकरण भी गरिमामय कर दिया है—राजगृह, यानी राजा का घर।

स्थान-स्थान पर पहाड़ियों की तलहटी में कुंड बने हुए हैं जिनमें झरनों का पानी एकत्रित हो रहा है। वैभार गिरि के नीचे तपोदा नामक उष्ण-जल का सोता है जिसमें नहाने से चर्मरोग तो ठीक होते ही हैं, अन्य कई रोगों से भी मुक्ति मिल जाती है। नगर के कुछ प्राकृतिक कुंड भूगर्भ से रिसते ऊष्मायुक्त जल से भरे हुए भी हैं, जिन पर स्नानार्थियों की भारी भीड़ इकट्ठी है। आज यह भीड़ और दिनों से कहीं अधिक है क्योंकि मगधराज द्वारा बुलाये गए वार्षिक सम्मलेन में भाग लेने दस-बीस हजार नहीं पूरे अस्सी हजार गाँवों के प्रतिनिधि आने आरम्भ हो चुके हैं। नगर के दक्षिणी द्वार के बाहर अस्थाई नगर ही बस गया है और उस तक पहुँचनेवाले प्रत्येक मार्ग पर बैलगाड़ियों, भैंसागाड़ियों, छकड़ों आदि का ताँता बँधा हुआ है।

"हमारे महाराज का तो कहना ही क्या! सारी ही व्यवस्थायें कर रखीं हैं।" बैलगाड़ी से उतरकर बैलों के गले से जुआ खोलते हुए एक ग्राम-प्रमुख बोला।

सम्मलेन में हर गाँव से सामान्यत: ग्राम-प्रमुख ही आता है जिसे कहीं ग्रामिक, कहीं ग्राम-भोजक, तो कहीं ज्येष्ठक भी कहा जाता है। किन्तु यदि किसी और को भी भेजना चाहें ग्रामवासी तो मनाही नहीं है।

"इसी वर्ष देख रहे हो क्या? हर वर्ष तो आते हो और हर बार कैसी अच्छी व्यवस्था रहती है।" वहीं खड़े एक अन्य ग्राम-प्रमुख ने कहा।

"तुम कब आए!" पूर्व-परिचित को देख पहला व्यक्ति चहका।

"कल रात ही आ गया था। गत वर्ष से भी अच्छी व्यवस्था कर रखी है महाराज ने इस बार तो।"

"महाराज की तो पूछो ही मत! प्रसन्न हों तो मुँह-माँगा दे दें और क्रोधित हो जाएँ तो बस परमात्मा ही बचाए तो बचाए। जानते हो क्या हुआ? महाराज का प्रवास हमारे गाँव में होना नियत था। किन्तु न तो मार्ग के गड्ढे पट पाए थे और न ही झाड़-झंखाड़ कट पाए थे कि समाचार मिला महाराज दो ही दिन की दूरी पर हैं। फिर क्या था! हमारी स्त्रियाँ और बच्चे भी भिड़ गए और एक ही दिन में ऐसा चकाचक कर दिया मार्ग कि देखते ही महाराज प्रसन्न हो गए! तुम मानोगे नहीं परन्तु उन्होंने उसी क्षण एक और तालाब बनवाने के लिये सौ स्वर्ण-मुद्राएँ हाथोंहाथ दे दी थीं!"

"यह तो कुछ भी नहीं! हमारा गाँव और हमारे मार्ग देखकर तो उन्होंने हमें दो वर्ष के लिये कर-मुक्त कर दिया था।"

"उनका तो काम ही अनोखा है! अन्यथा कौन राजा होगा जो बरस में आठ महीने गाँव-गाँव फिरता रहे यह देखने कि सब ठीक तो चल रहा है न।"

"हाँ भाई, यहाँ भी तो एक-एक से पूछा करते हैं। अधिकारियों से कोई समस्या तो नहीं? खेती-किसानी कैसी चल रही है? किसी प्रकार का रोग तो नहीं फैल रहा? मार्ग निरापद तो हैं? चोर-डाकुओं का भय तो नहीं है? मार्गों तथा जलाशयों के निर्माण व रख-रखाव पर तो अधिक ही आग्रह रहता है उनका!"

"क्यों? कुओं, उपवनों पर नहीं है? एक-एक योजन पर तो कुएँ और छोलदारियाँ हैं, आम्रवन और कदलीवन हैं। अब धर्मशालाएँ भी बनवा रहे हैं।" गधे पर लदा सामान उतारने के पश्चात् काठी खोलते हुए एक खुदरा व्यापारी बोला। काठी के खुलते से ही गधे को धरती पर लोट लगाते देख सब हँस दिये।

"सबसे अधिक लाभ तो इसका इन व्यापारियों को ही मिलता है।" अब तक एक और ग्राम-प्रमुख वार्तालाप में सम्मिलित हो गया था। "सबसे अधिक सुविधा तो इनको ही होती है। क्यों, झूठ कहा मैंने?"

सच ही, व्यापारियों का बिम्बसार विशेष ध्यान रखता है। वह भली-भाँति समझता है राज्य की समृद्धि में व्यापारियों का क्या योगदान है। सुवर्णभूमि से लाए गए हाथीदाँत, जायफल, लवंग के अतिरिक्त चीनदेश से आए कौषेय वस्त्र, रंगीन चित्रकारी किये हुए स्फटिक-से प्रतीत होते अत्यन्त चिकने सुरापात्र से लेकर एक से बढ़कर एक सजावटी वस्तुएँ, खिलौने आदि ताम्रलिप्ति पत्तन पर उतार व्यापारियों के दल राजगृह होते हुए ही सुदूर पश्चिमी देशों को ले जाते हैं। भले ही थलमार्ग से गान्धार होकर पर्शुदेश जाना हो या पश्चिमी समुद्रतट पर सौवीर तथा भृगुकच्छ के पोताश्रयों तक, जहाँ से यह सामग्री विशाल जलपोतों में भरकर देश-विदेश के

व्यापारी पर्शुदेश होते हुए बावेरू तथा यवनदेश तक ले जाया करते हैं। गान्धार के उत्तर-पश्चिम में प्रवाहित वक्षु नदी नौपरिवहन हेतु अत्यन्त उपयुक्त समझी जाती है। अत: कई व्यापरी थलमार्ग से गान्धार जाकर इस नदी से होते हुए कश्यप सागर के निकट पहुँच जाते हैं और फिर उसे पार कर भूमिमार्ग से यवन-देश।

व्यापारियों के साहस व उद्यमिता का बिम्बसार सम्मान करता है तथा दूर-दूर से घने जंगलों में होकर आते उनके सार्थों (काफिलों) की सुरक्षा के लिये सैनिक-टुकड़ियाँ भी उपलब्ध करवाता है। यही कारण है कि विभिन्न राज्यों के व्यापारी राजगृह आकर समिति बना लेते हैं और उसके नाम पर हजार-हजार गाड़ी सामग्री निश्शंक हो वनमार्गों से अन्य देशों के साथ व्यापार के लिये भेज देते हैं। इस सुरक्षा की कीमत यद्यपि उन्हें चुकानी पड़ती है, अधिकांशत: व्यापार से हुए लाभ में भागीदारी देकर। फिर भी यह बड़ा आसरा है।

दूर-दूर के गाँवों से आए प्रतिनिधियों के मनोरंजन के लिये नगर में मेला भी भरा हुआ है। कहीं दंगल, कहीं मेढ़ों की लड़ाई, तो कहीं मुर्गों की। झूले भी लगे हैं गोल चक्करवाले कठपुतली का खेल दिखानेवाले श्वेत यवनिका के पीछे प्रकाश की व्यवस्था में व्यस्त हैं। शाम होते-होते इनके हाथों की छाया विभिन्न पशु-पक्षियों की आकृतियाँ बनकर इस यवनिका पर उभरेंगी और उनकी ध्वनियाँ भी गूँजेंगी।

प्रतिवर्ष इस सम्मलेन के समय छोटे खुदरा व्यापारी दूर-दूर से राजगृह आ जाया करते हैं और अपनी ही एक पण्यवीथी बना लेते हैं। क्योंकि जो भी आता है, वह अपने परिवार के लिये कुछ न कुछ तो क्रय कर ही लेता है। हँसते हुए बन्दर, नाचते हुए भालू, डंडी पर ऊपर-नीचे होता मेंढक, लड़ते हुए योद्धा, कंचे व गुलेल की गोलियाँ: पकी मिट्टी के कितने ही प्रकार के खिलौने मिल रहे हैं बच्चों के लिये, साथ ही लकड़ी की खिलौना-गाड़ियाँ, नाचते-गाते-बजाते मानव-पुतले व झुनझुने भी। स्त्रियों के लिये रंग-बिरंगे पत्थरों के मनकों को पिरोकर बनाये हुए हार जिनमें पत्थर के ही लोलक भी लटके हैं, पकी हुई मिट्टी से बनी चूड़ियाँ, लकड़ी के कंघे तथा हाथीदाँत के आभूषण भी इनके पास बहुतायत से उपलब्ध रहते हैं।

किन्तु किसी को भी स्वयं के खाने-पीने के लिये कुछ नहीं लेना होता है। इसकी व्यवस्था राज्य की ओर से ही रहती है। अनाज, दाल, नमक, तेल आदि के साथ-साथ भोजन पकाने तथा धूनी के लिये जलावन भी। महीने भर पहले से ही योजनाबद्ध रूप से कार्यकलाप आरम्भ हो जाते हैं। खाद्य-सामग्री, जलावन इत्यादि इकट्ठा करना, पथों को निष्कंटक व समतल करवाना तथा शाल के लट्ठों, बाँस व फूस से कुटियाएँ छवाना। अपने लिये जो स्वयं ही कुटी छाना चाहें उनके लिये भी सामग्री उपलब्ध रहती है। किन्तु इस सुहानी शरद ऋतु में बहुत-से लोग तो आकाश तले ही अपनी शय्या बिछा लेते हैं, विशेष रूप से वे जो वनों से आए है। उनके चर्चा के विषय भी भिन्न हैं।

"हमारे राजा तो पारखी हैं। कठोर होकर भी सुनम्य हो ऐसे लोहे को क्रय करने में एक क्षण का भी आगापीछा नहीं करते, और जो मूल्य चाहो वे दे देते हैं।"

"ठीक तो है! तलवार जब तक लपलपाए नहीं तब तक वह कोई तलवार में तलवार हुई? हें?"

"सच कहते हो। और जब कोई नई खदान ढूँढता है अच्छी गुणवत्ता के लौह-अयस्क की, उसे तो हजार स्वर्ण-मुद्राएँ तक पुरस्कार में देते हुए मैंने अपनी इन्हीं आँखों से देखा है।"

"उन्हें ढेर सारे शस्त्र जो चाहिये! जीत तो युद्ध में उसी की होगी न जिसके पास अच्छे और अधिक मात्रा में शस्त्र होंगे।"

अत्यन्त महत्वाकांक्षी राजा है बिम्बसार जिसके पिता भात्तिय ने ही इस स्वतन्त्र राज्य की नींव रखी थी।

असुर-राज जरासन्ध के राजकाल में मगध जम्बूद्वीपका सबसे शक्तिशाली राज्य हुआ करता था जिसका वर्चस्व अंगदेश, मिथिला तथा वत्सदेश के अतिरिक्त भी कई अन्य प्रदेशों पर था। किन्तु जब उस वंश के अन्तिम राजा रिपुंजय की हत्या कर उसके अमात्य ने अपने पुत्र को सिंहासन पर बिठा दिया तो राज्य में उपजी अव्यवस्था एवं अराजकता का लाभ उठाकर इन सभी राज्यों ने न केवल मगध का प्रभुत्व नकार दिया, अपितु उसके प्रतिद्वन्द्वी भी बन बैठे। कालान्तर में मगध निर्बल होता चला गया और एक समय ऐसा आया कि उस पर अंगदेश का वर्चस्व स्थापित हो गया, जिसे समय-समय पर उत्तर में स्थित वैशाली के लिच्छवियों से चुनौती मिलती रहा करती थी।

राजनीतिक समीकरणों में परिवर्तन के साथ कोशलराज संजय महाकोशल की महत्वाकांक्षाओं ने जब पूर्व की ओर दृष्टि डाली तो आशंकित लिच्छवियों ने अपनी सेना का विस्तार करने का निश्चय कर अन्य प्रदेशों के नवयुवकों की भी सेना में प्रविष्टि करने की घोषणा कर दी। समाचार पाकर भात्तिय अपने साथ वनवासी मागध युवकों को लेकर वैशाली पहुँच गया और उन्हें सेना में प्रविष्ट करवा स्वयं उनकी टुकड़ी का प्रमुख बन बैठा।

भात्तिय बुद्धिमान था, साहसी था, और महत्वाकांक्षी भी। शीघ्र ही उसने जान लिया कि गणतान्त्रिक व्यवस्था वैशाली की शक्ति है तो उसकी सबसे बड़ी दुर्बलता भी। प्रत्येक निर्णय, कितना ही आवश्यक क्यों न हो, कई-कई माह सन्थागार में वाद-विवाद में उलझा रहता है। और वैशाली की न्यायप्रणाली तो उसे प्रहसन लगती जिसमें अपराधी को दंड देने में अनुचित एवं अत्यधिक विलम्ब तो होता ही है, कई अपराधी दंड पाने से बच भी जाते हैं।

उसने योजनाबद्ध रूप से समय-समय पर और भी मागध वनवासियों की टुकड़ियाँ वैशाली की सेना में भरती करवाईं तथा पहले इन सबका प्रमुख बना और

अपनी योग्यता का प्रमाण देकर तथा राज्य के प्रति समर्पण का प्रदर्शन कर शीघ्र ही गणराज्य के सेनापति का पद पा लिया।

उन दिनों अंगदेश का राजा ब्रह्मदत्त था। जिस समय अंगदेश वत्सराज शतानीक के आक्रमण से जूझ रहा था, भात्तिय अपनी टुकड़ियों को लेकर वैशाली से अलग हो गया और मगध में अपना छोटा-सा स्वतन्त्र राज्य स्थापित कर लिया।

वत्सराज शतानीक और ब्रह्मदत्त के बीच युद्ध अनिर्णायक ही रहा था। एक सन्धि के तहत दोनों ने मिलकर भात्तिय पर आक्रमण कर दिया। भात्तिय को घुटने तो टेकने पड़ गए परन्तु उसके युद्धकौशल तथा नेतृत्वक्षमता से प्रभावित हो ब्रह्मदत्त ने उसे गिरिव्रज तथा उसके आसपास का क्षेत्र सौंप दिया—इस बन्धन के साथ कि वत्स-राज्य पर, जिसके साथ मगध की पश्चिमी सीमा जुड़ती थी, तथा उत्तर में स्थित वज्जि-संघ पर भी, जिसके आठ घटकों में प्रमुख हैं वैशाली-गणराज्य के अतिरिक्त उसके दक्षिण-पश्चिम में स्थित वज्जि-गणराज्य तथा उत्तर-पूर्व में स्थित विदेह-गणराज्य, वह सतर्क दृष्टि बनाए रखेगा। इसके साथ ही उन देशों के साथ किसी भी सम्भावित युद्ध में अंगदेश की सहायता के लिये सैनिक टुकड़ियों को भी सन्नद्ध रखेगा।

अधिक वर्ष नहीं लगे भात्तिय को इतना शक्तिशाली होने में कि वह अंगदेश को ही चुनौती दे सके। उसका पुत्र बिम्बसार तब मात्र तेरह वर्ष का था जब उसने मगध की सेना का नेतृत्व करते हुए अंगदेश पर आक्रमण कर राजधानी चम्पा को अपने अधिकार में ले लिया था तथा अंगदेश की शासन-व्यवस्था अपने हाथ में ले ली थी।

इस घटना को हुए वर्ष भर भी नहीं हुआ था कि बिम्बसार को पिता के मृत्युशय्या पर होने का समाचार पाकर लौटना पड़ा। उसके सिर पर राजमुकुट रखने के दो ही दिन पश्चात् ही भात्तिय की मृत्यु हो गई। परन्तु जाते-जाते वह अपने उत्तराधिकारी के कान में मन्त्र फूँक गया: राज्य की शक्ति अनवरत विस्तार में ही निहित है।

भात्तिय की मृत्यु का समाचार सुन तथा चम्पा में मगध की सेना को सेनापतिविहीन पाकर राजा ब्रह्मदत्त के उत्तराधिकारी दधिवाहन ने न केवल अपने राज्य पर पुनः अधिकार कर लिया अपितु राजगृह पर आक्रमण कर बिम्बसार को भागने पर भी विवश कर दिया। शक्ति-समीकरण पुनः अंगदेश के पक्ष में हो जाने से विचलित वत्स देश का राजा शतानीक चम्पा पर चढ़ बैठा। युद्ध भयंकर हुआ परन्तु पुनः अनिर्णीत रहा।

इस युद्ध के कारण दोनों ही राज्यों में उत्पन्न हुई अव्यवस्था का लाभ उठाकर बिम्बसार मगध के दक्षिण-पश्चिम में स्थित नाग-राज्य की सहायता से अब तक न केवल अपना राज्य पुनः प्राप्त कर चुका है, अपितु संजय महाकोशल की बेटी कौशलकुमारी तथा वैशाली-प्रमुख चेटक की बेटी छलना से विवाह कर अपनी

राजनीतिक स्थिति को प्रबल बना लेने के साथ ही मगध की उत्तरी व उत्तर-पश्चिमी सीमाओं को भी सुरक्षित कर चुका है। इतना ही नहीं तो उसने वत्सदेश के महाराज उदयन के साथ, जो कुछ ही माह पूर्व उज्जयिनी के राजा चंडप्रद्योत की पकड़ से छूटकर आए हैं, अपनी बहन पद्मावती के विवाह की चर्चा भी चलाई हुई है।

अपनी इस सुदृढ़ स्थिति का लाभ उठाकर अब वह पूर्व में अंगदेश के भी आगे अपना राज्यविस्तार करने में जुटा है। दक्षिण में भी वह अनवरत बढ़ा चला जा रहा है छोटे-छोटे राज्यों को अपने में समेटता हुआ, कभी मात्र शक्ति-प्रदर्शन एवं परामर्श से तो कभी शक्ति का निर्दयतापूर्वक प्रयोग कर—निर्दयतापूर्वक ताकि अन्य राज्यों को उसे अधिक न समझाना पड़े। दक्षिण-पश्चिम में भी नागराज चम्पेय्या, जिन्होंने कभी उसकी अपने राज्य पर पुनः अधिकार कर पाने में सहायता की थी, के राज्य को भी अपने अधीन कर उसने मगध-राज्य की सीमा हिरण्यक नदी तक बढ़ा ली है।

जितनी हलचल मगध की राजनीति में है उससे कहीं अधिक अध्यात्म के क्षेत्र में है, और राजगृह इसका केन्द्र बना हुआ है। साधुओं सन्यासियों की भरमार हैं यहाँ, जिनकी विचित्र हैं जीवनशैलियाँ और अचरजकारी हैं वृत्तियाँ।

अधिकांश साधु-सन्यासियों ने तो वस्त्र के नाम पर मात्र कौपीन बाँध रखा है कटि पर, सो भी या तो जीर्ण वस्त्र का चीर है अथवा घोड़े की पूँछ के बालों के गुच्छे हैं। किसी ने मोर के पंखों को ही कौपीन की भाँति लटका लिया है, तो किसी ने कबूतर के पंखों को और किसी ने उल्लू के। और कुछ जो अचेलक कहलाते हैं उन्होंने तो कौपीन को भी तिलांजलि दे दी है।

इनमें से कुछ जटाजूटधारी संन्यासी स्वयं को हंस बताते हैं जो अध्यात्म के मार्ग पर उपलब्धि की एक अवस्था है, तो शरीर पर भस्म लपेटे कुछ संन्यासी स्वयं को परमहंस कहलवाते हैं और आकाश में उड़ने तथा पानी पर चलने जैसी चमत्कारिक शक्तियाँ रखने की दर्पोक्ति करते हैं। कुछ कापालिक भी हैं जिनका भिक्षापात्र मानव-खोपड़ी होता है और जो श्मशान में विशेष रातों को मारण, मोहन, वशीकरण आदि मन्त्रों की साधना में रत रहते हैं।

कुछ साधु संन्यासी ऐसे हैं जो गो-व्रत का पालन करते हैं और तिल की खली, जौ की लपसी, उड़द, सत्तू जो भी और जितना भी उनके मुँह में डाल दिया जाए, मात्र वही खाकर सन्तोष कर लेते हैं। कई ऐसे भी हैं जो कटाई के पश्चात् खेतों में रह गए अन्न के दानों को खाकर ही उदरपूर्ति कर लिया करते हैं। कुछ अजगर-वृत्तिवाले अवधूत भी हैं जो कहीं भिक्षा माँगने नहीं जाते। उन्हें विश्वास है कि उनका भोजन स्वयं ही चलकर उनके पास आएगा।

राजगृह की सीमा पर स्थित पांडव पर्वत (वर्तमान रत्नागिरी) पर बैठा सिद्धार्थ विहंग दृष्टि से नगर को देखते हुए विचारों में डूबा हुआ है। एक वर्ष से ऊपर हो आया

है उसे वैशाली से आए और इस नगर की धूल छानते। आचार्य आलार कालाम के आश्रम-स्थल में वह स्वयं अपनी पर्णकुटी छाकर लगभग एक वर्ष रहा था। पहले ही दिन उसके प्रश्न सुनकर आचार्य हँस दिये थे।

"आयुष्मान! कई सारे हैं प्रश्न तुम्हारे, और तुम्हें मैं स्पष्ट बता दूँ इन सभी का उत्तर नहीं है मेरे पास। तुम्हारे कुछ प्रश्नों के उत्तर तो सम्भवतः वही दे सकता है जो इस संसार को चलाता है। हाँ, यह मैं निश्चयपूर्वक कह सकता हूँ कि सारे दुखों की जड़ में मोह ही है। धन का मोह, स्त्री का मोह, भूमि अथवा राज्य का मोह। और मोह से मुक्ति पाने का एक ही मार्ग है जो ध्यान और योग से होकर जाता है, वह है शून्य-समाधि जिसके पश्चात् निर्वाण है। वरन यह कहना अधिक उपयुक्त होगा, शून्य-समाधि ही निर्वाण की अवस्था है।"

सिद्धार्थ ने ध्यान-धारणा के विभिन्न सोपानों को पारकर इतनी शीघ्र शून्य-समाधि की अवस्था प्राप्त कर ली थी कि आचार्य चकित रह गए थे। किन्तु उनका शिष्य सन्तुष्ट नहीं था।

'इसमें कोई सन्देह नहीं, अत्यन्त आनन्ददायी अवस्था है शून्य-समाधि!' सिद्धार्थ स्मरण कर रहा था। 'उस अवस्था में न स्वयं के अस्तित्व का भान रहता था, न ही मोह के बन्धन सताते थे। असीम आनन्द की उस अवस्था से बाहर आने की इच्छा ही नहीं होती थी! किन्तु आना होता था क्योंकि शरीर था, शरीर की आवश्यकताएँ थीं।'

'शून्य-समाधि से बाहर आते ही किन्तु स्नेह के बन्धन पुनः खींचने लगते। पुरानी स्मृतियाँ सावन के मेघों-सी घुमड़-घुमड़ आतीं और मन में हूक उठातीं। यशोधरा के साथ भगीरथी में पैर डाले बैठे रहना स्मरण आता। नवजात राहुल स्मरण आता। रुई से भी कोमल नन्हे-नन्हे हाथों में यशोधरा के निरावृत्त स्तन को बार-बार थामने का प्रयास करते हुए उसका दूध पीना स्मरण आता, और स्मरण आती राहुल को निहारती यशोधरा, उसकी आँखों में उमड़ता ममता का सागर और होठों पर तैरती अतुलित आनन्द की मन्द-मन्द मुस्कान!'

तब वह आचार्य आलार कालाम से विदा लेकर राजगृह आ गया था और यहाँ आचार्य उद्रक रामपुत्र की ख्याति सुनकर उनसे मिला था।

"शून्य-समाधि अन्तिम अवस्था नहीं है वत्स, उसके आगे भी एक अवस्था है—निर्विकल्प समाधि। वहाँ आनन्द-अनानन्द दोनों से ही ऊपर उठ जाता है साधक और परम शान्ति को प्राप्त होता है। वस्तुतः निर्विकल्प समाधि ही निर्वाण-अवस्था है, वह अवस्था जिसमें मोह के सारे बन्धन टूट जाते हैं। वहाँ पहुँचकर तुम्हें स्वयमेव सत्य का ज्ञान प्राप्त होगा और इन प्रश्नों के उत्तर तुम्हारे सामने ऐसे ही आ खड़े होंगे जैसे इस समय तुम मेरे सामने खड़े हो। मैं स्वयं तो वहाँ नहीं पहुँच

पाया हूँ अब तक, परन्तु मेरे पिता ने उस अवस्था को प्राप्त किया था और उन्हीं के बताये मार्ग पर मैं चल रहा हूँ तथा वही मार्ग तुम्हें दिखा सकता हूँ।"

तब वह उनके हजारों शिष्यों में से एक शिष्य बनकर वैभारगिरी पर उनके आश्रम के निकट एक गुफा में भी रहा और उनके बताये अनुसार साधना करते हुए एक ही वर्ष में उसने निर्विकल्प समाधि की अवस्था भी प्राप्त कर ली।

'यह सच है, परम शान्ति की अवस्था है वह!' सिद्धार्थ अपने अनुभवों का पुनरावलोकन तथा आत्मनिरीक्षण कर रहा था। 'किन्तु वही समस्या जो शून्य समाधि के साथ थी, इस अवस्था के साथ भी थी। निर्विकल्प समाधि में रहते हुए तो शरीर का मानो अस्तित्व ही समाप्त हो जाता था। परन्तु समाधि से बाहर आते ही फिर पुराना जीवन स्मरण हो आता। अत: मोह के सारे बँधन जस के तस। इसके अतिरिक्त, उस अवस्था में जहाँ न संसार का ज्ञान शेष रहता था न ही स्वयं के अस्तित्व का, वहाँ मुझे अपने उन प्रश्नों के उत्तर किस प्रकार प्राप्त होते जो इस संसार के विषय में तथा स्वयं मेरे इस संसार के साथ सम्बन्ध को लेकर ही थे?

आचार्य उद्रक रामपुत्र से विदा लेने के उपरान्त भी सिद्धार्थ राजगृह में ही रुक गया तथा विभिन्न मतों के आचार्यों तथा परिव्राजकों एवं सन्यासियों से मिलता रहा; उनके साथ चर्चा करता रहा; उनकी अवधारणाओं पर विवाद, चिन्तन व मनन करता रहा।

ब्रृहस्पति-पीठ के आचार्य से वह निश्चित ही प्रभावित हुआ था। अत्यन्त तर्कसंगत वचन थे उनके।

"वत्स, आत्मा को न किसी ने देखा है, न उसे सुना है। आत्मा का अस्तित्व मात्र अनुमान है। किन्तु यह अनुमान इसी शरीर के कारण तो है! शरीर नहीं होगा तो यह आत्मा की अनुभूति किसे? कहाँ से? तुम यह भी निश्चित जान लो कि गहन ज्ञान के सम्बन्ध में अनुमान सदैव गड़बड़ाता है, ठीक वैसे ही जैसे एक अन्धा व्यक्ति टटोल-टटोल कर आगे बढ़ता है परन्तु फिर भी ठोकर खाता है। द्वितीयक स्रोतों जैसे धर्मग्रन्थों तथा कही-सुनी बातों के आधार पर किये गए अनुमान स्वीकार्य तो हैं, परन्तु वहीं तक जहाँ तक वे इस लोक से सम्बन्धित हैं। पारलौकिक तथा इन्द्रियों द्वारा अग्राह्य विषयों में अनुमान निषेध है। उनको लेकर अनुमान करना और उन अनुमानों को लेकर तर्क करना वैसा ही है जैसा कि आकाश-कुसुम का अस्तित्व सिद्ध करने के लिये कोई निद्रा में देखे हुए किसी स्वप्न का प्रमाण देता फिरे।"

"तुम्हें एक कथा सुनाता हूँ। एक व्यक्ति की पत्नी मन्त्रपाठ, हवन, उपवासों में इतनी अधिक डूब गई कि पति-संसर्ग से विमुख हो स्वर्ग-प्राप्ति से मिलनेवाले सुखों की कल्पना में ही रात-दिन विचरने लगी। पति एक रात उसे नगर-चौक ले गया तथा वहाँ धूल में उसके सामने ही अपने दोनों हाथों की तीन अंगुलियों को आपस

में मिलाकर इस प्रकार धूल में दबाया कि भेड़िये के पंजों सरीखी छाप बन गई। प्रातःकाल वह अपनी पत्नी को पुनः उसी स्थान पर ले गया। नगर के प्रबुद्धजन वहाँ एकत्रित हो चर्चा कर रहे थे: इन चिह्नों का अन्य कोई स्पष्टीकरण सम्भव नहीं। रात्रि में अवश्य ही यहाँ भेड़िया आया होगा।"

"तब उस पति ने अपनी पत्नी को समझाया: भाग्यवान! ऐसे ही लोग हैं वे जो अतीन्द्रिय अनुभवों के विषय में अनुमान लगाना उचित मानते हैं। जो स्वर्ग में अकल्पनीय सुख भोगने तथा नरक में दारुण दुःख झेलने की मनःप्रसूत परिकल्पनाओं से सरल-बुद्धि जनों को भ्रमित किया करते हैं। सुख, दुःख सब यहीं हैं भाग्यवान! इसी संसार में हैं। इसके परे कुछ नहीं। जो अनुभवजन्य है, अनुभवगम्य है, अनुभवसिद्ध है—वही यथार्थतः सत्य है।"

"तो क्या समझ में आया पत्नी को जो उसके पति ने कहा था?"

आचार्य ने ठहाका लगाया।

"न समझ आया हो तो उस व्यक्ति को दूसरी स्त्री घर ले आना चाहिये। सौतन से बड़ा दुःख कोई नहीं स्त्री के लिये। तब उसे पति की बातें बिना समझाये भी समझ आने लगतीं हैं। पाँच पतियोंवाली द्रौपदी को भी सुभद्रा को अर्जुन की पत्नी के रूप में स्वीकारने में क्लेश हुआ था।"

सिद्धार्थ को आश्चर्य हुआ था जब उसने पाया कि पचास से भी अधिक आचार्य हैं राजगृह में जिन्होंने विभिन्न मतों का प्रतिपादन किया हुआ है। उनमें से कई तो यह भी घोषणा कर चुके हैं कि उन्हें बुद्धत्व अथवा कैवल्य-ज्ञान प्राप्त हो गया है। वस्तुतः कुतूहलशालाओं में उठते नित नये प्रश्नों तथा विचारकों की अपरम्परागत अवधारणाओं-जनित आशंकाओं व सन्देहों के कारण भ्रमित, विचलित जनमानस में एक ऐसे बुद्ध की प्रतीक्षा तैर रही है इस काल में जो कि सच्चा मार्ग दिखायेगा। अतः सैकड़ों तो बुद्ध अवतरित हो गए हैं और प्रत्येक बुद्ध के सहस्त्रों शिष्य भी हो गए हैं, बुद्धत्व-प्राप्ति का मार्ग पाने की चाह में।

सिद्धार्थ ने संजय बेलट्ठीपुत्त से मिलकर उनके सामने भी अपने प्रश्न रखे।

"ऐसा है सिद्धार्थ, परम-सत्य पर चर्चा इन दिनों अत्यधिक प्रचलन में है। परन्तु यह परम-सत्य है क्या? निश्चित ही कुछ अलग है अन्य सत्यों से, जो कि सभी हमारी ज्ञानेन्द्रियों की तथा हमारे मस्तिष्क की उपज हैं। अतः निश्चित ही वह उनकी उपज नहीं हो सकता। और यदि वह उनकी उपज नहीं हो सकता तो उसे सम्प्रेषित भी नहीं किया जा सकता। क्योंकि सम्प्रेषण तो ज्ञानेन्द्रियों एवं मस्तिष्क के मेल से और उनके द्वारा ही सम्भव हो पाता है न! इसलिये मेरा परम सत्य और तुम्हारा परम सत्य एक नहीं हो सकता। फिर यह कैसा परम सत्य हुआ? क्योंकि सर्वोच्च सिंहासन पर तो कोई एक ही बैठ सकता है। यदि कोई परम सत्य है तो मात्र यह कि पूर्ण ज्ञान किसी को प्राप्त नहीं, न ही किसी को कभी प्राप्त हो सकता है। यह

अधूरा ज्ञान ही तो है जिससे भिन्न-भिन्न मतों की उत्पत्ति हुआ करती है, जो आज भी हो रही है और कल भी होती रहेगी।"

"तुम्हें सिद्धार्थ यदि मन की शान्ति चाहिये, तो इन प्रश्नों से सदैव दूर रहो। कौन-से प्रश्न? ब्रह्मांड सीमित है या अनन्त? शाश्वत है या अनित्य? क्या मृत्यु के उपरान्त किसी आत्मा का अस्तित्व रहता है अथवा शरीर के साथ ही सब समाप्त हो जाता है? मानव जन्म अनायास, संयोग से अथवा किसी व्यवस्था के अधीन? इन सारे प्रश्नों से दूर रहो। क्योंकि कटु सत्य यह है कि दर्शन एवं नीति के मूल प्रश्नों को समझने की सामर्थ्य ही नहीं मनुष्यों में। प्रकृति ने उसे न तो इस हेतु पर्याप्त ज्ञानेन्द्रियाँ दी हैं, और न ही ज्ञानेन्द्रियों को ऐसी शक्ति दी है। कुछ ऐसा ही मनुष्य के मस्तिष्क के साथ भी है।"

"क्या हम नीति के भी प्रश्नों को समझने में समर्थ नहीं?" सिद्धार्थ आश्चर्यचकित था।

"हाँ, कटु सत्य तो यही है! अत: अपनी सीमित क्षमताओं के चलते हम कैसे जान सकते कि क्या अच्छा है और क्या बुरा? यदि हम कोई निश्चित घोषणा करते हैं अच्छे-बुरे को लेकर, तो हम या तो अहंकारी हैं या किसी प्रकार के द्वेष अथवा दुर्भावना से प्रेरित हैं। फिर यह भी है कि यदि हम इस प्रकार की कोई घोषणा कर मिथ्याभाषी सिद्ध होते हैं, तो परिणाम मात्र दु:ख एवं पछतावा ही होना है जो हमारी शान्ति, हमारे चित्त की स्थिरता को भंग करेगा। अत: इन प्रश्नों से दूर रहना ही श्रेयस्कर है।"

"किन्तु तब भी इन प्रश्नों का साधिकार उत्तर दे रहे कई लोग हैं यहाँ जो चतुर हैं, निपुण हैं, दक्ष हैं वितंडावाद में। स्वयं विरोधाभासों में उलझे हुए वे दूसरों को उलझाते रहते हैं, उनकी धारणाओं की धज्जियाँ उड़ाते रहते हैं। कोई जब सवेरे की कहता है तो वे साँझ की बताते हैं। अत: यदि हम कोई निश्चित कथन करते हैं तो वे हमसे विवाद करेंगे, हमसे कारण पूछेंगे, हमारी त्रुटि बताएँगे और तर्क द्वारा हमें येन केन प्रकारेण परास्त करने का अनथक प्रयास करेंगे।"

सिद्धार्थ का अपना अनुभव भी कुछ ऐसा ही था। जितने भी आचार्य और गुरु हैं, सबकी अपनी-अपनी ढपली है, अपना-अपना राग। शिष्यों की संख्या में वृद्धि की चाह रखते हुए वे एक-दूसरे को न केवल मिथ्या सिद्ध करने पर तुले रहते हैं, बल्कि उनका प्रयास रहता है कि अन्य सभी को तर्क में पराजित कर वे सर्वमान्य बुद्ध घोषित हो जाएँ। इस कारण जब दो विद्वान गुरु मिल जाते हैं तो उनके बीच वाद-विवाद का अन्त अधिकांशत: ऐसा कुछ होता था।

"तुम जो कह रहे हो, यह तो वैसे ही है जैसे बाँझ स्त्री का पुत्र या गूलर का फूल।"

"तुम नहीं समझते इस सिद्धान्त को, मैं समझता हूँ। तुम जान ही कैसे सकते हो?"

"तुम असत्य धारणाएँ पाले हुए हो अतः तुम्हारा दृष्टिकोण मूल रूप से ही विसंगतियों भरा है।"

"तथ्य यह है, तुम जो इतनी देर से बोल रहे हो सब गड्ड-मड्ड है। पहले अपने विचारों को सुलझाओ। उन्हें स्वयं स्पष्ट समझने का प्रयास करो। स्वयं को मिथ्या धारणाओं से मुक्त करो।"

"वस्तुतः मैं सत्य कह रहा हूँ और मूल विषय की बात कर रहा हूँ, किन्तु तुम भटक रहे हो।"

पांडव पर्वत पर बैठे सिद्धार्थ की रात आँखों में ही कट गई—जो भी जाना, सुना, समझा उस पर विचार और पुनर्विचार करते हुए। भोर होने में अभी दो घड़ी शेष थी परन्तु पुनः प्रकाश देख पाने की आशा में पक्षी अभी से उल्लसित हो चले थे। तभी सिद्धार्थ के मन में गुरु अर्जुन के शब्द ध्वनित होने लगे।

"हमें उन विश्वासों को चुनौती देनी ही होगी सिद्धार्थ, जो हमारे अनुभव से परे हैं और हमारी तर्कबुद्धि को अस्वीकार्य हैं। अन्यथा अज्ञान का अन्धकार गहराता ही जाएगा। प्रकाश हमारी बुद्धि ही लायेगी, उसे नहीं छोड़ना है। सम्भव है कभी हमारी बुद्धि हमें दिग्भ्रमित भी करे, किन्तु वह दिशाभ्रम भी बुद्धि ही दूर करेगी—तथ्यों, अनुभवों का तार-तार निरीक्षण, परीक्षण करके।"

तर्कबुद्धि किन्तु अब हथियार डाल चुकी थी। वाद-विवाद व्यर्थ प्रतीत हो रहे थे। सारी धारणाएँ-अवधारणाएँ मात्र शब्दों की जुगाली हैं, यह विश्वास जड़ पकड़ने लगा था। अब तक का अनुभव यह भी कह रहा था कि ध्यान और समाधि में उत्तर नहीं है, न ही उनमें मोह के बन्धनों को तोड़ने का स्थाई समाधान है। अब तो उसे इस पर भी सन्देह हो चला है कि क्या मात्र मोह के बन्धनों से मुक्ति पाने पर ज्ञान प्राप्त हो जाएगा? सत्य का दर्शन हो जाएगा?

'अब तो एक ही उपाय बचा है—कठोर तपस्या! टूटने की कगार तक न खिंचे प्रत्यंचा जब तक, वक्ष सम्भवतः भिद नहीं सकेगा चट्टान का!'

दोपहर होते-होते धूप तीखी हो चली थी किन्तु सिद्धार्थ ने उठकर वृक्ष की छाँह में जाने का कोई उपक्रम नहीं किया। उसे सुध ही नहीं थी कि उसका वस्त्र पसीने से तर हो रहा है।

"प्रणाम भन्ते।"

सिद्धार्थ चौंक पड़ा। सात फुट से भी ऊँचा हट्टा-कट्टा लगभग बीस-बाईस वर्ष की आयु का सुदर्शन युवक उसके सामने हाथ जोड़े खड़ा था।

उसने उठकर अभिवादन स्वीकारा और प्रश्नवाचक दृष्टि से युवक को देखने

लगा। उन्नत नासा, प्रशस्त ललाट, विशाल नेत्र, काला किन्तु दीप्त-वर्ण तथा मुख पर राजसी तेज। विशाल वक्ष पर नाभि तक लटकती मुक्तामाल जो राजगृह के निकट बह रही सर्पिणी नदी में प्रचुरता से पाए जानेवाले मोतियों से पिरोई हुई कई लड़ियों को मिलाकर बनाई गई है।

"मैं मगधराज बिम्बसार हूँ।" उसने विनम्र स्वर में अपना परिचय दिया। "राजभवन के झरोखे से मैंने कल सन्ध्या भी आपको यहीं बैठे देखा था। कहाँ से आगमन हुआ है आपका?"

सिद्धार्थ को वैशाली में निगंठ नातृपुत्र के शिष्यों से मिला उसका परिचय स्मरण हो आया।

"मैं कोशलदेश के निकट स्थित कपिलवस्तु से आया हूँ।"

"आप कदाचित सारी रात यहीं बैठे रहे, उत्सुक हूँ कारण जानने को? यदि कोई कष्ट अथवा समस्या हो तो आप निस्संकोच कह सकते हैं।"

सिद्धार्थ सोच में पड़ गया, क्या कहे?

"नहीं बताना चाहते आप तो मैं आग्रह नहीं करूँगा।" कुछ समय उत्तर की प्रतीक्षा करते रहने के पश्चात् बिम्बसार बोला। "कल सवेरे मेरा आतिथ्य स्वीकार करें। आज ही बुलाता परन्तु महासम्मेलन का शुभारम्भ करने मुझे जाना होगा।"

"नहीं राजन, अभी नहीं! जब तक मैं अपना लक्ष्य न प्राप्त कर लूँ, तब तक नहीं!"

बिम्बसार के इस व्यवहार में न कुछ असाधारण था, न अस्वाभाविक। सभी मतों का वह न केवल आदर करता है, अपितु सभी धर्मगुरुओं को अर्थ व सामग्री से सहायता भी देता रहता है। उसकी नीति ही है सबको साथ लेकर चलने की। वह जानता है कि यही लोग जनमत बनाते हैं। इसी कारण वह ब्राह्मणों को भी साथ लेकर चलता है जिन्होंने उसे आर्य घोषित कर उसके वंश के राजाओं की लम्बी व प्राचीन वंशावली बना दी है।

"जैसी आपकी इच्छा। मेरे द्वार आपके लिये सदैव ही खुले हैं।" कहकर बिम्बसार ने प्रणाम किया और लौटने के लिये मुड़ गया।

बिम्बसार के रथ से उड़ती धूल को देखते हुए सिद्धार्थ उसके बारे में ही सोचता रहा। न केवल व्यक्तित्व प्रभावशाली है उसका, अपितु एक अनूठा आकर्षण भी है उसमें। धूल के बैठते ही वह भी नीचे उतर कर चल दिया।

महासम्मेलन-स्थल के सामने से निकलते हुए उसे बिम्बसार का गूँजता हुआ स्वर सुनाई दिया तो वह कुछ पल रुक गया।

"आप लोग जानते ही हैं यह सम्मलेन प्रत्येक वर्ष इसलिये आयोजित होता है ताकि जनहित और राज्यहित, दोनों में सामंजस्य बिठाते हुए दोनों को ही आगे

बढ़ाया जा सके। उनमें यदि परस्पर संघर्ष की स्थिति बन रही हो, यद्यपि ऐसा यदाकदा ही होने की सम्भावना है, तो उसका युक्तियुक्त निदान किया जा सके।"

"गत वर्षों में आप सबके सहयोग से राज्य में उत्पादन बढ़ा है, समृद्धि बढ़ी है। परन्तु राह अभी भी लम्बी शेष है। राज्य को सुसंगठित करना है, और राज्य का विस्तार भी। विधि एवं व्यवस्था की स्थिति में उल्लेखनीय सुधार हुआ है। अंग और मगध दोनों ही देशों में दस्युओं और चोरों का भय घटा है। राजगृह से चम्पा और वहाँ से ताम्रलिप्ति तक जानेवाले व्यापारी एवं यात्री-दल अब निरापद आते-जाते हैं। किन्तु हमें अभी और परिश्रम करना है।"

"मेरे पीछे मेरे मन्त्री और अधिकारी खड़े हैं जो यहीं रहेंगे सवेरे से शाम तक, प्रतिदिन। आप निस्संकोच इनसे मिलें। इनके साथ अपनी समस्याओं पर विचार-विमर्श करें। उनका पूरा सहयोग आप सबको मिलेगा। यदि इससे आपको सन्तोषजनक समाधान न मिल पाए, तो प्रतिदिन दूसरे व तीसरे प्रहर मैं स्वयं यहाँ उपस्थित रहूँगा। मेरे साथ अपनी कठिनाइयाँ साझा करें। अपनी समस्याएँ साझा करें।"

सुहासिनी

वह दिन आ ही गया जिस दिन की सुहासिनी को व्याकुलता से प्रतीक्षा थी। वसन्तोत्सव का तीसरा दिन है। सन्थागार में चल रहे जनपद-कल्याणी एवं नगरवधू के चुनाव की प्रक्रिया में आज सुहासिनी की बारी है, अपना नृत्यकौशल दिखलाने तथा मादक-सौन्दर्य की छटा बिखेरने की।

शृंगार भी इसीलिये आज अनूठा है उसका। शरीर पर वस्त्रों से कहीं अधिक पुष्प हैं, आभूषण तो एक भी नहीं। आज पुष्प ही उसके आभूषण है। जूही में गुँथे काले घने केश कन्धों पर बिखरे हुए हैं। सिर पर मल्लिका की मालाएँ लपेट रखीं हैं। कानों से शिरीष पुष्प लटक रहे हैं। चमकीले लाल रंग के बन्धूक पुष्पों व पलाश की कलियों की मालाएँ गले से नाभि तक झूल रहीं हैं। अपराजिता के नीलवर्ण पुष्पों का कटिबन्ध है तथा जंघाओं पर श्वेत सुगन्धित चम्पा एवं मालती के पुष्पों की सघन मालाएँ लटकी हैं। उसे देख पता ही नहीं चल रहा कि पुष्पों के अतिरिक्त कुछ है भी उसके शरीर पर अथवा नहीं! लाल कौषेय वस्त्र की कंचुकी तथा घुटनों के कुछ ऊपर तक आता श्वेत सूती अन्तरीय निकट से देखने पर ही दीखते हैं।

मंजुगति से सन्थागार में प्रवेश कर सुरभित-देहा सुहासिनी ने झुककर उपस्थित जनों का अभिवादन किया और मंच पर चढ़ दाहिने पंजे के बल बैठते हुए अपना नितम्ब एड़ी पर टिका दूसरा पाँव आगे बढ़ा दिया। सभी की आँखें अपनी स्फटिक-सी पारभासी, सुडौल व स्निग्ध टाँगों पर टिकी देख सुहासिनी मन्द-मन्द मुस्कुरा दी। साथ आई दासी ने नन्हे-नन्हे घुँघरूओं की कई लड़ियों को परस्पर जोड़कर बनाई हुई चाँदी की छह अंगुल चौड़ी नूपुर उस पाँव में पहना दी, फिर दूसरे पाँव में। पूरा सभागार मानो साँस रोके बैठा था।

नाट्यविधा में निर्धारित अंग-भंगिमा, भ्रूविलास व नेत्र-संचालन के स्थान पर उसने आज पवन के झोंकों में झूलती-झूमती नव-पल्लवित वल्लरी से प्रेरित उन्मुक्त नृत्य करने की योजना बनाई हुई है। अर्धनिमीलित नेत्र लिये कभी वह नागिन-सी बल खाती, तो कभी दिये की लौ सरीखी लहराती। कभी आँधी में लचकते कदलीवृक्ष-सी झूमती, तो कभी वीणा के तारों-सी मन्द-मन्द स्पन्दित होती। उसकी भुजाएँ कभी तो लहरातीं मन्थर गति से बहती नदी की धारा-सी, और कभी वे

एक-दूसरे पर लिपटतीं और फिसलतीं नाग-नागिन के प्रणय नृत्य-सी। कभी कटि व नितम्ब को सर्पिल गति दे वह यूँ तरंगित होती कि शरीर हिलोरें ले ऊपर उठता हुआ प्रतीत होता, तो कभी मन्द-गति हुए लट्टू की भाँति झुककर झकोले खाते हुए घूमती। कभी अग्नि की लपलपाती लपटों-सी फरफराती, तो कभी आकाश से गिरते पंख-सी थम-थमकर लहराती।

उसके पादविक्षेप से तालमेल न बिठा पाने के कारण मृदंगवादक छाती पर हाथ बाँधकर बैठ गया। सुहासिनी के नूपुरों की झंकार में डूबे रसिकजनों को किन्तु न तो इसका बोध हुआ, न ही इसका अभाव अनुभव हुआ। अन्त में अपने अंग-संचालन को निश्चल ताल में किसी पत्ते के गिरने से उठी लहरियों-सा उत्तरोत्तर धीमा तथा पाँवों की थिरकन को मन्द से मन्दतर करते हुए सुहासिनी जब त्रिभंगी मुद्रा में स्थिर हो गई, सब जैसे नींद से जागे। ऐसे तल्लीन, ऐसे मन्त्रमुग्ध थे सब! सुहासिनी ने जैसे ही झुककर प्रणाम किया, साधु-साधु की ध्वनियों से सन्थागार निनादित हो उठा।

"सदस्यगण तुमसे अब कुछ प्रश्न करेंगे।" कोलाहल थमने के पश्चात् सन्थागार-प्रमुख ने कहा। "एक वाक्य में उत्तर देना होगा।"

"सहर्ष पूछें श्रीमन्त। अपनी अल्प-बुद्धि से जो उत्तर दे सकूँगी, अवश्य दूँगी।"

"बुरा कर्म क्या है?"

"स्त्री का बलात शीलभंग करना।"

"अच्छा कर्म क्या है?"

"रोते हुए के आँसू पोंछना।"

"सबसे बड़ा दुःख क्या है?"

"किसी अपने के कष्ट में निरुपाय, असहाय होना।"

"सबसे बड़ा सुख क्या है?"

"स्वयं को किसी के प्रेम में पड़ते हुए देखना।"

"उत्तम! अति उत्तम!" सन्थागार-प्रमुख के स्वर में प्रशंसाजनित प्रसन्नता थी।

"यदि परीक्षा पूर्ण हो गई हो तो अनुमति चाहूँगी।"

"अनुमति है।" सन्थागार-प्रमुख भी अन्य सदस्यों की ही भाँति उसे अपलक निहार रहे थे।

सुहासिनी अत्यन्त प्रसन्न है। अन्तिम निर्णय के पहले और भी गणिकाओं का प्रदर्शन होना है, परन्तु प्रतिक्रियाओं को देख उसे विश्वास हो चला है कि विजय उसी की होगी।

भव्य प्रासाद के विशाल द्वार पर सुहासिनी के पहुँचते ही ड्योढ़ी पर बैठा पागल चिल्ला उठा।

"सुकन्या! सुकन्या!"

सुहासिनी ने करुण नेत्रों से उसे देखा और दासी से बोली, "इसकी देखभाल करनेवाला प्रहरी कहाँ है? उससे कहो, इसे नहलाकर नये वस्त्र पहना दे!"

दासी ने इशारे से दूर खड़े प्रहरी को बुलाया। "स्वामिनी का आदेश है, नहलाकर इसे नये वस्त्र पहना दो!"

"स्वामिनी, इसे कितने ही नये वस्त्र पहनाओ," प्रहरी बोला, "एक घड़ी के अन्दर फाड़ लेता है। अपने कक्ष में भी नहीं टिकता, मार्गों पर घूमता फिरता है मुट्ठी बाँधकर हाथों को लहराते हुए और चिल्लाते जाता है: सब मरेंगे, सब मरेंगे, कोई नहीं बचेगा। भोजन करते समय भी ..."

"जानती हूँ, सब जानती हूँ!" सुहासिनी ने उसे रोकने को हाथ उठाया। "फिर भी इसे इस समय नहला दो व नये वस्त्र पहना दो। वस्त्रों के साथ मिष्ठान्न भी भेज रही हूँ, खिला देना।"

"यह आपको सुकन्या कहकर क्यों पुकारता है?" चलते-चलते दासी पूछ बैठी।

"मुझसे मिलती-जुलती दिखती होगी इसकी सुकन्या।" कहकर सुहासिनी आँसुओं को बहने से रोकने का प्रयत्न करते हुए आगे बढ़ गई। हृदय किन्तु उसका पीछे ही छूट गया।

प्रतुल्य के साथ सुकन्या रात्रि के तीसरे प्रहर निकल पड़ी थी आश्रम से। उसे अब तक स्मरण है, वह शुक्ल पक्ष की अष्टमी थी। ज्योत्स्ना के प्रकाश में राजगृह की ओर जानेवाली पगडंडी पर दृष्टि गड़ाए दोनों भागते हुए-से शेष रात्रि और दिन निकल जाने पर भी तब तक चलते रहे थे जब तक सूरज सिर के ऊपर नहीं आ गया था। एक झरना देख दोनों ने प्यास बुझाई और वृक्षों की छाँव में तनिक विश्राम के लिये जैसे ही वे बैठे, सुमित्र को स्मरण कर सुकन्या की रुलाई फूट पड़ी। कहीं मैंने भूल तो नहीं की? वह स्वयं से ही बार-बार पूछने लगी। किन्तु अब लौटना भी सम्भव नहीं था।

फिर यह विचार भी आया, जायेंगे कहाँ? गुरुपत्नी को भगाने का अक्षम्य अपराध करके प्रतुल्य अपने देश तो जा नहीं सकता था। अत: निर्णय लिया गया वैशाली चला जाए। उनकी जानकारी में वही ऐसा राज्य था जहाँ छद्म नैतिकता के पाखंड ने मनुष्य की स्वाभाविक प्रवृत्तियों का गला अब तक नहीं घोंटा था। जहाँ स्त्री-पुरुष के सम्बन्ध समाज की छानबीन और स्वीकृति से स्वतन्त्र थे। जहाँ किसी को इस बात से कोई लेना-देना नहीं था कि कौन स्त्री पत्नी है, कौन प्रेयसी और कौन रखैल। किसे विवाह करके लाया गया है, किसे भगाकर। सब अपने-अपने में मस्त थे, व्यस्त थे—जीवन से आनन्द की अन्तिम बूँद तक निचोड़ लेने में।

किन्तु वैशाली पहुँच पाते दोनों उसके पूर्व ही ऐसी भयानक दुर्घटना घट गई कि उसका स्मरण आते ही वह आज भी सिहर उठती है।

चौथे या पाँचवे दिन की घटना है। अपने-अपने विचारों में खोये हुए दोनों चले जा रहे थे कि अचानक एक दस्यु-दल लाठियाँ लिये सामने आ खड़ा हुआ। वे उनकी पोटलियाँ छीनने लगे तो प्रतुल्य ने बिना प्रतिरोध किये ही दे दी, किन्तु सुकन्या ने अपनी पोटली छाती पर भींच ली। उसके निर्धन माता-पिता ने जो भी थोड़ा-बहुत दिया था उसे विवाह के समय, वह इतने वर्षों तक उसने बड़े जतन से सहेज रखा था। उसे ही उठा लाई थी वह अपने साथ। जब एक दस्यु पोटली छीनने के लिये सुकन्या के साथ बल प्रयोग करने लगा तो प्रतुल्य से रहा न गया और उछलकर उसने दस्यु पर आक्रमण कर दिया। उसके पश्चात् तो सारे दस्यु मिलकर प्रतुल्य को लाठियों से तब तक तड़ातड़ पीटते रहे जब तक कि वह मूर्छित नहीं हो गया। सुकन्या रोती रही, गिड़गिड़ाती रही किन्तु उन पर कोई प्रभाव नहीं पड़ा। उलटे उनका मुखिया उसे झाड़ियों में खींच ले गया और ...।

उस नरपशु द्वारा उसके साथ किये गए दुष्कृत्य की स्मृति आज भी सुकन्या को दहला देती है। प्रतुल्य को चेतना आई तो वह विक्षिप्त हो चुका था। सिर पर लाठियों की मार से, अथवा कदाचित अर्ध-निर्वस्त्र सुकन्या को शरीर पर खरोंचे लिये बिलखते देख, या कदाचित दोनों ही कारणों से। यह देख सुकन्या की इच्छा हुई कि समाप्त कर ले वह अपना जीवन। किन्तु फिर यह बोध जागा कि ऐसा करना प्रतुल्य के प्रति अन्याय होगा। अब ही तो उसे आवश्यकता है मेरी! फिर उसे अपने माता-पिता का स्मरण आया और वह फफक पड़ी। वे होते तो उनके पास चली जाती। चिल्लाते, डाँटते, फिर क्षमा कर देते। बच्चों की भूलें यदि माता-पिता न भूलें तो यह संसार ही न चल सकेगा। परन्तु वे भी नहीं हैं। विवाह के छह माह उपरान्त ही गाँव में आई बाढ़ में बह गए थे दोनों। शव तक उनके नहीं मिले!

सुकन्या ने किसी प्रकार से अपने को सँभाला और जैसे-तैसे प्रतुल्य को भी सँभालते हुए वह वैशाली पहुँच गई।

नगर में प्रवेश करते ही उसकी आँखें फटी की फटी रह गईं। ऐसा ऐश्वर्या! ऐसी समृद्धि! ऐसी भव्य अट्टालिकाएँ!

'किन्तु इन अट्टालिकाओं में मेरे और प्रतुल्य के लिये स्थान कहाँ? फिर जीवनयापन कैसे होगा? काम कोई ऐसा जानती नहीं मैं जिससे कुछ आय हो सके, और पास मेरे फूटी कौड़ी तक नहीं।'

इसी सोच में सुकन्या राह के एक ओर बैठी रही। आते-जाते लोग भिखारिन समझ उसके सामने कार्षापण फेंकने लगे। परन्तु फटे हुए वस्त्रों में जतन से ढाँकने के पश्चात् भी यहाँ-वहाँ झाँकते वक्षों, जंघाओं पर लोलुप दृष्टि डालने से कोई नहीं चूकता था।

प्रतुल्य तो अपनी सुकन्या को छोड़ सब भूल चुका था। कभी वह सुकन्या को देखता, कभी वीरान आँखों से कार्षापण फेंकते लोगों को। प्रतुल्य पर सुकन्या को क्रोध हो आया।

'आश्रम में सुरक्षित थी मैं, सम्मानित थी! अब सुरक्षा और सम्मान दोनों ही खो बैठी हूँ, इसके ही कारण!'

फिर सुमित्र को स्मरण कर सिसकने लगी। तनिक सँभली तो अपने आप को ही कोसने लगी।

'इसमें इसका क्या दोष? निर्णय तो मेरा भी था! फिर यह तो मेरे लिये अपने प्राणों पर खेल गया था!'

सारा दिन मार्ग की चहल-पहल देखती रही वह और रात ढलते ही सरपट दौड़ते रथों में एक से बढ़कर एक वेशभूषाओं में सुरुचिपूर्ण आभूषणों से सजे युवकों को। प्रतुल्य तो देर रात सो गया किन्तु उसे नींद एक पल को भी नहीं आ सकी। अगले दिन सवेरे से इस चिन्ता में बैठी थी, क्या करूँ? कहाँ जाऊँ? तभी एक सुन्दर, सौम्य स्त्री ने अपना रथ रुकवाकर पूछा,

"मेरे साथ चलना चाहोगी बहन?"

सुकन्या मना न कर सकी। मना करने का कोई कारण भी नहीं था। इतने सारे लोग निकले थे उसके सामने से, स्त्री-पुरुष। किसी ने यह भी न पूछा था, क्यों बैठी हो?

"इन्हें भी साथ ले चलना होगा।" सुकन्या ने प्रतुल्य की ओर संकेत किया और मौन सहमति पा रथ पर पहले प्रतुल्य को चढ़ाकर उस महिला के पैताने बिठाया और फिर स्वयं भी वहीं बैठ गई। कार्षापण सारे वहीं धूल में पड़े रह गए।

भव्य प्रासाद के सामने रथ रुकते ही सुकन्या की आँखें चौंधिया गई थीं।

"इसे अन्दर आने की अनुमति नहीं मिल सकती।" जगनमोहिनी ने कहा। स्त्री का नाम जगमोहिनी है यह सुकन्या ने मार्ग में ही जान लिया था। "किन्तु रहने-खाने व वस्त्रादि की व्यवस्था हो जाएगी।"

"क्या काम करोगी?" सुगन्धित जल से अपने पाँव दासियों के हाथों धुलवाते हुए जगनमोहिनी ने पूछा।

"कुछ भी। झाड़ू, पोंछा, भांडे ..."

"क्यों? रसोई का काम नहीं जानती हो?"

"जानती हूँ।"

"तो रसोई में हाथ बँटाओ। और तू, तेरा क्या नाम है? हाँ कुमुद! तू ले जाकर इसे रहने का कक्ष दिखा दे। नये वस्त्र देकर कुछ खाने-पीने को भी दे दे।"

"और ..." सुकन्या ने स्मरण दिलाना चाहा।

"और हाँ! वह नीचे ड्योढ़ी पर एक पुरुष पड़ा है।" सुकन्या को बीच में ही रोककर जगनमोहिनी ने एक अन्य दासी को सम्बोधित कर कहा। "तू मुख्य-प्रतिहारी से कह दे। उसके भी रहने, खाने-पीने और वस्त्रों की व्यवस्था होनी है।"

काम कठिन था। सवेरे से जो रसोई में घुसती सुकन्या तो देर रात ही बाहर आ पाती। दोपहर में भोजन व विश्राम के लिये अवश्य आधा पहर मिलता था। पहली ही रात उसे पता चल गया कि जगनमोहिनी गणिका है, और वैशाली की नगरवधू भी। नगरवधू होने का अर्थ यद्यपि उसे तब नहीं पता था।

जगनमोहिनी अकेली गणिका नहीं थी उस प्रासाद में, और भी कई युवतियाँ थीं। सवेरे देर से उनकी दिनचर्या प्रारम्भ होती। इलायची, तेजपत्ता तथा दालचीनी के साथ रात भर पानी में डुबाये रखकर नर्म, सुगन्धित बनाई गई नीम की दातौन से दाँतों को माँज पुष्प-सुरभित जल से मुख-प्रक्षालन। फिर अन्य दैनिक कर्मों के उपरान्त फलों व रसों का सेवन। तदोपरान्त कुछ देर अलसाते हुए इधर-उधर टहलना, आपस में ठिठोली करते हुए। और तब आरम्भ होता दासियों द्वारा कस्तूरी, केसर मिश्रित मलाई से उनके शरीर का हलके हाथों से उन्मर्दन। इस अवधि में वे निर्वसन ही पड़ी रहा करती थीं, परस्पर परिहास करते हुए।

कलेवा निपट जाने के पश्चात् उनके केशों में आँवले के सुगन्धित चूर्ण का लेपन किया जाता; शरीर पर कस्तूरी, चन्दन, बेसन, मलाई का उबटन लगाया जाता; सुगन्धित जल से दासियाँ उन्हें स्नान करातीं; रीठे और आँवले के पानी से केशों को धोकर उन्हें देर तक सुवासित रखने के लिये चन्दन, कपूर, अगरु के धुएँ से सुखाया जाता; तथा अन्त में उनके वक्ष, नाभि, भुजाओं पर चन्दन का लेप किया जाता। इसके उपरान्त होता भोजन और फिर शयन।

सन्ध्या को जवाकुसुम-पुष्पों अथवा बिम्बाफल को उनके अधरों पर मल दासियाँ उन्हें और भी अधिक ललाम बनाने में जुट जातीं। उनके केशों में सुगन्धित तेल लगा यत्नपूर्वक उन्हें संकुचित करने के पश्चात् उनका मोहक विन्यास किया जाता। फिर जब वे साही के काँटे की अंजन-शलाका से स्वयं ही अपने नयनों को मीननयन करतीं, दासियाँ उनके पाँवों में अलक्तक लगातीं।

रात्रि-आगमन के साथ वे चित्ताकर्षक वस्त्रों, पुष्पों एवं आभूषणों से सजी-धजी सभाकक्ष में होतीं जहाँ विराजमान अतिथियों को अपनी भंगिमाओं तथा कौतुकपूर्ण वार्तालाप से वे तब तक रिझाती रहतीं जब तक कि जगनमोहिनी का पदार्पण न हो जाए। फिर देर रात नृत्योपरान्त सभा-समापन के पश्चात् अपने-अपने कक्ष में कोमलशय्या पर गिरने के साथ ही उनकी रात्रिचर्या समाप्त हो जाती।

सुहासिनी को यह समझते समय नहीं लगा, वैशाली में गणिकावृत्ति निन्दनीय न होकर सुन्दर युवतियों के लिये वैभवशाली जीवन जीने का सम्मानजनक माध्यम है। शारीरिक सम्बन्ध बनाना न बनाना इनकी इच्छा पर निर्भर है, और बलात सम्बन्ध

कोई बना नहीं सकता। यह सुनिश्चित करने के लिये राज्य की ओर से सुरक्षा-सैनिक तो नियुक्त हैं ही, इनके स्वयं के भी बाहुबली प्रहरी हैं जिन्हें हर रात ही ऐसे युवकों व अधेड़ों से जूझना होता है जो प्रवेश पाने के लिये जब-तब तलवारें खींच लिया करते हैं। हर रात एक निश्चित संख्या को ही प्रवेश मिलता है और विश्वस्त दासियाँ निर्णय करती हैं किन्हें प्रवेश मिलेगा, किन्हें नहीं। प्रवेश न पाने पर कई उन्मादी तो सारी रात द्वार पर ही डेरा डाले पड़े रहते हैं।

फिर भी कभी-कभी अभद्रता हो जाती है, और कभी ऐसा भी कि कोई पुरुष बलपूर्वक धृष्टता करने का प्रयास करे। किन्तु एक पुकार पर प्रहरी दौड़े चले आते थे। राह चलते लोगों की आँखों में अपना बलात्कार होते हुए देखने से तो सुहासिनी को यह जीवन लाख गुना अच्छा लगा।

समय के साथ सुहासिनी यह भी जान गई कि वैशाली में गणिका होना कतिपय कारणों से गर्व का भी विषय है। वस्त्राभूषणों को परिकल्पित करने एवं श्रृंगारिक द्रव्य निर्मित करने का कौशल तथा वस्त्र-सन्धारण एवं प्रसाधन कलाएँ इन गणिकाओं से सीखने हेतु वैशाली की युवतियाँ एक बार अवश्य इनकी शिष्या बनना चाहती हैं, और उनके परिवारजन इसके लिये उन्हें प्रोत्साहित ही किया करते हैं। विवाहित स्त्रियाँ भी आती हैं यह सब सीखने, परन्तु साथ ही वे कामकेलि के रहस्य भी जानना चाहतीं हैं ताकि पति को अपने पाँव की पादुका बनाये रख सकें।

माह बीतते न बीतते सुकन्या ने गणिका-जीवन अपनाने का निश्चय कर लिया।

जगनमोहिनी कदाचित जानती थी इतनी सुन्दर स्त्री अधिक दिनों तक गणिका होने का प्रलोभन संवरण नहीं कर पाएगी। अतः जब सुकन्या उसके विश्रामकक्ष में आकर कभी दाएँ हाथ से बाएँ हाथ की अंगुलियाँ पकड़ती हुई तो कभी बाएँ हाथ से दाएँ हाथ की, तथा पैर के अँगूठे सिकोड़ती फैलाती हुई सिर झुकाये मौन खड़ी रही तो उसने स्वयं होकर कहा,

"तुम बहुत अच्छी व सफल गणिका बनोगी! सुन्दर हो, बुद्धिमान हो, वाणी में माधुर्य है, कोमलता है। और क्या चाहिये? किन्तु नाम परिवर्तन करना होगा। सुकन्या में वह आकर्षण नहीं है जो गणिका के नाम में होना चाहिये। क्या नाम रखोगी?"

"सुहासिनी।"

"सुन्दर! अति सुन्दर! और अर्थपूर्ण भी! तेरी हँसी सुनी है मैंने। न जाने कितनों के ऊपर छुरियाँ गिरनेवाली हैं।" कहकर जगनमोहिनी हँस दी।

उसी दिन से सुकन्या का सुहासिनी बनने का प्रशिक्षण आरम्भ हो गया। शीघ्र ही वह जगमोहिनी की सर्वाधिक योग्य शिष्या सिद्ध हुई। नृत्य सीखना आरम्भ करते समय उसे आभास भी नहीं था कि नृत्य करना इतना विलक्षण अनुभव हो सकता है! पहली बार उसने जाना नृत्य में कितना आनन्द है! कैसी इसमें भाव-विरेचक

क्षमता है! कभी-कभी तो नृत्य करते हुए वह तन-मन की सुध ही बिसरा बैठती। उसे नृत्य सिखाते हुए जगनमोहिनी भी बार-बार कहती कि सुहासिनी जैसी लचक और लय नृत्य-भंगिमाओं में और उसके सरीखा भाव-विलास उसने अब तक कभी किसी नर्तकी में नहीं पाया। फिर तो सुहासिनी का नृत्योन्माद बढ़ता ही गया और आज वह वैशाली की सर्वोत्कृष्ट नृत्यांगना मानी जाने लगी है।

फिर भी इन पाँच वर्षों में सुहासिनी ने नगरवधू बनने की आकांक्षा कभी नहीं पाली थी अपने मन में। वह तो मात्र उस आनन्द को पाकर ही प्रसन्न थी जो उसे प्रणय-याची पुरुषों को अपने चरणों में लोटते हुए देखने से मिलता था। कैसे भूल सकती है वह कि दस्यु के हाथों घायल आत्मा पर, जिसके घाव अभी हरे ही थे, कितनी खरोंचें लगाई गई थीं उस रात इन्हीं पुरुषों द्वारा? न ही वह भूल सकती है अपनी उस विवशता को जब इन्हीं पुरुषों की लोलुप निगाहों से बचने का प्रयास करते हुए वह जाँघों को ढकने लगती तो वक्ष झाँकने लगते और वक्ष छिपाती तो जाँघें उघड़ जातीं। अब उन्हीं पुरुषों की दृष्टि में उसके लिये सम्मान है। घड़ी भर सान्निध्य के लिये वे उसके तलवे चाटा करते हैं। हृदय उसका विचित्र आनन्द से भर उठता है उन्हें गिड़गिड़ाते हुए देख। नृत्य करते समय अपने पाँवों में पुरुषों को बिछते हुए देखना तो उसे ऐसा सुख देता है जैसा किसी को अपना प्रतिशोध पूरा होने पर मिला करता है।

जगनमोहिनी से उसने पूछ ही लिया एक दिन।

"क्या सभी पुरुष ऐसे ही होते हैं दीदी? कामासक्त! स्त्रीदेह-लोलुप!"

"नहीं, किन्तु वे बिरले ही होते हैं।" कोहनी पर सरक आए उत्तरीय को पुन: कन्धे पर डालते हुए जगनमोहिनी ने उत्तर दिया। "और जिस स्त्री को ऐसा पुरुष मिल जाये, उसके जैसी भाग्यशाली कोई स्त्री नहीं हो सकती।" कहकर वह विचारशील मुद्रा में मौन हो गई।

उसे यूँ सोच में पड़ा देख सुहासिनी सोचने लगी, क्या दीदी की भी कोई कहानी है मेरे जैसी?

"अच्छा दीदी! इस संसार में पुरुष ही दस्यु क्यों बनते हैं? स्त्रियों का दस्यु-दल कभी नहीं सुना। ऐसा क्यों? बताओ तो?"

"अरे पगली!" जगनमोहिनी की हँसी फूट पड़ी। "स्त्री जब अपनी मोहिनी भंगिमाओं से, कभी एक चितवन फेंक तो कभी कटि को तनिक लचका कर ही उन्हें लूट सकती है तो उसे दस्यु बनने की क्या आवश्यकता?" फिर जिस शैली में सुहासिनी ने पूछा था उसी शैली में उसने कहा, "बोलो तो?"

फिर देर तक दोनों हँसते रहे।

"'पुरुष और स्त्री में एक अन्तर है सुहासिनी। पुरुष किसी स्त्री के प्रति आकर्षित होता है तो उस आकर्षण में वासना का भी कुछ न कुछ अंश होता ही

है। किसी स्त्री से उसे यदि सच्चा प्रेम हो जाता है तो वह प्रेम भी सामान्यत: वासना से अछूता नहीं रह पाता। यही नहीं, युवा एवं सुन्दर स्त्री का मात्र सान्निध्य, यहाँ तक कि उसकी निकटता भी युवा पुरुष के हृदय में वासना का संचार कर सकती है। ज्वार भी उमड़ पड़ता है कभी-कभी इस वासना का, और तब उसे रोक पाना अथवा नियन्त्रित कर पाना कठिन होता है पुरुष के लिये, परन्तु स्त्री के साथ ऐसा नहीं है। इसलिये सामान्य रूपरंग की स्त्री भी चाहे तो पुरुष को पागल कर सकती है, अपना दास बना ले सकती है यदि उसने वह कलाएँ एक प्रतिशत भी सीखी हों जो हम गणिकाओं को आतीं हैं।"

धीर-धीरे सुहासिनी इस जीवन में रच-बस गई, इस दृढ-निश्चय के साथ कि कभी किसी पुरुष को अपना शरीर सौंपना तो दूर रहा रात्रि में एकान्त-साहचर्य भी नहीं देगी। परन्तु एक रात उसका यह निश्चय भरभराकर ढह गया।

उसने स्वयं कभी ऐसा नहीं समझा किन्तु जगनमोहिनी उसे अन्य सभी गणिकाओं से कहीं योग्यतर आँकती थी। जब भी उसका सभागृह जाने का मन नहीं होता या शरीर में शिथिलता अनुभव करती, वह अपने स्थान पर सभाकक्ष में सुहासिनी को ही भेजा करती। उस रात भी ऐसा ही हुआ।

हीरों जड़े शुभ्र श्वेत वस्त्रों पर मोतियों की मालाओं से ऐसा अद्‌भुत श्रृंगार कर रखा था सुहासिनी ने उस रात कि कहीं इन्द्र देख लेता तो उर्वशी और मेनका से उसका मन फिर जाता और सुहासिनी को अमरावती में बसाने का वह कोई प्रयत्न शेष नहीं रख छोड़ता। कटि को तनिक लचका चाँदी की पायल छनकाते पाँव स्फटिक-सोपानों पर थम-थम कर मन्दगति से रखते हुए जब वह उतर रही थी तो दीपशिखाओं का उसके कटिबन्ध पर जड़े माणिकों द्वारा परावर्तित रक्तिम आभामय प्रकाश ऐसा आभासित हो रहा था जैसे कोई पहाड़ी झरना अस्त होते सूर्य की रश्मियों को अपने में समेटे झिलमिल-झिलमिल करता हुआ लहराता चला आ रहा हो।

सभागृह में बैठे रसिकजनों में एक आकृति न केवल अपरिचित थी, सबसे भिन्न होकर विचित्र आकर्षणयुक्त भी थी। गरिमामय, तेजपूर्ण तथा किंचित गर्व-युक्त मुख पर न लोलुपता थी, न याचना। थी तो बस उत्सुकता और प्रशंसा। जैसे ही उसके अंग तरंगित हुए थे नृत्य आरम्भ करते हुए, सभी उसके पैरों पर गिरे-गिरे पड़ रहे थे। किन्तु वह शालीनता के साथ निश्चल अपने स्थान पर राजसी मुद्रा में बैठा मन्द-मन्द मुस्कुराता रहा था।

नृत्य समाप्त कर उपस्थित रसिकजनों से विदा ले सुहासिनी ने एक दासी को उस पुरुष की पहचान बताते हुए उसे ऊपर अपने कक्ष में बुलवा भेजा, मात्र उत्सुकतावश।

"देवी ने किस कारण स्मरण किया इस तुच्छ-जन को?" उस पुरुष की वाणी में वर्षा के मेघों की गरज थी।

ऊँचा गठा हुआ शरीर, काला वर्ण, घने रोमयुक्त विशाल वक्ष, पुष्ट भुजाओं पर उभरी हुई मछलियाँ और बड़ी काली आँखों में झलकता विस्मयकारी आत्मविश्वास। जैसे कि पूरा विश्व ही उसके पैरों तले हो। और देह-गन्ध ऐसी कि सुहासिनी के मन में न चाहते हुए भी पुरुष-सान्निध्य की चाह जाग उठी थी!

"तुच्छ!" सुहासिनी के अधरों पर मोहक मुस्कुराहट तैर गई। "तुच्छ प्रतीत तो नहीं होते!"

"फिर क्या प्रतीत होता हूँ?" सुहासिनी की आँखों में झाँकते हुए उस पुरुष ने पूछा।

उसकी निर्भय परन्तु सौम्य दृष्टि को अपने आर-पार बींधते अनुभव कर सुहासिनी एक पल को असहज हो उठी। किन्तु फिर त्वरित ही स्वयं को सँभालते हुए उसने प्रतिप्रश्न किया,

"खड़े-खड़े ही सब जान लेंगे क्या?"

कहकर उसने अपनी भुजाओं को नृत्य-मुद्रा में लहराते हुए विशाल दीपस्तम्भ के निकट रखे हिमशुभ्र आवरण से ढके आसन की ओर इंगित किया।

"पहले यहाँ तो विराजिये!"

सुहासिनी को उस पुरुष के हाव-भाव, चाल-ढाल अपने उस आकर्षण को चुनौती देते हुए जान पड़े जिनका प्रतिरोध अब तक कोई पुरुष नहीं कर पाया था। उसके बैठते ही उसने आवेग में आकर अपना पाँव उसकी गोद में रख दिया और एक अर्थपूर्ण मुस्कुराहट उसकी ओर फेंकते हुए कहा,

"पायल उलझ गई है मेरे पाँव में। श्रीमन्त इसे उतारने में सहायता नहीं करेंगे मेरी?"

"मुझे इसका अनुभव नहीं देवी। न किसी को कभी पहनाई पायल, न ही उतारी।" उस पुरुष के काले होंठों पर विनोदपूर्ण मुस्कान थी। "अतः नहीं जानता किस प्रकार उलझी पायल उतारी जाती है। देवी क्षमा करेंगी।"

"तो फिर श्रीमन्त क्या जानते हैं?" पाँव हटाये बिना सुहासिनी ने पूछा।

"वह रहस्य है। देवी अपना कान निकट लायें तो बताऊँ!"

"बताइये।" सुहासिनी घुटनों के बल बैठ हाथों के सहारे आगे को झुक गई।

पुरुष ने हठात उसे खींच अपने होंठ उसके अधरों पर रख दिये। उसके शरीर की मादक पुरुष-गन्ध सुहासिनी के नथुनों में भर गई। बनावटी संघर्ष करते हुए वह उसकी गोद में गिर पड़ी।

पहली बार था जब उसने पति के अतिरिक्त किसी पुरुष को अपने इतना निकट आने दिया था। आश्रम से भागने के पश्चात् प्रत्तुल्य के साथ भी उसका शारीरिक सम्पर्क मात्र एक मृदु व झिझक भरे दो क्षण के आलिंगन तथा मिलते के साथ ही

दूर फिसलते हुए अधरोंवाले लजीले व हिचकिचाहट भरे चुम्बन तक ही सीमित था। परन्तु आज वह जैसे विवश थी।

"श्रीमन्त अपनी सीमा से बाहर जा रहे हैं।" सुहासिनी चाहकर भी क्रोधित होने का भाव न अपने स्वर में ला सकी और न ही अपनी आँखों में, जो उनमें मद उतर आने से लाल हो चलीं थीं।

"और क्या है मेरी सीमा?"

"जो मैं नियत करूँ।" गोद से उठने का कोई प्रयत्न न करते हुए सुहासिनी ने नटखट मुस्कान होठों पर लाते हुए कहा।

"दास उत्सुक है जानने को।"

"क्या एक ही रात में सब जान लीजियेगा?" सुहासिनी एक झटके में नट की कुशलता के साथ उठ खड़ी हुई।

पुरुष ने अगले ही पल एक घुटने के बल सिंह-मुद्रा में बैठ सुहासिनी के हाथ अपने हाथों में ले लिये।

"देवी, आज के उपरान्त कदाचित हम न मिलें। किन्तु जाने के पहले तुम्हें बता देना चाहता हूँ कि निस्सन्देह तुम नगरवधू बनने की पात्र हो। तुम्हारे नृत्य में भावाभिव्यंजना अद्‌भुत है! बस अपने मृदुल-गात को पुष्पों का आवरण दे दो और नृत्य में उन्मुक्तता भर दो। फिर तुम्हारा नगरवधू चुना जाना निश्चित है।" कहकर उसने सुहासिनी के हाथ चूमे और लम्बे डग भरता हुआ चल दिया।

"अपना परिचय तो देते जाइये!"

"मगधराज बिम्बसार।" उस पुरुष ने न तो पीछे मुड़कर देखा, न ही अपनी गति धीमी की।

सुहासिनी अवाक हो उसे जाते हुए देखती रही। रोकना चाह कर भी न रोक सकी, न ही कुछ कह सकी। किन्तु उस रात उसने दृढ़ संकल्प कर लिया: वैशाली की नगरवधू बनना ही है उसे। हर स्थिति में, किसी भी स्थिति में।

और अब उसका संकल्प पूरा होने का समय आ चुका है, तथा राजगृह के लिये प्रस्थान करने का भी। उसे अपना वचन जो निभाना है!

उस रात के उपरान्त सपनों में हर रात सुहासिनी ने बिम्बसार के साथ प्रेम-पेंगें भरी थीं। ऐसा नहीं था कि प्रतुल्य के प्रति प्रेम शेष नहीं रहा था। किन्तु प्रेम का अब रूपान्तरण हो चुका था। अब वह प्रेम एक निरीह बालक सरीखे व्यक्ति के प्रति ममता भरा प्रेम था। परन्तु जो वासनाएँ फिर से भड़क उठी थीं और प्रत्येक रात्रि उसे उत्तप्त करती थीं, उन्हें शान्त करनेवाला पुरुष भी अब उसे चाहिये था।

एक सप्ताह भी नहीं बीता था उसके शान्त जीवन में उथलपुथल मचा देनेवाली बिम्बसार के साथ हुई उस रोचक भेंट के पश्चात् जब एक सम्भ्रान्त पुरुष उससे मिलने आ पहुँचा था।

"मैं वर्षकार हूँ, मगधराज बिम्बसार का महामात्य। उनका आपके लिये सन्देश है।" कहते हुए उसने एक स्वर्ण-नलिका सुहासिनी की ओर बढ़ा दी जिसके भीतर एक स्वर्णदंड पर पीला कौषेय-चीर वेष्टित था।

"आप ही पढ़ दीजिये।" स्वर्ण-नलिका वर्षकार को लौटाते हुए सुहासिनी बोली।

"महाराज ने लिखवाया है," वर्षकार ने स्वर्णदंड बाहर निकाल उसे घुमाते हुए कहा, "क्या देवी मगधवासियों के हृदय की रानी बनना चाहेंगी? उपकृत रहूँगा, यदि निवेदन स्वीकार किया गया।"

इस निवेदन की पृष्ठभूमि में था बिम्बसार द्वारा राजसभा में उठाया गया एक प्रश्न।

"इन लिच्छवियों के पास इतना धन आता कहाँ से है? जिसे देखो उनकी समृद्धि के गीत गाता है।"

"महाराज, लिच्छवियों में स्वाभाविक रूप से सामरिक प्रवृत्ति है तथा उनका हर युवक अवैतनिक सैनिक है।" अमात्य सुनीथ ने अपना विचार रखा। "इस कारण उन्हें सेना पर अधिक व्यय नहीं करना पड़ता जबकि हमें अपनी आय का बड़ा अंश सैनिकों के वेतन पर व्यय करना होता है।"

"किन्तु सबसे महत्वपूर्ण कारण मेरे विचार से महाराज वैशाली की गणिकाएँ हैं।" महामात्य वर्षकार ने मत व्यक्त किया

"गणिकाएँ? क्या आप विनोद कर रहे हैं महामात्य? असम्भव! मैं नहीं मानता।"

"यह यथार्थ है महाराज! दूर-दूर से व्यापारी आते हैं हमारे यहाँ किन्तु शीघ्र ही अपना कार्य निपटा वैशाली भागते हैं, और महीनों वहाँ पड़े रहकर अपनी आय का बड़ा भाग वहीं पर लुटा देते हैं।"

"और आपका विचार है यह वैशाली की गणिकाओं के कारण है?"

"धृष्टता के लिये क्षमा करें महाराज, किन्तु महामात्य वर्षकार का कथन निराधार नहीं है।" अमात्य सुनीथ ने वर्षकार का समर्थन किया। "कहनेवाले तो यह भी कहते हैं महाराज कि जिसने वैशाली की रात नहीं देखी उसने कुछ नहीं देखा, और जो एक बार वैशाली की गणिका का अतिथि नहीं बना उसका जीवन ही व्यर्थ हुआ।"

"मैंने तो यहाँ तक सुना है महाराज, उन गणिकाओं के नेत्रों से सच ही मदिरा छलकती है और पुरुष उन आँखों में डूबकर संसार भुला बैठता है।" वर्षकार ने जोड़ा। "निष्ठावान से निष्ठावान पति, ऐसा पुरुष भी जो अत्यन्त धर्मपरायण है महाराज, इनके मोहजाल में फँसकर उनका क्रीत-दास बन जाता है।"

उसके अमात्यों के कथनों में कितनी सच्चाई है यह परखने ही बिम्बसार वैशाली आया था। लौटकर राजगृह पहुँचते से ही उसने दोनों अमात्यों को बुलवा भेजा।

"आपका कथन सत्य था अमात्य सुनीथ। और महामात्य वर्षकार! मैं अब अपने अनुभव से जानता हूँ कि वैशाली की एक गणिका के नेत्रों से तो निश्चित ही मदिरा छलकती है।" कहते हुए बिम्बसार के मुख पर हल्की-सी मुस्कुराहट तथा निगाहों में सुहासिनी की आँखें तैर गईं। "हमें राजगृह में भी गणिकाओं को बसाना चाहिये। अमात्य सुनीथ एक भव्य प्रासाद का निर्माण आरम्भ करवाएँ तथा महामात्य वर्षकार सुहासिनी नाम की गणिका के लिये मेरा सन्देश लेकर वैशाली चले जाएँ।"

मगधराज का सन्देश सुनकर एक पल को तो सुहासिनी सोच में पड़ गई, किन्तु दूसरे ही पल चंचल मुस्कुराहट के साथ पूछ बैठी,

"मात्र मगधवासियों के हृदय की या मगधराज की भी?"

वर्षकार को सकपकाया हुआ देख सुहासिनी खिलखिला पड़ी।

"महाराज को क्या सन्देश दूँ?" वर्षकार ने पूछा।

"उनसे कहिये, इस वसन्तोत्सव में यदि उनकी भविष्यवाणी सच हो गई तो अवश्य आऊँगी। मैं वचन देती हूँ।"

और भविष्यवाणी सच हो गई। सुहासिनी को बधाई देने भीड़ टूट पड़ी। किन्तु सुहासिनी तो रथों के उस समूह में थी प्रतुल्य के साथ, तथा जगनमोहिनी की अनुमति से साथ आईं विश्वस्त दास-दासियों के साथ, जो अभी-अभी वैशाली के दक्षिणी नगर-द्वार से बाहर निकला था।

सुन्दर उद्यान से घिरे हुए भव्य श्वेत-प्रस्तर-प्रासाद में सारी सुख-सुविधाओं का प्रबन्ध किया जा चुका था। मगधराज ने दास, दासी भी नियुक्त करवा दिये हैं सुहासिनी की सेवा के लिये।

"देवी को किसी और वस्तु की आवश्यकता हो तो निस्संकोच बताएँ।" सुहासिनी को ठहराने के पश्चात् वर्षकार ने कहा। "महाराज ने स्वर्ण-मुद्राओं से भरी यह मंजूषा आपको भेंट की है तथा आपसे भेंट का समय चाहा है।"

"उनसे कहिये, अमावस्या की रात यह प्रासाद उनके स्वागत को आतुर रहेगा।"

सात-आठ दिनों में प्रासाद को अपनी रुचि के अनुसार सजाकर सुहासिनी ने दास-दासियों को भली-भाँति समझा-बुझा दिया कि मगधराज का स्वागत किस प्रकार होना है।

अँधियारी रात में बिम्बसार का रथ जैसे ही मुख्य द्वार पर पहुँचा, पूरा प्रासाद धीरे-धीरे अन्धकार में डूबता चला गया। कुछ ही पल में सुहासिनी का स्वर गूँजा।

"चले आइये महाराज! अँधेरे से मत घबराइये, इसके आगे ही प्रकाश है!"

और उसकी खिलखिलाहट सम्पूर्ण प्रासाद में प्रतिध्वनित हो उठी।

सावधानी से आगे बढ़ते हुए बिम्बसार को प्रासाद के प्रवेशद्वार की सीढ़ी पर पाँव रखते ही सुहासिनी अपने हाथों में स्वर्ण-दीपस्तम्भ लिये दिखी जिसे उसने इस प्रकार थाम रखा था कि दीपक के प्रकाश में बिम्बसार को केवल उसकी चमकती हुईं आँखें ही दिखाई दे रहीं थीं। उसने आगे बढ़कर सुहासिनी का हाथ थामना चाहा तो वह उलटे पाँव चल पड़ी। जैसे-जैसे वह चलती गई, न जाने कहाँ से निकलकर दोनों ओर एक-एक दासी दीपस्तम्भ हाथों में लिये प्रकट होती गई।

एक कक्ष के सामने पहुँचकर सुहासिनी रुक गई।

"भीतर चले आइये मगधराज! सु-आगतं! पादुकाएँ द्वार पर ही छोड़ दीजिये।"

बिम्बसार ने देखा पूरे कक्ष में अँधेरा था, अतिरिक्त उस कोने के जहाँ एक लाल कौषेय वस्त्र पर सोने के कामवाली बड़ी-सी सुन्दर आसन्दी रखी हुई थी।

"देवी ने इतना अँधेरा क्यों कर रखा है?" बिम्बसार ने पूछा।

"निकट आयें महाराज तो बताऊँ!" सुहासिनी अँधेरे से प्रकाश में आते हुए खिलखिला उठी।

बिम्बसार ने देखा एक झीने श्वेत आवरण के अतिरिक्त सुहासिनी के उन्नत वक्षों पर कुछ नहीं था। उसके निकट आते ही सुहासिनी ने उसका हाथ थाम उसे आसन्दी पर आसीन करवाया और स्वयं उसकी गोद में बैठ गई। जावित्री-आसवित गन्ध से बिम्बसार पर मद छाने लगा।

"श्रीमन्त ने सीमा पूछी थी न?" सुहासिनी ने बिम्बसार की छाती के बालों में अंगुलियाँ फँसाते हुए पूछा।

बिम्बसार की निगाहें सुहासिनी के वक्षों से हट नहीं पा रही थीं। अनचाहे ही उसके हाथ उनकी ओर बढ़ गए।

"नहीं, अभी नहीं मगधराज!" सुहासिनी ने बिम्बसार का हाथ पकड़ लिया। "पहले मेरे प्रश्न का उत्तर दीजिये।"

"किस प्रश्न का?"

"यही तो बुरी प्रकृति है पुरुषों की! जो सर्वाधिक महत्वपूर्ण होता है, उसे ही भूल जाते हैं। मैंने पूछा था, रानी केवल मगधवासियों के हृदय की या ..."

"हाँ हाँ, स्मरण आया!"

"तो क्या उत्तर है मगधराज का?"

"बताना आवश्यक है?"

"हाँ मगधराज! मैं सुनना चाहती हूँ।"

"तो सुनो! तुम पहली स्त्री हो जो मेरे सपनों में आई हो!"

"सच! और?" सुहासिनी की आँखों में अतीव प्रसन्नता की चमक जाग उठी और उसने अपने हाथ बिम्बसार के गले में डाल दिये।

"और जिसे स्मरण कर मैंने आहें भरी हैं!"

"और?" सुहासिनी के स्वर में कम्पन था।

"क्या अब भी कुछ कहना शेष रहा है?"

"नहीं!" सुहासिनी के होंठ सूख चले थे। "किन्तु आपको आपकी सीमा बताना शेष रहा है।"

कहते हुए सुहासिनी ने अपने वक्ष पर पड़ा आवरण खींचकर फेंक दिया और आँखें मूँद लीं।

रात के सन्नाटे में दूर कहीं एक स्वर उठ रहा था।

"मरेंगे, सब मरेंगे! कोई नहीं बचेगा, कोई नहीं!"

कपिलवस्तु में

वर्षों पश्चात् राजा शुद्धोदन के राजभवन में फिर से चहल-पहल दिखाई दे रही है। जब से कालुदायिन ने समाचार दिया है कि सिद्धार्थ कपिलवस्तु की ओर चल पड़ा है, मुरझाये मुख पुनः खिल उठे हैं। रह-रहकर हँसी की फुहारें भी छूट रही हैं। चाल-ढाल में फिर से उल्लास झलकने लगा है। राजभवन की रंगाई-पुताई भी हो रही है, पूरे सात वर्ष बाद। और रसोई से एक बार फिर पकवानों के तले जाने की मुँह में पानी ले आती गन्ध उठनी आरम्भ हो गई है।

"क्या बना रही हो माँ?" राहुल आश्चर्यचकित था, अपने छोटे-से जीवन में माँ को पहली बार प्रसन्न-मुख देख।

"मठरी तल रही हूँ बेटा। तुम्हारे पिता आ रहे हैं न!"

"पिता आ रहे हैं? कहाँ से माँ?"

"बहुत दूर से!"

तभी प्रजापति आ गई।

"तू क्यों भिड़ गई है इसमें सवेरे से? रसोइयों को करने दे न!"

यशोधरा मात्र मुस्कुरा दी। प्रजापति की आँखें भर आईं। कुम्हलाई लता-सी यशोधरा फिर हरी-भरी हो गई थी, उसका सिद्धार्थ आ रहा यह सुनकर।

"भूल ही गई थी तू तो मुस्कुराना। कितनी सुन्दर लगती है जब मुस्कुराती है!"

"दादी दादी, पता है मेरे पिता आ रहे हैं!" प्रजापति का ध्यान अपनी ओर खींचने के लिये राहुल ने उसका वस्त्र पकड़कर खींचा।

"हाँ रे, पता है!" कहते हुए प्रजापति हँस दी और राहुल को बाहों में उठाकर उसके गाल चूम लिये।

"यह क्या कर रही हो माँ? भारी हो गया है, झटका आ जाएगा!"

"कुछ नही होगा री! अब तो कुछ हो हो नहीं सकता मुझे!" कहते हुए प्रजापति का मुख प्रसन्नता से दमक उठा और साथ ही आँखों में आँसू भी चमक उठे।

"अजी सुनती हो!" तभी राजा शुद्धोदन भी रसोई में चले आए। "क्या खिचड़ी पक रही है यहाँ सास-बहू के बीच? कब से मैं तुम्हें ढूँढ रहा हूँ!"

"कोई और काम नहीं रह गया तुम्हारे पास मेरे पीछे घूमने के अतिरिक्त? बुढ़ापा आ गया पर बचपना नहीं गया!" प्रजापति ने स्नेह-सिक्त स्वर में उलाहना दिया।

"काम तो बहुत हैं, और तुम्हारे पीछे-पीछे घूमने की कोई चाह भी नहीं मुझे! मैं तो यह कहने आया था कालुदायिन समाचार लाया है। तुम्हें नहीं सुनना तो मैं जाता हूँ।"

कहकर कनखियों से प्रजापति को देख अपनी मुस्कुराहट को छिपाने का प्रयास करते हुए शुद्धोदन लौट जाने की मुद्रा में मुड़ गए।

"अजी रुको, रुको! क्या समाचार लाया है? शीघ्र बताओ!"

प्रजापति ने राहुल को नीचे उतार उनका हाथ पकड़ लिया। यशोधरा के कलछी थामे हाथ अनचाहे ही रुक गए, और अनजाने ही उसके कान श्वसुर की ओर मुड़ गए।

"सिद्धार्थ गंगा पार कर वैशाली पहुँच गया है।" शुद्धोदन यशोधरा की ओर देखते हुए बोले। "अब तो गिनती के ही दिन बचे हैं। अधिक से अधिक तीस दिन में पहुँच जाएगा यहाँ।"

कहते हुए उनकी आँखों में करुणा और हर्ष का मिश्रित भाव था। अत्यन्त ही कठिन जीवन जिया था उनकी बहू ने सिद्धार्थ के चले जाने के उपरान्त।

महीने-पन्द्रह दिन में मिलता ही रहे समाचार सिद्धार्थ का, ऐसी व्यवस्था कर दी थी राजा शुद्धोदन ने तब से जब छन्द अपने स्वामी के वैशाली में होने का समाचार लेकर आया था। वर्षा के कारण छन्द को कपिलवस्तु से निकलने में देर हो गई थी और पूछते-पाछते जब तक वह तीस योजन दूर अनुप्रिया पहुँचा तो सिद्धार्थ दो दिन पहले ही वैशाली के लिये निकल चुका था।

छन्दक से यह सुनकर बड़ा चैन मिला था उन्हें कि उनका बेटा आचार्य आलार कालाम के आश्रम में सकुशल है। भारी आश्चर्य भी हुआ था यह जान कि उसने अपने ही हाथों से एक पर्णकुटी भी छा ली है।

"यह कब सीख लिया उसने?" उनके मुँह से निकल पड़ा था। "इसका अर्थ है वह कुछ समय वहीं रहनेवाला है।"

"जी महाराज, लगता तो ऐसा ही है।"

"सुनिए जी, आप कुछ कीजिये!" प्रजापति तत्काल बोल उठी। "क्या ऐसे ही छोड़ देंगे उसे, भाग्य के भरोसे?"

"क्या करूँ? अपने मन की किये बिना तो वह लौटने से रहा!"

"न लौटे! हम उसकी कुशलता का समाचार तो लेते रह सकते हैं।"

उसी समय राजा शुद्धोदन ने कालुदायिन को बुलवाकर यह उत्तरदायित्व सौंप दिया था कि वह सिद्धार्थ का समाचार नियमित रूप से मँगवाने की व्यवस्था करे। सिद्धार्थ का परम-मित्र है कालुदायिन जिसके पिता सन्थागर में गण-ज्येष्ठिन हैं तथा शुद्धोदन को उसकी क्षमताओं पर बड़ा विश्वास है। कालुदायिन ने भी निराश नहीं किया। वैशाली में उसने अनुचर नियुक्त कर दिये जो किसी न किसी

निमित्त से आश्रम जाकर सिद्धार्थ का समाचार ले आते और कालुदायिन तक पहुँचा देते।

यशोधरा ने जब सुना तो उसका मन कसक उठा।

"कहाँ ये तीन-तीन प्रासाद, प्रत्येक ऋतु के लिये एक! कहाँ अब पत्तों की कुटिया में पड़े हैं! कैसे तो वर्षा से बचाव होगा और कैसे जाड़े की ठिठुरन से? मैं भी इस राजभवन में नहीं रहूँगी। पीछे उद्यान में एक झोंपड़ी बना लूँगी।"

सुनते ही प्रजापति भिन्ना गई।

"और राहुल? तुझे पता है न, तेरे से चिपके बिना वह नहीं सो पाता? वह भी तेरे साथ रहेगा उस झोंपड़ी में? वह भी तेरे साथ ही ताप में झुलसेगा? ठंड खाकर, पानी में भीगकर व्याधिग्रस्त होगा?" कहते-कहते प्रजापति हाँफने लगी।

यशोधरा कुछ नहीं बोली, बस रो पड़ी। उसे राहुल पर क्रोध हो आया।

'जी का जंजाल बन गया है मेरे लिये! जब मात्र एक कटोरी भात खाने से दूध उतरना घट गया था तब भी कैसा हो-हल्ला मच गया था! और तब मुझे अत्यन्त अनिच्छापूर्वक गोंद, मेवे के लड्डू खाने पड़ गए थे। अच्छी विपत्ति छोड़ गए हैं मेरे सिर! इसे भी साथ ले जाते तो मेरा संकट टलता!'

सिद्धार्थ वैशाली से जब राजगृह के लिये चला तो एक अनुचर परिव्राजक बन उसके पीछे हो लिया।

"महाराज! एक आचार्य हैं रामपुत्र उद्रक नामक," कालुदायिन कह रहा था, "जो राजगृह नगर के बाहर एक पहाड़ी पर रहते हैं। उनके कई शिष्य उस पहाड़ी पर बनी गुफाओं में ही रहा करते हैं। ऐसी ही एक गुफा में राजकुमार भी ...।"

"मेरा सिद्धार्थ गुफा में?" प्रजापति की रुलाई फूट पड़ी। "कैसे तो उसमें रहता होगा और कैसे वहाँ वह सो पाता होगा!"

"गुफा में तो साँप बिच्छुओं का भी भय होगा? कहीं ...!" राजा शुद्धोदन के हृदय की धड़कन अचानक बढ़ गई।

यशोधरा भी यह सब सुनती रहती और रोती रहती। किन्तु जिस दिन यह समाचार मिला कि वे गया के निकट घने जंगल में तपस्या करने चले गए हैं, तो वह अपने को रोक नहीं पाई।

"श्वसुरजी! मैं जाऊँगी वहाँ!" यशोधरा के स्वर में क्रोध था। "राहुल को लेकर जाऊँगी! पूछूँगी, किसके भरोसे इसे छोड़ गए हैं? क्या उनका कोई उत्तरदायित्व नहीं है अपने पुत्र के प्रति? क्यों तो मुझे लाये थे ब्याह के, और क्यों तो इसे जन्म दिया!"

"ठीक है बेटी, चली जाना। मैं भी चलूँगी तेरे साथ।" प्रजापति ने स्नेह से उसके सिर पर हाथ फेरते हुए कहा था।

उस रात यशोधरा नींद में बड़बड़ाती ही रही थी।

'मैं जाऊँगी, उनको लेकर आऊँगी; बलपूर्वक ले आऊँगी।'

प्रात: वह उठी तो देह तपता मरुस्थल हो रही थी। न जाने किस व्याधि ने जकड़ा था, वैद्यों की पकड़ में ही नहीं आई। फिर भी औषधि देते रहे, न जाने कौन-सी काम कर जाए। एक ही माह में ज्वर जर्जर कर गया शरीर को। पानी का पात्र हाथों में ले मुँह से लगा पाए उसके पूर्व ही छन्न से नीचे जा गिरता। मुख को पोंछने तक में हाथ काँपते रहते।

अब तक उसके मन में सिद्धार्थ के प्रति उपजा क्रोध शान्त हो चुका था। क्रोध को बनाये रखने के लिये भी तो शरीर में शक्ति चाहिये न!

इस बीच यह समाचार सुन राजा शुद्धोदन और प्रजापति को कुछ ढाढ़स बँधा कि कौण्डिन्य, अस्सजी इत्यादि उद्रक रामपुत्र के पाँच शिष्य जो सिद्धार्थ के ही साथ थे पहाड़ पर बनी गुफाओं में और उससे अत्यन्त प्रभावित थे, वे भी उसके साथ आ गए हैं। और पाँचों ही झोंपड़ियाँ छाकर वहाँ रह तो रहे ही हैं, सिद्धार्थ को गुरु-सम सम्मान भी देते हैं। कुटिया की झाड़ू-बुहारी कर देते हैं। निरंजना नदी में नहाने उतरता है सिद्धार्थ तो उसके वस्त्र धो देते हैं। जल भी भर लाते हैं।

किन्तु यशोधरा ने सुनकर भी जैसे नहीं सुना यह सब। खोई-खोई-सी वह अब स्वयं से ही बातें करती रहती।

"रह पाओगे मेरे बिना? ... तो फिर? ... रुकेंगे या जायेंगे?... अब रहने भी दो! ... ठीक हो जायेंगे अपने से!"

सिद्धार्थ के साथ बिताये गए समय की मधुर स्मृतियाँ थीं ये जिनमें अपने को बन्दिनी बना उसने कड़वे वर्तमान से स्वयं को दूर कर लिया था।

विवाह के एक सप्ताह पश्चात् सिद्धार्थ उसे गुरु अर्जुन के आश्रम ले गया था।

"है न कितना सुन्दर आश्रम!" यशोधरा का हाथ थामकर उसे रथ से उतारते हुए सिद्धार्थ ने कहा था। "कितनी शान्ति है यहाँ! जी चाहता है यही रह जाऊँ।"

"रह पाओगे मेरे बिना?"

"एक पल भी नहीं!"

यशोधरा को अभी भी स्मरण है, गहरे तक तन-मन को भिगोती हुई कैसी मधुर रसधार बह निकली थी यह सुनकर! और उस रात कैसा प्यार उमड़ा था उसका सिद्धार्थ पर!

फिर विवाह के कई वर्ष पश्चात् तक भी जब-जब यशोधरा देवदह जाती, दो-तीन दिन में सिद्धार्थ भी वहाँ पहुँच जाता।

"यहीं रोहिणी तक आया था देखने कि पानी को लेकर कोई नया विवाद तो नहीं खड़ा हो रहा।"

"सब ठीक है न?" सब जानते-बूझते हुए भी यशोधरा भोलेपन से पूछती।

"हाँ, सब ठीक है।"

"तो फिर?

"फिर क्या?"

"रुकेंगे या जायेंगे?" और यशोधरा के मुख पर चंचल मुस्कुराहट खेल जाती।

"भगीरथी में देर तक जब पाँव डाले बैठे रहती तो पैर मेरे विवर्ण हो जाते, त्वचा में झुर्रियाँ पड़ जातीं।" जब-तब यशोधरा बड़बड़ाती रहती उद्यान में झूले पर बैठ। "कितने प्यार से मेरे पाँवों को गोद में ले धीरे-धीरे तब तक मलते रहते थे जब तक वे फिर से स्निग्ध न हो जाएँ, उनकी लालिमा न लौट आए। मैं पाँवों को खींचने का प्रयास करती, कहती अब रहने भी दो ठीक हो जायेंगे अपने से! किन्तु वे छोड़ते ही नहीं थे। बस मुझे देख प्यारी-सी मुस्कान मुस्कुरा देते। कैसी मनमोहक मुस्कान थी उनकी!"

प्रजापति उसे स्वयं से ही वार्तालाप करते देख चिन्तित हो उठती, और इस तथ्य से भी कि राहुल पर ध्यान देना उसने सर्वथा छोड़ दिया था।

"यह क्या हो गया है तुझे बेटी?" यशोधरा का हाथ अपने हाथ में लेकर एक दिन पूछा प्रजापति ने। "अच्छी तो है तू?"

"वे आयेंगे माँ, उन्हें आना ही होगा।" प्रजापति की आँखों में देखते हुए यशोधरा दृढ़ स्वर में बोली। "विवाह करते समय शपथ ली थी उन्होंने, वचन दिया था जीवन भर साथ निभाने का। श्वसुरजी ने बताया था कि उनको भी वचन दिया है उन्होंने लौटकर आने का। अपना वचन वे नहीं तोड़ेंगे माँ! निभाएँगे, अवश्य निभाएँगे। और जैसे ही वे लौट आयेंगे मैं अच्छी हो जाऊँगी।" यशोधरा ने आश्वस्त करने की मुद्रा में सिर को हिलाया। किन्तु अगले ही पल सिर को नकार मुद्रा में। हिलाते हुए बोली, "नहीं, नहीं, अच्छी तो मैं हूँ ही! तब और अच्छी हो जाऊँगी।"

प्रजापति अपनी यशोधरा को देखती रही और आँसू बहाती रही। उसी क्षण उसने निर्णय ले लिया—बस, अब और नहीं!

"सुनो जी! अब आप कालुदायिन से कह दो अनुचरों को लौटा ले।"

"यह क्या कह रही हो? तुमने ही तो ..."

"हाँ, मैंने ही कहा था! अब भी मैं ही कह रही हूँ, और ठीक कह रही हूँ। जो चला गया, रात-दिन उसके ही बारे में सोचते रहकर हम कहीं उनको भी न खो दें जो हमारे पास हैं।"

"यशोधरा की बात कर रही हो?"

"हाँ, और राहुल की भी। जैसा मैं कहती हूँ वैसा करो। ऐसा न हो हमें पछताना पड़ जाए। आज ही कालुदायिन को बुलाकर कह दो।"

"और यशोधरा ने पूछा तो? कि कैसा है सिद्धार्थ? अनुचरों ने क्या समाचार भेजा है?"

"सो मैं सँभाल लूँगी। और हाँ, उसे यह बताने की भूल मत कर बैठना कि अनुचर लौटा लिये गए हैं।"

"ठीक है, जैसा तुम कहो।" राजा शुद्धोदन ने कह तो दिया पर उनका मन नहीं माना। किन्तु अब अनुचरों द्वारा लाया गया समाचार केवल उन तक ही सीमित रहेगा, उन्होंने निश्चय किया और कालुदायिन को भी यह बता दिया।

"वस्त्र त्याग दिये हैं और पेड़ की छाल पहनने लगे हैं।"

"शीत ऋतु में पवन के हाड़ कँपाते झोंके वे सारी रात मात्र एक कौपीन पहने झेलते रहते हैं।"

"ग्रीष्म की चिलचिलाती धूप में भी दोपहरी भर खुले में ही रहते हैं।"

"वर्षा से बचने का कोई प्रयास नहीं करते, भीगते हुए बैठे रहते हैं।"

राजा शुद्धोदन सुनते और अकेले में जाकर रोते। किन्तु न प्रजापति को कुछ बताते, न यशोधरा को कुछ पता पड़ता। इसका एक सुखद परिणाम तो यह हुआ कि यशोधरा अवसाद से बाहर आने लगी और राहुल पर ध्यान देने लगी।

"अब मात्र अंजलि भर दाल पीने लगे हैं।" सिद्धार्थ को गया गए एक वर्ष पूरा होते-होते समाचार मिला।

"अब भिक्षा के लिये भी जाना बन्द कर दिया है, मात्र पाँच बेर खाते हैं दिन भर में।"

सुन-सुनकर राजा शुद्धोदन का कलेजा मुँह को आता था।

"अब सारे दिन में केवल एक बेर ही खाते हैं।"

"आत्महत्या करने जा रहा है क्या?" राजा शुद्धोदन फट पड़े। पुत्र को फिर से देख पाने की सारी आशाएँ उन्हें धूल में मिलती दिखाई देने लगीं। "कालुदायिन! तुम जाकर उसे समझाओ। तुम मित्र हो उसके, तुमसे कदाचित समझ जाए।"

इस बात को पन्द्रह दिन भी न बीते थे कि कालुदायिन अश्व को लगभग उड़ाते हुए कपिलवस्तु आ पहुँचा।

"अत्यन्त शुभ समाचार है महाराज! सिद्धार्थ ने भिक्षाटन करना और पर्याप्त भोजन लेना आरम्भ कर दिया है। अब ठीक है वह।"

"तो तुम्हारे परामर्श से समझ गया वह।"

"नहीं महाराज, वह अपने से ही समझ गया।"

"कैसे हुआ यह?" राजा शुद्धोदन के मुख पर प्रसन्नता-मिश्रित आश्चर्य था। "तनिक विस्तार से बताओ।"

"महाराज, अनुचरों ने मुझे बता रखा था कि नित्य प्रात: सिद्धार्थ निरंजना नदी में स्नान करने जाया करता है। मैं सीधा वहीं पहुँच गया। वहाँ क्या देखता हूँ, तट पर साधु-सन्यासियों की भीड़ लगी है। मैंने उनमें घुस कर देखा, एक जटाधारी संन्यासी पेट के बल पड़ा था। उस नरकंकाल की महाराज एक-एक पसली गिन लो, और रीढ़ की एक-एक गुरिया भी! टाँगें जैसे बकरी की हों! नितम्ब तो घुटने से भी छोटे और पूरे शरीर पर सूखी त्वचा के छिलके उतरे हुए।"

"उसको छोड़ो तुम, सिद्धार्थ के विषय में बताओ।"

"वही तो बताने जा रहा हूँ महाराज। तभी वहाँ खड़े एक साधु ने देर तक उसकी नाड़ी टटोली और कहा, "यह तो मर गया लगता है!"

"है कौन यह?" दूसरे ने पूछा।

"कोई तपस्वी है, और कौन? देखते नहीं उलझी हुई जटाजूट, बिखरी हुई लम्बी दाढ़ी।" तीसरा बोला।

"यह तो मुझे भी दिख रहा है, परन्तु है कौन, कहाँ का है? और इसका अन्तिम संस्कार कौन करेगा?" पहले साधु ने भीड़ में दृष्टि दौड़ाते हुए पूछा।

तभी महाराज "क्या हुआ, क्या हुआ?" कहता हुआ एक कृशकाय साधु भीड़ चीरता हुआ आया। उस तपस्वी को देखते के साथ ही वह घुटनों के बल गिर पड़ा और फफकते हुए पूछा, "क्या हुआ इन्हें?"

"पता नहीं!" पहले साधु ने कहा और तट पर खड़े एक नदी की ओर झुके हुए वृक्ष की ओर इंगित करते हुए बताया, "इसकी शाखा के सहारे नदी से निकले और गिर पड़े।"

"यह तुम क्या कहानी ले बैठे हो!" राजा शुद्धोदन ने अधीर होकर कालुदायिन को फिर से बीच में टोका। "तुम तो सिद्धार्थ के बारे में बता रहे थे न?"

"वही तो बता रहा हूँ महाराज! यह सुनकर उस कृशकाय साधु ने तपस्वी को धीरे से पलट दिया। ऐसा भयावह मुख महाराज मानो मानव-खोपड़ी पर किसी शव से उतारी हुई कटी-फटी, काली पड़ चुकी त्वचा चढ़ा दी गई हो! बाहें जैसे सूखी टहनियाँ, और हाथ-पैर जैसे कौए के पंजे! वह कृशकाय साधु पसलियों के पिंजर पर कान रख देर तक साँस सुनने का प्रयास करता रहा और फिर अचानक चिल्ला उठा, "यह तो जीवित हैं, यह तो जीवित हैं!" और त्वरित उसने नदी का जल अंजुलि में लेकर उस पर तीन-चार बार छिड़का। उस अस्थिपिंजर ने जब आँखें खोलीं तो ऐसा लगा महाराज जैसे गहरे कोटरों में दो जुगनूचमक रहे हों।"

"कौण्डिन्य तुम?" तपस्वी ने बैठते हुए जैसे ही यह कहा महाराज, वह कृशकाय साधु रो पड़ा। बोला "हाँ शाक्यमुनि मैं।" सुनते ही महाराज मेरे मुँह से निकल पड़ा: अरे, यह तो अपना सिद्धार्थ है!"

"तुम तो कह रहे थे वह ठीक है?" राजा शुद्धोदन ने प्रकम्पित स्वर में पूछा।

"हाँ महाराज, सिद्धार्थ अब सब प्रकार से ठीक है। चिन्ता का अब कोई कारण नहीं। उसने स्वयं ही मुझसे कहा कि उसे समझ आ गया है दुष्कर तपस्या ज्ञान-प्राप्ति का मार्ग नहीं है। शरीर को सुखाने और कष्ट देने से उद्देश्य की पूर्ति नहीं होने वाली। आपके लिये सन्देश भी भेजा है उसने: चिन्ता न करें, मैं शीघ्र आऊँगा।"

राजा शुद्धोदन की प्रबल इच्छा हुई कि इस समाचार को प्रजापति के साथ बाँटे, परन्तु अपने को रोक लिया। किन्तु जिस दिन पता चला कि वह गया से वाराणसी के लिये चल पड़ा है तो उनसे नहीं रहा गया।

"सिद्धार्थ आ रहा है।"

"कौन आ रहा है?" प्रजापति को लगा सुनने में उससे कोई भूल हुई है।

"तुम्हारा पुत्र आ रहा है। और कौन आएगा?"

पति की आँखों में, और होठों पर भी, मुस्कान देख प्रजापति को यह तो निश्चय हो गया कि सुनने में उससे भूल नहीं हुई है। किन्तु उनके कथन पर उसे विश्वास नहीं हो पा रहा था।

"तुम्हें कैसे पता?"

राजा शुद्धोदन ने प्रजापति के सामने अब अपना रहस्य खोल दिया।

"अब वह वाराणसी होते हुए कपिलवस्तु आ रहा है।" आँखों में छलक आए आनन्दाश्रुओं को पोंछते हुए राजा शुद्धोदन बोले। "उसने कहा था न वह शीघ्र आएगा! देखो, अब वह आ रहा है।"

प्रजापति की आँखों से तत्काल ही आँसू बह निकले, परन्तु उसके पास कहाँ समय था उन्हें पोंछने का! वह तो यशोधरा के कक्ष की ओर दौड़ी चली जा रही थी।

यशोधरा शून्य में ताकते हुए बैठी थी और प्रजापति के यह समाचार सुनाने पर भी वैसे ही बैठी रही। कोई भाव उसके मुख पर न आया, न गया। यह देख प्रजापति ने उसे झिंझोड़ते हुए तीन-चार बार दोहराया।

"वे आ रहे हैं?" यशोधरा जैसे नींद से जागी।

"हाँ बेटा हाँ! तेरा सिद्धार्थ आ रहा है!"

प्रजापति के यह कहते ही यशोधरा की आँखों से जैसे सावन के मेह बरस पड़े। देखते-देखते यह दोनों ही शुभ समाचार, सिद्धार्थ के आने का तथा यशोधरा के आँसू बह निकलने का, पूरे राजभवन में प्रसन्नता की लहरें दौड़ा गए।

किन्तु सिद्धार्थ कपिलवस्तु नहीं आया। वाराणसी से लौटकर वह उरुवेल और फिर राजगृह चला गया। निराशा तो हुई राजा शुद्धोदन को, और प्रजापति को भी। किन्तु यह जानकर गर्व भी हुआ कि तपस्या के दिनों में उसके साथ रहे पाँचों शिष्यों ने उसे बुद्ध मान लिया है, वाराणसी के निकट ऋषिपत्तन मृगदाव में उसका धर्म-प्रवर्तन उपदेश सुनकर। फिर यह सुनकर तो छाती और भी चौड़ी हो गई कि वाराणसी के नगर-श्रेष्ठी का युवा पुत्र यश और उसके पचास से अधिक मित्र सिद्धार्थ का उपदेश सुनने के पश्चात् उससे प्रव्रज्या ले उसके धर्म का प्रचार-प्रसार करने दूर-दूर के देशों को निकल गए हैं।

कुछ ही दिन और बीते होंगे कि कपिलवस्तु में घर-घर यह चर्चा थी।

"सुना तुमने? सिद्धार्थ के सामने मगधराज बिम्बसार हाथ जोड़े बैठे रहे थे, सो भी नीचे भूमि पर!"

"मद्यपान अधिक ही कर लिया है क्या, सो भी दिन रहते!" स्त्री ने झिड़क दिया।

"नहीं सच कह रहा हूँ, शपथ से! कालुदायिन की आँखों देखी घटना है यह राजगृह में लत्थीवन की। इतना ही नहीं तो वहाँ एक वेलुवन है, अत्यन्त ही विशाल। उसे न केवल उन्होंने सिद्धार्थ के संघ को दान कर दिया है, उसमें विहार भी बनवा दे रहे हैं उसके सहस्त्रों शिष्यों के लिये।"

"सहस्त्रों?" स्त्री की आँखें फटी की फटी रह गईं।

"हाँ सहस्त्रों! अब सहस्त्रों शिष्य हैं उसके!"

यह समाचार मिलने के उपरान्त शुद्धोदन के पाँवों ने तो धरती पर पड़ने से स्पष्ट मना कर दिया। और प्रजापति? उसका तो सारा दिन सबको यह बताते ही बीत जाता है कि मगधराज भी कुछ नहीं अब तो उसके सिद्धार्थ के सामने।

तथा कालुदायिन अब पुनः सबके सामने ही सिद्धार्थ के समाचार सुनाने लगा है।

"राजगृह से चल पड़े हैं यहाँ आने के लिये।" कालुदायिन के स्वर और शैली में अब सम्मान झलकने लगा था सिद्धार्थ के लिये।

यह सुन यशोधरा के होंठों पर गर्वपूर्ण मुस्कान झलक आई थी।

"वैशाली में हैं अभी। लिच्छवियों ने आग्रहपूर्वक रोक रखा है उन्हें, सन्थागार में धर्मोपदेश देने के लिये।"

सुनकर अच्छा लगा यशोधरा को कि उसका सिद्धार्थ 'उसने' से अब 'उन्हें' हो गया है। परन्तु लिच्छवियों पर क्रोध भी आया। क्यों व्यर्थ ही रोक रखा है उसके सिद्धार्थ को? उन्हें भी धर्मोपदेश अभी ही सुनना था।

"एक-दो दिन में श्रावस्ती पहुँचने ही वाले हैं।" कालुदायिन अब प्रतिदिन ही सिद्धार्थ का समाचार लाने लगा।

फागुन में चला था सिद्धार्थ राजगृह से और अब वैशाख लग गया था। प्रतीक्षा की एक-एक घड़ी पहाड़ हो रही थी। अतएव जब सीधे कपिलवस्तु न आकर सिद्धार्थ योजन भर दूर न्यग्रोधवन में ही रुक गया अपने पाँच-सौ शिष्यों के साथ, तो सभी को अत्यधिक निराशा हुई।

"इसमें निराश होने की क्या बात है? जब वह पहुँचा, दोपहर बीत रही थी।" राजा शुद्धोदन यशोधरा और प्रजापति को समझाते हुए वस्तुतः स्वयं को ही समझा रहे थे। "सोचा होगा, अँधेरा हो जाएगा यहाँ आते-आते।"

अगले दिन दूसरा प्रहर बीत चला परन्तु सिद्धार्थ नहीं आया। अधीर हो उन्होंने आनन्द को भेजा पता करने के लिये।

"तुम इतनी शीघ्र कैसे लौट आए आनन्द?"

"मुझे न्यग्रोधवन जाना ही नहीं पड़ा। वे तो कब के कपिलवस्तु आ चुके हैं!"

"आ चुका है? तो फिर यहाँ क्यों नहीं आया? कितनी प्रतीक्षा है सबको उसकी!"

"वे अपने शिष्यों के साथ भिक्षाटन कर रहे हैं।" आनन्द सिर झुकाये हुए बोला।

सुनते ही राजा शुद्धोदन आग का गोला बन गए।

"मेरा बेटा भिक्षा माँग रहा है? यहाँ कपिलवस्तु में? मेरी प्रतिष्ठा का कोई विचार नहीं उसे? चल मेरे साथ, अभी उसके कान खींचता हूँ! होगा वह बुद्ध, पहले मेरा पुत्र है।"

किन्तु सिद्धार्थ को देखते ही उनका क्रोध ठंडा पड़ गया। कैसा सौम्य-भाव! कितनी शान्ति मुख पर! भिक्षाटन करता हुआ भी भिक्षुक नहीं लग रहा था। तेजोमय मुख पर याचना का कोई भाव नहीं। अनुद्विग्न! अनुद्वेलित! उस सम्मोहन में कुछ पलों के लिये वे भूल ही गए कि आए क्यों थे। किन्तु फिर स्मरण आया तो तुरन्त ही क्रोध का भाव ओढ़ते हुए डाँटने के स्वर में पूछा,

"यूँ भिक्षा माँगकर क्या सिद्ध करना चाह रहे हो? परिवार की प्रतिष्ठा का विचार नहीं आया कपिलवस्तु में यूँ भिक्षाटन करते हुए? सीधे घर क्यों नहीं चले आए? क्या वहाँ भोजन नहीं मिलता?"

सिद्धार्थ ने देखा पिता के कन्धे तनिक झुक गए हैं, केश श्वेत हो चले हैं, झुर्रियाँ गहरा गईं हैं।

"भिक्षाटन से उदरपूर्ति करना परिव्राजक-धर्म है मेरा। फिर मेरे साथ पाँच-सौ शिष्य भी हैं। यदि निमन्त्रण मिला होता ... "

"तो अब तुम्हें निमन्त्रण भी देना पड़ेगा?" राजा शुद्धोदन चिल्लाये। "मुझे अपने पुत्र को अपने ही घर आने के लिये निमन्त्रण देना पड़ेगा? ठीक है, आओ! निमन्त्रण है तुम्हें! और अपने पाँच-सौ शिष्यों को भी लेते आओ कल सवेरे। तुम्हारे पिता में अभी सामर्थ्य है इतनी कि दोनों समय बारह महीने तुम सबका पेट भर सकें!" कहकर वे दनदनाते हुए राजभवन लौट गए।

प्रजापति को पता चला तो पति पर बिगड़ पड़ी। "सठिया गए हो क्या? इतने वर्षों के पश्चात् बेटा आया है। और उसके घर पहुँचने के पहले ही उससे झगड़ आए! मति मारी गई है तुम्हारी तो।"

और यशोधरा? उसका तो जी ही नहीं भरता था आनन्द के मुँह से बार-बार सुनकर कि कैसे दिखते हैं वे?

"क्या बताऊँ भाभी, कैसी श्रद्धा उपजती है उन्हें देख! कैसा अलौकिक, आभामंडित मुख है! अब कुछ-कुछ समझ आया है भाभी कि मगधराज ने उनमें

क्या देखा और श्रावस्ती के नगरसेठ सुदत्त ने उनमें क्या पाया जो बिछ गए उनके सामने।"

'किन्तु मैं नहीं बिछनेवाली!' मन ही मन यशोधरा ने निश्चय किया। 'बोलूँगी भी नहीं उनसे जब तक वे मनायेंगे नहीं! और मैं सहज माननेवाली भी नहीं हूँ। ऐसे कैसे बिना कुछ कहे-सुने चले गए?'

उस रात एक पल को भी पलक नहीं झपकी यशोधरा की। बार-बार झरोखे पर जा-जाकर झाँकती, अब तो सूरज निकलनेवाला होगा। पाँच बार तो जाकर लौट आई और फिर से लेट गई चटाई पर। किन्तु छठी बार भी क्षितिज पर प्रकाश न देख झल्ला उठी।

"यह सूरज कहीं भटक तो नहीं गया? अब नहीं हटूँगी यहाँ से जब तक वे आ न जाएँ।"

फिर विचार आया, क्या ऐसे ही जाऊँगी उनके सामने? बिखरे और उलझे बाल लिये, सड़े-से तुसे-मुसे वस्त्रों में! तुरन्त ही नहा-धोकर बाल सँवारे। किन्तु वस्त्र क्या पहने? उसके पास तो दो ही जोड़ी वस्त्र हैं, वह भी सूती और पुराने।

प्रजापति भी जगी हुई थी और सब देख रही थी। वह काशी के लाल कौषेय वस्त्र ले आई।

"ले, इन्हें पहन ले!"

यशोधरा लजा गई जैसे कोई चोरी पकड़ी गई हो।

उसे नये वस्त्रों में देखते के साथ प्रजापति बोल उठी।

"हाय रे, कितनी सुन्दर लग रही है! चल काजल लगा दूँ तेरी आँखों में, और गाल पर काला टीका भी।"

झरोखे पर खड़े-खड़े पैर दुखने लगे तब कहीं जाकर एक पहर से भी अधिक की प्रतीक्षा के पश्चात् उसे अपना सिद्धार्थ आता दिखाई दिया। बाँहों को कोहनी तक ढकता हुआ काषाय चीवर धारण किये सबसे आगे वह था धीर गति से धरती पर दृष्टि जमाये चलता हुआ, और पीछे-पीछे उसके शिष्य जो सभी उसी की भाँति चल रहे थे दाएँ हाथ में सभी के दंड था तथा बाएँ में भिक्षापात्र।

यशोधरा ने पहली बार देखा था अपने पति को काषाय वस्त्रों में सिर घुटाये, दाढ़ी-मूँछ मुँड़ाए। उसे पता था वे ऐसे ही होंगे फिर भी उन्हें इस वेश में देख अपने को सँभाल नहीं सकी और घुटनों के बल गिरकर रोने लगी। जब तक फिर से खड़ी हो पाती, भिक्षुओं का दल राजभवन में प्रवेश कर चुका था। भागकर वह अपने कक्ष में घुस गई और धड़कते दिल से प्रतीक्षा करने लगी, 'अब आएगा मेरा सिद्धार्थ! अब आएगा!'

लम्बी प्रतीक्षा से यशोधरा की उद्विग्नता जब बाँध तोड़ चली थी और मन में क्रोध उपजने लगा था तब कहीं जाकर आनन्द सन्देश लेकर आया।

"सभाकक्ष में बुलाया है भाभी आपको, मिलने के लिये।"

"क्यों? वहाँ क्यों?" यशोधरा तड़फड़ा उठी। "यहाँ आने में पाँव दुखेंगे? जाओ कह दो उनसे! उनकी दृष्टि में यदि मेरा कोई मूल्य है तो यहीं आयें!"

मुँह फुलाये बैठी यशोधरा कुछ ही देर में व्याकुल हो चली। 'कहीं मैंने अपने ही पैर पर तो कुल्हाड़ी नहीं मार ली? वे आयेंगे तो न? आयेंगे कैसे नहीं? औरों से छूटें तब तो आयें!'

तभी राहुल दौड़ता हुआ आया।

"माँ माँ! तुम तो कहतीं थीं मेरे पिता आयेंगे तो मुझे चिपकायेंगे अपने से। उन्होंने तो गोद में भी नहीं बिठाया।"

"चिपकायेंगे बेटा, अकेले में चिपकायेंगे, सबके सामने थोड़े ही।"

"अच्छा।" कहकर राहुल लौट गया किन्तु कुछ ही समय पश्चात् दौड़ता हुआ फिर से आ गया।

"माँ माँ! मेरे पिता का नाम सिद्धार्थ थोड़े ही है। उनका नाम तो तथागत है। तुमको नहीं पता?"

"किसने कहा तुझसे?"

"उन्होंने ही कहा जब पितामह ने उन्हें सिद्धार्थ कहकर पुकारा।"

"क्या कहा उन्होंने?"

"यही कि वे सिद्धार्थ नहीं तथागत हैं और उन्हें ऐसे ही बुलाया जाए।"

सिद्धार्थ ने स्वयं को तथागत कहलवाया ताकि अन्य बुद्धों से स्वयं को अलग दिखाया जा सके। तथागत अर्थात जिसे फिर से इस लोक या अन्य किसी भी लोक में जन्म नहीं लेना है। जिसकी यात्रा पूरी हो चुकी है।

तभी आनन्द लम्बे डग भरते हुए आया और प्रफुल्लित स्वर में बोला, "भाभी, तथागत आ रहे हैं!" और राहुल को बहला-फुसलाकर कक्ष से बाहर ले गया।

धड़-धड़ करता हृदय और फिसला पड़ता कौषेय उत्तरीय, दोनों को ही सँभालते हुए यशोधरा खड़ी हो गई। दो शिष्यों को भी सिद्धार्थ के पीछे-पीछे कक्ष में घुसते देख उसे विचित्र लगा। निराशा भी हुई। बैठे-बैठे उसने निश्चय कर लिया था, 'देखते ही फट पड़ूँगी उन पर। वे बाँहों में भरकर मनाने का प्रयास करेंगे। कहेंगे यशोधरा मुझे क्षमा कर दो। पर क्या मैं ऐसे ही मान जाऊँगी? इतनी शीघ्र भी नहीं माननेवाली मैं!'

"कैसी हो यशोधरे? मैं जानता हूँ बहुत दुःख दिया है तुमको मैंने।"

सुनते से ही मानिनी का मान पिघल गया। दौड़कर अपने पति के पैरों पर गिर पड़ी और आँसुओं से उन्हें भिगोने लगी। पैर धुल गए, आँसू सूख गए, किन्तु बाहें पकड़ उठाना तो दूर उसके सिर पर हाथ तक नहीं रखा उन्होंने। यशोधरा तड़प

उठी। उसका मान घायल नागिन-सा फिर फनफना उठा। उठकर वह चुपचाप सिर झुकाये खड़ी हो गई।

"यहाँ बैठो यशोधरे।" आसन ग्रहण करने का निमन्त्रण न पा बुद्ध उनके लिये रखे गए ऊँचे आसन पर स्वयं ही जाकर बैठ गए।

न चाहते हुए भी यशोधरा उनके पैरों के पास ही बैठ गई। न जाने कैसा सम्मोहन था वाणी में!

"मोह दु:ख का कारण है। अति लगाव दु:ख का कारण है। व्यक्ति विशेष के प्रति अत्यधिक प्रेम भी दु:ख का कारण है। बुद्धि अन्तर करती है और यह अन्तर ही मोह का कारण बनता है। अपने पराये का भेद मिट जाए तो समस्त मानवता अपनी लगने लगेगी और तब मोह के बन्धन वैसे ही टूट जायेंगे जैसे पकने पर फल स्वयं ही वृक्ष से टपक जाता है।"

यशोधरा मुग्ध हो अपने पति को बोलते हुए देखती रही। मुख पर कैसी अपूर्व शान्ति है! वाणी में कैसी शीतलता! जी करता है बस देखते ही रहो, सुनते ही रहो!

"जब अपने हृदय के प्रेम को विस्तार दोगी। पूरे संसार से, प्रत्येक प्राणी से प्रेम करने लगोगी। तो तुम्हारे हृदय में दु:ख का स्थान अतुलित आनन्द ले लेगा। इतने वर्षों में मैंने स्वयं यह जाना है, और स्वानुभव से यह भी समझा है कि ऐसा हो पाना किस प्रकार सम्भव है।"

यशोधरा सब सुनते हुए भी नहीं सुन पा रही थी। वह तो बस अपने सिद्धार्थ को बोलते हुए देख रही थी, उसके मुख की विलक्षण आभा और उसकी वाणी के माधुर्य में डूबी हुई। देर तक बुद्ध बोलते रहे और वह सम्मोहित-सी बैठी रही।

"अब मैं जाता हूँ यशोधरे। तुम्हें शान्ति मिले! मुक्ति प्राप्त हो!" कहकर बुद्ध खड़े हो गए, अपना चीवर सँभाला और जाने लगे। तब जाकर यशोधरा को चेतना आई। किन्तु वह खड़ी हो पाती तब तक बुद्ध बाहर निकल गए थे और उनके दोनों शिष्य उसे प्रणाम कर रहे थे।

उस तृषित हिरणी-सी जो अभी चख भी नहीं पाई थी और अमृत-कलश उसके सामने से उठ गया, यशोधरा अपने सिद्धार्थ को जाते हुए देखती रही और फिर बिलख पड़ी। क्या-क्या सोच रखा था? कितनी सारी बातें होंगीं? पहले रूठना-मनाना होगा। फिर अपने सामने बिठाकर उन्हें स्वयं परोसकर खिलायेगी। कितने सारे पकवान बनाकर रख छोड़े हैं! कैसे इतने निष्ठुर हो गए? हिचकियाँ बँधने लगीं किन्तु यशोधरा की रुलाई ने रुकने का नाम नहीं लिया।

आँसू सूखे तो खोई-खोई रहनेवाली यशोधरा एक बार फिर लौट आई। प्रजापति इस बार देखते हुए भी नहीं देख पा रही थी। वह स्वयं भी तो आहत थी! अपने सिद्धार्थ को छाती से चिपकाना तो दूर, उसका माथा भी नहीं चूम पाई थी।

"अब वह सिद्धार्थ नहीं रहा, बुद्ध हो गया है! वह अब सामान्य पुरुष नहीं है। तथागत है, तथागत!" प्रजापति बड़बड़ा रही थी। "नन्द भी उसके ही साथ चला गया है न्यग्रोधवन। न जाने क्या है उसके मन में? कहीं ..." इसके आगे सोचने से उसने स्वयं को रोक, दाएँ-बाएँ सिर हिला दिया।

यशोधरा के मन के किसी कोने में आशा की हलकी-सी किरण अभी भी चमक रही थी। उसका सिद्धार्थ उससे सदा के लिये दूर चला गया है, मन यह स्वीकार नहीं कर पा रहा था।

'उनके साथ चर्चा अभी कहाँ पूरी हो पाई है? उन मुस्टंडों के कारण ही तो नहीं मिल सके मुझ से ठीक प्रकार से, न ही ठीक से वार्तालाप कर सके! वे फिर आयेंगें मुझसे मिलने। एक बार तो अवश्य ही आयेंगे।'

किन्तु अगले दिन और फिर उसके भी अगले दिन सिद्धार्थ के न आने से यशोधरा का बड़बड़ाना फिर आरम्भ हो गया।

"न आयें तो न आयें! मुझे क्या लेना-देना उनके आने न आने से? उनके न आने से कोई प्रलय तो नहीं आ जाएगी! मैं भली और मेरा राहुल भला।"

फिर जब एक सप्ताह उपरान्त झरोखे से उसने देखा राजा शुद्धोदन का अन्तिम आतिथ्य स्वीकार कर वे बिना उससे मिले चले जा रहे हैं, तो अपने को रोक नहीं पाई। तुरन्त राहुल को बुलाकर उनके पीछे दौड़ाया।

"जा, जाकर पिता से अपना उत्तराधिकार माँग!"

"कहाँ हैं मेरे पिता?"

यशोधरा ने उसे झरोखे से दिखाकर कहा, "वे, वे जा रहे हैं तेरे पिता, काषाय चीवर पहने।"

"वह साधु बाबा? किन्तु उन्होंने तो कहा था वे तथागत हैं।"

"वही हैं तेरे पिता। सुना है कुबेर का कोष मिल गया है उन्हें। जा, माँग ला!"

दिन का तीसरा पहर बीत गया और राहुल नहीं लौटा तो यशोधरा को घबराहट हो चली। प्रजापति को पता चला तो बिफर पड़ी।

"क्या आवश्यकता थी उसे भेजने की? देखा नहीं नन्द को? गया है तो फिर लौटा ही नहीं है।"

"मेरा राहुल तो अभी नादान बालक है माँ!" आशंका से काँपता हृदय लिये यशोधरा रो पड़ी।

तत्काल प्रजापति दौड़ी-दौड़ी अपने पति के पास पहुँची। सुनते ही राजा शुद्धोदन अपना आपा खो बैठे और तमतमाते हुए न्यग्रोधवन पहुँच गए। राहुल ने देखा तो दौड़ा-दौड़ा आया। राजा शुद्धोदन भौंचक रह गए। सास-बहू की आशंका सच हो गई थी! राहुल को प्रव्रज्या दिलवा दी गई थी!

"यह क्या किया तुमने?" राजा शुद्धोदन अपने बेटे पर उबल पड़े। "नन्द तो जा ही रहा है तुम्हारे साथ। अब राहुल भी? एक वही तो अवलम्ब शेष था, हम सबके जीने का सहारा! ऐसा क्यों किया तुमने, बोलो क्यों किया कैसा?"

"जो हुआ उसके हित में ही है।"

"मुझे मत समझाओ हित-अहित!" राजा शुद्धोदन कुपित दृष्टि से अपने पुत्र को घूरते हुए चिल्लाये। "उसे अभी लौट जाने को कहो, तुरन्त!"

"तुम जाना चाहोगे राहुल?"

राहुल ने अपने पितामह को देखा और फिर पिता को।

"नहीं, यहाँ अच्छा लगता है मुझको!"

शुद्धोदन विवश हो गए।

"ठीक है, तुम्हारा पुत्र है। किन्तु आगे से कभी ऐसा मत करना। कभी भी बिना माता-पिता दोनों की स्वीकृति के किसी बच्चे को प्रव्रज्या मत दिलवाना। वचन दो!"

यशोधरा ने सुना तो उसकी छाती फटने को हो आई।

"मात्र सात वर्ष का है मेरा बेटा!" वह चीख पड़ी। "मात्र सात वर्ष का! खिलौनों से खेलने की आयु है उसकी! और उन्होंने उसे भिक्षापात्र थमा दिया? कैसे इतने निर्दयी हो सकते हैं वे? एक माँ से उसका इकलौता बच्चा अलग करते हुए उन्हें तनिक विचार नहीं आया? उन्होंने पल भर भी नहीं सोचा कि अब मात्र वही तो एक सहारा है मेरे जीवन का!"

और प्रजापति से लिपटकर बिलख पड़ी।

"मेरा राहुल भी चला गया माँ! मेरा बेटा भी चला गया! अब मैं कैसे जीऊँगी? बता माँ, कैसे जीऊँगी?"

किन्तु प्रजापति के पास कोई उत्तर नहीं था।

"जो होता है, अच्छे के लिये होता है। इसमें भी कुछ अच्छा होगा। कदाचित नन्द के लिये कुछ अच्छा ही सोचा होगा उसके भाई ने। और राहुल के लिये भी। किन्तु तथागत की तो न कोई माँ है, न पिता, न पत्नी। फिर भाई या पुत्र भी कैसे होगा? किन्तु जो होगा, अच्छा होगा।" बड़बड़ाती हुई प्रजापति यशोधरा को रोते छोड़ अपने कक्ष में चली गई।

कपिलवस्तु के लगभग सारे शाक्य युवक न्यग्रोधवन में बुद्ध के सामने भूमि पर बैठे धर्मोपदेश सुन रहे हैं।

"शाक्य युवको, आर्यसत्य चार हैं—शाश्वत, अविवादित। कौन-से चार?" कहते हुए बुद्ध ने दायें हाथ की चार अंगुलियाँ ऊपर उठा दीं, और एक-एक आर्यसत्य को गिनाते हुए एक-एक अंगुली को अँगूठे से दबाते गए। "पहला आर्यसत्य है कि जीवन दुःख है। जन्म दुःख है। वृद्धावस्था की ओर अग्रसर होना

दु:ख है। मृत्यु दु:ख है। जिससे हम दूर रहना चाहते हैं उसके साथ मिलन दु:ख है। जिसे हम चाहते हैं उससे बिछड़ना दु:ख है। मनोनुकूल न हो पाना दु:ख है, मनोवांछित न पा सकना भी दु:ख है।"

"शाक्यो, दूसरा आर्यसत्य है प्रतीत्यसमुत्पाद का सिद्धान्त जो कहता है संसार में कुछ भी अकारण नहीं। और तीसरा आर्यसत्य है कि दु:ख का भी कारण है। उसका भी स्रोत है। यह स्रोत है तृष्णा। जिसके ही कारण फिर से जन्म लेना पड़ता है। कैसी तृष्णा? इन्द्रिय-सुखों की तृष्णा, असन्तुष्ट तृष्णाओं से उपजी पुन: जन्म लेने की तृष्णा।"

"शाक्यजनो, चौथा आर्यसत्य है कि समस्त दुखों का अवसान इसी जन्म में सम्भव है। कैसे सम्भव है? तृष्णा को समाप्त कर। वह कैसे? इसका भी उपाय है। तृष्णा पर विजय पाने का मार्ग है, और निश्चित मार्ग है। यह मार्ग है अष्टांग मार्ग: सम्यक दृष्टि, सम्यक संकल्प, सम्यक वचन, सम्यक कर्म, सम्यक आजीविका, सम्यक व्यायाम अथवा प्रयास, सम्यक स्मृति अथवा सम्यक विचार, तथा सम्यक समाधि अथवा सम्यक ध्यान।"

रात्रि गहराने पर जब सब चले गए, आनन्द जो अब तक पीछे बैठा हुआ था बुद्ध के निकट आकर बैठ गया। उसे उत्सुकता थी सिद्धार्थ की खोज-यात्रा का वृतान्त सुनने की और जानने की कि सिद्धार्थ का यह रूपान्तरण कैसे हुआ।

"सिद्ध ... तथागत, मैं उत्सुक हूँ कपिलवस्तु छोड़ने के पश्चात् आपके अब तक के जीवन के विषय में जानने के लिये।"

"अवश्य आनन्द! किन्तु अब मेरे रात्रि-ध्यान का समय है। तुम यहीं विश्राम करो। कल प्रात:काल सुनाऊँगा विस्तार से।"

कहकर बुद्ध एक वृक्ष के नीचे जाकर बैठ गए। आनन्द न्यग्रोधवन में टहलने लगा। बुद्ध के साथ आए शिष्य या तो वृक्षों के नीचे आँखें बन्द किये बैठे थे या फिर उनकी परिक्रमा कर रहे थे। उसे आश्चर्य हुआ कि पाँच सौ शिष्य थे वहाँ, परन्तु सम्पूर्ण वन में पत्तों के खड़कने और कभी-कभी किसी पक्षी की चहचहाहट अथवा पंखों की फड़फड़ाहट के अतिरिक्त अन्य कोई ध्वनि नहीं थी।

प्रात: स्नानादि से निवृत हो बुद्ध ने भिक्षुओं को धर्मोपदेश देने का उत्तरदायित्व आचार्य सारिपुत्र को सौंपा और स्वयं आनन्द के साथ एक पीपल के नीचे जाकर बैठ गए। आचार्य सारिपुत्र का मूल नाम उपतिष्य था तथा वे और उनके बालसखा कोलित नालन्दा के समीप निवासरत अत्यन्त समृद्ध परिवारों से आते थे। दोनों ने पहले आचार्य संजय बेलट्ठीपुत्र का शिष्यत्व ग्रहण किया हुआ था परन्तु तथागत के साथ सम्पर्क में आते ही दोनों ने उनसे प्रवज्या ले ली। कोलित अब आचार्य मौद्गल्यायन के नाम से जाने जाते हैं।

वैशाली तथा वहाँ से राजगृह तक का यात्रा-वृतान्त संक्षेप में सुनाने के पश्चात् बुद्ध बोले,

"आनन्द! पांडव पर्वत पर सन्ध्या से लेकर अगले दिन प्रात:काल तक आत्मविश्लेषण करते रहने के पश्चात् मैं इस निर्णय पर पहुँचा कि ज्ञान प्राप्त करने का, सत्य को जानने का अब एक ही मार्ग शेष है—कठोर तप! इस हेतु उपयुक्त स्थान की खोज में चलते-चलते पाँचवे दिन मैं राजगृह के दक्षिण में गया के निकट उरुवेल नामक स्थान पर पहुँचा। फलों के वृक्षों से भरा व फूलों से सुवासित अत्यन्त रमणीक स्थान है वह। पास ही निरंजना नदी में स्वच्छ जल प्रवाहित हो रहा था, जिसके तट पर मनोरम घाट भी था। वहाँ स्नान करते संन्यासियों ने बताया वे निकट ही जंगल में वर्षों से साधना कर रहे हैं। मैंने भी जंगल में गहरे जाकर एक पर्णकुटी छा ली और तपस्या में लीन हो गया।"

"जंगल में भय नहीं लगता था, विशेषकर रात्रि में?" आनन्द ने किंचित अचरज के साथ पूछा।

"लगता था आनन्द, आरम्भ में तो अत्यधिक भय लगता था। सिर से पैर तक काँप जाता था मैं जब कभी कोई जंगली जानवर मेरे निकट आ जाता। निस्तब्ध वन-रात्रि में कभी कोई मोर पेड़ की डाल तोड़ देता या पत्तों में सरसराहट होती अथवा कोई पगध्वनि होती तो भी मुझे भय सताने लगता। निविड़ अन्धकार में जंगली जानवरों की चिल्लाहटें सुन-सुन मतिभ्रम-सा होने लगता।"

"किन्तु फिर मैंने विचार किया, भय को मैं सदा ही क्यों अपने साथ लिये रहता हूँ? कैसा हो जो मैं भय को दूर भगा दूँ, सदैव के लिये? जब मुझे यह सताये तो मैं जैसे बैठा हूँ वैसे ही बैठा रहूँ। खड़ा हूँ तो खड़ा ही रहूँ। लेटा हूँ तो लेटा ही रहूँ। चल रहा हूँ तो चलता ही रहूँ। कई व्यवधान आए इस प्रयास में। अन्त में किन्तु भयमुक्त हो मैंने सारी-सारी रात तपस्यारत रहना सीख ही लिया।"

"किस प्रकार से? मेरा तात्पर्य है किस प्रकार तपस्यारत रहते थे आप?"

"मैंने कई प्रयोग किये आनन्द। जीभ को तालू पर चिपकाकर बैठा रहा। ऐसी अन्तर्ज्वाला उठी कि काँखों से पसीना बहने लगा, फिर भी उसी अवस्था में सारी-सारी रात बैठा रहा। फिर नाक को बाएँ हाथ के अँगूठे व तर्जनी से बन्द कर तथा होठों को भींचकर मैंने श्वास को अवरुद्ध कर लिया। कपाल में मानो अन्धड़ मचलने लगे। ऐसा तीव्र कोलाहल उठा कि लगा कान फट जायेंगे। फिर मैंने दोनों हाथों की मध्यमा से नाक दबाकर दोनों अँगूठों से कान भी बन्द कर लिये। ऐसी भीषण, ऐसी दुस्सह्य पीड़ा उपजी मस्तिष्क में कि मैं वर्णन नहीं कर सकता! ऐसा लगा सिर में विस्फोट होकर वह फट जाएगा, टुकड़े-टुकड़े हो जाएगा! किन्तु इस सबके उपरान्त भी मैंने पाया कि अपने प्रश्नों को लेकर कोई अन्तर्प्रेरणा नहीं उपजी, कोई अन्तश्चेतना नहीं जागी, कोई अन्तर्प्रज्ञा नहीं उत्पन्न हुई।"

"तब मैंने विचारा, शरीर को पोषण से वंचित करते हुए ध्यान करके देखूँ। तब मैं मात्र दाल के पानी या तरकारी के झोल पर रहने लगा। आँतें कुलबुलाती रहतीं फिर भी इसकी मात्रा घटाता गया। पाँच अंजुलि से एक अंजुलि पर आ गया। फिर वह भी लेना बन्द कर मात्र पाँच बेर खाने लगा। फिर एक बेर पर आ गया।"

"बिना कुछ खाये दो दिन बिताना कठिन होता है!" आनन्द यह सुनकर अचम्भित था। "महीनों इस प्रकार भूखे रहकर आप जीवित कैसे रह पाए?"

"हाँ आनन्द, इस पर मुझे भी आश्चर्य है। एक दिन तो मैं मूर्छित ही हो गया था दुर्बलता के कारण। यूँ समझो, मृत्यु की कगार पर ही पहुँच गया था। तब मैं पुनर्विचार करने लगा। आचार्यों की शिक्षा ने, उनके दर्शन ने कोई समाधान नहीं दिया और न ही विश्वास बैठा उन पर। तपस्या भी कोई समाधान नहीं दे पाई। कोई अन्तर्बोध, कोई अन्तर्दृष्टि पाना तो दूर था; उलटे लालसाएँ और भी अधिक तीव्रता से उभर आईं। घर की स्मृति, अपनों की स्मृति और भी अधिक रंगीन, और भी अधिक आकर्षक हो मन को सताने लगीं। और मैं जानता था यह सब मेरी पहुँच में है। मैं जानता था घर लौटने पर मेरा स्वागत ही होगा।"

"किन्तु मन नहीं माना,और मैंने साहस नहीं खोया। मैंने सोचा, सब व्यर्थ भी नहीं हुआ। अब यह तो मैं जानता हूँ कि कौन-से उपाय उपयुक्त नहीं है। अपने इन अनुभवों से यह तो मैंने निश्चित ही जान लिया है कि मन को पीड़ा पहुँचाने से, शरीर को कष्ट देने से ज्ञान प्राप्त नहीं होता।"

"आत्मान्वेषण करते हुए तब बचपन की एक घटना अचानक ही मेरे मस्तिष्क में कौंध गई। आनन्द! तुम्हें स्मरण है खेतों की जुताई आरम्भ होने पर गाँव में जो महोत्सव होता है उसमें मुझे भी ले जाया गया था और वहाँ जामुन के एक वृक्ष के नीचे अकेले बैठे-बैठे आत्मविस्मृत होकर मैं ध्यानस्थ हो गया था?"

"भलीभाँति! सेवक जब दौड़कर आए थे यह बताने, सबके साथ मैं भी पहुँचा था वहाँ। ऐसा विलक्षण तेज था उस समय आपके मुख पर कि मुखमंडल के चारों ओर विकीर्ण होता हुआ-सा जान पड़ता था!"

"और आनन्द यह अनायास, अप्रयास ही हुआ था। मेरा ध्यानस्थ होना मात्र एक संयोग था। उस घटना को स्मरण कर मुझे विचार आया कि कदाचित सत्य तक पहुँचने का, ज्ञान प्राप्त करने का वही मार्ग हो। उस समय मैं ध्यान करने का उद्देश्य लेकर नहीं बैठा था। खेत में हल चलने से घायल हुए कीड़ों को तड़पते, बिलबिलाते देख और उन घायल कीड़ों को पक्षियों द्वारा अपने तीखे पंजों में, चोंच में जकड़े जाने पर उन्हें छटपटाते देख उनकी पीड़ा मेरे भीतर गहरे पैठ गई थी और मैं उनके दुःख से कातर हो दूर जाकर एक जामुन के वृक्ष के नीचे अकेला बैठ गया था। उस समय उन कीड़ों के प्रति मेरे मन में जो दयार्द्रता, जो करुणा और संवेदना जन्मी थी उसने ही मुझे उस अवस्था में पहुँचाया था। वहाँ कोई स्वार्थ नहीं था,

प्रयत्न नहीं था, उद्देश्य नहीं था। और मुझे स्मरण हुआ उस अवस्था में धीरे-धीरे अन्तर्मन की गहराइयों में डूबते जाना और निर्विचार होकर एक अद्‌भुत आनन्द की अवस्था में पहुँच जाना। और तभी मेरे अन्तर से ध्वनि उठी, कदाचित उस आनन्द की अवस्था से होकर ही ज्ञान-प्राप्ति का मार्ग जाता हो। कदाचित उस आनन्ददायी अनुभव के उस पार ही मुक्ति की राह हो।"

"किन्तु फिर मैंने विचार किया, क्या मेरे लिये वह आनन्ददायी अनुभव पुनः प्राप्त करने का प्रयास करना उचित होगा? क्या यह तृष्णा के आगे झुकना नहीं होगा? तब गहराई से आत्मावलोकन करने पर मन में प्रश्न उठा: वह अनुभव आनन्द देनेवाला था, मात्र इस कारण से मुझे उस अनुभव को प्राप्त करने के प्रयास से क्यों डरना चाहिये? तब मेरे भीतर एक अन्तर्वाणी गूँजी: नहीं, न तो तुम्हें डरना चाहिये, न ही उससे बचना चाहिये!"

"फिर यह विचार मन में आया, ऐसी क्षीणकाय व दुर्बल अवस्था में तो वह ध्यानावस्था प्राप्त करना सम्भव नहीं है। कैसा हो जो मैं कुछ ठोस, पोषक आहार लूँ और इस प्रकार शरीर में पुनः शक्ति प्राप्त कर मैं उस अवस्था को प्राप्त करने का प्रयत्न करूँ? तब मैंने पुनः भिक्षाटन आरम्भ किया और पन्द्रह दिन के पोषण से मेरा शरीर पहले-सा भर गया।"

"किन्तु आनन्द! तुम अनुमान भी नहीं लगा सकते कितना गहरा अवसाद छा गया था मेरे मन पर जब कौण्डिन्य यह कहकर मुझे छोड़ गया: मैं यह सोचकर तुम्हारी सेवा करता रहा कि अब बुद्ध होओगे, अब बुद्ध होओगे। किन्तु अब तुम तप-मार्ग से विरत होकर भ्रष्ट हो चुके हो अतः मैं जा रहा हूँ तुम्हें छोड़कर। शेष चारों अस्सजी, महानामा, भद्र और वप्पा भी उसके साथ ही चले गए मुझे कोसते हुए कि हमारा समय व्यर्थ नष्ट किया। वे सब मुझे तब छोड़ गए जब मुझे उनकी सबसे अधिक आवश्यकता थी!"

कहकर तथागत ने मौन हो आँखें बन्द कर लीं। आनन्द का मन अपने भाई के प्रति श्रद्धा से भर उठा।

"उसके पश्चात् मैं निकटस्थ शालवन में पूरी रात एक पीपल के नीचे सोच-विचार करते हुए बैठा रहा कि किस प्रकार बचपन में अनुभव हुई उस अवस्था को पुनः प्राप्त करूँ? प्रातःकाल सुजाता नाम की एक दयालु, पुण्यवान स्त्री कटोरा भर दूध-चावल की खीर दे गई। स्नान करने के उपरान्त उसे खाते ही मैंने अपने भीतर अपूर्व ऊर्जा का अनुभव किया। मन में नवीन आशा का संचार हुआ। स्वयं पर अपराजेय विश्वास जागा।"

"तब मैं सारा दिन उसी शालवन में गहन चिन्तन, अवगाहन करता हुआ टहलता रहा और सूर्य के अस्ताचल के पीछे जाते ही उसी पीपल के वृक्ष के नीचे बैठ गया। एक घसियारा आठ गट्ठर घास दे गया था जिसे वृक्ष की पूर्वी दिशा में

बिछाकर मैं पूर्वाभिमुख हो पद्मासन लगाकर बैठ गया, इस दृढ़ निश्चय के साथ कि भले ही मेरी मृत्यु क्यों न हो जाए मैं यहाँ से उठूँगा नहीं जब तक कि मुझे ज्ञान नहीं प्राप्त हो जाता!"

"तब मैं साँस के अन्दर आने बाहर जाने पर ध्यान केन्द्रित कर अपने मन में करुणा का, मैत्रीभाव का और प्राणीमात्र के प्रति संवेदना का विस्तार करता गया जब तक कि पूरा विश्व ही उसमें नहीं समा गया। हृदय में मेरे तब सम्पूर्ण विश्व के साथ अन्तरंग आत्मीयता का भाव जागा और मैं एक बार फिर उसी ध्यानावस्था में पहुँच गया। मन मेरा दीपक की अकम्प लौ की भाँति शान्त हो गया। अद्‌भुत, अतुलित आनन्द की अन्तःसलिला बह निकली। अन्तर्मन निर्मल होता गया। और जब इस प्रकार निर्मल हुए चित्त से मैंने अन्तःकरण में झाँका, तो जैसे स्वच्छ निर्मल झील की तलहटी में पड़े कंकड़ और तैरती हुई मछलियाँ स्पष्ट दृष्टिगोचर होतीं हैं, उसी प्रकार मुझे सब स्पष्ट दिखाई देने लगा—जीवन का अर्थ, मृत्यु का सच।"

"इस प्रकार जब मेरा मन केन्द्रित होकर निर्मल, निर्दोष, स्थिर हो गया तो मैंने स्वयं के पूर्वजन्मों के ज्ञान की ओर इसे मोड़ा। और मैंने देखा जीवन को लुप्त होते और पुनः प्रकट होते हुए, कभी निम्न तो कभी उच्च अवस्था में, सुन्दर और कुरूप अवस्था में, कभी सौभाग्यपूर्ण तो कभी दुर्भाग्यपूर्ण जीवन जीते हुए। और उस दिन मैंने यह भी जाना, जो ध्वनियाँ सुनाई देतीं थीं मुझे भगीरथी के तट पर वे वस्तुतः मेरे पूर्वजन्मों से आती ध्वनियाँ थीं।"

"फिर मैं ध्यान में और भी गहरे उतरा तथा प्रत्यक्ष देखा कि संसार में हो रहे युद्ध, रक्तपात, अन्याय, अत्याचार, शोषण के मूल में मानव के लालच, द्वेष, घृणा तथा मोह के अतिरिक्त और कुछ नहीं है। कोई दैवीय हस्तक्षेप नहीं, कोई दैवीय प्रकोप नहीं, कोई पृष्ठभूमि नहीं इस लोक से इतर! और यह भी जाना, प्रत्यक्ष जाना, कि इस लालच, द्वेष, घृणा व मोह की जननी है तृष्णा और मात्र तृष्णा! मोह से उपजी तृष्णा, लोभ से उपजी तृष्णा, यौवन तथा जीवन के तथाकथित आनन्दों के अनुभव से उपजी तृष्णा। तब आनन्द! मैंने यह भी देखा, प्रत्यक्ष देखा, कि मृत्यु के भय के पीछे भी तृष्णा ही है। और प्रत्यक्ष जाना कि पुनर्जन्म का कारण भी तृष्णा के अतिरिक्त कुछ नहीं।"

"किन्तु मैं इतने पर ही नहीं रुका। ध्यान में और भी गहरे उतरा। तब मुझे प्रतीत्यसमुत्पाद, अर्थात कारण-परिणाम शृंखला का बोध प्राप्त हुआ। मैंने देखा, किस प्रकार प्रत्येक घटना उसके पूर्व घटित घटनाओं से जुड़ी है। प्रत्यक्ष जाना, किस प्रकार भूतकाल में हुईं और वर्तमान में हो रही घटनाएँ भविष्य की घटनाओं का कारण बनती हैं। जाना कि प्रत्येक घटना का कारण होता है, कुछ भी अकारण नहीं। कुछ भी संयोगवश नहीं जैसा कि कई आचार्यों का मत है इन दिनों। यह बोध,

यह शाश्वत ज्ञान प्राप्त करने पर मेरी प्रसन्नता की सीमा नहीं रही और मैं उस वृक्ष के चारों ओर घूम-घूम कर नाचने लगा।"

"नाचने लगे!" आनन्द हँस पड़ा।

"हाँ आनन्द, मैं वस्तुतः नाचने लगा था। फिर शान्त होकर मैंने इस प्रश्न पर आत्मचिन्तन किया कि बार-बार जन्म लेने से मुक्ति कैसे हो? और कई जन्मों में नहीं, इसी जन्म में किस प्रकार मुक्ति मिले? मैंने स्वयं से ही यह प्रश्न किया। तब एक ही उपाय समझ आया। इसी जन्म में हम अपने कर्मों को समाप्त कर दें जो कि जन्म का कारण बनते हैं। परन्तु यह कैसे सम्भव है? तो मैंने अपना ध्यान इस विषय पर केन्द्रित किया, कर्म हमें व्यापते ही क्यों हैं? इस प्रश्न का उत्तर खोजते हुए मुझे भान हुआ, जिस प्रकार हम गणित में कतिपय प्रमेयों को स्वयंसिद्ध स्वीकार लेते हैं उसी प्रकार कर्मफल सिद्धान्त को भी स्वतःसिद्ध मान लिया गया है। तब मैंने उस पर भी प्रश्न उठाया। कर्मफल का भी कारण जानना चाहा।"

"तो मैं एक बार फिर ध्यान में उतरा और पाया कि जो कर्म मोहग्रस्त होकर, वासनापूर्ण मन से अथवा विकारग्रस्त होकर किये जाते हैं, मात्र वही कर्म व्यापते हैं। मात्र राग, द्वेष, मोह जनित आसक्त कर्म ही हमें बाँधते हैं और पुनः जन्म लेने को बाध्य करते हैं। क्योंकि ऐसे कर्मों के मूल में भी तृष्णा है। और जो कर्म तृष्णाओं के वशीभूत होकर किये जाते हैं, अन्य तृष्णाओं को जन्म देते हैं। किन्तु यदि तृष्णाएँ न हों तो? तो पुनर्जन्म नहीं। कितना सरल, कितना स्पष्ट था उत्तर। ऐसा ही अनुभव मुझे गणित का अध्ययन करने पर हुआ था। जटिल प्रश्नों के उत्तर सदैव सरल होते थे।"

"जब मुझे यह ज्ञान प्राप्त हुआ कि सारे दुखों, सारे कष्टों के मूल में, भय और सन्ताप के मूल में, जन्म तथा पुनर्जन्म के मूल में भी मात्र तृष्णा ही है, तो मैं प्रसन्नता के आवेग से भर उठा और वृक्ष के चारों ओर टहलने लगा। टहलते हुए विचार-प्रक्रिया में सृजनात्मकता बढ़ जाती है, मैंने अनुभव से यह जाना है।"

"तब मैंने अपने मस्तिष्क को विकारों के नष्ट होने की प्रक्रिया पर केन्द्रित किया और भोर में अँधेरा छँटने के साथ ही मुझे ज्ञान प्राप्त हुआ। क्या ज्ञान प्राप्त हुआ? कि ये विकार हैं, ये विकारों के स्रोत हैं। यह विकारों का अन्त होना है और यह मार्ग है विकारों को अन्त करने का। यह दुःख है, यह दुःख का मूल है, यह दुःख का अन्त है, और यह मार्ग है जो दुःख के अन्त की ओर ले जाता है। और मैंने प्रत्यक्ष देखा और जाना तृष्णा से मुक्ति पाने का उपाय—साँसों की लय बनाये रखकर, उस पर ही अपना ध्यान केन्द्रित रखकर, स्वयं की गतिविधियों को तथा शरीर की क्रियाओं को मात्र दर्शक बन देखते रहकर, चित्त में विचारों व तृष्णाओं तथा वासनाओं का उद्गम निस्पृह भाव से निरीक्षण करते रहकर, न कि उनके दमन का प्रयत्न करके।"

"और आनन्द! उसी पल मैं अज्ञान से मुक्त हो गया। अपूर्व शान्ति से मेरा चित्त भर उठा। दु:ख का आर्य-सत्य समझ आ गया। सन्ताप के अवसान का मार्ग प्रत्यक्ष अनुभव हो गया। मुक्ति का मार्ग मिल गया। जो पहले कभी न जाना था, न सुना था ऐसा स्वसंजात ज्ञान प्रस्फुटित हुआ। अन्तर्चक्षु खुल गए। अन्तर्दृष्टि प्राप्त हुई। बुद्धत्व प्राप्त हुआ। दु:ख, सन्ताप, तृष्णा से मुक्ति मिल गई।"

"और जब मैंने जाना कि चित्त इस प्रकार मुक्त हो गया है, तो मैंने प्रत्यक्ष जाना कि आवागमन अब समाप्त हो गया। जीवन सफल हो गया। जो किया जाना था किया जा चुका है, मैंने जाना। अब जीवन की किसी भी अवस्था में आना शेष नहीं रहा। आकाश में जैसे-जैसे लालिमा बढ़ती गई मेरा मन अपूर्व, अनुपम आनन्द से भर उठा। और जिस प्रकार पर्वत के पीछे से आकाश में चढ़ते सूर्य का प्रकाश धीरे-धीरे पूरी घाटी को प्रदीप्त कर देता है, उसी प्रकार ज्ञान की अन्तर्ज्योति से मेरा अन्तर प्रदीप्त हो उठा।"

बुद्ध के मुख पर अद्‌भुत आनन्द का भाव छा गया उस क्षण को स्मरण कर। आनन्द मन्त्रमुग्ध हो उन्हें देखता रहा। उसके भी मन में कामना जगी: 'कैसा हो जो मैं भी इस आनन्द को अनुभव करूँ!'

"किन्तु आनन्द जब मैंने इस विषय पर आत्ममन्थन किया कि क्या अब यह ज्ञान मुझे बाँटना चाहिये, और किस प्रकार? तो सन्देह उत्पन्न हुआ। किस प्रकार समझा पाऊँगा? यह कठिन होगा। मानव-जाति अभी अपरिपक्व है इस ज्ञान को प्राप्त करने के लिये। वासनाओं और स्वार्थ में डूबे मनुष्यों को समझाने का प्रयत्न करना मेरे मन में सन्ताप उत्पन्न करेगा। मन की शान्ति भंग करेगा। किन्तु फिर मेरी अन्तर्दृष्टि ने देखा कि नहीं, ऐसा नहीं है! हैं ऐसे कई मानव जो आतुर हैं इस ज्ञान को प्राप्त करने के लिये! तब मेरे मन में विचार आया, क्यों न कौण्डिन्य आदि उन पाँचों को धर्मोपदेश देकर धर्मचक्र-प्रवर्तन करूँ? और मैं बनारस की दिशा में चल पड़ा।"

"राह में उपक नामक एक नग्न परिव्राजक से मेरी चर्चा हुई। मैंने उसे बताया मैंने क्या प्राप्त किया है। अत्यन्त निराशाजनक प्रतिक्रिया थी उसकी। अविश्वास से सिर हिलाता हुआ मुँह ही मुँह में कुछ बुदबुदाते हुए वह चल दिया। किन्तु मैंने स्वयं पर निराशा को छाने नहीं दिया। मैं हतोत्साहित नहीं हुआ। विगत छह वर्षों की कठिन जीवनयात्रा में मैं जान चुका था, सफलता की सर्वाधिक प्रबल शत्रु निराशा और हताशा ही हैं। नदी-नालों पहाड़ियों को पार करता पन्द्रह योजन की दूरी छह दिन में चलकर तथा इस बीच गंगा को भी पार कर मैं ऋषिपत्तन मृगदाव पहुँचा जहाँ वे पाँचों रुके हुए थे। जिस समय सूर्य और चन्द्रमा दोनों ही आकाश में थे, उनके समक्ष मैंने उद्‌घोष किया: ध्यान से सुनो! दु:ख से मुक्ति सम्भव है! मृत्यु से मुक्ति सम्भव है!"

कहते हुए बुद्ध की वाणी में गूँज उत्पन्न हो गई थी।

"यह अन्तिम मृत्यु होगी तुम्हारी! फिर न आवागमन, न रोग, न वृद्धावस्था! जानो यह, इसी जन्म में जानो! कि मार्ग है, निश्चित मार्ग है! दु:ख से मुक्ति का मार्ग है। जन्म से मुक्ति का मार्ग है। प्रतीत्यसमुत्पाद को समझो। अष्टांग मार्ग अपनाओ। जान जाओगे। कोई भी जान सकता है। अन्धे होकर मत विश्वास करो। स्वयं देखो। स्वयं अनुभव करो। परन्तु इसके लिये तुम्हें मेरी शरण में आना होगा! धम्म की शरण में आना होगा! तभी जान पाओगे।"

कोशलनरेश

"परमभट्टारक, महाप्रतापी, सर्वजनपालक, कोशलाधिपति, महाराजाधिराज प्रसेनजित पधार रहे हैंएँएँएँ...।" प्रतिहारी चिल्लाया।

उपस्थित सभासदों का अभिवादन स्वीकार करते हुए प्रसेनजित मन्दगति से चलता हुआ बसन्ती रंग का कौषेय उत्तरीय सँभाल सिंहासन पर बैठ गया। सिर पर रत्न-खचित स्वर्ण-मुकुट है, भुजाओं पर स्वर्ण-भुजबन्ध और गले में मोतियों की माला।

प्रसेनजित गत एक वर्ष से कोशलदेश के राजसिंहासन पर आसीन है। संजय महाकोशल ने राजपुरोहित अग्निदत्त के परामर्श पर एक विशाल यज्ञ करवाया और फिर गाजे-बाजे के साथ राजगृह जाकर मगध-राजकुमारी स्वर्णलता के साथ उसका विवाह सम्पन्न करवा दिया। लौटते ही उन्होंने ऐसी शय्या पकड़ी कि फिर कन्धों पर ही उठे। परन्तु स्वर्गारोहण के पूर्व उन्होंने प्रसेनजित का विधि-विधान पूर्वक राजतिलक अवश्य करवा दिया।

उदुम्बुरा की लकड़ी से बने सिंहासन पर प्रसेनजित को आसीन करवा श्रावस्ती की सुहागनों द्वारा भर-भर मटकियाँ लाये गए दूध से उसे स्नान कराया गया, तत्पश्चात् अचिरवती के जल से और उस जल से भी जो ग्रामप्रधान लेकर आए थे। राजपुरोहित जी द्वारा मन्त्रोच्चार के साथ उसका गंगाजल से अभिषेक किया गया। शिल्पियों के श्रेणी-प्रमुखों, निगामाध्यक्षों, प्रमुख नागरिकों, श्रेष्ठियों, साहूकारों द्वारा उसका तिलक किया गया। तदोपरान्त दस दिनों तक विशाल यज्ञ चला और प्रतिदिन एक हजार ब्राह्मणों को भोजन तथा भरपूर दान-दक्षिणा से तृप्त किया गया।

यज्ञ पूरा होने के दूसरे ही दिन संजय महाकोशल की मृत्यु हो गई।

प्रसेनजित के व्यक्तित्व में इस एक वर्ष में भारी परिवर्तन आया है। मुख पर गम्भीरता झलकने लगी है और भार भी पर्याप्त रूप से घटा है, यद्यपि शरीर अभी भी गठा हुआ है। कारण है राज्याभिषेक के पश्चात् उसकी दिनचर्या में हुआ आमूलचूल परिवर्तन। अब न तो अखाड़े जाने का समय मिलता है, न ही अंगमर्दन तथा विलासितापूर्ण स्नान का। सारा समय अब राजकार्यों में ही निकल जाता है। परिणामस्वरूप उसकी जठराग्नि भी मन्द हो चली है। इसमें राजकार्य सम्बन्धी तनावों ने भी महती भूमिका निभाई है। इस कारण अब पहले जैसा भोजन तो नहीं

होता फिर भी सामान्य व्यक्ति की तुलना में आहार अभी भी दुगना-तिगुना है।

"सभा की कार्यवाही आरम्भ की जाए।" सिंहासन पर बैठते ही प्रसेनजित ने आदेश दिया।

"महाराज, सीमा के निकटस्थ वनों में से जंगली लोग जब-तब ग्रामों में घुस आते हैं और मवेशियों की रेवड़ें हाँक ले जाते हैं, कभी-कभी खलिहानों में आग भी लगा जाते हैं। बीस गाँवों के प्रधान पधारे हैं सुरक्षा प्रदान करने की प्रार्थना लेकर।" महामात्य ने सादर झुकते हुए कहा।

संजय महाकोशल की छवि एक कठोर एवं सक्षम शासक की थी, जबकि प्रसेनजित की छवि ऐसे व्यक्ति की जिसे मल्ल-क्रीड़ा तथा भोजन के अतिरिक्त कुछ नहीं सूझता। इस कारण संजय महाकोशल की मृत्यु का समाचार पाते ही असन्तुष्ट वनवासी-जातियों ने उत्पात मचाना आरम्भ कर दिया। अव्यवस्थाओं का लाभ उठा अपनी रोटी सेकनेवाले भी पीछे नहीं रहे और लूटपाट कर अराजकता को और भी अराजक बनाने में अपना भरपूर योगदान देने लगे।

राज्य में बढ़ती इस अराजकता के पीछे राजपुरोहित अग्निदत्त जी का भी हाथ है।

संजय महाकोशल के अन्तिम संस्कार पूरे हो जाने के लगभग एक माह उपरान्त की घटना है।

"महाराज! मेरे विचार से अब स्तोम-यज्ञ करने का समय आ गया है।" राजपुरोहित जी ने कन्धे पर पड़े जनेऊ को आगे खींचकर उसमें अपना अँगूठा फिराते हुए कहा।

राजपुरोहित अग्निदत्त को मल्लिका ने जब देखा था तबसे उनका शरीर तनिक भारी हो गया है, परन्तु थुलथुल नहीं। हिमशुभ्र त्वचा तथा चमकता ललाट लिये मुख पर अभी भी वही तेज है। घुटे हुए सिर पर उतनी ही मोटी शिखा है तथा कन्धे पर वैसा ही जनेऊ, जिसमें अँगूठा फिराना उनके अभ्यास में है। विशेषकर जब वे कोई महत्वपूर्ण चर्चा कर रहे हों या विचारमग्न हों।

"किसलिये राजपुरोहित जी! इसकी ऐसी क्या आवश्यकता आ पड़ी है?" प्रसेनजित ने पूछा।

संजय महाकोशल होते तो बिना कोई प्रश्न किये ही व्यवस्थायें करने का आदेश दे दिया होता। उनके राजकाल में राजपुरोहित जी का परामर्श आदेश समझा जाता था। अतः यज्ञ के प्रस्ताव पर प्रसेनजित का प्रश्न खड़ा करना राजपुरोहित को अपमानजनक लगा।

"देवताओं की कृपा प्राप्त करने हेतु महाराज! जिससे कि राज्य में उत्पन्न अराजकता समाप्त होकर सुख-शान्ति बनी रहे।"

प्रसेनजित ने किन्तु बात की गम्भीरता न समझ उसे हँस कर उड़ा दिया।

कुछ दिनों पश्चात् उन्होंने फिर कहा।

"महाराज! राज्य में हो रहे विद्रोह देवताओं का प्रकोप हैं। बिना उन्हें यज्ञाहुतियाँ पहुँचाये तथा ब्राह्मणों को दान-दक्षिणा दिये बिना ये शान्त नहीं होंगें।"

प्रसेनजित के कानों पर फिर भी जूँ नहीं रेंगी। न तो यज्ञ की व्यवस्थाएँ हुईं और न ही ब्राह्मणों को दान-दक्षिणा दी गई। जले पर नमक यह कि संगीत, नृत्य, नाटकों को प्रोत्साहित करने की उसकी मूर्खतापूर्ण सनक में उन पर अनावश्यक और अत्यधिक व्यय किया जाने लगा है। एक ही वर्ष में दो रंगशालाएँ तथा एक संगीतशाला खुलवा दी गई हैं। उनसे लगे सुविधापूर्ण निवास भी हैं उन कलाकारों, संगीतज्ञों तथा नृत्य-गुरुओं के लिये जो उदार मानदेय का समाचार सुन पूरे जम्बूद्वीप से बड़ी संख्या में श्रावस्ती खिंचे चले आए हैं।

प्रजापालक महाराज संजय महाकोशल ने इन निरर्थक गतिविधियों में न कभी रूचि ली और न ही इन पर कभी समय और धन व्यर्थ किया, इस महत्वपूर्ण तथ्य से राजपुरोहित अग्निदत्त प्रसेनजित को कई बार अवगत करा चुके हैं; और इस ध्रुव सत्य से भी कि महाबलशाली स्वर्गवासी महाराज का शासन इतने सुचारू रूप से इसी कारण चल सका कि वे उनके परामर्श पर यज्ञादि करवाते रहते थे तथा ब्राह्मणों को दान देकर प्रसन्न रखा करते थे। किन्तु प्रसेनजित न जाने किस मिट्टी का बना है! उसके कानों में घुसते ही नहीं उनके ज्ञानगर्भित वचन!

राजपुरोहित जी को पूरा विश्वास है कि प्रसेनजित को बहकाया गया है, और इसमें उसी म्लेच्छ गोशोरून का हाथ है जो अब उसका मुख्य परामर्शदाता हो गया है। जब देखो तब वह उनके साथ मन्त्रणा-कक्ष में घुसा रहता है, वह भी अकेले ही। अब जब उन्हें बुलाया ही नहीं जाता तो वे क्यों जाएँ? किन्तु यह उपेक्षा उन्हें बिच्छू के दंश सरीखी चुभती है। इस कारण वे प्रसेनजित के प्रबल विरोधी तो हो ही गए हैं, इस जोड़-तोड़ में भी लगे रहते हैं कि किसी प्रकार प्रसेनजित के स्थान पर उसके छोटे भाई को राजसिंहासन पर आरूढ़ करवा दें जो इस समय काशी का उपनरेश है।

यज्ञों के न होने से तथा दान-दक्षिणा के अभाव में कोशलदेश का पूरा ब्राह्मण समुदाय भी, जो राजपुरोहितजी को उनके पद के चलते अपना प्रमुख व मार्गदर्शक मानता है, प्रसेनजित से असन्तुष्ट हो चला है। अपने प्रति उसके उपेक्षापूर्ण व्यवहार से क्रोधित हो राजपुरोहितजी ने अन्य सभी असन्तुष्ट तत्वों को उकसाने का पुनीत कार्य भी इन दुखी ब्राह्मणों को ही सौंप दिया है, प्रसेनजित के विरूद्ध विद्रोह को धर्म-सम्मत बताकर तथा अपने ज्योतिष-ज्ञान के उचित उपयोग से विद्रोह की सफलता का इन तत्वों को विश्वास दिलवाकर।

"क्यों सेनापति वीरभद्र? यह क्या सुन रहा हूँ मैं?" प्रसेनजित ने पूछा।

"महाराज मेरा पूरा प्रयास चल रहा है। उपद्रवियों पर शीघ्र ही नियन्त्रण कर लिया जाएगा।"

"यह प्रयास तो आप तब से कर रहे हैं जब से हम राजसिंहासन पर बैठे हैं!" प्रसेनजित किंचित क्रोधित स्वर में बोला। "किन्तु कोई ठोस परिणाम आपके प्रयासों का दिखा नहीं आज तक!"

वस्तुतः राजपुरोहित जी ने सेनापति वीरभद्र को भी अपने साथ मिला लिया है। प्रसेनजित ने सिंहासन पर बैठते ही सेना पर व्यय घटा दिया तथा कला-संस्कृति के अतिरिक्त जनकल्याण के कार्यों जैसे वृद्धाश्रम, धर्मशालाएँ, चिकित्सालय आदि पर बढ़ा दिया। इस कारण सेना में असन्तोष तो उत्पन्न हुआ ही, सेनापति वीरभद्र को अपना महत्त्व भी घटता जान पड़ा। विद्रोहियों से निपटने में उसका असमर्थ रहना नये-नये राजा बने प्रसेनजित को अप्रत्यक्ष सन्देश है कि वह राज्य में शान्ति बनाये रखना चाहता है तो सेना की और उसकी उपेक्षा करने की गम्भीर भूल न करे।

एक माह पूर्व ही प्रसेनजित स्वयं गया था सीमान्त ग्रामों में। जंगली जातियों के अगुआओं के साथ संवाद कर विद्रोहों को शान्त करवाने के प्रयास में बड़ी सीमा तक सफल भी हुआ था। जिन्होंने शान्ति-वार्ता का बहिष्कार किया अथवा प्रसेनजित द्वारा दिये गए आश्वासनों से सन्तुष्ट नहीं हो सके, उन विद्रोहियों के विरुद्ध सफल सैनिक-अभियान भी चलाया। किन्तु उसके लौटते ही विद्रोह फिर से आरम्भ हो गए थे।

प्रसेनजित प्रश्नवाचक दृष्टि से वीरभद्र को देखता रहा और वीरभद्र सिर झुकाये मौन खड़ा रहा।

"पुनः हमें ही कुछ करना होगा। आप लोग जा सकते हैं।" ग्राम-प्रधानों को सम्बोधित करते हुए प्रसेनजित ने कहा और आश्वासन की मुद्रा में हाथ उठा दिया। "शीघ्र ही आप लोगों की समस्या का समाधान हो जाएगा।"

"समझ में नहीं आता गोशोरून, क्या किया जाए?" मन्त्रणा-कक्ष में पहुँच प्रसेनजित ने पूछा। "मुझे ही हर बार सीमा पर जाकर स्थिति सँभालनी है तो यह वीरभद्र किसलिये है?"

"प्रसेनजित, यह तो स्पष्ट है कि उचित एवं पर्याप्त प्रयास नहीं हो रहे।" एकान्त में गोशोरून अपने मित्र को अब भी नाम से ही पुकारता है। "मेरा एक सुझाव है।"

"कहो मित्र।"

"गत सप्ताह ही मैं कुशीनगर होकर आया हूँ।"

"हाँ, और तुमने आकर बताया था हमारा मित्र बन्धुल योग्यतानुसार पद न मिलने के कारण असन्तुष्ट हो निष्क्रिय बैठा हुआ है।"

"जबकि तुम जानते हो तक्षशिला के धनुर्विद्या-पाठ्यक्रम में वह अपने वर्ग में सबसे मेधावी छात्र रहा है! युद्ध-नीति में भी वह प्रथम तीन छात्रों में से एक था।"

"इसीलिये तो और भी अधिक दु:ख हुआ था उसके विषय में जानकर।"

"मेरा एक सुझाव है। क्यों न सेना में एक नये पद का सृजन कर उसे प्रधान-सेनापति का नियुक्ति-पत्र भेज दिया जाए? इस प्रकार वीरभद्र सेनापति बना भी रहेगा और नहीं भी। वीरभद्र को सेनापति पद से हटाना उसे खुले विद्रोह पर उतारू कर सकता है।"

प्रसेनजित को आशंका थी कि वीरभद्र इस अप्रत्यक्ष अवनति को सरलता से स्वीकार नहीं करेगा फिर भी उसने यह सुझाव मान लिया। अपने मित्र का संग प्राप्त होने का आकर्षण भी था।

प्रसेनजित का पत्र प्राप्त होते ही बन्धुल सहर्ष अपनी पत्नी मल्लिका को साथ ले श्रावस्ती आ गया और आते से ही सेना का विश्वास जीतने, विद्रोहियों को समझने तथा उनमें गुप्तचरों की घुसपैठ कराने में लग गया। मल्लिका ने स्वयं को संगीतशाला में व्यस्त कर लिया।

मल्लिका सुन्दर होने के साथ गुणवती भी है। कोकिल-सा मधुर कंठस्वर है उसका, सुरीला गायन। साथ ही वीणावादन में भी वह निष्णात है। उसके पिता समृद्ध, कुलीन क्षत्रिय हैं मल्ल गणराज्य के जबकि बन्धुल एक अनाथ।

बन्धुल को बचपन में कोई कुशीनगर के एक आश्रम में छोड़ गया था। उसका रंगरूप तथा आठ वर्ष की आयु में ही उसके धनुर्विद्या-कौशल को देख सबको विश्वास हो चला कि निश्चित ही वह किसी कुलीन क्षत्रिय-वंश से है। मल्लिका के पिता ने उसके गुणों से प्रभावित हो उसे दत्तक-पुत्र बना लिया था जब वह मात्र बारह वर्ष का था। अठारह वर्ष का होते ही उन्होंने उसे तक्षशिला भेज दिया। उनकी योजना थी अपने प्रभाव का उपयोग कर उसे सेनापति का पद दिलवाने की। किन्तु उनके विरोधियों की राजनीति कुछ ऐसी चली कि एक अनजान स्त्री से सन्थागार में शपथपूर्वक कहलवा दिया गया, बन्धुल उसका खोया हुआ पुत्र है तथा वह एक गणिका है। परिणाम यह हुआ कि जब तक्षशिला से अपनी शिक्षा पूरी कर बन्धुल लौटा, तो सेनापति क्या उपसेनापति होने के योग्य भी उसे नहीं समझा गया।

किन्तु बन्धुल के श्रावस्ती आने तथा पदभार सँभालने के एक माह पश्चात् भी विधि-व्यवस्था की स्थिति में अपेक्षित सुधार नहीं आ सका है।

"महाराज! मार्ग असुरक्षित हो गए हैं।" राजसभा में एक दिन वाणिज्य-मन्त्री ने झुककर अभिवादन करते हुए निवेदन किया। "व्यापारियों ने वनों के मार्ग से आना-जाना छोड़-सा दिया है। इस कारण नगर के वाणिज्य-केन्द्रों की शोभा ही समाप्त हो चली है। विदेशी व्यापारियों ने तो आना पूर्णत: ही बन्द कर दिया है। एक प्रतिनिधि-दल इस सम्बन्ध में एक याचिका लेकर भी आया है।"

"दस्युओं के विरुद्ध कई अभियान चलाये गए महाराज!" किसी भी सेना-नायक द्वारा अपने राजा के प्रति उपयुक्त विनम्रता के साथ बन्धुल ने स्पष्टीकरण दिया। "किन्तु मार्ग के दोनों ओर घने वन हैं जिनमें वे छिप जाते हैं, लाख प्रयत्न करने पर भी हाथ नहीं आते। ऐसा प्रतीत होता है कि कोई है जो हमारे सैनिकों के आने की पूर्वसूचना उन्हें पहुँचा देता है।"

"किन्तु सीमा पर? वहाँ भी सुना है वही स्थिति है।"

"क्षमा करें महाराज! यह सत्य नहीं है। स्थिति में निश्चित सुधार हुआ है। विद्रोहियों को जड़ से उखाड़ फेंकने के लिये अतिरिक्त टुकड़ियाँ भी दक्षिणी सीमा पर भेज दी गई हैं। महाराज! मेरा एक सुझाव है। साकेत में यदि एक विशाल सैनिक छावनी बना दी गई तो दक्षिण पर नियन्त्रण अपेक्षाकृत सुगम हो जाएगा।"

"महाराज! क्यों न राज्य को दो प्रशासनिक भागों, उत्तर तथा दक्षिण में बाँटकर साकेत को दक्षिणी इकाई की दूसरी राजधानी बना दिया जाए।" महामात्य ने सुझाया। "इससे वहाँ व्यापार-वाणिज्य भी बढ़ेगा जिससे वह नगर पुनर्जीवित हो उठेगा।"

किसी समय साकेत ही राजधानी हुआ करती थी कोशलदेश की। परन्तु कोशल का उत्तर में विस्तार होने के पश्चात् प्रशासनिक सुविधा के लिये श्रावस्ती को नई राजधानी बना दिया गया था। तदोपरान्त साकेत का व्यापार भी शनैः शनैः श्रावस्ती में आने लगा और एक समृद्ध नगर का अनुल्लेखनीय निगम में ह्रास होता चला गया।

"एक विचार प्रस्तुत करने की आज्ञा है महाराज?" प्रतिनिधि-दल के एक व्यापारी ने निवेदन किया।

"हाँ हाँ, कहो! निस्संकोच, निर्भय होकर कहो!"

"महाराज, राजगृह के नगर-श्रेष्ठी धनञ्जय के पूर्वज पहले साकेत से ही व्यापार किया करते थे। यदि वे अपना मुख्यालय साकेत को बना लें तो वहाँ की कायापलट ही हो जाए।"

"किन्तु क्या वे इसके लिये सहमत होंगे? फिर मगधराज की सम्मति भी लेनी होगी।" प्रसेनजित विचार-मुद्रा में बोला। फिर तनिक रुक कर उसने अपने दोनों हाथों को ऊपर उठा व्यापारियों को सम्बोधित किया। "ठीक है, आप सब प्रस्थान करें। आपकी समस्याओं का समाधान शीघ्र हो जाएगा, निश्चिन्त रहें। वाणिज्य-मन्त्री भी जा सकते हैं, महामात्य अभी रुकेंगे।"

उन सबके चले जाने के पश्चात् बन्धुल की ओर देखते हुए प्रसेनजित ने पूछा, "तुम्हें किस पर सन्देह है? कौन हो सकता है जो तुम्हारी गतिविधियों की सूचना दस्युओं को देता है?"

"दस्युओं को ही नहीं महाराज, विद्रोहियों को भी। शीघ्र ही आपको विस्तार से प्रतिवेदन दूँगा, साक्ष्यों सहित।"

वस्तुत: प्रसेनजित की आशंका निर्मूल सिद्ध नहीं हुई थी, परन्तु उसे यह अनुमान नहीं था कि सेनापति वीरभद्र अपने असन्तोष को इस प्रकार व्यक्त करेगा और इतनी शीघ्र। इसका कारण रहा राजपुरोहित अग्निदत के साथ उसका प्रसेनजित के विरुद्ध षड्यन्त्र में बराबर से भागीदार हो जाना। अब वह बन्धुल की हर योजना, हर गतिविधि की सूचना विद्रोहियों तक पहुँचाने लगा है। बन्धुल को नीचा दिखाने के लिये इन दोनों ने यह भी प्रचारित करवा दिया है कि प्रसेनजित के मल्लिका के साथ शारीरिक सम्बन्ध हैं, कि अपनी पत्नी को प्रसेनजित की अंकशायिनी बनाकर ही बन्धुल ने यह पद प्राप्त किया है तथा इसीलिये वह उसकी चाकरी किया करता है। साथ ही यह भी कि प्रसेनजित की मल्लिका के प्रति अनुरक्ति इस सीमा तक बढ़ चुकी है कि वह उसकी अंगुलियों पर नाचने लगा है और यही कारण है मल्लिका के पाँव धरती पर नहीं पड़ते।

मल्लिका के हाव-भाव-चाल में दम्भ की हलकी झलक है। अनूठी बात यह है कि इस कारण वह और भी अधिक कमनीय प्रतीत होती है। किन्तु इस दम्भ का कारण प्रसेनजित न होकर बन्धुल ही है।

बन्धुल को तक्षशिला भेजने के पूर्व मल्लिका के पिता ने दोनों का विवाह करवा दिया था। बन्धुल की समवयस्का है मल्लिका। बचपन से दोनों साथ-साथ खेलते आए थे। अत: बन्धुल का उससे प्रेम हो जाना स्वाभाविक था। किन्तु जहाँ तक मल्लिका के मनोभावों का प्रश्न था, यह कहना कठिन है कि वह बन्धुल से प्रेम करती थी अथवा नहीं। किन्तु वह उसे प्रीतिकर अवश्य लगता था क्योंकि बन्धुल उसकी हर इच्छा पूरी करता था, और वह भी प्रसन्नतापूर्वक। मल्लिका को उस पर आदेश चलाने में आनन्द आता था और बन्धुल को उसका हर आदेश मानने में। यदि यह कहा जाए कि वह मल्लिका को पूजने की सीमा तक प्यार करने लगा था तो अत्युक्ति न होगी। कदाचित यही कारण है कि मल्लिका के व्यक्तित्व में किंचित दम्भ झलकता है।

प्रसेनजित और मल्लिका के सबन्धों की चटपटी चर्चाओं का रस सूखते-सूखते राजपुरोहित अग्निदत्त ने प्रसेनजित की कठिनाइयाँ बढ़ाने की एक योजना और बना डाली।

"महाराज, समय आ गया है जब आपको एक शाक्य-राजकुमारी से विवाह कर लेना चाहिये।" इस प्रस्ताव को रखने के लिये अग्निदत्त ने तब तक प्रतीक्षा की जब तक गोशोरून के अतिरिक्त अन्य सभी आज्ञा लेकर राजसभा से चले नहीं गए।

अग्निदत्त का गणित था कि शुद्ध आर्यत्व का अभिमान लिये शाक्य अपनी कन्या देंगे नहीं और प्रस्ताव अस्वीकृत होने पर प्रसेनजित को आत्म-सम्मान की रक्षा के लिये उनके साथ युद्ध करना ही होगा। इस प्रकार दक्षिण में तो विद्रोह हो ही रहे थे, उत्तर में भी पनपने लगेंगे। क्योंकि शाक्यों का साथ देने कोलिय तो आयेंगे

ही, तनिक उकसाने पर मल्ल भी आ सकते हैं। मल्ल-देश के गण-सेनापति के चुनाव में बन्धुल का प्रतिस्पर्धी रहा वर्तमान सेनापति पहले ही जला-भुना बैठा है बन्धुल को कोशलदेश का प्रधान-सेनापति पद प्राप्त हो जाने से। उसके ही अथक प्रयासों से मल्ल-सन्थागार में बन्धुल को गणद्रोही भी घोषित किया चुका है, अपना देश छोड़कर कोशलदेश में बस जाने तथा कोशलनरेश की दासता स्वीकार कर लेने के अपराध में।

"क्यों? ऐसा क्यों कह रहे हैं आप?" प्रसेनजित के स्वर में आश्चर्य था।

"एक तो इसलिये महाराज कि आपकी भावी सन्तानों में शुद्ध आर्य-रक्त का मिश्रण हो जाएगा। दूसरे, शाक्यों के साथ सबन्धों को प्रगाढ़ बनाना आपके लिये राजनीतिक रूप से भी लाभप्रद रहेगा।"

"वह कैसे?"

"वह ऐसे महाराज कि उस शाक्यवंशीय गौतम का प्रभाव सम्पूर्ण आर्यावर्त्त में बढ़ता जा रहा है। आपके बहनोई मगधराज बिम्बसार न केवल उसके अनुयायी बन गए हैं, विशाल वेलुवन भी उन्होंने उस गौतम को दान कर दिया है तथा भारी धनराशि व्यय कर उसमें उसके शिष्यों के लिये विहार भी बनवा रहे हैं। साथ ही राजगृह का नगर-श्रेष्ठी धनञ्जय भी उस गौतम का उपासक बन गया है। इतना ही नहीं महाराज! वहाँ के अत्यन्त प्रभावशाली ब्राह्मण काश्यप-बन्धु भी उससे दीक्षा ले चुके हैं!"

"गौतम वही तो नहीं जो कुछ दिन पहले हमारे नगर भी आए थे?"

"हाँ महाराज, वही! जब यह गौतम राजगृह से यहाँ के लिये चला था, हमारे नगर-श्रेष्ठी सुदत्त ने उसकी तथा उसके एक सहस्त्र शिष्यों की पूरे मार्ग में ऐसी आवभगत करवाई थी कि बस पूछिए मत! इतना ही नहीं महाराज, अठारह कोटि स्वर्ण-मुद्राएँ देकर सुदत्त ने तो उसके लिये यहाँ श्रावस्ती में पूरा जेतवन ही क्रय कर लिया है।

"अठा...रह... कोटि?" प्रसेनजित की आँखें आश्चर्य से फैल गईं।

"हाँ महाराज, पूरे अठारह कोटि! राजकुमार जेत जब किसी प्रकार भी विक्रय करने को सहमत न हुआ तो सुदत्त ने पूरे जेतवन को स्वर्ण-मुद्राओं से पाट दिया, और तब राजकुमार मना नहीं कर पाया। अब सुना है, जेतवन में उस गौतम तथा उसके शिष्यों के लिये विहारों के निर्माण पर वह इससे दोगुनी स्वर्ण-मुद्राएँ व्यय करनेवाला है।"

"कौन हैं यह शाक्य गौतम? और ऐसा उनमें क्या है जो सुदत्त इस प्रकार उन पर धन लुटाए जा रहा है?"

"निश्चित रूप से बताना तो कठिन है महाराज, किन्तु सुना है कि वह इसी जीवन में मोक्ष या निर्वाण दिलवाने की बात करता है।" राजपुरोहित ने व्यंग्यपूर्ण

मुस्कुराहट के साथ कहा। "और भोले-भाले लोग सहस्त्रों की संख्या में उसके अनुयायी हुए जा रहे हैं। अचरज तो यह है महाराज कि वाराणसी के नगर-श्रेष्ठी का युवा नवविवाहित पुत्र यश भी अपने चौवन मित्रों सहित उस गौतम से प्रव्रज्या ले चुका है! और अब वे सारे के सारे उसके धर्म का प्रसार करते हुए आर्यावर्त्त में ही नहीं, सुदूर दक्षिण में और पश्चिम में भी गाँव-गाँव की धूल फाँकते फिर रहे हैं! निगंठ नातृपुत्र की मृत्यु के उपरान्त तो इस गौतम का प्रभाव और भी अधिक बढ़ता दिखता है महाराज।"

"आश्चर्य है, इतने समृद्ध परिवारों के बच्चे सारे सुख-साधन छोड़ यूँ भटक रहे हैं! मोहिनी-विद्या जानते हैं क्या ये शाक्य गौतम?"

"उनकी वाणी में तो निश्चित ही सम्मोहन है महाराज।" गोशोरून, जो अब तक मौन बैठा सुन रहा था, बोल उठा। "एकाधिक बार गया था मैं उन्हें सुनने जब वे यहाँ श्रावस्ती में थे। जब वे बोलते हैं महाराज तो श्रोता मन्त्रमुग्ध हो जाते हैं। ऐसी गम्भीर, गरजती हुई-सी फिर भी सौम्य वाणी है उनकी कि सुनकर जी ही नहीं भरता! उनके प्रत्येक प्रवचन में सहस्त्रों की भीड़ इकट्ठी हो जाती है। मुख पर अतुलित तेज है उनके फिर भी शीतलता है, शान्ति है।"

"किन्तु मैंने तो यह भी सुना है कि उसके शिष्य राजगृह में जब भिक्षाटन पर निकलते थे तो नगरवासी उन्हें देखते ही अपने निवासों के झरोखे तथा द्वार बन्द कर लिया करते थे।" गौतम शाक्य की इतनी अधिक प्रशंसा से राजपुरोहित जी जल-भुन गए। "वे डर गए कि युवक यदि इस प्रकार से भिक्षु बनकर उसके संघ में प्रवेश करते रहे तो कोई नहीं बचेगा बूढ़े माँ-बाप की सेवा सुश्रूषा के लिये। पत्नियाँ विधवा हो जायेंगी पतियों के जीते-जी, और सन्तान अनाथ।"

"यह आशंका पूर्णत: निराधार तो नहीं है।" प्रसेनजित ने कुछ सोचते हुए कहा।

"राजगृह होकर आए मेरे मित्र ने तो मुझे यह भी बताया महाराज," राजपुरोहित अग्निदत्त ने उत्साहित होकर जोड़ा, "कि जब एक बूढ़े ने शाक्य गौतम को गृध्रकूट पर्वत पर बैठे देखा तो उससे रहा नहीं गया। अत्यन्त कठिनाई से चढ़कर वह उस तक पहुँचा और हाँफते हुए ही गौतम को कोसने लगा। तुम हमारे युवा पुत्रों को भिक्षु बनाकर संघ में रख रहे हो तो हम बूढ़ों को, हमारी पुत्रवधुओं व पौत्र-पौत्रियों को भी रख लो! नहीं तो कौन हमें दो समय का भोजन देगा? कभी हमने खाट पकड़ ली तो कौन रहेगा हमारी सेवा करने को? कौन तो वैद्य को बुलायेगा, और कौन औषधि देगा?"

"फिर गौतम ने क्या कहा?"

"जैसा मेरे मित्र ने बताया महाराज, गौतम के शिष्य तो कहते हैं अन्तिम मुक्ति का उपदेश सुन वह बूढ़ा सन्तुष्ट होकर लौट गया। जबकि नगरवासी कहते हैं कोई सन्तोषजनक उत्तर नहीं मिल पाया उसे।"

प्रसेनजित सोच में डूबा कुछ देर मौन बैठा रहा।

"ठीक है राजपुरोहित जी, आपके प्रस्ताव पर विचार करेंगे। अब आप पधारें। महामात्य भी जा सकते हैं।"

राजपुरोहितजी के जाने के उपरान्त प्रसेनजित गोशोरून से कुछ कहने जा ही रहा था कि प्रतिहारी ने आकर झुकते हुए निवेदन किया।

"विघ्न के लिये क्षमा करें महाराज। द्वार पर रंगमंडल से पधारे कुछ लोग खड़े हैं। आपके दर्शनाभिलाषी हैं।"

"तत्काल भेजो उन्हें।"

चार-पाँच युवाओं के साथ कन्धे तक लम्बे, शुभ्र केशोंवाला एक अधेड़ व्यक्ति भी था जिसके होंठ पान चबाने से लाल हो रहे थे। सभी ने झुककर प्रणाम किया और अधेड़ व्यक्ति ने दो डग आगे भरकर निवेदन किया।

"महाराज, सन्ध्या को रंगशाला में एक प्रहसन का मंचन है। आपका आशीर्वाद चाहिये।"

"हमारा आशीर्वाद तो सदा आप रंगकर्मियों के साथ है।" मुस्कुराते हुए प्रसेनजित ने आशीर्वाद की मुद्रा में हाथ उठा दिया। "तुम्हीं लोगों के कारण तो श्रावस्ती कला-संस्कृति का केन्द्र बनता जा रहा है।"

"महाराज की कृपा से ही तो हम लोग भी निश्चिन्त हो कला-साधना में लगे हैं। तो हम लोग निश्चित समझें कि महाराज नाट्यशाला में पधार रहे हैं?"

"निश्चित ही आयेंगे हम, और सबके साथ आयेंगे!"

"महाराज का प्रताप अटल हो! महाराज की कीर्ति अक्षुण्ण बनी रहे!" कहते हुए रंगमंडल के कलाकार जब चले गए तो प्रसेनजित ने गोशोरून से पूछा।

"यह जो राजपुरोहितजी ने शाक्य राजकुमारी के साथ विवाह की चर्चा छेड़ी है, इस विषय में तुम्हारा क्या विचार है?"

"यह तो निश्चित है प्रसेनजित, शाक्य गौतम कोई महान आत्मा हैं। और जो कुछ भी मुझे ज्ञात हुआ है उससे यह भी निश्चित है कि उनका प्रभाव सभी राज्यों में बढ़ता चला जा रहा है। जहाँ तक शाक्य-राजकुमारी के साथ विवाह की राजनीति का प्रश्न है, यह तुम्हें ही समझना होगा और सोच-विचार कर निर्णय भी तुम्हें ही लेना होगा।"

प्रसेनजित राजनिवास जाने के लिये राजसभा से निकल ही रहा था कि सुदत्त आता हुआ दिख गया।

मँझोला व मांसल शरीर, भरे हुए गाल, गौरवर्ण, कोमल स्निग्ध त्वचा, मुख पर कान्ति तथा होठों पर सदा ही खेलती सौम्य मुस्कान। सुदत्त न केवल एक प्रसन्नचित्त व्यक्ति है अपितु उसका व्यवहार भी ऐसा है कि छोटे से लेकर बड़े तक

सभी उससे प्रसन्न रहते हैं। किसी प्रकार के विवाद में कभी वह पड़ता नहीं, और कदाचित ही है कि उसका लेनदेन या व्यापार को लेकर कभी किसी से मतभेद हुआ हो।

"आओ नगरश्रेष्ठी, आओ! आज इधर की राह कैसे भटक गए?"

"भटका नहीं हूँ महाराज," अत्यन्त विनम्र भाव से झुककर प्रणाम करते हुए सुदत्त ने कहा, "आपको निमन्त्रण देने आया हूँ।"

"आज तो हमें निमन्त्रण पर निमन्त्रण मिल रहे हैं!" कहते हुए प्रसेनजित गोशोरून की ओर देख मुस्कुरा दिया और फिर सुदत्त की ओर उन्मुख होकर पूछा, "किस प्रसंग पर निमन्त्रण दे रहे हो?"

"जेतवन में विहारों का निर्माण कार्य आरम्भ करवा रहा हूँ महाराज। शिलान्यास यदि आपके करकमलों से हो जाता तो सम्पूर्ण कार्य निर्विघ्न सम्पन्न होना सुनिश्चित हो जाता।"

"मैंने सुना है कई कोटि स्वर्ण-मुद्राएँ लुटा दीं हैं तुमने जेतवन क्रय करने में तथा और कई कोटि इन विहारों के निर्माण पर लुटानेवाले हो। सच है?"

"लुटा नहीं रहा महाराज, निवेश कर रहा हूँ।"

"वह कैसे?"

"शाक्य मुनि से मिलेंगे महाराज, उन्हें सुनेंगे तो समझ जायेंगे।"

"तो एक निवेश और कर दो। हमने जो संगीतशाला बनवाई है, उसके साथ एक विशाल आवासीय संगीत-विद्यालय आरम्भ करने की योजना है। देश-विदेश से विख्यात संगीत-विद्वान् आयेंगें श्रावस्ती में। यहाँ रहकर शिक्षित करेंगे हमारे युवक-युवतियों को। संगीत सम्मलेन होंगे। बीस लाख स्वर्ण-मुद्राएँ हम राजकोष से दे रहे हैं, इतना ही तुम दे दो।"

"जैसी महाराज की आज्ञा।"

"परन्तु कुछ तो बताओ, उस शाक्य गौतम में तुमने ऐसा क्या देखा जो इतनी अधिक राशि व्यय कर रहे हो उसके लिये विहार बनवाने पर? मिले कहाँ तुम उससे?"

"महाराज! कदाचित आप जानते हों कि राजगृह का नगर-श्रेष्ठी धनञ्जय मेरी धर्मपत्नी का भाई है। दो माह पूर्व मैं उससे मिलने गया था। वहाँ देखा, भारी व्यवस्थाएँ हो रही हैं भोज की! मैंने उससे पूछा, यह महाभोज किसलिये। कहीं दूसरा विवाह तो नहीं रचा रहे हो? तो उसने अट्टहास लगाते हुए कहा, वृद्धावस्था में अब कौन मेरे साथ विवाह करेगी! तो क्या महाराज बिम्बसार को निमन्त्रित किया है, मैंने पूछा? महाराज को नहीं शाक्यमुनि को, उसने कहा। मुझे अचरज हुआ, एक मुनि के भोजन के लिये ऐसी व्यवस्थाएँ! एक सहस्त्र शिष्य भी तो होंगे

उनके साथ, उसने स्पष्टीकरण दिया और साथ ही यह भी कहा कि उन्हें मैं कोई साधारण मुनि न समझूँ।"

"महाराज! मेरे पूछने पर उसने यह भी बताया कि शाक्यमुनि अपने शिष्यों के साथ श्मशान के समीप स्थित सीतवन में ठहरे हुए थे। उनसे मिलने को मैं इतना उत्सुक हो गया कि रात भर सो ही नहीं सका और भोर होते ही सीतवन पहुँच गया। शाक्यमुनि अपनी कुटिया के बाहर ही टहल रहे थे। मुझे देख उन्होंने मेरा स्वागत किया, अत्यन्त प्रेमपूर्वक अपने निकट बिठाया। कैसी शान्ति, कैसी शीतलता थी उनकी निकटता में! फिर उन्होंने मेरी जिज्ञासाओं को शान्त किया और धैर्यपूर्वक अपने धम्म का मर्म भी समझाया।"

"मैं तो महाराज उनके सौम्य कान्तिमय मुख को देख ही अत्यन्त प्रभावित था। परन्तु जब उन्होंने बोलना आरम्भ किया तो मैं जैसे सम्मोहित हो गया। चुन-चुनकर राजहंस ने मोती छाँटे हों ऐसे शब्द! और वाक्य उन मोतियों के मनोहारी हार! उस पर से उनके प्रशान्त मुख से निसृत होती वाणी ऐसी मधुर, कि क्या कहूँ आपसे! संगीत की मनोमुग्धकारी लय थी उसमें!"

"बस बस, अब और अधिक प्रशंसा मत करो। मुझे ईर्ष्या होने लगी है।" प्रसेनजित ने हँसकर कहा। "कब है शिलान्यास?"

"जब महाराज समय दे दें।"

इस समय तक पूरे श्रावस्ती में घोषणा होनी लगी थी।

"सभी नगरवासी सुनें, ध्यान से सुनें! महाराज प्रसेनजित के आशीर्वाद से नाट्यशाला में आज शाम प्रहसन का मंचन होने जा रहा है। समस्त सम्माननीय नागरिकों को सपरिवार निमन्त्रण हैऐऐऐ ..."

"नाटकों में भी रूचि है या धनार्जन में ही लगे रहते हो?" प्रसेनजित ने सुदत्त से पूछा। "चलो! आज शाम रंगशाला चलो हमारे साथ।"

"जैसा महाराज का आदेश!" सुदत्त ने हाथ जोड़कर प्रणाम किया और अपने रथ की ओर बढ़ गया।

रंगशाला दोतल्ला भवन है, अन्दर बाहर से श्वेत पुता हुआ। भित्तियों पर स्त्री-पुरुष विभिन्न मुद्राओं में चित्रित हैं, साथ ही स्वच्छ जल से भरे तड़ाग में तैरते हंस तथा लाल, नीले, श्वेतवर्ण कमल भी। रंगशाला की भित्तियों पर स्त्री-पुरुष युगल तथा हंसों व कमलों के चित्रों का होना आवश्यक समझा जाता है।

दो रंगमंच हैं, ऊपर और नीचे। ऊपरवाला स्वर्ग एवं आकाश के दृश्यों के लिये, नीचेवाला पृथ्वी और पाताल के दृश्यों के लिये। दाएँ-बाएँ दो द्वार नेपथ्य को जाते हैं। सामने यवनिका है जिसके दोनों छोर पर युवतियाँ खड़ी हैं, आकर्षक रंग-बिरंगे परिधानों में।

रंगमंच दक्षिणाभिमुख है जिसके सामने विशाल दर्शक-दीर्घा है। सबसे आगे निमन्त्रित अतिथियों के बैठने की व्यवस्था है, उनके पीछे ब्राह्मणों एवं क्षत्रियों की। महिलाएँ भी बड़ी संख्या में हैं। उनके लिये निमन्त्रित अतिथियों के ठीक पीछे का स्थान सुरक्षित है। दाईं ओर वायुकोण में पीले स्तम्भों की पंक्ति है जिसके आगे वैश्यों के बैठने के लिये स्थान है। बाईं ओर काले स्तम्भों की पंक्ति के आगे शूद्रों के लिये चटाईयाँ बिछी हुईं हैं।

रक्तिम वर्ण की यवनिका के आगे सूत्रधार खड़ा है।

"सु-आगतं! स्वागत है सभी अतिथियों का। रंगशाला के समस्त सदस्यों की ओर से महाराज का मैं स्वागत करता हूँ। मैं देख पा रहा हूँ, आज तो नगरश्रेष्ठी भी पधारे हुए हैं। अहो-भाग्य हमारे! अतिथिगणों से निवेदन है शान्ति बनाए रखें ताकि प्रहसन का पूरा आनन्द ले सकें।"

सूत्रधार झुककर दर्शकों का अभिवादन करते हुए नेपथ्य में चला जाता है और युवतियाँ यवनिका उठा देती हैं

मंच पर लँगोटीधारी, शरीर पर भभूत मले, लाठी तथा कमण्डल लिये दो साधुओं का प्रवेश होता है। एक मोटा है, दूसरा दुबला।

मोटा साधु—"स्मरण नहीं आता ऐसे सुस्वादु भोजन पर हाथ मारने का अवसर पहले कब मिला था?" (फूले हुए पेट पर हाथ फिराता है।) "अहा हा! वह मलाईवाले मोदक! जी ही नहीं भरा पचास खाकर भी। देवताओं का हित-विचार कर पचास और खाने का विचार था, परन्तु पेट ने साथ नहीं दिया।"

दुबला साधु—"देवताओं का हित-विचार, गुरूजी! इसमें देवताओं का हित कहाँ से आ टपका?"

मोटा साधु—"तुझे कैसे पता मेरे हाथ से एक मोदक भूमि पर टपक गया था?"

दुबला साधु—"गुरूजी, मैं मोदक नहीं देवताओं का हित टपकने का कह रहा हूँ।"

मोटा साधु—"कोई अन्तर नहीं है दोनों में। देवताओं का हित भी मोदक में ही था।"

दुबला साधु—"मोदक में गुरूजी?"

मोटा साधु—"और नहीं तो क्या? ॐ इन्द्राय स्वाहा, ॐ वरुणाय स्वाहा कहते हुए ही तो मोदकों की आहुति दे रहा था मैं जठराग्नि में!"

दर्शकों की हँसी के बीच ऊपर के मंच की यवनिका उठती है और दो कलाकार देवताओं का वेश धरे, स्वर्ण-मुकुट व आभूषण पहने पैर पटकते हुए आते हैं।

"दुष्ट! धूर्त! एक भी मोदक नहीं पहुँचा है अब तक यहाँ! पापी!" दोनों क्रोधित स्वर में चिल्लाते हैं।

दर्शक हँस-हँसकर लोटपोट हो रहे हैं, परन्तु राजपुरोहित अग्निदत्त की त्योरियाँ चढ़ी हुई हैं।

तभी संन्यासी वेश में एक लँगोटीधारी कलाकार मंच पर प्रवेश करता है।

मोटा साधु—"श्रीमान आपका कहाँ से आ आ ..." (डकार लेते हुए पेट पर हाथ फिराता है।) "आगमन हुआ है?"

संन्यासी तिरस्कार भरी दृष्टि से उस साधु को देखता है और मंच के बीचोबीच पद्मासन में बैठकर आँखें बन्द कर लेता है।

दुबला साधु साष्टांग प्रणाम की मुद्रा में उसके सामने लेटते हुए—"प्रभु! प्रभु! आपके दर्शन पाकर मैं धन्य हो गया!"

संन्यासी—"अरे हटो, दूर हटो! अन्यथा शाप दे दूँगा। स्वेदकण छिटकाकर तुमने मुझे अपवित्र कर दिया। अब पुनः स्नान करना पड़ेगा।"

मोटा साधु दर्शकों की ओर देखते हुए—"दीखता तो ऐसा है कि माँ के पेट से निकलने पर दाई ने जो नहलाया सो ही नहाया। पाखंडी कहीं का!" (फिर संन्यासी की ओर मुड़कर ऊँचे स्वर में) "भगवन का आगमन स्वर्ग से हुआ प्रतीत होता है!"

संन्यासी—"बुद्धिमान प्रतीत होते हो। बैठो! (हाथ से दूर बैठने का संकेत करता है। मोटा साधु पालथी मारकर बैठ जाता है) "आने ही नहीं देते थे देवता! इन्द्र तो मेरे लिये अपना सिंहासन छोड़ उठ खड़ा हुआ। बोला, जो अप्सरा लेना चाहें ले लें। उर्वशी, मेनका, रम्भा, चित्रलेखा। चाहें तो सभी ले लें। किन्तु मैंने कहा, हम तो संन्यासी ठहरे। हमें क्या करना तुम्हारे सिंहासन का? और क्या लेना-देना मुझ बाल-ब्रह्मचारी को तुम्हारी अप्सराओं से?"

मोटा साधु दर्शकों की ओर देखकर—"यह तो पाखंडियों का सम्राट लगता है!" (संन्यासी की ओर घूमता है।) "धन्य हुआ भगवन मैं आपके दर्शन पाकर।"

तभी पैरों में चाँदी की भारी पायल डाले एक युवती भागती हुई आती है और संन्यासी के गले में बाँहें डाल उसके कन्धे पर अपना सिर रख देती है।

"बचाइये महाराज, मुझे बचा लीजिये!"

संन्यासी—"कौन हो तुम कोमलांगी?" (कहते हुए युवती की पीठ पर हाथ रखता है और फिर स्वगत-भाषण करता है।) "आहा हा! कैसा स्वर्गीय आनन्द मिल रहा है!" (फिर ऊँचे स्वर में) "हे चारुदर्शना! हे झमाझम वर्षा-सी झमझमाती झाँझरवाली सौम्यवदना! तुम्हें क्या कष्ट है? जानने की उत्कंठा हो रही है।" (स्वगत) "और तुम्हारे कोमल स्पर्श से मन में आनन्द की हिलोरें उठ रही हैं।"

युवती—"मुझे बचा लीजिये महाराज!" (संन्यासी से परे बैठ हाथों को याचना की मुद्रा में पसारती है।) "आजीवन आपकी दासी बनकर रहूँगी।"

संन्यासी—"दूर क्यों बैठ गई हे मृदुलगात इन्दुवदना? यहाँ आओ, मेरे पास बैठो!" (हाथ से अपने पास भूमि पर थपथपाता है।)

तभी दो सैनिक हाथों में भाले लिये आते हैं। युवती दौड़कर संन्यासी के पीछे छिप जाती है।

पहला सैनिक—"कहाँ गई? भागकर तो इसी ओर आई थी।"

दूसरा सैनिक—"चलो उस संन्यासी से पूछते हैं।"

इस बीच संन्यासी ने अपनी लम्बी जटाओं को मुख पर गिरा लिया है।

पहला सैनिक—"भगवन! किसी युवती को यहाँ भागकर आते देखा क्या?"

संन्यासी—"नादान सैनिक! मुझ जैसे संन्यासी को स्त्री-जाति से क्या काम! माया है, माया! नरक का द्वार है! तुम भी दूर रहो।"

मोटा साधु—"क्या हुआ सैनिक?"

दूसरा सैनिक—"महारानी जी की पायल लेकर चम्पत हुई दासी इसी ओर भागी है।"

मोटा साधु—"कोई बन्दी तो कारागार से नहीं भागा?"

पहला सैनिक—"आपको कैसे पता?"

मोटा साधु—" हम तो अन्तर्यामी हैं सैनिक! वह कहाँ छिपा है, हम यह भी जानते हैं।" (संन्यासी की ओर संकेत करता है।)

दूसरा सैनिक—"नहीं ये नहीं हो सकते। उसे पहचानते हैं हम!"

मोटा साधु—"यवनिका उठाकर देखो सैनिक।"

मोटा साधु संन्यासी के निकट जाकर उसकी जटाएँ दोनों ओर बाँट देता है। सैनिकों का ध्यान संन्यासी की ओर लगा देखकर युवती नेपथ्य में भाग जाती है।

पहला सैनिक—"हाँ, यही तो है!"

संन्यासी उठकर भागने लगता है तो मोटा साधु पीछे से उसकी लँगोटी पकड़ लेता है।

संन्यासी—"छोड़ दे दुष्ट! खुल जाएगी!"

मोटा साधु—"खुल चुकी है रे पाखंडी! तेरी पोल ...। और तेरी लँगोटी भी!" (कहते हुए लँगोटी का पीछे खुँसा हुआ सिरा खींचता है।)

लँगोटी खुले उसके पहले ही यवनिका गिर जाती है। रंगशाला देर तक ठहाकों से गूँजती रहती है।

भिक्षुणी-संघ

भादों का महीना चल रहा है। वर्षा की झड़ी समाप्त हुए सप्ताह भर से ऊपर बीत चला है। रिमझिम फुहारें भी अब थम चली हैं। किन्तु आकाश अभी निर्मेघ नहीं हुआ है। यहाँ-वहाँ स्वच्छन्द तैरते मेघखंड मानो निश्चय नहीं कर पा रहे हैं, अभी बरस पड़ें या अपने अन्य बन्धुओं के आने की प्रतीक्षा करें।

दिन का दूसरा पहर बीत चला है। अंशुमाली उन दिनों की क्षतिपूर्ति करने पर तुले दिखाई दे रहे हैं जब काले, घने बादलों ने उनकी किरणों का धरती से मिलन वर्जित कर रखा था। ऊपर से वायुदेव भी न जाने क्यों रुष्ट हुए बैठे हैं! परिणाम है तन-मन को जलाती तपन और धार लगाकर बहता पसीना।

गाँवों में इस समय तक रसोई ठंडी हो चुकी है। पोटली बगल में दबाये बतियाती, खिलखिलाती स्त्रियाँ त्वरित डग भरते हुए चल रही हैं। ये सब खेतों में धान को नींदते-गोड़ते पतियों के लिये खाना लेकर जा रही हैं। उन्हें पता है देर होने पर भूख के मारे पहले तो वे बड़बड़ाना आरम्भ करेंगे और फिर क्रोध में भरकर उन्हें डाँटने का पूर्वाभ्यास करने लगेंगे। तब भी एक स्त्री ठिठक गई।

"अरी देख तो!"

"क्या, कहाँ?" साथ चलती सभी स्त्रियाँ रुक गईं।

"वहाँ!" स्त्री ने हाथ से संकेत किया।

"हाय दैया, कौन हैं ये?"

"मुझे क्या पता।"

उन्हें रुका देख उनके पीछे आती हुई स्त्रियाँ भी ठहर गईं।

"हाय रे! कैसे कोमल गात हैं! कैसी कुम्हला रही हैं इस मुई धूप में!

"फिर भी कैसी सुन्दर, देखो तो!"

"जा कहाँ रही हैं, और आई कहाँ से हैं?"

"कौन जाने, किन्तु निश्चय ही कहीं दूर से आ रही हैं। देख नहीं रही उनके धूल भरे पाँव?"

"दूर से नहीं बहुत दूर से! सुन्दर पाँवों में तभी तो कैसी सूजन चढ़ आई है।"

जहाँ से भी यह दल निकलता किसान हाथ का काम छोड़कर खड़े हो जाते; पानी भर रही स्त्रियों की डोलची कुँए में गिर जाती; और मवेशियों को टेरते चरवाहे आँखें फाड़े अवाक देखते रह जाते।

"भागो यहाँ से! आँखें क्या फाड़ रहे हो?" स्त्री-दल के आगे-आगे चलता एक पुरुष चिल्लाया।

"देखने दे रे छन्द।" पुरुष के पीछे चल रही एक वृद्धा बोली। "हम लोगों की नियति में यही लिखा है तो यही हो रहे।" और वह रो पड़ी।

"मत रो माँ! कितना रोयेगी?" सिर झुकाये भीगी आँखों से राह के काँटों, कंकड़ों को देख उनसे बचने का प्रयत्न करती हुई साथ चल रही यशोधरा ने प्रजापति की पीठ पर हाथ रखते हुए सान्त्वना देने का असफल प्रयास किया।

छन्द की डाँट खाकर भी चरवाहों ने घूरना नहीं छोड़ा और वे तब तक उन काषाय चीवर-धारी स्त्रियों को देखते रहे जब तक कि वे उनकी आँखों से ओझल नहीं हो गईं।

तीसरा पहर आधा भी नहीं बीता था कि प्रजापति के पैरों ने उठने से मना कर दिया। "थक गई मैं तो! और कितना चलायेगा रे छन्द?" कहकर वे एक पेड़ के नीचे बैठ गईं।

"पास ही एक झरना है माँजी। बस तनिक साहस और कर लें। फिर तो रात्रि विश्राम वहीं करेंगे।"

"हाँ, साहस तो करना ही होगा। पर पहले तनिक विश्राम कर लेने दे मुझे। आ यशोधरा! तू भी बैठ जा। सभी लोग किंचित विश्राम कर लें। यहाँ पानी मिलेगा क्या? प्यास के मारे प्राण निकले जा रहे हैं।"

"अभी लाया महारानी जी।" दल के पीछे-पीछे चल रहे दासों में से किसी ने कहा।

"भला हो छन्द का! वह नहीं होता तो हम लोग तो भूख-प्यास से राह में ही प्राण छोड़ देते।" जी भर जल पी चुकने के पश्चात् यशोधरा ने यह कहते हुए अंजुली भर जल मुँह पर छिड़क लिया, परन्तु पोंछा नहीं। पसीने को पोंछते-पोंछते गाल छिलने लगे थे। पानी पड़ने से पहले तो तनिक चिरमिराहट हुई किन्तु फिर शीतलता की अनुभूति से चैन भी मिला।

"सच कहती है तू।" कहते हुए प्रजापति ने छन्दक की ओर स्नेह भरी दृष्टि डाली जो अन्य स्त्रियों को पानी दे रहा था और फिर घूमकर यशोधरा को देखते हुए बोली, "मैं तो ...।" किन्तु कहते-कहते रुक गई। यशोधरा पैरों में पड़ चुकी बिवाईयों से रुधिर-सनी मिट्टी को घास से पोंछते हुए अपने तलवों में से बारीक-बारीक काँटों को निकालने का प्रयत्न कर रही थी। "हाय रे! तेरे पाँवों में तो कितनी बड़ी-बड़ी बिवाईयाँ पड़ गईं हैं! पैरों में कुछ डाल ले बेटी। धरती तो जैसे चूल्हे

पर रखा तवा हो रही है, और तू है कोमल! छन्द बता रहा था वह तेरी पादुकाएँ लेकर आया है।"

"नहीं माँ! तुम जो सह सकती हो, मैं भी सह सकती हूँ।

"बहुत हठी है तू!"

"उनसे अधिक तो नहीं हूँ माँ।" आँसुओं और पसीने से भीगी पलकों पर बार-बार बैठते सरसों बराबर मक्खियों के बच्चों को हाथ से उड़ाते हुए यशोधरा बोली।

"सच कहती है तू। तीन दिन तक पीछे पड़ी रही कि अब यहाँ कौन है जिसके लिये हम कपिलवस्तु में रहें? नन्द को तू ले गया। राहुल को तू ले गया। आनन्द, अनुरुद्ध—सब तो तेरे साथ चले गए। और अब तो वे भी नहीं रहे।" कहते हुए प्रजापति की आँखें भर आईं। "परन्तु उसने तो अपना कलेजा जैसे काठ का कर लिया था। जानती है यशोधरा? राहुल के जाने के पश्चात् इन चार वर्षों में वे एक रात भी ढंग से नहीं सो पाए, एक भी रात! सारी रात बड़बड़ाते रहते। दिन में भी झपकी लगती तो राहुल, राहुल ही निकलता उनके मुँह से। बेटा गया तो धीरज धर लिया। पर राहुल के जाने से तो टूट ही गए। वर्षों की मन्नतों के पश्चात् मिले पौत्र से बिछड़ने का दुःख उन्हें अन्त समय तक सालता रहा था।"

और हाथों में मुँह छिपाकर प्रजापति बिलख पड़ी।

"मेरा तो कलेजा फटता है माँ यह सोच कि कैसे मेरा राहुल भिक्षापात्र में डाला हुआ बासी बचा-खुचा खा पाता होगा!" यशोधरा ने चीवर की बाँह से अपनी अश्रुधार को पोंछ काँपते हुए स्वर में कहा। "और जब श्वसुरजी के अन्तिम समय उसे काषाय चीवर पहने, सिर मुँड़ाए देखा तो... "

और सास-बहू एक-दूसरे को बाहों में भरकर रो पड़े।

शुद्धोदन सौ वर्ष की आयु प्राप्त करने से मात्र तीन वर्ष दूर थे जब वे जीवन में पहली बार गम्भीर रूप से अस्वस्थ हुए। न जाने यह अवसाद था अथवा पूर्वानुमान, उन्होंने अपने बेटे को सन्देश भिजवाया।

"कुछ ही दिनों का अतिथि हूँ। जाने के पहले एक बार राहुल को और तुम्हें देखने की बलवती इच्छा है।"

राजगृह में यह समाचार जैसे ही उन्हें मिला, बुद्ध चल दिये। वैशाली में उन्हें नवीन सन्थागार-भवन का उद्घाटन करने के लिये रोक लिया गया। फिर वर्षा ने रोक दिया। मल्लदेश पहुँचे तो पता चला कुशीनगर में उनके भव्य स्वागत का आयोजन किया हुआ है। जो नगर-द्वार नहीं पहुँचेगा उनके स्वागतार्थ, उस पर पाँच सौ मुद्राओं का दंड भी लगा दिया गया है। दो दिन वहाँ निकल गए।

इस प्रकार साठ योजन की दूरी पार करने में साठ दिन बीत गए और वे भादों की पूर्णिमा तक ही कपिलवस्तु पहुँच पाए। राजा शुद्धोदन तब तक अब-तब होने

लगे थे। बुद्ध राहुल को अपने साथ ले जिस समय उनकी शय्या पर पहुँचे उस समय प्रजापति, यशोधरा व अन्य स्त्रियों के साथ ही महानामा, अमितोदन इत्यादि पुरुष भी उन्हें घेरे बैठे थे। अपने पुत्र और पौत्र को देख उनके मुख पर आई चमक ने सबके मन में उनके अभी और जीने की आशा जगा दी।

बुद्ध उनके निकट तब तक मौन बैठे रहे जब तक राजा शुद्धोदन का संकेत पा सभी उनके कक्ष से बाहर नहीं चले गए। तत्पश्चात ही उन्होंने अपने पिता का हाथ अपने हाथों में ले धर्मोपदेश देना आरम्भ किया। राजा शुद्धोदन सुनते रहे और आँसू बहाते रहे। कई रातों से वे सो नहीं सके थे। परन्तु धर्मोपदेश समाप्त होने के पश्चात् उन्होंने आँखें बन्द कीं और गहरी नींद में खो गए।

आती भोर ही वे चल बसे, जैसे बेटे और पोते की प्रतीक्षा में ही उनके प्राण अटके हुए थे। राजभवन में चीख-पुकार मच गई। राहुल भी फूट-फूटकर रो रहा था। किन्तु बुद्ध शान्त बैठे थे। आँसू बहाती हुई यशोधरा उन्हें देख सोच रही थी, 'तथागत हो जाने पर हृदय क्या भाव-शून्य हो जाता है?'

जिस श्मशान में उन्हें वैराग्य उत्पन्न हुआ था उसी श्मशान में बुद्ध ने अपने पिता का दाह-संस्कार किया। अगले ही दिन देवदह से राजा सुप्रबुद्ध अपने परिवार, भाइयों-भतीजों के साथ कपिलवस्तु आ पहुँचे। बुद्ध उस समय अपने शिष्यों के साथ भिक्षाटन कर रहे थे।

"मेरी पुत्री का जीवन नष्ट करने के लिये मैं तुम्हें कभी क्षमा नहीं कर सकूँगा।"

कहकर सुप्रबुद्ध ने मुँह फिरा लिया किन्तु उनके भाई दंडपाणि से नहीं रहा गया। वह रथ से कूद पड़ा और बुद्ध का मार्ग रोके खड़ा हो गया।

"अच्छी सेना बना ली है तूने तो भिखमंगों की! सब तेरे जैसे ही कायर और भीरु रहे होंगे जो तेरे साथ आ मिले। है न?"

बुद्ध घूमकर जाने लगे तो वह पुनः उनकी राह रोककर खड़ा हो गया।

"भागता कहाँ है? इच्छा तो हो रही है तुझे एक से एक अश्लील अपशब्दों की बौछारों से नहलाऊँ! परन्तु मेरी भतीजी का पति है तू। बनने योग्य था नहीं, परन्तु बन गया। बस, उसी दिन से उसके बुरे दिन आरम्भ हो गए। क्या मिल गया तुझे उसका जीवन नष्ट करके? बता!"

बुद्ध निर्विकार भाव से सुनते रहे और उसके चुप हो जाने पर फिर मुड़कर दूसरी ओर से जाने लगे।

"जा कहाँ रहा है? भिक्षा लेने की बड़ी शीघ्रता है तुझे! पहले मेरे प्रश्न का उत्तर तो देता जा।"

"मैं आपको समझा नहीं पाऊँगा, और आप समझ नहीं सकेंगे।" बुद्ध अनुद्विग्न भाव से बोले।

"क्यों? क्यों नहीं समझा पाएगा? सुना है दुःखों से मुक्ति का मार्ग बताता है तू! तो ये सभी भिखारी दुःखों से मुक्ति पाने ही तेरे साथ आए होंगे। है न? ठहर, मैं अभी इन सबको दुःखों से मुक्त किये देता हूँ।"

कहते हुए दंडपाणि ने रथ में से तलवार उठाई और भिक्षुओं की ओर आक्रामक मुद्रा में बढ़ा। सब के सब तुरन्त ही पीछे हट गए।

"डरते क्यों हो? तुम्हें जीवन दुःखमय प्रतीत होता है न? तो इसके प्रति मोह क्यों? आओ तुम्हें मैं मुक्ति दिये देता हूँ, इसी पल!" कहकर दंडपाणि तलवार के पैंतरे भरते हुए भिक्षुओं की ओर बढ़ा और उन्हें भागते देख अट्टहास लगाकर बुद्ध से बोला, "देखा तूने? कोई नहीं चाहता इस जीवन से मुक्ति। फिर कैसे यह जीवन दुःखमय हुआ? पाखंडी! ढोंगी!!"

पिता का श्राद्ध-कर्म कर लेने के उपरान्त बुद्ध ने जब लौटना चाहा तो प्रजापति उनके पैरों पर गिर पड़ी।

"हमें भी साथ ले चलें तथागत। अब हम लोग यहाँ किसके आसरे रहेंगे? आनन्द, अनुरुद्ध, नन्द—सब तो आपके साथ चले गए।"

पिछली बार कपिलवस्तु से राजगृह लौटते समय बुद्ध जब अनुप्रिया के आम्रवन में दो दिन रुके थे तब आनन्द, अनुरुद्ध के साथ-साथ देवदत्त तथा अन्य कई शाक्य युवकों ने भी वहाँ पहुँचकर उनसे प्रव्रज्या ले ली थी।

"किन्तु माँ, संघ में स्त्रियों को प्रवेश देने का नियम नहीं है।" बुद्ध ने प्रजापति को उठाते हुए अपनी विवशता जताई।

"नियम तो आपने ही बनाये हैं न तथागत? आप यह नियम भी बना सकते हैं।"

"संघ में रहकर जीवन सरल नहीं है। वर्ष में आठ से नौ महीने पाँव-पाँव, गाँव-गाँव भटकना होता है। खुले में सोना होता है, कभी-कभी शीतकाल में भी। भिक्षाटन कर उदरपूर्ति करनी होती है। और जो मिल जाए, जैसा मिल जाए, वही खा लेना होता है।"

"हमें सब स्वीकार है तथागत, बस हमें साथ आने दें।"

प्रजापति के आग्रह पर बुद्ध तीन दिन और रुके रहे कपिलवस्तु में। और तीनों ही दिन प्रजापति उनके सामने गिड़गिड़ाती रही, परन्तु बुद्ध नहीं माने।

"यशोधरा! तू ही कुछ कर। कदाचित तेरे रोने से वे पिघल जाएँ।"

"नहीं माँ, आँसुओं से उनके पैरों को धो दूँ तब भी नहीं पिघलेंगे। पिछली बार जब वे आए थे तब देख लिया था। उनके हृदय में जब कोई स्थान ही नहीं रहा मेरे लिये, फिर क्यों...।"

"फिर क्यों क्या?"

यशोधरा कुछ नहीं बोली।

"बेटी! अभिमान करना हम स्त्रियों के भाग्य में नहीं है, और पति से अभिमान तो कदापि नहीं।"

"पति? कौन पति माँ? वे तो तथागत हैं!" यशोधरा ने उग्र स्वर में कहा था। "उनकी न तो कोई पत्नी है, न ही पुत्र!"

प्रजापति किन्तु हार मानने वालों में से नहीं थी। बुद्ध के कपिलवस्तु से निकलते ही उसने घोषणा कर दी।

"मैं तो जा रही हूँ पीछे-पीछे। जिसे साथ आना हो आए।"

संघ में रहकर राहुल को देख पाने व उससे मिल पाने की इच्छा से यशोधरा तो तत्क्षण सहमत हो गई। उसकी ननद सुन्दरी भी साथ हो ली थी। अब न पिता हैं यहाँ, न भाई। माँ और भाभी भी चली गईं तो कैसे रहूँगी? क्या करूँगी मैं यहाँ?

अनिन्द्य रूपवती भद्रा सुन्दरी की बालसखी है जिसके साथ नन्द की मँगनी हुई थी। विवाह-मंडप में वह सजी-धजी बैठी थी जिस दिन नन्द बुद्ध के साथ चला गया था। अपने मँगेतर के भिक्षु बन जाने का समाचार सुनते ही वह मूर्छित हो गिर पड़ी थी। वह समझ नहीं पा रही थी, उस जैसी सौन्दर्यवती को कोई कैसे ठुकरा सकता है? उसे आशा थी कि नन्द को वह अपने आकर्षण में बाँध अब भी लौटा ला सकती है। अतः वह भी सुन्दरी के साथ चलने को सहमत हो गई।

फिर तो तिस्सा, मित्ता के साथ-साथ अन्य कई शाक्य स्त्रियाँ भी चलने को सहमत हो गईं, विशेष रूप से वे जिनके पति या पुत्र अथवा पिता बुद्ध के साथ चले गए थे। इनमें क्षेमक-पुत्री अभिरूपनन्दा भी है। इस अरविन्दनयना, गजगामिनी को स्वयं नहीं पता उसके प्रेम में कितने युवक पागल हैं। यह सुनते ही कि वह भी भिक्षुणी बनने जा रही है, उसके एक प्रेमी चार्भुत की तो तत्काल ही मृत्यु हो गई तथा तीन प्रेमियों के मन में ऐसा वैराग्य उत्पन्न हुआ कि वे जंगलों में निकल गए। इन शाक्य स्त्रियों के साथ उनकी कई पुरानी और निष्ठावान सेविकाएँ और दासियाँ भी चल दीं।

"केश-कर्तन कर और काषाय चीवर धारण कर भिक्षुणियों के वेश में पैदल ही जायेंगे हम लोग, वह भी नंगे पैर।" प्रजापति ने घोषणा की। "ताकि पता चले तथागत को कि हम इतनी भी दुर्बल, कोमल नहीं जितना वे समझते हैं। उनके भिक्षु जो झेल सकते हैं, हम भी झेल सकतीं हैं।"

"हमारे इतने सुन्दर केश! हम नहीं कटवानेवाले इन्हें।" सुन्दरी ने स्पष्ट मना कर दिया।

"न ही हम नंगे पैर चलेंगे।" भद्रा ने भी कह दिया।

छन्दक को सूचना मिली तो वह दौड़ता हुआ आया। तब तक यशोधरा और प्रजापति अपने केश कटवाकर चीवर पहन चुके थे। यह देख छन्दक रो पड़ा।

"तथागत तो वैशाली जा रहे हैं, लगभग चालीस योजन दूर। कैसे जा पायेंगे आप लोग पैदल?"

किन्तु उसे अनसुना कर सब के सब चल दिये। छन्दक ने आनन-फानन में दरियाँ, चटाइयाँ, कम्बल, भांडे, भोजन सामग्री इत्यादि बैलगाड़ियों में लदवाईं और कुछ दासों को साथ ले दोपहर होते-होते वह स्त्रियों के साथ जा मिला।

"मैं आगे-आगे चलता हूँ, मुझे मार्ग पता है। तुम लोग बैलगाड़ियों के साथ पीछे-पीछे आओ।" छन्दक ने दासों से कहा और स्त्रियों के आगे हो लिया।

रात्रि में दरी व चटाइयों पर खुले में लेटी स्त्रियों को जंगली जानवरों से बचाने आग जलाने की व्यवस्था तो कर दी छन्द ने, किन्तु उष्णता व नमी पाकर अपनी जनसंख्या में हजार गुना वृद्धि कर चुके कीट-पतंगों से बचाव का कोई उपाय नहीं था। और वे प्रत्येक स्थान पर डेरा डाले हुए थे: वृक्षों पर, झाड़ियों में, घास में। वह रात उनके साथ जूझते हुए ही बीत गई थी। सवेरे तक सभी स्त्रियों के शरीर पर जहाँ-तहाँ लाल चकत्ते और ददोड़े दिखाई दे रहे थे।

तीसरी रात उन्होंने रामगाम में बिताई। पाँचवे दिन अनोमा पार की। सातवें दिन सवेरे तो आकाश खुला था, परन्तु दोपहर में अचानक से वर्षा की झड़ी लग गई। जब तक सिर छिपाने को स्थान मिलता, सारी स्त्रियों के वस्त्रों से पानी धार लगाकर बह रहा था। कुछ को ठंड लग गई, कुछ को ज्वर ने जकड़ लिया।

जिनके लिये आगे जाना सम्भव नहीं हुआ, दास-दासियों की देखरेख में वे कुशीनगर रुक गईं। शेष स्त्रियाँ गिरते-पड़ते लगभग पच्चीस दिनों की कठिन यात्रा के उपरान्त धूलधूसरित अवस्था में जब वैशाली पहुँची तो उनके चीवर झाड़ियों में फँस-फँस कर चिन्दी हो रहे थे; आँखों के नीचे काले गड्ढे पड़ गए थे; मुख की फटी हुई त्वचा पर काली परतें चढ़ चुकीं थीं; होंठ फट रहे थे और पैर हाथी के पाँव हो रहे थे।

जैसे ही यह दल वैशाली के महावन स्थित कूटागारशाला पहुँचा जहाँ बुद्ध ठहरे हुए थे, आनन्द बाहर ही मिल गया और उन्हें देखते ही बिलख पड़ा।

"ये क्या दशा कर रखी है भाभी?"

भूमि पर पसर चुकी यशोधरा कुछ नहीं बोली किन्तु आनन्द को बिलखता देख उसे सान्त्वना मिली। 'चलो, देवरजी में अभी तक तो भावनाएँ शेष हैं!'

"और माँ तुम भी!" कहते हुए आनन्द प्रजापति के पैरों पर गिर पड़ा।

"बेटा! हमें भी संघ में प्रवेश दिलवा दे।" रोते हुए प्रजापति बोली। "बड़ा उपकार होगा तेरा।"

"ऐसा न कहो माँ! पुत्र भला माँ पर उपकार कर सकते हैं? मैं अभी जाता हूँ तथागत के पास।" आँसू पोंछते हुए आनन्द उठा और त्वरित गति से भीतर चला गया।

पीपल के नीचे बने चौतरे पर बैठे बुद्ध सामने भूमि पर बैठे भिक्षुओं को धर्मोपदेश दे रहे थे।

"भिक्षुओ! एक तथ्य तुम्हें भलीभाँति समझना होगा। क्या समझना होगा? यह कि अस्तित्व दु:ख है। क्यों दु:ख है? क्योंकि यह सदोष है, गाड़ी के उस पहिये जैसा जो धुरे पर सीधा नहीं चढ़ा है। इसलिये जब हम इस अस्तित्व को बनाये रखने की लालसाओं में स्वयं को बन्दी बना रखते हैं, तब हम नहीं देख पाते यथार्थ को जैसा कि वह है—त्रुटिपूर्ण एवं नित्य-परिवर्तनशील। तो हमें क्या करना होगा? हमें निरोध का अभ्यास, अर्थात लालसाओं को सीमा में बाँधने का अभ्यास करना होगा। जिससे हम जान सकेंगे कि यथार्थ वह नहीं है जो दिखता है, और समझ सकेंगे यथार्थ को जैसा कि वह है।"

"भिक्षुओ! तुम्हें विकारों के यथार्थ को भी समझना होगा। तुम एक मोहक आकृति देखते हो और मन में चाह उत्पन्न हो जाती है। एक मधुर ध्वनि सुनते हो और अपने आवश्यक काम भूल सम्मोहित-से उसकी ओर खिंचे चले जाते हो। और जब इस प्रबल इच्छा को प्रतिरोध का सामना करना पड़ता है, तब चिढ़ उठते हो। क्रोध और कड़वाहट से भर जाते हो, जैसे तुम्हारे मस्तिष्क में कोई मधुमक्खी का छत्ता छेड़ दिया गया हो। दोष किसका है? तुम्हारा ही है। तुम्हें यह समझना चाहिये कि इस सब के लिये अन्य कोई नहीं, मात्र तुम्हारा विभ्रमित चित्त ही दोषी है।"

"तो भिक्षुओ इससे बचने के लिये क्या करना होगा? तुम्हें तटस्थ भाव से सोचना सीखना होगा। विचारों का अन्त:प्रवाह कभी थमता नहीं, निरन्तर बहता रहता है। उसे रोकने का प्रयत्न व्यर्थ है। तुम्हें उन विचारों को, मन में उठते भावों को निर्विकार भाव से देखते रहना सीखना होगा। साथ ही तुम्हें सतर्क रहना भी सीखना होगा उन वासनाओं के प्रति जो दुर्बल क्षणों में तुम्हें धम्म के पथ से विचलित करने हेतु घात लगाये बैठी हैं। चलते, बैठते, उठते, झुकते, खाते, पीते, चीवर उतारते, चीवर पहनते हुए सदैव देखते रहना है स्वयं को, निरन्तर। अब मैं खा रहा हूँ; अब मैं चल रहा हूँ; अब मैं चीवर पहन रहा हूँ। देखते रहना है कि अब मुझे आनन्द की अनुभूति हो रही है; अब मुझे पीड़ा हो रही है; अब मेरे अन्दर इच्छा उत्पन्न हो रही है; अब मेरे अन्दर वासना उत्पन्न हो रही है, अब नहीं हो रही; अब न आनन्द है न पीड़ा।"

"भिक्षुओ! इस प्रकार तुम इच्छाओं, आसक्तियों से मुक्त हो निर्लिप्तिता का भाव विकसित कर अपने चित्त को निरुद्विग्न कर सकोगे। शान्तचित्तता उत्पन्न कर सकोगे, उस झील की भाँति जिसमें कोई लहर नहीं। और इसका उपाय है, निश्चित उपाय है। अपनी साँस पर ध्यान केन्द्रित करना। यह अब आ रही है; अब यह जा रही है; अब यह गहरी है; अब यह छोटी है। अनवरत इस पर ध्यान बनाये रखना होगा।"

"भिक्षुओ! वर्षाकाल समाप्त होने को है। अतः शीघ्र ही पदचर्या पर निकलना होगा। गाँवों में एक दिन से अधिक नहीं ठहरेंगे, ग्राम-निगम में अधिकतम दो दिन तथा बड़े निगम एवं छोटे नगर में अधिक से अधिक तीन दिन। यदि बड़ा हो नगर तो पाँच दिन भी रह सकते हो। भिक्षाटन एक ही समय करना है, तथा भोजन भी। और यह तब करना है जब घरों की रसोई से धुआँ उठना बन्द हो जाए। जिस घर से भिक्षा प्राप्त हो जाए वहाँ पुनः नहीं जाना है। भिक्षाटन के लिये एक गावुत से अधिक नहीं चलना है।"

"भिक्षुओ! यह मैं निश्चित रूप से कहता हूँ, इसे गाँठ बाँध लो; इसे भली प्रकार समझ लो। स्त्री के प्रति आकर्षण से बढ़कर कोई आकर्षण नहीं है। उसका स्पर्श मात्र तुम्हें पथ से भटकाने के लिये पर्याप्त है। उसका दर्शन, उसकी वाणी मात्र चित्त में विकारों को उत्पन्न कर सकती है। भिक्षुओ! मैं अन्य किसी रूप को नहीं जानता जो पुरुष के चित्त को इस प्रकार बाँध लेता है जैसे स्त्री का रूप। भिक्षुओ! मैं अन्य किसी गन्ध को नहीं जानता जो पुरुष के चित्त को इस प्रकार बाँध लेती है जैसे स्त्री की गन्ध। भिक्षुओ! मैं किसी अन्य स्पर्श को नहीं जानता जो पुरुष के चित्त को इस प्रकार बाँध लेता है जैसे स्त्री का स्पर्श।"

"तो भिक्षुओ, स्वयं को बचाये रखने के लिये तुम्हें क्या करना होगा? भिक्षाटन करते हुए धरती पर ही आँखें गड़ाये चलना होगा। भिक्षा के लिये किसी भी घर के सामने खड़े होते समय भिक्षा-पात्र आगे बढ़ाकर अपने पैरों को ही देखते रहना है। द्वार से न तो अधिक दूर खड़े होना है, न ही अधिक पास और न ही अधिक समय तक खड़े रहना है। भिक्षा मिल जाने पर बिना दृष्टि उठाये चल देना है। भिक्षा देने स्त्रियाँ ही आती हैं घरों से बाहर। अतः तुम्हें सतर्क रहना होगा, सावधान रहना होगा—हर पल, हर घड़ी।"

यह कहकर तथागत खड़े हो गए, साथ ही सारे भिक्षु भी।

"भिक्षुओ! मात्र सुनना पर्याप्त नहीं मनन भी आवश्यक है। बिना जुगाली किये गाय को भी घास का सत्व नहीं मिलता। इन वृक्षों के नीचे बैठकर सोचो, विचार करो, मनन करो उस पर जो अभी मैंने तुमसे कहा है।"

यह कहकर अपना चीवर सँभालते हुए बुद्ध जब अपनी कुटी की ओर बढ़े तब आनन्द ने उन्हें सूचना दी।

"तथागत! माँ और भाभी के साथ परिवार की अन्य स्त्रियाँ भी आई हैं कपिलवस्तु से—पैदल व नंगे पैर।" आनन्द ने 'पैदल व नंगे पैर' पर बल देते हुए कहा। "और वे सभी संघ की शरण में आने को इच्छुक हैं।"

"मैंने कपिलवस्तु में ही कह दिया था, यह सम्भव नहीं। फिर क्यों चली आई हैं यहाँ?"

"आप एक बार उनसे मिल तो लें तथागत। उन्हें देख आप द्रवित हो उठेंगे। अत्यन्त ही कष्ट उठाकर आईं हैं वे यहाँ तक!"

द्वार से बाहर निकलते हुए आनन्द को प्रजापति ने आशा भरी दृष्टि से देखा किन्तु उसके मुख पर शोक की छाया देख उसका दिल बैठने लगा।

"क्या हुआ?"

"स्पष्ट मना कर दिया है माँ, तथागत ने तो।" कहते हुए आनन्द की आँखों से आँसू झरने लगे।

"फिर हम कहाँ जायेंगें?" प्रजापति के भी आँसू छलक पड़े।

"कहीं नहीं जायेंगें माँ, यहीं बैठे रहेंगे।" क्षितिज को ताकते हुए यशोधरा सपाट स्वर में बोली। "जब तक मौत नहीं आ जाती।"

"भाभी!" आनन्द चीख पड़ा। "नहीं भाभी, ऐसा मत कहो! मैं उन्हें पुनः मनाने का प्रयास करता हूँ, किन्तु ऐसा मत कहो।" और आनन्द रोता हुआ फिर से भीतर चला गया।

"आप इतने कठोर कैसे हो सकते हैं तथागत?"

"मैं कठोर नहीं हूँ। परन्तु संघ का हित इसी में है कि स्त्रियों को प्रवेश न दिया जाए।"

"तो पुरुषों की दुर्बलता का दंड स्त्रियों को देंगे आप, उन्हें निर्वाण की राह से दूर रखकर? तथागत, जब नातृपुत्र अपने संघ में स्त्रियों को प्रवेश दे सकते हैं, उन्हें साध्वी के रूप में प्रव्रज्या दिलवा सकते हैं, तो आप क्यों नहीं? क्या स्त्रियों को मुक्ति पाने का अधिकार नहीं? यह तो अन्याय है तथागत, भारी अन्याय! मैं बाल्यावस्था से आपका अनुगामी हूँ, फिर भी इसको लेकर आपका विरोध करता हूँ।"

"ठीक है, आनन्द।" कुछ देर सोचते रहने के पश्चात् बुद्ध बोले। "तुम इतना ही हठ करते हो तो मैं उन्हें संघ में प्रवेश की अनुमति देता हूँ। यद्यपि मैं जानता हूँ कि यदि स्त्रियों के बिना संघ हजार वर्ष जीवित रहता, तो स्त्रियों को प्रवेश देने के पश्चात् पाँच सौ वर्ष ही इसका अस्तित्व रह पाएगा। किन्तु कुछ प्रतिबन्ध रहेंगे उन पर।"

"हमें सारे प्रतिबन्ध स्वीकार है बेटा।" प्रतिबन्धों को सुनने के पहले ही प्रजापति ने आनन्द से कह दिया।

अगले ही दिन सबके सिर घुटवा दिये गए। खुरदुरे मोटे कपड़ों के चीवर दे दिये गए। सत्यभाषण, अहिंसा, अस्तेय, अपरिग्रह तथा ब्रह्मचर्य की शपथ दिलाकर सारिपुत्र ने सबको प्रव्रज्या दिलवा दी। इसके साथ ही सबके हाथों में भिक्षापात्र व त्रिदंड पकड़ा दिये गए। फिर प्रत्येक के द्वारा पृथक पृथक बुद्धम् शरणम् गच्छामि! धम्मम् शरणम् गच्छामि! संघम् शरणम् गच्छामि! के तीन उद्घोष के पश्चात् सारिपुत्र "एहि भिक्खुनी" कहते गए और वे सब संघ में प्रविष्ट हो गईं।

"तथागत! सुन्दरी और भद्रा ने प्रव्रज्या लेने से मना कर दिया है।" आनन्द ने सूचना दी। "उन्हें अपने केशों से बहुत प्यार है। वे मोटा वस्त्र पहनने तथा भिक्षाटन करने के लिये भी सहमत नहीं हैं। क्या उन्हें रहने दिया जा सकेगा यहाँ?"

"अब कहाँ भेजोगे उन्हें? रहने दो, धीरे-धीरे समझ जायेंगी इस सत्य को कि नश्वर शरीर के प्रति मोह अन्त में दु:ख ही देगा।"

जेतवन

"उपासको! यदि कोई व्यक्ति कीचड़ में गिर जाए और कुछ ही दूर पर उसे लाल, नीले, श्वेत कमलों से भरा तालाब दिखे, तो उसे विचारना चाहिये—मैं किस प्रकार वहाँ तक पहुँचूँ? यदि वह ऐसा नहीं करता तो दोष उसी का है। निर्वाण भी अमृत्यु की झील है। यदि कोई उसे पाने का प्रयत्न न करे, तो यह दोष झील का नहीं है।"

श्रावस्ती नगर के दक्षिणी द्वार के बाहर बारह-सौ डग अथवा आधा गावुत दूर स्थित जेतवन में पीपल के नीचे बने एक चत्वर पर बैठे बुद्ध नित्य की भाँति आज भी मध्याह्न में श्वेत-वस्त्रधारी उपासकों अर्थात गृहस्थ अनुयायियों एवं उनके परिवारजनों—तथा अन्य नागरिकों को भी जो मात्र उत्सुकतावश आए हैं—धर्मोपदेश दे रहे हैं।

भिक्षुओं के लिये यह ध्यान का समय है। वे उस मनोहारी उपवन में वृक्षों के नीचे बैठे हुए अथवा ईंटें बिछाकर बनाये गए वर्तुलाकार चंक्रमण-पथों पर मन्थर गति से चलते हुए आती-जाती साँस पर ध्यान केन्द्रित कर प्रेक्षक-भाव से स्वयं का तथा आते-जाते भावों का निरीक्षण करने का अभ्यास कर रहे हैं। ध्यान बैठकर ही हो सकता है या किसी विशेष मुद्रा में ही हो सकता है, योगाचार्यों द्वारा लगाये गए इस प्रतिबन्ध को बुद्ध ने न केवल नकार दिया है प्रत्युत चंक्रमण-ध्यान पर अधिक आग्रह रख वे थकने के उपरान्त ही बैठकर ध्यान करने का परामर्श देते हैं।

उपासक और नागरिक मन्त्रमुग्ध हो बुद्ध को सुन और देख रहे हैं। अन्य भिक्षुओं की ही भाँति वे भी अन्तर्वासक पहने हैं जो कन्धे से घुटनों के नीचे तक का बिना बाहों का ढीला-ढाला काषाय चीवर है जिसे छोटे-छोटे टुकड़ों को जोड़कर सिला हुआ है। उन्होंने दायाँ पैर मोड़कर चत्वर पर ही रखा हुआ है तथा बायाँ पैर नीचे रखे एक पत्थर पर। हाथों की मुद्रा वही जो उपदेश देते समय रहती है। बायाँ हाथ गोद में जिसकी हथेली ऊपर को खुली हुई और दायाँ हाथ आशीर्वाद की मुद्रा में ऊपर उठा हुआ, जिसकी अंगुलियों को वे एक-एक शिक्षा गिनाते समय एक-एक मोड़कर अँगूठे से दबाते जाते हैं।

सावन का महीना है। पूरा श्रावस्ती जहाँ ताप व पसीने से त्रस्त है, जेतवन में ठंडी बयार चल रही है। और क्यों न चले? इस उपवन में फूलों, फलों के हरे-भरे

वृक्षों की भरमार है। पीछे की ओर स्थित एक सीढ़ियों-युक्त विशाल जलाशय में वर्षा का जल एकत्रित करने के लिये पूरे उपवन में जलवाहिनियों का जाल बिछा हुआ है। ये जलवाहिनियाँ वृक्षों, पौधों की सिंचाई के भी काम आती हैं।

कोयल के पिहकने और मोर के चहकने की ध्वनियों के साथ-साथ वृक्षों पर बैठे अन्य असंख्य पक्षियों की मधुर चहचहाहट से सम्पूर्ण वातावरण गुंजायमान है। किन्तु कभी-कभी किसी विवाद को लेकर स्वर उनका अधिक ही उग्र हो जाया करता है। ऐसे में वे यह भूल ही जाते है कि धर्मोपदेश चल रहा है। परन्तु वे भी क्या करें? सब के सब जब अपनी-अपनी कहने में जुट जाते हैं और सुनता कोई नहीं है, तो उन्हें अपना स्वर ऊँचा करना ही पड़ता है।

इस जेतवनाराम में ईंटों से निर्मित हजारों कुटियाओं हैं भिक्षुओं के निवास हेतु। बुद्ध का निवास गन्धकुटी इसके लगभग मध्य में है जिसके पीछे एक विशाल भवन है। वर्षा होने की दशा में धर्मोपदेश इसी भवन में हुआ करते हैं। इस भवन के सामने ईंटों से बना पर्याप्त चौड़ा मार्ग है जो द्वार से लेकर पीछे जलाशय तक पूरे जेतवन को दो भागों में बाँट देता है। इस मुख्य मार्ग के दोनों ओर भिक्षुओं की कुटियाओं तक पहुँचनेवाले सँकरे मार्ग भी ईंटों के हो हैं। कई कुएँ भी हैं जहाँ भिक्षु स्नान कर सकते हैं। किन्तु ग्रीष्म ऋतु में अधिकांश भिक्षु अचिरवती नदी में स्नान करने चले जाया करते हैं जो राजभवन के निकट नगर के पूर्वी द्वार से लगकर बहती है।

"उपासको! तुम्हें समझना होगा कि सुन्दर दृश्य, कर्णप्रिय ध्वनियाँ, मधुर स्वाद, लुभावनी सुगन्ध तथा सुखद शारीरिक सम्पर्क: ये सब चित्त को अभिभूत कर देते हैं, उसे बाँध लेते हैं। इनसे बचना होगा। इसके लिये तुम्हें आत्म-नियन्त्रण सीखना होगा। कैसे सीखना होगा? इसके लिये तुम्हें यह भली-भाँति समझ लेना होगा कि हर इच्छा मात्र एक पल है चित्त की क्रियाशीलता का। यदि तुम उसके आगे झुक गए, तो एक और लहर आएगी इच्छा की। और भी अधिक तीव्र, और भी अधिक प्रबल। यदि प्रतिरोध करोगे तो कष्ट होगा, पीड़ा होगी। किन्तु यदि इसमें सफल रहे; यदि तुम घबराये नहीं कष्ट और पीड़ा से, तो तुम्हारा चित्त धीरे-धीरे शान्त होता जाएगा। इच्छाओं की लहरों के बीच का अन्तराल बढ़ता जाएगा। उपासको! यदि तुम्हें स्थायी व नित्य रहनेवाला आनन्द प्राप्त करना है, तो तुम्हें इच्छाओं के आगे न झुकना सीखना होगा। उनके समक्ष समर्पण न करनां सीखना होगा।"

"उपासको! निर्वाण के मार्ग पर आगे बढ़ना चाहते हो न? तो कर्म क्या हैं यह भी तुम्हें पता होना चाहिये। मैं तुम्हें बताता हूँ कर्म क्या हैं। किसी कर्म को करने का मन्तव्य ही कर्म है, जिससे उपजे संस्कार तुम्हें बाँध लेते हैं। मन्तव्य तीन प्रकार से

किया जाता है," बुद्ध ने कनिष्ठा को अँगूठे से दबाते हुए तीन अंगुलियाँ ऊपर उठाईं और गिनाते हुए एक-एक को झुका कर अँगूठे से दबाते गए। "एक, शरीर द्वारा; दूसरे, वाणी द्वारा; तीसरे, मन द्वारा। तुमने मारने के लिये हाथ उठाया, या मारने की धमकी दी, या मारने का विचार किया—यह तीनों भले ही तुम सोचो मात्र मन्तव्य हैं तुम्हारे, परन्तु यही तुम्हारे कर्म भी हैं।"

"ये कर्म किस प्रकार उत्पन्न होते हैं, तुम्हें यह भी पता होना चाहिये। कर्म उत्पन्न होते हैं सम्पर्क द्वारा, पाँच इन्द्रियों के साथ सम्पर्क द्वारा," कहते हुए बुद्ध ने अपने दाईं हथेली तान ली तथा गिनती करते हुए अंगुलियाँ और अँगूठा एक-एक कर मोड़ते चले गए। "एक, नेत्रों के साथ सम्पर्क द्वारा; दो, कानों के साथ सम्पर्क द्वारां; तीन, जिव्हा के साथ सम्पर्क द्वारा; चार, नासिका के साथ सम्पर्क द्वारा; तथा पाँच, त्वचा अथवा शरीर के साथ सम्पर्क द्वारा।"

"उपासको! तुम्हें पता होना चाहिये कि कर्मों का अवसान सम्भव है; और पता होना चाहिये वह मार्ग जो कर्मों के अवसान को ले जाता है। यह मार्ग है अष्टांग मार्ग, धम्म का मार्ग।"

"परन्तु तुम्हारा यह कर्म किस प्रकार के धम्म का मार्ग है?"

सबकी आँखें पीछे खड़ी हुई युवती की ओर घूम गईं जो एक हाथ से अपने बढ़े हुए पेट की ओर संकेत करते हुए कह रही थी।

"दूसरों को बताते हो, उन्हें सिखाते हो इन्द्रियों के सम्पर्क-सुख से दूर रहना! तो यह क्या बिना इन्द्रिय-सम्पर्क के ही हो गया?"

"तुम कहना क्या चाहती हो?" बुद्ध अचम्भित थे युवती के व्यवहार से, फिर भी उनका स्वर शान्त था।

"अच्छा! जैसे जानते ही नहीं! आज मेरी जगहँसाई हो रही है। सब पूछते हैं, किसका पाप है तेरे पेट में? अब तुम्हीं बताओ मैं क्या कहूँ? तुम्हारे मना करने पर अब तक तो मैंने किसी से कुछ नहीं कहा। परन्तु अब ..."

"मुँह में कीड़े पड़ें तेरे! क्या अनाप-शनाप बक रही है लड़की?" उपासकों में सबसे आगे बैठा सुदत्त भड़क उठा। "तथागत पर कीचड़ उछालते लाज नहीं आती तुझे! जानती भी है तू किस पर आरोप लगा रही है?"

"जानती हूँ, जानती हूँ, अच्छे-से जानती हूँ! और अब तुम भी जान लो कि मैं जो कह रही हूँ, सच कह रही हूँ। यदि इन्होंने मेरे बच्चे को अपना नाम नहीं दिया तो मैं राजा के पास जाऊँगी।"

भिक्षु क्रोधित थे, उपासक हतप्रभ। अन्य नागरिक मुख पर शंका का भाव लिये बड़बड़ाते-फुसफुसाते हुए जाने के लिये उठ खड़े हुए। बुद्ध का मौन रहना, कोई प्रतिवाद न करना उन्हें अपराध की स्वीकारोक्ति प्रतीत हो रहा था। नागरिकों में

से कुछ के मुख पर कुटिल मुस्कुराहट देख सुदत्त अपने को रोक नहीं पाया और पूछ बैठा।

"भगवन! आपने उस कुलटा के विरुद्ध एक शब्द नहीं बोला?"

"पृथ्वी पर फूल बिखेरो या मैला, कभी कुछ कहती है? तथागत न तो प्रशंसा से प्रसन्न होते हैं, न ही निन्दा से विचलित।"

"परन्तु भगवन...।"

बुद्ध ने हाथ उठाकर आगे कुछ पूछने से मना करते हुए कहा, "धीरज रखो। सच शीघ्र सामने आ जाएगा।"

किन्तु सच जब सामने आता तब आता। अभी तो निन्दापुराण का रस लेने में न केवल श्रावस्ती निमग्न था अपितु राजगृह और कौशाम्बी भी, जहाँ तक यह समाचार इतनी तीव्र गति से पहुँचा था कि चील और श्येन भी आश्चर्यचकित थे—आकाश के और धरती के भी।

बात की बात में चर्चा राजदरबार भी जा पहुँची।

"तुम क्या कहते हो बन्धुल?" प्रसेनजित ने पूछा।

गोशोरून के अपने देश चले जाने के पश्चात् बन्धुल मल्ल का प्रभाव प्रसेनजित के ऊपर बढ़ चला था। वर्ष भर या कदाचित उससे भी अधिक समय हो गया उसे गए। उस दिन राजसभा के कार्यकलाप समाप्त कर प्रसेनजित राजनिवास जाने के लिये निकला तो गोशोरून उसके साथ हो लिया। मार्ग में वह हिचकिचाते हुए बोला,

"मुझे अपने देश लौटना होगा मित्र!"

"अचानक?"

"अचानक नहीं मित्र! पिछले सप्ताह मेरे देश से सन्देशवाहक आया था, तब से ही सोच रहा था किस प्रकार तुम्हें कहूँ?।"

"ऐसा क्या हो गया, सब कुशल तो है?"

गोशोरून कुछ नहीं बोला। प्रसेनजित समझ गया।

"चलो मेरे निजी कक्ष में चलते हैं।"

"हाँ, अब बताओ।" गोशोरून का हाथ पकड़ उसे अपने साथ बिठाते हुए प्रसेनजित ने कहा।

"सन्देश गोपनीय है, परन्तु तुम मेरे अभिन्न मित्र हो।"

"निश्चिन्त रहो मित्र! तुम्हारा भेद मेरा भेद।"

"मित्र! प्रथम तो एक दुःखद समाचार है। सम्राट कुरुष का निधन हो चुका है।"

"यह क़ब हुआ?"

"कुछ ही दिन हुए। अब मेरे देश के राजसिंहासन पर महाराज कम्बोजिया (Cambyses) आसीन हैं। वे पश्चिम में मिस्रदेश पर चढ़ाई करने की योजना बनाने में मेरी सहायता चाहते हैं।"

"तुम्हारी सहायता! किस प्रकार? और मिस्त्रदेश पर क्यों चढ़ाई करना चाहते हैं? वह तो बहुत दूर है तुम्हारे देश से।"

गोशोरून हँस दिया।

"मित्र! महाराज कम्बोजिया मिस्त्रदेश पर क्यों आक्रमण करना चाहते है, यह जानना और पूछना मेरे अधिकार-क्षेत्र के बाहर है। मैं तो बस इतना जानता हूँ, उन्होंने बुलावा भेजा है तो मुझे जाना होगा।"

"परन्तु इसमें तुम कैसे सहायता करोगे? जहाँ तक मैं जानता हूँ, अस्त्र-शस्त्र अथवा युद्ध-कौशल से तुम्हारा कभी कोई लेना-देना नहीं रहा।"

"युद्ध केवल अस्त्र-शस्त्र से ही नहीं लड़ा जाता मित्र। महाराज कम्बोजिया मुझे व्यापारी के रूप में मिस्त्र भेजकर वहाँ की महत्वपूर्ण सूचनाएँ पाना चाहते हैं, किसी भी भाषा को शीघ्र सीख लेने की मेरी जन्मजात प्रतिभा का उपयोग कर। कार्य जोखिम भरा है मित्र। पता नहीं, जीवित लौट भी पाऊँगा अथवा ...।"

"ऐसा न कहो मित्र। तुम्हें सफलता मिले और तुम सकुशल लौटो, मेरी शुभकामना सदैव तुम्हारे साथ है।" कहते हुए भारी मन से प्रसेनजित ने गोशोरून को विदा किया था।

"महाराज! शाक्य मुनि ऐसा कर सकते हैं, मेरा मन नहीं मानता।" कहकर बन्धुल मल्ल ने राजपुरोहित अग्निदत्त की ओर देखा। "फिर भी इस विषय में राजपुरोहित जी का क्या मत है यह भी जान लेना चाहिये।"

"मेरे विचार में महाराज, यह शाक्य गौतम ढोंगी है।" राजपुरोहित जी ने विचार करने में बिना एक क्षण लगाये कहा।

"कैसे?"

"वह बड़े अधिकार से कहता है महाराज कि अपने सभी पूर्वजन्मों के विषय में जानता है। आप ही सोचें महाराज, यह किस प्रकार सम्भव है? ऊपर से यह भी कहता है कि आत्मा जैसा कुछ होता ही नहीं। है न महाराज भरमानेवाली बात? जब आत्मा नहीं तो पुनर्जन्म किसका हुआ और पूर्वजन्म किसका था? यही नहीं महाराज! उससे ब्रह्म, परमात्मा, विश्व के सृजनकर्ता के विषय में पूछो तो चुप्पी साध जाता है। गुरु घंटाल है महाराज वह, कोई वैरागी अथवा संन्यासी नहीं। उसके पिता ने इतना अधिक नाच-गाना और स्त्रियाँ परोस दीं उसे कि अतिरेक के कारण उसे अजीर्ण हो गया था और इस कारण से उसका मस्तिष्क असन्तुलित। जल भी अत्यधिक पी लिया जाए महाराज तो विक्षिप्त होने, यहाँ तक कि मृत्यु होने की सम्भावना हो जाती है। इसी अंसतुलित अवस्था में वह घर से भाग आया। अब अजीर्ण ठीक हो जाने से उसकी वही पुरानी प्रवृत्तियाँ पुनः उभर आई हैं।"

प्रसेनजित सिर झुकाये बैठा कुछ देर सोचता रहा।

"राजपुरोहित जी, जहाँ तक उनके द्वारा अपने जन्म-जन्मान्तर के विषय में जानने का प्रश्न है, सच है या झूठ इसका पता हम कैसे लगा सकते हैं? और ब्रह्म इत्यादि के प्रश्न पर मौन रहना तो पर्याप्त कारण नहीं उन्हें ढोंगी मानने के लिये! फिर हमारे सामने प्रश्न यह नहीं है कि वे ढोंगी हैं अथवा नहीं। प्रश्न यह है, इस आरोप की सत्यता का पता कैसे चले?"

"कारावास में डालकर कोड़े लगवाएँ, महाराज! सच-झूठ अभी सामने आ जाएगा।"

"यह आप क्या कहते हैं राजपुरोहित जी?" बन्धुल मल्ल ने प्रतिवाद किया। "दसियों हजार शिष्य हैं उनके। महारानी जी भी उन्हीं के वंश से हैं। शीघ्रता में अथवा आवेश में कोई निर्णय लेना राज्य के लिये, हम सबके लिये हानिकर हो सकता है।"

अब तक प्रसेनजित का विवाह कपिलवस्तु के वर्तमान राजा शाक्य महानामा की पुत्री वासवकुमारी से हो चुका है। राहुल के चले जाने के उपरान्त राजा शुद्धोदन ने गणराज्य-प्रमुख के पद से त्यागपत्र देकर पदभार महानामा को सौंप दिया था।

"मैं बन्धुल के मत से पूर्णतः सहमत हूँ। दंडनायक तो जाँच कर ही रहे हैं। मेरा विचार है, इस विषय में हमें भी स्वतन्त्र रूप से छानबीन करनी चाहिये। बन्धुल! उस युवती को बुलवाओ, क्या नाम है उसका?"

"चिंचा! उसका नाम चिंचा है महाराज।" राजपुरोहित जी ने तत्परतापूर्वक बताया।

किन्तु चिंचा को बुलाया जाता उसके पहले ही भेद खुल गया। संघ के भिक्षुओं और बुद्ध के उपासकों का मानना था, तथागत ने सच्चाई सबके सामने लाने के लिये स्वयं इन्द्र को आदेश दिया था।

प्रतिदिन ही जेतवन के द्वार पर आकर खड़े हो जाना चिंचा का नियम था ताकि अधिक से अधिक लज्जित कर सके बुद्ध को, और भिक्षुओं को भी। उस दिन भी वह दुखियारी, पीड़ित अबला होने का भाव मुख पर ओढ़े खड़ी हुई थी कि अचानक तीव्रगति से आँधी-पानी आरम्भ हो गए। सुरक्षित स्थान ढूँढने की चेष्टा में वह भागी तो उसके पेट पर बँधी कपड़ों की पोटली नीचे गिर गई।

दंडनायक ने जब कठोरता से पूछ-ताछ की तो उसने सारा कच्चा चिट्ठा खोल कर रख दिया। श्रावस्ती में ब्राह्मण तथा अन्य धर्मगुरु एवं उनके शिष्य इस बात से क्रोधित थे कि बुद्ध जब से आए हैं नगर के श्रेष्ठियों, व्यापारियों ने उनके संघ के भिक्षुओं के अतिरिक्त अन्य किसी को पूछना छोड़ ही दिया है। उन्हीं के बहकावे में आकर उसने यह नाटक खेला था।

प्रसेनजित ने चिंचा के साथ-साथ, जिसे मानविका सम्प्रदाय की अनुयायी होने के कारण चिंचा मानविका कहकर भी पुकारा जाता है, अन्य षड्यन्त्रकारियों को भी दंड देना चाहा। परन्तु बुद्ध के आग्रह पर सबसे पश्चात्ताप व्यक्त करवाकर उन्हें क्षमादान दे दिया गया, चिंचा को भी। इस पूरे घटनाक्रम से बुद्ध की ख्याति और भी अधिक बढ़ गई, साथ ही ब्राह्मणों तथा अन्य सम्प्रदायों के आचार्यों की ईर्ष्या भी।

वर्षा समाप्त होने के उपरान्त कन्धे पर लटके झोले में तीन काषाय चीवर, एक उस्तरा, सुई-धागा, काष्ठ अथवा मिट्टी का भिक्षापात्र तथा जल छानने का वस्त्र लेकर भिक्षु जब अगले आठ-नौ महीनों के लिये पदचर्या पर निकले, तो जिस गाँव वे पहुँचे पलक-पाँवड़े बिछाकर ग्रामवासियों ने उनका स्वागत किया। श्रावस्ती में हुआ घटनाक्रम सभी को ज्ञात हो चुका था। भिक्षुओं ने भी अपने शास्ता के महिमागान में कल्पनाओं के पंख लगा दिये।

"तथागत जब अपनी जननी को धर्मोपदेश देकर स्वर्ग से उतरे थे हीरे-पन्ने जड़ी सोने की सीढ़ी से, तो उनके बाईं ओर दूसरी सीढ़ी पर थे इन्द्रदेव स्वर्णदंडवाला मोरपंखी चँवर डुलाते हुए। और दाईं ओर एक अन्य सीढ़ी पर थे स्वयं ब्रह्मा, हमारे शास्ता के सिर पर मोती-माणिकों जड़ा स्वर्ण-छत्र ताने हुए।"

बुद्ध ने अगला चातुर्मास भी श्रावस्ती में ही बिताने का निश्चय किया। इस बार जेतवन विहार में आनेवाले भिक्षुओं की संख्या पिछले वर्ष से दोगुनी हो गई थी, उपासकों की चौगुनी।

नित्य की भाँति रात्रि का अन्तिम पहर चंक्रमण-ध्यान में बिताकर पौ फटते ही स्नानादि से निवृत होने के पश्चात् बुद्ध उसी चौतरे पर आ बैठे जहाँ बैठकर वे भिक्षाटन पर जाने के पूर्व भिक्षुओं को धर्मोपदेश दिया करते हैं। शीघ्र ही सभी भिक्षु उनके सामने घेरा बनाकर बैठ गए।

"भिक्षुओ! धम्म का प्राथमिक सरोकार है अनुभव की प्रकृति को समझने से, तथा उस यथार्थ को जानने से जिस पर यह अनुभव आधारित है। ध्यान को स्व-चित्त पर केन्द्रित कर उसका विस्तृत विश्लेषण करना; चेतना को उसके विभिन्न प्रकारों में बाँटना; तत्पश्चात प्रत्येक के घटक तथा उसकी गतिविधियों का अनुसन्धान कर उनके सम्बन्धों का बोध प्राप्त करना, वस्तुओं तथा शारीरिक क्रियाओं के साथ; और फिर परीक्षण करना किस प्रकार ये विभिन्न प्रकार की चेतनाएँ सम्बद्ध हैं, परस्पर तथा भौतिक कार्यकलापों के साथ भी, ताकि हमें हो रहे अनुभवों के घटित होने की सम्पूर्ण प्रक्रिया सूक्ष्मता से विदित हो सके। धम्म के पथ पर यही प्रथम पड़ाव है।"

"भिक्षुओ! अन्य आचार्यों ने जो भी सिद्धान्त एवं अवधारणाएँ बना रखी हैं, वे और उनके शिष्य मात्र उन्हीं को दोहराते हैं, बिना प्रश्न का ध्यान रखे। किन्तु तुम्हें

अपने उत्तर को न केवल प्रश्न के अनुसार, अपितु प्रश्नकर्ता की आवश्यकताओं के अनुसार भी ढालना है। प्रश्न के पीछे छुपी मान्यताओं, धारणाओं, पूर्वाग्रहों को ढूँढने का, समझने का प्रयत्न करो। तुम्हें यह समझना चाहिये कि दो प्रश्न अपने शब्द-विन्यास में भिन्न होते हुए भी एक ही हो सकते हैं, या एक ही अभिप्राय रख सकते हैं।"

"भिक्षुओ! प्रश्न का उत्तर देते समय तुम्हें यह भी ध्यान रखना चाहिये कि क्या तुम्हारा उत्तर श्रोता को मुक्ति के पथ पर ले जाएगा? तार्किक अथवा प्रथम सिद्धान्तों से मत आरम्भ करो। समस्या के समाधान और प्रश्न के पीछे प्रश्नकर्ता के उद्देश्य पर ध्यान दो। उत्तर देते समय इस पर ध्यान देना अति आवश्यक है कि प्रश्न का स्रोत क्या है? प्रश्नकर्ता किस मानसिक स्थिति में है? वह किन समस्याओं से जूझ रहा है? और उत्तर ऐसा होना चाहिये जो तुम्हारी विद्वत्ता का प्रदर्शन न होकर उसकी समस्या को सुलझानेवाला हो; जो उसके लिये लाभकारी हो; जो उसे उत्ताप से शान्ति प्रदान करे; जो उसे मुक्ति की राह दिखाये।"

"भिक्षुओ! उत्तर देते समय तुम्हें देखना होगा कि प्रश्न की रचना उपयुक्त है अथवा नहीं? तुम्हें ज्ञात होना चाहिये कि पूछे गए प्रश्न का उत्तर निश्चयात्मक होगा अथवा विवेचनात्मक? तुम्हें यह भी समझना चाहिये कि किस प्रश्न का उत्तर देने से मना किया जाए; किस पर मौन साधा जाए; और किस प्रश्न पर प्रतिप्रश्न किया जाए? किस की आलोचना करनी है व किसकी प्रशंसा, इसे भी ध्यान में रखना महत्वपूर्ण है। उत्तर प्रभावी तथा स्पष्ट बन सके इसके लिये शब्द-चयन का कौशल भी आवश्यक है। कुशल उत्तर देने हेतु तुम्हें इन सब बातों का ध्यान रखना होगा।"

कहकर बुद्ध अपना चीवर सँभालते हुए उठे ही थे कि आनन्द भागता हुआ आया और हाँफता हुआ बोला,

"तथागत! एक स्त्री का शव मिला है विहार के पूर्वी द्वार से लगभग सत्तर पग उत्तर में, झाड़ियों में पड़ा हुआ। उसके पेट में छुरा घोंपा हुआ है और सैनिक वहाँ इस सम्बन्ध में पूछताछ कर रहे हैं!"

"तो इससे तुम इतना उत्तेजित क्यों हो रहे हो? शान्त हो जाओ, श्वास पर नियन्त्रण करो फिर विस्तार से बताओ।"

किन्तु आनन्द इतना धैर्य नहीं रख पाया।

"तथागत! कुछ नगरवासी वहाँ खड़े आरोप लगा रहे हैं कि उस स्त्री की हत्या आपके कहने पर हुई है!"

"मेरे कहने पर?"

"हाँ तथागत!"

तब तक कुछ भिक्षु उत्सुकतावश बाहर को दौड़ गए थे। लौटकर वे आवेशपूर्ण स्वर में दूर से ही चिल्लाये,

"तथागत! वह तो सुन्दरिका का शव है!"

"शान्त हो जाओ। इस प्रकार उत्तेजित होना सम्यक नहीं है। कौन थी यह सुन्दरिका, क्या तुम लोग जानते हो?"

धीरे-धीरे रहस्य की परतें खुलीं। सुन्दरिका लगभग पच्चीस वर्ष आयु की अपने नाम के ही अनुरूप स्त्री थी जो कई दिनों से नित्य ही भोर में जेतवन से बाहर आती देखी जाती थी। कोई पूछता, इतने सवेरे-सवेरे कहाँ से आ रही हो? तो मुस्कुराकर बस इतना ही कहती, और कहाँ से आऊँगी? इसी कारण लोग अनुमान लगा रहे हैं कि बुद्ध के साथ उसके शारीरिक सम्बन्ध थे। जब किसी कारण उसने भाँडा फोड़ने की धमकी दी तो भेद खुलने के भय से बुद्ध ने उसकी हत्या करवा दी।

बुद्ध ने कोई प्रतिक्रिया नहीं दी। चुपचाप उन्होंने गन्धकुटी में जाकर अन्तर्वासक के ऊपर उत्तरासंग पहना जो अन्तर्वासक सरीखा ही टुकड़ों को जोड़कर सिला टखने के कुछ ऊपर तक आता और बाँहों को कोहनी के नीचे तक ढकता काषाय चीवर है। विहार से बाहर भिक्षाटन अथवा अन्य किसी कार्य से जाने पर सभी को यह पहनना होता है। टुकड़ों को जोड़कर ही बनाये गए कटिबन्ध से उसे बाँधा तथा नारियल के खोल से बना भिक्षापात्र हाथ में ले वे भिक्षाटन के लिये चल दिये। जो कुछ भी मिल जाए वे मात्र पाँच ग्रास खाते थे, अत: यह पात्र उनके लिये पर्याप्त होता था।

दृष्टि मार्ग पर जमाये, श्वास और प्रश्वास का निरीक्षण करते और मन में उठनेवाले भावों का निर्लिप्त हो परीक्षण करते हुए बुद्ध को न तो आसपास का कुछ सुनाई दे रहा था और न ही दिखाई दे रहा था। परन्तु उन्हें देख कानाफूसी करते तथा कुटिलता से मुस्कुराते नगरवासियों को देख उनके पीछे चल रहे भिक्षुओं में से कुछ को क्रोध आ रहा था, तो कुछ को लज्जा का अनुभव हो रहा था। बुद्ध पाँच घरों से अधिक कभी नहीं जाते भिक्षाटन के लिये। उस दिन पाँचों ही घरों में उन्हें भिक्षा देने से मना कर दिया गया, फिर भी उनके भाल पर एक सिलवट नहीं पड़ी। जिस शान्त भाव से वे आए थे, उसी शान्त भाव से वे लौट पड़े। ऐसा लगभग प्रतिदिन ही होने लगा।

भिक्षुओं के साथ भी यही हो रहा था। सप्ताह बीतते न बीतते भिक्षुओं की संख्या चौथाई भी नहीं रह गई। उपासकों में से सुदत्त के अतिरिक्त अब बिरले ही कभी कोई आता। और न ही अब बुद्ध को सुदत्त के अतिरिक्त किसी से निमन्त्रण प्राप्त होता, भिक्षुओं समेत अथवा अकेले ही भोजन के लिये आने तथा धर्मोपदेश देने के लिये।

किन्तु बुद्ध की निशिचर्या अथवा दिन के कार्यक्रम में कोई अन्तर नहीं आया। रात्रि के प्रथम प्रहर में भिक्षुओं के प्रश्नों का समाधान, दूसरे प्रहर में ध्यान, तीसरे प्रहर शयन—दाईं करवट लेटकर बायाँ पाँव दाएँ पाँव के ऊपर रख सुप्तावस्था में भी अपने शरीर के प्रति चैतन्यता न तजते हुए, और अन्तिम प्रहर में चंक्रमण-ध्यान। दिन के प्रथम प्रहर में भिक्षुओं को धर्मोपदेश तथा उनकी समस्याओं का समाधान, भिक्षाटन का समय होने तक ध्यान, फिर भिक्षाटन तथा तत्पश्चात भोजन यदि भिक्षा प्राप्त हुई हो तो, और उसके उपरान्त विश्राम। दिन के अन्तिम प्रहर में वे उपासकों व सामान्यजनों को धर्मोपदेश देते तथा उनकी शंकाओं का निवारण करते भले ही मात्र एक ही श्रोता क्यों न हो। यदि वह भी नहीं होता तो अन्तिम प्रहर भी ध्यान में ही बीत जाता।

बुद्ध की अपकीर्ति से श्रावस्ती के अन्य धर्मगुरुओं तथा उनके शिष्यों की पाँचों अंगुलियाँ घी में हो गईं और सिर कड़ाही में। नित्य ही श्रेष्ठियों, साहूकारों के द्वारा उन्हें निमन्त्रण प्राप्त होने लगे। भोजन और भिक्षा में पुनः पकवान मिलने लगे। ब्राहमण भी प्रसन्न थे। एक ओर तो उनकी भी माँग बढ़ चली थी, दूसरी ओर उन्हें चिंचा-कांड के समय हुई उनकी छीछालेदर का बुद्ध के साथ खाता बराबर करने का चिरप्रतीक्षित अवसर मिल गया था।

"उड़ती चिड़िया के पर गिन लेते हैं हम!" तीन जनेऊधारी ब्राह्मण चौराहे पर खड़े परस्पर वार्तालाप कर रहे थे। "मैं तो उसी दिन ताड़ लिया था जिस दिन सुन्दरिका को जेतवन से निकलते देखा था कि दाल में कुछ काला है! किन्तु काला क्या था, वह अब दिखा। कैसे वह गौतम हम ब्राह्मणों का उपहास किया करता था! कहता था, सिरों में हमारे तो मात्र भूसा भरा है। कि हम तो रट्टू तोते हैं। न वेदों का ज्ञान है हमें, न ही शास्त्रों का।"

"मैंने तो उसे यह भी कहते सुना है," दूसरा ब्राह्मण अपनी शिखा को अंगुली में लपेटते हुए बोला, "कि हम वेदमन्त्र-पाठी ब्राहमण ऐसे हैं जैसे एक अन्धे के पीछे दूसरा अन्धा और दूसरे अन्धे के पीछे तीसरा अन्धा। न आगेवाले को कुछ दीखता है, न बीचवाले को, और न ही पीछेवाले को। क्योंकि वेदों का सार तो हमने जाना ही नहीं! अपने सिर पर हमने लाद भर रखे हैं वेद, सिर के भीतर तो हमारे गोबर ही भरा है!"

"वह तो हम लोगों की हँसी यूँ भी उड़ाया करता था," तीसरा बोला। "हम इन्द्र का आवाहन करते हैं; हम प्रजापति का आवाहन करते हैं; हम वरुण का आवाहन करते हैं: इस प्रकार मन्त्रोच्चारण करने से क्या इन्द्र, प्रजापति और वरुण दौड़े चले आयेंगे यज्ञ में अपना भाग लेने? नदी के इस तट पर बैठे हुए दूसरे तट को पुकारो: तुम आ जाओ, यहाँ इस ओर आ जाओ! तो आ जाएगा क्या?"

"अब तो वर्षाकाल में कुकुरमुत्ते से उग आए उसके भिक्षु भी अन्तर्ध्यान हुए जा रहे हैं! नहीं क्या?" कहकर पहला ब्राहमण हो-हो करके हँस दिया। "किन्तु मेरे गले से यह नहीं उतरता कि ऐसा ही करना था तो अपनी सुन्दर पत्नी को क्यों छोड़ आए?"

राजपुरोहित जी तो सबसे अधिक प्रसन्न थे, किन्तु अपनी प्रसन्नता व्यक्त नहीं कर रहे थे। पिछली बार उन्हें अत्यन्त लज्जित होना पड़ा था जब चिंचा का भेद खुला था। बहकाने वालों में उसने उनके निकट-मित्रों का भी नाम ले लिया था।

चार महीने बीत गए। प्रसेनजित चिन्तित है। हत्या की पहेली अभी तक अनसुलझी है। उसकी शाक्य पत्नी वासवदेवी का दृढ़ मत है कि बुद्ध ऐसा कर ही नहीं सकते! यही सुदत्त ने भी कहा जब उससे पूछा गया। प्रसेनजित का अपना मन भी कहता है बुद्ध इस प्रकार के व्यक्ति नहीं हो सकते। साकेत से लौटते हुए एक बार वह तोरणवत्थु में रुका था तथा भिक्षुणी क्षेमा से बुद्ध एवं उनके धम्म के विषय में विस्तार से जाना था। दो-एक बार वह बुद्ध से भी मिल चुका है। अद्भुत आकर्षण है उनके व्यक्तित्व में! उनके पास से उठने की इच्छा ही नहीं होती! किन्तु परिस्थिति-जन्य साक्ष्य उन्हीं की ओर इंगित कर रहे हैं। जब तक वास्तविक हत्यारों का पता न चले, उन पर अंगुलियाँ उठती ही रहेंगी।

राजसभा में दंडनायक के साथ प्रसेनजित इसी विषय में विचार-विमर्श कर रहा था कि बन्धुल ने सभागृह में प्रविष्ट हो उल्लसित स्वर में कहा,

"महाराज! हत्यारों का पता चल गया है!"

'पता चल गया है? कैसे? कैसे पता किया तुमने?"

"महाराज मैं क्षमाप्रार्थी हूँ कि आपसे अनुमति लिये बिना ही मैंने कारागार में बन्दी एक चोर को इस प्रकरण में सहायक होने पर शेष कारावास से बचने का प्रलोभन दे दिया। उस चोर ने सन्देश भेजकर अपने सहयोगियों से सहायता माँगी और उनसे कहा जितने ठिकाने हैं नगर में कलवारिनों के उनमें एक-एक जाकर बैठने लगे हर शाम, आँख-कान खुले रखकर। कल रात दो व्यक्ति मदिरा पीकर झगड़े पर उतर आए, सम्भवतः धन के बँटवारे को लेकर, और डींग हाँकने लगे। एक ने कहा सुन्दरिका का टेंटुआ तो मैंने दबाया था, दूसरा बोला छुरा तो मैंने घोंपा था।"

कलवारिनों के ठिकाने गरीबों की मद्यशालायें हैं जहाँ मदिरा का आसवन भी होता है। धरती पर चटाई बिछाकर अतिथियों को छोटी-छोटी मटकियों में भरकर मदिरा दे दी जाती है। चोर, डाकू, उचक्के इत्यादि अपनी सफलता का उत्सव मनाते हुए प्रायः इनमें पाए जाते हैं, अपनी चतुराई व साहस की कहानियाँ सुना एक-दूसरे को प्रभावित करने के प्रयत्न करते हुए।

दोनों हत्यारों ने यन्त्रणा के भय से बिना समय खोये उन सबके नाम उगल दिये जो इस गर्हित कृत्य के वास्तविक कर्ताधर्ता थे, जिन्होंने सुन्दरिका की हत्या करने के लिये उन्हें धन दिया था।

जब इन कर्ताधर्ताओं को कारागार में डालकर कोड़े लगवाये गए तो उन्होंने न केवल यह स्वीकारा कि सुन्दरिका की हत्या उन्होंने करवाई थी, अपितु पूरे षड्यन्त्र के ही ताने-बाने बिखेर दिये। कैसे, किनसे उन्हें बुद्ध का अपयश करने का ठेका मिला। कैसे उन्होंने सुन्दरिका को सहमत किया प्रतिदिन सवेरे जेतवन के द्वार पर खड़ा होने के लिये। जो नाटक वह किया करती थी, कैसे उसका पूर्वाभ्यास करवाया गया। यह भी स्वीकार किया उन्होंने कि सुन्दरिका की हत्या इस प्रकार करवाना कि सन्देह बुद्ध पर ही जाए तथा इस सन्देह को विश्वास में परिवर्तित करने के लिये भाड़े के लोगों से चर्चाएँ करवाना भी उनके अनुबन्ध का अंश होकर पूर्व-नियोजित था।

इस घटना के पश्चात् बुद्ध की ख्याति आकाश छूने लगी। शिष्य पहले से भी दूने हो गए, उपासक चौगुने। और हर गाँव, निगम तथा नगर में उनकी कहानियाँ कही-सुनी जाने लगीं।

साकेत

"नानी, कोई कहानी सुनाओ न!"

"कहानी? हँअअ... कौन-सी कहानी सुनाऊँ?" नातिन के पीछे बैठ उसके बालों को काढ़ रही नानी के हाथ रुक गए। "अच्छा, टपके की कहानी सुनाती हूँ!"

"टपका? यह टपका क्या होता है? हीही...।"

खिलखिलाते हुए नातिन पीछे घूमी तो नानी बिगड़ पड़ी।

"मल्लिका! सामने देख! तुझे कहानी सुननी है कि नहीं? और हुंकारे भरती जाना, समझी? इतनी बड़ी हो गई पर बचपना नहीं गया! अभी भी कहानी सुननी है! ब्याह करने को बोलो तो कान जैसे सुनना ही बन्द कर देते हैं। पर कहानी सुनवा लो। हुँह!"

"समझ गई मेरी अच्छी नानी, अच्छे-से समझ गई! सामने देखना है और हुंकारे भरते जाना है। अब सुनाओ भी!"

नानी-नातिन में यह वार्तालाप साकेतनगर के पूर्व में सरयू नदी से कुछ ही दूरी पर दो कमरे के छोटे किन्तु पक्के मकान में हो रहा है। मल्लिका का रंग निखर गया है। शरीर तनिक भर गया है, किन्तु फिर भी छरहरा है। नियम से सवेरे-शाम आँखों में सरसों के तेल के दिये का काजल लगा-लगाकर नानी ने उन्हें और भी चमकदार बना दिया है। आँखें कुछ बड़ी भी हो गई हैं, या कदाचित काजल लगी बरौनियों के लम्बा दिखने से ऐसा लग रहा है।

"हाँ तो एक बुढ़िया नानी थी। उसका एक नाती था, यही कोई पन्द्रह-सोलह बरस का। जंगल के छोर पर बनी झोंपड़ी में दोनों प्रसन्नतापूर्वक रहा करते थे। उनके साथ एक गधा भी रहता था। प्रतिदिन सवेरे-सवेरे वह नाती जंगल से लकड़ियाँ काट लाता और गधे पर लाद नगर में बेच देता तथा जो मिलता उससे नोन, घी, चावल ले आता। साँझ ढले जब लौटता, तब नानी खाना बनाती, उसे खिलाती और कहानी सुनाती।"

"तुम्हारे जैसी?"

"हाँ, मेरे जैसी। और तू हुंकारे क्यों नहीं भर रही?"

"भर तो रही हूँ!"

"मुझे सुनाई पड़ना चाहिये, समझी!"

"समझ गई नानी, समझ गई! अब आगे क्या हुआ यह तो बताओ?"

"हाँ तो जितने समय नानी खाना बनाती और अपने नाती को खिलाती, उतने समय वह गधा जंगल में घास चरा करता। फिर ऐसा हुआ कि एक दिन शाम से रिमझिम बरसात होने लगी। छप्पर से चुचुआते पानी को देख नानी चिन्तित स्वर में बोली: मैं शेर से नहीं डरती परन्तु टपके से मुझे बड़ा डर लगता है। उस दिन एक शेर नानी को खाने के विचार से बाहर ही छिपा हुआ था। उसने सोचा: यह कौन-सा जानवर है जो मुझसे भी भयानक, मुझसे भी शक्तिशाली है? शेर यह सोच ही रहा था कि वह लड़का अपने गधे को ढूँढता हुआ बाहर आया और अँधेरे में शेर को ही अपना गधा समझ उसके कान उमेठ उसे डाँटने लगा: रात हो गई फिर भी पेट नहीं भरा तेरा? शेर समझा कि यही टपका है। वह अपना कान छुड़ाकर जो भागा तो फिर कभी उसने नानी की झोंपड़ी की ओर भूल से भी नहीं झाँका, और वह अपने नाती के साथ चैन से वहाँ रहने लगी।"

कहानी पूरी करते-करते नानी ने दो चोटियाँ गूँथ उन्हें दोहरा कर उनमें चमेली के फूलों से पिरोई हुई मालाएँ बाँध दी थीं।

"चल, मेरी ओर घूम! काजल और लगवा ले आँखों में।" नानी ने कजरौटी में अंगुली घिसी। "फिर तुझे फूलों की टोकरी लेकर नगरश्रेष्ठी के प्रासाद जाना है। कितनी सुन्दर लगती है तू आँखों में काजल लगवाकर! ले, काला टीका भी लगाये देती हूँ ठुड्डी पर।"

"हूँऊँ नानी, मुझे कहीं नहीं जाना। मैं तो यही रहूँगी तुम्हारे पास।"

"यही रहूँगी तुम्हारे पास!" मटकते हुए नानी मुँह बिराकर बोली। "ससुराल भी नहीं जाएगी क्या? कब तक मेरी छाती पर मूँग दलती रहेगी! अरी, कब तक जीवित रहूँगी मैं? कभी तो जाऊँगी। फिर क्या करेगी? किसके सहारे रहेगी? हँ? बता?" कहकर नानी मुँह पर हाथ रख सुबकने लगी।

"अच्छा-अच्छा नानी! तू फिर से वही नाटक मत कर। जाती हूँ, अभी जाती हूँ।" कहकर मल्लिका कोने में रखी बाँस की दो बड़ी टोकरियाँ अपने सिर पर एक के ऊपर एक रखकर चल दी।

मल्लिका के पिता एक दिन काम करते हुए चक्कर खाकर जो गिरे तो उठे ही नहीं। नानी को पता चला तो आकर उसे अपने साथ लिवा ले गई। उस घटना को आज सात वर्ष होने को आए।

मल्लिका से चार वर्ष छोटी उसकी पक्की सहेली अलका नगरद्वार पर प्रतीक्षा करती हुई मिल गई, उसके ही जैसी दो टोकरियाँ सिर पर रखे। मल्लिका के जैसे ही उसने भी दो लाँग की धोती घुटनों तक आती बाँध रखी थी और ऊपर चोली पहनी हुई थी। किन्तु मल्लिका की चोली जहाँ नाभि तक थी, अलका की चोली नाभि के आसपास भी नहीं झाँक रही थी।

"ओहो! बड़ा बनावसिंगार करके आई है! किस पर बिजली गिरानी है?" बोलते हुए अलका की आँखें मटक रही थीं और भौंहें नाच रही थीं।

"अरे ऐसा कुछ नहीं है। नानी को तो तू जानती ही है।"

"जानती हूँ, और अच्छे-से जानती हूँ! पता चल गया होगा उसे कि बरात की व्यवस्थाएँ देखने, करने श्रावस्ती से ढेर सारे लोग आए हुए हैं। सोचा होगा, न जाने कौन मिल जाए जो तुझे भा जाए। यहाँ साकेत में तो कोई भाया नहीं।"

कहकर अलका खिलखिलाई और चल दी। चलते समय उसकी तनु कटि कुछ अधिक ही मटकती है और नितम्बों तक लटकती चोटी लचकती चाल के साथ कुछ अधिक ही लहराया करती है।

दोनों जब पहुँची, नगरश्रेष्ठी द्वार पर खड़े हुए एक बाईस-तेईस वर्ष के सुदर्शन युवक से पूछ रहे थे।

"निमन्त्रण-पत्र तो सारे चले गए होंगे सुमित्र?"

"जी स्वामी, जो सूची आपने लिखवाई थी और जो नाम स्वामिनी और विशाखा दीदी ने दिये थे, उन सबको तो निमन्त्रण जा चुके हैं।"

सुमित्र इन दिनों नगरश्रेष्ठी धनञ्जय का दायाँ हाथ बना हुआ है।

कौशाम्बी के जंगलों में महीनों वह विक्षिप्त-सा भटकता रहा था। फिर तपस्यारत रहकर शेष जीवन व्यतीत करने के विचार से मगध चला गया। किन्तु वह भी नहीं रुचा। कामिनी और सुनयना की स्मृति और भी अधिक सताने लगी। उसे आश्चर्य होता, क्यों उसे कामिनी पर क्रोध नहीं आता? क्यों उसके प्रति मन में अभी भी कोमल भावनाएँ उपजती हैं? एक बार को इच्छा हुई कि कौशाम्बी लौट जाए। किन्तु फिर विचार किया, अब वहाँ मेरे लिये क्या शेष रहा है? और फिर वहाँ जाकर तो यह स्मृतियाँ और भी अधिक सताएँगी।

सलोनी को भूल तो कभी पाया ही नहीं था वह, परन्तु उन दिनों उसके साथ बिताये हुए दिनों की स्मृतियाँ उसे व्याकुल भी करने लगीं। न जाने लड़का हुआ होगा या लड़की? खोजता-खाजता किसी प्रकार पहुँचा तो पाया झोंपड़ी तो है, परन्तु सुनसान और टूटी-फूटी। देर तक बैठा रोता रहा। रात वहीं बिताई। लेटा रहा किन्तु नींद नहीं आई। सलोनी ही आँखों में तैरती रही।

उसके साथ प्रथम समागम के तीसरे-चौथे दिन की घटना है। कुछ गुनगुनाते हुए वह अपने पाँवों में पायल बाँध रही थी।

"यह पायल कहाँ से आई?" सुमित्र ने पूछा था।

"पड़ी थी। उसके चले जाने के उपरान्त उतार दी थी।"

"फिर अब?"

"अब पहनने की इच्छा हो रही है, फिर से।" कहते हुए सलोनी लजा गई थी। सोचते-सोचते उस पायल की छनन-छनन सुमित्र के कानों में बजने लगी।

'अब समझ आया, क्यों फिर से उसने पायल पहनी थी। चलते समय भी उसकी आँखों के भाव नहीं पढ़ पाया था। परन्तु अब जान गया हूँ। रोकना चाहती थी मुझे। कह नहीं पाई, जैसे मैं नहीं कह पाया। कदाचित उसका संकोच इस कारण भी रहा हो कि मैं ब्राह्मण परिवार में जन्मा और वह एक अनार्य वनवासी के घर।'

भोर से पहले ही उठकर झोंपड़ी के चक्कर लगाते हुए सुमित्र अपने विगत जीवन के बारे में सोचता रहा और मंजरी, दामिनी, सुनयना तथा अपनी माँ को स्मरण कर रोता रहा। न जाने पिरनी का क्या हुआ होगा, सोचकर उसका हृदय पीड़ा से भर उठा, और चिक्की न जाने कहाँ होगी, कैसी होगी?

सूरज क्षितिज से ऊपर आते-आते कुछ लकड़हारे वहाँ से गुजरे।

"आप लोगों को कुछ पता है, यहाँ जो स्त्री रहती थी वह कहाँ गई होगी?"

"पक्का तो नहीं पता, सम्भवत: राजगृह चली गई।"

'क्यों गई होगी? बेटा या बेटी जो भी हुई होगी, ठीक से तो होगी?' यही सब सोचते-विचारते वह राजगृह की दिशा में कुछ ही दूर चला था कि उसे एक व्यापारी-दल मिल गया जिसके आगे-पीछे सैनिक टुकड़ियाँ भी थीं।

यह दल राजगृह के नगरश्रेष्ठी धनञ्जय का था जो सुदूर दक्षिण में प्रतिष्ठान से महिष्मति व कलिंग होते हुए लौट रहा था। सप्तपर्ण-द्वीप (श्रीलंका) से चन्दन की लकड़ी, हाथीदाँत, काली मिर्च के अतिरिक्त सुवर्णद्वीप से लाई गई लौंग, दालचीनी इत्यादि से लदे-फँदे सैकड़ों ऊँटों, हाथियों के अतिरिक्त पाँच सौ बैलगाड़ियाँ भी थीं व्यापार-सामग्रियों के साथ ही वस्त्र, खाद्यान्न, भांडों इत्यादि से भरी। दल के साथ कई परिव्राजक भी चल रहे थे। सुमित्र भी उनके ही साथ हो लिया।

"ब्राह्मण कहते हैं यज्ञ नहीं होंगे तो सूर्य अस्ताचल के पीछे ही रह जाएगा, उदय नहीं हो पाएगा। रात्रि में शीतलता प्रदान करता यह सुधांशु भी आकाश में फिर कभी नहीं चमकेगा। ये जगमगाते, टिमटिमाते सितारे धरती पर गिर जायेंगे। क्या यह सच है?"

आकाश तले कौमुदी के प्रकाश में परिव्राजकों से घिरा बैठा था धनञ्जय जब उसने यह प्रश्न पूछा। सैनिक एक हाथ में प्रज्वलित ज्योतिस्तम्भ तथा दूसरे में खड्ग अथवा भाला लिये चारों दिशाओं में चौकन्ने हो खड़े थे।

"ब्राह्मणों का तो यह भी कहना है श्रीमन्त," सुमित्र तुरन्त ही खड़ा हो गया, "कि आदि-यज्ञ से ही ब्रह्मांड की उत्पत्ति हुई है तथा इसका अस्तित्व बनाये रखने के लिए भी यज्ञ होते रहना आवश्यक है। मैंने भी वेदों का अध्ययन किया है श्रीमन्त। मेरी समझ छोटी है, परन्तु जहाँ तक मैंने जाना-समझा है, ब्रह्मांड की उत्पत्ति किस प्रकार हुई यह तो ऋग्वेद की ऋचाओं में भी एकमत से व निश्चयात्मक रूप से नहीं कहा गया है। इसके विपरीत इस विषय में आशंका ही व्यक्त की गई है। ऋग्वेदिक ऋषि एक ऋचा में कहते हैं :

किसे है पता बनाया किसने, कब इसे?
उपजी कहाँ से सृष्टि यह विविधरूपा, और क्यों?
देव भी तो आए पश्चात् ही, फिर किसे है पता?
है अस्तित्व संसार का क्यों? हुआ उद्‌गम कहाँ से सृष्टि का?

अत: श्रीमन्त, जब देव भी इस विषय में नहीं जान सकते तो कौन मनुष्य जान सकता है किस कारण उत्पन्न हुआ यह संसार, और कैसे है यह चलता! और जब संसार के विषय में ही ज्ञात नहीं तो सूर्य, चन्द्र, आकाश आदि के विषय में किस प्रकार ज्ञात हो सकता है, क्यों और कैसे है अस्तित्व इनका!"

"बहुत अच्छे! अच्छा विचार दिया तुमने! क्या नाम है तुम्हारा? कहाँ के हो? किस मत के हो?"

"नाम है सुमित्र। दूसरे प्रश्न का उत्तर मुझे ज्ञात नहीं। तीसरे प्रश्न के उत्तर की खोज करना शेष है।"

धनञ्जय ठठाकर हँस पड़ा।

"तुम तो शिक्षित होने के साथ-साथ बुद्धिमान भी जान पड़ते हो। आयु भी तुम्हारी अधिक नहीं है। फिर दाढ़ी-मूँछ बढ़ाकर उलझे हुए बाल लिये फटे-गन्दे वस्त्र पहनकर क्यों घूम रहे हो? मैं तुम्हें काम दे सकता हूँ।"

सुमित्र ने कुछ क्षण विचारने के उपरान्त अपनी सहमति जता दी। अगले दिन सभी ने देखा उसका कायापलट हो चुका था। चिकने गाल, तेल लगाकर काढ़े गए केश और नये वस्त्र।

राजगृह के नगरद्वार पर पहुँच धनञ्जय और उसके दल ने बाहर ही डेरा डाल दिया था।

"प्रवेश-शुल्क का लेखाजोखा करवाओ सुमित्र। दर पाँच से बीस प्रतिशत के बीच है। क्या और कितनी सामग्री है तथा किस पर किस दर से शुल्क चुकाना है, यह सब मैं तुम्हें बता ही चुका हूँ। तब तक मैं अपने निवास हो आता हूँ।"

अगले दिन धनञ्जय लौटा तो पाया शुल्क की राशि उसके अनुमान से लगभग आधी ही बनी है। पिछली कई रातों को मार्ग में हुई परिचर्चाओं में वह सुमित्र के ज्ञान व विश्लेषण-क्षमता से प्रभावित तो हो ही चुका था, उस दिन उसकी सांसारिक कार्य-कुशलता का भी प्रशंसक हो गया। धीरे-धीरे वह सुमित्र पर अधिकाधिक निर्भर होता गया था और जब वह राजगृह से साकेत आया, सुमित्र भी उसके साथ था। अब अपनी बेटी विशाखा के विवाह के अवसर पर धनञ्जय ने ताड़पत्रों पर निमन्त्रण लिखने से लेकर, क्योंकि चित्रकला के अभ्यास के कारण सुमित्र की लिखाई अत्यन्त सुन्दर है, आई हुई सामग्री को भंडारगृहों में रखवाने व उनका भुगतान करने तथा क्या, कितना आना अभी शेष है और वह कहाँ से, कब, कैसे आएगा यह सब देखने का उत्तरदायित्व उसे ही सौंप रखा है।

"तुम्हारा क्या अनुमान है, कितने अतिथि हो जायेंगे?" धनञ्जय ने पूछा।

"स्वामी! समधी जी वाणिज्य-अमात्य हैं महाराज प्रसेनजित के तथा कोषाध्यक्ष भी। अतः बरात में उनके अपने मित्रों, सम्बन्धियों, परिचितों की सपरिवार, संख्या ही सहस्त्रों में होगी। फिर महाराज के साथ उनके अन्य अमात्य तथा वरिष्ठ राजकर्मचारी भी आ रहे हैं, अधिकांशतः परिवार सहित ही। पाँच हजार बराती तो ही हो जायेंगे। विवाह के दिन लगभग दस हजार अतिथि साकेत के भी हो जायेंगे।"

विशाखा का विवाह पुण्यवर्धन के साथ होना निश्चित हुआ है जिसके पिता मृगधर श्रावस्ती के श्रेष्ठियों में सुदत्त के पश्चात् दूसरे स्थान पर हैं।

"अब तो एक ही दिन शेष रहा है बरात आने में।" धनञ्जय सुमित्र के कन्धे पर हाथ रखकर बोला। "देखना, कोई न्यूनता न रहे।"

"आप निश्चिन्त रहें स्वामी।"

धनञ्जय जब प्रासाद के भीतर चले गए तब दोनों सखियाँ आगे बढ़ीं।

"आज बड़ी देर कर दी तुम दोनों ने!" अलका की टोकरियाँ उतरवाते हुए सुमित्र बोला।

"आ तो हम कब की गईं थीं! यह तो तेरा सुन्दर मुखड़ा निहारने में देर हो गई।" कहकर अलका खिलखिला दी।

"सुधरेगी नहीं तू।" सुमित्र ने मुस्कुराते हुए अलका की ओर आँखें तरेरीं और मल्लिका की ओर हाथ बढ़ाते हुए कहा, "ला बहन, तेरी टोकरी दे। और सुनो!" टोकरियाँ उतरवाकर सुमित्र पीछे घूमा। "हरिया कहाँ है?"

"मैं आपके पीछे ही तो खड़ा हूँ!"

"देख हरिया!" सुमित्र ने निर्देश दिया। "इन दोनों को और अन्य सभी को भी, मेरा तात्पर्य है जितनी भी मालिनें हैं यहाँ पच्चीस-तीस, इन सबको विशाखा दीदी के पास ले जा। पता है न वे कहाँ होंगीं?"

"जी हाँ, पता है।"

"जाओ फिर, शीघ्र निकल जाओ। और हाँ! इन फूलों की टोकरियों में से दस को छोड़कर शेष को बैलगाड़ियों में लदवा दो। ये भी वहीं जायेंगी। और तुम सब," सुमित्र मालिनों की ओर घूमकर बोला, "जब तक विवाह सम्पन्न नहीं हो जाता, फूल लाने के पश्चात् सभी विशाखा दीदी के साथ रहोगी, यहीं खाना-पीना करोगी। वे जो कुछ और जैसा भी करने को कहें, भली प्रकार कर देना। समझ गईं? सबको अच्छा पुरस्कार मिलेगा।"

"मैं तो पुरस्कार तब अच्छा जानूँ जब उसमें तू मिल जाए।" अलका सुमित्र को देख नटखट-भाव से मुस्कुराई।

"ऐसे नहीं मानेगी तू! हरिया! एक डंडा तो उठा।"

अलका हँसते हुए भाग ली। हरिया भी मुस्कुरा दिया। कोई एक दिन का था यह नाटक!

धनञ्जय ने सरयू नदी के तट पर नगर की पश्चिमी सीमा के समीप पूरा नगर ही बसा दिया है तम्बुओं का। विशेष अतिथियों के लिये वह काष्ठ-भवन भी बनवा रहा है जिसके लिये काशी के बढ़ई तीन महीने से साकेत में डेरा डाले पड़े हैं।

अग्रिम राशि लेकर काम न करने या काम में विलम्ब करने के लिये काशी के बढ़ई कुख्यात हैं। कभी तो ऐसा भी सुनने में आया कि व्यापारियों से भारी अग्रिम लेकर अपने परिवार व औजारों समेत नावों में बैठ रातोंरात ही इन बढ़इयों का पूरा का पूरा टोला भाग लिया है। इसे ही ध्यान में रख सुमित्र उनके श्रेणी-प्रमुख को समझा-बुझाकर बिना एक भी कार्षापण का अग्रिम भुगतान किये उन्हें ले लाया है।

बड़े स्तर पर कोई भी काम करना हो तो काशी का मुँह देखना पड़ ही जाता है। यहीं है कि उपनगर के उपनगर बसे हुए हैं: बुनकरों के, बढ़इयों के, कुम्हारों के, लुहारों के, ठठेरों के, हलवाइयों के, सुनारों के, तथा हाथीदाँत को सिझाकर उसे मनचाहा आकार देनेवाले कारीगरों के भी। काशी के शिल्पियों की विश्व भर में भी ऐसी ख्याति है कि यवन व्यापारी पर्शुदेश, मिस्रदेश तथा पश्चिम में उससे भी आगे के देशों को जहाज भर-भर कर ले जाते हैं सामग्री यहाँ से। विशेष रूप से पक्के रंगोंवाले ऐसे महीन वस्त्र जो दोनों ओर से चिकने व मुलायम तथा अलसी-पुष्प सरीखे खिलते हुए नीले तथा कुसुम्भी-पुष्प जैसे चमकीले लाल रंग के होते हैं। ऐसे वस्त्र काशी के अतिरिक्त विश्व भर में कहीं और नहीं मिलते। यहाँ के धोबियों ने, जो रंगकार भी हैं, इन्हें रंगने की विधि बड़े जतन से छिपाकर रखी हुई है। काशी की सुई भी जगप्रसिद्ध है: गोल, चिकनी व सीधी तथा तीखी नोक और सुन्दर छेदवाली।

धनञ्जय ने हलवाई भी वहीं से बुलवाये हैं। इतना भर जान लेने से कि वे आए हुए हैं, साकेत-वासियों के मुँह में पानी भर-भर आता है। ऐसी ख्याति है उनके बनाये हुए पकवानों और मिष्ठान्नों की! दूध और खीर के लिये पाँच लाख कुल्हड़ तथा रबड़ी के लिये उतने ही सकोरे भी वहीं से आए हैं। हजार-हजार चाकवाले कुम्भकार वहाँ एक-दो नहीं कई हैं, जिनके पास स्वयं के बेड़े भी हैं नावों के पूरे आर्यावर्त्त में तथा और आगे भी व्यापारियों तक अपना उत्पाद पहुँचाने के लिये।

श्रावस्ती से आनेवाले अतिथियों की देखभाल करने का उत्तरदायित्व धनञ्जय ने अपने परिवारजनों में बाँटा हुआ है जिनके साथ दास-दासियों, सेवक-सेविकाओं की पूरी सेना है। सभी काष्ठ-भवनों की साज-सज्जा करवाने के साथ-साथ प्रसेनजित का स्वागत करने तथा उसकी सुख-सुविधाओं का ध्यान रखने का कार्य

विशाखा ने हठ करके स्वयं अपने हाथ में ले रखा है, हाँलाकि धनञ्जय की इच्छा थी उसे वह किसी भी प्रकार के कार्य से मुक्त ही रखे।

विशाखा अपने पिता के जैसी ही किंचित ठिगनी व दोहरे ढाँचेवाली युवती है। वर्ण गेहुँआ है। केश प्राकृतिक रूप से ही कुन्तल हैं। देह भरी हुई है, कपोल कुछ अधिक ही। स्वभाव उसे अपने पिता से मिला है। स्पष्ट बोलती है, किन्तु मीठा बोलती है। किसी दास-दासी तक पर उसे कभी चिड़चिड़ाते हुए नहीं देखा गया।

"आ गईं तुम सब! अच्छा किया। देखो! यह दो भवन हैं।" उसने हाथ से संकेत किया। "एक महाराज का और दूसरा उनका।"

"उनका किसका दीदी?" अलका ने चुटकी ली।

"क्या करती है?" मल्लिका ने आँखें तरेरते हुए उसे झिड़का। "कुछ तो देखाकर किससे बोल रही है!"

"नाम क्या है तुम दोनों का?" विशाखा ने मुस्कुराकर पूछा।

"दीदी! मेरा नाम अलका है और इसका मल्लिका।"

"अहा! सुना है महाराज को मल्लिका के पुष्प अत्यन्त प्रिय हैं। किन्तु इस शीत ऋतु में तो वे पुष्प मिलेंगे नहीं। तो अच्छा है! मल्लिका के पुष्प नहीं हैं, मल्लिका तो है।" विशाखा हँसते हुए बोली। "अत: उनके भवन की साज-सज्जा मल्लिका ही करेगी, अपनी वाचाल सखी के साथ। और शेष लड़कियाँ में से दो उनका भवन सजाएँगी," अलका की ओर देख विशाखा मुस्कुराई, "तथा अन्य उनके परिवारजनों का। तुम सब मेरे साथ चलो। दिखा दूँ तुम्हें कि कहाँ-कहाँ, किस-किस का भवन है।"

प्रसेनजित धनञ्जय से अत्यन्त प्रसन्न है। जब से वह साकेत आकर बसा है, विदेशी व्यापारियों से यहाँ की पण्यवीथिकाएँ तो भरी रहने ही लगीं हैं, श्रावस्ती का व्यापार भी बढ़ चला है। पर्शुदेश के व्यापारी सेंधा नमक, घोड़ी के दूध की सुरा, सजीले छत्र, बेल-बूटे कढ़े बिछावन तथा चर्म के पद-परिधानों के अतिरिक्त यवनदेश का प्रसिद्ध लाल मूँगा ले आते हैं। गान्धारदेश के व्यापारी सूखे मेवे तथा मिट्टी के भांडों में मिट्टी से ही सीलबन्द कर अंगूर, अंजीर, आलूबुखारे एवं चर्मकूपों में भरी द्राक्ष-मदिरा लाते रहते हैं। कम्बोज के व्यापारी सोने का काम किये हुए कम्बल, ऊनी वस्त्र, चाँदी, मर्कत मणि व नीलम के अतिरिक्त हींग, अखरोट, बादाम, केसर, किसमिस लेकर आ जाते हैं। तथा ये सभी व्यापारी इन सामग्रियों के प्रतिफल-स्वरूप स्थानीय उत्पाद सैकड़ों ऊँटों, खच्चरों और गाड़ियों पर लाद लगभग प्रतिदिन ही ले जाया करते हैं।

इसी के साथ साकेत में नौपरिवहन की भी माँग बढ़ी है। पश्चिमी तट पर आनर्त प्रदेश में भृगुकच्छ स्थित अपना उपनगर छोड़ कई यवन, नौसंचालन में जिनका लोहा माना जाता है, न केवल साकेत आ बसे हैं अपितु उन्होंने आर्य-संस्कृति को भी अपना लिया है।

जिस दिन बरातियों के साथ मृगधर और प्रसेनजित साकेत के लिये चले थे, छह योजन का पूरा मार्ग रथों, घोड़ों, हाथियों और गाड़ियों से अट गया था। पचास हाथियों पर मणि-माणिक्यों जड़े स्वर्णाभूषण थे। चार सौ गाड़ियाँ काशी के रक्तवर्ण कौषेय परिधानों से भरी हुई थीं।

अगले दिन बरात जब तक साकेत पहुँची, साँझ ढलने लगी थी। नगरद्वार पर धनञ्जय ने स्वयं प्रसेनजित, अपने समधी तथा उनके परिवार का स्वागत किया। जब तक ये सब लोग उनके लिये निर्मित काष्ठ-भवनों तक पहुँचे, अँधेरा घिर आया था और प्रकाशस्तम्भ प्रज्वलित किये जा चुके थे। प्रसेनजित का स्वागत करने के लिये विशाखा स्वयं आरती का थाल लिये खड़ी थी। उसके पीछे अलका और मल्लिका थीं, दीपस्तम्भ हाथों में थामे

प्रसेनजित को जिसने तक्षशिला में या वहाँ से लौटने के पश्चात् भी देखा हो, वह सरलता से उसे नहीं पहचान सकता था। अपेक्षाकृत दीर्घकाय हो गया था। लम्बी, घनी मूँछें रख ली थीं। आयु के अनुसार मुख पर परिपक्वता आ गई थी तथा हाव-भाव में किंचित राजोचित गर्व भी। परन्तु मल्लिका को एक क्षण नहीं लगा उसे पहचानने में। किन्तु अँधेरे के कारण, तथा इस कारण भी कि उसे देखते ही वह विशाखा की आड़ में हो गई थी, प्रसेनजित उसे नहीं देख पाया और विशाखा के साथ वार्तालाप करते हुए भीतर चला गया।

"अलका! मैं घर जा रही हूँ।" उमड़ते आँसुओं को छिपाने के लिये मल्लिका सिर झुकाकर फुसफुसाई।

"क्यों, क्या हुआ? दीदी पूछेंगी तो क्या कहूँगी?"

"कह देना अचानक मेरा जी ..." कहते-कहते मल्लिका का स्वर काँपने लगा और बिना वाक्य पूरा किये अपने आँसुओं को आँखों में ही सँभाले हुए वह बाहर दौड़ गई।

प्रसेनजित इस सब से अनजान विशाखा के साथ चर्चा में लीन था।

"सुना है, तुम्हारे पिता वर्षों पूर्व शाक्यमुनि के उपासक बन गए थे?"

"सच सुना है आपने राजन! तब हम लोग राजगृह में रहा करते थे।"

"मेरे राजपुरोहित तो उन्हें ढोंगी बताते हैं।"

"ऐसा क्यों?"

"उनका कहना है कि वे वेदों, शास्त्रों पर तो सन्देह करने की शिक्षा देते हैं परन्तु यदि उनसे ब्रहम या परमात्मा के विषय में प्रश्न किया जाए अथवा इस सृष्टि की उत्पत्ति या ब्रह्मांड के विषय में पूछा जाए तो मौनावलम्बन कर लेते हैं। ऋषियों-मुनियों तथा अन्य गुरुओं एवं आचार्यों द्वारा प्रदत्त ज्ञान पर वे प्रश्नचिन्ह लगाते हैं जबकि स्वयं उन्हें धेला भर भी ज्ञान नहीं है।"

"सन्देह करना नहीं राजन, स्वविवेक का प्रयोग करना सिखाते हैं तथागत। और मौन रहने का अर्थ यह कैसे हो गया है कि उन्हें ज्ञान नहीं? तथागत का धर्म व्यवहारात्मक है राजन, कर्म-प्रधान है। वे स्पष्ट कहते हैं, मैं मुक्ति नहीं दिलाता मुक्ति की राह दिखाता हूँ। उस पर चलना और मार्ग की बाधाओं का निवारण सिखाता हूँ। इस राह पर चलने के लिये इन प्रश्नों से क्या लेना-देना कि सृष्टि कब अस्तित्व में आई या ब्रह्मांड कैसे बना?"

"किन्तु उत्सुकता तो होती है।"

"हाँ राजन, होती है; निश्चित रूप से होती है। किन्तु महत्वपूर्ण क्या है? इन प्रश्नों के उत्तर पाना अथवा दुखों से मुक्ति, निर्वाण-प्राप्ति? एक बालक मुट्ठी में कौड़ियाँ बन्द कर पूछे कि बताओ कितनी और दूसरा बालक अनुमान लगाये, ऐसे ही ये खेल हैं उनके जो सृष्टि की उत्पत्ति और प्रलय के प्रश्नों पर व्यर्थ विवाद किया करते हैं। आपको मैं एक दृष्टान्त देती हूँ।"

"कैसा दृष्टान्त?"

"कौशाम्बी में मालुक्यपुत्र नामक श्रेष्ठी ने तथागत से कहा: मैं आपका धम्म स्वीकार करने को तब तक सहमत नहीं जब तक मेरे इन प्रश्नों का उत्तर न मिल जाए। ब्रहमाण्ड नित्य है या अनित्य? सीमित है अथवा असीमित? निर्वाण के उपरान्त तथागत का अस्तित्व बना रहता है अथवा समाप्त हो जाता है? तो उन्होंने सीधे उत्तर देने के स्थान पर प्रतिप्रश्न किया।"

"क्या पूछा उन्होंने?"

"उन्होंने पूछा, यदि किसी व्यक्ति के शरीर में विषैले बाण से घाव हो जाए और शीघ्र उपचार न होने पर उसकी मृत्यु होना निश्चित हो, तब उसके मित्र, सम्बन्धी, शुभचिन्तक शल्य-चिकित्सक को लेकर आयें किन्तु वह घायल व्यक्ति कहे: जब तक मुझे पता न चले यह बाण चलाया किसने था; जिसने मुझे घायल किया उसका नाम-पता क्या है, वह कैसा दिखता है; तथा जब तक यह न निश्चित हो जाए कि जिस धनुष से यह बाण चलाया गया वह धनुष कैसा है, लम्बा है या छोटा है, बाँस से बना है या सींग से, और यह भी कि इस बाण में लगे पंख गिद्ध के हैं या चील के अथवा मोर के? जब तक मुझे इन प्रश्नों के उत्तर नहीं मिल जाते तब तक मैं इस बाण को नहीं निकलवाऊँगा। ऐसे में क्या होगा?"

"शरीर में विष फैलने से वह व्यक्ति मर जाएगा, और क्या।" प्रसेनजित बोल पड़ा।

"ब्रह्म, परमात्मा तथा सृष्टि के आदि-अन्त के सम्बन्ध में प्रश्न करनेवाले लोग राजन इसी श्रेणी के हैं। तथागत कहते हैं, जीवन दुखों से भरा है। रोग है। बुढ़ापा है। अपनों से बिछुड़ने का दुःख है। जो चाहते हैं वह न मिलने का दुःख है। जो मिला है उसे खो देने का दुःख है; नहीं खोया है तो खो देने की चिन्ता है। अनिष्ट की आशंका से तनाव है। इस सब से मुक्ति का मार्ग खोजने के स्थान पर ऐसे प्रश्नों में उलझे रहनेवाले लोग उस विषैले बाण से घायल व्यक्ति सरीखे ही तो हैं!"

"साधु! साधु! अति उत्तम!" प्रसेनजित के मुख पर वैसी ही चमक थी जैसी तक्षशिला में रणक्षेत्र-संरचना से सम्बन्धित ज्यामिती की किसी कठिन समस्या का समाधान मिल जाने पर आ जाया करती थी। "कितना युक्तियुक्त, कितना तार्किक उत्तर है!"

"राजन, आप और भी अधिक जानना चाहें उनके विषय में तथा उनकी शिक्षाओं के बारे में तो श्रावस्तीवाले मार्ग पर यहाँ से तीन योजन जाकर बाईं ओर एक मार्ग मुड़ता है जिस पर एक गावुत दूर एक गाँव है तोरणवत्थु। वहाँ से छह घड़ी की पैदल दूरी पर भिक्षुणी क्षेमा की पर्णकुटी है। आप उनसे मिल लीजिये, आपकी सारी शंकाएँ दूर हो जायेंगी।"

"शाक्यमुनि से मिलकर ही न कर लूँ अपना शंका-समाधान?"

"यह तो और भी अच्छा रहेगा।"

मल्लिका जब देर रात घर में घुसी तो नानी चौंक उठी।

"कौन?" कहते हुए नानी ने शय्या पर लेटे-लेटे ही ढिबरी की लौ को बढ़ा दिया। "बेटी, तू! बड़ी देर कर दी?"

मल्लिका दौड़कर नानी पर गिर गई और उसकी छाती में मुँह छिपाकर बिलख पड़ी। नानी ने तत्काल उठ उसका मुख अपने हाथों में ले चिन्तित स्वर में पूछा,

"क्या हुआ बेटी, क्या हुआ? रो क्यों रही है, बता तो!"

उत्तर में मल्लिका नानी के कन्धे पर सिर रख फूट-फूट कर रोने लगी। नानी ने फिर कोई प्रश्न नहीं किया। बस अपनी नातिन की रुदन के साथ हिचकोले लेती पीठ को सहलाती रही जब तक कि वह रुदन सिसकियाँ नहीं बन गया, और फिर उसे अपने ही पास सुला लिया।

धनञ्जय ने निमन्त्रण तो महाराज बिम्बसार को भी भेजा था। राजगृह में रहते हुए उसके उनके साथ अत्यन्त निकट के सम्बन्ध बन गए थे तथा जब-जब वे उसके निवास पर आतिथ्य ग्रहण करते, विशाखा तो उनके ही साथ राजभवन चली जाती और अगले दिन लौटती। किन्तु उन्होंने स्वयं न आकर अपना शुभकामना सन्देश तथा उपहार जीवक के हाथों भेज दिये थे। अगले दिन सवेरे उसके आने का समाचार मिलते ही प्रसेनजित उछल पड़ा।

"कहाँ है वह निकम्मा? तुरन्त बुलाओ उसे!"

जीवक को देखते ही उसने उसे गले लगा लिया।" कहाँ रहे बन्धु? तुम तो मुझको भूल ही गए!"

आलिंगनबद्ध जीवक असहज अनुभव करता हुआ निश्चल खड़ा रहा, बिना कुछ कहे।

"क्या हुआ जीवक, स्वास्थ्य तो ठीक है?" जीवक के व्यवहार से प्रसेनजित हतोत्साहित था और चकित भी।

"मैं ठीक हूँ। आप कैसे है?"

"आप? तुम्हारे लिये मैं 'आप' कब से हो गया?"

"जबसे आप कोशलाधिपति बने।"

"किन्तु जीवक..."

"मैं अब आपको तुम कहते हुए असहज अनुभव करूँगा, इसलिये मुझे आपको आप ही कहने दें।"

"यही तो त्रासदी है राजसिंहासन पर बैठने की।" प्रसेनजित ने ठंडी साँस भरी। "मित्र भी दूर हो जाते हैं। किन्तु तुम साकेत आए और बिना मिले चले गए? सन्देश भेज देते तो मैं ही आ जाता।"

शिक्षा समाप्त कर जीवक गंगा नदी से जिस नौका में बैठ राजगृह लौट रहा था, उसमें साकेत का एक श्रेष्ठी भी था। जब उसे ज्ञात हुआ कि जीवक तक्षशिला से चिकित्सा-विज्ञान की शिक्षा लेकर आ रहा है तो वह उसे अपनी पत्नी के बरसों पुराने सिरशूल के विषय में बताते हुए रुआँसा हो गया।

"सारे वैद्य हथियार डाल चुके हैं। देखा नहीं जाता अब तो! सात वर्ष हो गए हैं उसे यह नरक भोगते हुए। कहती है, आत्महत्या करने की अनुमति दे दो। आप कुछ कर सकें तो मैं आपका आजीवन आभारी रहूँगा। इसके शुल्क-स्वरूप मैं अपनी आधी सम्पत्ति देने तक को प्रस्तुत हूँ।"

"नहीं, आपकी सम्पत्ति नहीं चाहिये मुझे। किन्तु एक रोगी की पीड़ा और आपका दु:ख जानने के पश्चात् कुछ न करूँ मैं, यह भी सम्भव नहीं।"

साकेत में रुककर उसने श्रेष्ठी-पत्नी की नाक में सवेरे, दोपहर, शाम गाय का औषधियुक्त घी डाला तथा सिर के नीचे कुछ रखे बिना पीठ के बल ही लेटे रहने को कहा। तीन दिन पश्चात् सिरशूल कहाँ गया, पता ही नहीं चला। फिर कभी लौटा भी नहीं।

"आप से मैं इसके लिये क्षमा चाहता हूँ।" जीवक ने दोनों हाथ जोड़े। "साकेत में रुकना मेरी वृत्ति की नैतिक बाध्यता थी, और राजगृह लौटकर महाराज के समक्ष शीघ्रातिशीघ्र उपस्थित होना मेरा कर्त्तव्य। रुकते समय मुझे अनुमान भी नहीं था कि चार दिन ठहरना पड़ जाएगा यहाँ।"

"जान रहा हूँ, सब मनगढ़न्त बातें हैं। फिर भी तुम्हारा स्पष्टीकरण माने ले रहा हूँ। बन्धुल से मिले? वह भी यहीं है।"

"हाँ, आते से ही मिल गया था। उससे ही पता पड़ा, गोशोरून दो वर्ष आपके साथ ही रहा था।"

"हाँ।" प्रसेनजित ने गहरी साँस भरी। "किन्तु अब तो वर्षों से उसका कोई समाचार नहीं मिला। उसकी स्मृति अब भी सताती है।"

मिलन

कार्तिक लग चुका है। वातावरण में ठंडक भरने लगी है। सरयू-तट पर छोटे, चितकबरे खंजन पक्षी एकत्रित होने लगे हैं जिनकी लम्बी पूँछ लगातार ऊपर-नीचे हो रही है तथा चंचल नेत्र अविराम बाएँ-दाएँ घूम रहे हैं। मँझधार में एक बड़ी-सी चट्टान पर बैठे पनकौए कुछ तो आमने-सामने बैठे आपस में मन्त्रणा-सी कर रहे हैं और कुछ अभी-अभी नदी से बाहर निकल चोंच में पकड़ी मछली को पंजों में दबा व पंखों को खोले ध्यानस्थ-से अविचल बैठे हैं। ठीक वैसे ही जैसे मल्लिका बैठी है घाट की सीढ़ियों पर। भोर में मछलियों का आखेट करने के आशय से निशाबक पक्षियों के झुंड के झुंड उतर आने के पहले से वह आई हुई है। और तब से ही गोद में उलट कर रखी हुई कलसी पर कोहनी रखे व हथेली पर चिबुक टिकाये हुए सामने आकाश में अर्धचन्द्र को निहार रही है।

विशाखा के विवाह को एक वर्ष हो चला है किन्तु तब की गई मल्लिका की मुस्कुराहट अब तक भी नहीं लौटी है। अलका और नानी पूछ-पूछ कर हार गईं, हुआ क्या है? उत्तर में पहले आँसू मिला करते थे, अब मात्र मौन मिलता है।

सितारे डूबने लगे; पौ फटने लगी; चहलपहल बढ़ने लगी; फिर पूरब में सूर्योदय की लालिमा छाने लगी। परन्तु मल्लिका का ध्यान नहीं टूटा। किन्तु जब प्रथम सूर्यकिरणों की लहरों पर झिलमिल उसकी आँखों में पड़ी तो उसे विचार आया, यह चन्द्रमा कदाचित भूल ही गया है कि उसे अब जाना चाहिये। और इस विचार के साथ ही उसकी विचार-तन्द्रा टूट गई। वह भी तो भूल गई, क्यों आई थी। त्वरित उठकर उसने अपना अधोवस्त्र ठीक किया तथा सीढ़ियों से उतर कलसी का मुँह नदी में दबा दिया। पानी गुड़गुड़ करता हुआ उसके भीतर दौड़ पड़ा।

बुढ़िया नानी इस एक वर्ष में और भी बुढ़ा गई है। घुटनों की पीड़ा ने उसे किसी काम का नहीं रख छोड़ा। अब न तो वह नहाने के लिये सरयू जा पाती है, और न ही फूलों के खेत में काम करने। मल्लिका से खेत अकेले नहीं सँभलता था तो अलका के बड़े भाई ने हाथ बँटाना आरम्भ कर दिया। मल्लिका को चाहता है वह। विवाह का प्रस्ताव भी रखा था उसने, किन्तु मल्लिका को तो किसी का भी प्रस्ताव स्वीकार नहीं।

"आ गई बेटी? बड़ी देर कर दी!" कपास की नई पूनी लगा काठ की तकली को दोनों हाथों में रगड़ कर घूमने के लिये फेंकते हुए नानी बोली।

मल्लिका बिना कोई उत्तर दिये कलसी को भूमि पर टिका नानी की गोद में सिर रखकर लेट गई।

"बार-बार नहीं पूछना चाहती, परन्तु पूछे बिना रहा भी नहीं जाता।" तकली को एक ओर रख मल्लिका के माथे पर झूल आए बालों को अपनी हथेली से पीछे सरकाते हुए नानी ने चिन्तित स्वर में पूछा। "क्यों ऐसी चुप-चुप, ऐसे उदास रहती है मेरी रानी बेटी? अब तो कहानी सुनने का भी हठ नहीं करती। चल आज तुझे मेरी माँ और तेरी परनानी की कहानी सुनाती हूँ। सुनेगी?"

मल्लिका ने हाँ में सिर हिला दिया।

"हुंकारे भरेगी?"

"नहीं।"

"चल, कुछ तो बोल फूटे।" नानी प्रसन्न होती हुई बोली। "ले सुन! कँपकँपाती ठंडों में दोपहर का सूरज जिस दिशा में होता है न, उस दिशा में था उसका गाँव। सरयू के उस पार दूर घने जंगलों के बीच बसा छोटा-सा, सुन्दर।"

"तुमने देखा है वह गाँव?" मल्लिका का स्वर फुसफुसाहट से तनिक ही ऊँचा था।

"नहीं बेटी, वह गाँव तो तभी मिट गया था।" नानी उदास स्वर में बोली। "अन्य कई गाँवों की भाँति उसे भी जला दिया गया था। तभी तो वह यहाँ चली आई थी।"

"फिर?"

"वह सोलह वर्ष की रही होगी तब जब यहाँ आई थी। उस समय जिन्होंने उसे देखा था वे लोग बताते थे, अच्छी तगड़ी काठी थी उसकी। अकेले ही वह मोटे-मोटे पेड़ों को काट भारी-भारी लक्कड़ कन्धे पर टिकाये यूँ दौड़ी चली आती थी।" यूँ कहते हुए नानी ने चुटकी बजाई।

"अकेली?"

"हाँ बेटा, अकेली।" नानी के मुख और स्वर से प्रसन्नता टपकने लगी थी। मल्लिका आज कुछ-कुछ पहलेवाली मल्लिका लग रही थी। "मुझे अभी भी भूला नहीं है अपना छुटपन। मैं जब पाँच वर्ष की थी, तब मेरी माँ पच्चीस वर्ष की रही होगी। कैसा सुगढ़ शरीर था उसका! और कैसी चमकदार, गहरी साँवली त्वचा! तभी तो वह राजकुमार उस पर मर मिटा था।" कहते हुए नानी का मुख दमक उठा। "तुझे भी देखना कोई राजकुमार ही ब्याह लेगा!"

"धत! मैं क्यों राजकुमार को ब्याहूँगी?" मल्लिका के साँवले मुख पर लज्जा की लालिमा दौड़ गई।

"क्यों नहीं ब्याहेगी री! अच्छा, कहाँ थी मैं?"

"क्या नानी! इधर-उधर की बातों में लगकर भूल ही जाती हो!" मल्लिका को कहानी में रस आने लगा था। "तुम कह रहीं थीं कि परनानी बड़ी सुन्दर थी।"

यह कहते हुए मल्लिका का लजाना नानी की बूढ़ी आँखों से छिपा न रह सका, और वह मुस्कुरा दी।

"हाँ हाँ, बहुत सुन्दर थी वह, बहुत ही सुन्दर! एक दिन दूर देश से श्वेत अश्व पर बैठ एक राजकुमार आया जिससे उसका गर्भ ठहर गया और मैं इस धरती पर आ गई। किन्तु मेरे आने के पहले ही वह राजकुमार जा चुका था।"

"फिर कभी नहीं आया वह?"

"नहीं।" नानी ने सिर हिलाया। "मेरी स्मृति में तो नहीं। किन्तु मेरी माँ अन्त समय तक उसे स्मरण करती रही। उसकी चर्चा करते हुए कैसा आनन्द छा जाता था उसके मुख पर! राजकुमार ने भी बहुत ध्यान रखा। कभी वस्त्र, कभी आभूषण तो कभी मुद्राएँ भेजता ही रहता था। यह भूमि जिस पर हम फूलों की खेती करते हैं, यह भी उसने ही दिलवाई थी।"

"परनानी ने फिर से ब्याह नहीं रचाया?" मल्लिका उठकर बैठ गई।

"नहीं, हाँलाकि कई युवक चाहते थे उसे। थी ही वह ऐसी! परन्तु वह तो बस फूलों की खेती करने, फूल बेचने और मुझे पालने में ही मगन थी। उस राजकुमार के साथ वह प्रेम भी तो करती रही थी अन्त समय तक!"

तभी अलका धड़धड़ाती हुई भीतर चली आई।

"नानी, चरणस्पर्श!" कहते हुए वह नानी के पैरों पर झुक गई।

"जीती रह! चल हाथ दे।" नानी ने हाथ ऊपर उठाया। "उठकर नहा लूँ, बहुत देर हो गई है।"

नानी के नहाने जाते ही अलका बोली।

"कुछ सुना तूने? श्रावस्ती जा रहे हैं सब लोग!"

"सब लोग यानी?"

"सब लोग यानी सब लोग। सुजाता दीदी का ब्याह है न!"

सुजाता छोटी बहन है विशाखा की।

"किसके साथ?"

अलका को अच्छा लगा कि मल्लिका आज फिर से कुछ-कुछ उसकी पुरानीवाली सहेली लग रही थी।

वस्तुतः आज घाट की सीढ़ियों पर बैठे-बैठे मल्लिका के मन में विचार आया था: किस पर वह इतनी कुपित है, और क्यों इतनी दुखी है? वास्तव में तो कोई कारण ही नहीं है इसका। उस युवक ने न तो कोई वचन दिया था, न ही प्रेम प्रकट किया था। यह तो मैं ही थी जो उससे प्यार कर बैठी। बिना सोचे, बिना समझे, बिना जाने कि वह कौन है। जहाँ तक पहचान छिपाने का सवाल है जिसे लेकर

मेरे मन में उसके प्रति क्रोध भरा हुआ है, तो उसने कहाँ छिपाई अपनी पहचान? उससे पूछा होता और वह सच न बताता कि वह राजकुमार है, तब तो क्रोध उचित था। बस, तभी से दु:ख की छाया उसके मन पर से कुछ-कुछ छँटने लगी थी। अब अपनी परनानी की कहानी सुनते-सुनते तो उसका बचा-खुचा आक्रोश भी समाप्त हो चला था।

"श्रावस्ती के नगरश्रेष्ठी श्रीमन्त सुदत्त के बेटे के साथ। विशाखा दीदी ने ही यह सम्बन्ध कराया है। मैं तो जा रही हूँ श्रावस्ती, सुजाता दीदी का ब्याह वहीं पर होगा। तू चलेगी?"

मल्लिका कुछ नहीं बोली। अलका भी चुप बैठी उसे देखती रही। कुछ देर पश्चात् मल्लिका उठी और रात के बचे भात को तीन सकोरों में परोस लाई, साथ ही तीन कुल्हड़ों में राई की कांजी भर दी। तभी नानी भी नहाकर आ गई।

"आ बैठ नानी! सहारा दूँ क्या?" मल्लिका ने हाथ आगे बढ़ाया।

"रहने दे बेटी।" नानी कराहते हुए धम्म से बैठ गई।

"ले तू भी खा ले।" अलका के सामने एक सकोरा और कुल्हड़ रखते हुए मल्लिका ने कहा।

"नहीं रे! मैं तो खाकर आई हूँ। तूने बताया नहीं श्रावस्ती चलेगी कि नहीं?"

"चली जा बेटी।" अलका से पूरा प्रसंग सुनकर नानी मल्लिका के हाथ पर हाथ रखकर बोली। "मन बहल जाएगा।"

"तुम्हें अकेली छोड़कर?"

"हाँ अकेली छोड़कर!" नानी फट पड़ी। "ऊपर भी मेरे साथ ही चलेगी क्या?"

"तू चिन्ता क्यों करती है? कुछ ही दिन की तो बात है! मेरा भाई तब तक यहीं रह लेगा, नानी के पास।" अलका ने आश्वस्त किया।

जब तक श्रावस्ती के लिये यात्रा आरम्भ होती, कार्तिक लगभग बीत चुका था। शीत बढ़ने लगी थी। खेतों में धान कट चुका था। गुड़ बनाने हेतु कड़ाहों में खौलते हुए गन्ने के रस की मीठी गन्ध वायु में तैरने लगी थी। गन्ने की कटाई के उपरान्त हर गाँव में ऐसे पच्चीस-पचास कड़ाहे भट्टियों पर चढ़े हुए थे। सुमित्र ने मार्ग में पड़नेवाले गाँवों में चर्चा कर हर पड़ाव पर गन्ने का रस कुल्हड़ में भरकर पिलवाने की व्यवस्था कर दी थी।

"अहा हा हा! जुग-जुग जियो तुम!" चटखारा लेकर सुमित्र की ओर देखते हुए अलका बोली। "तुम्हें ऐसी ही मीठी पत्नी मिले। कहो तो ढूँढूँ कोई कन्या श्रावस्ती में! या स्वयं ही देख रखी है?" और खिलखिलाने लगी।

श्रावस्ती तक पूरे मार्ग में ही अलका सुमित्र के साथ इसी प्रकार चुहल करती रही।

"आप कैसे इसे इतना झेल लेते हैं?" मल्लिका ने कई बार टाला यह प्रश्न, किन्तु फिर पूछ ही लिया।

सुमित्र मुस्कुराकर रह गया। कह नहीं पाया कि उसे अलका की छेड़छाड़ में रस आता है, कि उसे वह चाहने लगा है।

अलका की गोल मुखाकृति, छोटी आँखें और छोटी ही नाक में ऐसा कुछ नहीं है जो उसे सामान्य रंगरूप की अन्य किसी युवती से भिन्न बनाता हो, न ही उसकी साधारण काठी में आकर्षक कहने योग्य कुछ है। किन्तु उसका स्वभाव एवं व्यवहार उसे अवश्य विशेष बनाता है। अत्यन्त वाचाल है वह, और मुखर भी। मन में जो भी हो,निस्संकोच कह देती है। जो भी उसका मन कहे, बिना हिचके कर डालती है। दूसरों के दुःख से शीघ्र कातर हो उठती है तो दूसरों की प्रसन्नता देख सबसे अधिक प्रफुल्लित भी वही होती है। स्वयं उसे कोई दुःख है ऐसा कभी प्रतीत नहीं होता व हँसना-हँसाना उसके स्वभाव में है।

अलका को देख सुमित्र को सलोनी स्मरण हो आती है। ऐसी ही उन्मुक्त हँसी थी उसकी और ऐसी ही स्वच्छन्दता व्यवहार में। राजगृह में जितने भी वर्ष रहा और अपने कार्य से जितना भी समय निकाल सका, वह उसे खोजता ही रहा। कभी नगर-वीथियों में, तो कभी किसी उपनगर में। आसपास के गाँवों को भी उसने नहीं छोड़ा।

श्रावस्ती के दक्षिणी नगरद्वार पर सबका भव्य स्वागत हुआ। सुदत्त के साथ विशाखा भी थी।

"चरणस्पर्श दीदी! आप तो और भी भर गई हो।" अलका ने विशाखा के पैरों पर झुकते हुए चंचल मुस्कुराहट के साथ कहा।

"हाँ री, तनिक गदरा गई हूँ।"

"दीदी सँभल कर रहना! गदराने से मुटियाने की राह यहाँ से साकेत तक की राह से भी छोटी है।" अलका ने हँसते हुए ठिठोली की।

"आप इसकी बातों पर ध्यान मत देना दीदी।" अलका की ओर आँखें तरेरते हुए मल्लिका ने कहा। "यह तो कुछ भी अंडबंड बोलती है। आप जानती तो हैं इस दुष्टा को! सच तो यह है दीदी कि आप और भी अधिक सुन्दर लगने लगी हो!"

अलका और मल्लिका, दोनों की ही बात सच थी। और कारण है विशाखा को श्रावस्ती में मिला प्रेम, प्रशंसा व सम्मान।

ससुराल में पैर रखे अधिक दिन नहीं हुए थे विशाखा को जब उसके ससुर को समाचार मिला कि काली मिर्च के व्यापार में इस बार कई गुना लाभ हुआ है।

"विशाखा के सौभाग्य का प्रताप है यह।" मृगधर ने घोषणा कर दी। "अत्यन्त शुभ हैं पाँव मेरी प्यारी पुत्रवधू के!"

मिस्रदेश काली मिर्च का बड़ा उपभोक्ता है। भोजन में तो प्रयोग होती ही है यह, उससे भी अधिक मिस्रवासियों के जटिल धार्मिक कर्मकाण्ड तथा मृतकों

के अन्तिम संस्कार में भी उपयोग की जाती है। दक्षिणावर्त से इसे जलमार्ग द्वारा पर्शुदेश ले जाया जाता है एक खाड़ी से होते हुए, जिसके मुहाने पर उत्तर से आती एक नदी गिरती है। वहीं पर पश्चिमी जम्बूद्वीप स्थित आनर्त प्रदेश (सौराष्ट्र) से गए कुछ व्यापारियों ने ठिकाना कर लिया था, जो पूरी खेप क्रय कर लिया करते हैं और उनसे मिस्रदेश के व्यापारी यह काली मिर्च क्रय कर भूमिमार्ग से अपने देश ले जाते हैं। मिस्रदेश तक यद्यपि सीधा समुद्री मार्ग भी है लोहित-सागर होकर, परन्तु उसमें समुद्री दस्युओं का भारी प्रकोप हुआ करता था।

किन्तु जब से मिस्रदेश पर पर्शुदेश का शासन हुआ और दारायोश (Darius) नये सम्राट बने तब से पर्शुदेश की नौसेना इस सागर की चौकसी करने लगी, जिस कारण दस्युओं को अपना आखेट-स्थल अन्यत्र ढूँढ़ने पर विवश होना पड़ गया। यह समाचार पाकर मृगधर के बेड़े उस बार पर्शुदेश न जाकर लोहित-सागर होते हुए सीधे मिस्रदेश पहुँच गए और भारी लाभ अर्जित कर लौटे।

इसके साथ ही विशाखा अपने श्वसुर की अत्यन्त लाडली हो गई। पति तो पहले ही दिन से प्रेमासक्त था उस पर, अपने मृदु व्यवहार व मधुर वाणी से शीघ्र ही वह अन्य परिवारजनों की भी स्नेहपात्र हो गई। नवविवाहिता को परिजनों से निमन्त्रण मिलते ही हैं। ऐसे ही एक परिजन के घर वह गई तो दो माह बीतते न बीतते उस परिवार की एक महिला मिष्ठान्न लिये चली आई। विवाह को उसके दस वर्ष हो चुके थे परन्तु पाँव पहली बार भारी हुआ था। फिर किसी के घर गई वह तो उसका वर्षों से अटका कोई काम बन गया। इसी प्रकार किसी का असाध्य रोग आश्चर्यजनक रूप से ठीक होने लगा। अत: यह धारणा बनती गई कि उसके पैर बड़े शुभ हैं, कि उसका आगमन सौभाग्य लेकर आता है। अत: सब में होड़ लग गई उसे अपने घर बुलाने की, और जिस घर वह जाती वहाँ स्वाभाविक रूप से उसे विशिष्ट सम्मान भी प्राप्त होता।

बुद्ध के उपासक व उपासिकाएँ तो, चिंचा तथा सुन्दरिका-प्रकरण के उपरान्त जिनकी संख्या दिनोंदिन बढ़ती ही गई थी, उसकी मुक्तकंठ प्रशंसा करते नहीं थकते। नियम से प्रतिदिन दोपहर पश्चात् विशाखा जेतवन में होती है। बुद्ध से धर्मोपदेश सुनने के उपरान्त वह विहार में घूम-घूमकर भिक्षुओं और भिक्षुणियों की, यशोधरा के भिक्षुणी बनने के उपरान्त जिनकी संख्या भी विहारों में बढ़ती गई थी, आवश्यकताओं का पता लगाती है तथा उनकी पूर्ति की व्यवस्था करती है। अचिरवती में निर्वसन नहाती भिक्षुणियों को अन्य स्त्रियों के व्यंग्य-बाण झेलते देख उसने बुद्ध से आग्रहपूर्वक अनुमति लेकर उनके लिये प्रत्येक वर्षाकाल में अतिरिक्त चीवर उपलब्ध कराने का उत्तरदायित्व भी ले रखा है। साथ ही प्रतिदिन वह पाँच सौ भिक्षुओं को भोजन भी कराती है, भात और मालपुओं का।

सुदत्त ने विवाह की पूर्व-सन्ध्या को अत्यन्त लोकप्रिय नाटिका नल-दमयन्ती के मंचन की व्यवस्था कर रखी है। दर्शकों में सबसे आगे प्रसेनजित बैठा है, सुदत्त और धनञ्जय के साथ। अलका, मल्लिका और सुमित्र सबसे पीछे बैठे हुए हैं।

जुए में सब कुछ हारकर नल का दमयन्ती को ले वन में जाना फिर एक रात उसे सोते हुए छोड़ जाना, प्रत्येक दृश्य पर स्त्रियों के आँसू बह निकलते। पुरुष भी उतने ही मगन थे नाटक देखने में। वन में एक व्याघ्र उसके साथ बलात संसर्ग करना चाहता है परन्तु किसी प्रकार वह उसके पंजे से छूट कर भाग आती है। और फिर आरम्भ हुआ दमयन्ती का करुण-विलाप।

"कहाँ हो मेरे प्राणप्रिय? क्या अपराध था मुझ अभागन का? क्यों इस दुखियारी को त्याग दिया? न जिया जाता है प्राणनाथ तुम्हारे बिना, न ही यह प्राण छूटते हैं।"

तभी किसी के फूट-फूटकर रोने का स्वर सुनकर सब चौंक पड़े, दमयन्ती भी। प्रसेनजित उठ खड़ा हुआ। एक युवती दूसरी युवती के कन्धे पर सिर रखे बिलख रही थी। पास पहुँचा तो आश्चर्यचकित रह गया।

"तू तो वही मालिन है न!" उसके मुँह से निकल पड़ा। प्रसेनजित की दशा उस व्यक्ति सरीखी हो गई जिसका सर्वस्व लुट चुका हो और वह अपना खोया हुआ धन पुनः पाने की आशा पूरी तरह छोड़ चुका हो और तभी अचानक उसके घर स्वर्णमुद्राओं की वर्षा हो जाए।

मल्लिका का कन्धा पकड़कर उसने उसे अपनी ओर घुमाया और उसकी ठोड़ी उठाकर उलाहने भरे स्वर में पूछा,

"कहाँ थी अब तक, कहाँ रहीं इतने वर्ष?"

मल्लिका आँखें झुकाये आँसुओं की बरसात करती रही।

"कहाँ-कहाँ, कितना ढूँढा मैंने तुझे!" प्रसेनजित का स्वर भीगा हुआ था।

मल्लिका ने पहली बार सिर उठाकर उस युवक की आँखों में देखा जो उसका प्रथम व अन्तिम प्रेम था।

"मेरे साथ विवाह करोगी?"

मल्लिका तो कुछ नहीं कह सकी परन्तु अलका बोल पड़ी, जिसके कन्धे पर सिर रखे उसकी सखी दमयन्ती के दुःख में अपना दुःख देख बिलख उठी थी।

"तो आप हैं महाराज जिसे देख उस रात मेरी सखी रोते हुए भाग ली थी! क्यों नहीं करेगी आपके साथ विवाह?" मल्लिका की ठोढ़ी पकड़ अलका ने उसका मुख अपनी ओर घुमाया और उसकी आँखों में झाँकते हुए पूछा, "इन्हीं के लिये तो कुँवारी बैठी है न तू?"

"धत!" मल्लिका के आँसुओं से भीग रहे मुख पर लज्जा की लालिमा दौड़ गई।

सारे दर्शक अब तक रंगमंच के नाटक को भूल वास्तविक जीवन के इस नाटक को देखने घेरा बाँधकर खड़े हो गए थे।

"देख क्या रहे हैं आप? कह तो दी इसने हाँ!" प्रसेनजित को किंकर्तव्यविमूढ़ खड़ा देख अलका ने उलाहना दिया। "अब क्या आपको लिख कर दे?"

तुरन्त ही प्रसेनजित मल्लिका का हाथ पकड़ उसे रंगमंच पर खींच ले गया।

"मेरे पास खड़ी इस सुन्दर युवती का नाम मल्लिका है, जो मुझे अभी-अभी पता चला है। मैं सबके सामने स्वीकार करता हूँ कि मैं इससे प्रेम करता हूँ और इसके साथ विवाह की घोषणा करता हूँ।"

"किन्तु नानी...।" मल्लिका फुसफुसाई।

"साकेत में हैं न? उन्हें भी बुलवा लूँगा, रात में ही।" प्रसेनजित ने धीमे स्वर में कहा और फिर गूँजते हुए स्वर में दर्शकों को सम्बोधित किया।

"कल रात इसी रंगमंच पर विधिपूर्वक विवाह सम्पन्न होगा। आप सभी सादर आमन्त्रित हैं।"

प्रसेनजित मंच से उतरने लगा तो अलका दौड़ती हुई गई और मल्लिका को अपने साथ वहाँ ले आई जहाँ विशाखा खड़ी थी। किन्तु विशाखा कुछ कह पाती उसके पहले ही सुदत्त आ गया।

यह बेटी मेरे घर रहेगी, विवाह सम्पन्न होने तक।" कहकर सुदत्त मल्लिका का हाथ थाम जाने लगा किन्तु दो पग चलकर रुक गया। "और हाँ, तथागत सरयू तट पर अंजन वन पहुँच गए हैं। कल दोपहर उनका धर्मोपदेश होगा मेरे निवास पर। आप सभी आमन्त्रित हैं।"

अलका और सुमित्र तो निवृत्त होकर सवेरे-सवेरे ही सुदत्त के घर की ओर चल पड़े।

"मल्लिका कहाँ है?" अलका ने द्वार पर ही खड़े सुदत्त से पूछा। "मैं अलका हूँ, उसकी सखी।"

"हाँ, मल्लिका ने बताया था और तेरे आते ही तुझे भेजने को कहा था। चली जा, वह भीतर है हल्दी-उबटन के लिये।"

सुमित्र बाहर ही रुक गया।

"तुम सुमित्र हो न?" सुदत्त ने पूछा और उसे हाँ में सिर हिलाता देख बोला, "तो यहाँ क्यों खड़े हो? आँगन में जाओ, व्यवस्थाएँ देखो। धनञ्जय बड़ी प्रशंसा करता है तुम्हारी।"

'एक सहस्त्र व्यक्ति तो सरलता से बैठकर भोजन कर सकते हैं, सुमित्र ने प्रवेश करने के साथ ही विशाल आँगन को आँखों ही आँखों में नापा। परले छोर पर भट्टियाँ लगीं थीं जिन पर बड़े-बड़े कड़ाहे और भगौने चढ़े थे।

"क्या पक रहा है?" चर्चा आरम्भ करने के उद्देश्य से सुमित्र ने दो-हाथ लम्बा करछुल कड़ाहे में घुमा रहे तोंदियल व्यक्ति से पूछा।

"खीर, और उस भगौने में खिचड़ी! शाक्यमुनि को यही भोजन रुचता है। दोनों में से भी उन्हें अधिक रुचिकर खीर है।" पान खाते रहने से लाल हो चुके दाँतों को दिखाते हुए पाककर्मी मुस्कुराया।

तभी किसी स्त्री ने पुकारा।

"सुप्रिया, इधर तो आ!"

"आई भाभी!"

सुनते ही सुमित्र की धड़कनें बढ़ गईं। हो न हो यह तो कामिनी का स्वर है! घूमकर देखा। हाँ, कामिनी ही तो है! झलमल करते रक्तवर्ण कौषेय परिधान में झल-झल करते रत्नजटित स्वर्णालंकारों से लदी हुई! माणिक जड़ा शीशफूल, पीतमणियों जड़े कर्णफूल, हीरों का कंठहार, मुक्तामणियों का चन्द्रहार, नीलमणि जड़े मयूरपंखी भुजबन्ध, मर्कत मणि जड़ा सतलड़ा कटिबन्ध, झंकार करती चूड़ियाँ व झनझन करती पायल। आभूषणों की चमक-दमक में सुमित्र को किन्तु उसका नैसर्गिक सौन्दर्य खोता हुआ जान पड़ा।

तभी कामिनी की दृष्टि उसकी ओर घूमी और पल भर को वह ठिठक गई, किन्तु फिर तुरन्त ही गर्वित चाल से ठमक-झमक करती अपनी जेठानी पुण्यलक्षणा, जिसने उसे पुकारा था, के निकट जा पहुँची और पूछा,

"क्या है भाभी?"

"मेरे कक्ष में चल, बताती हूँ।"

"बड़ी माँ बड़ी माँ, मैं भी चलूँ।" लगभग छह वर्ष आयु की सुन्दर बालिका माला, चूड़ियाँ, पैंजनिया पहने दौड़ी चली आई।

"हाँ हाँ चल, तेरे बिना भला कोई काम चल सकेगा इस घर का!" पुण्यलक्षणा ने हँसकर बालिका के सिर पर हाथ फेरा। "सुनयना को भी लेती आ सुप्रिया।"

सुमित्र की आँखों में आँसू छलछला आए। भावावेश में आकर उसने अपनी बेटी की ओर जैसे ही डग भरा, कामिनी ने तिरस्कार भरी दृष्टि उसकी ओर फेंकी और सुनयना का हाथ थाम त्वरित गति से भीतर को चल दी।

कामिनी अब सुदत्त के छोटे भाई सुभूति की पत्नी है। कौशाम्बी में प्रथम परिचय के साथ ही दोनों में मेलमिलाप बढ़ा। कामिनी के मोहक हाव-भाव, चित्त को विचलित करती चाल तथा मौन निमन्त्रण देते नेत्रों ने कुछ ही दिनों में सुभूति को अपने मोहपाश में ऐसा बाँधा कि कामिनी के बिना उसे जीवन अपना निरर्थक प्रतीत होने लगा।

*

"तथागत आ गए! तथागत आ गए!"

चिल्लाते हुए एक दासी दौड़ी आई। सुमित्र चौंक उठा। उसे सुध ही नहीं थी वह कब से सिर झुकाये विचार निमग्न बैठा हुआ था।

तुरन्त ही प्रवेशद्वार पर सुदत्त के साथ पूरा परिवार एकत्रित हो गया बुद्ध की अभ्यर्थना करने। दासियाँ पानी भरा थाल ले आईं। पादप्रक्षालन कर उन्हें आसन दिया गया। आँगन में बैठकर उन्होंने तथा उनके साथ आये पाँच सौ भिक्षुओं ने आहार ग्रहण किया। भोजन समाप्त कर सभी भिक्षु एक साथ ही उठे, तब तक बुद्ध भी बैठे रहे।

आगे बढ़कर बुद्ध की सेवा में लगी हुई कामिनी को सुमित्र पूरे समय देखता रहा किन्तु कामिनी ने एक बार भी उसकी ओर दृष्टि नहीं डाली। सुनयना भी फिर नहीं दिखी। सुमित्र समझ गया, कामिनी नहीं चाहती वह अपनी बेटी से मिले। उसका जी कसक उठा और आँखें भर आईं। कौशाम्बी में सुनयना के साथ बिताये दिनों का स्मरण कर उसका हृदय गहरी पीड़ा से भर उठा तथा फूट-फूटकर रोने की इच्छा बलवती होती गई। किन्तु गहरी साँसें भरकर उसने किसी प्रकार इस इच्छा को नियन्त्रित किया।

भोजन से उठने पर सुदत्त ने बुद्ध के हाथ धुलवाये और एक ऊँचे आसन पर विराजमान होने का निमन्त्रण देते हुए उनसे धर्मोपदेश करने का निवेदन किया। किन्तु वे तब तक मौन बैठे रहे जब तक सभी उपस्थित व्यक्ति धरती पर उनके समक्ष बैठ नहीं गए तथा शान्त नहीं हो गए। खड़े हुए, चल रहे, रथ में या अपेक्षाकृत ऊँचे आसन पर बैठे व्यक्तियों को धर्मोपदेश न देने के निर्देश उन्होंने सभी भिक्षुओं को भी दे रखे थे।

"आयुष्मानो! जीवन का सच क्या है? इसका यथार्थ क्या है? यह जानने के लिये आवश्यक है कि जो कुछ हमारे आसपास घटित हो रहा है उसे हम समझें। इसे समझने के लिये हमें यह विवेचना करनी होगी कि घटित हो रहे इस घटनाक्रम में क्या विशेष है। ऐसा करने पर हम जानेंगे इसमें विशेष यह है कि घटनाक्रम अनवरत चल रहा है। एक घटना घटती है, बीत जाती है, फिर दूसरी घटती है। यह घटनाक्रम एक प्रवाह है। एक घटना से दूसरी घटनाएँ जन्मती हैं, उन घटनाओं से अन्य घटनाएँ। इस प्रकार प्रत्येक घटना किसी अन्य घटना पर आधारित है, आश्रित है। इस कार्य-कारण सम्बन्ध को कहते हैं प्रतीत्यसमुत्पाद।"

"आयुष्मानो! मानव-जीवन मूलतः दुखमय है। व्यक्ति जन्म लेता है, वृद्ध होता है, मृत्यु को प्राप्त होता है, इस संसार से चला जाता है और फिर पुनः जन्म लेता है। यह सभी कुछ दुखमय है। किन्तु मनुष्य को इस दुष्चक्र से बाहर निकलने का मार्ग ज्ञात नहीं।"

"तो यह मार्ग कैसे खोजा जाए? इसके लिये हमें यह विचार करना चाहिये कि क्या अनिवार्यतः घटित होता है जिससे मनुष्य वृद्धावस्था को प्राप्त होता है। ऐसा क्या आवश्यक रूप से घटित होता है जिस कारण से मृत्यु होती है। गहराई से यह

विचार करने पर हम पाते हैं कि वृद्धावस्था एवं मृत्यु तभी घटित हो सकते हैं जब कि जन्म घटित हो।"

"आयुष्मानो! क्या तुम लोग जानते हो जन्म का होना किस पर निर्भर है? जन्म का कारण है जन्म ग्रहण करने की प्रवृत्ति। यह प्रवृत्ति किस कारण होती है? यह होती है सांसारिक विषयों के प्रति उपादान अर्थात् उनसे लिपटे रहने की इच्छा के कारण, आसक्ति के कारण। तो फिर प्रश्न उठता है उपादान किस कारण से उत्पन्न होता है? यह उत्पन्न होता है शब्द, रूप, स्पर्श आदि विषयभोगों की वासनाओं से, इन्हें अनुभव करने की इच्छाओं से, इन्हें प्राप्त करने की लालसाओं से, तृष्णा से। जीवन के प्रति आसक्ति इन इच्छाओं, इन लालसाओं से ही उपजती है; तृष्णा से ही उपजती है।"

"तो अब जानना यह है कि तृष्णा का उद्‌भव कहाँ से है? लालसा उपजती कैसे है? आयुष्मानो! इसके मूल में है वेदना अर्थात इन्द्रियों के द्वारा प्राप्त संवेदनाएँ, हमारे आसपास जो भी घटित हो रहा है उसे अनुभव करने की क्षमता। इन अनुभूतियों में अच्छी-बुरी, सुन्दर-असुन्दर, मधुर-कटु, आनन्ददायक-पीड़ादायक यह अन्तर करने की हमारी योग्यता अथवा क्षमता ही आसन्न स्रोत है लालसा का! यही है कारण तृष्णा का!"

"हमें एक स्पर्श अच्छा लगता है और हम उसे पुन: अनुभव करना चाहते हैं। एक गन्ध मधुर लगती है और हम उसे बार-बार सूँघना चाहते हैं। कहीं कुछ सुन्दर देखते हैं और हमें पुन: पुन: उसे देखने की इच्छा होती है; उसे पाने की इच्छा होती है। वह न मिले तो दु:ख होता है, किसी और को मिल जाए तो और भी अधिक दु:ख होता है। इस सब से स्वयं को कैसे बचाया जाए?"

"आयुष्मानो! एक कथा सुनाता हूँ। ध्यान देकर सुनना। किसी नगर में चौराहे पर भीड़ लगी थी। सब चिल्ला रहे थे: विश्वसुन्दरी! विश्वसुन्दरी! मंच पर अत्यन्त सुन्दर युवती नृत्य कर रही है जिसे देख यह भीड़ उन्मत्त हो रही है। एक युवक वहाँ से जा रहा था। नर्तकी को देखते ही वह उसके प्रेम में पड़ जाता है। वह उसके निकट जाना चाहता है परन्तु भीड़ उसे मार्ग ही नहीं देती। तभी दो सैनिक आते हैं हाथों में खड्ग लिये और कहते हैं: यदि तुम चाहो तो हम तुम्हें विश्वसुन्दरी तक पहुँचा सकते हैं। परन्तु तुम्हें हमारा एक काम करना होगा। प्रेम में पागल युवक बिना सोचे-समझे स्वीकृति दे देता है। तत्क्षण ही सैनिक एक कटोरा जो ऊपर किनारे तक तेल से भरा था उसके सिर पर रख देते हैं, और कहते हैं: चलो तुम इसे मंच की ओर चलो। हम राह बनाते हुए आगे-आगे चलते हैं। किन्तु ध्यान रहे, तेल की एक बूँद भी न छलके! अन्यथा हम उसी पल तुम्हारा सिर उड़ा देंगें!"

"आयुष्मानो! अब क्या समझते हो क्या हुआ होगा? वह युवक विश्वसुन्दरी को भूल गया। उसे देखना भूल गया। उसके नृत्य का आनन्द लेना भूल गया।

उसका पूरा ध्यान अब कटोरे पर था, उसमें भरे तेल पर था। और हृदय में यह भय था कि कहीं ठोकर न लग जाए, भूलवश तेल कहीं छलक न जाए। विश्वसुन्दरी वे प्रलोभन हैं जो दिन-रात हमें मिलते हैं। कटोरे में भरा तेल है मृत्यु, जो किसी भी पल तुम्हें अपने क्रूर पंजों में जकड़ लेगी। सदा के लिये तुम्हें उन सबसे दूर कर देगी जिन्हें तुम प्रेम करते हो, जिन्हें तुम प्राणों से भी अधिक चाहते हो। कटोरे में भरा तेल है वृद्धावस्था, जो तुम्हारा स्वास्थ्य व सौन्दर्य छीनकर तुम्हें कब असहाय व लाचार बना देगी तुम नहीं जान सकते। वह तेल है भीषण व्याधियाँ जो न जाने कब तुम्हें अपनी जकड़ में ले लेंगी और इसी जीवन में नरक का अनुभव करा देंगी। यह सत्य यदि तुम्हारे ध्यान में रहा हर दिन, हर घड़ी, हर पल; तो समस्त प्रलोभन स्वयं ही तुमसे दूर हो रहेंगे। लालसाएँ तुम्हारे निकट फटकेंगीं भी नहीं। और इस स्थिति को प्राप्त करने का निश्चित मार्ग है। वह मार्ग है अष्टांग मार्ग, धम्म का मार्ग।"

"आयुष्मानो! इस जीवन को यूँ ही मत गवाँ देना। इसे व्यर्थ मत जाने देना।"

सुमित्र पूरे समय बड़े ध्यान से बुद्ध को देखता, सुनता रहा था। कैसी अनिर्वचनीय शान्ति मुख पर, कैसा अद्भुत तेज! और हृदय में गहरे तक उतर जानेवाली मधुर वाणी! अभिव्यक्ति तो ऐसी स्पष्ट व सरल मानो किसी बालक को समझा रहे हों।

बुद्ध के वचन सुनते हुए सुमित्र के सन्तप्त मन में शान्ति छाने लगी थी। हृदय की पीड़ा मिटी तो नहीं थी परन्तु सहनीय अवश्य हो गई।

रात्रि में जब प्रसेनजित और मल्लिका का विवाह सम्पन्न हो रहा था और वैवाहिक मन्त्र पढ़े जा रहे थे, अलका की आँखें पूरे समय सुमित्र को ही ढूँढतीं रहीं। परन्तु वह कहीं नहीं दिखा। सारी रात नहीं। अगले दिन भी नहीं।

अन्तर्द्वन्द्व

ऊषा ने आकाश में अपना रंग-बिरंगा आँचल लहराना आरम्भ किया ही था कि सैकड़ों लोग एक खुली हुई पालकी उठाये अचिरवती के तट पर पहुँच गए। आगे-आगे एक व्यक्ति चाल के साथ ढोलक पर ताल देता जा रहा था। पालकी पर पूर्णतः नग्नावस्था में एक अत्यन्त वृद्ध व्यक्ति ढेरों फूलमालाएँ गले में डाले आँखें बन्द किये बैठा था। पालकी को नीचे रख वृद्ध को सहारा देकर जैसे ही खड़ा किया गया, साथ आये लोग जयजयकार कर उठे।

"काश्यप बुद्ध की जय हो! काश्यप बुद्ध अमर रहें!"

इसके साथ ही ढोलकिये ने ढोलक को तीव्रगति से पीटने में अपनी पूरी शक्ति लगा दी। निकट ही स्थित आम्रवन में वृक्षों पर बैठ मधुरगान सुनाते पक्षी इन कर्णकटु ध्वनियों से विचलित हो च्याऊँ-च्याऊँ का कर्कश निनाद करते हुए आकाश में चक्कर काटने लगे। टाँगों को सिकोड़ रेत पर सोये पड़े सुमित्र की नींद इस कोलाहल से टूट गई।

वृद्ध व्यक्ति ने हाथों को उठा शान्त होने का संकेत देकर धीमे स्वर में कहना आरम्भ किया।

"सत्य यदि अपरिवर्तनशील है, तो जो परिवर्तित हो रहा है वह सत्य नहीं हो सकता। संसार अचिर है। जीवन अचिर है। यह शरीर भी अचिर है। अतः न यह शरीर सत्य है, न यह जीवन और न ही यह संसार। फिर इनसे मोह क्यों? यह शरीर अब किसी काम का नहीं रहा। इसे मैं ढोता रहूँ और फिर एक दिन ऐसा आए कि मैं शय्या से उठ भी न सकूँ। क्यों? किसलिये? व्यर्थ ही कष्ट सहता भी रहूँ, देता भी रहूँ। अतः मैं स्वेच्छा से यह शरीर त्याग रहा हूँ। यही धर्म-सम्मत है।"

"भगवन, अभी तो स्वस्थ हैं आप! देहत्याग क्या कुछ वर्ष के लिए टाला नहीं जा सकता?" सिसकते हुए किसी ने कहा।

"हाँ भगवन, अभी तो और जी सकते हैं आप! हम सब अनाथ हो जायेंगे आपके बिना।" एक और भीगा हुआ स्वर उठा।

"जब तक शरीर इस योग्य है कि स्वयं ही देहत्याग कर सकूँ, तब ही ऐसा करना उचित है। यह स्थिति कुछ माह उपरान्त नहीं रहेगी। रोते क्यों हो? प्रसन्न-

मुख हो मुझे विदा करो। मैं निर्वाण प्राप्त करने जा रहा हूँ। इस संसार में आवागमन से मुक्त होने जा रहा हूँ।"

शरीर आत्मा का वाहन है। इसे अश्व कह लो, अश्वयान कह लो या रथ कहो। अश्व बूढ़ा या रोगी हो जाए, भार को वहन करने में अक्षम हो जाए अथवा यान में अत्यधिक टूट-फूट हो जाए तथा वह जब-तब मार्ग में बैठ जाए तो ऐसे में नया अश्व, नया यान ले लेना ही बुद्धिमानी है। यह मत कई आचार्यों का है इन दिनों। फिर जिन्हें विश्वास है कि उन्हें बुद्धत्व प्राप्त हो चुका है, उन्हें तो यह भी भलीभाँति ज्ञात है कि देहत्याग के पश्चात् उनका निर्वाण सुनिश्चित है।

सम्बोधन समाप्त कर वृद्ध आचार्य नदी में तब तक उतरते चले गए जब तक कि वे डूब नहीं गए।

सुमित्र चकित हो उन्हें देखता रह गया। तभी काश्यप बुद्ध के अनुयायियों का रुदन विलाप में परिवर्तित हो गया। काश्यप बुद्ध का शव नदी की सतह पर तैर रहा था। क्यों न मैं भी इसी प्रकार इस निरर्थक जीवन से छुटकारा पा लूँ? सुमित्र के मन में एक पल को यह विचार आया, किन्तु अगले ही पल उसने उसे दूर छिटक दिया।

कामिनी के चले जाने के उपरान्त जंगलों में भटकते हुए उसे इस संसार से गहरी विरक्ति हो चली थी। तब भी यह विचार आया था उसके मन में, अपना जीवन समाप्त कर देने का। परन्तु साहस नहीं हुआ। फिर कड़ी तपस्या कर इस जीवन से तथा इस कुटिल संसार से अन्तिम मुक्ति पाने के विचार से वह मगध चला गया और कई दिनों तक वहाँ भिन्न-भिन्न प्रकार से तप करते संन्यासियों को देखता हुआ विचरता रहा।

कोई मृगव्रती था अत: मृग की भाँति ही चल-फिर रहा था दोनों हाथों व पैरों पर, तथा घास को अपने दाँतों से काटकर खा रहा था। किसी ने कूकर-व्रत ले रखा था और कुत्ते जैसा व्यवहार कर रहा था। कोई कुक्कुट-व्रती था तो कुक्कुट की भाँति उकड़ू बैठे-बैठे ही फुदक-फुदक कर चलता था, और धरती पर पड़े जंगली चावल एवं अन्न के दाने अपने मुँह से ही चुगा करता था।

जो किसी पशु या पक्षी की भाँति व्यवहार नहीं कर रहे थे उनमें कुछ ने वृक्षों से गिरे पक्षियों द्वारा कुतरे हुए फलों को खाकर ही जीवनयापन का प्रण ले रखा था, तो कोई मात्र पत्ते खाकर ही अपने प्राणों को शरीर में समाये हुए था। कोई अत्यल्प आहार ले रहा था तो कोई कई-कई दिन तक निराहार ही रहता था। कोई पानी पीकर जीवित था तो कोई यज्ञादि से उठा धुआँ श्वास के द्वारा अन्दर खींचकर, और कोई मात्र सूर्यकिरणें सोखकर।

किन्तु कुछ लक्षण समान थे इन सभी में। पेट और पीठ सबके एक हो चुके थे। अस्थियों का ढाँचा ऐसा प्रतीत होता था कि अभी वह त्वचा फाड़कर बाहर निकल आएगा। मुड़े हुए घुटने और दोहरा होता जाता शरीर। यह देख-देख वह

घबरा उठा और निरंजना नदी के तट पर सारा दिन सोच-विचार में पड़ा रहकर वहीं सो गया था। सवेरे हाथ-मुँह धोकर बैठा ही था कि देखा एक संन्यासी नदी से बाहर आते हुए मूर्छित हो मुँह के बल गिर पड़ा है। जिस समय दूसरे लोग उसे मरा हुआ जान उसके अन्तिम क्रियाकर्म की चर्चा कर रहे थे, वह दौड़कर गया और पास ही बकरियाँ चराते युवक से दूध माँगकर दोनों हाथों की अंजुलि में भर लाया। परन्तु जब तक वह लौटा, संन्यासी वहाँ से जा चुका था। इस घटना के पश्चात् तो तपस्या करने का विचार उसके मस्तिष्क से समूल ही निकल गया और सलोनी की स्मृति उसे सताने लगी, जिसे ढूँढते हुए वह राजगृह जा पहुँचा था।

गत सन्ध्या जब अन्य सभी लोग विवाहस्थल की ओर जा रहे थे, सुमित्र अचिरवती की ओर चला आया था। बुद्ध का धर्मोपदेश सुनकर उसके मन में भीषण संघर्ष उठ खड़ा हुआ था। लगभग सारी रात ही वह नदी की लहरों पर चन्द्रमा के बनते-बिगड़ते प्रतिबिम्बों में अपने विगत जीवन को देखते बैठा रहा था, जिसमें उसे मात्र भटकाव ही भटकाव दृष्टिगोचर हो रहा था। एक ऐसी यात्रा जिसका कोई उद्‌देश्य नहीं, कोई गन्तव्य नहीं!

'बुद्ध कह रहे थे इस जीवन को यूँ ही व्यर्थ मत जाने देना, और वही मैं कर रहा हूँ। राजगृह में स्वामी के यहाँ पहले भी उन्हें सुना था, और फिर साकेत में भी। परन्तु उनसे इतना प्रभावित, इतना अधिक उनकी ओर आकर्षित वह कभी नहीं हुआ। कहीं यह कामिनी के व्यवहार से उपजे सन्त्रास के कारण तो नहीं?' उसने स्वयं से पूछा।

कामिनी का स्मरण आते ही सुनयना की स्मृति भी चली आई थी और वह देर तक फफकता रहा। यूँ ही रोते, सोचते हुए रात का तीसरा प्रहर भी जागे हुए ही बीत गया था और भोर होते ही कोलाहल के कारण उसकी नींद टूट गई।

काश्यप बुद्ध के शिष्यों को रोता-बिलखता देखते हुए सुमित्र कुछ देर नदी तट पर ही बैठा रहा और फिर एक निश्चय के साथ उठकर चल दिया।

"कहाँ थे तुम रात भर?" अलका उसे सुदत्त के भवन के बाहर ही मिल गई। "कितना ढूँढा सबने! चलो, मेरे साथ चलो।" सुमित्र का हाथ पकड़ उसे वह खींचते हुए ले चली।

धनञ्जय सुमित्र को देखते ही फट पड़ा।

"कहाँ रह गए थे? न किसी से कुछ कहा, न बताया! देर रात तक तुम्हारी प्रतीक्षा होती रही। कहाँ रहे रात भर?"

सिर झुकाये हुए सुमित्र मौन खड़ा रहा।

"क्या हुआ सुमित्र?" धनञ्जय के माथे पर चिन्ता की रेखाएँ उभर आईं। "सब कुशल तो है?"

"मैं प्रव्रज्या लेना चाहता हूँ स्वामी, तथागत से।"

"तुम्हारा यह संकल्प तो श्लाघ्य है, मैं तुम्हें रोकूँगा नहीं। किन्तु सुजाता का विवाह सम्पन्न होने तक तो रुक जाते! और फिर वे तो अभी श्रावस्ती में हैं भी नहीं।"

"फिर कहाँ हैं?"

"परिभ्रमण पर। मात्र वर्षाकाल में ही तो वे किसी विहार में रहते हैं। यह तो सुदत्त के और मेरे आग्रह पर वे एक दिन के लिये लौट आए थे।"

"अब वे कहाँ होंगे स्वामी?"

"कौशाम्बी के मार्ग में। तो तुम नहीं रुकोगे सुजाता के विवाह तक भी?"

सुमित्र की आँखों में आँसू छलछला आए।

"मुझे न रोकें स्वामी।" कहकर सुमित्र ने धनञ्जय के पैर छुए। "स्वामिनी से मेरा चरण-स्पर्श कहियेगा।"

जैसे ही सुमित्र चलने को हुआ, आँसू बहाती अलका ने हाथ पकड़ लिया।

"मल्लिका से तो मिल लो! विवाह के समय भी तुम नहीं थे।"

"उसे मेरा आशीर्वाद देना अलका।" और हाथ छुड़ाकर सुमित्र पलटा तथा लम्बे डग भरता हुआ चल दिया।

"अपनी वस्तुएँ तो लेते जाओ, वस्त्रादि!" अलका चिल्लाई यह सोच कि कदाचित इसी निमित्त सुमित्र को रोक सके तो कदाचित उसे समझा पाए कि वह प्रव्रज्या न ले।

"उनको वितरित कर देना!" कहते हुए सुमित्र ने अपनी गति बढ़ा दी।

"कुछ खा तो लो, कल से कुछ खाया भी नहीं होगा!" वह पीछे-पीछे दौड़ी।

सुमित्र उसे अनसुना करते हुए भाग खड़ा हुआ।

महाराज प्रसेनजित के विवाह के उपलक्ष्य में पूरे श्रावस्ती में भोजन-वितरण पंडाल लगे थे। कड़ाहों में पूड़ियाँ छनछना रही थीं। बेसन की बूँदियाँ शीरे में तैर रही थीं। हलवा भुनने की गन्ध तो रात्रि को ही समाचार के साथ-साथ आसपास के गाँवों में पहुँच गई थी, और श्रावस्ती के मार्गों पर तड़के से ही मुँह में पानी भरे ग्रामीणों का ताँता लग गया था जो अपनी नई रानी से मिलकर उन्हें भेंट करने हेतु जिससे जो बन सका था सो ले आए थे: दूध, दही, घी, मुर्गी, गन्ना, लाख की चूड़ियाँ, मनकों का हार।

सुमित्र की भूख को भी एक पंडाल से आती सुगन्ध ने जगा दिया और क्षुधा शान्त कर वह कौशाम्बी की दिशा में बढ़ चला।

धूप सुहानी लग रही थी। आकाश प्रवासी पक्षियों से भरा था। राह में पड़ते ग्रामों में युवतियाँ व स्त्रियाँ कुओं की जगत पर बैठी बतिया रही थीं। उन्हें देख सुमित्र को अलका का स्मरण हो आया। 'क्या वह भी मुझे चाहने लगी है?' किन्तु तुरन्त ही उसने इस विचार को झटक दिया। 'अब मैं नया जीवन आरम्भ करने जा रहा हूँ, और उसमें मायामोह का कोई स्थान नहीं है।'

एक प्रहर पश्चात् वह वनक्षेत्र में था। पगडंडी पकड़ चलते हुए उसे विचार आया, 'तथागत इसी पगडंडी को पकड़ कौशाम्बी जा रहे होंगे। कितने सुहाने दिन थे जो कौशाम्बी में बीते! अब तक तो मागन्धिया का विवाह हो गया होगा। कौन रहा होगा वह भाग्यशाली पुरुष! कामिनी के साथ विवाह कर मैं भी तो स्वयं को भाग्यशाली समझ रहा था। किन्तु हुआ क्या? परन्तु अब मैं यह सब क्यों सोच रहा हूँ?'

शाम होते-होते वह एक गाँव के निकट जा निकला। एक बछड़ा रँभाते हुए वन की दिशा से भागा चला आ रहा था, कदाचित अपनी माँ को खोजता हुआ। उसे देख सुमित्र को अपना बचपन तथा आश्रम से भाग निकलना स्मरण हो आया और माँ की स्मृति से आँखें भीग गईं।

धूप सिमटते ही ठंड बढ़ चली थी। रात्रि उसने भूसे के एक ढेर में घुसकर जैसे-तैसे काटी। तड़के ही फिर जो वह चला तो दोपहर तक उसे बुद्ध के पीछे-पीछे चलता हुआ भिक्षु-दल दिख गया। बिना कोई ध्वनि किये व सिर झुकाये तथा भूमि पर दृष्टि जमाये चार-पाँच सौ भिक्षु मन्थर गति से चले जा रहे थे। उनके पीछे कई बैलगाड़ियाँ थीं और बैलगाड़ियों के पीछे भिखारियों का समूह।

बुद्ध जब भी किसी नगर से सैकड़ों भिक्षुओं के साथ परिभ्रमण पर निकलते, वहाँ के श्रेष्ठी-साहूकार पीछे से सेवकों के साथ बैलगाड़ियों में भरकर दाल, अनाज, घी, नमक, भांडे इत्यादि भेज देते। जहाँ यह भिक्षु-दल रुकता, जंगल से जलावन बटोर वे सेवक खिचड़ी पका देते। भिक्षुओं और सेवकों के खा चुकने के पश्चात् बचा-खुचा भिखारियों में वितरित हो जाता।

बुद्ध भी इस पर आपत्ति नहीं उठाते। उन्हें अनुमान है कि मार्ग में ग्रामवासी पाँच-सौ भिक्षुओं को भोजन नहीं करा सकते। परन्तु वे स्वयं तथा उनके कुछ विशेष शिष्य मात्र भिक्षा से ही निर्वाह करते हैं, जो कुछ मिल जाए अथवा न भी मिले।

सुमित्र भिक्षुदल के साथ-साथ चलता रहा। तीसरे पहर एक गाँव में भिक्षाटन कर बुद्ध ने भोजन किया और एक वृक्ष के नीचे दो घड़ी लेटने के पश्चात् जैसे ही वे उठकर बैठे, सारे ग्रामवासी उनका उपदेश सुनने एकत्रित हो गए ।

"अच्छी उपज पाने के लिये क्या करते हो?" सबसे आगे बड़ा-सा पग्गड़ लगाये बैठे एक अधेड़ ग्रामीण की ओर देखते हुए पूछा।

"खेत में अच्छा बीज डालते हैं भगवन!"

"जीवन में शान्ति व सन्तुष्टि पाने के लिये अच्छा बीज है धम्म। और तुम्हारे लिये धम्म है हिंसा न करना, झूठ न बोलना, चोरी नहीं करना, पराई स्त्री पर कुदृष्टि न डालना। किन्तु अच्छा बीज डालने के उपरान्त हाथ पर हाथ धरे बैठ जाते हो क्या?"

"नहीं भगवन! पानी देते हैं, निंदाई करते हैं, गोड़ते हैं।"

"भिक्षुओं को भिक्षा देना, दान देना ही पानी देना है। मन में से द्वेष, घृणा, लालच निकाल फेंकना ही नींदना, गोड़ना है।"

धर्मोपदेश देने के पश्चात् बुद्ध ध्यानस्थ हो बैठ गए। अब तक ठंड इतनी तो हो चुकी थी कि रात्रि-विश्राम खुले में हो पाना कठिन ही था। कुछ भिक्षुओं ने गौशालाओं में रुकना निश्चित किया, कुछ ने भूसागारों में। शेष धूनी जलाकर खुले में ही पड़ गए। बुद्ध के शयन की व्यवस्था छोलदारी में की गई।

जिन गाँवों में कुतूहलशालाएँ अथवा शालाएँ नहीं हैं वहाँ ग्रामीणों ने छोलदारियाँ बना रखी हैं जो लकड़ी के लट्ठों और बाँसों का ढाँचा मात्र हुआ करता है, जिसे धूप में तपाकर पकाये हुए कवेलुओं से छा लिया जाता है। गोबर से लिपे कच्चे फर्श पर बच्चों ने घास के पुआल बिछा दिये थे।

सुमित्र समझ नहीं पा रहा था, प्रव्रज्या लेने की अपनी इच्छा बुद्ध तक कैसे पहुँचाए। कोई मार्ग न सूझने पर उसने एक भिक्षुक से पूछा तो वह उसे छोलदारी ले गया जिसके सामने एक सौम्य-मुख भिक्षु टहल रहे थे।

"आचार्य सारिपुत्र! यह युवक प्रव्रज्या लेना चाहता है।"

"क्यों लेना चाहते हो?" आचार्य सारिपुत्र ने तौलती हुई दृष्टि से सुमित्र को देखते हुए बुद्ध ने पूछा। "इस कारण तो नहीं कि भिक्षा सरलता से मिल जाती है? जीवन-निर्वाह के साधन सहज उपलब्ध हो जाते हैं?"

"नहीं आचार्य! इस जीवन से मुझे विरक्ति हो चली है।"

"सत्य कहते हो?"

"शपथपूर्वक कहता हूँ आचार्य!"

"तब ठीक है। ध्यान से अब मेरे प्रश्न सुनो और उनका सत्यतापूर्वक उत्तर दो। तुम समलैंगिक, नपुंसक अथवा उभयलिंगी तो नहीं हो? कुष्ठरोग, यक्ष्मा, अपस्मार, छाजन अथवा नासूर से पीड़ित तो नहीं हो?"

"नहीं आचार्य!" प्रश्न सुनकर उपजे आश्चर्य को मुख पर न लाते हुए सुमित्र ने विनम्रतापूर्वक उत्तर दिया।

"तुम सैनिक तो नहीं? किसी के दास तो नहीं? किसी का तुम पर ऋण तो शेष नहीं?"

"नहीं आचार्य!"

"तुम्हारे माता-पिता व पत्नी की सहमति है इसमें?"

"मेरे माता-पिता तो मुझे बचपन में ही छोड़ गए थे आचार्य, और अब पत्नी भी छोड़ चुकी है।"

"ठीक है। कल प्रात:काल मेरे पास आओ। किन्तु ध्यान रखो। चार माह की परिवीक्षा-अवधि रहेगी। यदि तुम्हारा कार्य-व्यवहार सन्तोषजनक नहीं रहा तो संघ से बाहर कर दिये जाओगे।"

देर रात तक सुमित्र उस भिक्षु के साथ चर्चा करता रहा। निरंजना नदी के तट पर बुद्ध के मूर्छित हो जाने का प्रसंग सुन वह चमत्कृत रह गया। उसे विश्वास ही नहीं हो पा रहा था कि बुद्ध वही संन्यासी हैं जिनके लिये वह बकरी का दूध ले लाया था! इतनी बार उन्हें देखने के पश्चात् भी पहचान नहीं पाया कभी। धरती और आकाश का अन्तर है उस संन्यासी में और इनमें। कैसी सोने-सी दमकती त्वचा है अब तो!

अगले दिन सवेरे उस्तरे से सिर घुटवाने के पश्चात् नहा-धोकर तथा सारिपुत्र का दिया हुआ काषाय अन्तर्वासक पहन सुमित्र घुटनों और एड़ियों के बल बुद्ध के सामने बैठा था, दोनों हाथों को जोड़े हुए।

"तथागत! आयुष्मान सुमित्र उपसम्पदापेक्षी है। मैंने इसका उपाध्याय बनना स्वीकार कर उसे भिक्षापात्र व चीवर प्रदान किया है। क्या मैं संघ से सहमति प्राप्त करूँ?"

तथागत की मौन सहमति पा सारिपुत्र ने भिक्षुओं की ओर उन्मुख हो तीन बार दोहराया, "उपस्थित भिक्षुओं में से किसी को यदि आयुष्मान सुमित्र को उपसम्पदा देने में कोई आपत्ति हो तो कहे।"

भिक्षुओं के मौन को अनापत्ति मान बुद्ध ने सुमित्र से पूछा,

"वत्स! क्या तुमने भली-भाँति विचार कर लिया है? परिव्राजक जीवन कठिन है। उपासक धर्म भी श्रेष्ठ है।"

"जी भगवन! मैं निश्चय कर चुका हूँ।"

"आशा करता हूँ अपने निश्चय पर अडिग रहोगे! प्रवज्या लेने के पश्चात् तुम्हें पाँच व्रतों का पालन करना होगा। कभी किसी प्राणी के प्रति हिंसा नहीं करोगे; कभी असत्यभाषण नहीं करोगे; जो तुम्हारा नहीं है उसे बिना अनुमति कभी नहीं लोगे; आवश्यकता से अधिक का कभी लालच नहीं करोगे और ब्रह्मचर्य का पालन करोगे। कर सकोगे? शपथपूर्वक कह सकते हो कि इन व्रतों का निष्ठापूर्वक पालन करोगे?"

"शपथ लेता हूँ तथागत।"

बुद्ध ने सारिपुत्र को संकेत दिया और अपने उपाध्याय के निर्देशानुसार सुमित्र ने तीन बार उद्घोष किया।

"बुद्धम् शरणम् गच्छामि! धम्मम् शरणम् गच्छामि! संघम् शरणम् गच्छामि!"

"एहि भिक्षु।" बुद्ध के यह कहने के साथ ही सुमित्र संघ का सदस्य हो गया।

अब तक अन्य सभी भिक्षु बुद्ध के सामने घेरा बना कर बैठ चुके थे, धर्मोपदेश सुनने हेतु।

"भिक्षुओ! दो प्रकार की अतियाँ हैं जिनसे तुम्हें बचना है। कौन-सी दो अतियाँ? एक अति है भोग-विलास की, और दूसरी है काया-क्लेश की। एक अति

वह जिसमें इन्द्रिय-सुखों के पीछे ही मनुष्य भागता रहता है। दूसरी अति वह जिसमें शरीर को कष्ट देना और पीड़ा पहुँचाना ही एकमात्र कर्म शेष रहता है। तुम्हें इन दोनों ही अतियों से बचना है।"

"भिक्षुओ! दु:ख न होने पर भी उसे ओढ़ नहीं लेना है, और न ही धम्म-सम्मत सुखों से स्वयं को वंचित रखना है। परन्तु साथ ही उन सुखों के प्रति आसक्ति-भाव भी नहीं रखना है। हमें न दिव्य सुखों की चाहत रखनी है, न ही सांसारिक सुखों की इच्छा पालनी है। किन्तु जीवन की आवश्यकताओं को पूरा करने में कोई बुराई नहीं है। शरीर को धूप व वर्षा से बचाना, ठंड से तथा मच्छरों-कीड़ों से बचाव के लिये शरीर को वस्त्रों से ढक कर रखना, शरीर को स्वस्थ रखने के उपाय करना: ये सभी कर्म धम्म-सम्मत हैं।"

"भिक्षुओ! काया-क्लेश से इन्द्रियों पर विजय प्राप्त नहीं होती, न ही इस लोक या परलोक में सुख प्राप्त करने की लालसा मिटती है। आत्म-प्रतारणा मुक्ति का मार्ग है ऐसा समझना मात्र आत्मवंचना है। अँतड़ियाँ जलाने से ज्ञान का प्रकाश नहीं मिलता। निर्वाण आत्मदमन, आत्मपीड़न से नहीं आत्मनियन्त्रण, आत्मचिन्तन व आत्मबल से ही प्राप्त होगा।"

"अत: शरीर को कष्ट देने के प्रयास तुम्हें नहीं करना है। तो फिर क्या करना है? करना यह है कि उठते-बैठते, सोते-जागते, रुकते-चलते, कहते-सुनते, खाते-पीते, नहाते-धोते, मूत्र-विसर्जन व शौच करते हुए भी प्रतिपल तुम्हें स्वयं को स्वयं के प्रति सचेत व सतर्क रखना है। जब झुक रहे हो तो मैं झुक रहा हूँ, यह देखते रहना है। जब खा रहे हो तो मैं खा रहा हूँ, इसी पर अपना ध्यान बनाये रखना है। जब चीवर पहन रहे हो तो देखना है कि मैं चीवर पहन रहा हूँ। पूरा ध्यान उस गतिविधि पर ही केन्द्रित रखना है। श्वास पर ध्यान बनाये रखना इसमें सहायक होता है।"

"भिक्षुओ! एक वचन दोहराना चाहूँगा, विशेषकर संघ के नये सदस्य के लिये। जब तुम भिक्षाटन पर कहीं जाते हो, वहाँ के निवासियों तथा मार्ग पर चलते लोगों की दृष्टि तुम पर ही होती है। तुम्हारी एक-एक क्रिया, एक-एक गतिविधि को वे ध्यानपूर्वक देखते हैं। उनमें से कई लोग तुम्हारे आचरण का छिद्रान्वेषण कर, उसमें दोष निकाल संघ को और धम्म को कलंकित करने हेतु उत्सुक रहेंगे, संघ की अपकीर्ति करने की अभिलाषा रखेंगे। भिक्षुओ! तुम्हारे आचरण व व्यवहार से जनमानस में संघ और धम्म के विषय में धारणा बनती है। भिक्षाटन करते हुए, भोजन करते समय, चर्चारत रहते हुए तुम्हें यह स्मरण रखना होगा।"

"भिक्षुओ! कुछ आचरण ऐसे हैं जो धम्म-विरुद्ध अथवा अनैतिक न होते हुए भी अशोभनीय हैं, बचकाने हैं, भटकानेवाले हैं, उद्देश्य-प्राप्ति में सहायक नहीं हैं। जिनसे गृहस्थ का तुम पर और संघ पर विश्वास डोलने लगता है। कौन-से हैं

ऐसे आचरण? ऐसे आचरण हैं बैठे-बैठे पैर हिलाना, बोलते हुए हाथ हिलाते रहना, सुनते समय अनावश्यक रूप से या आवश्यकता से अधिक सिर हिलाना, चीवर को बार-बार ठीक करना, घुटने पकड़कर बैठना, ठठाकर हँसना, बिना पर्याप्त कारण के हँसना। इन आचरणों से ऊर्जा का निरर्थक व्यय भी होता है।"

"भिक्षुओ! तुम्हें व्यर्थ गल्प नहीं करना है। तुम्हें ऐसी बातें भी नहीं करनीं हैं जिनसे धम्म की वृद्धि नहीं होती, जिनसे निर्वाण के मार्ग पर प्रगति नहीं होती, उलटे वे निर्वाण के मार्ग में बाधा ही उत्पन्न करतीं हैं। कैसी बातें? राजाओं तथा युद्धों की बातें, तन्त्र-मन्त्र की बातें, मोहिनी व वशीकरण विद्या की बातें, चमत्कारों और भविष्यवाणियों की बातें।"

"भिक्षुओ! भूले से भी कभी ओछे वार्तालाप न करो। जब बोलो तथ्यात्मक वचन बोलो। सार्थक वचन बोलो। धम्म के वचन बोलो। उचित समय पर बोलो। जब चाहा जाए तभी बोलो। श्रोता कौन है और क्या है, इसे ध्यान में रखते हुए बोलो।"

पन्द्रह दिन की मन्थरगति यात्रा के पश्चात् यह भिक्षु-दल कौशाम्बी में था। प्रवेशद्वार से अन्दर जाते ही सुमित्र के स्मृति-पटल पर बिम्ब तैरने लगे: उद्यान में बैठी कामिनी, अश्वारूढ़ मागन्धिया, किलकारियाँ भरती सुनयना।

भिक्षुओं के लिये निर्देश है कि चलते समय उनकी दृष्टि धरती पर गड़ी हो। अपनी सम्पूर्ण चेतना वे उठते-गिरते पाँवों में ही रखने का प्रयास करें तथा ध्यान पूरा आती-जाती साँस पर, उसकी लय पर रखें। तथागत पुनः पुनः समझाते हैं कि जिस प्रकार तृष्णा के मन में प्रवेश करने पर साँसों की लय बिगड़ जाती है, उसी प्रकार साँसों की लय बिगड़ने पर तृष्णा को भीतर प्रवेश करने का अवसर मिल जाता है। और सुमित्र इन निर्देशों का प्रयत्नपूर्वक पालन कर रहा है।

किन्तु वह उपवन आते ही जहाँ उसने पहली बार कामिनी को देखा था, सुमित्र को आभास हो गया और उसकी दृष्टि अनचाहे ही उठ गई। युवतियाँ उसी प्रकार झूले पर पेंगें भर रहीं थीं और वैसे ही खिलखिला रहीं थीं। मागन्धिया का भवन आया तो भी उसे बिना ऊपर देखे ही पता चल गया और अपनी दृष्टि को ऊपर उठने से वह रोक नहीं पाया। देखकर उसके हृदय में एक तड़प-सी उठी, मन-मस्तिष्क में हलचल होने लगी। अपना ध्यान आती-जाती साँसों पर, उनकी लय पर तथा अपनी चाल पर केन्द्रित कर बड़ी कठिनाई से सुमित्र अपने चित्त को शान्त कर पाया।

कौशाम्बी में घोषिताराम विहार पहुँचकर वृक्षों की छाया में तनिक विश्राम करने के पश्चात् बुद्ध स्नान करने चले गए। सवेरे वे स्नान कर चुके थे, जैसा कि उनका अभ्यास था। किन्तु यात्रा के पश्चात् शरीर में धूल-पसीना तो हो ही जाता है। ग्रीष्म ऋतु में तो बुद्ध प्रतिदिन ही दो बार स्नान किया करते हैं, कभी-कभी तीन

बार भी। स्नान करने के पश्चात् वे उनके लिये आरक्षित कुटी में गए जिसके द्वार के समीप सात पंखुड़ियोंवाले कमल के आकार का बड़ा-सा दीपक रखा था। और दो घड़ी उसमें रुककर एक विशाल पीपल के नीचे बने चौतरे पर आकर बैठ गए, जहाँ कौशाम्बी की स्वर्णकार-श्रेणी के सदस्य उनकी प्रतीक्षा कर रहे थे। सभी ने बुद्ध को अपने दाईं ओर रख दोनों हाथों को जोड़े हुए उनकी तीन बार परिक्रमा की, और फिर एक-एक करके उनके सामने धरती पर बैठते चले गए।

"आपका आगमन अत्यन्त सुखदायी है तथागत! हम सभी आपसे धर्मोपदेश सुनने की आकांक्षा लेकर आए हैं।" श्रेणी-प्रमुख बोला।

"आप लोग स्वर्णकार हैं न?"

"जी तथागत!" एक समवेत स्वर उठा।

"नदियों से जो स्वर्ण-मिश्रित धूल मिलती है, उसका आप लोग क्या करते हैं?"

"तथागत! पहले हम उसे बार-बार पानी से धोकर मिट्टी, रेत, कंकड़ निकालते हैं। जब वे निकल जाते हैं तो फिर से धोते हैं ताकि महीन रेत व महीन मिट्टी भी निकल जाए।"

"फिर जो धूल बचती है उसे कुल्हिया में डालकर तपाते हो, उस पर फूँक मारते हो। और ऐसा बार-बार करते हो ताकि अत्यन्त महीन कचरा भी सूख कर, जलकर उड़ जाए। ऐसा क्यों करते हो?"

"क्योंकि तथागत ऐसा न करने पर सोना नम्य तथा आघातवर्धनीय नहीं हो पाएगा, और न ही उसमें उत्तम दीप्ति उत्पन्न हो सकेगी।"

"इसी प्रकार चित्त से हिंसा, वासना और द्वेष-भाव निकाले बिना तथा चित्त को इस प्रकार शुद्ध किये बिना तुम्हारा पारिवारिक जीवन सुख-शान्तिपूर्ण एवं व्यावसायिक जीवन समृद्धिदायक तथा सम्मानजनक नहीं हो सकेगा। अच्छा अब यह बताओ, इस प्रकार शुद्ध हुए सोने का क्या करते हो?"

"तथागत! उससे हम कर्णफूल, हार, कटिमेखला इत्यादि आभूषण बनाते हैं।"

"इसके लिये सोने के टुकड़े को चिमटी से पकड़ बार-बार उसे आग में तपाते हो। फिर उस पर फूँक मारते हो, उस पर जल छिड़कते हो। समय-समय पर उसे इस दृष्टि से सूक्ष्मतापूर्वक देखते रहते हो कि क्या बनाना है। इसी प्रकार अपने चित्त को सदाचार की अग्नि में तपा, उस पर अष्टांग मार्ग का जल छिड़क तथा अपने चित्त पर सूक्ष्म-दृष्टि बनाये रखकर ही उपासक जीवन का उद्देश्य प्राप्त करता है, मुक्ति के मार्ग पर अग्रसर होता है।"

उन लोगों के जाते ही तैलकार-समाज के लोग आ गए।

"कोल्हू में कंकड़-पत्थर की पेराई कर कितनी भी चाहना करो, तेल नहीं निकलेगा। उसके लिये कोल्हू में तिलहन ही डालना होगा। ये कंकड़-पत्थर हैं लालच, द्वेष, ईर्ष्या। जीवन को सफल बनाना है तो सदाचार का तिलहन ही कोल्हू

में डालना होगा। अच्छा यह बताओ, कोल्हू में बैल के स्थान पर बकरा जोतकर तेल निकाल पाओगे क्या?"

"नहीं तथागत!"

"उसी प्रकार असम्यक कर्म, असम्यक वचन, असम्यक आजीविका अपनाकर मुक्ति के मार्ग पर आगे नहीं बढ़ा जा सकता। इसके लिये अष्टांग मार्ग ही अपनाना होगा।"

जिस दिन कौशाम्बी पहुँचा था भिक्षु-दल, वह उपोसथ का दिन था। प्रत्येक विहार में, तथा विहार से अधिक दूरी पर निवासरत भिक्षुओं के लिए पूर्व-निर्दिष्ट स्थानों पर, माह में दो बार पूर्णिमा व प्रतिपदा को एक सभा होती है जिसमें प्रत्येक भिक्षु का उपस्थित रहना अनिवार्य है, अतिरिक्त उनके जो रोग-ग्रस्त होने अथवा अन्य किसी कारण से आने में असमर्थ हैं। इस सभा में पातिमोक्ख या प्रातिमोक्ष का पाठ किया जाता है जो बुद्ध द्वारा धम्म व संघ के हित में भिक्षुओं के आचार-व्यवहार तथा अनुशासन को लेकर समय-समय पर बनाये गए नियमों का संग्रह अथवा विनय है।

इस समय लगभग सौ नियम हैं इसमें जिन्हें इस सभा में एक-एक कर पढ़ा जाता है तथा भिक्षुओं से तीन बार पूछा जाता है कि क्या उनमें से कोई उस नियम को भंग करने का दोषी है। मौन को निर्दोष होने का प्रमाण समझा जाता है। यदि कोई भिक्षु उस नियम को भंग करने की स्वीकारोक्ति करता है तो दोष की गम्भीरता के अनुसार उसके लिये प्रायश्चित अथवा दंड निश्चित किया जाता है।

साधारण कदाचार सबके सामने मात्र खेद व्यक्त करने से क्षम्य हो जाते हैं जैसे चीवर को बिना ठीक से लपेटे या बाँधे बस्ती में चले जाना, वहाँ दृष्टि ऊपर उठाकर चलना या बैठना, भिक्षापात्र को ऊपर तक या बार-बार भरवाना, इतना बड़ा ग्रास लेना कि मुँह भर जाए या गाल फूल जायें, मुँह तक ग्रास पहुँचने के पहले ही मुँह खोल देना, ग्रास मुँह में लेते समय जीभ बाहर निकालना या अंगुलियों को मुँह के अन्दर तक ले जाना, खाते या पीते हुए ध्वनि करना, चटकारे लेना, होंठ चाटना आदि।

गुरुतर अपराध हों तो बीस भिक्षुओं की समिति दंड का निर्णय करती है। जैसे मन में विकार लाकर स्त्री के शरीर को छूना, स्त्री के साथ अकेले सुनसान या वीराने में जाना, उसके साथ अश्लील अथवा कामुक बातें करना, उसे सम्भोग का निमन्त्रण देना, किसी भिक्षुणी को चीवर देना या उससे लेना अथवा उसके लिये चीवर सिलना, किसी भिक्षु को मारना या डराना अथवा धमकी देना, निराधार आरोप लगाना, संघ में फूट डालने का प्रयत्न करना इत्यादि।

किन्तु जिन नियमों का पालन करने की शपथ बुद्ध ने भिक्षु सुमित्र को दिलवाई

थी उन्हें भंग करने पर, विशेष रूप से तब जब उन्हें बार-बार भंग किया जाए, संघ से निष्कासन ही एकमात्र दंड था।

घोषिताराम में हुई सभा में आचार्य सारिपुत्र द्वारा सारे नियम पढ़े गए। किसी भिक्षु ने कोई दोष स्वीकार नहीं किया। किन्तु पाठ समाप्त होते ही एक भिक्षु ने खड़े होकर आवेश में बोलना आरम्भ किया।

"तथागत, यह उपोसथ अकारथ हो गया है!"

"ऐसा क्यों कहते हो भिक्षु?" ऊँचे आसन पर बैठे बुद्ध ने अपने स्वभावानुसार अत्यन्त शान्त स्वर में पूछा।

"ऐसा इसलिये कहता हूँ तथागत कि यह जो सबसे आगे बैठे हैं आचार्य सुमति, इन्होंने जानते-बूझते हुए भी अपना अपराध स्वीकार नहीं किया है। जबकि इस विहार में रहनेवाले सभी भिक्षु भली प्रकार जानते हैं कि इन्होंने अपराध किया है, और बार-बार किया है।"

भिक्षु सुमित वरिष्ठ भिक्षु एवं आचार्य हैं जो विनय का विशद ज्ञान रखने के लिये जाने जाते हैं।

संघ में प्रवेश के पश्चात् पहले पाँच वर्ष तक भिक्षु नवक कहलाता है। एक आचार्य उसका उपाध्याय होता है जिससे वह धम्म की शिक्षा पाता है, जैसे आचार्य सारिपुत्र भिक्षु सुमित्र के उपाध्याय हैं। उनके साथ उनकी सेवा करते हुए ही उसे रहना होता है। पाँच वर्ष में प्रगति यदि सन्तोषजनक रही तो वह मज्झिम भिक्षु बन स्वतन्त्र रूप से रह सकता है। फिर अगले पाँच वर्ष तक मज्झिम भिक्षु के रूप में धम्म-अभ्यास में सफल रहने के पश्चात् वह थेर या स्थविर हो जाता है। जिस थेर में कतिपय विशेष गुण हों वह आचार्य बन सकता है, और एक आचार्य बुद्ध की अनुपस्थिति में किसी को भिक्षु बनने हेतु उपसम्पदा दे उसे संघ में प्रवेश दिलवा सकता है।

"यह सच नहीं है तथागत!" आचार्य सुमित भी खड़े हो गए। "इस निराधार आरोप के लिये इस भिक्षु को दंडित किया जाना चाहिये।"

"आप दोनों बिना आवेश में आए, स्वर ऊँचा किये बिना बताएँ विवाद क्या है?" बुद्ध ने धीमे स्वर में पूछा।

"तथागत! ये आचार्य सुमित शौच से निवृत्त होते समय पानी के लिये जिस लोटे का प्रयोग करते हैं, उसे रीता करके व धोकर नहीं रखते हैं। क्या यह विनय का उल्लंघन नहीं?"

मगधराज बिम्बसार ने जीवक की सेवाएँ बुद्ध को दे रखी हैं। आवश्यकतानुसार समय-समय पर वह सभी विहारों में भी हो आता है। उसके परामर्श पर स्वास्थ्य-रक्षा के हित में विहारों के शौचालयों, स्नानागारों में स्वच्छता के कुछ नियम विनय में सम्मिलित कर लिये गए हैं।

"तथागत! मैं यह जानबूझकर नहीं करता, भूलवश हो जाता है।"

"भिक्षुओ! विनय-विरुद्ध कार्य कर क्षमा न माँगना और अपराध की स्वीकारोक्ति कर क्षमा माँगे जाने पर क्षमा न करना, ये दो सर्वाधिक अकुशल कर्म हैं। किसी भी भिक्षु में ये दो दोष सर्वाधिक गम्भीर दोष हैं।"

"किन्तु तथागत! मैंने तो कोई नियम भंग किया ही नहीं! फिर कैसे अपराध की स्वीकारोक्ति करूँ, किस अपराध के लिये? और क्यों क्षमा माँगूँ? आप ही तो कहते हैं, भूलवश तथा बिना अभिप्राय किये गए अपराध से दोष नहीं लगता। अनजाने में स्त्री को छू लेना या उसके साथ टकरा जाना भी अपराध नहीं है, यहाँ तक कि मानव-हत्या भी, यदि ऐसा भूलवश, अनजाने में, बिना आशय के या दुर्घटनावश हो जाए।"

कहते हुए आचार्य सुमति ने आरोप लगानेवाले भिक्षु को चुनौतीपूर्ण मुद्रा से देखा।

एक बुनकर की बेटी, जो बुद्ध की अनुयायी थी, फिरकियों में धागा भर उन्हें टोकरी में रख लाई। खड्डी पर उसने देखा कि पिता बैठे-बैठे ही सो रहे हैं। टोकरी उसने जैसे ही नीचे रखी, पिता के कन्धे से उसका हाथ टकरा गया। पिता चौंक पड़ा और उसका हाथ करघे पर कुछ ऐसे पड़ा कि एक लकड़ी का नुकीला सिरा बेटी के पेट में जा घुसा जिसके कारण उसकी मृत्यु हो गई। बुनकर स्वयं को अपनी बेटी की हत्या का दोषी मान रोता रहता और अपना जीवन समाप्त कर लेने की कहता रहता। बुद्ध को पूरा प्रसंग पता चला तो वे उसके गाँव गए और उसे समझाया कि भूल से या दुर्घटनावश जो होता है उसके लिये मनुष्य उत्तरदायी नहीं होता। बुनकर उनके पैरों पर गिर पड़ा और उनका उपासक बन गया। आचार्य सुमति इसी घटना के सन्दर्भ में ऐसा कह रहे थे।

"किन्तु तथागत! बार-बार ऐसा होना तो भूल नहीं कहा जा सकता! और इन्होंने बार-बार ऐसा किया है, समझाने पर भी, चेतावनी देने के पश्चात् भी।"

"ऐसा कहाँ है विनय में कि बार-बार भूल होना भूल नहीं कहा जा सकता? कोई बताये मुझको!"

"यह कुतर्क कर रहा है तथागत!" क्रोधित हो कुछ भिक्षु खड़े हो गए। "इसका नाम तो सुमति नहीं कुमति होना चाहिये!"

"बुद्धि ठिकाने रखकर बोलो!" कुछ भिक्षु सुमति के पक्ष में खड़े हो गए। "यह मत समझना आचार्य सुमति अकेले हैं!"

"हाँ हाँ, तुम लोग क्यों नहीं बोलोगे इसके पक्ष में? हमें क्या पता नहीं यह राजभवन ले जाकर तुम्हें नित नये स्वादिष्ट व्यंजन खिलवाता है! औषधि के बहाने तुम लोग छककर मदिरापान भी किया करते हो, जो कि यही तुम्हें उपलब्ध करवाता है। तुम लोग तो बोलोगे ही इसके पक्ष में, भाड़े के टट्टू!"

"किसे कहा भाड़े के टट्टू?" कहते हुए एक भिक्षु ने आगे बढ़कर भाड़े का टट्टू कहनेवाले को एक चाँटा जड़ दिया।

देखते ही देखते दो गुट बन गए, अपितु बने क्या पहले से ही बने हुए थे, और उनमें परस्पर मुष्टियुद्ध आरम्भ हो गया।

"यह क्या कर रहे हो तुम लोग?" बुद्ध चिल्लाये।

"तथागत, आप बीच में न पड़ें!" अविराम मुष्टि प्रहार करते रहने तथा एक-दूसरे को पटकनी देने में तनिक भी ढिलाई न लाते हुए दोनों ही पक्ष के भिक्षु बोले। "आज तो निर्णय होकर ही रहेगा!"

बुद्ध दुखी होकर उठ खड़े हुए और वहाँ से जाने लगे। सारिपुत्र भी साथ चलने लगे तो उन्होंने हाथ उठाकर उन्हें मना कर दिया।

"मैं निर्जन वन में एकान्तवास करते हुए ध्यान करना चाहता हूँ। न कोई मेरे साथ आएगा, न ही मेरे पीछे। वर्षाकाल आरम्भ होने के साथ ही मैं श्रावस्ती पहुँच जाऊँगा। जाने के पहले एक नियम बनाये देता हूँ। जीवक के परामर्श पर दी गई औषधि के रूप में मदिरापान की छूट को सीमित करता हूँ। अब चिकित्सक द्वारा विहार-प्रमुख तथा अन्य भिक्षुओं के समक्ष दिये गए परामर्श के पश्चात् ही मदिरा ली जा सकेगी, वह भी दिन भर में एक हाथ की अंजुलि भर से अधिक नहीं और अधिकतम पाँच दिनों तक।"

धम्म-पथगामी

अगहन बीत चुका है। ठंड और भी बढ़ चली है। दोपहर की धूप अति सुखदायी प्रतीत हो रही है। उत्तरासंग के ऊपर सुमित्र ने एक दोहरा चीवर भी पहन रखा है, जिसे संघाटी कहा जाता है।

हर भिक्षु को अपने चीवर स्वयं ही सिलने होते हैं। सुमित्र ने भी कौशाम्बी में उपासकों द्वारा दिये गए वस्त्र को छोटे-छोटे टुकड़ों में काटकर स्वयं अपना उत्तरासंग सिला था, और संघाटी भी। संघाटी बनाने के लिये एक उत्तरासंग को लकड़ी के साँचे में कसकर उस पर उसने दूसरा उत्तरासंग रखकर उन्हें आपस में सिल दिया था। ऊँची पहाड़ी से जैसे खेत दिखते हैं मेड़ों से बँटे हुए, ऐसे ही दिखते हैं ये चीवर।

सुमित्र को आश्चर्य हुआ था, क्यों अच्छे-भले कपड़े को पहले तो टुकड़े-टुकड़े करना और फिर उन्हें आपस में सिलना! तब आचार्य सारिपुत्र ने समझाया, पहले पुराने लत्तों व चिथड़ों, यहाँ तक कि श्मशान में पाए जानेवाले अधजले कपड़ों से भी चीवर सिल लिये जाते थे। परन्तु वैद्यराज जीवक द्वारा इसे स्वास्थ्य के लिये हानिकारक बताने के पश्चात् उनके ही आग्रह पर नये वस्त्रों से चीवर सिलना आरम्भ हुआ। किन्तु रूप उन्हें वैसा ही दिया जाता है जैसा चिथड़ों से सिले चीवरों का हुआ करता था। इससे इनके चोरी जाने का भय भी नहीं रहता और चोरी हुआ भी तो पहचान में आ जाता है।

मार्ग में गेहूँ, चना, सरसों के नन्हे-नन्हे पौधे झूमते हुए हर आने-जानेवाले का ध्यान अपनी ओर आकर्षित कर रहे हैं। कोई कुछ देर को खड़ा हो जाता है उन्हें निहारते हुए तो और भी अधिक झूमते हुए मानो परस्पर करतल ध्वनि करने लगते हैं। किन्तु सुमित्र का ध्यान बँटाने में वह सफल नहीं हो पा रहे। उसे रिझाने के लिये वे और भी अधिक लहराने लगे, परन्तु फिर भी उसका ध्यान अपनी ओर नहीं खींच पाए।

सुमित्र का मस्तिष्क कौशाम्बी में भिक्षुओं द्वारा एक-दूसरे के चीवर फाड़ देने, भूमि पर पटक हाथ या पैर पकड़कर घसीट देने, नाक-मुँह से रक्त बहने लगे

इस सीमा तक आपस में मुष्टियुद्ध करने के दृश्यों में उलझा हुआ है—साथ ही मागन्धिया के विचारों में भी।

बुद्ध के विक्षुब्ध हो कौशाम्बी से चले जाने के अगले ही दिन रानी सामवती घोषिताराम आई थी।

लगभग तीन वर्ष पूर्व सामवती का महाराज उदयन के साथ विवाह हो गया था। उसके मधुर व्यवहार, उसकी करुणा की कहानियाँ सुन घोषित के निवास पर उदयन स्वयं आया था। सामवती को देखते ही उसके मन में उसके प्रति आकर्षण उत्पन्न हो गया, जबकि वह कोई विशेष रूपवती नहीं है। कदाचित उसमें उसे वह दिखा जो उसकी अन्य पत्नियों में नहीं था। गत वर्ष ही सामवती बुद्ध की उपासिका बनी थी।

"इतनी शीघ्र चले गए तथागत!" सामवती के स्वर में निराशा थी। "आप तो आयेंगे न?" सारिपुत्र को सम्बोधित करते हुए उसने पूछा। "सभी भिक्षुओं को भोजन हेतु निमन्त्रण है। राजमाता मृगावती महारानी जी का विशेष आग्रह है सभी से।"

महारानी मृगावती भी बुद्ध की उपासिका हो गई हैं। कहते हैं, वे तो भिक्षुणी बनने को तत्पर थीं। कदाचित इस विचार से कि तब तो पिंड छूटेगा चंडप्रद्योत से। किन्तु बुद्ध ने ही ऐसा करने से उन्हें मना कर दिया।

"सब तो नहीं आ पायेंगे।" सारिपुत्र ने उन भिक्षुओं को ध्यान में रखते हुए कहा जिनकी आँखें काली व होंठ सूजे हुए थे और जो फूटे घुटने, छिली कोहनियाँ लिये कुटियाओं में पड़े थे। "किन्तु अधिकांश भिक्षु आयेंगे।"

कौशाम्बी में रहते हुए सुमित्र चाहकर भी महारानी मृगावती को देख नहीं पाया था। यह इच्छा भोज के दिन पूरी हुई। हंस जैसी त्वचा, हंस सरीखी ही लम्बी ग्रीवा और हंस की ही चाल। उस दिन वह समझ पाया कि चंडप्रद्योत क्यों इतना अधिक आसक्त है उन पर। विनम्रता ऐसी कि स्वयं सामने रहकर देख रही थीं कहीं कोई न्यूनता न रह जाए। सामवती तो परोसने वालों के साथ ही लगी हुई थी।

भोजन करके सुमित्र जैसे ही उठा, अनायास उसकी दृष्टि दोनों हाथ छाती पर बाँधे एक खम्भे से टिककर खड़ी स्त्री की ओर उठ गई। देखते ही वह अचकचा गया। यह तो मागन्धिया है! किन्तु कैसी हो गई है! कपोलों पर लाल-लाल फुंसियाँ, भौहों के मध्य गहरी रेखाएँ, होंठ भिंचे हुए, पपोटे सूजे हुए और आँखों में लाल डोरे खिंचे हुए। पाँवों पर दृष्टि पड़ी तो उसका चित्त विकल हो उठा। जहाँ-तहाँ लाल-लाल चकत्ते, उभरी हुईं नीली नसें, टेढ़े-मेढ़े नाखूनों पर ऊपर से नीचे तक धारियाँ। पाँवों की अंगुलियों व अँगूठे को मोड़कर उसने भीतर को खींच रखा था। सुमित्र को विश्वास ही नहीं हो पा रहा था कि यह वही पाँव हैं जिन्हें देख उसके मन में श्रद्धा उपजा करती थी! और यह वही मागन्धिया है, कल्पनातीत सौन्दर्य की स्वामिनी, जिसे वह देवीतुल्य मान देता था! जिसका वह मन ही मन आराधन करता था!

लौटने पर सुमित्र का मुँह लटका हुआ देख आचार्य सारिपुत्र ने पूछ लिया।

"क्या हुआ भिक्षु सुमित्र, दुःखी दिख रहे हो?"

सुमित्र ने पूरा प्रसंग सविवरण सुना दिया।

"भिक्षु सुमित्र, तुमने जो वर्णन किया उससे यह निश्चित है कि वह महाराज उदयन की चौथी पत्नी थी। गतवर्ष भी तथागत यहाँ कौशाम्बी आए थे तब एक दिन उसका पिता उसे साथ लेकर आया था। वह अपनी बेटी का विवाह उनके साथ करवाना चाहता था।"

"तथागत के साथ विवाह?"

"हाँ तथागत के साथ विवाह! उनकी बेटी ने कहीं देख लिया था उन्हें धर्मोपदेश देते हुए, बस तभी से उनके साथ विवाह करने का हठ पकड़े बैठी थी। तथागत ने विवाह का प्रस्ताव विनम्रतापूर्वक अस्वीकार कर दिया तो वह उनसे बोली: तुमने कदाचित मुझे ध्यान से नहीं देखा है परिव्राजक, अन्यथा तुम्हें पता होता कि तुम किस सौभाग्य को ठुकरा रहे हो! तथागत ने उसके पिता को समझाया कि वे विवाह नहीं कर सकते, यह सम्भव ही नहीं। किन्तु वे जितना मना करते उतना ही उस लड़की का हठ बढ़ता जाता। अन्त में वह अत्यन्त दर्पयुक्त स्वर में बोल उठी: मेरे सामीप्य को देवता भी तरसते हैं भिक्षु, तुम साधारण मनुष्य होकर कैसे मेरा तिरस्कार कर सकते हो! जब किसी भी प्रकार वह नहीं मानी तो तथागत ने कह दिया कि जिस शरीर पर तुम्हें इतना अभिमान है मागन्धिया, वह मल, मूत्र, मज्जा से भरा अस्थियों, मांस व रक्त के लोंदे से अधिक क्या है? इस पर गर्व कैसा?"

"ऐसा कह दिया तथागत ने, और उसने सुन भी लिया?" सुमित्र की आँखें फट गईं।

"मिथ्या तो नहीं कहा था! सुनते ही वह तमतमा उठी: मेरा यह अपमान! मेरी इस सुन्दर देह को मलिन कहते हो! मैं तुम्हें छोड़ूँगी नहीं भिक्षु, इस अपमान का प्रतिशोध लूँगी! इस प्रकार चिल्लाती हुई वह पैर पटकती हुई चली गई थी। शीघ्र ही उसने महाराजा उदयन के साथ विवाह कर लिया। यह जो झगड़ा हुआ घोषिताराम में, इसकी जड़ में भी वही है। संघ में फूट डलवाने के लिये कुछ भिक्षुओं को उसने लालच देकर अपने साथ मिला लिया है। उसके शरीर में यह विकृतियाँ तथागत के प्रति सदैव क्रोध एवं घृणा पाले रखने के कारण ही तो उत्पन्न हुईं हैं।"

सुनकर मागन्धिया के प्रति अरुचि या अश्रद्धा उत्पन्न होने के स्थान पर सुमित्र को उससे सहानुभूति ही हो आई।

'उनके पिता का दोष है कि उन्हें इतना सिर चढ़ा रखा था। महाराज उदयन के साथ विवाह भी उन्होंने ही करवाया होगा; समझाने के स्थान पर अपनी पुत्री के अहंकार को पुष्ट ही किया होगा। जन्म से तो कोई अहंकार लेकर नहीं आता! क्या उनके विस्मयकारी सौन्दर्य पर मुग्ध हो राह में बिछे-बिछे जाते युवक ही

नहीं हैं यथार्थ में उनके अहंकार के लिये उत्तरदायी? इसमें मागन्धिया का भला क्या दोष!'

साथ आए भिक्षुओं को आचार्य सारिपुत्र ने दो-दो, तीन-तीन करके भेज दिया वर्षाकाल आने तक नगरों, निगमों, ग्रामों के निकट जंगलों में कुटी छाकर ध्यान करने तथा भिक्षाटन करते हुए जीवनयापन करने हेतु। तीन से अधिक भिक्षुओं के एक साथ रहने को बुद्ध मना करते हैं। उनके मतानुसार तो भिक्षु को अकेले ही अथवा केवल एक अन्य भिक्षु के साथ ही रहना व विचरना चाहिये। अन्यथा धम्म की चर्चा न होकर ऐसे वार्तालाप होने लगते हैं कि भिक्षा में कहाँ स्वादिष्ट पदार्थ मिले, कहाँ भिक्षा अधिक मिली, कहाँ मेला लगा हुआ है और उसमें क्या कौतुक दिखाये जा रहे हैं, या किस राजा ने किस राजा पर चढ़ाई कर दी और किस राजा का मन्त्री उसकी रानी के साथ मिलकर उस राजा के ही विरुद्ध षड्यन्त्र रच रहा है।

किन्तु सारिपुत्र स्वयं कौशाम्बी में ही रुक गए। एक तो यह प्रयास करने के उद्देश्य से कि घोषिताराम में घायल पड़े भिक्षुओं में आपसी सामंजस्य तथा परस्पर सौहार्द उत्पन्न कर सकें। दूसरे कौशाम्बी में स्थित अन्य विहारों कुक्कुटाराम तथा बदरिकाराम के भिक्षुओं से मिलकर यह जानने के लिये भी कि उनका व्यवहार आपस में कैसा है। सौभाग्य से वे विहार घोषिताराम के भिक्षुओं को संक्रमित कर चुकी व्याधि से अभी तक तो अछूते थे।

सातवें दिन सुमित्र कन्धे पर झोला लटकाये व हाथ में त्रिदंड लिये अपने आचार्य के पीछे-पीछे चल पड़ा। दृष्टि उसकी मार्ग पर गड़ी है और ध्यान पूरा आती-जाती साँसों पर है। किन्तु अभी अभ्यास पूरा नहीं है इसलिये कभी-कभी दृष्टि ऊपर उठ ही जाती है। साँसों पर से भी ध्यान कभी-कभी छूट जाता है, विशेषकर तब जब पन्द्रह हाथ की ऊँचाई तक लदी धान की बालियों के बोझ से बैलगाड़ियाँ चर्रमर्र करती निकलती हैं और उनमें से गिरते दानों को फुदक-फुदककर चुगते तथा चहक-चहककर अपने संगी-साथियों को सहभोज के लिये पुकारते पक्षी बीच राह में ही भीड़ लगा लेते हैं।

आचार्य सारिपुत्र कहते हैं, ध्वनियाँ तो कानों में पड़ेंगी ही। तुम उन पर ध्यान मत दो। इसलिये जब ताड़वृक्षों से घिरे तड़ाग के तट पर वस्त्रों को पत्थरों पर पटकने की फट-फट ध्वनि आई, सुमित्र ने अपनी दृष्टि नहीं घुमाई। किन्तु जब धोबिनों द्वारा वस्त्रों को लहरा-लहराकर सुखाते हुए गाने का स्वर उसके कानों में पड़ा,

फरफर पवन लहराये,
हिया मां सखी पीर जगाये।

तो वह रोक नहीं सका अपनी आँखों को उस ओर उठने देने से, किन्तु तत्काल ही उसने दृष्टि झुका भी ली।

शाम होते-होते आचार्य व शिष्य एक गाँव में पहुँच गए थे। एक ग्वाले ने गौशाला में स्थान दे दिया। अगले दिन सवेरे स्नान-ध्यान के पश्चात् आचार्य सारिपुत्र ने ग्रामीणों को धर्मोपदेश दिया तथा भिक्षाटन, भोजन, विश्राम के उपरान्त सुमित्र को। प्रतिदिन का मात्र यही ऐसा समय था जब आचार्य अपने शिष्य को उपदेश देते, उसके सन्देहों का निवारण करते थे। शेष समय उनका पदचर्या अथवा ध्यान में ही बीतता।

"मेरे मन में एक प्रश्न है आचार्य। आज्ञा हो तो पूछूँ।"

"प्रश्न करने के लिये तुम्हें आज्ञा लेने की आवश्यकता नहीं भिक्षु सुमित्र। पूछो, क्या पूछना चाहते हो?"

"मुझे उपसम्पदा दिलवाने के पूर्व आपने पूछा था, मैं कुष्ठरोग यक्ष्मा आदि से पीड़ित तो नहीं हूँ। क्या ऐसे व्यक्ति मुक्ति के अधिकारी नहीं है?"

"हैं, अधिकारी हैं! किन्तु कुछ नियम तथागत को इस कारण भी बनाने पड़ गए कि संघ की व्यवस्थाओं का अनुचित लाभ उठाया जाने लगा था। तुम अब तक वैद्यराज जीवक के विषय में तो जान ही चुके हो।"

"भली प्रकार आचार्य।"

"जिस रोग का उपचार कोई वैद्य न कर सके उस रोग से वैद्यराज जीवक मुक्ति दिला सकते हैं, ऐसी उनकी ख्याति है। उनके द्वारा की गई शल्य-चिकित्साओं की कहानियाँ दन्तकथाएँ बन गईं हैं। कैसे उन्होंने वाराणसी के श्रेष्ठी-पुत्र का पेट काटकर आँतें बाहर निकालीं, उनमें पक रहा फोड़ा काटा और आँतें पुन: अन्दर डालकर पेट को सिल दिया। कैसे उन्होंने राजगृह के श्रेष्ठी के कपाल में छेद कर अन्दर पल रहे कीड़ों को बाहर निकाल उस छेद को सिल दिया तथा तुरन्त ही वहाँ औषधि का लेप कर उसे असहनीय पीड़ा से त्वरित मुक्ति दिला दी।"

"अत: असाध्य रोगों से पीड़ित लोग दूर-दूर से उनके पास आने लगे। परन्तु वे सबका उपचार करने का समय नहीं पाते थे। उन्हें मगधराज और उनके परिवार को देखना था, साथ ही तथागत तथा संघ के भिक्षुओं को भी। तब उन लोगों ने एक उपाय निकाला। वे प्रव्रज्या लेकर संघ में आ जाते और रोगमुक्त होने के पश्चात् संघ छोड़ देते। इसी कारण जिसके अंग विकृत हों, अंगुलियों मुड़ी हों या जो गलगंड से पीड़ित हो, जिसे श्लीपद हो गया हो अथवा जिसके शरीर का कोई भाग पक्षाघातग्रस्त हो: ऐसे किसी व्यक्ति को भी संघ में प्रवेश नहीं दिया जाता।"

"और सैनिक, दास व ऋणी? वे क्यों नहीं आ सकते संघ में?

"इसका भी कारण है। सैनिकों को संघ में प्रवेश देने पर मगधराज ने भारी विरोध जताया था। ऋण न चुकाने वालों को विहार में आश्रय देने पर साहूकारों ने अतीव अप्रसन्नता व्यक्त की थी। तथा दासों को प्रव्रज्या देने पर उनके स्वामियों ने कड़ी आपत्ति ली थी। यही कारण है कि ऐसा व्यक्ति जिसकी नाक या कान या

अंगुलियाँ कटी हों अथवा जिसके शरीर पर कोड़े मारने के चिह्न या तपते लोहे से बनाया गया चरका हो, उसे भी प्रव्रज्या नहीं दी जाती।"

दूसरा प्रहर बीतने के साथ ही आचार्य व शिष्य फिर निकल पड़े।

सुमित्र जितना एकाग्रचित्त होने का प्रयत्न करता, उतना ही उसका मन भटकने लगता। कोई गाँव नहीं था जहाँ काम करते हुए स्त्रियाँ गा न रही हों। उपले थोपती स्त्रियाँ हों, पानी से भरी मटकियाँ लाती स्त्रियाँ हों, आँगन बुहारती स्त्रियाँ हों, ओसारे को लीपती स्त्रियाँ हों, धान पीटती स्त्रियाँ हों, चक्की चलाती स्त्रियाँ हों, रस्सी बटती स्त्रियाँ हों। बटलोई में दही बिलोकर मक्खन निकालते हुए स्त्रियाँ गा रही थीं।

"पिया बैरी मोरा, माखन ललचाय;
देई मोरी माखन, काहे ना भाय।"

यह देख-सुन सुमित्र के मन में बार-बार यह विचार आता रहा, 'तथागत कहते हैं जीवन दुखमय है, परन्तु जब देखो तब इन स्त्रियों को गाते-गुनगुनाते सुन तो ऐसा नहीं लगता।'

आचार्य और शिष्य ने वह रात एक किसान के भूसागार में काटी। अर्धरात्रि में सुमित्र हड़बड़ा कर उठ बैठा। उसका वीर्यपात आरम्भ हो रहा था। बहुत प्रयत्न किया परन्तु उत्सर्जन न रुकना था न रुका। अन्तर्वासक मैला हो गया। सुमित्र के मन में प्रथम विचार तो यह आया: आचार्य क्या कहेंगे?

"क्या हुआ भिक्षु सुमित्र?"

सुमित्र चौंक पड़ा। आचार्य कब उठ बैठे थे उसे पता ही नहीं चला। झेंपते हुए उसने उन्हें अपने वीर्य-स्खलन के विषय में बताया।

"इसमें लज्जित होने का कोई कारण नहीं है भिक्षु सुमित्र। नये और युवा भिक्षुओं के साथ ऐसा हो जाता है। तथागत इसे निन्दनीय नहीं बताते। उन्होंने कहा था, भिक्षु को स्वप्न-दोष होना अपराध नहीं। परन्तु प्रयासपूर्वक, संज्ञान रखते हुए वीर्य निस्सृत करना अवश्य अपराध है।"

"भिक्षु सेय्यसक बुझा-बुझा रहता था। पांडुर मुख, भूख नहीं, ध्यान में मन नहीं। वैद्यराज जीवक को दिखाया तो उन्होंने कहा पीलिया नहीं है। कुछ ही दिनों पश्चात् साथी भिक्षुओं ने देखा उसके मुख पर लालिमा छाने लगी है। पूछने पर उसने बताया कि वह हस्तमैथुन करने लगा है। तब से मन प्रसन्न रहता है, भूख खुल गई है, शरीर में ऊर्जा एवं स्फूर्ति भर गई है। तथागत तक बात पहुँची तो उसे उन्होंने सबके सामने ही समझाया कि यह कर्म सम्यक नहीं है। यद्यपि मात्र वासना के अभिभूत होकर नहीं किया गया, तो भी यह कर्म धम्म-संगत नहीं है। असम्यक है, वर्जित है।"

"परन्तु जिन कारणों से सुप्तावस्था में वीर्य-स्खलन होता है, वे धम्म-विरुद्ध हैं। कौन-से कारण? अधिक खाना, अधिक सोना, सुध-बुध बिसरा कर सोना,

चित्त पर नियन्त्रण नहीं रखना। तथागत कहते हैं, इन्द्रियों का बाह्य-जगत के साथ सम्पर्क पूर्णतः नहीं रोका जा सकता। किन्तु वेदना अथवा भावना के जन्म को रोका जा सकता है। किस प्रकार रोका जा सकता है? चित्त पर नियन्त्रण कर, चार आर्य सत्यों को हृदयंगम कर तथा अष्टांग-मार्ग अपनाकर।"

देखते ही देखते वसन्त आ गया। खेतों में पीली सरसों झूमने लगी। पलाश पर लाल किंशुक फूल उठे। आम्रवृक्षों पर बौर महक उठे। सुगन्धित मौलसिरी खिल पड़ा। कोयल कूकने लगी। गेंहू की बालियाँ पक गईं। गले में हँसली हाथ में हँसिया लिये युवतियाँ खेतों में गा रही थीं,

"म्हारे जोबना पे आयो निखार,
पिया लायो सौतन को हार।"

किन्तु सबको अनदेखा, अनसुना करते हुए सुमित्र अपनी साँस और अपने उठते-गिरते पाँवों पर ध्यान लगाये चलता रहा। सतत अभ्यास से अब उसके लिये ऐसा करना सम्भव हो पा रहा था।

कौशाम्बी में हुई सिर-फुटव्वल की गूँज श्रावस्ती पहुँचते ही सुन्दरिका-प्रकरण के पश्चात् हताश, निराश बैठे बुद्ध के विरोधियों व प्रतिस्पर्धियों में प्रसन्नता की लहर दौड़ गई। राजपुरोहित जी भी इस लहर से अछूते नहीं हैं। परन्तु अब एक नई चिन्ता उन्हें खाये जाती है। नई रानी के प्रभाव में आकर प्रसेनजित कहीं शाक्य गौतम का उपासक न बन जाए, क्योंकि मल्लिका हर दूसरे दिन ही विशाखा के साथ जेतवन जाने लगी है। इन दोनों की मित्रता में प्रसेनजित ही अपरोक्ष रूप से माध्यम बन गया था।

विशाखा के लिये इतना प्रेम, इतना सम्मान है लोगों के मन में कि वे उसे उपहार भेजते ही रहते हैं। कुछ माह पूर्व नगर-द्वार पर शौल्किक ने उसके लिये आए उपहारों को यह कहकर रोक लिया कि इतनी अधिक सामग्री उपहार नहीं हो सकती। निश्चित ही यह व्यापार के उद्देश्य से मँगवाई गई है, अतः इस पर शुल्क चुकाना होगा। विशाखा ने बहुत कहा ये उपहार हैं और नियमानुसार उपहार में आई वस्तुओं पर शुल्क देय नहीं होता, किन्तु वह नहीं माना। हारकर विशाखा ने प्रसेनजित के समक्ष प्रतिवाद किया।

"तुम्हारे श्वसुर तो स्वयं वाणिज्य-अमात्य हैं," प्रसेनजित ने स्पष्ट कह दिया, "तुम उनसे कहो। मेरा इस विषय में हस्तक्षेप करना न तो उचित है, न ही सम्भव।"

किन्तु मृगधर तो पहले ही मना कर चुके थे।

"बेटी, मेरे द्वारा इस विषय में हस्तक्षेप पक्षपातपूर्ण व्यवहार एवं भ्रष्टाचार के आरोपों को जन्म दे सकता है। इसलिये तुम महाराज से मिलकर उन्हें वस्तुस्थिति से अवगत कराओ।"

जब प्रसेनजित से हुई चर्चा उसने उन्हें बताई तब भी उन्होंने हस्तक्षेप करने से मना कर दिया।

"मैं विवश हूँ विशाखा, मैं कुछ नहीं कर सकूँगा।"

विशाखा इस सन्दर्भ में कई बार मल्लिका से भी मिली। किन्तु उसके कहने पर भी कुछ नहीं हुआ और विशाखा को शुल्क देना ही पड़ा। इस सारे प्रकरण में विशाखा और मल्लिका अत्यन्त निकट आ गए थे।

प्रसेनजित को शाक्य गौतम के प्रभाव से दूर रखने के उद्देश्य से राजपुरोहित जी ने अब शास्त्रों का सहारा लिया।

"महाराज आपको शीघ्र ही कठोरतापूर्वक उस शाक्य गौतम को रोकना होगा अन्यथा वह शास्त्रों द्वारा स्थापित वर्ण-व्यवस्था को चौपट करके रख देगा।"

"ऐसा क्या कर दिया उन्होंने राजपुरोहित जी?"

"महाराज, पीढ़ियों से जिसका परिवार केश-कर्तन आया है वह उपाली नाई, ढोर चरानेवाला नन्द, मछुआरा सती, भंगी सुणीत और चाण्डाल सोपाक से लेकर तो निषाद स्त्री छापा तथा चाण्डाल युवती मातंगी तक सभी को उसने प्रव्रज्या देकर अपने संघ में प्रविष्ट कर लिया है। इतना ही नहीं महाराज, वह शाक्य गौतम तो यह भी कहा करता है कि जन्म के पूर्व तो प्रत्येक ही स्त्री के गर्भ में नौ महीने तक रक्त में सना पड़ा रहता है, वह ब्राह्मण हो या चाण्डाल। फिर दोनों में अन्तर कैसा? कहता है, कोई आकाश से उतरकर तो आए नहीं है ब्राह्मण! उसे तुरन्त रोकना होगा महाराज अन्यथा राज्य के किये संकट खड़ा हो जाएगा।"

"वह किस प्रकार राजपुरोहित जी?"

"वह इस प्रकार महाराज कि इस विश्व के सुचारू संचालन हेतु ही चतुर्वर्ण व्यवस्था बनाई गई है। और कौन चाण्डाल होगा, कौन शूद्र तथा कौन ब्राह्मण यह विधाता ने निश्चित किया हुआ है। सबका भिन्न कार्य और समाज में भिन्न स्थान भी उसके ही निर्णय से है। उसने ही निश्चित किया है कि चर्मकार चमड़े का काम करे, लुहार लोहे का काम करे और भंगी मैला उठाए। यदि ये लोग अपना-अपना काम छोड़ कुछ और करने लगेंगे महाराज तो समाज का पूरा ढाँचा ही चरमरा जायेगा। वर्णानुसार निश्चित कार्य करना तो सभी का कर्तव्य है। यदि शेषनाग कभी कह दें कि मैं अब नहीं उठाता इस धरती का बोझ! तो क्या होगा? यह तो रसातल में ही चली जाएगी न महाराज!"

किन्तु प्रसेनजित तो जैसे उलटा रखा चिकना घड़ा था।

तभी मानो विधाता ने ही उन्हें एक अवसर दे दिया शाक्य गौतम की जड़ खोदने का। नगर से एक गावुत दक्षिण में स्थित अन्धवन में भिक्षुणी उत्पलवर्णा के साथ बलात्कार होने के समाचार से पूरे श्रावस्ती में खलबली मच गई।

उत्पलवर्णा के पिता श्रावस्ती के साहूकार हैं व बुद्ध के उपासक भी। उनकी

बेटी के नीलकमल जैसे वर्ण और वैसी ही गन्ध के कारण उसे इस युग की पांचाली कहा जाने लगा था। उसके सौन्दर्य की ख्याति दूर-दूर तक पहुँच गई। कई राजपुत्रों, सामन्तों और श्रेष्ठी-पुत्रों ने विवाह-प्रस्ताव भेजा। कुछ प्रस्तावों के साथ धमकी भी आई कि उत्पलवर्णा का विवाह यदि किसी और के साथ हुआ तो वे पूरे परिवार का विनाश कर देंगे; उन्हें जीवित जला देंगे। उत्पलवर्णा अपने पिता के साथ जेतवन जाती ही रहती थी। उसने विवाह न करने का निश्चय कर भिक्षुणी बनने का निर्णय ले लिया। इस बात को कई बरस हो चुके और अब वह एक वरिष्ठ भिक्षुणी है।

जिसने उसके साथ बलात्कार किया था वह उसके मातुल का पुत्र अर्थात ममेरा भाई था, और उसका भी नाम नन्द था। वह तरुणावस्था से उत्पलवर्णा पर अनुरक्त था और उसकी समवयस्का उत्पलवर्णा भी उसकी ओर आकर्षित थी। जब उत्पलवर्णा ने भिक्षुणी बनने का निर्णय लिया तो उसने भारी विरोध किया और आत्महत्या कर लेने की धमकी तक दे डाली। किन्तु उत्पलवर्णा के सामने अपने पूरे परिवार की सुरक्षा और शान्ति का प्रश्न था। जिस दिन उत्पलवर्णा ने प्रवज्या ली उसी दिन वह कहीं चला गया और वर्षों से उसका कोई अता-पता नहीं था।

संयोग से एक दिन भटकते हुए वह अन्धवन चला आया और उत्पलवर्णा को कुटी से निकल भिक्षाटन के लिये जाते हुए देख लिया। इस वन का नाम अन्धवन इस कारण है कि विशाल और घने शाल, शीशम के वृक्षों की बहुतायत के कारण यहाँ दिन में भी अँधेरा छाया रहता है। यही कारण है कि एकान्तवास तथा ध्यान हेतु भिक्षु, भिक्षुणियों को यह वन प्रिय है। उत्पलवर्णा के जाते ही वह उसकी कुटी में छिपकर बैठ गया। उसके लौटने पर हठात उसे अपने आलिंगन में जकड़ उसने पहले तो उससे परिणय हेतु अनुनय-विनय की, और जब उत्पलवर्णा नहीं मानी तो उसके साथ बलात सम्भोग कर लिया।

नगर में चर्चाएँ चल निकलीं, प्रत्युत यह कहना सत्य के अधिक निकट होगा कि राजपुरोहित जी ने चलवा दीं। अन्ततोगत्वा वह पुराना प्रेमी ही तो था! प्रेम के बन्धन क्या इतनी सरलता से टूटा करते हैं? और फिर भिक्षुणी भी तो हाड़-मांस की ही बनी होती है। उसकी भी इच्छाएँ हैं, शरीर की आवश्यकताएँ हैं! भिक्षुओं के मन में सन्देह का बीज बोया गया, कौन जाने उत्पलवर्णा ने प्रतिरोध किया भी था अथवा नहीं! साथ ही उन्होंने नगरवासियों के साथ-साथ भिक्षुओं को भी यह स्मरण दिलाया कि अन्धवन में रहते हुए भिक्षुणी अलविका, भिक्षुणी विजया तथा भिक्षुणी किसा गौतमी का शीलभंग करने के प्रयास भी तो किन्हीं दुष्टों द्वारा किये गए थे। वे सभी प्रयास असफल क्यों रहे?

इसको लेकर जेतवन में दो गुट बन गए और संघ में फूट पड़ने की सम्भावना देख राजपुरोहित जी की बाँछें खिल गईं। किन्तु वर्षाकाल आरम्भ होने पर बुद्ध ने जेतवन पहुँच सारा प्रकरण सुनते ही स्पष्ट कह दिया,

"उत्पलवर्णा चरित्रवान और धम्म का पालन करनेवाली भिक्षुणी है। वह और क्षेमा, ये दो आदर्श भिक्षुणियाँ हैं संघ में। उस पर आरोप लगाने का अर्थ है पूरे संघ पर आरोप लगाना। यदि उस पर सन्देह किया जाता है तो कोई भी सन्देह से परे नहीं।"

भिक्षु तो भिक्षु, नागरिक भी तथागत के कथन की सत्यता और प्रमाणिकता पर अब सन्देह नहीं किया करते। अतः राजपुरोहित जी की इस कलह को और बढ़ाकर संघ को दो फाड़ करवा देने की सभी योजनाएँ व्यर्थ हो गईं।

किन्तु इसी के साथ बुद्ध ने यह निर्देश भी दे दिया कि अब से कोई भी भिक्षुणी एकान्तवास अथवा ध्यान हेतु अन्धवन नहीं जाएगी।

अनुस्मरण

"ओये-होये! हमारे महाराज भी ऋतुमती हो गए दीखे हैं!" कहकर महारानी छलना हँस दी।

"हाँ री! दीखे तो ऐसा ही है।" महारानी क्षेमा ने भी सुर में सुर मिलाया। "अब क्या ऋतुकाल में महाराज बच्चा भी जनेंगे?"

और दोनों की खिलखिलाहट कक्ष में गूँज गई।

"क्या बकती हो री!" महारानी कोशलदेवी ने डाँटा। "तुम लोगों को तनिक भी लाज नहीं आती?"

"हम तो यूँ ही चुटकी ले रहे थे दीदी। महाराज को बुरा लगा हो तो क्षमा करेंगे।"

बिम्बसार कुछ नहीं बोला किन्तु उसके काले मुख पर भी लज्जा की लालिमा स्पष्ट दिखाई दे रही थी। उसे भगन्दर रोग हो गया है। कुछ संकोच और कुछ टालने की प्रवृत्ति के कारण उसने समय से उपचार नहीं कराया और अब फोड़ा फूटकर नासूर बन गया है। इस कारण से उसके अधोवस्त्र पर रक्त के धब्बे पड़ जाया करते हैं जिन्हें देख छलना और क्षेमा उसका उपहास कर रहीं हैं।

अलग देश, अलग वंश, अलग संस्कार, और एक-दूसरे की सौतन: फिर भी दोनों अच्छी सहेलियाँ हैं। छलना लिच्छवि है वैशाली की, क्षेमा मद्र-देश की है। और जैसे देवव्रत भीष्म मद्र-देश के राजा शाल्व को ढेर सारा सोना और मणि-माणिक देकर अपने भतीजे पांडु के लिये उनकी भगिनी ले आए थे, वैसे ही क्षेमा भी आई है। मद्र-देश की ऐसी ही परम्परा है। फिर भी हर राजा चाहता है मद्र-पत्नी। सुन्दर, गौरवर्ण, ऊँची काठी, भरा हुआ सुडौल शरीर: मद्र-देश की युवतियाँ विख्यात हैं अपने मांसल सौन्दर्य के लिये।

जीवक इन दिनों है नहीं राजगृह में, और नगर के अन्य चिकित्सकों पर बिम्बसार को विश्वास नहीं। जीवक को उसने ही तो उज्जयिनी भेज रखा है। महाराज प्रद्योत का सन्देश आया था कि उनका पीतरोग ठीक होने का नाम ही नहीं ले रहा। भूख तो समाप्त ही हो चुकी है। दुर्बलता इतनी कि नित्यकर्म के लिये भी शय्या से नहीं उठ पाते। जीवक को शीघ्र लौटा लाने बिम्बसार ने अब सन्देशवाहक भेज दिया है। एक-दो दिन में जीवक आता ही होगा, वह अधीरतापूर्वक प्रतीक्षारत

है। किन्तु उसे यह नहीं पता कि सन्देशवाहक जब तक उज्जयिनी पहुँचा था, जीवक वहाँ से भाग लिया था।

"भाग गए? परन्तु क्यों?" सन्देशवाहक यह सुनकर भौंचक्का रह गया था।

प्रद्योत स्वभाव से शंकालु है। उसे सदैव यह आशंका बनी रहती कि जीवक औषधि के स्थान पर उसे विष न दे दे। बिम्बसार का क्या भरोसा? कहीं इसीलिये तो उसने इतनी तत्परता से उसे नहीं भेज दिया!

जीवक यह समझ गया। और उसने यह भी निश्चित जान लिया कि उसके द्वारा दी जानेवाली औषधि की प्रतिक्रिया देख प्रद्योत का सन्देह विश्वास में परिवर्तित हो जाएगा तथा उसे मृत्युदंड देने में वह पल भर की भी देरी न करेगा।

"महाराज! एक बूटी खोजने मुझे वनों को छानना होगा। दुर्लभ औषधि है और शीघ्र ही उसका सेवन आपके स्वास्थ्य-लाभ के लिये अत्यावश्यक है। एक द्रुतगामी हाथी की आवश्यकता होगी महाराज, और बिना रोकटोक कहीं भी आने-जाने की अनुमति भी।"

प्रद्योत ने अपना सर्वाधिक वेगवान हाथी उसे दिलवा दिया। प्रहरियों, सैनिकों को भी निर्देश दे दिया गया कि जीवक को कहीं भी जाने से न रोका जाए। यह व्यवस्था करवाकर जीवक ने प्रद्योत को एक काढ़ा पिलाया और हाथी पर बैठ वनों में होकर उत्तर की ओर भाग लिया।

जीवक ने जैसा सोचा था वैसा ही हुआ। काढ़ा पीने के कुछ ही समय पश्चात् प्रद्योत को पसीना छूटने लगा, घबराहट होने लगी, जी मचलाने लगा। उसे पक्का निश्चय हो गया कि जीवक उसे विष देने में सफल हो गया है। उसी पल जीवक को मृत्युदंड सुना दिया गया। किन्तु इससे पहले कि पीछा करते अश्वारोही सैनिक उसे पकड़ पाते, वह वत्स-राज्य की सीमा में प्रवेश कर चुका था।

जीवक की ख्याति सभी राज्यों में पहुँच चुकी थी। इसलिये जब उसके कौशाम्बी में होने का समाचार मिला तो राजमाता मृगावती ने उसे बुलवाने रथ भेज दिया। मागन्धिया में आए परिवर्तनों को लेकर वह चिन्तित थी और महाराज उदयन दुखी।

जीवक ने जीभ देखी, नाड़ी टटोली, पलकें ऊपर उठा आँखों में झाँका और निदान सुना दिया।

"मन का रोग है इन्हें। प्रसन्न रहें। हो सके तो कुछ धर्म-कर्म में मन लगायें। दीन-दुखियों की सेवा-सहायता करें।"

किन्तु मागन्धिया प्रसन्न रहे यह तो हो ही नहीं सकता था, विशेष रूप से श्यामावती के साथ उदयन के विवाह के पश्चात् तो कदापि नहीं।

श्यामावती भी मद्र-देश की है अपने देश की रमणियों की ख्याति के ही अनुरूप, कदाचित उनसे भी बढ़कर। उसे भारी मात्रा में सोना, हीरे, माणिक देकर

लाया जा रहा है, यह जान मागन्धिया पहले ही कुढ़ी बैठी थी। और जब श्यामावती अपने रूप की छटा बिखेरती हुई राजभवन पहुँची, तब तो मागन्धिया जलता हुआ अंगारा ही बन गई। इतनी अधिक सुन्दर उसके अतिरिक्त कोई कैसे हो सकती है? अवश्य यह कोई यक्षिणी या पिशाचिनी है, उसने न केवल मान लिया अपितु ऐसा कहना भी आरम्भ कर दिया। फिर तब तो मागन्धिया की सहनशीलता की सारी सीमाएँ ही पार हो गईं जब सामवती के प्रभाव में आकर श्यामावती भी बुद्ध की उपासिका बन गई। उसके प्रति घृणा में अब बुद्ध के प्रति घृणा भी जुड़ गई थी, जो कि दिनोंदिन बढ़ती ही जा रही है।

कौशाम्बी में रहते हुए दो ही दिन हुए थे जीवक को कि महाराज बिम्बसार का सन्देशवाहक उज्जयिनी से अश्व दौड़ाता चला आया। जिस समय जीवक की विदाई हो रही थी राजभवन में, अपने महाराज पुक्कुसाति का सन्देश ले गान्धार से एक राजदूत वहाँ आ पहुँचा।

पर्शुदेश के सम्राट कम्बोजिया की असमय, अचानक मौत के पश्चात् गान्धार स्वतन्त्र हो गया था। परन्तु अब सम्राट दारायोश ने न केवल गान्धार को पुनः जीत लिया है, अपितु सिन्धु नदी और उसके आगे के मरुस्थल तक अपना साम्राज्य विस्तार करने की दिशा में वे प्रयासरत हैं। टोह लेने के लिये उन्होंने सिन्धु नदी में नौसेना के बेड़े तो भेज भी दिये हैं। एक बार उनकी यह योजना सफल हो गई, तो उन्हें और आगे बढ़ने से रोकनेवाला कौन है? इसलिये सभी को मिलकर सम्राट दारायोश का सामना करना चाहिये और उन्हें गान्धार से पीछे धकेल देना चाहिये।

गान्धार-नरेश का वह दूत कान्यकुब्ज में पांचाल-नरेश दुर्मुख और श्रावस्ती में प्रसेनजित को यह सन्देश सुनाते हुए आया था। अब कौशाम्बी के पश्चात् वह राजगृह जानेवाला था। जीवक और वह साथ हो लिये।

बिम्बसार इस मानसिकता में नहीं था कि गान्धार-राज के दूत से मिलता भी, उसे सुनना तो दूर रहा। एक तो अपनी व्यक्तिगत उलझन, दूसरे राज्य में पड़ रहे सूखे की चिन्ता। गत वर्ष जलधर मेघ न जाने किस शीघ्रता में थे कि सारा पानी आषाढ़ और सावन में ही उड़ेल गए तथा भादों को प्यासा ही छोड़ गए। परिणाम यह हुआ कि दाना पड़ने के पहले ही धान सूख गया। इस वर्ष स्थिति यह है कि बुवाई के ही लाले पड़े हैं। आषाढ़ जा चुका है और एक बूँद नहीं टपकी है।

किन्तु फिर भी शिष्टाचारवश वह मिला उस दूत से। राजा पुक्कुसाति ने गान्धार के प्रसिद्ध लाल ऊनी वस्त्र तथा पीले रंग के कोमल कम्बल उपहार-स्वरूप भेजे थे। भेंट देने के पश्चात् राजदूत ने सन्देश सुनाया। बिम्बसार ने धैर्यपूर्वक सुना। विचार करने का आश्वासन दिया। तथा गान्धारनरेश के लिये काशी के नीले कौषेय वस्त्र उपहार-स्वरूप देकर उसे विदा कर दिया।

"महाराज, यह तो दो दिन में भर जाएगा।" शयनकक्ष में बिम्बसार के नासूर की जाँच करते हुए जीवक बोला। "वनस्पतियों का मैं एक लेप बनाकर लाता हूँ। उसे इस नासूर पर लगाने के पश्चात् आपको दाईं करवट ही लेटे रहना होगा। शौच के पश्चात् लेप पुनः लगाना होगा। इसके अतिरिक्त महाराज इन दो दिनों में न आप नहाएँ, न लँगोट लगाएँ। और अधोवस्त्र के रूप में भी मात्र एक सूती कोमल वस्त्र ही पेट पर लपेट रखें।"

जीवक को वनस्पतियों का, उनके औषधीय गुणों का विशद ज्ञान व विलक्षण पहचान है। तक्षशिला में चिकित्सा-शास्त्र के विद्यार्थियों को विश्वविद्यालय से एक योजन के घेरे में ऐसी वनस्पतियाँ ढूँढने तथा उसका एक टुकड़ा लाने को कहा गया जिनका कोई औषधीय उपयोग न हो। अन्य सभी तो कुछ न कुछ ले आए, जीवक हाथ हिलाते ही चला आया।

"मुझे तो ऐसी एक भी वनस्पति नहीं मिली, बहुत खोजा मैंने!"

पाठ्यक्रम समाप्त होने पर उसे चिकित्सा-शास्त्र का सर्वाधिक प्रतिभावान छात्र घोषित किया गया था।

बिम्बसार ने ये दो दिन राजभवन में अपनी पत्नियों के उपहास का पात्र बनकर पड़े रहने की अपेक्षा सुहासिनी के प्रासाद में बिताना अधिक उचित समझा।

सुहासिनी की वाकपटुता तो बिम्बसार वैशाली में ही देख चुका था, उसके राजगृह में रहते हुए वह उसकी विचार-क्षमता का भी प्रशंसक होता गया है। गत कई वर्षों की प्रगाढ़ता के पश्चात् दोनों में ही अब काम की कामनाओं के स्थान पर विचारों के परस्पर आदान-प्रदान की आकांक्षा एवं मित्र-भाव प्रधान हो गया है, साथ ही अपनी समस्याओं को लेकर आपस में अन्तरंग सहभागिता भी विकसित हो गई है।

सुहासिनी का प्रासाद अब चार तल का है। कभी जो स्थान निर्जन हुआ करता था, वहाँ अब भारी चहल-पहल है। मार्ग के दोनों ओर गणिकाओं के भव्य भवनों की पंक्तियाँ उग आईं हैं। द्यूत-शालाएँ व मद्य-शालाएँ भी अवतरित हो गईं हैं। राजपुत्रों, व्यापारियों, सामन्तों इत्यादि के रथों से मार्ग अब रात-दिन ही भरा रहता है।

"स्वागत है महाराज!" सुहासिनी मुख्य द्वार पर दौड़ी-दौड़ी आई। बिम्बसार के आने की सूचना उसे पहले ही मिल चुकी थी। "इस बार बड़ी देर लगा दी आपने इस दासी को स्मरण करने में।"

बिम्बसार ने एक फीकी मुस्कुराहट दी और सुहासिनी के कन्धे का सहारा ले भीतर को चल दिया।

"यह क्या हुआ महाराज को?" बिम्बसार की बेढब चाल देख सुहासिनी पूछ बैठी।

"यह बतायेगा।" बिम्बसार ने पीछे-पीछे आ रहे जीवक की ओर संकेत किया। "पहले मुझे शयनकक्ष ले चलो।"

सुहासिनी की देह तनिक मांसल हो गई है। रंग और भी खुल गया है। त्वचा में से उसकी अब प्रकाश-सा झरता प्रतीत होता है। मुख पर और चाल-ढाल में और भी अधिक आत्मविश्वास, और भी अधिक गरिमा झलकने लगी है; तथा तनिक अभिमान भी, जैसा कि समृद्धि और सम्मान पाकर हो ही जाया करता है। उसे राजगृह की नगरवधू की आजीवन उपाधि जो मिली हुई है! साथ ही उसे राज्य में महामात्य के समकक्ष विशेषाधिकार व सम्मान भी प्राप्त है।

जीवक ने रोग के विषय में बताकर सुहासिनी को लेप की कटोरी सौंपते हुए कहा,

"इसे दिन में तीन-चार बार हलके हाथों से लगाइयेगा। कल के लिए लेप मैं वनस्पतियों को उसी समय तोड़कर बनाऊँगा। और हाँ, यह लेप सूखने न पाए! पानी छिड़क कर आर्द्र करती रहियेगा।"

सुहासिनी बिम्बसार को ऊपर अपने शयनकक्ष में ले गई और अपनी ही शय्या पर लिटा दिया।

"इस कक्ष में कोई नहीं आएगा माधवी, अतिरिक्त तुम्हारे!" सुहासिनी ने बाहर जाकर किसी से कहा। "सभी को भली प्रकार समझा देना!"

"कौन है यह माधवी?" सुहासिनी के लौटते ही बिम्बसार ने पूछा। "तुम्हारी अत्यन्त कृपापात्र प्रतीत होती है।"

"है एक अभागी! जुए का ऋण उतारने के लिये पति ने जिसको इसे बेचा था," सावधानीपूर्वक बिम्बसार का रक्त-सना अधोवस्त्र निकाल सुहासिनी नासूर के आसपास की त्वचा को रुई से पोंछते हुए बोली, "वह निवेश का पूरा लाभ लेने अपने मित्रों को भी ले आया, इसे उन सभी की अंकशायिनी बनाने। किन्तु किसी प्रकार यह बचकर भाग निकली। पति ने रोका तो पत्थर से उसका सिर भी फोड़ आई। आपके पास आया भी तो था इसका पति याचिका लेकर!"

"वह युवती है माधवी! कई दिनों की भूखी-प्यासी अत्यन्त दयनीय अवस्था में थी तब तो वह जब सैनिक उसे पकड़ लाये थे, मुझे अब भी स्मरण है।"

सुहासिनी की सहायक अब ऐसी कई गणिकाएँ हैं। कोई अपने पति के अमानुषिक अत्याचार की मारी उसकी शरण में आ गई थी, तो कोई बलात्कार-पीड़िता होने से समाज एवं परिवार के लिये त्याज्य हो जाने के पश्चात् उसे वैसे ही मिल गई थी जैसे वह स्वयं जगनमोहिनी को मिली थी। किसी पर दुष्चरित्रता का आरोप लगाकर घर से निकाल दिया गया था, तो कोई अपने जीवन से असन्तुष्ट हो स्वयं ही घर छोड़ आई थी। कोई दासी-पुत्री थी जिसे अपने जीवन को दासता में बिता देना स्वीकार्य नहीं था, तो कोई ऐसी भी जिसे दरिद्रता में रहना नहीं भाया।

"क्यों मेरी इतनी सेवा कर रही हो?" लेप लग चुकने के पश्चात् उठकर सुहासिनी द्वारा दिया गया सूती वस्त्र पेट पर लपेटते हुए बिम्बसार ने पूछा। "स्वयं ही पोंछती हो रिसाव को, स्वयं ही लेप लगाती हो।"

सुहासिनी कुछ नहीं बोली।

"विवाह हुआ था तुम्हारा?" शय्या पर दाईं करवट लेटकर बिम्बसार ने सुहासिनी का मौन तोड़ने के विचार से पूछा। "पहले कभी चर्चा नहीं निकली तुम्हारे अतीत के बारे में। उचित समझो तो बताओ।"

अपनी कहानी कहते-कहते सुहासिनी की आँखों से गंगा-यमुना बहने लगीं थीं। बिम्बसार बहुत देर तक मौन रह उसे देखता रहा, फिर पूछा,

"उस दुर्घटना के पश्चात् जब जान लिया कि प्रतुल्य विक्षिप्त हो चुका है, तुम लौट क्यों नहीं गईं?"

"कौन-सा मुँह लेकर जाती?" आँसुओं को अपने उत्तरीय से पोंछते हुए सुहासिनी बोली। "लौटकर जाने पर अपमान और तिरस्कार के अतिरिक्त कुछ नहीं मिलना था। और फिर तब तक तो प्रतुल्य मेरा दायित्व बन चुका था! उसे कैसे छोड़ देती?"

"पुत्र का विचार नहीं आया?"

"आया, बहुत आया!" कहते हुए सुहासिनी का स्वर काँप रहा था। "परन्तु उसके पास उसके पिता हैं, यह सोच स्वयं को सान्त्वना दे दी।"

"स्मरण आता है वह?"

"बहुत!" सुहासिनी बिलख पड़ी।

बिम्बसार ने उसे खींचकर अपने से चिपका लिया। देर तक सुहासिनी के आँसू उसकी छाती भिगोते रहे।

"पछतावा होता है?" सुहासिनी की रुलाई रुकने पर बिम्बसार ने फिर पूछा।

"हाँ भी, और नहीं भी।" अपने कंठ को स्थिर कर सुहासिनी ने उत्तर दिया। "प्रत्येक को प्रसन्न रहने का अधिकार है, प्रसन्नता की राह खोजने का भी। आश्रम में मैं प्रसन्न नहीं थी। अपने पति से मुझे कभी वह सन्तुष्टि नहीं मिली जो हर युवती अपने पति से चाहती है। आयु में बहुत अन्तर था। मैंने जब प्रतुल्य के साथ आश्रम से भाग जाने का निर्णय लिया था, किसे पता था ऐसी दुर्घटना घट जाएगी? आकाश में अर्धचन्द्र देख कैसे यह अनुमान हो सकता है कि पूर्णिमा आनेवाली है अथवा अमावस्या? जीवन की यही विडम्बना है। कितना ही सोच-समझ कर निर्णय ले कोई, एक अनजान भविष्य हर मोड़ पर सदैव ही खड़ा है उसके सारे गणित मिथ्या सिद्ध कर देने के लिये।"

"किन्तु नैतिकता, धर्म? इनका विचार नहीं आया?"

"कैसी नैतिकता? कौन-सा धर्म? किसने बनाये ये नियम?" सुहासिनी का स्वर उग्र हो गया, भौंहें सिकुड़ गईं और आँखों में विद्रोह झलकने लगा। "मैं जान रही हूँ आपका संकेत किस ओर है। किन्तु स्त्री का एक पुरुष के साथ बँधे रहना सदा से नियम नहीं था।"

"फिर?" बिम्बसार यह सुनकर चकित था।

"ऋषि श्वेतकेतु ने बनाया था। हस्तिनापुर के राजा पांडु को जब यह ज्ञात हुआ उनकी पत्नी कुन्ती को वर प्राप्त है कि देवताओं का आव्हान कर वह उनसे पुत्र प्राप्त कर सकती है, तो उन्होंने वर-प्रयोग हेतु उससे आग्रह किया।"

"ऐसा क्यों? क्या उनमें पुंसत्व का अभाव था?"

"नहीं, यह बात नहीं। उन्हें ऋषि किन्दम ने शाप दिया था। हरिण व हरिणी का रूप धरे ऋषि व उनकी पत्नी आपस में जब कामक्रीड़ा-रत थे, वन में आखेट कर रहे राजा पांडु ने उन्हें हरिण ही जान अपने बाण से घायल कर दिया। मृत्यु-पूर्व उन्होंने राजा पांडु को शाप दिया : मुझे तुमने अपनी स्त्री के साथ संसर्ग करते हुए अपने बाण का लक्ष्य बनाया है, अत: तुम भी जैसे ही किसी स्त्री के साथ सम्भोगरत होओगे, तत्काल तुम्हारी मृत्यु हो जाएगी।"

"किन्तु वे ऋषि भला क्यों कर रहे थे ऐसा? पत्नी के साथ सम्भोग वन में, वह भी दिन में, और हिरण का रूप धरे हुए!" बिम्बसार के मुख पर सन्देह और अविश्वास झलक रहा था।

"सो मैं नहीं जानती।" लेप पर जल का छींटा मारते हुए सुहासिनी ने कहा। "किन्तु इतना अवश्य जानती हूँ कि यह काम-वासना एक धधकता ज्वालामुखी है जो उसके मुँह को ढक देने भर से शान्त नहीं हो जाता। न ही इसे शान्त कर पाना सबके वश में ही है। राजा पांडु के अन्तिम क्षणों का ही प्रसंग ले लें। उन्हें ज्ञात था स्त्री-संसर्ग का अर्थ है मौत। फिर भी सद्यस्नाता माद्री को भीगे हुए वस्त्र में देख अपने को वे रोक नहीं पाए। माद्री ने रोका होगा, उन्हें समझाया होगा, उनसे अनुनय-विनय भी की होगी। फिर उनकी लाचारी पर तरस खाकर अपने आप को उन्हें सौंप दिया होगा, विधि का विधान मानकर। ऐसी है यह कामेच्छा। जीवन के प्रति प्रेम पर भी भारी पड़ जाती है। इस पर नियन्त्रण!" जीभ को तालू से टकराते हुए सुहासिनी ने 'किच' की ध्वनि निकाली और दाएँ-बाएँ सिर हिलाया।

"किन्तु कई ऋषि-मुनियों ने तो विजय प्राप्त की है इस पर।"

"विजय यानी क्या? ऊर्जा के स्रोतों से शरीर को वंचित रखकर, शरीर को सुखाकर तथा आकर्षणों से स्वयं को योजनों दूर रख उन्हें लगा होगा कि उन्होंने कामवासना पर विजय पा ली है। किन्तु सामने एक अप्सरा आ जाती है और ब्रह्मचर्य टूट जाता है। यह तो विजय नहीं कहलाई! यह तो मात्र दमन है वासना का, उस पर विजय नहीं! शरीर सूख जाए महाराज, तब भी यह नहीं सूखा करती।"

"तो क्या तथागत का ब्रह्मचर्य पर आग्रह अनुचित है?"

"यह मैं नही कह सकती महाराज। परन्तु मेरे विचार से न तो काम को निषिद्ध करना उचित है और न ही इसका अनियन्त्रित, अनिर्बाध प्रचलन। दोनों ही स्थितियों में विकृतियाँ उत्पन्न होंगी। किसी भी वस्तु का न तो अभाव उचित है, न ही अत्याधिक प्राचुर्य। कम भोजन और अधिक भोजन, दोनों ही हानिकारक है। और जैसे महाराज भूख है भोजन की, जैसे प्यास है पानी की, वैसे ही कामवासना भी है—शरीर की भूख। फिर निषिद्ध वस्तु का आकर्षण भी तो अधिक होता है, जिसे पाने की लालसा लोलुपता हो जाया करती है! और यही लोलुपता, लालसा का अतिरेक, विकृतियों को जन्म देता है। निगंठ नातृपुत्र भी जिस धर्म-परम्परा से हैं उसमें भी परिव्राजकों के लिये ब्रह्मचर्य-पालन आवश्यक नहीं था। यह तो उन्होंने ही अनिवार्य किया था, और तत्पश्चात तथागत ने भी।"

बिम्बसार को विचारमग्न बैठा देख सुहासिनी ने पूछा।

"क्या सोचने लगे महाराज? मैंने कुछ मिथ्या कहा?"

"नहीं, ऐसा नहीं है। तुम्हारी बात सुनकर भिक्षु अरिट्ठ का स्मरण हो आया। वह भी ब्रह्मचर्य को लेकर तथागत से मतभेद रखता था। कहता था, स्त्री के सम्मोहन एवं कामवासना से बचने का प्रयास वैसा ही है जैसा कि सागर को बाँधने का प्रयत्न करना। उसके शिष्य खन्दक के विचार भी अपने आचार्य के मत से मिलते थे।"

"क्या अभी भी हैं वे दोनों संघ में?"

"नहीं, उन्हें निष्कासित कर दिया गया। निर्णय लेते समय बुद्ध ने कहा था कि जैसे एक व्यक्ति साँप को पकड़े और उस साँप के उसे काट लेने से वह व्यक्ति मर जाए, तो इसका अर्थ यह नहीं कि उसे साँप को पकड़ना ही नहीं चाहिये था। उसकी मृत्यु इस कारण हुई कि उसने साँप को त्रुटिपूर्ण ढंग से पकड़ा, उसे उसका मुँह दबाकर नहीं पकड़ा। ऐसा ही धम्म को त्रुटिपूर्ण ढंग से लेने पर है, उन्होंने कहा था। उसे भली प्रकार न समझने पर अमंगल होगा, अनिष्ट होगा।"

"उन्होंने सच ही कहा था महाराज। ब्रह्मचर्य ओढ़ा नहीं जाता, वह भीतर से उपजता है जब अन्तर में तथागत की भाँति प्राणीमात्र के प्रति करुणा उपजती है। अन्यथा महान से महान तपस्वी ऋषि भी रूपवती स्त्री के दर्शन मात्र से ब्रह्मचर्य-विरत हो जाया करते हैं।"

"तुम किसकी ओर इंगित कर रही हो, कौन ऋषि?"

"आप ऋषि पराशर को ही ले लें। मछुआरिन सत्यवती को नाव खेते हुए देखने मात्र से उन जैसे तपस्वी कामोद्दीप्त हो उठे थे। उनकी कामेच्छा पूरी कर उनसे वरदान पा मत्स्यगन्धा से योजनगन्धा बनी सत्यवती की देहगन्ध से आकर्षित हो सम्राट शान्तनु खोजते हुए उस तक जा पहुँचे तो उसके सम्मोहन में ऐसे बँधे

कि भला-बुरा सोच पाने की शक्ति ही गवाँ बैठे। तभी तो उन्होंने अपने ज्येष्ठ एवं योग्यतम पुत्र देवव्रत को राजसिंहासन से वंचित करने का भारी अनर्थ कर डाला! मुझे तो महाराज ईर्ष्या होती है सत्यवती से! सच!" कहकर सुहासिनी हँस दी।

"तुम कैसे इतना सब जानती हो?"

"महाराज भूल रहे हैं, मैं आठ वर्ष ऋषि-आश्रम में रही हूँ।"

"तो क्या कुन्ती ने किया वर का प्रयोग, जैसा कि राजा पांडु ने चाहा था?" बिम्बसार ने वार्तालाप का टूटा सिरा पकड़ा।

"पति के अतिरिक्त अन्य किसी के साथ संसर्ग का मैं सोच भी कैसे सकती हूँ! उसकी प्रथम प्रतिक्रिया तो यही थी। फिर यह तो धर्म-विरुद्ध भी होगा, उसने आपत्ति की। तब राजा पांडु ने उसे समझाया। एक समय था जब स्त्री घर तक सीमित रहकर अपने पति तथा सगे-सम्बन्धियों पर ही निर्भर नहीं होती थी। वरन स्वतन्त्र रूप से वह जहाँ चाहे आती-जाती थी, और जैसे चाहे वह स्वयं को आनन्दित रख सकती थी। उस समय स्त्रियाँ यदि अपने पति के साथ निष्ठापूर्वक नहीं रहती थीं तो उन्हें कदाचार का दोषी अथवा पाप का भागी नहीं समझा जाता था। क्योंकि यह उस समय का स्वीकृत लोकाचार था। किन्तु एक बार ऋषि श्वेतकेतु की उपस्थिति में एक ब्राह्मण ने आकर उनकी माँ का हाथ थामा और कहा: चलो, चलें! उस समय उनके पिता ऋषि उद्दालक भी वहीं थे।"

"ऋषि आरुणि उद्दालक तो नहीं जो ऋषि याज्ञवल्क्य के गुरु तथा छान्दोग्य उपनिषद के रचियता थे? जिनके विषय में विख्यात है कि ज्ञान की उन्हें इतनी अधिक प्यास थी कि पता भर चल जाए किससे ज्ञान प्राप्त हो सकता है, और वे उसे अपना गुरु मान उसके चरणों में बैठ जाया करते थे? भले ही वह शूद्र क्यों न हो!"

"हाँ महाराज, वही ऋषि उद्दालक! उस ब्राह्मण पर ऋषि श्वेतकेतु को क्रोधित होते देख उन्होंने कहा: पुत्र क्रोध मत करो। यह प्रथा, यह व्यवहार पुरातनकाल से लोकप्रचलित है। सभी वर्णों एवं वर्गों की स्त्रियाँ इस विश्व में स्वतन्त्र हैं। मात्र जब ऋतुकाल होता है तब उसे अवश्य अपने पति की ही कामना करनी चाहिये। शेष समय उसे इस विषय में स्वतन्त्रता है। ऋषि श्वेतकेतु ने परन्तु इससे असहमति जताई तथा उस परम्परा को अमान्य कर स्त्री-पुरुष के सम्बन्धों की वर्तमान में प्रचलित प्रथा को स्थापित किया।"

"विचित्र है, पहले किसी ने नहीं बताया!"

"अपनी एक साथी गणिका से सुना था मैंने। ऋषि-पुत्री थी वह। बचपन व युवावस्था ज्ञान-सागर में गोते लगाते बीती। विवाह जिसके साथ हुआ वह नपुंसक निकला तो भागकर वैशाली चली आई थी। प्रकांड पंडित थी वह। उसका मानना था, और मेरा भी यही मत है, एक न एक दिन इस नई प्रथा में दरारें पड़ना आरम्भ होंगी और प्राचीन प्रथा पुनः प्रचलन में आएगी, कतिपय काल-प्रासंगिक परिवर्तनों

के साथ। आनी भी चाहिये! पुरुष अपनी कामेच्छा तृप्त करने के लिये वेश्याओं व दासियों के साथ भी सम्भोग कर लेता है। किन्तु यदि स्त्री अपने पति से असन्तुष्ट हो तो? उसे क्यों नहीं यह स्वतन्त्रता मिलनी चाहिये? कटुसत्य यह है महाराज कि पशुबल को छोड़ स्त्री पुरुष की अपेक्षा सदैव ही अधिक शक्तिशाली रही है। इसी कारण पुरुष की भयभीत आँखों में स्त्री की स्वाधीनता खटकती रहती है, और ऋषि श्वेतकेतु का अनुसरण करते हुए वह नित नई बेड़ियाँ उसे पहनाता जाता है।"

तभी नीचे से कुछ चीखने चिल्लाने की ध्वनियाँ आईं।

"अभी आई!" कहते हुए सुहासिनी उठी और बाहर को दौड़ गई, किन्तु शीघ्र ही लौट भी आई।

"क्या हो गया था?"

"कुछ नहीं! प्रतुल्य न जाने क्यों बिफर गया था। ऐसे में मुझे ही जाकर उसे मनाना होता है, अन्य किसी से वह नहीं मानता।"

"तुम कहो तो जीवक से कहूँ उसका उपचार करने को।"

सुहासिनी ने सिर हिलाकर मना कर दिया।

"क्यों?"

"क्योंकि मैं जानती हूँ, जिस भी स्थिति में है वह सुखी है। ठीक हो गया तो बीती घटनाएँ स्मरण कर," सुहासिनी की आँखें छलछला आईं, "दुखी हो रहेगा। अच्छा है वह पागल ही रहे। पागल दुखी नहीं रहते। समझ का होना आवश्यक है दुखी होने के लिये।"

कक्ष में सन्नाटा खिंच गया। अपने-अपने विचारों में डूबे दोनों देर तक चुपचाप बैठे रहे। लम्बे मौन को सुहासिनी ने ही तोड़ा।

"चलिये, छोड़िये मेरी कहानी। सुना है तथागत इन दिनों यहीं हैं वेलुवन में। आप मिले?"

"इस अवस्था में कैसे जाता? हाँ, विहार में भिक्षुओं के लिये भोजन-सामग्री की व्यवस्था अवश्य करा आया हूँ।"

"क्यों, ऐसा क्यों? भिक्षा से पूरा नहीं पड़ रहा?" सुहासिनी ने चकित हो पूछा।

"कुछ ऐसा ही है। गतवर्ष पड़े सूखे के कारण भिखारियों की संख्या राजगृह में बढ़ गई है। दूसरी ओर गृहस्थों के पास अन्न की कमी है। राज्य का अन्न-भंडार भी अपर्याप्त है। व्यापारियों से आयात करवा कर व्यवस्था करनी पड़ी।"

"नातृपुत्र के शिष्यों के लिये भी व्यवस्था करनी पड़ी होगी तब तो? आप उन्हें भी तो बहुत मानते हैं!"

"हाँ, वह भी करके आया हूँ।"

"दोनों के विचारों में तो किन्तु बड़ा अन्तर है, और व्यवहार में भी। मुक्ति पाने के लिये नातृपुत्र अपने शरीर को कष्ट देकर पूर्वजन्मों के पापों का इसी जन्म में

प्रायश्चित करने को कहते थे, वहीं तथागत का मत है शरीर को कष्ट देने से मुक्ति का कोई सम्बन्ध नहीं। नातृपुत्र मांस-भक्षण के कड़े विरोधी थे, किन्तु तथागत भिक्षुओं से कहते हैं जहाँ जाओ वहाँ जो भोजन प्रचलन में है उसे स्वीकार करो, आमिष हो या निरामिष। वे तो कहते हैं यदि शाकाहार से ही मुक्ति मिलती है तो सबसे पहले हिरणों को मुक्ति मिलनी चाहिये।"

बिम्बसार ने हँसकर पूछा, "तुमने कहाँ सुना तथागत को?"

"जब आपने गृध्रकूट पर्वत की जड़ में सुमागधा पुष्करिणी के निकट स्थित मोर-निवाप से पर्वत के ऊपर तक आधा गावुत लम्बा पथ बनवा दिया था, तब एक दिन सवेरे-सवेरे ही पहुँच गई थी।"

"तथागत को सुनने?"

"नहीं, छिपकर उन्हें देखने। मुझे पता था कि वह उनका प्रिय स्थान है और सवेरे-सवेरे वे वहीं हुआ करते हैं। मुझे उत्सुकता थी जानने की कि कौन है वह राजकुमार जो अपनी सुन्दर पत्नी को छोड़ परिव्राजक बन गया। सच कहूँ महाराज तो अपने उत्तरदायित्वों को पूरा किये बिना प्रव्रज्या लेना मुझे किसी प्रकार भी उचित नहीं जान पड़ता। तथागत और नातृपुत्र तो चलिये राजकुमार थे। इनके प्रव्रज्या लेने से उनके परिवार को भावनात्मक दु:ख तो हुआ होगा, परन्तु जीवन-निर्वाह की कोई समस्या उत्पन्न नहीं हुई होगी। किन्तु सामान्य व्यक्ति के लिये? ऊँहूँ।" सुकन्या ने नकारात्मक भाव से सिर हिलाया।

"कदाचित तुम ठीक कहती हो। हाँ तो फिर?"

"वहाँ एक गुफा में छिपकर सुना, तथागत भिक्षुओं से कह रहे थे कि भिक्षा में जो भी मिले उसे आभारी होकर स्वीकारना है। क्योंकि वह भिक्षा उनके भिक्षु बने रहकर जीवनयापन में सहायक हो उन्हें मुक्ति-मार्ग पर बढ़ने देने में सहयोगी होती है। हाँ, यह अवश्य है कि भिक्षा में प्राप्त भोजन निरामिष होने पर उन्हें सुनिश्चित करना चाहिये कि पकाया गया पशु या पक्षी कहीं उन्हीं के लिये तो नहीं मारा गया है।"

"यह तो है! तथागत अनूकूलनशील हैं जबकि नातृपुत्र अपने आचार-विचार में अनम्य हुआ करते थे। सम्भवत: यही कारण है कि नातृपुत्र के जीवनकाल में ही एक से अधिक बार फूट डाली गई उनके संघ में, प्रथम उनके अपने दामाद जमाली द्वारा और फिर उनके प्रमुखतम शिष्य तिष्यगुप्त द्वारा।"

"ऐसे में आप दोनों को ही बराबर मान कैसे दे सकते हैं?" सुहासिनी ने रिसाव के कारण बह गए लेप को पोंछ फिर से लेप लगाते हुए पूछा।

"क्योंकि वे दोनों ही कर्मफल के सिद्धान्त का प्रचार करते हैं और मक्खलि गोसाल जैसे कट्टर नियतिवादियों के अराजकता को बढ़ावा देनेवाले विचारों से मेरे प्रजाजनों को दूर रखते हैं। मक्खलि के अनुसार तो जो कुछ मनुष्य कर रहा है, नियति ही उससे करवा रही है। मनुष्य के हाथ में कुछ नहीं है क्योंकि प्रयास, शक्ति,

ऊर्जा जैसा कुछ है ही नहीं। अतः मनुष्य किसी भी कर्म के लिये उत्तरदायी नहीं है। इस सिद्धान्त को मानने लगी मेरी प्रजा तो अराजकता तो उत्पन्न होगी ही, राज्य का विकास भी अवरुद्ध हो जाएगा।"

"और अहिंसा? हिंसा के पूर्णतः परित्याग पर भी तो उन दोनों का अतिशय आग्रह है, किसी भी अन्य आचार्य से अधिक! किन्तु आपका राजकार्य तो बिना हिंसा के चल ही नहीं सकता।" परिहासमय दृष्टि से बिम्बसार को देख सुहासिनी मुस्कुराई।

"हाँ, यह तो सच है! युद्ध न करूँ तो कैसे काम चले? लिच्छवियों के साथ युद्ध किये बिना क्या मेरे राज्य की सीमा गंगा तक बढ़ पाती?" सुहासिनी का हाथ अपने हाथों में ले बिम्बसार ने उसे थपथपाते हुए कहा। "किन्तु यह मेरा राजधर्म है जिसका मुझे प्रजा एवं राज्य की समृद्धि के लिए, राज्य की शक्ति बढ़ाने के लिये पालन करना ही होता है।"

"सुनने में तो आया है आजकल पुनः आपका वैशाली के साथ कुछ विवाद चल रहा है।" बिम्बसार की हथेली की रेखाओं पर अपनी अनामिका फिराते हुए सुहासिनी ने पूछा।

"हाँ, मणियों की खदानों को लेकर। युद्ध के पश्चात् हुई सन्धि के अनुसार गंगा-तट पर स्थित खदान-क्षेत्र का पश्चिमी आधा योजन उनका है, पूर्व में आधा योजन मगध का। किन्तु लिच्छवि छल पर उतर आए हैं। रात में चुपके-से वे मगध-क्षेत्र की खदानों से मणियाँ चुरा ले जाते हैं। हमारे क्षेत्र में नावों, पोतों पर सामग्री चढ़ाने-उतारनेवाले व्यापारियों से तट-कर की उगाही को लेकर भी उलझते व झगड़ते रहते हैं।"

सुहासिनी हँस दी।

"हँसने की क्या बात है इसमें?"

"एक व्यक्ति चोरी करे तो चोर है, दंड का पात्र है। सारे मिलकर चोरी करें तो राजभक्ति है, प्रशंसनीय हैं।"

"युद्ध में भी तो यही होता है! तन्त्र होता ही ऐसा है सुहासिनी, गणतन्त्र हो या राजतन्त्र।"

"छोड़िये महाराज इस राजनीति को।" सुहासिनी ने चर्चा की दिशा मोड़ी। "यह बतायें, आपका पुत्र राजकुमार कुणीक कैसा है? अब तो उसकी शिक्षा-दीक्षा आरम्भ हो गई होगी?"

"हाँ, हो तो गई है। परन्तु विद्यार्जन में उसका मन नहीं लगता।" कहकर बिम्बसार कुछ देर विचारमग्न हो मौन बैठा रहा। "मुझे सुहासिनी ईर्ष्या होती है प्रसेनजित से! सदैव ही यह मुझे कचोटता है कि मैं विद्यार्जन नहीं कर पाया। बारह वर्ष की आयु से ही सेना के साथ जो हो लिया था! सोचता हूँ, कुणीक को काशी भेज दूँ।"

"क्यों, तक्षशिला क्यों नहीं?"

"दूर है। और जैसा मुझे ज्ञात हुआ है, गान्धार में शीघ्र ही युद्ध छिड़ने की सम्भावना है। पर्शुदेश का राजा दारयोश उस पर आक्रमण करने की योजना बना रहा है। फिर अब तो तक्षशिला में वर्षों विद्याध्ययन करने के पश्चात् कई विद्वान् ब्राह्मणों ने काशी में नये-नये गुरुकुल आरम्भ कर दिये हैं, और अल्प समय में ही उन गुरुकुलों ने बड़ी ख्याति भी अर्जित की है।"

"सुविख्यात गुरुकुल तो कई आपके राज्य में भी है।"

"सच कहती हो। परन्तु मगध से मैं उसे बाहर भेजना चाहता हूँ। देवदत्त का उस पर कुछ अधिक ही प्रभाव हो गया है, और यह मुझे आशंकित करता है।"

"देवदत्त? वही आचार्य देवदत्त तो नहीं जो तथागत के प्रमुख शिष्यों में से एक हैं?"

"हाँ वही। उसने एक बार मेरे समक्ष अपनी चमत्कारिक शक्तियों का प्रदर्शन किया था जबकि तथागत ने ऐसा करना निषिद्ध किया हुआ है। उसकी बातों से मुझे सन्देह हुआ के वह संघ पर अपना वर्चस्व स्थापित करना चाहता है, और ऐसा न कर सकने पर वह संघ का विभाजन करने में भी नहीं हिचकिचायेगा। परन्तु मुझे नहीं लगता अभी उसके साथ अन्य कोई भिक्षु है।"

"फिर भी उसे अनदेखा नहीं करना चाहिये महाराज। माना कि अकेला चना भाड़ नहीं फोड़ सकता, परन्तु छिटक कर वह आँख तो फोड़ ही सकता है!"

"सच कहती हो तुम। तथागत के कानों तक पहुँचा दूँगा यह बात। जो भी हो, मुझे वह व्यक्ति ठीक नहीं जान पड़ता। किन्तु लाख मना करने, बार-बार समझाने पर भी कुणीक अधिकांश समय उसी के साथ बना रहता है।"

राजकुमार कुणीक के सम्पर्क में आने के पश्चात् देवदत्त को उसके माध्यम से अब अपनी चिर-संचित अभिलाषा पूरी होती दिखने लगी है, जो उसने अनुप्रिया आम्रवन में बुद्ध से प्रवज्या लेते समय से ही पाल रखी है।

बुद्धत्व प्राप्त करने के उपरान्त सिद्धार्थ जब पहली बार कपिलवस्तु गया था तब देवदह से देवदत्त भी वहाँ आ गया था। सिद्धार्थ का मान-सम्मान देख उसकी छाती पर साँप लोटने लगा। जिसे देखो वह उसके पैरों में गिरा पड़ रहा है। जितने दिन बुद्ध वहाँ रहे, देवदत्त यह समझने का प्रयत्न करता रहा कि इसमें ऐसा क्या है जो इसे देख, इसका अनर्गल प्रलाप सुन सब के सब इसके अनुयायी हुए जा रहे हैं?

फिर जिस दिन बुद्ध राहुल को अपने साथ ले गए थे, उसने अपनी बहन को रोते और पछाड खाकर गिरते भी देखा, और आपे से बाहर हो न्यग्रोधवन जा बुद्ध को खरी-खोटी भी सुनाई। तभी राजा शुद्धोदन आ गए। जब उनके कहने पर भी राहुल लौट जाने को सहमत नहीं हुआ तो वह भी अपना-सा मुँह लेकर रह गया।

परन्तु उसके हृदय में भभकती क्रोधाग्नि शान्त नहीं हुई।

बुद्ध जिस दिन लौटे कपिलवस्तु से उस दिन उनके छोटे भाई नन्द का विवाह राज्य की सबसे सुन्दर युवती भद्रा के साथ होने जा रहा था। किन्तु वह प्रवज्या ले उनके ही साथ चला गया। पीछे से अनुरुद्ध, आनन्द, भद्दिया, किम्बिला: सभी विवाहित और बाल-बच्चोंवाले जब उनका शिष्य बनने के विचार से कपिलवस्तु छोड़कर जाने लगे तो देवदत्त भी उनके साथ हो लिया।

मार्ग में अनुप्रिया के आम्रवन में बुद्ध दो रात रुके थे। वहीं ये सब उनसे मिले और प्रव्रज्या ले ली, उपाली ने भी जो उनके पीछे-पीछे ही चला आया था। देवदत्त आया तो मात्र नौटंकी देखने के उद्देश्य से ही था। किन्तु रात भर सोच-विचार कर वह इस निर्णय पर पहुँचा कि सिद्धार्थ का गढ़ भीतर घुस कर ही ढहाना होगा, और अगले ही दिन वह भी प्रव्रजित हो गया।

संघ में आने के पश्चात् ध्यान में देवदत्त की प्रगति त्वरित व चकित करनेवाली थी। इस कारण उसे अत्यन्त सम्मान मिलने लगा। बुद्ध ने उसकी प्रशंसा की, सारिपुत्र ने उसका प्रशस्ति-गायन किया।

चिंचा व सुन्दरिका-प्रकरणों के समय देवदत्त को आशा बँधी थी कि सिद्धार्थ का भाँडा फूटने पर वह उसे बहिष्कृत कर संघ को अपने नियन्त्रण में ले सकेगा। किन्तु यह आशा न केवल निर्मूल सिद्ध हुई अपितु उसके शत्रु का मान व लोकप्रियता और भी अधिक बढ़ गई। फिर घोषिताराम के भिक्षुओं में हुई फूट का समाचार पाकर उसने आग में घी डालने की योजना बना ली थी। परन्तु जब तक वह कौशाम्बी पहुँचा उस आग में पानी पड़ चुका था। जेतवन जाकर भिक्षुओं ने बुद्ध के समक्ष पश्चात्ताप व्यक्त कर उनसे क्षमा माँग ली थी।

उसके वही हताशापूर्ण दिन थे जब यशोधरा वैशाली आ पहुँची थी। चिथड़े हो चुके वस्त्र, पपड़ी-पपड़ी होंठ, तलवों में पड़े छालों के कारण लँगड़ाती यशोधरा के साथ उसी दशा में अन्य स्त्रियों को देख सभी नगरवासियों की आँखों में आँसू छलक आए थे। देवदत्त ने जब यह सुना तो फूट-फूटकर रो पड़ा। फिर अपनी बहन को घुटा हुआ सिर लिये भिक्षा हेतु दर-दर भटकने का सुनकर तो जैसे उसका कलेजा ही फट पड़ा था। किसी भी उपाय से अब मुझे शीघ्र ही संघ में फूट डलवानी होगी, उसने निश्चय किया, तब ही सिद्धार्थ का विनाश सम्भव हो सकेगा।

इन्हीं प्रयत्नों के चलते वह भिक्षुणी नन्दा के सम्पर्क में आया जो भिक्षुणी-संघ के समाचार उसे भेजती रहती है। उसी से देवदत्त को भद्रा के विषय में ज्ञात हुआ।

नन्द के प्रव्रजित होने के पश्चात् आरम्भिक दिनों में भद्रा को आशा थी कि किसी दिन उसका नन्द कपिलवस्तु लौटकर उसके सामने खड़ा हो जाएगा तथा अपनी भूल के लिये क्षमायाचना करेगा। तब वह रूठकर बैठ जाएगी। नन्द मनायेगा पर वह नहीं मानेगी, उसे वह देर तक सतायेगी। परन्तु ऐसा कुछ नहीं हुआ। नन्द

नहीं आया। उसके लौटकर आने की जब सारी आशाएँ धूमिल हो चुकी थीं, और लगने लगा था अब उसका पूरा जीवन व्यर्थ ही जानेवाला है, तब वह प्रजापति और यशोधरा के साथ वैशाली जाने को तैयार हो गई थी।

किन्तु उसने न तो प्रव्रज्या ली और न ही बार-बार बुलाये जाने पर भी वह बुद्ध का उपदेश सुनने पहुँची।

"क्या सुनूँ उनको? बस, वही-वही उपदेश! यह संसार क्षणभंगुर है, एक दिन बुढ़ापा आएगा, फिर मौत। और जिस शरीर से इतना मोह है, जिसकी सुन्दरता पर गर्व है वह अग्निलपटों की भेंट चढ़ जाएगा। मुझे नहीं सुनना यह सब! गर्व तो वही करेगा न जो सुन्दर होगा?"

भद्रा की दृष्टि से छिपा नहीं था कि आते-जाते भिक्षु आँख बचाकर उसे देखने का लोभ-संवरण नहीं कर पाते। इसलिये वह और भी बन-ठन कर विहार में घूमा करती और दर्पण के सामने बैठ स्वयं को निहारते हुए भिक्षुओं पर हँसा करती। साथ ही उसे यह सोच बुद्ध पर क्रोध भी आता रहता कि मेरा जीवन उन्हीं के कारण नष्ट हुआ है। तब-तब उनकी कटु आलोचना करने से भी वह नहीं चूकती थी।

देवदत्त ने बुद्ध की अनुपस्थिति में पहुँचकर भद्रा को उकसाया: मैं तेरे साथ हूँ, तू आपत्ति उठा। और समस्त भिक्षुओं के समक्ष उठा। नन्द को अप्सराओं का प्रलोभन देकर संघ से बाँधे रखना किस प्रकार धम्म-सम्मत है? उस पर वशीकरण मन्त्र का प्रयोग करना कहाँ का धम्म है? देवदत्त को आशा थी कि इस प्रसंग को लेकर वह इतनी धूल उड़ायेगा कि उसमें सिद्धार्थ का मान-सम्मान खो जाएगा तथा तब वह उसे संघ से उखाड़ने में सफल हो सकेगा।

आरम्भ में नन्द भी भद्रा की कल्पनाओं में खोया रहता था। ध्यान, उपदेश में उसका मन नहीं रमता था। तब बुद्ध ने उसे स्वर्ग की अप्सराओं का दर्शन कराकर पूछा था: क्या इनसे भी सुन्दर है भद्रा? और कहा था कि धम्म के पथ पर चलने से वे उसे मिलनेवाली हैं।

किन्तु भद्रा के विद्रोही स्वर शान्त हो गए जब उसने बुद्ध के समक्ष स्वयं को वृद्धा होते देखा। शरीर उसका जर्जर होता गया, सौन्दर्य क्षय होता गया, केश श्वेत होकर झड़ने लगे, दाँत टूटने लगे, त्वचा झुर्रियों से भर गई, हाथ-पैर सूखने लगे और फिर काँपने लगे। भद्रा भयभीत हो उठी और उसने बुद्ध के चरणों में सिर नवा दिया। इसके साथ ही देवदत्त की बुद्ध को संघ से उखाड़ फेंकने की सारी आशाएँ धूल में मिल गईं।

नैराश्य में देवदत्त आकंठ डूबा हुआ था जब राजकुमार कुणीक उसके सम्पर्क में आया। अब उसे अपने प्रभाव में ले लेने के पश्चात् देवदत्त राजगृह में न रहकर वहाँ से गया जाने वाले मार्ग पर गया से लगभग तीन गावुत पर स्थित गयाशीश नामक पर्वत पर रहने लगा है, जिसकी चोटी पर भी एक सुप्त ज्वालामुखी है। और

अब वह बुद्ध के साथ अपने मतभेदों को निस्संकोच सबके सामने प्रकट करने लगा है।

देवदत्त के मतानुसार भिक्षुओं को तो आकाश-तले वृक्षों के नीचे रहना चाहिये और घास के पूलों पर सोना चाहिये। अतः संघ द्वारा विहार बनवाना ही अनुचित था। उस पर से पहले चटाई, फिर चारपाई और अब तो गुदगुदी कोमल शय्या भी उपलब्ध है विहारों में। जो भिक्षु सुकुमार थे, नंगे पैर चलने पर तथाकथित रूप से जिनके तलवों में छाले पड़ जाया करते थे, उन्हें कोमल तल्ले के पादत्राण उपयोग करने की अनुमति दे दी गई है। जिन्हें ग्रीष्म की कड़ी धूप में मूर्छा आ जाया करती थी, उन्हें छाते रखने की सुविधा मिल गई है। जबकि नातृपुत्र के सभी शिष्य, उसने ध्यान दिलाया, नंगे पैर व बिना छाते के ही चला करते हैं।

"सुख-सुविधाओं के बढ़ते जाने से निठल्लों की भीड़ जुट गई है संघ में," उसने बुद्ध के उपासकों को भड़काने का प्रयत्न किया, "जो छक कर खाते हैं और पसर कर सोते हैं। सुन्दर पादुकाएँ पहने व रंगीन छतरियाँ लगाये भिक्षाटन को ऐसे जाते हैं जैसे कि राजकर्मचारी कर उगाहने जा रहे हों। कितने ही भिक्षु तो ध्यान करने के समय में बनठन कर मेले-ठेलों में घूमते-फिरते भी पाए जाने लगे हैं।"

जैसे-जैसे संघ विस्तार पाता जा रहा था, बुद्ध के समक्ष नित नई समस्याएँ प्रस्तुत की जा रही थीं जिनके समाधान हेतु उनके द्वारा विनय में नित नई छूटें दी जा रही हैं। देवदत्त के मतानुसार यह बुद्ध में संकल्पशीलता के अभाव को ही दर्शाता है तथा इस पर तो उसे सर्वाधिक आपत्ति है।

अन्न की कमी होने पर जब भिक्षुओं को भिक्षा मिलना कठिन होने लगा था तो बिम्बसार और व्यापारियों ने मिलकर नमक, दाल, घी व चावल विहार में पहुँचा दिये थे। क्योंकि विनय के अनुसार विहार के भीतर खाद्यान्न बीनना, धोना, सुखाना वर्जित था अतः उन्हें बाहर ही सुखाना पड़ा। परन्तु रखवाली करने पर भी आधा से अधिक अन्न पशु या तो खा गए या भूमि पर धूल में बिखेर गए। तब बुद्ध ने ये सब कार्य विहार में ही करने की अनुमति दे दी। विहार के भीतर भोजन पकाना अभी भी मना था। अतः भोजन बाहर ही पकाया गया तो उसकी गन्ध पाकर नगर भर के भिखारी और भूखे इकट्ठे हो गए। तब विवश होकर बुद्ध ने विहार में भोजन न पकाने के नियम में शिथिलता दे दी। परन्तु जब रसोइये भोजन का एक बड़ा भाग चोरी-छिपे अपने साथ ले जाने लगे तो भिक्षुओं द्वारा स्वयं भोजन पकाने को लेकर लगे प्रतिबन्ध भी उन्होंने समाप्त कर दिये।

ऐसे ही जब भिक्षुओं द्वारा ग्रामीणों से भिक्षा में कुत्ते का मांस स्वीकार किये जाने की उपासकों ने निन्दा की, भले ही वह दुर्भिक्ष-काल था, तब बुद्ध ने नियम बना दिया कि जंगली भेड़िये का मांस खाने की अनुमति है परन्तु उसके बच्चे और गाँव के कुत्तों का नहीं, और न ही शेर, अश्व या हाथी का। एक समय व्याधिग्रस्त

भिक्षुओं के लिये औषधि के रूप में वसा की आवश्यकता हुई तो बुद्ध ने उसे तेल के साथ मिलाकर प्रयोग की अनुमति दे दी, किन्तु केवल मछली, शूकर, गधे, घड़ियाल व भालू की वसा। देवदत्त को तो भिक्षुओं द्वारा निरामिष भोजन स्वीकारने पर ही आपत्ति थी अब पशुओं की वसा भी उनके लिए भक्ष्य हो गई है, यह जान वह और भी अधिक भुनभुनाने लगा।

"एक ओर तो इस प्रकार भिक्षुओं को सुविधाभोगी बनाया जा रहा है, तो दूसरी ओर आलसियों व कामचोरों के लिये भिक्षु-जीवन को एक आकर्षक विकल्प के रूप में प्रस्तुत किया जा रहा है। भिक्षुओं को उपासकों से प्राप्त नये वस्त्रों से क्यों चीवर सिलना चाहिये, फेंके हुए चिथड़ों से ही क्यों नहीं? और उन्हें भोजन के निमन्त्रण क्यों स्वीकारने चाहिए, भिक्षा माँग कर ही उदरपूर्ति क्यों नहीं करनी चाहिये?"

देवदत्त द्वारा सार्वजनिक रूप से इस आशय के वक्तव्य बार-बार दिए जाते रहने से अब जनसाधारण द्वारा भी भिक्षुओं पर कटाक्ष किया जाने लगा है।

"तुम्हारा धर्म सबसे उत्तम! प्रतिदिन स्वादिष्ट व्यंजन खाओ और कोमल शय्याओं पर सुखपूर्वक शयन करो।"

फिर ऐसे लोग तो हैं ही जो अभी तक बुद्ध को कोसते हुए कहा करते हैं: उसने तो हमरी बहू-बेटियों को विधवा कर दिया है, और बच्चों को अनाथ बना रख छोड़ा है।

नातृपुत्र तथा बुद्ध के शिष्यों में अपने-अपने शास्ता को ऊँचा बताने की प्रतिद्वन्द्विता में परस्पर वाद-विवाद तो सदैव ही चला करता था, किन्तु भद्रा कुण्डल-केशी के बौद्धसंघ में प्रवेश के पश्चात् तो नातृपुत्र के शिष्य बुद्ध से और भी अधिक कुपित हैं। कभी वह निगंठ नातृपुत्र की शिष्या और साध्वी थी, अत्यन्त विद्वान। जिस भी नगर में वह जाती, प्रवेश-द्वार पर जामुन के पेड़ की एक टहनी गाड़ देती। यह शास्त्रार्थ हेतु खुली चुनौती होती थी। जीवन में पहली बार वह आचार्य सारिपुत्र से हारी और तत्काल ही बुद्ध की शरण में आ गई। नातृपुत्र के शिष्य बुद्ध के विरुद्ध अब और कुछ नहीं तो यही कहा करते हैं,

"तुम्हारे शास्ता तो रात में छिपकर बिना पत्नी को बताये निकल गए थे। किन्तु हमारे शास्ता तो जब प्रवज्या लेकर निकले थे, सहस्त्रों जनों के साथ निकले थे, धूमधाम से और समारोहपूर्वक निकले थे।"

राजगृह में राई को पर्वत और पर्वत को राई करने का रोग भी पुराना है, और समय के साथ रोगियों की संख्या बढ़ती ही गई है। यहाँ किसी से कहो श्वेत, तो वह पूछेगा श्वेत यानि कैसा श्वेत? हाथीदाँत जैसा या चमेली के पुष्प-सा? हेमन्त ऋतु के मेघों-सा या निर्मेघ आकाश में चमकते चन्द्रमा जैसा? समुद्र में उठे फेन-सा या शंख सरीखा? या चाँदी-सा? अथवा मोतियों जैसा?

इन वैतंडिकों का सामना करने के उद्देश्य से ही अपने संघ के भिक्षुओं को बुद्ध बार-बार समझाते रहते हैं।

"भिक्षुओ! यदि कोई पूछे तुम्हारे शास्ता की शिक्षाएँ क्या है, वे तुम्हें क्या उपदेश देते हैं, तो क्या कहोगे?"

"भन्ते! हम कहेंगे हमारे शास्ता वासना और तृष्णा को शान्त करना सिखाते हैं।"

"हाँ, और यह भी कि मुक्ति पाने का व्यवहारिक मार्ग दिखाते हैं। भिक्षुओ! सदैव स्मरण रखो। पहले भी और अब भी, सर्वदा मैंने एक ही शिक्षा दी है। क्या शिक्षा दी है? कि जीवन में सन्ताप है और इससे मुक्ति पाने का मार्ग भी है।"

"भिक्षुओ! यदि कोई पूछे कि क्या प्रत्येक पवित्र कर्म जीवन में सुफल देता है तो क्या कहोगे? कहोगे, इसका उत्तर निश्चयात्मक न होकर विवेचनात्मक होगा। भिक्षुओ! किसी भी प्रश्न का उत्तर देने की चार पद्धतियाँ अथवा शैलियाँ हैं। कौन-सी चार? कुछ प्रश्न ऐसे होते हैं जिनका उत्तर निश्चयात्मक रूप से दिया जा सकता है और दिया जाना चाहिये। किन्तु कुछ प्रश्न ऐसे होते हैं जिनके उत्तर निश्चयात्मक रूप से दिया जाना सम्भव नहीं होता तथा जिनके उत्तर विवेचनात्मक रूप से ही दिये जा सकते हैं। भिक्षुओ! कुछ प्रश्न ऐसे होते हैं जिनका उत्तर प्रति-प्रश्न पूछकर ही दिया जा सकता है। साथ ही कुछ प्रश्न ऐसे भी होते हैं जिन्हें एक ओर रख देना होता है, जिन पर मौन साध लेना होता है। यह चार शैलियाँ हैं प्रश्नों का उत्तर देने की।"

"भिक्षुओ! क्या तुम जानते हो ऐसे कौन-से प्रश्न हैं जिन पर मौन साध लेना होता है? ऐसे प्रश्न हैं ब्रह्म है या नहीं? ब्रह्मांड सीमित है या असीमित? आत्मा और शरीर एक हैं या भिन्न? भिक्षुओ ध्यान रखो! न तो यह धम्म-सम्मत है कि शरीर और आत्मा एक हैं। न ही यह धम्म-सम्मत है कि शरीर भिन्न है, आत्मा भिन्न। अतः इस प्रश्न का उत्तर नहीं दिया जा सकता। इस प्रश्न का उत्तर देने का अर्थ होगा आत्मा के अस्तित्व को स्वीकारना। ऐसे प्रश्नों का उत्तर देकर विवाद में पड़ना व्यर्थ है। इससे मुक्ति का मार्ग प्रशस्त नहीं होता, उलटे भटकाव ही आता है।"

"भिक्षुओ! फिर भी यदि कोई विवाद करने पर उतर ही जाए और बार-बार पूछे कि यदि आत्मा नहीं है तो कौन देखता है, कौन सुनता है? तो कहो, यह उचित प्रश्न नहीं है। प्रश्न यह होना चाहिये कि किस स्थिति में दिखाई देता है? क्या होता है तो सुनाई देता है? और इसका उत्तर होगा इन्द्रियों का सम्पर्क वस्तुओं के साथ होने पर दिखता है। इन्द्रियों का सम्पर्क ध्वनियों के साथ होता है तो ही सुनाई देता है। भिक्षुओ! यदि कोई पूछे कि अनुभव किसे होता है? तो कहो, यह उचित प्रश्न नहीं है। प्रश्न यह होना चाहिये कि किस स्थिति में अनुभव होता है? और इस प्रश्न का उत्तर होगा इन्द्रियों द्वारा संवेदनाएँ मस्तिष्क को सम्प्रेषण किये जाने पर अनुभव होता है।"

अवलोकन

दादी की मृत्यु से दुखी सुमना अपनी भाभी मल्लिका के साथ जेतवन आई तो यहीं की होकर रह गई। उसके भिक्षुणी बनने के साथ ही लावण्यमयी और प्रसेनजित भी बुद्ध के उपासक बन गए हैं। भिक्षुणियों के लिये प्रसेनजित ने श्रावस्ती में राजकाराम विहार का निर्माण कार्य भी आरम्भ करवा दिया है।

प्रसेनजित अब तक दो बच्चों का पिता बन चुका है। मल्लिका के साथ विवाह के छह महीने के भीतर ही रानी वासवदेवी ने एक पुत्र को जन्म दिया था। इसके कुछ माह पश्चात् एक रात उसने मल्लिका के होठों का चुम्बन लिया तो उसे मिट्टी की गन्ध आई। कारण पूछने पर मल्लिका का मुख लाल हो गया। प्रसेनजित को जीवक का कथन स्मरण हो आया: मिट्टी खाने की इच्छा या तो पीलिया के रोगी को होती है या गर्भवती स्त्री को। शीघ्र ही मल्लिका ने प्रसेनजित को एक प्यारी कन्या का पिता भी बना दिया।

पुत्र का नाम रखा गया है विरुद्धक और पुत्री का वजिरा कुमारी। प्रसेनजित अत्यन्त प्रसन्न है, सन्तृप्त भी। सीमाओं पर बन्धुल मल्ल ने कुशलतापूर्वक मोर्चा सँभाल रखा है। पश्चिमी सीमा पर पांचाल-राज दुर्मुख ने प्रयत्न किया था कोशल में घुसने का, परन्तु उन्हें भी मुँह की खानी पड़ी है।

बुद्ध का उपासक बनने के उपरान्त प्रसेनजित की दिनचर्या में ध्यान भी आ गया है। बुद्ध के परामर्श पर भोजन की मात्रा और भी घटा दी है। इस प्रयास में ध्यान भी सहायक हुआ है। कामेच्छा घट गई है तथा संगीत में रूचि और भी बढ़ गई है, जिसमें राजरानी मल्लिका तथा बन्धुल मल्ल की पत्नी मल्लिका दोनों का ही योगदान है।

विशाखा और दोनों मल्लिकाएँ परस्पर घनिष्ठ सहेलियाँ बन गई हैं। आपस में वे बन्धुल की पत्नी को ज्येष्ठ मल्लिका या केवल ज्येष्ठा कहकर पुकारती हैं और दूसरी यानी प्रसेनजित कि पत्नी को कनिष्ठ मल्लिका या मात्र कनिष्ठा। बन्धुल के प्राय: बाहर रहने से ज्येष्ठा को उदास देख कनिष्ठा ने उसे संगीत विद्यालय में युवक-युवतियों को वीणा सिखाने का प्रस्ताव दिया तो उसने सहर्ष स्वीकार कर लिया। किसी भी प्रकार के मानदेय को यह कहकर अस्वीकार कर दिया कि

युवाओं के बीच बैठ वीणावादन करते हुए, संगीत की गुत्थियाँ सुलझाते और उन्हें समझाते समय उनके मुख पर व उनकी आँखों में झलकता उल्लास देखना ही उसका पारितोषिक है।

श्रावस्ती का संगीत विद्यालय अब तक महाविद्यालय बन चुका है। ज्येष्ठा के आग्रह पर उसमें नृत्य की शिक्षा भी आरम्भ हो गई है। इसके लिये श्रावस्ती की प्रमुख गणिका को नियुक्त किया गया है। वैशाली भी सन्देश भेजा था परन्तु वहाँ से कोई भी आने को सहमत नहीं हुई। ज्येष्ठा ने संगीत समारोहों के साथ-साथ नृत्य-नाटिकाओं का मंचन भी आरम्भ करवा दिया है। अर्जुन-उर्वशी नृत्य-नाटिका तो हर बार अत्यन्त प्रशंसा पाती है। देवराज इन्द्र की सभा में नृत्य करते हुए स्वर्ग की अप्सरा उर्वशी अर्जुन पर मोहित हो जाती है और उससे प्रणय-याचना करती है, परन्तु अर्जुन उसे माँ कहकर सम्बोधित करता है क्योंकि वह कभी उसके पूर्वज महाराज पुरुरवा की भार्या रही है। क्रोधित हो वह अर्जुन को बृहन्नला हो जाने का अभिशाप देती है। ज्येष्ठ मल्लिका इस सब में अपने को व्यस्त रख अति प्रसन्न रहा करती है।

किन्तु विशाखा इस सबसे दूर है। पहला कारण तो यह कि तथागत संगीत, नृत्य को मुक्ति-प्राप्ति के मार्ग में बाधा मानते हैं। दूसरें, वह कई बच्चों की माँ बन चुकी है और उसका समय अपने बच्चों के पालन-पोषण में अधिक जाता है। मातृत्व-भाव तो उसमें सदैव ही प्रबल रहा है। अपने श्वसुर की सेवा भी एक माँ की ही भाँति करने के कारण उसे मृगधर-माता अथवा मृगारमाता कहकर भी पुकारा जाने लगा है। अत: गृहकार्यों और फिर जेतवन के कार्यकलापों में वह इतनी अधिक व्यस्त है कि चाहे भी तो संगीत इत्यादि के लिये समय नहीं निकाल सकती।

सुप्रिया भी उसके साथ रहती है। सुमित्र से उसका सामना भी जब-तब हो जाता है। किन्तु सुमित्र अब अपने मन पर नियन्त्रण रखना सीख गया है। साँस पर ध्यान, शारीरिक क्रियाओं के प्रति सतत जागरूकता, तथा आते-जाते विचारों को अलिप्त हो दूर खड़े दर्शक की भाँति देखने का अभ्यास: ये मूल मन्त्र उसने गाँठ बाँध लिये हैं।

सुदत्त को बुद्ध ने अनाथपिण्डिक उपनाम दे दिया है, क्योंकि कभी कोई याचक उसके द्वार से निराश नहीं जाता। इस कारण उसके प्रासाद के सामने भिखारियों की भीड़ नित्य ही लगा करती है। साथ ही वह प्रतिदिन एक हजार भिक्षुओं को भी भोजन कराता है।

जेतवन में तो वह प्रतिदिन ही होता है, चौमासे के अतिरिक्त भी। सूखे पत्ते समेटवाना, चंक्रमण-पथों को झड़वाना व धुलवाना, वृक्षों तथा पौधों की निंदाई, गुड़ाई, सिंचाई करवाना तथा लकड़ी से छाई कुटियों की छतों को वर्षा में पहुँची क्षति को सुधारना : विहार की सारी ही व्यवस्थाओं को उसने स्वयं अपने सिर ले

रखा है। और यदि बुद्ध श्रावस्ती में वर्षावास कर रहे हों तब तो उसे रुग्णावस्था में भी जेंतवन आने से नहीं रोका जा सकता। बुद्ध भी प्रयास करते हैं कि उसके आने के उपरान्त ही धर्मोपदेश आरम्भ करें।

"उपासको! एक गृहस्थ के लिये धम्म का पूर्णतः पालन सम्भव नहीं। कुछ नियमों का पालन ही उसके लिये पर्याप्त है। कौन से नियम? पहला नियम है, कभी हिंसा न करे: न मन से, न वचन से और न ही कर्म से। न तो निर्बल को मारे और न ही सबल को मारने का विचार करे। अपने माता-पिता का उचित सम्मान करें। उनका यथोचित भरण-पोषण करे। दूसरा नियम है, किसी और की सम्पत्ति हड़पना तो दूर वह उसकी ओर ललचाई दृष्टि से भी न देखे। तीसरा नियम है, जहाँ तक सम्भव हो वह ब्रह्मचर्य का पालन करे। यदि यह सम्भव न हो तो शुचिता का पालन अवश्य करे। उपासको, तुम समझते हो इसका क्या अर्थ है? इसका अर्थ है पत्नी के अतिरिक्त किसी अन्य स्त्री के साथ न तो सम्भोग करे, न ही कभी ऐसा विचार मन में लाये।"

"चौथा नियम है, न स्वयं असत्य भाषण करे और न ही किसी अन्य को ऐसा करने के लिये प्रेरित करे। पाँचवाँ नियम—मादक द्रव्यों से दूर रहे। न स्वयं सेवन करे, न ही दूसरों को उनका सेवन करने के लिये प्रोत्साहित करे। मादक पदार्थों का सेवन मस्तिष्क को जड़ बना देता है। मद्यपान कर लेने के पश्चात् व्यक्ति बुरे से बुरा कर्म करने में भी तनिक नहीं हिचकिचाता। छठवाँ नियम है, प्रत्येक माह की पूर्णिमा व प्रतिपदा को उपोसथ का पालन करे। उपवास करे, उपदेश सुने एवं स्वयं का मनोविश्लेषण कर अपनी त्रुटियाँ समझे। फिर भिक्षु-संघ को अन्न वस्त्रादि दान करे।"

"उपासको! बुरे कर्म उस सिंह की भाँति हैं जो घास में छिपा बैठा है और जो तुम पर उस समय आक्रमण करेगा जब तुम रत्ती भर भी आशा नहीं करते, जब तुम पूर्णतः असावधान होते हो। अतः एक उपासक को चाहिये कि व्यापार सच्चाई से करे, नीति से करे, परिश्रमपूर्वक करे। साथ ही, अर्जित धन को व्यर्थ न गँवाए। धन का संग्रह वह उसी मनोयोग से करे जिस प्रकार से मधुमक्खी मधु-संग्रह करती है। आय का मात्र एक चौथाई भाग व्यय करे, एक चौथाई संकटकाल के लिये सुरक्षित रखे तथा आधा भाग व्यापार की उन्नति में लगाये।"

सुदत्त बुद्ध की अन्य सभी शिक्षाओं का पालन करता है, इस अन्तिम शिक्षा के अतिरिक्त। व्यापार में उसका मन ही नहीं लगता जब से वह बुद्ध के सम्पर्क में आया है। अब उसे निर्वाण के अतिरिक्त कोई दूसरी कामना ही नहीं। इस कारण उसका व्यापार निरन्तर नीचे जा रहा है तथा दान-धर्म पर होनेवाला व्यय दिनोंदिन ऊपर।

सुमित्र का यह पाँचवा चौमासा है प्रव्रज्या लेने के पश्चात्।

किसी भी नवक भिक्षु की भाँति उसकी भी दिनचर्या अत्यन्त व्यस्त है। सवेरे अपने आचार्य को मुँह धोने, कुल्ला करने के लिये पानी देना। स्नानघर में उनकी इच्छानुसार उष्ण अथवा शीतल जल लाकर रखना, उनका पहना हुआ चीवर लेकर सँभालना, स्नान हेतु बैठने के लिये आसन्दी देना, चूनम सानकर देना तथा उनके शरीर पर मलना भी यदि वे चाहें। नहाने के पश्चात् शरीर को पोंछने, सुखाने में उनकी सहायता करना, उन्हें सूखे वस्त्र देना, आसन्दी को पुन: नियत स्थान पर रखना।

फिर चीवर पहनने में भी आचार्य की सहायता करनी होती है, तथा जब वे भिक्षाटन पर निकलें तो यह भी देखना होता है कि उनका उत्तरासंग कहीं से ऊँचा-नीचा तो नहीं है। भिक्षाटन से उनके लौटने पर पसीने से भीगा अन्तर्वासक लेकर धुला हुआ चीवर देना होता है तथा उतारा हुआ चीवर सुखाने के लिये डालना होता है। फिर बैठने के लिये चौकी देना, पाँव धोने के लिये पानी व उन्हें पोंछने के लिये वस्त्र देना, उनके उठ जाने पर चौकी यथास्थान रखना, पाँव धोने का पात्र रिक्त कर अपने स्थान पर रखना और पाँव धोते समय नीचे गिरा हुआ पानी पोंछना। आचार्य के मैले चीवर भी उसे धो-सुखाकर इस प्रकार तह कर रखने होते हैं कि उनमें कोई सिलवट न पड़े, गला सामने की ओर व ऊपर हो तथा कटिबन्ध उत्तरासंग में ही लिपटा रखा हो।

इसके अतिरिक्त कुटी की भित्तियों पर लगे धब्बे व मकड़ियों के जाले हटाना, द्वार एवं वातायन के कपाट पोंछना, तथा कुटी की झाड़ू-बुहारी भी सुमित्र को ही करना है। बिछावन को झटकारना है तथा उसे चारपाई सहित धूप दिखाना है। थूकनेवाला पात्र भी धोना है। साथ ही सुमित्र को स्वयं के कार्य भी निपटाना होता है तथा भिक्षाटन भी करना होता है।

किन्तु सुमित्र को इस सबसे कोई असन्तोष नहीं है। और फिर मज्झिम भिक्षु हो जाने के पश्चात् तो वह स्वतन्त्र कुटी पाने का अधिकारी हो जाएगा। तब न तो आचार्य के साथ रहना होगा, न ही ये सब कार्य करने होंगे।

आचार्य सारिपुत्र सदैव यह प्रयास करते हैं कि चौमासा वे वहीं बिताएँ जहाँ तथागत वर्षावास कर रहे हों। इस कारण सुमित्र को तथागत को देखने-सुनने का पर्याप्त अवसर मिला है। वे न्यूनतम बोलते हैं व उचित समय पर ही बोलते हैं। शिष्यों को भी यही समझाते हैं। आँखों में उनकी करुणासिन्धु लहराता है और उनकी वाणी शोक-सन्तप्त हृदय पर शीतल जल की फुहारों सदृश होती है।

कुछ ही दिन हुए एक स्त्री उलझे बालों में व पूरे शरीर पर मैल की काली परतें ओढ़े लगभग नग्नावस्था में जेतवन के द्वार पर खड़ी चिल्लाती हुई भद्दे अपशब्दों की बौछार कर रही थी। भिक्षु उसे भगाने लगे तो बुद्ध ने उन्हें रोका तथा उसे अन्दर बुलवाया। न जाने क्यों उन्हें देख न केवल उसने गालियाँ बकना बन्द कर दिया अपितु भिक्षुणियों द्वारा नहलाये जाने और नये वस्त्र पहनने को भी सहमत हो गई।

जब वह स्नानघर से लौटी तो उसे देख सारे भिक्षु अचरज में आ गए। कहाँ वह पगली और कहाँ यह रूपसी!

बुद्ध ने बड़े प्रेम से उसे बैठाया व उसके लिये भोजन मँगवाया। और जब वह तृप्त हो गई तब अत्यन्त करुणामय स्वर में पूछा,

"कौन-सा दुख है तुम्हें युवती, जिसने तुम्हारी ऐसी दशा कर दी?"

यह सुनते ही उसके आँसुओं की जैसे बाढ़ आ गई। रो-रोकर उसकी हिचकियाँ बँध गईं। शान्त होने पर उसने अपनी जो व्यथा-कथा कही, वह संक्षेप में इस प्रकार थी।

कभी श्रावस्ती में एक श्रेष्ठी थे जिनकी वह पुत्री है। नाम है रूपवती। एक सेवक के प्रेम में पड़कर वह उसके साथ भाग गई और दूर कहीं एक गाँव में जाकर रहने लगी। उसके दो पुत्र हुए। उन्हें वह अपने माता-पिता से मिलाने वन-मार्ग से आ रही थी कि अन्धड़ चलने लगा, मूसलाधार वर्षा होने लगी, बिजली कड़कने लगी। उसका पति आश्रय-स्थल ढूँढने गया तो लौटा ही नहीं। उसे खोजने निकली तो उसका शव पड़ा मिला, पेड़ के नीचे दबा हुआ।

रोते-धोते किसी प्रकार श्रावस्ती पहुँची तो पाया अचिरवती उफान पर है। तैरते हुए दोनों बच्चों को एक साथ ले जाना सम्भव नहीं था। अपने दुधमुँहे शिशु को दूसरे तट पर पहुँचाकर वह ज्येष्ठ पुत्र को लेने लौट रही थी कि रोने का स्वर सुन बीच धार में ही रुक गई। मुड़कर देखा, एक श्येन उसके नन्हे बेटे को पंजों में दबाये उड़ा जा रहा है। वह चीख पड़ी। ज्येष्ठ पुत्र ने सोचा माँ बुला रही है। नदी में उसके उतरने की देर थी कि लहरें उसे बहा ले गईं। वह चिल्लाया: "माँ! माँ!" घबराकर वह घूमी तो देखा उसका पुत्र डूब रहा है। पूरी शक्ति से उसने उसकी ओर तैरना आरम्भ किया परन्तु वह उसकी आँखों के सामने ही डूब गया, और वह आर्तनाद कर उठी।

किसी प्रकार फिर भी विलाप करती, गिरती-पड़ती श्रावस्ती में अपने पैतृक निवास पहुँची तो उसे वहाँ मात्र एक खंडहर मिला। ज्ञात हुआ कि आँधी-पानी में वह भवन ढह गया था जिसमें दबकर उसके माता, पिता, भाई, भाभी व उनके बच्चे यानी पूरा परिवार ही मृत्यु को प्राप्त हो चुका है।

"कदाचित उसी क्षण मेरा मानसिक सन्तुलन बिगड़ गया।" रूपवती सिसकते हुए बोली। "नग्नावस्था में आचार-विचार की सुध बिसराकर घूमते-फिरने के कारण लोग मुझे पटाचारा कहकर दुत्कारने लगे, मुझ पर पत्थर फेंकने लगे। इससे मेरा क्रोध बढ़ता और मैं भी उन्हें अपशब्द कहती, उन पर चिल्लाती।"

कहानी पूरी होते-होते सभी भिक्षुओं, भिक्षुणियों की आँखों में आँसू थे। दुःख तो सबके जीवन में आए थे। किन्तु रूपवती का दुःख सुनकर सबको लगा: इसके दुःख के सामने मेरा दुःख तो कोई दुःख ही नहीं था।

"मत करो तुम दुःख, रूपवती! यह पहली बार नहीं है जब दुःख का ऐसा पहाड़ तुम पर टूटा है। जब विपत्ति का ऐसा अन्धकार तुम्हारे जीवन में छाया है। यह पहली बार नहीं हुआ रूपवती कि तुमने माता-पिता, पति व पुत्रों को खोया है। कभी न अन्त होनेवाले जीवन-मरण के इस चक्र में तुम असंख्य बार यह दुःख झेल चुकी हो। तुम्हें स्मरण नहीं, परन्तु चार समुद्रों में जितना जल है उससे अधिक आँसू तुम जन्म-जन्मान्तर में बहा चुकी हो।"

"जैसे पके हुए फल के किसी भी पल टपकने का अन्देसा बना रहता है, ऐसा ही रूपवती यह जीवन है। मौत के मुँह से न पुत्र पिता को बचा सकता है, न पिता पुत्र को। मृत्यु के आगे पत्नी, पुत्र, प्रियजन, मित्र आदि सब हाथ मलते रह जाते हैं। किन्तु बुद्धिमान इसका दुःख नहीं करते। रोने से कोई लाभ हो, मृतक यदि लौट सके, तो बुद्धिमान व्यक्ति को अवश्य रोना चाहिये। किन्तु ऐसा है नहीं। रोने से केवल दुःख बढ़ता है, अपना भी और दूसरों का भी।"

सुनते ही रूपवती बुद्ध के चरणों में गिर पड़ी थी और प्रवज्या ले भिक्षुणी बन गई थी।

संघ में कुछ भिक्षुक ऐसे हैं, जिनमें वरिष्ठ भिक्षुक एवं आचार्य भी हैं, जिन्हें देख सुमित्र को अचरज होता है तथागत ने संघ से इन्हें निष्कासित क्यों नहीं कर दिया?

ऐसे एक आचार्य हैं उदायिन। उनके विरुद्ध कई आरोप हैं। एक आरोप तो विशाखा ने ही लगाया था कि उपासकों से निमन्त्रण पाकर वे उनके घर जाते हैं तो परिवार की स्त्रियों के साथ एकान्त में बैठ घर-संसार की बातें किया करते हैं। फिर भिक्षुणी उप्पलवर्णा ने बताया कि जब तथागत को पहुँचाने के लिये उसने उन्हें मांस दिया तो पारिश्रमिक-स्वरूप उन्होंने उसका अन्तर्वस्त्र ही माँग लिया।

किन्तु इतना सब होने पर भी वे संघ में हैं, और आचार्य हैं। तथागत किन्तु उन पर क्रोधित अवश्य हैं, जैसा सम्मिधि के साथ हो रहे वार्तालाप से सुमित्र को अनुमान हुआ था। तथागत कह रहे थे,

"इस प्रश्न का उत्तर तो विवेचनात्मक दिया जाना था। पोत्थपाद परिव्राजक को इसका उत्तर इस मन्दबुद्धि सम्मिधि ने निश्चयात्मक दे दिया है।"

राजमहिषी मल्लिका ने बुद्ध संघ हेतु तिन्दुकचीर आराम के अतिरिक्त श्रावस्ती के पूर्वी नगर-द्वार के समीप परिव्राजकाराम का भी निर्माण करवाया है जिसमें पोत्थपाद परिव्राजक प्रतिवर्ष ही अपने सैकड़ों शिष्यों के साथ वर्षावास किया करता है, जो आपस में तथा अन्य मतावलम्बियों के साथ सारा दिन आवेशपूर्ण वाद-विवाद करते रहने के लिये नगर में चर्चित हो चुके हैं।

तभी आचार्य उदायिन बोल पड़े, "तथागत, सम्भव है सम्मिधि का तात्पर्य हो कि जो भी अनुभव होता है...।"

"देखो आनन्द, देखो तो!" तथागत किंचित उग्र स्वर में बोले, "किस प्रकार यह दुष्ट उदायिन बीच में ही अनुचित रूप से टोक रहा है! परिव्राजक पोत्थपाद आरम्भ से ही तीन प्रकार की भावनाओं के विषय में पूछ रहा था। इस नासमझ सम्मिधि को चाहिये था कि उत्तर इस प्रकार देता: मन्तव्य के साथ किये जाने पर, चाहे शरीर द्वारा या वचन द्वारा अथवा मन द्वारा, जो कर्म आनन्द देनेवाले होंगें उनसे आनन्द मिलेगा। जिनसे पीड़ा प्राप्त होनेवाली होगी, उनसे पीड़ा अनुभव होगी। और जिनसे इन दोनों में से कुछ भी मिलनेवाला नहीं होगा, उनसे यह दोनों अनुभव ही नहीं मिलेंगे। सम्मिधि इस प्रकार उत्तर देता तो वह उचित उत्तर होता।"

समय बीतने के साथ सुमित्र को अनुभव हुआ, प्रश्नों के उत्तर भिक्षु किस प्रकार देते हैं इसके प्रति तथागत अत्यन्त सजग हैं। भिक्षु सती पर भी, जो पहले मछुआरे थे, इसी बात को लेकर तथागत क्रोधित हो गए थे।

"क्या यह सच है सती कि तुमने कहा चेतना इस जन्म से दूसरे जन्म में आती जाती है, और अच्छे व बुरे कर्मों का फल पाती है।"

"हाँ शास्ता!"

"नादान भिक्षु! मैंने कब ऐसा बताया? क्या मैं नहीं कहा करता हूँ कि चेतना का कोई आवागमन नहीं होता। कि इस जन्म से आगे संस्कार ही जाते हैं। फिर चेतना का आवागमन कहाँ से आ गया भ्रमित व्यक्ति? क्या तुम सचमुच जानते हो चेतना वस्तुत: है क्या? यह जो अनुभव करता है, जो यह संज्ञान लेता है कि यह अच्छा है वह बुरा, यही चेतना है। और यह अनित्य है।"

तथागत किन्तु सामान्यत: क्रोधित नहीं होते। सबके साथ उनका प्रेमपूर्ण व्यवहार रहता है। प्रत्येक व्यक्ति का वे मुस्कुराकर स्वागत करते हैं। वह भिक्षु हो, उपासक हो अथवा कोई अन्य। सभी को प्रेमपूर्वक बिठाकर उनका कुशलक्षेम पूछते हैं। उनकी समस्याओं का समाधान भी तत्काल ही कर देते हैं।

एक बार कुछ भिक्षु काशी से चलकर राजगृह आए थे। तथागत ने उनसे पूछा,

"भिक्षुओ! मुझे आशा है काशी में सब कुशल होंगे। आशा करता हूँ आप परिभ्रमण करते रहते हैं। आपको यात्रा में अधिक थकान तो नहीं हुई?"

जब उन भिक्षुओं ने बताया वे मार्ग में भूख से निढाल हो गए थे क्योंकि भिक्षा मिल नहीं पाई और जहाँ फलदार वृक्ष थे वहाँ अनुमति देनेवाला कोई नहीं था। सुनकर उन्होंने तत्काल विनय में संशोधन किया: ऐसी स्थिति में बिना अनुमति प्राप्त किये फल तोड़े जा सकते हैं।

किसी उपासक के रोग-ग्रस्त होने की सूचना प्राप्त होते ही वे जाकर उसे ढाढस बँधाते हैं। आवश्यक हुआ तो जीवक से उसका उपचार भी कराते हैं। कई बार तो वे स्वयं ही उसकी सेवा-सुश्रूषा करने लगते हैं।

अन्य बुद्धों व आचार्यों के शिष्यों से भी वे स्नेहपूर्वक मिलते हैं। उनका शुभचिन्तन करते हैं तथा उन्हें प्रेमपूर्वक उपदेश देते हैं।

"तुम्हें अपने शास्ता से क्या प्रश्न करना चाहिये? यह नहीं कि ब्रह्म है अथवा नहीं? आत्मा का अस्तित्व है या नहीं? जब भी अपने शास्ता से मिलते हो तो तुम्हें पूछना चाहिये, क्या करने से मुझे लम्बी अवधि में दु:ख मिलेगा? तुम्हें पूछना चाहिये क्या करने से मुझे लम्बी अवधि में सुख मिलेगा? और उनका उत्तर यदि उपयुक्त हुआ तो वह तुम्हें सच्चे आनन्द की ओर ले जाएगा।"

"किसी भी कथन पर मात्र इसलिये विश्वास मत कर लेना कि तुमने आचार्यों से ऐसा सुना है। परम्पराओं पर इस कारण विश्वास मत करो कि वे पीढ़ियों से चली आ रही हैं। किसी भी कथन को मात्र इसलिये सच मत मान लो कि बहुत सारे लोग ऐसा कहते हैं, ऐसा मानते हैं।"

"किसी भी कथन को तुम इसलिये भी मत स्वीकार लेना कि शास्त्र ऐसा कहते हैं। बुद्धिमान बिना सोचे-समझे विश्वास नहीं करते। प्रश्न करो, तर्क करो, अपने अनुभव का भी उपयोग करो। पूरी छानबीन करने, सूक्ष्मता से परीक्षण करने के पश्चात् तुम्हें लगे कि कथन तर्कसंगत है, प्रत्येक के कल्याण की बात है, सबके हित की बात है, इसको जीवन में उतारने से अपना तथा दूसरों का भी भला होता है: तभी उसे स्वीकारो और उसके अनुरूप अपना आचरण ढालो।"

आलोड़न

राजपुरोहित अग्निदत्त ने नींद खुलते ही बैठकर सबसे पहले यह देखा, सुर कौन-सा चल रहा है? फिर नासिका का कभी बायाँ कभी दायाँ छिद्र बन्द कर सुर को जब तक उन्होंने दायाँ चलने पर विवश नहीं कर दिया, अपने पैर शय्या से नीचे उतार खड़ाऊँ में नहीं डाले।

राजपुरोहित जी अब थुलथुल हो चले हैं। तोंद भी निकल आई है, उनके खड़े होने पर जिसके बोझ का सन्तुलन करने उनकी पीठ धनुषाकार हो जाती है। मुख पर पहले जैसा तेज भी नहीं रहा। ऐसा कदाचित इस कारण भी हो कि अब वे प्रतिदिन दाढ़ी नहीं बनवाया करते।

यूँ तो उनके खर्राटे बन्द होना ही दास-दासियों, सेवक-सेविकाओं के लिये काम पर लग जाने का सन्देश होता है, परन्तु खड़ाऊँ की खट-खट तो मानो अन्तिम चेतावनी है। जैसे ही यह ध्वनि सुनाई देती है, तुरन्त ही सभी किसी न किसी कार्य में व्यस्त हो जाते हैं अथवा व्यस्तता का अभिनय करने में जुट जाते हैं। जो तब तक भी निद्रामग्न रहते वे हड़बड़ा कर उठ जाते और मुँह पर पानी का पोंछा लगा जो हाथ में आए उसे उठाकर व्यस्तता का भाव मुख पर ओढ़े न जाने कहाँ को चल देते। राजपुरोहित जी ने किसी को सोते हुए या बिना काम के बैठे हुए देख लिया तो समझो फँसे उसके प्राण संकट में!

पहले ऐसा नहीं था। जब से उन्होंने राजसभा जाना छोड़ा है तब से बहुत चिड़चिड़े हो गए हैं। जाकर वे करें भी क्या? न तो वहाँ पहले जैसा मान-सम्मान मिलता है उन्हें, और न ही अब उनकी कोई सुनता है। अपने स्वामी की व्यथा का ज्ञान है सब को, व उनके प्रति सहानुभूति भी। अत: उनका यही प्रयास रहता है कि किसी भी प्रकार से वे अपने स्वामी का दु:ख बढ़ाने के कारक न बनें। और जैसे ही राजपुरोहित जी शयनकक्ष से बाहर निकलें, सभी उन्हें काम पर लगे हुए दिखें।

किन्तु आज खड़ाऊँ की त्वरित चटर-चटर उनसे कह रही है कि स्वामी आज अति प्रसन्न हैं। उनका अनुमान मिथ्या नहीं है। वीरभद्र कल ही कपिलवस्तु से लौटा है और राजपुरोहित जी की बुझी आशाओं का दीप एक बार फिर जल उठा

है। जो समाचार वह लाया है, उसके कारण राजभवन में कल से मचा बवाल शान्त होने का नाम ही नहीं ले रहा।

राजकुमार विरुद्धक का सदैव से रोना रहा कि न तो नाना-नानी कभी उससे मिलने आते हैं, और न ही माँ वासवदेवी उसे कभी कपिलवस्तु जाने देती है। जब उसके उपनयन संस्कार पर भी ननिहाल से कोई नहीं आया तो वह रुआँसा हो उठा और कपिलवस्तु जाने के लिये हठ करने लगा। फिर भी वासवदेवी ने यह कहकर उसे नहीं भेजा कि अभी तू छोटा है, जब बड़ा हो जाए तब चले जाना। पिछले दिनों अपने बारहवें जन्मदिन पर उसने पिता से ननिहाल जाने का उपहार माँग लिया। तब भी जब वासवदेवी ने उसे कपिलवस्तु भेजे जाने का विरोध किया तो प्रसेनजित पूछ बैठा,

"क्यों नहीं जाने देती उसे? होना तो यह चाहिये था कि नाना-नानी ही आते। कदाचित उन्हें अपने दौहित्र से कोई लगाव ही नहीं। किन्तु मेरे पुत्र को तो है उनसे! जाने दो उसे, मत रोको!

प्रसेनजित ने सेनापति वीरभद्र को एक सैनिक टुकड़ी लेकर राजकुमार के साथ कर दिया। राह में विरुद्धक ने वीरभद्र के लिये रात्रि-विश्राम भी दूभर कर दिया। सपने में नाना-नानी के लाड़ में डूबे रहकर वह अगले दिन जब कपिलवस्तु पहुँचा तो यह देख उसके उत्साह पर पानी फिर गया कि वे उसे लेने नगर-द्वार तक भी नहीं आए। राजभवन पहुँचा तो पाया कि उसके स्वागत के लिये मात्र वृद्ध ही उपस्थित हैं। क्या कपिलवस्तु में वृद्ध ही वृद्ध रहते हैं, उसने पूछा तो सब हँस पड़े।

"नहीं, ऐसा नहीं है। बच्चे सभी कोलिय गए हुए हैं अपनी-अपनी ननिहाल। और युवक गाँवों में हैं, खेतों में पड़ा धान उठवाकर खलिहानों में रखवाने के लिये।"

भोजन के समय सोने-चाँदी के पात्रों में सौ प्रकार के व्यंजन परोसे गए एक विशाल कक्ष में, परन्तु खानेवाला वह अकेला ही था।

"आप लोग भी बैठिये न!"

"नहीं राजकुमार, आज हम सबका उपवास है। आप भोजन ग्रहण करें।"

विरुद्धक का मन खट्टा हो गया। खेलने-कूदने को कोई संगी-साथी नहीं। नानी भी नहीं मिली। वह देवदह गई हुई थी। नाना का व्यवहार भी परायों जैसा था। उसे लगा ही नहीं वह अपने नाना से मिल रहा है, जिनसे मिलने के लिये वह इतना लालायित था।

कहाँ तो उसकी सप्ताह भर रहने की योजना थी और कहाँ वह उसी दिन दोपहर में लौटने का इच्छुक हो चला। वीरभद्र ने कारण पूछा तो विरुद्धक की रुलाई छूट गई। पूरी बात जानकर वीरभद्र को दाल में कुछ काला होने की आशंका हुई और वह एक सैनिक को साथ ले राजभवन पहुँच गया ताकि कोई पूछे तो वह कह सके कि यह सैनिक अपना भाला यहाँ भूल गया था। वहाँ देखा कि राजकुमार ने

जिस कक्ष में भोजन किया था उसे दूध व पानी से धोया जा रहा है और एक बूढ़ी दासी द्वार के बाहर बैठी बड़बड़ा रही है,

"इन लोगों ने कैसा बुरा व्यवहार किया है राजकुमार के साथ! किया-धरा तुम लोगों का, और भुगते वह भोला-भाला बालक!"

वीरभद्र ने उसके निकट जाकर मुट्ठी-भर स्वर्ण-मुद्राएँ उसकी गोद में डाल दीं और थैली खनकाते हुए बोला,

"तनिक मेरे साथ आओ, एक मुट्ठी और दूँगा।"

खनखनाहट सुन दासी की आँखों में चमक आ गई। दाएँ, बाएँ, पीछे उसने चौकन्नी दृष्टि डाली। सब अपने-अपने काम में लगे हुए थे। किसी का भी ध्यान अपनी ओर न पा झट उसने मुद्राएँ अपनी टेंट में खोंसी और वीरभद्र के साथ चल दी।

"यह जो तुम बड़बड़ा रहीं थीं, इसका क्या अर्थ हुआ?"

"और नहीं तो क्या? इनकी स्त्रियाँ तो रसोई में झाँकती तक नहीं। बैठी-बैठी नाच-गाना देखती रहतीं हैं और मद्यपान किया करतीं हैं। सारा दिन खटना तो हमें पड़ता है।"

"वह तो ठीक है। किन्तु तुम जो कह रहीं थीं कि किया-धरा तुम लोगों का और भुगते वह बालक, उससे तुम्हारा क्या तात्पर्य है?"

"वही तो बता रही हूँ। इनके पुरुष भी निकम्मे हैं। हमारे घरवाले खेतों में खटते हैं। जोतना, बोना, काटना, धान खलिहान में लाकर पीटना व ओसाना: सब कुछ तो वही लोग करते हैं, तथा फटकना, बीनना, पकाना हम लोग। और हमें मिलता क्या है? मात्र दो जून का भोजन और तन ढकने को वस्त्र!"

वीरभद्र का धैर्य चुकने लगा। उसने तुरन्त एक मुट्ठी स्वर्ण-मुद्राएँ और उसके हाथों में थमाईं और क्रुद्ध स्वर में बोला।

"या तो मेरे प्रश्न का सीधा उत्तर दो या सारी मुद्राएँ लौटाओ!"

"वही तो बता रही हूँ।" तत्काल उन मुद्राओं को भी अँटियाते हुए दासी बोली। "गणराज महानामा ने अपनी दासी और रखैल नागमुण्डा की बेटी को प्रसेनजित से ब्याह दिया, इसमें वासवकुमारी या उसके बेटे का क्या दोष जो उसके साथ ऐसा अभद्र व्यवहार किया है इन शाक्यों ने?"

"दासी और रखैल की बेटी? वासवकुमारी?"

"और नहीं तो क्या? बाबा रे, कितने घमंडी ये लोग! दासीपुत्र का किसी को स्वागत, अभिवादन न करना पड़े इसलिये सारे बच्चों व युवकों को बाहर भेज दिया। और काहे का उपवास? तुम्हारे राजकुमार के साथ भोजन करने से नाक नीची होती है इनकी! ऐसे लोग भला कभी ब्याहेंगें अपनी बेटी तुम्हारे राजा के साथ, जिसे ये लोग क्षत्रिय भी नहीं मानते?"

वीरभद्र की बाँछे खिल गईं। खोद-खोदकर उस प्रगल्भा दासी से उसने पूरी कहानी उगलवा ली। किन्तु विरुद्धक को कुछ भी बताने के पहले उसने राजपुरोहित जी को पूरा प्रकरण बताना उचित समझा। यह खेल खेला तो उन्होंने ही था!

"बधाई हो राजपुरोहित जी!" वीरभद्र राजपुरोहित जी को प्रणाम करते हुए बोला। "ठीक सोचा था आपने कि शाक्य अपनी बेटी नहीं देंगे महाराज प्रसेनजित को।"

"हुआ क्या? विस्तार से तो बताओ!"

और जो कहानी दासी ने उसे बताई थी, वह ज्यों की त्यों वीरभद्र ने सुना दी। कहानी का सार यह था।

अमितोदन के पुत्र महानामा को, जो उस समय कपिलवस्तु के गणराज थे, प्रसेनजित का सन्देश मिला कि वह एक शाक्य राजकुमारी के साथ विवाह करना चाहता है। शाक्यों में खलबली मच गई। सन्थागार में सभा हुई। भले युद्ध करना पड़े, अपनी कन्या उस अनार्य को नहीं देंगे। तीन दिन चले हंगामे भरे सत्र के उपरान्त महानामा ने आश्वस्त किया: न तो अपनी कन्या देंगे और न ही युद्ध की स्थिति आने पाएगी। यह आश्वासन पा सदस्यों ने एकमत से प्रस्ताव पारित कर महानामा को इस विषय में पूर्ण विवेकाधिकार दे दिया।

महानामा की एक सुन्दर दासी थी नागमुण्डा जिसे उसने रखैल बना रखा था। महानामा से उसकी एक पुत्री थी वासवकुमारी: सुन्दर, सुशील, गौरवर्ण तथा आर्य मुखाकृति लिये। महानामा ने उसे बन्धुल के समक्ष, जिसे प्रसेनजित ने राजकुमारी को देखने भेजा था, अपनी पुत्री के रूप में प्रस्तुत किया परन्तु यह नहीं बताया कि उसकी माँ नाग जाति की है और उनकी दासी है। उसे सन्देह न हो इसके लिये भोजन के समय वासवकुमारी को अपने साथ ही बिठाया और अपनी ही थाली में से खाने को कहा। किन्तु महानामा पहला कौर मुँह में डालते उसके पहले ही एक गण-ज्येष्ठिन आए और गम्भीर मुद्रा में उन्होंने स्वर्णदंड पर लिपटा हुआ एक पीला कौषेय चीर उनके हाथों में थमा दिया। एक हाथ में कौर थामे व दूसरे हाथ से स्वर्णदंड को घुमाते हुए वे चिन्ता का भाव मुख पर लिये चीर पर लिखे सन्देश को तब तक पढ़ते रहे जब तक कि भोजन समाप्त नहीं हो गया, और फिर सबके साथ वे भी उठ गए। बन्धुल इस छल को नहीं समझ पाया कि इस प्रकार महानामा ने उस कन्या के साथ भोजन किया ही नहीं।

"शाक्यों की चालाकी वह गधा बन्धुल समझ ही नहीं पाया!" वीरभद्र प्रसन्नता से उछल-उछल पड़ रहा था।

राजपुरोहित जी का मुख भी खिल उठा। उनके षड्यन्त्र-अनुभवी उर्वर मस्तिष्क में उसी पल एक कुटिल विचार कुलबुलाने लगा।

"किसे, कितना और क्या बताना है, यह वीरभद्र तुम मुझ पर छोड़ दो और अपने मुँह पर ताला लगाकर रखो, जब तक कि मैं खोलने को न कहूँ। बन्धुल और शाक्य गौतम, दोनों की चिता साथ-साथ जलेगी अब तो!"

राजपुरोहित जी जिस समय राजभवन पहुँचे, विरुद्धक अपने पिता की गोद में बैठा रो रहा था कि न तो नानी मिली, न ही नाना ने प्यार किया।

"आइये राजपुरोहित जी! आपका आज कई दिनों पश्चात् आना हुआ। कोई विशेष कारण?"

"महाराज के साथ एकान्त में चर्चा करनी है।" राजपुरोहित जी अत्यन्त गम्भीर स्वर में बोले।

प्रसेनजित ने विरुद्धक को अपनी माँ के पास जाने को कहा और प्रश्नवाचक मुद्रा में राजपुरोहित जी को देखने लगा। राजपुरोहित जी ने पूरी कथा छौंक-बघार लगाकर कुछ ऐसे सुनाई कि इस प्रसंग में सारा दोष बन्धुल का ही प्रतीत होने लगा।

प्रसेनजित तो बन्धुल से पहले ही रुष्ट चल रहा था। उसकी मूर्खता के कारण लिच्छवियों के साथ वर्षों से चले आ रहे अच्छे-भले सम्बन्ध इतने अधिक बिगड़ गए हैं कि उन्होंने प्रसेनजित के द्वारा भेजे गए दूत को अपने सन्थागार में प्रवेश तक करने नहीं दिया।

पहले तो मात्र एक चिंगारी ही भड़की थी एक लिच्छवि स्त्री के प्रकरण में। वह स्त्री वैशाली से अपने पति के द्वारा व्यभिचारिणी घोषित किये जाने के पश्चात् श्रावस्ती भाग आई थी, यह सुन कि उसके पति ने उसके प्राण ले लेने की शपथ ली है। उसने जेतवन जाकर प्रव्रज्या ले ली और भिक्षुणी बन वहीं रहने लगी। उसके पति को पता पड़ा तो वह राजसभा में प्रसेनजित के समक्ष वाद लेकर आया।

"यदि तुम्हारी पत्नी भिक्षुणी बन गई है और जेतवन में रह रही है, तो मैं विवश हूँ।" प्रसेनजित ने अपनी असमर्थता व्यक्त की। "जेतवन में मेरा विधान नहीं चलता।"

कुछ ही दिनों पश्चात् वैशाली से लिच्छवियों का एक प्रतिनिधि-मण्डल आया और प्रसेनजित से वही उत्तर पाने के उपरान्त बुद्ध से मिला। बुद्ध ने उस भिक्षुणी को संघ से निष्कासित करने और उसे उसके पति को सौंपने से तो मना कर दिया, परन्तु परपुरुष-गामिनी स्त्री को संघ में प्रवेश देना निषिद्ध करते हुए नियम अवश्य बना दिया।

यह आग अभी ठंडी भी न हुई थी कि बन्धुल अपनी गर्भवती पत्नी को साथ ले एक रात वैशाली गया और मंगल-पुष्करिणी के सुरक्षा-सैनिकों के साथ लड़-भिड़ कर उसमें उसे स्नान करा लाया। इस झड़प में कुछ सैनिक मारे भी गए। पता चलने पर प्रसेनजित ने स्पष्टीकरण माँगा तो बन्धुल बोला,

"गर्भवती पत्नी के दोहद को पूरा करना क्या प्रत्येक पति का कर्तव्य नहीं है?"

बन्धुल का कथन मिथ्या नहीं था। ऐसी मान्यता है कि दोहद, अर्थात गर्भवती स्त्री के मन में उठनेवाली इच्छाओं को यदि पूरा न किया जाए तो गर्भस्थ शिशु पर विपरीत प्रभाव पड़ता है। इसलिये अपनी सामर्थ्य के अनुसार हर पति के लिये आवश्यक है कि वह अपनी पत्नी का दोहद पूरा करे।

दोहद के विषय में इस विश्वास और परम्परा का कई बार दुरुपयोग भी कर लेती हैं गर्भवती स्त्रियाँ, जैसे अपने पति से ऐसा कोई फल या फूल या किसी ऐसे सरोवर का जल माँग लेना जिसके लिये उसे दूर जाना पड़े ताकि वह अपने प्रेमी के साथ रहने का अवसर पा सके। कई बार तो मात्र पति के प्रेम की परीक्षा लेने के लिये भी दोहदवती स्त्री उसे असम्भव-सा कोई काम करने को कह दिया करती है।

किन्तु मल्लिका के साथ यह दोनों ही बातें नहीं थीं। उसमें कई गुण हैं किन्तु एक ही अवगुण इन सारे गुणों पर भारी है—अभिमान। उसने अपने पति के समक्ष यह दोहद इस कारण प्रकट किया था जिससे अन्य स्त्रियों, विशेषकर कनिष्ठ मल्लिका से वह स्वयं को ऊँचा दिखा सके। वह जानती थी, प्रसेनजित भी चाहे तो यह दोहद पूरा नहीं कर सकता।

"महाराज! बन्धुल बुद्धिमान व्यक्ति है। समझ नहीं आता उससे यह चूक कैसे हो गई। कहीं ऐसा तो नहीं ..." वाक्य अधूरा छोड़ राजपुरोहित जी चुप हो गए और मन ही मन मुस्कुराने लगे। उन्हें प्रसेनजित के मुख से स्पष्ट दिख रहा था कि उनका अधूरा वाक्य उसके मन में पूरा हो रहा है। और जैसा वे चाहते हैं, बन्धुल के प्रति उसके क्रोध का घड़ा भर चला है।

अगले दिन वीरभद्र विरुद्धक को साथ लेकर राजपुरोहित जी के प्रासाद आया। राजकुमार की आँखें लाल हो रहीं थीं।

"मेरे पिता ने माँ से न जाने क्या कहा है, कल से उसकी रुलाई बन्द ही नहीं हुई है। पूछो तो कुछ बताती भी नहीं। बस रोये जाती है।" विरुद्धक रुआँसे स्वर में बोला।

"राजभवन के सेवक कह रहे हैं, महाराज ने वासवदेवी को त्याग दिया है और उन्हें अपने मायके लौट जाने का आदेश सुना दिया है।" वीरभद्र ने भेद-भरी दृष्टि से राजपुरोहित जी को देखते हुए कहा।

फिर तो राजपुरोहित जी ने विरुद्धक को थोड़ा-सा सच व अधिक-सा झूठ मिलाकर ऐसा काढ़ा पिलाया कि उसके तन-मन में आग लग गई और वह क्रोध एवं विद्वेष की भावना से भर उठा, शाक्यों के प्रति तथा अपने पिता के प्रति भी।

"तुम्हें प्रतिशोध लेना है तो अस्त्र-शस्त्र संचालन-कौशल प्राप्त करो।" विरुद्धक को सम्बोधित करने के पश्चात् राजपुरोहित जी वीरभद्र की ओर मुड़े। "क्यों सेनापति वीरभद्र, स्वीकार करोगे राजकुमार को प्रशिक्षित करने का गम्भीर दायित्व?"

और वीरभद्र ने विरुद्धक के अस्त्र-शस्त्र प्रशिक्षण के साथ-साथ उसके क्रोध व घृणा की अग्नि में घी छोड़ते रहने का भी दायित्व ले लिया। राजपुरोहित जी को अब विरुद्धक-रूपी अस्त्र का प्रयोग करने के लिये उचित समय की प्रतीक्षा मात्र करनी थी।

अतः अब बारी थी दूसरे शत्रु की। राजपुरोहित जी जानते हैं शाक्य गौतम का भवन ढहाने के लिये उसकी नींव अर्थात लोकप्रियता को कुतरना आवश्यक है। इस लक्ष्य की प्राप्ति में संघ के ही कुछ भिक्षुओं, भिक्षुणियों ने जाने-अनजाने में उनकी सहायता करना आरम्भ कर भी दिया है। इन भिक्षुणियों में प्रमुख है भिक्षुणी थुल्ला नन्दा तथा भिक्षुओं में आचार्य उदायिन।

भिक्षुणी नन्दा उत्तम भोजन की इतनी लालची है कि जब देखो तब अन्य भिक्षुणियों को मिली भोजन सामग्री हड़पने में लगी रहती है। इस कारण ही वह थुलथुल हो चली है जिस कारण उसे अब थुल्ला नन्दा कहा जाने लगा है। साथ ही वह मुँहफट और ढीठ भी हो गई है। कुछ भी माँगने में न हिचक, न ही लाज। और जब वह वस्तु मिल जाए तो उसमें मीनमेख भी उसे निकालना ही है। किन्तु धम्म का ज्ञान गहन है और वक्तृत्व-कला अद्भुत। इस कारण एक बार प्रसन्न होकर प्रसेनजित ने उसके माँगने पर अपना मूल्यवान उत्तरीय तक उतार कर उसे दे दिया था।

तब से तो वह और भी अधिक स्वैराचारिणी हो चली है तथा रात-बिरात गली-चौराहों पर देखी जाने लगी है, अकेली अथवा किसी पुरुष के साथ जिनका सान्निध्य ही उसे अब सुहाता है। किन्तु यह भी है कि यदि कोई भिक्षुणी किसी प्रलोभन में फँस धम्म अथवा विनय के विरुद्ध कुछ कर बैठे, तो उसे बचाने में सबसे आगे वह रहती है। इस कारण कई भिक्षुणियों उससे उपकृत हो उसे अपना नेता मान बैठी हैं।

और एक बार पता भर चल जाए कि अमुक उपासक अत्यन्त उदार है, फिर तो उसका पीछा उससे मृत्यु छुड़ाये तो ही छूटे।

सारिपुत्र को एक बार पेट में वायु-प्रकोप एवं असहनीय पीड़ा होने पर मौद्गल्यायन ने लहसुन खिलाकर अपने मित्र का उपचार कर दिया। तब बुद्ध ने विनय में संशोधन करते हुए लहसुन खाने की अनुमति दे दी, परन्तु मात्र रोगी होने पर। कुछ माह उपरान्त श्रावस्ती के एक उपासक ने उसके खेत में उगे लहसुन बोरी भरकर एक सेवक के हाथ भिक्षुणी-विहार में पहुँचवा दिये। उसके पश्चात् तो थुल्ला नन्दा दूसरी भिक्षुणियों को साथ ले जब तब लहसुन लेने उसके घर पहुँच जाती। एक बार घर में लहसुन नहीं था तो उसने कहा खेत जाना पड़ेगा, यदि अभी ही चाहिये तो, और उनके साथ अपना एक सेवक कर दिया। खेत पर पहुँच सभी ने अपने कन्धों पर लटके झोलों को लहसुन से ठसाठस भर लिया। यह देख सेवक अपने को नहीं रोक पाया और बोल उठा,

"तुम लोग तो बड़ी लालची हो!"

यह चर्चा नगर में छिड़ी तो और भी ऐसी घटनाएँ सामने आईं, जिनका उचित प्रभाव प्राप्त करने के लिये उनमें कल्पना का सम्मिश्रण कर कहा-सुना जाने लगा। जब ये कहानियाँ उपासकों के कानों तक पहुँची तो कुछेक के मन में बुद्ध के प्रति तो नहीं परन्तु संघ के प्रति अश्रद्धा अवश्य उत्पन्न होने लगी। फिर सामान्यजन का तो कहना ही क्या था!

आचार्य उदायिन का योगदान तो और भी अधिक है राजपुरोहित जी की उद्देश्य-प्राप्ति में। अत्यन्त सुदर्शन व्यक्तित्व के स्वामी हैं वे, और वक्ता ऐसे कि श्रोता की उन्हें सुनने की इच्छा कभी समाप्त ही न हो! स्त्रियों का साथ उन्हें अत्यधिक रुचता है और स्त्रियाँ भी उन पर शीघ्र ही मोहित हो जाती हैं, जिन्हें उनकी बातों पर रीझते व बार-बार हँसते हुए तथा उन्हें मुग्ध-भाव से निहारते हुए देखा जा सकता है।

आचार्य उदायिन ने जेतवन में अपने लिये एक नई कुटी बनाई थी। अपने हस्त-कौशल की प्रशंसा पाने वे उपासकों तथा उपासिकाओं को उसे दिखाने आग्रहपूर्वक ले जाया करते। ऐसे ही एक पति-पत्नी जब उनकी कुटी देख रहे थे, पति ने ध्यान दिया कि आचार्य उदायिन बार-बार उसकी पत्नी के पीछे ऐसे खड़े हो जाते हैं जिससे उनके अंगों की रगड़ उसकी पत्नी को लगती रहे। पत्नी ने तो कुछ नहीं कहा परन्तु पति ने बुद्ध को पूरा प्रसंग सुनाते हुए आक्रोश व्यक्त किया।

"अब भले घर की स्त्री क्या बिना अपना सम्मान खोये यहाँ नहीं आ सकती?"

फिर एक घटना और हुई। एक विधवा से निमन्त्रण पाकर वे उसके घर भोजन करने चले गए जबकि अकेली स्त्री के यहाँ जाना विनय-विरुद्ध है। धर्मोपदेश देने के पश्चात् उन्होंने उससे गुरुदक्षिणा भी माँग ली। जब उस विधवा ने पूछा: क्या दूँ आपको वस्त्र, औषधि या और कुछ? तो उन्होंने कहा: कुछ ऐसा दो जो भिक्षु के लिये दुर्लभ हो। विधवा ने कहा: मैं आपका तात्पर्य नहीं समझी! तो हँस कर वे बोले: भिक्षु के लिये सर्वाधिक दुर्लभ तो स्त्री-संसर्ग ही है, है कि नहीं? जब वह विधवा निर्वस्त्र हो शय्या पर लेट गई और उन्हें आमन्त्रित किया तो उसका उपहास करते हुए वे वहाँ से चल दिये। स्त्री ने इस अपमान से आहत हो तथागत को पूरा प्रसंग सुना दिया। फिर तो महीनों तक यह घटना श्रावस्ती में चर्चा का विषय बनी रही।

अभी इस चर्चा का रस समाप्त भी नहीं हुआ था कि श्रावस्ती-वासियों को एक चटपटा समाचार और मिला। दो युवा भिक्षुओं द्वारा आपस में प्रेम-सम्बन्ध बना लेने का प्रसंग सामने आया। फिर एक भिक्षु ने उपोसथ में स्वीकारा कि वन में उसे पूर्व-पत्नी मिली तो उसके द्वारा बार-बार आग्रह किये जाने पर उसने उसके साथ सम्भोग कर लिया। तब बुद्ध ने विनय में नियम जोड़ा कि संघ में प्रवेश लेने के पश्चात् पूर्व-पत्नी के साथ सम्भोग भी अपराध है।

भिक्षुओं की एक छकड़ी भी है जो संघ के लिये नित नई कठिनाइयाँ उपस्थित करती रहती है। एक बार तो इन भिक्षुओं ने बलात्कार का झूठा आरोप तक लगवा दिया एक वरिष्ठ भिक्षु पर, और वह भी मात्र भोजन को लेकर। ये छकड़ी एक उपासक के घर प्रतिदिन ही चली जाती थी क्योंकि वह पुराने सुगन्धित चावल से बने भात में घी, शहद की धार लगा देता था। एक दिन भूसी मिले चावल की कनी का दलिया और अचार मिला तो सबको आश्चर्य हुआ। किसी ने उन्हें बताया, पिछले दिन उस उपासक के साथ दब्ब मल्लपुत्र वार्तालाप कर रहा था। दब्ब मल्लपुत्र जेतवनाराम का विहार-प्रमुख है तथा उपासकों से प्राप्त सामग्री का भिक्षुओं में वितरण वही करता है। छोटी-छोटी वस्तुओं मंजन, तेल इत्यादि को लेकर इस छकड़ी का दब्ब के साथ विवाद होता ही रहता है। यह सुनकर उन्हें विश्वास हो गया कि हो न हो उसी ने उपासक के कान भरे हैं। इस बार उसे कभी न भूलनेवाला पाठ पढ़ाने के उद्देश्य से इन लोगों ने भिक्षुणी मेत्तिया से कहा कि वह दब्ब मल्लपुत्र पर बलात्कार का आरोप लगा दे, और वह सहमत भी हो गई।

परन्तु एक घटना तो ऐसी हुई कि उसे लेकर सभी उपासक अत्यन्त ही कुपित हो गए। निकट के वन में निवासरत भिक्षुओं के लिये भोजन ले जाते समय उनकी पत्नियों का राह में घात लगाकर बलात्कार किया गया। उपासकों ने क्रोधित हो बुद्ध के समक्ष उन भिक्षुओं पर आरोप लगाया, यदि मार्ग सुरक्षित नहीं था तो उन्होंने आगाह क्यों नहीं किया? किन्तु बलात्कार हुआ है अथवा भिक्षुओं के साथ रंगरेलियाँ मनाई गई हैं? राजपुरोहित जी ने प्रश्न उठवा दिया और उपासकों के मन में शंका का बीज बोने और उसे सींचने का कोई प्रयास शेष नहीं रख छोड़ा।

"स्त्रियों को बिना किसी पुरुष को साथ लिये जाना ही क्यों चाहिये निर्जन स्थानों में निवासरत भिक्षुओं के पास?"

इन घटनाओं से बुद्ध की लोकप्रियता घट रही थी तो राजपुरोहित जी का सितारा ऊपर उठ रहा था। बन्धुल की ओर से मन खट्टा होने के पश्चात् उनके प्रति प्रसेनजित के व्यवहार में आशाजनक परिवर्तन आया है। उनके कहने पर ही उसने बन्धुल के साथ-साथ उसके पुत्रों को भी सीमा पर भेज दिया है।

इस सबसे उत्साहित हो राजपुरोहित जी ने निश्चय किया कि शाक्य गौतम को उसके संघ सहित श्रावस्ती से उखाड़ फेंकने का समय अब आ पहुँचा है।

अब तक श्रावस्ती के वातावरण में नाट्य-संगीत रच-बस गया है। केवल रंगशाला में ही नहीं, चौराहों पर भी लघु नाटिकाएँ खेली जाने लगी हैं जिनमें नगरवासी बढ़-चढ़कर भाग लेने लगे हैं। राजपुरोहित जी ने शीघ्र ही ऐसी टोलियाँ बनवा दीं जो उनके द्वारा रचित लघु-नाटिकाएँ खेल सकें।

एक व्यस्त चौराहे पर दरी बिछी है जिस पर एक पुरुष काषाय चीवर पहने बैठा है। निकट ही भिक्षापात्र तथा त्रिदंड रखा है। आँखें मूँदे हुए वह व्यक्ति कह रहा है,

"स्त्री-बच्चों के मोह से बचकर मैं वैसे ही भाग आया हूँ जैसे मगरमच्छ के जबड़े में फँसा व्यक्ति उससे बचने का अवसर पाते ही भाग खड़ा होता है। मैं तृष्णाओं के दावानल से सुरक्षित निकल आया हूँ। मैं इच्छाओं का समुद्र लाँघ आया हूँ और अब वायु-सा स्वच्छन्द विचरता हूँ। स्त्री, बच्चे, परिवार सुख-साधन नहीं हैं। बेड़ियाँ हैं। दुःख का मूल हैं। बुद्धम् शरणम् गच्छामि! धम्मम् शरणम् गच्छामि! संघम् शरणम् गच्छामि!"

तभी एक और अभिनेता मैले-कुचैले कपड़ों में सिर पर लकड़ियों का गट्ठर उठाये घुटने झुकाए चलता हाँफता हुआ आता है। अपना बोझ नीचे फेंक वह भिक्षु को बड़ी श्रद्धा के साथ देखते हुए अपना पसीना पोंछता है और फिर बैठकर उसके पैरों में सिर नवा देता है। भिक्षु आँखें खोलता है और आशीर्वाद की मुद्रा में हाथ उठाकर कहता है,

"उठो वत्स! क्या कष्ट है तुम्हें? बुद्धम् शरणम् गच्छामि!"

"महाराज मेरा नाम वत्स नहीं भीकू है!"

लकड़हारा इतने भोलेपन से कहता है कि चारों ओर घेरा बाँधे खड़े दर्शक सहसा हँस पड़ते हैं।

"और महाराज! कष्ट तो भारी है। सारा दिन खटता हूँ उस पर भी मेरे बच्चे दो जून भरपेट भात को तरस जाते हैं।"

"स्त्री, बच्चों का मोह त्यागो वत्स! तथागत की शरण में जाओ। जेतवन चले जाओ। तुम्हारे सारे कष्ट दूर हो जायेंगे। बुद्धम् शरणम् गच्छामि!"

तभी एक जनेऊ व चुटियाधारी ब्राहमण आता है और कहता है,

"यह सच कह रहा है लकड़हारे। इसका धर्म अपनाने के उपरान्त सुख ही सुख है। भरपेट स्वादिष्ट भोजन, पहनने को सुन्दर वस्त्र, सोने को कोमल शय्या और शीत में सेमल की मोटी दुलाई: वहाँ जेतवन में सब मिलेगा तुझे, वह भी बिना कुछ किये-धरे।"

"सच कहते हो?" लकड़हारा प्रसन्नता के आवेग में उठकर खड़ा हो जाता है।

"रत्ती भर झूठ नहीं इसमें। बस तुझे अपने स्त्री-बच्चों और बूढ़े माता-पिता को त्यागना होगा।"

"हैं! तो वे कहाँ जाएँगे भला? क्या करेंगे?"

"बुद्धम् शरणम् गच्छामि!" भिक्षु-वेशधारी बोला, "उनकी चिन्ता तू मत कर। वह सब मोहजाल है, अस्थायी है, क्षण-भंगुर है। उन सबसे छूट कर ही तुझे मुक्ति मिलेगी। बुद्धम् शरणम् गच्छामि!"

लकड़हारा दाएँ-बाएँ सिर हिलाते हुए गट्ठर उठाकर कुछ बड़बड़ाता हुआ चलने को होता ही है कि ब्राहमण भिक्षु से पूछता है,

"सब क्षण-भंगुर है, अस्थायी है तो तुम इस अस्थायी शरीर से वैसे ही छुटकारा क्यों नहीं पा लेते जैसे सरलीवन के भिक्षुओं ने पा लिया?"

सरलीवन में अशुभस्मृति का अभ्यास करते हुए अर्थात अपने शरीर के प्रति जुगुप्सा का भाव उत्पन्न करने के प्रयास में स्थविर वक्किल तथा गोधिक सहित कुछ भिक्षुओं को अपने शरीर से और इस जीवन से इतनी अधिक घृणा हो गई कि उन्होंने गृध्रकूट के निकट एक पहाड़ी पर आपस में एक-दूसरे के पेट में चाकू घोंप कर आत्महत्या कर ली।

इस कृत्य के पीछे भिक्षुओं का यह विचार भी था कि इस शरीर और जीवन के प्रति मोह से वे मुक्ति पा चुके हैं, अतः मृत्यु-पश्चात् उनका निर्वाण तो सुनिश्चित ही है। यह जानकर बुद्ध अत्यन्त दुखी हुए थे और भिक्षुओं को समझाया था कि आत्महत्या करनेवाले को निर्वाण कभी प्राप्त नहीं होगा। क्योंकि किसी अन्य व्यक्ति को मारो अथवा स्वयं को, दोनों ही में हिंसा है। इसके साथ ही उन्होंने आत्महत्या को भी अपराध घोषित कर दिया था।

इतने में एक और भिक्षु-वेशधारी व्यक्ति लँगड़ाते हुए आता है। उसका चीवर स्थान-स्थान से फाड़ा हुआ है और उसकी दाईं आँख के चारों ओर कालिमा छाई हुई है।

"तुम तो भिक्षु बड़े टूटे-फूटे लगते हो! यह कैसे हो गया?" ब्राहमण व्यंगात्मक स्वर में पूछते हुए मुस्कुराता है।

लकड़हारा गट्ठर नीचे फेंक पुनः बैठ जाता है।

"हाय! बहुत मारा है, बुद्धम् शरणम् गच्छामि! चीकट से चीकट वस्त्र को भी धोबी ऐसे पटक-पटक कर नहीं धोता होगा जैसे उस स्त्री के पति ने मुझे धोया है। हाय, बुद्धम् शरणम् गच्छामि!"

भीड़ में ठहाके गूँज उठे। अधिक पुरानी घटना नहीं थी यह और सभी श्रावस्ती-वासियों की जानकारी में थी।

एक स्त्री पति से लड़-झगड़कर वन के मार्ग से मायके जा रही थी। राह में उसे एक बौद्ध भिक्षु दिखा तो उसने उससे साथ चलने की प्रार्थना की। वह भिक्षु मान गया। कुछ ही दूर गए होंगे दोनों कि स्त्री का पति उसे ढूँढता हुआ चला आया। वह समझा कि भिक्षु उसकी पत्नी को भगाये ले जा रहा है, और जमकर उसने उसकी पिटाई कर दी। तब यह नियम भी विनय में जोड़ा गया था कि भिक्षु को अकेली स्त्री के साथ न तो कभी एकान्त में रहना है और न ही किसी अकेली स्त्री के साथ कहीं आना-जाना है, किसी भिक्षुणी के साथ भी नहीं।

"तो तुमने किया ही क्यों ऐसा काम?" ब्राह्मण ने स्वर में सहानुभूति लाते हुए पूछा।

"हम भिक्षु अपने-पराये का भेद नहीं जानते। बुद्धम् शरणम् गच्छामि!" बैठा हुआ भिक्षु बोला।

"इसीलिये दूसरों की पत्नियों को भी अपना मानते।" ब्राहमण ने तुक भिड़ाई।

दर्शक हँस दिये।

"नहीं नहीं, ये बात नहीं है! आह, बुद्धम् शरणम् गच्छामि!" घायल भिक्षु कराहा। "हाय पूरी देह टीस रही है, बुद्धम् शरणम् गच्छामि! परन्तु पुष्पलता-सी देहवाली चन्द्रवदना मदिरनयनों से बंकिम दृष्टि फेंकते हुए मधुमय अधरों से अनुनय करे, तो कोई भला कैसे मना करे? हाय, बुद्धम् शरणम् गच्छामि!"

"मुआ एक बगुला भगत, तो दूजा रंगा सियार।" लकड़हारा दर्शकों की ओर देख मुस्कुराते हुए कहता है।

"अरे पाखंडी! क्यों फिर अपनी स्त्री के पास नहीं चले जाते, अथवा विवाह कर लेते?" ब्राह्मण लाल-पीला होने का अभिनय करते हुए चिल्लाता है। "अरे मूर्ख! सन्तानोत्पत्ति न करके तुम इस संसार का विनाश करने पर तो तुले ही हुए हो, उनका भी जीवन नष्ट कर रहे हो जिन्होंने तुम्हें यह जीवन दिया है। उन्हें भूखा मरने छोड़ आए हो। वे रोते हैं तुम्हें स्मरण कर। रात उनकी तो आँखों में ही कटती है और तुम ठाठ से सोते हो। उनका इहलोक तो नष्ट कर ही दिया है तुमने, परलोक भी बिगाड़ छोड़ा है। न तो कोई उनका अन्तिम संस्कार करनेवाला रहा, और न ही पिंडदान करनेवाला।"

दोनों भिक्षु ब्राहमण के पैरों पर गिर जाते हैं। लकड़हारा गट्ठर उठाकर मुस्कुराता हुआ चल देता है।

"इसे कहते हैं, दूध का दूध और पानी का पानी करना!"

राजपुरोहित जी ने श्रावस्ती के ब्राहमणों को बुलवाकर उन्हें भी ज्ञान दे दिया और तब से वे चौराहों पर बुद्ध के समर्थकों के साथ सींग लड़ाने के अवसर ढूँढ़ते पाए जाते हैं।

"तुम कैसे कह सकते हो शाक्य गौतम सर्वज्ञ है? यदि उसके कहने भर से तुम उसे सर्वज्ञ मानते हो तो मैं भी सर्वज्ञ हूँ। मुझे निश्चित रूप से ज्ञात है तुम्हारी पिछली सात पीढ़ियाँ मेरी पिछली सात पीढ़ियों की दास हुआ करती थीं।"

"जब सब कुछ अस्थाई है तो विहार क्यों बनवाते हो? यदि सभी कुछ परिवर्तनशील है तो उस शाक्य गौतम की शिक्षा कैसे शाश्वत हुई? जिसे तुम सूर्य समझ रहे हो वह शाक्य गौतम वस्तुतः जुगनू भी नहीं है।"

उपासकों को सुदत्त का उदाहरण देकर भी बुद्ध से दूर रहने को कहा जाता।

"उसके उपदेश सुने और माने तो तुम्हारी भी वही दुर्दशा होगी जो नगर-श्रेष्ठी की हो रही है। उसका अकूत धन जीम गए ये गिद्ध सरीखे सिरमुँड़े।"

पहले सुदत्त कई-कई गाड़ियाँ भरकर घी, तेल, औषधियाँ, अनाज, दालें, गुड़, शक्कर, शहद, शीरा, भांडे, वस्त्र जेतवन ले जाता रहता था जिसमें रहनेवाले भिक्षुओं की संख्या अब सहस्त्र से अधिक हो चली है। परन्तु अब वह ऐसा नहीं कर पाता। व्यापार पर ध्यान न देने के कारण उसका अपार कोष रीत चला है। काशी के आसपास शिल्पकारों के लिये उसके द्वारा बसाये गए सैकड़ों गाँव भी, जहाँ केवल उसके लिये उत्पादन हुआ करता था, धीरे-धीरे उसके हाथ से खिसकते जा रहे हैं।

राजपुरोहित जी के अथक प्रयास असफल नहीं रहे हैं और कई उपासक बुद्ध से कन्नी काटने लगे हैं। भिक्षुओं को भिक्षा मिलना बन्द तो नहीं हुआ परन्तु घटता अवश्य जा रहा है। बुद्ध और संघ के लिये यह कठिन समय है। किन्तु फिर एक घटना ने उपासकों व जनसामान्य के मन में उनके प्रति श्रद्धा पुनः जगा दी तथा उनकी लोकप्रियता को एक बार फिर वहीं पहुँचा दिया जहाँ वह चिंचा एवं सुन्दरिका-कांड के पश्चात् थी।

"महाराज, राजगृह का मार्ग अब निरापद नहीं रहा।" श्रावस्ती और साकेत के व्यापारियों के साथ ही सुदत्त ने भी एक दिन राजसभा आकर प्रसेनजित से कहा।

"क्यों, ऐसा क्यों?"

"महाराज एक दस्यु है छलिया-वन में। वह न केवल आने-जाने वालों को लूट लेता है, उनकी एक अंगुली भी काट लिया करता है जिनकी माला बना वह अपने गले में डाले रहता है। इस कारण ही उसे अब अंगुलिमाल कहा जाने लगा है।"

"यह समस्या हमारे ध्यान में अब तक क्यों नहीं लाई गई?" प्रसेनजित ने क्रोधित हो दंडनायक को देखा। बन्धुल के सीमा पर चले जाने के उपरान्त प्रसेनजित अब वीरभद्र पर और उसके पश्चात् दंडनायक पर ही निर्भर हो गया है।

"क्षमा करें महाराज! मैंने चाहा था उसे बन्दी बनाने के उपरान्त ही आपको बताऊँ।"

"फिर?"

दंडनायक को निरुत्तर खड़ा देख प्रसेनजित के माथे पर चिन्ता की रेखाएँ उभर आईं।

"क्या सबकी अंगुलियाँ काट लेता है?"

"नहीं महाराज, शूद्रों और निर्धनों को नहीं छेड़ता।" दंडनायक ने बताया। "ऐसा प्रतीत होता है उसकी शत्रुता ब्राह्मणों, क्षत्रियों व धनवान व्यापारियों से ही है।"

"ब्राह्मणों से तो वह विशेष रूप से चिढ़ता है महाराज।" राजपुरोहित जी भी वहीं थे। "उन्हें तो वह कई बार निर्वस्त्र करके ही भेजता है। अधिक समय नहीं

हुआ जब लुटे-पिटे निर्वस्त्र ब्राह्मण नगर में आए तो सब समझे या तो वे मक्खलि घोसाल के पन्थानुयायी आजिविक हो गए हैं, या फिर निगंठ नातृपुत्र के शिष्य।"

"दंडनायक! अंगुलिमाल को पकड़ने हम स्वयं जाएँगे। तुम छाँट कर पाँच सौ अश्वारोही सैनिकों को सन्नद्ध करवाओ।"

किन्तु इसके पूर्व कि प्रसेनजित उसे पकड़ने जा पाता, अंगुलिमाल को बुद्ध के पीछे-पीछे हाथ जोड़े और सिर झुकाये आते हुए देख नगरवासी चकित रह गए। अगले दिन वह सिर घुटाये काषाय चीवर पहने श्रावस्ती की गलियों में भिक्षाटन कर रहा था। भिक्षा तो किसी ने उसे नहीं दी, उस पर पत्थर अवश्य फेंके। ऐसा करते हुए उन्हें यह आशा थी कि इससे अंगुलिमाल क्रोधित होगा और तब वे सब मिलकर उसे इतना पीटेंगे, ऐसा धुनेंगे कि उसके प्राण ही निकाल छोड़ेंगे। किन्तु वह शान्तिपूर्वक अपने सिर और मुख से बहते रक्त को चीवर से पोंछते हुए जेतवन लौट गया।

प्रसेनजित को सूचना मिली तो वह उसे बन्दी बनाने जेतवन जा पहुँचा। सैनिकों को द्वार पर रोक अश्व से उतरकर वह भीतर गया तथा बुद्ध के समक्ष करबद्ध हो निवेदन किया कि दस्यु अंगुलिमाल को उसे सौंप दिया जाए।

"राजन, दस्यु अंगुलिमाल तो यहाँ कोई नहीं है। हाँ! अंगुलिमाल नाम का एक भिक्षु अवश्य है।" कहकर बुद्ध ने ध्यान लगाये बैठे अंगुलिमाल की ओर इंगित किया।

प्रसेनजित देर तक अंगुलिमाल को देखता रहा और फिर बिना उसे बन्दी बनाये लौट गया। अगले ही दिन उसने नगर भर में घोषणा करवा दी।

"महाराज प्रसेनजित के आदेश से अंगुलिमाल को क्षमादान दिया जाता है। नगरवासियों से अनुरोध है कि उसे प्रताड़ित न किया जाए।"

राजपुरोहित जी ने इस पर कड़ी आपत्ति जताई परन्तु प्रसेनजित का उत्तर सुन वे निरुत्तर हो गए।

"यदि अंगुलिमाल दंड का भागी है तो ऋषि वाल्मीकि भी थे। यदि पश्चात्ताप और तपस्या से उनके अपराध क्षम्य हो सकते हैं तो इसके क्यों नहीं?"

भग्नचित्त

चलते-चलते सुमित्र रुक जाता है, कुछ पल को विचारमग्न हो खड़ा रह जाता है, और फिर चल पड़ता है। उसके शरीर पर न तो चीवर है, और न ही कन्धे पर झोला। एक पीला त्र वह उसी प्रकार लपेटे है अपने शरीर पर, जिस प्रकार तब लपेटे रहता था जब सलोनी से वह मिला था। और वह अकेला है। चीवर, भिक्षापात्र, सुई, जल-छावन वस्त्र, उस्तरा आदि वस्तुएँ संघ की न होकर भिक्षु की ही सम्पत्ति समझी जाती हैं। परन्तु इन्हें भी वैशाली के कूटागारशाला-प्रमुख को सौंप बीस भिक्षुओं की उपस्थिति में वह धम्म और संघ को त्याग आया है।

कूटागारशाला वैशाली के उत्तर में महावन स्थित विहार है जिसके मध्य में एक विशाल दोतल्ला भवन है, नीचे से ऊपर तक पाषाण-स्तम्भों पर ही टिका हुआ। शिखर पर कूट या कलश है इसलिये नाम कूटागारशाला है। एक विशाल रथ-सा प्रतीत होता है यह भवन।

जेतवनाराम की ही भाँति इसमें भी वर्षाकाल में उपदेश व ध्यान हेतु आँगन सहित विशाल भवन, भिक्षुओं की कुटियाँ, अतिथियों हेतु विश्राम-स्थल, चंक्रमण-पथ, उष्ण-जल हेतु अग्निशाला, भंडारगृह, तालाब, कुएँ, स्नानगृह, प्याऊ, शौचालय, मूत्रालय सभी कुछ है। पास ही भिक्षुणी-विहार भी है जो तथागत की पूर्व-भार्या राहुलमाता के संघ में प्रविष्ट होने के तुरन्त पश्चात् ही वैशाली सन्थागार ने बनवा दिया था।

संघ में प्रवेश लिये सुमित्र को दस वर्ष हो चले थे। पिछला चौमासा उसने जेतवन के उत्तर-पूर्व में स्थित पूर्वाराम विहार में बिताया था जो गत वर्ष ही विशाखा ने बनवाया है। अब वह मज्झिम भिक्षु था अतः उसे किसी आचार्य के साथ नहीं रहना होता था। परन्तु स्वतन्त्र कुटी हेतु भी पात्र नहीं था अतः पूर्वाराम में वह एक अन्य भिक्षु के साथ कुटी को साझा करता था।

उस भिक्षु का स्मरण आते ही सुमित्र ने सिर को एक ओर झटक दिया। उसे समझ नहीं आता कि वह बना ही क्यों भिक्षु? सारा समय तो खाने-पीने की, कपड़ों की बातें किया करता था। स्त्रियों व भूतों की कहानियाँ कहा करता था। हस्तरेखाओं से भविष्यवाणी कैसे की जा सकती है तथा सपनों के क्या अर्थ होते हैं, उसे ये सब

जानने की ही उत्कंठा रहा करती थी न कि मुक्ति का मार्ग पाने की।

वह उन सत्रह भिक्षुओं की टोली में भी सम्मिलित था जिनकी ये शिकायतें सुनने में आती ही रहती थीं कि वे भी उस कुख्यात छकड़ी के जैसे जब-तब मेलों तथा उत्सवों में हुड़दंग मचाते दिखा करते हैं। विनय के अनुसार सिर या दाढ़ी के बाल दो-अंगुल से बड़े नहीं होने चाहिये, और न ही बालों में तेल लगा उन्हें काढ़ना, सँवारना चाहिये। परन्तु इन दोनों ही टोलियों के भिक्षुक न केवल इन सभी नियमों का उल्लंघन करते हैं अपितु उन्होंने भिन्न-भिन्न आकार-प्रकार की दाढ़ियाँ रखने का व्यसन भी पाल रखा है। उपासकों से जब तब उत्तम कौषेय वस्त्र, सुगन्धित लेप, शहद, मांस इत्यादि की माँग कर लेना तो इन भिक्षुओं के लिए सामान्य बात है।

एक बात को लेकर तो सुमित्र को उन भिक्षुओं पर अत्यधिक ही कोध आता था। ध्यान में बाधा न पड़े इस कारण चंक्रमण-पथ पर सभी को नंगे पैर चलना होता है। किन्तु जब वह देखता कि वरिष्ठ भिक्षुओं और आचार्यों के नंगे पैर चंक्रमण करते समय भी ये भिक्षु खड़ाऊँ खटखटाते हुए चलते हैं तो उसकी इच्छा होती थी कि पटक-पटक कर उनकी वहीं पर धुनाई कर दे। फिर जब तथागत ने खड़ाऊँ पहनना निषिद्ध कर दिया तो वे सब पादुकाएँ फटकारते हुए चलने लगे। साथ ही ऊँचे स्वर में वार्तालाप भी करते चलते जिनका विषय प्राय: कोई भिक्षुणी अथवा स्त्री ही हुआ करती थी।

फिर किसी को छींक आने पर जियो या जीते रहो कहने का सामान्य चलन है। ऐसा माना जाता है कि ऐसा करने पर छींकनेवाले व्यक्ति की आयु बढ़ जाती है। परन्तु तथागत को कोई भी अन्धविश्वास स्वीकार्य नहीं, अत: वे ऐसा करने से मना करते हैं। अन्य भिक्षु तो अब ऐसा नहीं करते किन्तु इन दोनों ही टोलियों के भिक्षुओं को जैसे तथागत के निर्देशों की अवहेलना करने में कोई विशेष आनन्द मिला करता है।

सुमित्र शीघ्र ही जान गया था कि अन्य कई भिक्षुओं की भाँति इनका उद्देश्य भी निर्वाण प्राप्त करना न होकर अणिमा, महिमा आदि आठों सिद्धियाँ साधकर आकाशगमन इत्यादि अलौकिक शक्तियाँ प्राप्त करना तथा चमत्कारी मन्त्रों को सिद्ध करना भर था: स्त्री को वश में करने हेतु मोहिनी-मन्त्र, शत्रु के प्राण हर लेने हेतु मारण-मन्त्र, पृथ्वी में छिपा धन व हीरों की खान खोजने हेतु गरुड़-मन्त्र।

इन्हें संघ से निष्कासित क्यों नहीं कर दिया जाता, उसके मन में बार-बार यह प्रश्न उठा करता किन्तु संकोचवश कभी किसी से पूछ नहीं पाया। फिर लगभग एक वर्ष पूर्व उसे बिना पूछे ही अपने प्रश्न का उत्तर मिल गया। उस चौमासे में वह राजगृह में वेलुवन के समीप गिलहरियों के क्रीड़ास्थल कलन्दक-निवाप

स्थित विहार में निवासरत था। उस दिन वह आचार्य मौदगल्यायन के साथ था जब सुमागधा पुष्करिणी के निकट स्थित उदुम्बरिका परिव्राजकाराम के सामने से निकलते हुए अचानक एक परिव्राजक ने बाहर आ उन्हें पुकारा और सादर निवेदन कर भीतर ले गया। किसी ने वहाँ आचार्य से पूछ लिया,

"ऐसे भिक्षुओं को संघ से निष्कासित क्यों नहीं कर देते आपके शास्ता,जिन्हें न ध्यान में रूचि है और न ही निर्वाण प्राप्त करने से कुछ लेना-देना?"

"एक गृहस्थ के पाँच पुत्र हैं।" आचार्य मौदगल्यायन ने उत्तर में एक दृष्टान्त दिया। "चार आज्ञाकारी एवं विनयशील परन्तु एक उद्दण्ड व मनमानी करने का अभ्यस्त। पिता उसे समझाता है, सुधारने का प्रयत्न करता है परन्तु वह नहीं सुधरता। पिता क्या करेगा? क्या उसे घर से निकाल बाहर करेगा? नहीं न! और न ही वह अपने पुत्र के सुधरने की कभी आशा छोड़ेगा। तथागत के लिये सभी भिक्षु पुत्रवत हैं। न तो वे पथभ्रष्ट भिक्षुओं को सुधारने के प्रयास छोड़ते हैं, न ही उनके सुधरने की आशा।"

"अपना ही उदाहरण देता हूँ। मैं यहीं राजगृह में प्रव्रजित हुआ था। आरम्भ में ध्यान में बैठते ही मैं सो जाता था। तथागत ने कहा, भोजन कम करो। फिर भी ढाक के वही तीन पात। उन्होंने कई उपाय सुझाये। मैं आचरण में भी लाया। किन्तु कोई लाभ नहीं। तब तथागत ने सुझाव दिया, ध्यान में बैठने के पूर्व तुम कुछ समय सो लिया करो। मैं इतना लज्जित हुआ कि बता नहीं सकता! फिर मैंने अपने ही उपाय निकाले और ध्यान लगाने में सफल हुआ। तथागत यदि कह देते तुम्हारे वश का नहीं है तो छोड़ो, मत करो ध्यान। तब क्या होता? क्या मैं इस स्थिति में पहुँच पाता जिसमें अब हूँ?"

सिर झुकाये सोच-विचार में डूबा खेतों की मेड़-मेड़ चलता सुमित्र किसी की पुकार सुनकर चौंक पड़ा। खेत में बने मचान पर खड़ी युवती गोफन घुमाते हुए कह रही थी,

"तनिक ऊपर भी देख लो परिव्राजक, चोट न लग जाए!"

अगहन का महीना आरम्भ हो गया है। कचनार फूलने लगा है। बबूल पीले फूलों से भर गया है। उसमें छोटी-छोटी चिड़ियाएँ फुदक रहीं हैं। श्रावस्ती से निकले सुमित्र को एक माह से अधिक हो चुका है।

जब वहाँ से चला था तब वह चीवर ही पहने हुए था। संघ छोड़ने का तब तक उसके मन में कोई विचार भी नहीं था। बस वह श्रावस्ती से दूर रहना चाहता था। एक ही चौमासे में कुछ ऐसी घटनाएँ घट गई थीं कि वहाँ रहते हुए धम्म-पालन करना, चित्त को अविचलित रख पाना सम्भव नहीं हो पा रहा था। यह पूरा घटनाचक्र आरम्भ हुआ था वरिष्ठ भिक्षु सुदिन्न के प्रकरण को लेकर।

जिस दिन उसका विवाह हुआ उसी दिन तथागत का धर्मोपदेश सुन सुदिन्न ने प्रव्रज्या लेना चाहा तो तथागत ने उससे अपने माता-पिता व पत्नी की अनुमति प्राप्त करने को कहा। अब एक इकलौते पुत्र को इसकी अनुमति किस प्रकार मिलती, और कैसे सद्य-विवाहिता पत्नी अपने पति से बिछुड़ने को सहमत होती? तब वह बिना खाये-पिये तीन दिन भूमि पर पड़ा रहा। सगे-सम्बन्धियों ने कहा, यह भूख से मर जाए उससे तो अच्छा है इसे जाने दो। कौन जाने कुछ समय पश्चात् स्वयं ही लौट आए।

गत वर्ष कीड़े लगने से कृषि-उपज कहीं-कहीं नष्ट हो गई थी। भिक्षा मिलने में कठिनाई होने पर सुदिन्न अन्य भिक्षुओं को साथ ले वैशाली चला गया क्योंकि वहाँ खाद्यान्न का सामान्यतः प्राचुर्य रहता है तथा नगरवासी भी उदार हैं। उसके धनवान माता-पिता भी नगर के समीप ही रहते थे। जब उन्हें सुदिन्न के वैशाली में होने का पता चला तो वे बलात उसे घर ले गए। रो-रोकर माँ सारे दिन उससे लौट आने का अनुरोध करती रही। पत्नी उसके पैरों में गिरकर आँसुओं की सरिता बहाती रही। सुदिन्न किन्तु नहीं पिघला, उलटे उसने अपनी पत्नी को भगिनी कहकर सम्बोधित किया। सुनते ही वह मूर्छित हो गिर पड़ी।

उस दिन तो सुदिन्न किसी प्रकार बचकर चला आया किन्तु अगले ही दिन उसकी माँ अपनी पुत्रवधू को सजा-सँवार, सोने से कढ़े लाल काषाय वस्त्र पहना अपने साथ उसे अपने पुत्र के पास ले आई और गिड़गिड़ाने लगी।

"हमें एक पौत्र तो दे दे बेटा! अन्यथा कौन तो तेरे पुरखों का पिंडदान करेगा और कैसे हमारा वंश आगे बढ़ पाएगा? उस लोक में न तो हमें शान्ति मिलेगी, न ही हमारे पुरखे चैन से रह पायेंगे।" माँ सिसकने लगी। "जब कोई वंशज न रहेगा तो हमारी सारी धन-सम्पत्ति भी राज्य की ही हो जाएगी। इहलोक और परलोक दोनों ही नष्ट हो जानेवाले हैं हमारे, तूने यदि एक पुत्र को जन्म नहीं दिया!"

पत्नी भी रो-रोकर उससे प्रार्थना करने लगी। "रजस्वला होने पर पति का बीज अपने गर्भ में धारण करना पत्नी का कर्त्तव्य है और अधिकार भी। आप मुझे मेरे अधिकार से वंचित रखने का पाप कर नरक के भागीदार न बनें। मैं हाथ जोड़ती हूँ, पैर पड़ती हूँ आपके!"

सुदिन्न धर्मसंकट में पड़ गया। अपने माता-पिता और पुरखों के प्रति अपराध करूँ उन्हें मुक्ति से वंचित रखकर, या विनय को भंग कर धम्म का उल्लंघन करने का दोष अपने सिर लूँ? तीन दिन तक प्रतिदिन उसकी पत्नी अंगराग व प्रसाधन कर सुगन्धित द्रव्यों से महकती हुई नए-नए वस्त्राभूषणों में सज-सँवर अपनी सास के साथ आती रही, उसे लुभाती रही और रोती व गिड़गिड़ाती भी रही: मुझे आप

मात्र एक सन्तान दे दें, मैं और कुछ नहीं माँगती आपसे। इतने में ही मेरी झोली भर जाएगी और मुझे जीने का निमित्त मिल जाएगा, वृद्धावस्था में इस अबला का एक सहारा हो जाएगा। द्रवित हो सुदिन्न ने उसकी इच्छा पूरी करने का निश्चय कर उसके साथ तीन रात सम्भोग किया तथा उपोसथ में अपने साथी भिक्षुओं के समक्ष ब्रह्मचर्य-व्रत तोड़ने का अपना अपराध स्वीकार कर पश्चात्ताप भी किया। बुद्ध को जब यह पता चला तो उन्होंने सुदिन्न को बुलवाया।

"यह जानकर भी कि स्त्री-संसर्ग विनय-विरुद्ध है, तुमने तीन बार यह अपराध किया है। प्रथम संसर्ग के पश्चात् तो तुमने मात्र कामवासना के कारण ही सम्भोग किया। क्या मैंने नहीं समझाया है कामवासना के ताप को कैसे शान्त किया जा सकता है!" इस प्रकार तथागत ने उसकी भर्त्सना करते हुए उसे भिक्षु संगमजी का प्रकरण भी स्मरण करवाया।

संगमजी की पत्नी एक दिन अपने पुत्र के साथ जेतवनाराम आकर पति के सामने रोने-धोने लगी।

"मैंने क्या अपराध किया जो यूँ मुझे छोड़ गए! सहस्त्रों दूसरी स्त्रियों की भाँति जिनके पति भिक्षु बन गए हैं, मुझ पर भी आरोप लगते हैं। लोग पूछते हैं ऐसा क्या हुआ जो तुम्हारे पति तुमसे रुष्ट हो गए, तुम्हें त्याग दिया? मैं क्या उत्तर दूँ, कहो? तुम कैसे इतने निष्ठुर हो गए! तुम्हारा पुत्र भी अब बड़ा हो गया है। मुझसे पूछता है, आप क्यों हमारे साथ नहीं रहते? अन्य बालकों के पिता जैसे क्यों मेरे पिता मुझे प्यार नहीं करते? मैं क्या कहूँ, तुम्हीं बताओ!"

माँ-बेटे बहुत पीछे पड़े। दोनों ने ढेरों आँसू बहाये। पत्नी उनके पैरों में गिरकर बिलख-बिलख पड़ी। किन्तु संगमजी भाव-शून्य मुद्रा में बैठे रहे। तब तथागत ने उनकी प्रशंसा करते हुए कहा था,

"संगमजी ने सच्ची अनासक्ति प्राप्त की है! मोह एवं वासना के समक्ष वे उसी प्रकार अविचल हैं जिस प्रकार एक फुरफुराते हुए मच्छर के समक्ष विशाल पर्वत।"

सुदिन्न को संघ से निष्कासित करने की माँग उठी परन्तु तथागत ने ऐसा न कर सुदिन्न के लिये प्रायश्चित निश्चित करते हुए उपदेश दिया।

"भिक्षुओ! स्त्री अपना रूप व अपनी देहयष्टि दिखाने सदैव आतुर रहती है। चलते हुए, खड़े हुए, बैठे हुए, सोते हुए तथा यदि उसका चित्र बनाया जा रहा हो तब भी वह चाहती है अपनी सुन्दरता का मायाजाल बिछाकर लुभाना, अपने सौन्दर्य-पाश में फाँसना। तुम्हें सावधान रहना होगा! उसके आँसुओं और मुस्कुराहटों, दोनों को शत्रु मानो।"

तथागत के यह वचन सुन अन्य भिक्षु जहाँ निन्दा-उक्तियों एवं व्यंग्य-बाणों से सुदिन्न को लज्जित कर रहे थे, सुमित्र का मन उसके प्रति सहानुभूति से भर

उठा था।

चलते-चलते कब साँझ घिर आई, सोच-विचार में डूबे सुमित्र को पता ही नहीं चला। रात होते-होते वह एक गाँव में था। कुछ ग्रामीण धूनी जलाये बैठे थे। एक युवक् दो अंगुलियों के बीच कंकड़ दबाये हुए उलटे घड़े पर थाप दे बिरहा गा रहा था।

"सूना-सूना री मोरा घर आँगना ओ गोरी तोरे बिना;
नाहीं नींद नाहीं चैन हमका हो जोरूआ तोरे बिना।"

सुमित्र वहीं बैठ गया। ऐसी तड़प थी युवक के स्वर में कि सुमित्र की आँखें भीग उठीं।

धूनी बुझते न बुझते सब अपने-अपने घर चले गए। अंगारे परन्तु अभी भी शेष थे। फूस बिछाकर सुमित्र वहीं लेट गया। निर्मल आकाश में जगमगाती आकाशगंगा उसे ऐसी आभासित हो रही थी मानो अलकापुरी की अप्सराएँ रात्रिविहार कर रहीं हों, तारों-जड़े श्वेतवर्ण उत्तरीय लहराते हुए।

'क्या वे भी मर्त्यलोक-वासियों को अपना सौन्दर्य-दर्शन कराने हेतु उत्कंठित हैं?' सुमित्र के मन में विचार आया। 'वे भी तो स्त्रियाँ ही हैं, अप्सरा हैं तो क्या हुआ!'

अप्सरा से उसे मागन्धिया का स्मरण हो आया और वह रो दिया। सुदिन्न प्रकरण के कुछ ही दिन पश्चात् उसे उसकी मौत का समाचार मिला था। महाराज उदयन ने उसे जीवित ही जलवा दिया था।

श्यामवती के प्रति उदयन का दिनोंदिन बढ़ता प्रेमानुराग देख मागन्धिया के भीतर जैसे लोहा पिघलाने की भट्टी दहकने लगी थी। क्रोध एवं ईर्ष्या की इस अन्तर्ज्वाला में उसका विवेक-विचार धुआँ हो गया और एक रात उसने श्यामवती के कक्ष में आग लगवा दी। हत्या के आरोप से बचने के लिये वह एक दिन पहले ही कौशाम्बी से बाहर चली गई थी फिर भी भेद छिप न सका।

सुनकर सुमित्र सारा दिन घुटनों में सिर दिये फूट-फूट कर रोया था। ज्वालाओं में घिरी मागन्धिया की चीखें उसे रात में पल भर भी नहीं सोने देती थीं। दो दिन तो वह भिक्षाटन के लिये भी नहीं गया और रह-रहकर फफकता ही रहा। फिर निकला भी तो आँखों में आँसू भरे ही रहते। कई दिन लग गए थे उसे इस स्थिति से उबरने में।

उन्हीं दिनों अचानक अलका टकरा गई। राह में दो रथ एक-दूसरे से टकरा गए थे जिसके कारण दोनों की ही धुरियाँ टूट गईं थी। दोनों रथवान आपस में भी लड़ रहे थे और एक युवती को भी कोस रहे थे।

"कानों में रुई ठूँस रखी है क्या? बीच मार्ग में मटकती चलती हो लम्बी चोटी को झुला-झुलाकर तो क्या सुनाई देना ही बन्द हो जाता है? हम कितना चिल्ला रहे थे बार-बार कि हट जा लड़की, परे हो जा!"

न चाहते हुए भी सुमित्र की दृष्टि उठ ही गई। अलका अकेली ही दोनों से जूझ रही थी और उन पर भारी भी पड़ रही थी।

"बकरी हाँकना तो आता नहीं चले हो रथ चलाने! तुम्हें बना किसने दिया रथवान? मुझे सुनाई नहीं दिया तो क्या तुम्हें भी दिखाई देना बन्द हो गया?"

सुमित्र दृष्टि बचाकर निकलने लगा परन्तु अलका ने देख लिया।

"अरे, आप! मुझे पहचाना नहीं? मैं अलका! मुझे पता होता आप श्रावस्ती में ही हैं तो अपने विवाह पर आपको अवश्य बुलवाती।"

सुमित्र ने चाहा किसी प्रकार उससे पिंड छुड़ाकर वहाँ से भाग जाए। परन्तु उसकी बक-बक बन्द होने का नाम ही नहीं ले रही थी।

"यहीं श्रावस्ती में है मेरी ससुराल, मालीटोले में। चलिये आपको दिखा दूँ। मेरे पति से भी मिल लीजियेगा। बहुत अच्छा है! बड़ा प्यार करता है! कहता है, काम मत करो। रानी जैसे घर में बैठो।" बोलते हुए अलका अपनी चोटी कन्धे से आगे ला उससे खेलने लगी। "किन्तु मैं नहीं मानी। घर बैठना सुहायेगा क्या? जहाँ मल्लिका बैठा करती थी, अब वहाँ मैं बैठती हूँ। वह तो रानी बनने के पश्चात् भी वैसी कि वैसी है। मैं तो हर दूसरे-तीसरे दिन ही चली जाती हूँ राजभवन। आपको वह प्रायः स्मरण करती है। उससे कभी मिले क्यों नहीं आप?"

अब सुमित्र क्या बताता कि मल्लिका जेतवन भी आती रहती है परन्तु वही उससे नहीं मिलता। कभी वह बुलवा भी लेती है किसी को भेजकर, तब भी वह नहीं जाता।

अलका की आँखों में झलकता स्नेह देख और उसकी बातें सुन सुमित्र का मन रोने को हो आया था। किसी प्रकार उसने अपने आँसू रोके और त्वरित गति से वहाँ से चल दिया। अपनी पीठ पर उसे अलका की आँखें गड़ी होने का आभास हो रहा था, परन्तु प्रयत्नपूर्वक उसने मुड़कर नहीं देखा और चार्वाक-भवन निकट आते ही दौड़कर उसमें घुस गया।

राजा नृचक्षु जब हस्तिनापुर को छोड़ चले थे तब अन्य नगरवासियों के साथ-साथ चार्वाक के शिष्य भी चल दिये थे। कौशाम्बी आकर उन्होंने अपने गुरु के नाम से एक पीठ स्थापित कर ली। कालान्तर में श्रावस्ती, साकेत, राजगृह इत्यादि नगरों में भी ऐसी पीठों की स्थापनाएँ हो गईं जिनके प्रमुख चार्वाक ही कहलाते हैं।

"किसी भी प्रकार के सौन्दर्य के प्रति आकर्षण मनुष्य में अत्यन्त नैसर्गिक है। उसे कोई नहीं सिखाता पुष्प-गन्ध पर मोहित होना, संगीत से प्यार करना। यह

सौन्दर्य-बोध पशु को प्राप्त नहीं।" पीठ-प्रमुख अपने अनुयायियों से कह रहे थे। "स्त्री के प्रति आकर्षण तथा उसकी सुन्दरता से अभिभूत होने की प्रवृत्ति भी पुरुष में सहज है, जन्मजात है। ऋषि ऋष्यश्रृंग की कथा यही बताती है।"

"मुनि विभांडक वर्षों तपस्यारत रहे। एक दिन सवेरे वे नदी में मुँह धो रहे थे कि स्नानरत उर्वशी पर उनकी दृष्टि पड़ी और उत्तेजित अवस्था में उनका वीर्य स्खलित हो नदी में गिर गया, जिसे प्यास बुझाने आई एक हिरनी पानी के साथ पी गई। उस हिरनी को वे अपने आश्रम ले आए जिसके गर्भ से उत्पन्न शिशु को उन्होंने नाम दिया ऋष्यश्रृंग। विभांडक मुनि की इच्छा थी उनका वह पुत्र महान तपस्वी बने। इस उद्देश्य से उसे स्त्री की छाया से भी दूर रखने का निश्चय कर वे उसका लालन-पालन ऐसे निर्जन स्थान पर आश्रम बना करने लगे जहाँ कभी कोई आता-जाता भी नहीं था। स्त्री होती है, और होती है तो क्या और कैसी होती है, इसका अनुमान तक उन्होंने उसे नहीं होने दिया।"

"समय के साथ ऋष्यश्रृंग युवा हो चला। तपस्या में उसकी प्रगति देख विभांडक मुनि अत्यन्त प्रसन्न थे। एक बार उन्हें किसी कार्यवश बाहर जाना पड़ा तो अपने पुत्र से आग्रहपूर्वक कह गए: पुत्र! मेरी अनुपस्थिति में कभी कोई आ जाए, तो भूल से भी उससे मत मिलना। कुटी के द्वार बन्द कर भीतर बैठ जाना। वह यदि कुछ पूछे तो उत्तर भी मत देना।"

"अब इन्द्र के गुप्तचर तो विचरा ही करते हैं ऐसे तपस्वियों की जानकारी लेते हुए। ऋष्यश्रृंग के विषय में सुन उसे अपना सिंहासन डोलता दिखा। ऐसे में जब उसे समाचार मिला कि मुनि विभांडक कहीं गए हुए हैं और ऋष्यश्रृंग आश्रम में अकेला है, तो उसने एक अत्यन्त रूपवती अप्सरा भेज दी जो उस बाल-ब्रह्मचारी के सम्मुख जाकर कन्दुक-क्रीड़ा करने लगी। उसे देख ऋष्यश्रृंग अपने पिता के निर्देश भुला बैठा।"

"मुनि विभांडक जब लौटे तो पुत्र को अन्यमनस्क बैठे देखा। कारण पूछा तो उसने बताया: तात! आपके पीछे अति कोमल शरीरवाला कोई आया था जिसके गले के नीचे दो गेंदें थीं। उनके साथ खेलने में मुझे अद्‌भुत ही आनन्द आया! तब उसने मुझे आलिंगन में ले अपना मुँह मेरे मुँह से मिला दिया और एक अत्यन्त मधुर ध्वनि निकाली। ऐसे आनन्द का तो मैंने पहले कभी अनुभव नहीं किया था! अठखेलियाँ करते हुए वह कभी मेरी गोद में बैठ जाता, कभी मुझसे चिपट जाता और मेरा हृदय उमग उठता। तात, उसके चले जाने के पश्चात् मैं शोकग्रस्त हो गया हूँ तथा शरीर में ताप का अनुभव कर रहा हूँ। सुनकर विभांडक मुनि अपना सिर धुनने लगे।"

"भूख, प्यास, नींद की ही भाँति कामेच्छा भी है। स्वयं को इससे वंचित रखना व्याधियों को जन्म देगा, तन की और मन की भी। इसका निषेध बहुधा विकृत मानसिकता उत्पन्न कर समाज में अकल्पनीय रूप से गर्हित कृत्यों का कारण भी बन जाता है।"

"किन्तु स्त्री को तो पुरुष के पतन का कारण कहा जाता है!" एक अधेड़ पुरुष ने आशंका जताई। "न केवल अधिकांश आचार्यों का यही मत है अपितु अनुभव से भी इस तथ्य की पुष्टि होती है।"

"जो लोग स्त्री को पुरुष के पतन का कारण बताते हैं उन्हें यह समझना चाहिये कि पुरुष का पतन यदि स्त्री से है तो उसका उत्थान भी उसी से है, और यह चुनाव पुरुष के ही हाथ में है। पुरुष के हृदय में वीरतापूर्ण कार्य करने की आकांक्षा स्त्री के ही कारण तो उत्पन्न होती है! स्त्री न होती तो पुरुष क्या कभी साहसपूर्ण कार्यों के लिये उद्यत होते? क्या वे कभी धनार्जन के लिये उद्यम करते?"

"सच तो यह है, जो कुछ भी इस विश्व में सुन्दर है, उदात्त है वह स्त्रियों के ही कारण है। स्त्री के प्रेम में घायल न हो तो कवि-हृदय से कविता कैसे फूटे? स्त्री न हो तो कलाकार को चित्र बनाने की प्रेरणा कहाँ से मिले? नृत्य का आनन्द समाप्त हो जाएगा। संगीत में से रस लुप्त हो जाएगा। उसमें क्या शेष रहेगा जो हृदय को छू ले, उसे झंकृत कर दे? क्या उस वाणी से मधुर कोई ध्वनि है जो प्रेमिका आनन्द के पलों में प्रेमी के कानों में फुसफुसाती हैं? क्या उसके कोमल स्पर्श से अधिक आनन्ददायक है कुछ? स्त्री का रूप, उसका स्पर्श, उसकी वाणी ही आनन्द नहीं देती। उसकी स्मृति मात्र से हृदय में आनन्द की फुहार फूट पड़ती है।"

"स्त्रियाँ के बिना यह संसार अत्यन्त नीरस होता। स्त्री ही समस्त आनन्दों के मूल में है। और यह विधान विधाता का है, मनुष्य का नहीं।"

अब तक अंगारे भी ठंडे हो चुके थे। सुमित्र ने पैर सिकोड़ लिये। आकाशगंगा अब और भी स्पष्ट दिखाई दे रही थी। उसे वह स्त्री स्मरण हो आई जो उसके श्रावस्ती छोड़ने का तात्कालिक कारण बन गई थी।

उस दिन चार्वाक-पीठ से सुमित्र जब चला था तो विचारों का बवंडर भी उसके साथ था।

'सलोनी ने भी तो ऐसा ही कुछ कहा था कि वासना को दबाने से विकृतियाँ उत्पन्न होंगी। वह छकड़ी भी तो एक दिन अचिरवती में स्नान करते हुए एक गाय के जननांग से खेलते हुए पाई गई थी। उस पर तो गाय के बछड़े को नदी में डुबो देने का आरोप भी लगा था। तब तथागत ने भिक्षुओं के लिये पशुओं के जननांगों से खेलना भी निषिद्ध घोषित किया था। परन्तु उनका वह कृत्य क्या काम-विकृति का ही उदाहरण नहीं?'

'फिर उस चौमासे के लिये श्रावस्ती आये कुछ भिक्षुओं ने भी तो बताया था कि जब उन्हें पता चला एक भिक्षु एकान्त में कुटी बनाकर अकेले रहता है, तो वे बड़े प्रभावित हुए और उससे मिलने चले गये। उन्हें वहाँ यह देख आश्चर्य हुआ कि एक बन्दरिया उनके सामने अपना पिछवाड़ा करके नाचने लगती जब भी वे उसे कुछ खाने को देते। पूछने पर उस भिक्षु ने स्वीकारा था कि उस बन्दरिया को केले इत्यादि देकर वह उसके साथ यौन-सम्बन्ध बना लेता है। तब वे तथागत के समक्ष यह स्वीकारोक्ति करने का आग्रह कर उसे अपने साथ ले आये थे।'

'जब उस भिक्षु से पूछा गया, सम्भोग वर्जित होने पर भी उसने ऐसा क्यों किया? तो उसका उत्तर था, उसे नहीं ज्ञात कि बन्दरिया के साथ भी सम्भोग वर्जित है। और तब यह नियम विनय में जोड़ा गया कि बन्दरिया अथवा अन्य किसी पशु के साथ सम्भोग भी अपराध है। किन्तु उस भिक्षु का यह स्पष्टीकरण क्या स्वीकारने योग्य है?'

'सबके विषय में तो मैं नहीं कह सकता, किन्तु कई भिक्षुओं को वर्षों की साधना के उपरान्त अब भी काम-वासना उत्तप्त किया करती है। एक दिन मैं और वरिष्ठ भिक्षु वंगिस आचार्य आनन्द के साथ भिक्षाटन के लिये निकले हुए थे जब राह में भिक्षु वंगिस ने कहा था: आचार्य, मैं यह पवित्र जीवन जीते हुए त्रस्त हो चुका हूँ! मेरा शरीर विषय-वासना से जलता है! मेरा मस्तिष्क जैसे अग्निमय हो रहा है! इस अग्नि को मैं कैसे बुझाऊँ? तब आचार्य आनन्द ने समझाया था: भिक्षु वंगिस! तुम्हारा मस्तिष्क विकृत अनुभूतियों के कारण ही तप्त होता है। चित्त को केन्द्रित कर अन्तर में झाँको और देखो किस प्रकार प्रलोभन उत्पन्न होते हैं, किस प्रकार वासना जगती है। और उस प्रक्रिया को समाप्त कर दो। तुम्हें शान्ति मिल जाएगी। किन्तु मैंने अपने अनुभव से जाना है कि यह कहने-सुनने में जितना सरल प्रतीत होता है, अभ्यास में यथार्थतः उतना ही कठिन है।'

'सलोनी ने कदाचित सच ही कहा था स्त्री-पुरुष में आकर्षण उतना ही नैसर्गिक है जितना रात के पीछे-पीछे दिन का चले आना और दिन के पीछे-पीछे रात का। जैसे इस प्रक्रिया को नहीं रोका जा सकता, वैसे ही कदाचित स्त्री-पुरुष में आकर्षण भी समाप्त नहीं किया जा सकता। कितनी बुद्धिमान थी वह! अब कहाँ होगी वह? क्या मैं उसे स्मरण आता हूँ?'

यही सब सोचते-विचारते सुमित्र एक भवन के सामने जा खड़ा हुआ। कुछ ही पलों पश्चात् एक स्त्री द्वार से बाहर आई। उसकी पायल की रुनझुन सुन न जाने क्यों उसे लगा कि कहीं सलोनी ही तो नहीं! और उसकी दृष्टि स्त्री के पाँवों पर चली गई, और फिर उसके मुख की ओर उठ गई। आँखें मिलते ही वह

स्त्री मुस्कुरा दी थी। विधाता ने बड़े जतन से बनाया था उसे। मलाई-से गालों के दोनों ओर पड़ते भँवर डूबने का न्यौता देते प्रतीत हो रहे थे और चंचल नेत्र मौन-निमन्त्रण। हड़बड़ाकर वह बिना भिक्षा लिये ही पलटकर चल दिया। उसे लज्जा आ रही थी। इतने वर्ष हो गए संघ में आए, धम्म का अभ्यास करते हुए, फिर भी ...।

अगले दिन भी वह भिक्षाटन के लिये वह नियत समय पर निकला, यह निश्चय कर कि उस भवन को जानेवाली गली तक से दूर रहेगा। आँखें झुकाये वह चलता रहा, साँसों पर ध्यान लगाये तथा स्वयं को उस स्त्री के विषय में सोचने से रोकते हुए और एक घर के सामने खड़ा हो गया।

"कल आप बिना भिक्षा लिये ही चले गए?"

सुमित्र चौंक उठा। यह तो वही स्वर है जो कल पुकार रहा था और न चाहते हुए भी उसकी दृष्टि ऊपर उठ गई।

"कल आप भोजन करने आइयेगा। आपसे धर्मोपदेश सुनना चाहती हूँ।" भिक्षापात्र में तरकारी-भात डालते हुए वह बोली। "मन सन्तप्त रहता है। पति महीनों से विदेश में है व्यापार के काम से, और मैं घर में अकेली।"

कहते हुए उसका कंठ तनिक भर्रा गया तथा उत्तरीय कोहनियों पर गिर पड़ा। सुमित्र की मन:स्थिति ऐसी हो गई जैसे निश्चल जल से भरे ताल में भारी चट्टान गिर पड़ी हो। उसके भीतर चले जाने के पश्चात् भी सुमित्र मोहित-सा वहीं खड़ा रह गया।

"क्यों सता रही है उस भिक्षु को?" भवन में से किसी अन्य स्त्री का स्वर सुनाई दिया।

"अरी तुझे क्या पता, ब्रह्मचारी को भ्रष्ट करने में क्या आनन्द आता है!" भिक्षा दे गई स्त्री ने हँसते हुए कहा। "तुझे स्मरण है पिछले वर्ष भी ऐसे ही एक भिक्षु प्रतिदिन आ जाया करता था।"

"हाँ, और एक बार जब वह भिक्षा लेने आया था तो तेरे पति विदेश गए हुए थे व्यापार के कार्य से। तब तूने उसे भी ऐसे ही निमन्त्रण दे डाला था।"

"हाँ री! और वह आ भी धमका था। क्या रात थी वह!"

"तुझे कैसे पता यह भी आ जाएगा?"

"आएगा-आएगा, सौ बार आएगा! सुन्दर स्त्री को देख इन ब्रह्मचारियों की दशा वैसी ही हो जाती है जैसी घृताची अप्सरा को देखने के पश्चात् ऋषि भरद्वाज की हो गई थी। सुनी है न वह कहानी?"

"नहीं, सुना न!"

"घृताची अप्सरा स्नानोपरान्त गंगातट पर अलस भाव से विचरण कर रही थी कि पवन अचानक वेगवान हो उसके वस्त्रों को उड़ाने लगा। ऋषि भरद्वाज भी स्नान हेतु वहाँ पहुँचे हुए थे। वस्त्रों को सँभालती व अपने उघड़े अंगों को ढकने का प्रयास करती हुई घृताची को देख ऋषि के अन्दर तीव्र कामाग्नि दहक उठी और वहीं उनका वीर्यपात हो गया।"

"इसके साथ भी क्या ऐसा ही कुछ करना अभिप्रेत है तेरा?"

और दोनों स्त्रियाँ खिलखिला पड़ीं। सुमित्र का मन धरती में गड़ने को हो आया।

'तथागत ने सच कहा था कि स्त्री अपना रूप दिखाने सदैव आतुर रहती है तथा मायाजाल बिछाकर पुरुष को अपने सौन्दर्य-पाश में फाँसना चाहती है। अत: उससे सावधान रहना होगा!'

किन्तु यह जान-समझ कर भी सुमित्र कई दिनों तक उस स्त्री के सम्मोहन में डूबता-उतराता रहा था। और तब उसे निश्चय हो गया कि श्रावस्ती में रहते हुए धम्म और विनय का पालन करना अब उसके लिये सम्भव नहीं। चौमासा भी तब तक समाप्त हो चला था, अत: अगले ही दिन वह श्रावस्ती से वैशाली के लिये निकल पड़ा था।

रात बढ़ने के साथ ठंड भी बढ़ चली थी। तारों को देख सुमित्र ने अनुमान लगाया, तीसरे पहर का अन्त होना चाहिये। नींद तो अब आने से रही, अत: वह उठ बैठा और टहलते हुए अपनी भुजाओं को हाथों से रगड़ने लगा। किन्तु न तो ठंड ने पीछा छोड़ा और न ही स्मृतियों ने।

जिस समय वह वैशाली पहुँचा था, नगर में समारोहों का अन्तहीन क्रम चल रहा था। उनकी उपजाऊ भूमि ने उस वर्ष मानो सोना ही उगल दिया था। उन्हीं दिनों बन्धुल मल्ल तथा उसके पुत्रों की सीमा पर युद्ध में मौत होने का समाचार आया। लिच्छवियों को यह सुन आत्मसन्तुष्टि हुई कि उनकी पवित्र पुष्करिणी को दूषित किये जाने के अपराध का प्रतिकार नियति द्वारा ही कर दिया गया। किन्तु इस सबसे भी अधिक प्रसन्नता वैशालीवासियों को इस कारण थी कि आम्रपाली के नगरवधू बनने के उपरान्त राजगृह की गणिकाओं की चमक वैसी ही हो गई थी जैसी पूर्णिमा के चन्द्रमा के सामने सितारों की हो जाती है। वैशाली आकर अपना धन लुटानेवाले रसिकों की संख्या अब पहले से भी दूनी हो गई थी। जहाँ देखो उसी की चर्चा चला करती।

"प्रतियोगिता के दिन ही देखा था मैंने तो उन्हें। अद्‌भुत सौन्दर्य है तप्तकांच-वर्णा देवी आम्रपाली का! और नृत्य? वह तो न भूतो न भविष्यति!

"क्या वे देवी सुहासिनी से भी सुन्दर हैं?"

"क्या तुम ब्रह्म का वर्णन कर सकते हो? नहीं न? देवी आम्रपाली का सौन्दर्य भी अवर्ण्य है, ब्रह्म की ही भाँति। उसे मात्र अनुभव किया जा सकता है, शब्दों में नहीं बाँधा जा सकता।"

सुमित्र को वैशाली से चम्पा के लिये चले एक माह से अधिक हो चला है परन्तु वहाँ की कुछ स्मृतियाँ ऐसी हैं जैसे कल की ही बात हो।

राहुल को उसने पहली बार वहीं देखा था।

'भोले मुख पर बड़ी-बड़ी उदास आँखें और अपने आप में गुमसुम-सा। कभी किसी से उसे न मिलते देखा, न बोलते सुना। किन्तु अपनी माँ और दादी का वह बहुत ध्यान रखता है। कूटागारशाला में निवासरत भिक्षुओं ने बताया था कि राहुल अत्यन्त संकोची है। परन्तु एक वर्षाकाल में जब वह श्रावस्ती में था तब राहुलमाता की किसी व्याधि के लिये जीवक ने उसे उन्हें घी-चावल और लाल मछली का सालन खिलाने का परामर्श दिया। तब वह प्रतिदिन राजभवन जाकर महाराज प्रसेनजित से ये माँग लाया करता था और तब उसे कोई झिझक नहीं होती थी। एक बार राहुलमाता को उदर-वायु का कष्ट होने पर आचार्य सारिपुत्र से आग्रह कर उसने कई दिनों तक उनके लिये अमरस की व्यवस्था भी करवाई थी। माता प्रजापति तो सौ वर्ष से ऊपर की हो गई हैं और प्रायः रोग-ग्रस्त रहती हैं। अतः एक भिक्षुणी सेविका की भाँति सदैव ही उनके साथ रहती है।'

'राहुलमाता को भी देखा था एक दिन उ ाकी दृष्टि बचाकर, जब वह नंगे पाँव भिक्षाटन कर रही थीं। कृशकाय अवश्य हैं परन्तु मुख पर तेज़ है। टुकड़ों से सिले चीवर पहनने एवं सिर घुटा होने पर भी उनका सौन्दर्य छिपता नहीं है। कैसे तथागत इतनी रूपवती, प्रेमिल और निष्ठावान पत्नी के साथ तेरह वर्ष बिताने के उपरान्त छोड़ पाए उसे? मैं तो दो वर्ष भी नहीं रहा कामिनी के साथ, और सलोनी के साथ तो तीन महीने ही, फिर भी उन्हें भुला नहीं पाता।'

'यह देख किन्तु दुःख पहुँचा था कि कोई नवक भिक्षु भी उनके सामने पड़ जाए तो अन्य भिक्षुणियों की भाँति उन्हें ही उसका अभिवादन करना होता है। नियमानुसार तो अपना सारा काम भी उन्हें स्वयं ही करना है, किन्तु उनके प्रति श्रद्धावश कोई न कोई युवा भिक्षुणी उनकी सहायक हो ही जाती है।'

अब तक झुटपुटा हो चला था। शीतल बयार बहने लगी थी। परन्तु उसकी शीतलता सुमित्र के हृदय तक नहीं पहुँच पा रही। वैशाली में बिताये अन्तिम दिन की स्मृति जो उसे उद्धिग्न किये हुए है!

एक उपासक ने उसके पुत्र का विवाह सम्पन्न होने के अवसर पर वैशाली के सभी भिक्षुओं को आमन्त्रित किया था। भोजन के पश्चात् नववधू सबको चीवर हेतु

वस्त्र देने तथा उनसे आशीर्वाद लेने आई। अन्य भिक्षुओं की ही भाँति आँखें झुकाये सुमित्र भी बैठा हुआ था। जैसे ही वधू ने उसके हाथों पर वस्त्र रखकर आशीर्वाद माँगा, उसे स्वर जाना-पहचाना लगा और उसकी दृष्टि ऊपर उठ गई। नववधू को देख वह चकित रह गया।

'यह तो सुनयना है! दुल्हन के वेश में कितनी सुन्दर, कितनी प्यारी लग रही है!'

सुमित्र का जी भर आया। इच्छा हुई कि उठकर उसे गले से लगा ले। किन्तु उसकी आँखों में अपरिचय का भाव देख छाती में कुछ भर-सा गया और अगले ही पल वह उस वस्त्र को हाथों में भींचे वहाँ से भाग खड़ा हुआ था। राह में चार बार ठोकर खाई, दो बार गिरते-गिरते बचा। आँसुओं के कारण मार्ग ही नहीं सूझता था। गिरते-पड़ते किसी प्रकार वह विहार पहुँचा और अपनी कुटी में प्रवेश कर द्वार बन्द कर लिया। सारा दिन वह धरती पर उलट-पुलट होते हुए फूट-फूट कर रोता रहा। उसे अपना सारा जीवन व्यर्थ लगने लगा। दस वर्षों से वह अपने चित्त को शान्त करने प्रयासों में लगा था। श्वास पर ध्यान लगाना, शरीर और मन की क्रियाओं के प्रति चैतन्य रहते हुए इन्द्रिय-निग्रह करना। दिन में तो फिर भी नियन्त्रण रहता था परन्तु सपनों का वह क्या करता?

'तथागत कहते हैं इन्द्रियों से प्राप्त अनुभव चित्त तक पहुँचते हैं तब अनुभूतियाँ उत्पन्न होती हैं। किन्तु सपने में तो इन्द्रियाँ सुप्त रहती हैं, तब यह अनुभूतियाँ कैसे और क्यों? सपने में कभी सलोनी, कभी कामिनी आ जाती है तो मन अभी भी तड़प उठता है। इस तड़प से मुक्ति कैसे? और जब तक इस तड़प से मुक्ति न मिले, मुक्ति कहाँ?'

सुमित्र दिन भर कुटी से बाहर नहीं निकला और पेड़ की फुनगी पर बैठे पक्षी की भाँति अपने भिक्षु-जीवन को देखता रहा।

'पहले-पहले सपनों में कभी सलोनी आया करती थी, कभी कामिनी, कभी-कभी दामिनी भी। धीरे-धीरे ये सपने घट तो गए परन्तु बन्द कभी नहीं हुए। सोचा था कि चित्त अभी पूर्ण रूप से शान्त नहीं हुआ है। सतत अभ्यास से जब ऐसा हो जाएगा तब कदाचित ये सपने नहीं आयेंगे। किन्तु ऐसा हो पाता उसके पहले ही अलका टकरा गई और चित्त पर ओढ़ा हुआ शान्ति का आवरण फड़फड़ाने लगा। चार्वाक का प्रवचन सुना तो भिक्षु जीवन को लेकर मन में भाँति-भाँति के विचार घुमड़ने लगे, विचलन उत्पन्न होने लगी। उसी मनोदिशा में था मैं जब श्रावस्ती में मैंने उस वणिक-पत्नी को देखा था। उससे बचकर यहाँ भाग आया तो अब सुनयना मिल गई। यह क्या मेरी परीक्षा हो रही है? यदि ऐसा है तो मैं उसमें असफल हो गया हूँ। सफल होने की अब मेरी इच्छा भी नहीं रही।'

और शाम होते-होते सुमित्र ने भिक्षु जीवन त्यागने का निर्णय ले लिया था।

सलोनी से मिलने के पहले जिन परिव्राजकों के साथ वह परिभ्रमण किया करता था उनमें उससे दस वर्ष अधिक आयु के भी एक परिव्राजक थे जिनका सभी आदर करते थे। अत्यन्त हँसमुख थे वे और किसी न किसी प्रसंग पर हँसाते ही रहते थे। एक दिन सुमित्र ने देखा, एक जानवर बड़ी देर से पीछे-पीछे चल रहा है। वह समझ नहीं पाया किस कारण पीछे आ रहा है और यह भी कि सियार है, लोमड़ी है या फिर गीदड़? उनसे उसने पूछा तो तुरन्त उन्होंने उस जानवर की ओर आक्रामक मुद्रा में दो डग भरे। यह देख वह जानवर दो पल को ठिठका और फिर पलट कर भाग खड़ा हुआ।

"देखा! गीदड़ भभकी दे रहा था, यानी गीदड़ है।"

सोचते हुए सुमित्र की हँसी छूट गई। वे अपने को मूलतः चम्पा का निवासी बताते थे और कहा करते थे,

"मैंने कभी यह परिव्राजक जीवन छोड़ा तो वहीं जाकर बसूँगा।"

"आपका घर है इसलिये?"

"है भी और नहीं भी।" उदास स्वर में उन्होंने कहा था। "परन्तु वहाँ के लोग बहुत अच्छे हैं। अवसर मिले तो एक बार अवश्य जाना।"

'उनकी यही बात स्मरण कर तो मैं चम्पा के लिये निकल पड़ा था।' सोचते हुए सुमित्र ने अपने शरीर पर लिपटे उस वस्त्र पर प्यार से हाथ फेरा जो उसे सुनयना से मिला था।

अब तक सूरज क्षितिज के ऊपर आ चुका था और उसमें से प्रकाश-किरणें फूटने लगीं थीं।

चकोरी

सरसियों और तालों में कमल खिले हुए हैं तथा खेतों की जुताई कर रहे किसानों के मुख भी। एक ओर तो उनके भण्डार धान से भरे पड़े हैं और दूसरी ओर खलिहान रीता होते से ही अच्छी बौछारें पड़ गईं। धरती मक्खन हो गई है और बैल सरपट दौड़े जाते हैं। जुती हुई भूमि पर बिखरे मिट्टी के ढेलों को मुँगरी से थपकते हुए स्त्रियाँ गा रही हैं।

पड़े खेतन मां फर-फर फुहार,
सैंया लाइयो सोनवा को हार।

सुमित्र को लगभग दो माह होने को आए वैशाली से चले हुए। नदी-नालों, गाँव-खेड़ों को पार करता हुआ वह वहाँ आ पहुँचा है जहाँ पूर्व दिशा की ओर बहती गंगा उत्तर की ओर मुड़ती है और फिर एक लम्बा चक्कर लगाकर पलटती है तथा पुनः पूर्व दिशा पकड़ लेती है। चम्पा जानेवाले व्यापारी और उनके गधे, जिन पर कसी काठियों में अधिकतर कपड़े, भांडे व चूड़ियाँ ही होती हैं यहाँ से गंगा को पार कर उसका दायाँ तट पकड़ लेते हैं। सुमित्र भी एक नाव पर बैठ लिया।

नदी-तट पर कहीं तो मगरमच्छ रेत में पड़े धूप सेक रहे हैं और कहीं बगुलों की पंक्तियाँ मछलियों पर घात लगाये बैठी हैं। नावों में बैठे लँगोटी लगाये मछुआरे बीच नदी में जाल फेंक रहे हैं। किसी विशालकाय पक्षी के डैने-सा वायु में उतराता हुआ जाल इतना मनोहारी दिखता होगा! सुमित्र को अनुमान भी नहीं था। उन मछुआरों की तवे की पेंदी से भी अधिक काली त्वचा को पसीने से भीगकर धूप में चमकते देख उसे भिक्षु सुमंगल का स्मरण हो आया।

निर्धनता में पला कृषि-श्रमिक का बेटा एक बार वर्षा ऋतु में श्रावस्ती आया तो महाराज प्रसेनजित को भिक्षुओं को भोजन कराते तथा उन्हें वस्त्र भेंट करते देख उसने सोचा कि गाँव में खटने से तो यह जीवन ही अच्छा! सो उसने जाकर तथागत से प्रव्रज्या ले ली। परन्तु चौमासा समाप्त होने पर ग्रामों में भ्रमण करते हुए भिक्षाटन करने तथा वन में कुटी छाकर रहने की बारी आई तो वह अपने गाँव भाग गया। किन्तु वहाँ जब धूल-पसीने से लथपथ किसानों को गन्दे-फटे कपड़ों में कठोर परिश्रम करते देखा तो फिर लौट आया।

'उसके पश्चात् तथागत द्वारा बताये मार्ग पर लगन के साथ चलकर वह आचार्य बन गया है। मैं क्यों नहीं उस मार्ग पर चल पाया? कदाचित मैंने उद्वेग में आकर निर्णय ले लिया था प्रव्रजित होने का। या कदाचित पूर्ण रूप से मेरा विश्वास ही नहीं बैठा तथागत की शिक्षाओं पर।'

'एक ब्राह्मण ने पूछा था तथागत से कि आप कहते हैं आपका धम्म सम्पूर्ण है, निर्दोष है, निश्चित परिणाम देनेवाला है। परन्तु आपके कितने ही शिष्य भटके हुए हैं। तब तथागत ने प्रतिप्रश्न किया था, यदि तुमने एक पथिक को कोशल से मगध जाने का मार्ग विस्तार से बताया और फिर भी वह भटक गया तो इसका क्या अर्थ होगा? ब्राहमण ने कहा, इसका अर्थ है या तो उसने ध्यान से सुना नहीं या फिर सुनकर भी मेरे बताये हुए मार्ग पर नहीं चला। ऐसा ही मेरे उन शिष्यों के साथ भी है, तथागत ने उत्तर दिया था। मैं भी कदाचित उन्हीं में से एक हूँ।'

'किन्तु निर्वाण के विषय में तथागत अधिक कुछ नहीं बताते, कि क्या होता है निर्वाण पाने के पश्चात्? वे निर्वाण की तुलना दीपक की उस लौ से करते हैं जो बुझ गई है। इससे अधिक कभी कुछ नहीं कहा। न ही इस प्रश्न का कभी उत्तर दिया कि निर्वाण-प्राप्ति के पश्चात् क्या किसी प्रकार का अस्तित्व शेष रहता है? और रहता है तो वह कैसा होता है? भिक्षु सम्मिधि ने किसी से कह दिया था यह ऐसी अवस्था है जिसे प्राप्त का लेने पर कुछ अनुभव नहीं होता, कोई भावना शेष नहीं रहती। तो तथागत उस पर कितना क्रोधित हुए थे यह कहकर कि उन्होंने कब ऐसा बताया था।'

'इतने वर्ष रहा संघ में धम्म का पालन करते हुए परन्तु आज भी मैं नहीं जानता निर्वाण वस्तुतः है क्या? या मोक्ष क्या है? क्यों ज्ञानीजन इन स्थितियों को प्राप्त करने अपना जीवन होम कर देते हैं? कष्ट उठाते हैं, प्रियजनों से विछोह सहते हैं, जीवन के समस्त सुखों को तिलांजलि दे दे देते हैं।'

'अनिकेत से उपनिषदों को सुनकर इतना ही समझ पाया था कि मोक्ष की स्थिति में न सुख है, न दुःख। आत्मा अपना अस्तित्व उसी प्रकार परमात्मा में खो देती है जिस प्रकार नदी सागर में गिरकर स्वयं को विसर्जित कर देती है।'

'प्रवाहित होना तो जल की प्रकृति है और सागर में जा मिलना नदी की विवशता। किन्तु उसके जीवन की सार्थकता किसमें है? कलकल-छलछल बहते हुए मार्ग में आते गाँवों व नगरों में उसके जल से प्यास बुझाते मानवों के मुख पर तृप्ति एवं प्रसन्नता का भाव देखने में अथवा सागर में डूबकर अपना अस्तित्व ही खो देने में? यदि नदी बता सकती तो क्या कहती कि वास्तविक आनन्द किसमें है? मीठे पानी से ऐसा खारा पानी बन जाने में जो न पीने योग्य रहा, न नहाने योग्य। अथवा ताप से त्रस्त स्त्रियों व पुरुषों को उसके शीतल जल में स्नान करते तथा बच्चों को पानी में धमाचौकड़ी मचाते हुए देखने में?'

एक मेघ सागर पर बरसता है, दूसरा खेतों में और नाचते-गाते बच्चों पर। किस मेघ का जीवन सार्थक हुआ? एक बूँद है जो समुद्र की अतल गहराइयों में छिपी है, जो कभी आकाश में नहीं उठ सकेगी, कभी बादल बन बरस नहीं पाएगी। और एक बूँद है जो बादल बन फिर-फिर उठ आती है और फिर-फिर बरस पड़ती है। जो धरती पर हरियाली तथा लोगों के चेहरों पर मुस्कान ले आती है। जो भूमि के भीतर दबे अँधेरे में छिपे बीज को अंकुरित कर देती है, उसे प्रकाश में ले आती है और उसे नवजीवन देती है। कैसा होना चाहिये जीवन? कौन-सा जीवन सार्थक है? कैसी बूँद होना चाहूँगा मैं? सागर की गहराइयों में पड़ी बूँद बने रहने में क्या सुख हो सकता है?'

सुमित्र के चम्पा पहुँचते-पहुँचते अगहन बीत चुका था।

चम्पा अंगदेश की राजधानी और व्यापारिक नगर होकर भी कसबे सरीखा दिखता है। विशाल भवन तो हैं परन्तु भव्य अट्टालिकाएँ नहीं। मार्गों पर रथ तो हैं ही नहीं। पालकी भी इक्का-दुक्का हैं। लोग पैदल चलना ही पसन्द करते हैं। किन्तु भैंसागाड़ियों और बैलगाड़ियों की भरमार है। सवारों को लादे अश्व नहीं हैं। किन्तु व्यापारियों का माल लादे गधों और ऊँटों का ताँता लगा हुआ है, पोताश्रय जाने वाले मार्ग पर। चम्पा नदी दक्षिण से आकर जहाँ गंगा में गिरती है, वहीं पर है विशाल पोताश्रय।

नगर के बीचोबीच ताड़ के पेड़ों से घिरी गग्गर झील है। झील के चारों ओर उद्यान है जिसमें चम्पा के वृक्षों की भरमार है। श्वेत चम्पा, लाल चम्पा, पीला चम्पा, हरा चम्पा। सर्वाधिक सुन्दर, सर्वाधिक सुगन्धित पुष्प श्वेत चम्पा ही हैं। अंगदेश की भूतपूर्व रानी गग्गर ने बनवाई थी यह झील और यह उद्यान। तैरती वत्तकों को देखते और उनकी कर्कश आवाजें सुनते हुए सुमित्र वहीं बैठ गया।

'अब क्या करूँ? कहाँ जाऊँ? वहाँ से तो भाग आया। और ठीक ही किया। ऋषि-मुनि जो नहीं कर पाये मैं कैसे कर सकता हूँ? तथागत तो कदाचित उन सबसे भी ऊपर हैं। परन्तु मैं तथागत नहीं बन सकता। मेरी काम-वासना तो कभी नष्ट ही नहीं हुई थी। अवसर पाते ही बिगड़ैल बैल की तरह खूँटा तोड़ निकल पड़ी। किन्तु अब क्या?'

डूबते सूरज की छाया झील में पड़ते देख सुमित्र का मन अकेलेपन की अनुभूति और उदासी से भर उठा। रात होते-होते सब ओर जुगनू ही जुगनू। मानो आकाश के तारे धरती पर उतर आये हों। झील के जल में उनकी छाया देखते हुए सुमित्र को दामिनी स्मरण हो आई।

'क्या वह भी इन तारों में है? यदि हुई तो निश्चित ही सबसे चमकदार तारा होगी।'

उद्यान में एक कुतूहलशाला भी है जिसमें पहले कभी तथागत ठहर चुके थे। रात उसने वहीं बिताई। सवेरे सारसों का कूजन सुन सुमित्र की नींद खुली। बाहर आया तो आकाश में रंगों का खेल देख उसका मन प्रफुल्लित हो उठा। रात की उदासी न जाने कहाँ चली गई और वह नित्यकर्म से निवृत हो निकल पड़ा।

'देखते हैं नियति कहाँ ले जाती है, क्या दिखाती है?'

नगर की सड़कों पर भटकते हुए सुमित्र ने पाया, श्रावस्ती व कौशाम्बी की तुलना में स्त्री-पुरुषों का पहनावा यहाँ सादा है परन्तु स्त्रियों के शरीर पर आभूषणों का कोई अभाव नहीं है, जिनकी शिंजन ध्वनि उनकी खिलखिल के साथ मिलकर सुहावना संगीत रच रही है। क्रीड़ा-उद्यानों में पंख पसारे मोरों को ईर्ष्या से तकती मोरनियों के अतिरिक्त झूला झूलती युवतियाँ भी हैं। मौलसिरी का वह पेड़ जिसकी शाखा पर झूला बँधा है उनके केशों पर झुमकों की बरसात किये दे रहा है।

स्थान-स्थान पर क्रीड़ा-स्थल भी हैं। कहीं भालुओं को नचाया जा रहा है तो कहीं पर बन्दर रूठी हुई बन्दरिया को मना रहा है और प्रत्येक स्थान पर देखने वालों की भीड़ लगी है। बच्चे कहीं इस स्पर्धा में लगे हैं कि किसका लट्टू सबसे अधिक समय तक घूमता है और कहीं पर वे डंडा-डोली खेलने में व्यस्त हैं। कहीं पेड़ों के नीचे बने चौतरों पर बैठ गपशप हो रही है तो कहीं चौपड़ बिछी है और खिलाड़ियों से दस गुना दर्शक हैं। सामान्य व्यक्ति सन्तोषी है, आडम्बरहीन है। उसे न तो किसी काम की शीघ्रता है, न ही अधिक व्यस्तता।

करतब दिखाती नटनियाँ भी हैं। उन्हें देख सुमित्र को भिक्षु उग्रसेन का स्मरण हो आया। वह राजगृह-वासी श्रेष्ठीपुत्र एक नटिनी के प्रेम में ऐसा डूबा कि पहले तो उसका सान्निध्य पाने हेतु उसने नट की वृत्ति अपना ली और फिर सामाजिक तिरस्कार तथा परिवार से बहिष्कार सहकर भी उस नटिनी के साथ विवाह कर लिया। किन्तु फिर नटिनी की असमय मृत्यु हो गई और वह विक्षिप्त हो राजगृह के मार्गों पर कभी हँसते कभी रोते हुए फिरने लगा। उन्हीं दिनों न जाने कहाँ और कैसे उसने तथागत का उपदेश सुना और वह उनसे प्रव्रजित हो गया।'

'तथागत की वाणी में निश्चित ही सम्मोहन है और उनकी करुणा अपार! पदचर्या करते हुए वे पाँव यूँ धरते प्रतीत होते हैं कि धरती को कष्ट न पहुँचे। और धरती भी जैसे उनके पाँवों के नीचे अपना आँचल बिछा देती है कि उसकी कठोरता से उन्हें चोट न पहुँचे।'

'कैसी रही होगी वह नटिनी जिसके प्रेम में पड़कर एक श्रेष्ठीपुत्र सारे सुख-साधन त्यागकर नट बन गया!' सुमित्र अपनी कल्पना में उस नटिनी का चित्र खींचने लगा। 'और फिर उसके विछोह में विक्षिप्त हो गया!'

तभी उसके कानों में चीखने के स्वर पड़े। बाँसों पर ऊँचे बँधे रस्से पर एक नटिनी ने अपना सन्तुलन बनाये रखने के लिये हाथों में एक लम्बा बाँस थामा हुआ

था फिर भी वह लुढ़क-लुढ़क पड़ रही थी और रस्सा दाएँ-बाएँ झूल रहा था। इसी से स्त्रियों के मुँह से चीख निकल गई थी और बच्चे उत्तेजना से भरकर खड़े हो गए थे। नटिनी उन्हें देख मुस्कुराई और अपना सन्तुलन पुनः पा लिया। तालियाँ बजाते हुए बच्चे फिर से बैठ गए। नटिनी रस्से के छोर पर पहुँचकर पीछे पलटी और फिर चल पड़ी। रस्से के बीच पहुँचकर वह उछली और पलटकर फिर रस्से पर पाँव टिका लिये। परन्तु जब तक पुनः सन्तुलन बना पाए तब तक वह गिरने-गिरने को होती रही और उतने समय स्त्रियों और बच्चों की साँसें रुकी ही रहीं।

सुमित्र भी खड़ा हो गया यह कौतुक-क्रीड़ा देखने।

एक वृद्ध पुरुष डमरू बजाते हुए नटिनी द्वारा पापी पेट के लिये किये जा रहे इस दुस्साहसपूर्ण कार्य में प्राण-संकट की आशंका लगातार बताता रहा था। कई प्रकार से दर्शकों का मनोविनोद करने के पश्चात् नटिनी ने हाथ में पकड़े बाँस को धरती पर टिकाया और धप से नीचे कूद गई। वृद्ध ने भूमि पर एक कपड़ा बिछा दिया। किसी ने कार्षापण डाल दिये उस पर तो किसी ने कौड़ियाँ या जो भी उसके झोले में था—नारियल, केले, अनाज।

नटिनी ने उसके जूड़े में बँधे बाल खोलकर कन्धों पर बिखरा दिये। सुमित्र उसे ध्यान से देखने लगा। छोटी काठी, छोटी चोली, उटंग लहँगा और ताँबई त्वचा। माथे पर बालों का एक छल्ला लटका हुआ और भोली आँखें जिनमें से जीवन का उल्लास झाँक रहा था। शरीर पर मांस मात्र उतना ही जितना अति आवश्यक था। पसीने से नहाई खड़ी थी किन्तु थकान का नाम तक नहीं था मुख पर।

कुछ ही देर में भीड़ तो तितर-बितर हो गई परन्तु सुमित्र वहीं पर खड़ा रह गया।

"खेल पूरा।" बालों के छल्ले को अंगुली में लपेटते हुए नटिनी सुमित्र को देख मुस्कुराई। "नये आए हो?" उसकी मुस्कुराहट में बालसुलभ सरलता व निश्छलता थी।

सुमित्र ने हाँ में सिर हिला दिया।

जब तक वृद्ध पुरुष ने दर्शकों से मिले पुरस्कारों को कपड़े में बाँधा, नटिनी ने बालों को पुनः जूड़े में बाँधा तथा अत्यन्त स्फूर्तिपूर्वक रस्सों को बाँसों पर से खोल उन बाँसों को आपस में उन्हीं रस्सों से कस दिया।

"चलें बेटी?" वृद्ध पुरुष ने पोटली सिर पर उठा ली।

"हाँ बाबा!" बाँसों का गट्ठर कन्धे पर रखते हुए नटिनी बोली और नंगे पाँव ही अपने बाबा के साथ चल दी। सुमित्र भी उनके साथ हो लिया।

"हमारे साथ किसलिए चले आ रहे हो?"

"मुझे भी सिखा दो यह कौतुक-क्रीड़ा करना।"

"तुम्हें?" नटिनी हँस दी। "पर तुम तो परिव्राजक दिखते हो?"

"अब नहीं बना रहना चाहता मैं परिव्राजक। ले चलो न अपने साथ!"

"परिश्रम कर सकोगे?" आँखों ही आँखों में सुमित्र को आँकते हुए नटिनी ने पूछा।

"परख लेना। जितना कहोगी, जितना चाहोगी उससे भी अधिक परिश्रम करूँगा।"

"और तुम्हारा घर? घरवाले?"

"कोई नहीं है।"

"कोई नहीं?"

"कोई नहीं जिसके पास जा सकूँ, साथ रह सकूँ।"

नटिनी वृद्ध के कान में कुछ फुसफुसाई। सुनकर वृद्ध ने हाँ में सिर हिला दिया।

"ठीक है, चल।" तीक्ष्ण दृष्टि से सुमित्र की आँखों में झाँकते हुए नटिनी बोली। "पर तुझे पता भी है हम कौन जात हैं? डोम! रह पाओगे हमारे साथ, हमारे टोले में?"

वर्ण व्यवस्था में चांडाल सबसे नीचे हैं और उनसे मात्र एक सोपान ऊपर हैं डोम। नगर में जो मृत पशु पड़े मिलते हैं दोनों ही उन्हें उठाकर ले जाने का कार्य करते हैं तथा उनका चमड़ा बेचकर जीवनयापन करते हैं। किन्तु चांडालों के दो और काम भी है—प्राणदंड पाए लोगों का वध करना और निराश्रित मनुष्यों का शवदाह करना। दाह-संस्कार हेतु जो शव श्मशान में लाये हैं उनकी चिता सजाने तथा उसे जलाने में भी उन्हें सहायता करनी होती है।

दोनों ही अछूत हैं। परन्तु चांडाल की तो छाया तक प्रदूषित कर देती है! अत: उसे घुँघरू बँधी लाठी को धरती पर ठकठकाते हुए चलना होता है मार्ग के ठेठ दाएँ छोर पर, ताकि आने-जानेवाले सतर्क होकर दूर हो जाएँ तथा मुँह भी फेर लें। चांडाल पर दृष्टि पड़ने मात्र से अपशकुन जो हो जाता है!

किन्तु वर्षों पूर्व कई डोम परिवारों ने मरे हुए जानवरों के चमड़े बेचने का काम छोड़, नाचने-गाने और करतब दिखाने की वृत्ति अपना थी। समय के साथ यह नचनियाँ और नटिनियाँ बनी डोमनियाँ अपने रूप व देहयष्टि के लिये विख्यात हो चली हैं, और इस कारण पुरुषों की चाहत भी। अछूत होने का ठप्पा फिर भी मिट नहीं पाया है।

"मेरे शास्ता कहते थे मनुष्य न जन्म से अपवित्र होता है," हामी में सिर हिलाते हुए सुमित्र बोला, "न किसी को छू लेने अथवा किसी के हाथ का कुछ खा लेने से। वह अपवित्र होता है क्रोध और लालच से, हिंसा और ईर्ष्या से।"

"बात तो अच्छी कहते थे, फिर उन्हें छोड़ क्यों आया?"

सुमित्र चुप रह गया।

"चल तो फिर पकड़ यह बाँसों का गट्ठा। नाम क्या है तेरा?"

"सुमित्र, और तुम्हारा?"

"चकोरी।"

नगर के पूर्वी छोर पर शूद्रों के टोलों के भी आगे डोम-टोले हैं। पहले नचनियों और नटिनियों के, उसके पश्चात् अभी भी पुरानी वृत्ति में लगे डोमों के और सबसे अन्त में चांडालों के। डोम-टोले में बाँस, गोबर, मिट्टी से बने झोपड़ों पर घास-फूस के पुआल तथा सरसों के सूखे तनों व गेहूँ के डंठलों से छप्पर छवाए हुए हैं। बीच में कहीं-कहीं छोटे-छोटे भवन भी हैं ईंट व मिट्टी से बने जिन पर पकी मिट्टी के चपटे, चौरस खपड़ों की छत है। इनमें से एक भवन के सामने पहुँच चकोरी रुक गई और बाँसों का गट्ठर सुमित्र से बाहर ही पटकवा उसके रस्से खोलती हुई बोली,

"बाबा! अभी इसे अपने ही यहाँ पड़ा रहने देते हैं, जब तक यह अपना झोंपड़ा नहीं छा लेता।"

"जैसा तू ठीक समझे बेटी।" ओसारे में रखी मूँज की चारपाई पर लेटते हुए बाबा बोले। "मैं तो थक गया हूँ। थोड़ी देर सो लेता हूँ। भात पका ले तो बुला लेना।"

"भोजन मैं भी बना लेता हूँ।" सुमित्र पसीना पोंछते हुए बोला।

"अच्छा?" बाँसों को बाहर ही भित्ति से टिकाकर रस्सों को भीतर ले जाते हुए चकोरी खिलखिलाई। "और क्या-क्या कर लेता है?"

"बहुत कुछ, धीरे-धीरे देख लोगी।"

"बहुत कुछ?" चकोरी फिर हँस दी।

जब तक भात पकता रहा, किसी न किसी प्रसंग को लेकर हँसी का फुहारा छूटता ही रहा उसके मुँह से।

दही के साथ भात खाते, बातें करते हुए शाम हो गई। वायु में ठंडक घुलने लगी थी। अँधेरा होते-होते लकड़ियों के ढेर जल गए। टोले के युवक-युवतियाँ भरी हुई मटकियाँ लिये आ गए। ताड़ी का दौर चलने लगा। मटकियाँ अभी आधी भी नहीं रीती थीं कि चकोरी उठ खड़ी हुई, साथ ही कई अन्य युवतियाँ भी। अग्नि के चारों ओर घूमते हुए नृत्य आरम्भ हो गया। कुछ ही देर में युवक भी उस नृत्य में सम्मिलित हो गए। चकोरी ने हाथ बढ़ाकर सुमित्र को आने का संकेत दिया किन्तु सुमित्र ने सिर हिलाकर मना कर दिया। चकोरी को नाचता देख उसे पिरनी का स्मरण हो आया था और मन उदास हो चला था।

"आज से बाबा के स्थान पर तू चलेगा मेरे साथ।" अगले दिन सवेरे सुमित्र के साथ बैठ पलाश की जड़ों से बने रस्सों को खींच-खींचकर और उन पर हाथ फिराते हुए उन्हें जाँचती हुई चकोरी ने आदेश दिया। "अब उनसे नहीं होता। चल उठ, बाँसों को भी जाँच लिया जाए।" कहते हुए बाहर जाकर उसने एक बाँस उठा

उसे धरती पर पटका और ध्यानपूर्वक वह ध्वनि सुनते हुए उसने सन्तुष्टि के भाव से सिर हिलाया। "अब से प्रतिदिन इन बाँसों को तू ही बाँधेगा, तू ही लादेगा।"

सुमित्र ने अनमने भाव से स्वीकृति दे दी।

"क्यों, नहीं करना चाहता?"

"नहीं, ऐसा नहीं है।"

"तो फिर कैसा है? सिर तो ऐसे हिलाया तूने जैसे मैंने भारी चट्टान ढोने को कह दिया हो!"

"कल रात तुम्हें नाचते देख किसी का स्मरण हो आया था।"

"किसका?"

"थी एक, दूर जंगल में पिरनी नाम की। सैनिक उसे उठा ले गए थे और मैं विवश देखता रह गया था। आज भी उस दिन का चित्र आँखों के सामने घूम जाता है तो मर्मान्तक पीड़ा होने लगती है।"

"वह तुम हो?" चकोरी ने आह्लाद भरी चीख मारी और सुमित्र को धक्का दे उसके ऊपर चढ़ गई। देर तक वह मुस्कुराते हुए उसे ध्यान से देखती रही। उसकी कुहनियाँ छाती में गड़ रही थीं किन्तु सुमित्र ने हटाने का प्रयत्न नहीं किया। पुतलियों के तारों में बढ़ती जाती चमक को देख उसकी उत्सुकता बढ़ती जा रही थी कि चकोरी को उसमें ऐसा क्या दिख रहा है।

"बाबा सुनो!" झटके के साथ वह उठी और बाबा का हाथ पकड़ उन्हें लगभग घसीटती हुई ले आई। "बाबा यह है वह चिक्का जिसे तुम खोजते फिरे थे!"

यह सुनते ही सुमित्र खड़ा हो गया और चकोरी को ध्यान से देखने लगा।

"अरे हाँ! अधिक अन्तर तो नहीं आया है इसमें, फिर भी मैं इसे पहचान क्यों न सका?" बाबा ने सुमित्र का मुख अपनी हथेली से सहलाया। "कुछ दिनों के पश्चात् पिरनी तो किसी प्रकार छूट आई थी उन नरपिशाचों के चंगुल से, किन्तु तुम नहीं मिले। बहुत ढूँढा हम लोगों ने।"

"बाबा मुझे लेकर पीछे से निकल भागे थे और नदी में छलाँग लगा दी, यूँ!" कहते हुए चकोरी ने ऐसी छलाँग मारी कि सुमित्र गिरते-गिरते बचा। चकोरी खिलखिला दी।

"तू चिक्की? तू है! तब तो तू बहुत छोटी थी! दो वर्ष की भी नहीं रही होगी।" सुमित्र के हृदय में प्रसन्नता का आवेग समाये नहीं समा रहा था। गोल-मटोल, प्यारी-सी चिक्की जिसे उसने उन दिनों हर दिन गोद में खिलाया था। "तुझे कैसे इतना सब पता है?"

तुम और तुम्हें से सुमित्र तू और तुझे पर आ गया था।

"बाबा ने बताया, और क्या!" खिलखिलाते हुए चकोरी उछल-उछल पड़ रही थी।

चकोरी को छोटी बच्ची सरीखा उछलते खिलखिलाते देख सुमित्र का हृदय पुलक रहा था। उसे ऐसा अनुभव हो रहा था जैसे कई वर्षों के पतझड़ के पश्चात् जीवन में अचानक ही वसन्त का आगमन हो गया है और कर्णिकार के वृक्ष चटक पीले फूलों से भर उठे हैं।

'कितना विचित्र है जीवन! अकेला हो गया था मैं।' चकोरी को स्नेह-दृष्टि से निहारते हुए सुमित्र सोचने लगा। 'अपने सभी बिछड़ चुके थे। आज अचानक ही फिर से कोई अपना मिल गया है।'

"और पिरनी?"

"वह अब नहीं रही बेटा, समय से पहले ही चली गई।"

कुछ देर को व्याकुल सन्नाटा छा गया।

"तुम्हें तो वह अन्त तक नहीं भूली।" चकोरी अधिक समय मौन नहीं रह सकती। "पता नहीं चिक्का कहाँ होगा? कैसा होगा? कैसे न कैसे तुम्हारी बात निकाल ही लेती थी।"

चकोरी अब सुमित्र को तुम व तू न कहकर तुम्हें व तुम से सम्बोधित करने लगी थी।

अगले दिन सवेरे बासी भात के साथ कांजी पीकर सुमित्र बड़े उत्साह के साथ चकोरी के साथ चल दिया बाँसों का गट्ठा सिर पर रखे, परिव्राजक के वस्त्र को दो लाँग की धोती बना और बाबा की फतुही कन्धों पर डाले। सुमित्र को कभी छूकर देखती तो कभी उसका हाथ थामती चकोरी नाचती हुई-सी चलती रही और रह-रहकर खिलखिलाती रही। उसकी प्रफुल्लता देख सुमित्र का हृदय भर-भर आता। ऐसा स्नेह, इतना प्रेम!

"तुमसे बहुत सारी बातें करनी हैं।" फुदकते हुए चकोरी सुमित्र के सामने आ उलटे पाँव चलने लगी।

"घर पहुँचने के पश्चात्। अभी काम का समय है, समझी?"

"समझी!" चकोरी हँस दी। पोर-पोर से उसके झरने फूट रहे थे आल्हाद के, और उसे देख सुमित्र के मन में भी।

एक क्रीड़ा-स्थल पर पहुँचकर चकोरी बताती गई, वह करता गया। उसी की सहायता से तीन-तीन बाँसों के सिरों को आपस में रस्सों से बाँधा। फिर उन पर एक मोटा रस्सा खींचकर उन्हें खड़ा कर दिया। चकोरी हाथ में एक बाँस लेकर दौड़ी और उसे धरती पर टिका ऊँची छलाँग मारी। अगले ही पल वह रस्से पर थी। सुमित्र डमरू डुगडुगाते हुए कह रहा था।

"देखो रे देखो, नटिनी को देखो! रस्से पर चलती है, छलाँग ऊँची भरती है! क्या-क्या नहीं करती यह मन आप का बहलाने। दाएँ-बाएँ यह होती रस्से पर, साँस ऊपर-नीचे मेरी होती है। संकट यह उठाती है, प्राण गले में मेरे अटकते हैं। क्यों

उठाती है ऐसा संकट यह नटिनी? कोई बच्चा बतायेगा? कोई भगिनी बतायेगी? पापी पेट के लिये, इस पापी पेट के लिये!"

"तुम तो फटाक से सीख गए।" लौटते हुए चकोरी और भी अधिक प्रसन्न दिखाई दे रही थी।

"तुझे डर नहीं लगता चकोरी, जब तू झोंके खाती है रस्से पर?"

चकोरी खिलखिला दी।

"निरे बुद्धू हो! तुम्हें क्या लगता है, मेरा सन्तुलन बिगड़ जाता है? ऊँहूँ। वह तो मैं जान कर करती हूँ। ऐसा न करूँ तो लोगों की टेंट कैसे ढीली हो? हँ?"

और वह फिर से खिलखिला पड़ी।

उस रात वह नाचने नहीं गई। देर रात तक सुमित्र के साथ बैठी बातें करती रही।

"कुछ बताओ अपने बारे में।"

"पहले तू बता। तेरे पिता नहीं दिखाई देते?"

चकोरी हँस दी। "गाँव में कभी देखा था मेरे पिता को?"

"ध्यान नहीं।" सुमित्र ने सिर हिलाया। "उस समय कभी यह सोचा ही नहीं कि तुम्हारे भी पिता होने चाहिये।"

"यही तो आनन्द है बचपन का। व्यर्थ की बातों में मन नहीं उलझता।"

"ठीक कहती हो। दिन भर खेलते-कूदते थे। फिर जम कर भूख लगती थी, डटकर खाते थे और घोड़े बेचकर सोते थे। बस और किसी बात से कुछ लेना-देना ही नहीं था।"

"मुझे तो यह सब स्मरण नहीं। तुम बड़े थे, मैं छोटी।"

"मैं बड़ा था?" सुमित्र हँस दिया। "यह भी ठीक है। परन्तु अब तो बताओ तुम्हारे पिता कौन हैं, कहाँ हैं? जीवित हैं या नहीं?"

"तुम्हें खेलना-कूदना स्मरण है तो यह भी स्मरण होगा कि हर वर्ष दो बार सब लोग ओझा के गाँव जाया करते थे, एक बार वर्षा के पहले और दूसरी बार शीत ऋतु के पूर्व, तथा वहाँ से नमक, लोहे के फल गेंती व कुल्हाड़ी के लिये एवं वस्त्र लाया करते थे, साथ ही जड़ी-बूटियाँ भी। मुझे तो ध्यान नहीं, माँ ने बताया था।"

"परन्तु मुझे ध्यान है।"

"उस ओझा के छोटे बेटे पर माँ रीझ गई थी। जब मैं पेट में आ गई तब उसने बताई यह बात बाबा को। परन्तु मैंने उन्हें कभी देखा नहीं। देखा भी हो तो स्मरण नहीं।"

"और यहाँ कैसे पहुँचीं तू?"

"मुझे तो जो बाबा ने बताया वही पता है। गाँव से भागने के पश्चात् महीनों तो जंगलों में ही घूमते फिरे थे। फिर न जाने कैसे इस नगर में आ निकले। रहने को

किसी और टोले वालों ने स्थान नहीं दिया तो यहाँ आ गए। यहाँ रहकर यहाँ की भाषा सीखी। माँ ने एक नटिनी के साथ रहकर करतब सीख लिये। बाबा बताते हैं जी-तोड़ श्रम करती थी मेरी माँ।" चकोरी का कंठ भर्रा गया। "मेरे युवा होते-होते वह चल बसी तो मैंने यह काम अपना लिया। अब तुम अपने विषय में बताओ।" पलकों पर तैर आए आँसुओं को पोंछते हुए चकोरी ने पूछा।

"बस इतनी ही कहानी है तेरी?"

"हाँ, बस इतनी ही।"

"मैं बत्तीस पार हो चला इसलिये तू भी पच्चीस की होगी। यह और बात है कि बीस की भी नहीं लगती।" चकोरी का मुख लाल होते देख सुमित्र मुस्कुराया। "किन्तु चिक्की इतने वर्षों में क्या तेरा कभी विवाह नहीं हुआ?"

"विवाह?" चकोरी हँस दी। "ये चोचले ऊँची जात वालों के हैं। हमें तो जो अच्छा लगे, उसके साथ रहने लगते हैं। यही हमारा विवाह है। और बुरा लगे तो एक पल में छोड़ भी देते है। ऊँची जात वालों सरीखा नहीं कि बँधे सो बँधे।"

"अच्छा ठीक है। फिर कभी तो कोई अच्छा लगा होगा?"

"लगा था न! उसके साथ रहने भी लगी थी। ताड़ी पीकर वह सब भूल जाता और मुझे मारता। बरस भर झेला, समझाया। नहीं माना तो छोड़ दिया। कुछ बरस बीतने पर फिर एक को चाहा। बड़ा ही आलसी था, शंकालु भी। हर समय का लड़ाई-झगड़ा उसके साथ। लौटकर बाबा के पास आ गई। तब तक वे बूढ़े भी हो चले थे। उन्हें आवश्यकता थी मेरी। बस, तब से ऐसे ही हूँ।"

"जा, अभी तो ढोल बज रहा है।" चकोरी को उदास देख सुमित्र बोला। "नाच चल रहा होगा।"

चकोरी ने नहीं में सिर हिला दिया।

"क्यों?"

"मन अच्छा नहीं है।" कहते हुए चकोरी की आँखें नम हो गईं।

"मुझे क्षमा करना चिक्की। अनजाने में ही हुआ, परन्तु लगता है मेरे कारण तेरे पुराने घाव हरे हो गए।"

"नहीं, इसमें तुम्हारा क्या दोष? चलो, अपने बारे में बताओ। कहाँ रहे, कैसे रहे?"

"मेरी कहानी तो बहुत छोटी है। जिसे चाहा वह मिला नहीं और मिला भी तो बिछुड़ गया।" सुमित्र ने उदास स्वर में उत्तर दिया।

चकोरी कुछ पल देखती रही सुमित्र को और फिर उसके निकट सरक आई तथा उसका हाथ अपने हाथों में लेकर बोली,

"अब तुम्हें अलग झोंपड़ा नहीं छाना होगा, हम दोनों साथ ही रहेंगे।"

"ब्याह करेगी मुझसे?"

"ऐसा ही समझ लो, यदि तुम चाहो।"

"क्यों नहीं चाहूँगा? किन्तु मुझे डर लगता है।"

"किससे? मुझसे?"

"नहीं, अपने आप से, अपनी नियति से। कहीं फिर से विछोह का दुःख न सहना पड़ जाए।"

तो इसके लिये क्या मिलन का आनन्द भी छोड़ दोगे?" चकोरी तनिक आवेश में आकर बोली। "सुख दुःख दोनों ही होते हैं जीवन में। तो क्या दुःख के भय से जीना छोड़ दें? चलते हुए ठोकर खाते हैं, कभी गिरते भी हैं, तो क्या चलना छोड़ दें? एक आँवा बिगड़ जाने पर क्या कुम्हार घड़ों को भट्टी पर चढ़ाना छोड़ देता है?"

कहकर चकोरी कुछ पल मौन बैठी रही। सुमित्र बड़े ध्यान से उसे देख रहा था। भावावेश शान्त हुआ तो चकोरी ने सुमित्र की छाती पर सिर रख दिया और धीमे, स्वप्निल स्वर में फिर कहना आरम्भ किया।

"दुःख मुझे भी मिले हैं। किन्तु फिर भी मुझे जीवन सुन्दर लगता है। मेरा अनुभव कहता है, जीवन में दुःख के क्षणों से सुख के क्षणों की संख्या कहीं अधिक होती है। किन्तु सुख के क्षण हम भूल जाते हैं, या उनको गिनती में ही नहीं लेते। अब आज को ही ले लो।" चकोरी ने सिर उठाकर सुमित्र की आँखों में देखा। "सारा दिन हम दोनों प्रसन्न रहे, साथ रहे, हँसे। किन्तु जब सुख के क्षणों को जोड़ेंगे कभी, क्या इन्हें स्मरण रखेंगे? नहीं! और दुःख के क्षण? वह मात्र स्मृति में ही नहीं रहते, हम उन्हें बार-बार जीते रहते हैं। सच तो यह है, नीम की निबौरी सरीखा है जीवन—थोड़ा-सा कड़वा, ढेर-सा मीठा।"

चकोरी की बातें सुन सुमित्र को सलोनी की स्मृति हो आई। वह भी ऐसी ही समझदारी की बातें किया करती थी।

"तू तो बड़ी पंडित हो गई है? कहाँ से जाना यह सब?"

"अनुभव कर, देख कर, सुन कर, सोच कर। क्या सारी बुद्धि, सारा ज्ञान द्विजों को ही मिला है? क्या बनानेवाले ने बुद्धि यह देखकर बाँटी होगी कि कौन ब्राह्मण के घर जन्म लेनेवाला है, कौन वनवासी या डोम के घर?"

अगले दिन सवेरे चकोरी ने बाबा को बताया तो उनकी प्रसन्नता का ठिकाना नहीं था।

"अब मैं चैन से मर सकूँगा। बड़ी चिन्ता लगी रहती थी तेरी। "बाबा ने दोनों के सिर पर हाथ रखते हुए कहा।

"मरने की बात मत करो बाबा। नहीं तो मैं रूठ जाऊँगी तुमसे।" मुँह फुलाकर चकोरी बोली। "अब तो जीने के दिन आए हैं। तुम चैन से सोया करना खटिया पर, हम दोनों काम करेंगे।"

टोले के हर घर में समाचार पहुँच गया। कई युवतियाँ एकत्रित हो गईं। मिलकर सबने चकोरी को सजाया। सुमित्र को भी नये वस्त्र मिले। सब अपने-अपने घर से कुछ न कुछ खाने को ले आए। सहभोज हुआ। ताड़ी पी गई रात में और फिर ढोल की ताल पर नृत्य चला।

"पता है तितली कैसे रस लेती है फूलों का?" देर रात सुमित्र के ऊपर लेटी चकोरी ने कोमलता से उसके होंठ चूम लिये। "और भौंरा कैसे चूसता है?" कहकर उसने सुमित्र के होंठ अपने होंठों में भरकर चूस लिये। "और मधुमक्खी ऐसे।" कहकर उसने सुमित्र के होठों को हलके-से काट लिया।

विचित्र अनुभव हुआ सुमित्र को उस रात। चकोरी जब उसे चूमती, वह आँखें मूँद लेता और उसे ऐसा अनुभव होता मानो निर्मल नीले आकाश ने नीचे उतरकर चारों ओर से उसे घेर लिया है। सहवास के चरम क्षणों में उसकी बन्द आँखों के सामने डूबते सूरज का लाल रंग बिखर गया। सवेरा होते-होते जब वह सो पाया तो सपनों में चकोरी के चित्र ही बनाता रहा।

अगले दिन उन सपनों को स्मरण करते हुए उसकी आँखों के सामने बरसों पहले देखे अनिकेत के बनाये हुए यामिनी के वे सजीव चित्र तैर गए जिन्हें देख वह मुग्ध हो गया था।

'मैं भी बनाऊँगा चकोरी के चित्र। अनिकेत के बनाये चित्रों की बराबरी कदाचित न कर पाऊँ, किन्तु बनाऊँगा अवश्य।'

सोचकर सुमित्र उत्साह से भर उठा। चकोरी ने सुना तो दूने उत्साह के साथ उसने उसे प्रोत्साहित किया। पेड़ों की छाल, पत्ते, फूल एकत्रित करने वह साथ गई और उनका रस निकालने में भी सहायता करती रही। फलक भी दोनों ने साथ ही मिलकर बनाये।

"पता है, ऐसे ही मंजरी मेरे साथ लगी रहती थी।"

"मंजरी कौन?"

"मेरे गुरु अनिकेत की बेटी। उन्होंने ही सिखाई थी यह कला।"

"प्रेम करते थे उसे?"

चकोरी के स्वर में ईर्ष्या का भाव पहचानकर सुमित्र हँस दिया।

"हाँ, करता था, अत्यधिक प्यार करता था। अभी भी करता हूँ।" कहकर सुमित्र कुछ पल रुक गया। फिर चकोरी की आँखों में प्रश्न पढ़कर हँसते हुए बोला, "परन्तु वैसा जैसा एक भाई अपनी बहन से करता है।"

चकोरी लजा गई। बायाँ घुटना मोड़ उसे वह धरती पर रखे हुए थी। दायाँ घुटना ऊपर को मोड़ अपनी दोनों बाहें उसने उस पर लपेट रखी थीं और उस पर ही वह अपनी ठुड्डी टिकाये हुए थी। सिर तनिक झुका हुआ व आँखें ऊपर को उठी हुईं। तथा होठों पर मन्द मुस्कान, जीवन सुन्दर है यह बोध कराती हुई।

"ऐसे टुकुर-टुकुर क्या देख रहे हो?"

"तुम्हारी यह छवि मन में बसा रहा हूँ। पहला चित्र यही बनाऊँगा।" कहते हुए सुमित्र ने फलक पर कोयले की धार से रेखाएँ खींचना आरम्भ कर दिया। "हिलो मत, कुछ देर ऐसे ही बैठी रहो। और आँखें भी ऐसे ही रखो, ऐसे ही देखती रहो।"

सुमित्र को स्मरण नहीं जीवन में इससे अधिक प्रसन्न वह कभी रहा था। दिन में चकोरी के साथ काम पर जाना भी बड़ा ही आनन्ददायी अनुभव हुआ करता था। लहलहाते धान-सी वह सदैव उल्लसित व प्रफुल्लित रहती और हुमकती हुई-सी चलती। मुस्कान तो उसके मुख से कदाचित ही कभी बिछड़ती। सारा समय कुछ न कुछ बात करती रहती, मंजरी के जैसे। और जब-तब खिलखिलाने लगती, कोई प्रसंग हो या न हो।

काम से लौटने के उपरान्त खा-पीकर सुमित्र चित्र बनाने में डूब जाता। रस्से पर चलती हुई चकोरी, रस्से से धरती पर छलाँग मारती चकोरी, अलसाई आँखों से देखते हुए अँगड़ाई भरती चकोरी जैसी वह उसे नित्य सवेरे देखा करता था। तथा हरसिंगार के नीचे दोनों हाथ ऊपर उठाये हुए वह चकोरी जो श्वेत-लाल पुष्पों का स्पर्श अपने मुख पर अनुभव कर, जिनसे पवन के झोंके उसे नहला रहे थे, आँखें मूँदे हुलसित हो खड़ी थी

"तुमने जब तक मेरे चित्र न बनाये थे मुझे नहीं पता था मैं इतनी सुन्दर हूँ।" उस चित्र को देख सुमित्र के सीने में मुँह छिपाकर चकोरी ने लजाते हुए कहा।

"तू सच में कितनी सुन्दर है यह देखना हो तो तुझे मेरे भीतर झाँकना होगा। इन चित्रों में तो तेरी सुन्दरता का सौवाँ अंश भी नहीं समा पाया है, शपथ से!"

और रात सुमित्र की बीतती थी चकोरी के प्रेम-सागर में डूबे हुए। इतना लोच था उसके शरीर में कि लता-सी लिपट-लिपट जाती उससे। ऐसा अल्हड़पन कि सोते हुए छोटी बच्ची-सी हुमक-हुमक कर चिपटी जाती। वह उसे बाँहों में भर-भर लेता और सोचता रहता,

'इतना आनन्द! इतना सुख! झूठे हैं जो कहते थे स्त्री नरक का द्वार है। और यदि यह नरक है तो मुझे स्वर्ग नहीं चाहिये। ऐसा उछाह मन में! ऐसी उमंग, ऐसा उत्साह जीवन में! हर दिन, हर पल!'

वर्ष पलों सरीखे बीतते गए। सुख-दुःख में सब के साथ होती है चकोरी, सभी के काम आती है। परन्तु स्वभाव से वह खिलन्दड़ी है। आनन्द लेने का कोई पल वह अपने हाथ से नहीं जाने देती। कोई बरसात ऐसी नहीं हो सकती कि चकोरी भीगते हुए नाचे नहीं, गाये नहीं। अपने साथ सुमित्र को भी खींच लेती। नहाने से जी भर जाता तो बन्दरिया-सी जामुन के पेड़ पर चढ़ जाती और लहँगे में जामुन भरकर नीचे कूद जाती। सुनित्र कहता ही रह जाता: क्या करती है? चोट लग जाएगी। और बचाने के फेर में उसे लिये-दिये स्वयं भी धरती पर गिर जाता।

"देखा, गिरा दिया न तुमको!" कहकर चकोरी खिलखिलाती और उसके ऊपर बैठी-बैठी ही एक जामुन सुमित्र के मुँह में डालती, एक अपने मुँह में।

आमों की ऋतु में उसे ढेले फेंकते देख लो सवेरे से ही। लक्ष्य ऐसा कि हर ढेले पर आम टपक पड़ता। टोले भर के बच्चे उसे घेर लेते।

"लपको, लपको!" चकोरी चिल्लाती। "हाथों में छेद हैं क्या तुम लोगों के? ऐसा बढ़िया पका आम नीचे गिरा दिया! चलो, यह दूसरा पकड़ो। अब की बार मत छोड़ना।"

जब सब बच्चों के हाथ भर जाते तो एक आम स्वयं ही लपक लेती और: यह मेरा है, इसे नहीं दूँगी। यह चिल्लाती हुई भाग खड़ी होती।

कौतुक-क्रीड़ा दिखा कर लौटने के पश्चात् सुमित्र तो खा-पीकर लेट जाता, कभी-कभी थकान के कारण सो भी जाता। किन्तु चकोरी बच्चों के साथ या तो लँगड़ी खेलती रहती या गुल्ली-डंडा अथवा गेंद-टप्पा, और जीत हर बार उसी की होती। गुल्ली कितना भी प्रयास कर ले, ऐसा हो ही नहीं सकता था चकोरी का डंडा पीठ पर खाये बिना वह नीचे गिर जाए। और न ही उसकी फेंकी हुई गेंद पत्थरों की ढेरी फोड़े बिना कहीं जा सकती थी। बच्चे चिल्लाते,

"तुम तो दीदी हर बार जीत जाती हो। हम नहीं खेलते तुम्हारे साथ।"

"अच्छा बस एक दाँव और।" इस बार चकोरी हार जाती और आँखों को मलते हुए बिसूरती, "तुम लोगों ने हरा दिया मुझे, ऊँ ऊँ!" और बच्चे ताली बजाकर उछल-उछल पड़ते, खिलखिलाते हुए।

और कोई मेला, कोई उत्सव ऐसा नहीं होता था जिसमें जाने से चकोरी चूक जाए। कौमुदी उत्सव हो, वसन्त मेला हो या अन्य कोई मेला अथवा उत्सव।

"क्यों, आज काम पर नहीं जाना क्या?" उस दिन सवेरे से उसे आँखों में काजल, पैरों में अलक्तक लगाते देख सुमित्र पूछ बैठा था।

"तुम्हें पता नहीं? मेला भरा हुआ है।"

पाँवों में पायल पहने उसे छमछम नाचते-गाते हुए चलते देख सुमित्र को सलोनी का स्मरण हो आया। मेला-स्थल अभी दूर ही था कि चकोरी दौड़ गई और गोल चक्करवाले झूले पर बैठ गई।

सारा दिन उसके पीछे-पीछे घूमते हुए सुमित्र थक जाता किन्तु चकोरी का उत्साह वही बना रहता जो वहाँ पहुँचने पर था। शाम को जब चलने का समय होता तो खिलौने बेचने वालों से मिटटी की गाड़ियाँ, कपड़ों की चिन्दियों से बने नाचते-गाते-बजाते पुतले व लकड़ी के झुनझुने लहँगे में भर लाती और टोले के बच्चों में बाँट देती।

"तू सारा समय चहचहाती रहती है! कैसे इतना प्रसन्न रह लेती है?" एक बार मेले से लौटते हुए सुमित्र ने उससे पूछ ही लिया।

"कैसे? यह भी भला कोई सीखने का विषय है?" चकोरी खिलखिलाते हुए उछली और सुमित्र के गले में बाँहें डाल उसकी पीठ पर लटक गई तथा अपनी टाँगें उसकी जाँघों पर लपेट लीं।

"नहीं, मेरे पूछने का आशय है," टाँगों को नीचे से सहारा दे चकोरी को ऊपर सरकाते हुए सुमित्र ने कहा, "क्यों रहती है?"

"क्योंकि तुम मेरे पास हो।" सुमित्र के कान में चकोरी फुसफुसाई और फिर धीरे-से उसी कान को दाँतों में भींच लिया।

"छोड़, क्या करती है! कान ही खा जाएगी क्या?"

"मेरा बस चले तो तुम्हें पूरा ही कच्चा चबा जाऊँ!" चकोरी ने अपना गाल सुमित्र के गाल पर दबाते हुए कहा और हँस दी।

किन्तु सबसे बड़ा उत्सव चकोरी के लिये था प्रत्येक सप्ताह उसकी ग्राम-यात्रा। सवेरे-सवेरे सुमित्र को साथ ले किसी भी मार्ग पर खड़ी हो जाती और वहाँ से निकलता हुआ गाड़ीवान दोनों को अपनी बैलगाड़ी में बिठा लेता। सभी उसे पहचानते थे। राह में किसी भी गाँव में उतरकर बच्चों को करतब दिखाती, नाना प्रकार के स्वर निकाल उन्हें जानवरों की कहानियाँ सुनाती और शाम ढले लौट आती।

"क्यों जाती हो? दो मुट्ठी चावल भी नहीं देते गाँववाले और सारा दिन निकल जाता है।"

"बच्चों के मुखड़े नहीं देखे, फूल से खिले हुए? उन्हें खिलखिलाते-किलकारते नहीं सुना? हमारे नहीं हुए तो क्या, मुझे तो ये भी अपने-से ही लगते हैं।" कहते हुए चकोरी सुमित्र से लिपट गई। "तुम्हारे साथ रहते मुझे कोई अभाव नहीं, न ही कोई दु:ख। बच्चे न होने का भी नहीं। बस तुम साथ न छोड़ना।"

कभी कभार जब काम पर जाने का मन नहीं होता तो दोनों चम्पा के तट पर बैठे हुए दिन बिता देते। वह अपने बचपन की कहानियाँ सुनाती और सुमित्र उसे अपने अतीत के विषय में बताता। सलोनी से मिलने का संयोग किस प्रकार हुआ और फिर कैसे उसके साथ दिन बीते। कैसे कामिनी के साथ विवाह हुआ और कैसे विछोह। अपनी पुत्री के विषय में बताते हुए अब भी उसकी आँखें नम हो जाती हैं तथा मागन्धिया की कहानी सुनाते हुए अभी भी उसके हृदय में पीड़ा उपजती है। अपने परिव्राजक तथा भिक्षु-जीवन के विषय में भी वह उसके साथ बातें करता।

"तुझसे न मिलता चकोरी तो मेरा जीवन व्यर्थ ही हो चला था। तुझसे मिलने के उपरान्त ही जाना सुख सचमुच क्या होता है। प्रसन्नता क्या होती है। और यह भी जाना है कि प्रसन्न रहने का रहस्य है डूबे रहना—किसी में, किसी काम में।" कहते हुए सुमित्र ने चकोरी के हाथों को चूम लिया। "मेरी तो अब कोई इच्छा शेष नहीं, अतिरिक्त इसके कि तेरे बिन एक पल भी न जीना पड़े।"

"तो मैं कौन जीना चाहूँ तुम्हारे बिना।" कहते हुए चकोरी सुमित्र की गोद में सिर रख बालू पर लेट गई। "देखना, तुमसे पहले ही चली जाऊँगी।"

"कैसे अशुभ वचन कहती है!" सुमित्र ने चकोरी के मुँह पर हाथ रख दिया।

"अच्छा ठीक है, दोनों साथ-साथ ही चलेंगे।" सुमित्र का हाथ अपनी छाती पर खींचते हुए चकोरी बोली।

"कहाँ चलेगी, स्वर्ग या नरक?" अंगुली से उसकी नाक दबाते हुए सुमित्र ने पूछा।

"स्वर्ग में तो मैं एक पल भी न रह पाऊँ। कभी सुना है अप्सराओं को छोड़ वहाँ कोई नाचता-गाता है? मैं तो कभी न रहूँ वहाँ जहाँ नाचने-गाने को न मिले।" हँसते हुए चकोरी ने सुमित्र के गाल अपनी हथेलियों में ले उसके होठों को चूम लिया।

मुँह अँधेरे उठकर चिड़ियों को चुग्गा देनेवाले बाबा एक दिन सूरज चढ़े भी न उठे तो चकोरी ने उनका हाथ पकड़ उन्हें झिंझोड़ा।

"आज तो बड़ी नींद आ रही है बाबा!"

किन्तु हाथ को ठंडा पा वह चौंक उठी और पुकार लगाई। सुमित्र ने उनकी नाक के सामने कुछ देर हाथ रखा और सिर हिला दिया।

"बाबा नहीं रहे।"

हमेशा हँसते रहनेवाली चकोरी को पछाड़ खाकर गिरते हुए और फिर धाड़ मार कर रोते हुए देखना सुमित्र को विचित्र लग रहा था। बाबा के जाने के उपरान्त तो दोनों और भी अधिक डूबते गए एक-दूसरे में।

सुमित्र कभी-कभी कुतूहलशाला भी चला जाता। भिक्षुओं व अन्य परिव्राजकों से श्रावस्ती, कौशाम्बी , वैशाली, राजगृह आदि के समाचार उसे मिलते रहते।

उन्हीं से पता पड़ा माँ महाप्रजापति एक सौ बीस वर्ष से अधिक की आयु प्राप्त कर चुकी थीं जब उनकी मृत्यु हुई। उनके जाने के पश्चात् राहुल की भी मृत्यु हो चुकी है। उस समय वह पैतीस वर्ष का भी नहीं था। तब से तो राहुलमाता और भी अपने में ही सिमट गईं हैं।

अनाथपिण्डिक सुदत्त की तीसरी बेटी ने विवाह नहीं किया। उपवास करके अपने प्राण त्याग दिये। कदाचित वह निगंठ नातृपुत्र की शिष्या हो गई थी।

तथागत हर चौमासा अब श्रावस्ती में ही बिताते हैं। जेतवन में रात बिताते हैं तो भिक्षाटन के पश्चात् पूर्वाराम चले जाते हैं, फिर वहीं रात्रि-विश्राम कर अगले दिन भिक्षाटन के उपरान्त जेतवन आ जाते हैं रात्रि-विश्राम के लिये।

कौशाम्बी में महाराज उदयन की पत्नी रानी सामवती ने तथागत से प्रव्रज्या ले ली है। रानी वासवदत्ता से महाराज उदयन को पुत्र प्राप्त हुआ है जिसका नाम बोधि रखा गया है। मागन्धिया को जीवित जलवा देने का उन्हें अब पछतावा हो रहा है।

सुदत्त की आर्थिक स्थिति गिरने के साथ ही सुप्रिया सुभूति को छोड़ कर चली गई। कुछ माह पश्चात् समाचार मिला कि सुभूति ने तथागत से प्रवज्या ले ली है।

वैशाली से आ रहे भिक्षुओं से सुमित्र ने सुनयना का समाचार प्राप्त करने का प्रयास किया किन्तु किसी को कुछ पता नहीं। वे उसे जानते भी नहीं।

वर्ष बीतते गए। सुमित्र एक दिन गिनने बैठा तो आश्चर्यचकित रह गया। दस वर्ष हो चुके थे उसे चकोरी के साथ रहते हुए। समय के मानो पंख लग गए थे।

'चकोरी सच कह रही थी। सुख के क्षण चुटकी बजाते यूँ बीत जाते हैं कि लेखे-जोखे में ही नहीं आते। सामान्य कठिनाइयों, साधारण रोगों और बाबा की मौत—दुःख के उन गिनती के दिनों को छोड़ पिछले दस वर्ष सुखमय ही तो बीते हैं!'

पर जैसे उसका यह लेखा-जोखा करना ही कदाचित नियति को नहीं भाया। एक शाम कुएँ से पानी भरी मटकी लिये लौटी चकोरी तो द्वार पर लड़खड़ा गई। मटकी नीचे गिर गई और भीतर आते ही वह स्वयं भी।

"क्या हुआ?" सुमित्र ने तुरन्त चकोरी को सँभाला और घबरा कर पूछा।

"साँप।" चकोरी के मुख का रंग उड़ा हुआ था और वह हाँफ रही थी।

"साँप? कहाँ?"

"घास में।" चकोरी ने अपने दाएँ पाँव की ओर संकेत किया।

टखने के ऊपर रक्त के दो धब्बे बने हुए थे पास-पास। उनके चारों ओर की त्वचा लाल हो रही थी और सूजन उठने लगी थी।

सुमित्र ने तत्काल उन धब्बों पर मुँह लगाया, किन्तु वह चूस पाता उसके पहले ही चकोरी ने पैर खींच लिया।

"क्या करते हो? विष चढ़ जाएगा तुम्हारे शरीर में।"

"चढ़ने दे।" सुमित्र ने फिर उसका पैर पकड़ा।

"नहीं!" चकोरी उठ बैठी। उसके होंठ नीले हो चले थे और आँखें झपकी जा रहीं थीं। "तुमने कभी किया नहीं, तुम्हें आता भी नहीं।"

कह तो चकोरी ठीक ही रही थी। यह सब पहले बाबा ही किया करते थे। बिच्छू से लेकर साँप काटे तक का जहर उतारना, झाड़-फूँक करना, औषधि देना। अब उस टोले में कोई नहीं था जो यह सब कर सके।

"मैं भागकर दूसरे टोले से ले आता हूँ विष उतारनेवाले को।" सुमित्र की आँखों और स्वर में आतंक झलक रहा था।

"नहीं, मत जाओ।" चकोरी ने सुमित्र का हाथ पकड़ उसे अपने निकट बिठा लिया। "देर हो चुकी है। नागराज थे। चल कहीं रही थी मैं, ध्यान कहीं और था। देख नहीं पाई और पैर उनकी पूँछ पर पड़ गया। अपराध मेरा है, दंड भी मुझे ही भोगना होगा।" कहते हुए चकोरी की जीभ लड़खड़ाने लगी।

अपना सिर सुमित्र की जाँघ पर रख चकोरी ने आँखें मूँद लीं। तीव्र गति से चलती उसकी साँस अब उखड़ने लगी थी। सुमित्र की डबडबाई हुई आँखों से अश्रुधार बह निकली।

"पानी!" चकोरी ने गले पर हाथ रखा।

मटकी के टुकड़ों में पानी भरा था। आँसुओं को पोंछ सुमित्र ने एक टुकड़ा उठाया और चकोरी के अब तक गहरे नीले हो चुके होंठों से लगा दिया। अपनी विवशता पर उसे क्रोध आ रहा था, हर पल उसे मौत की ओर खिसकता देख।

घूँट गटक कर चकोरी ने आँखें खोलीं और एक क्षीण मुस्कान होठों पर सप्रयास लाकर हाँफते हुए बोली,

"मैं कहती थी न तुमसे पहले चली जाऊँगी!"

और उसका सिर एक ओर को लुढ़क गया।

जातिसंहार

चारों ही दिशाओं में चीख-पुकार मची हुई है। भाले और तलवार लिये सैनिक घरों में घुस-घुसकर पुरुषों को मौत के घाट उतार रहे हैं। स्त्रियों, बच्चों की चीखें घरों से निकल उन युवकों के पैरों से लिपटी जा रही हैं जो किसी प्रकार अपने परिवार को साथ लिये बच निकलने का प्रयत्न कर रहे हैं। किन्तु वे उन चीखों को झटकारते हुए भागे चले जा रहे हैं। नगर भर में ये सैनिक चीटियों की भाँति छाये हुए हैं। कई युवक तलवारें हाथों में लिये उनसे लड़ भी रहे हैं, परन्तु व्यर्थ! एक सैनिक गिरता है तो दस आ जाते हैं। ऐसे में उनसे कोई कैसे पार पाए! सहस्त्रों युवकों के सिर सैनिकों के पैरों पर गिरे पड़े हैं, तो सहस्त्रों युवक सिर पर पैर रखे दौड़े चले जाते हैं।

"एक भी बचकर न जा पाए।" विरुद्धक चीखा।

"महाराज, बच्चे भी?" सेनापति वीरभद्र ने पूछा।

"साँप को कुचलते हो तो सँपोले क्या जीवित छोड़ देते हो?"

"नहीं महाराज। किन्तु स्त्रियाँ?"

"भूल गए वीरभद्र कि शाक्यों को निर्वंश करने का प्रण कर रखा है मैंने! एक भी न बचने पाए अन्यथा तुम्हारा सिर मैं स्वयं धड़ से अलग कर दूँगा।" विरुद्धक की आँखें अंगारे बरसा रही थीं।

वीरभद्र जान रहा था कि उसका शिष्य जो कह रहा है कर भी देगा। उससे ही तो गुरुमन्त्र मिले थे उसे कि दया दुर्बलता का दूसरा नाम है, कि शत्रु के प्रति दया दिखाना अपनी मौत को निमन्त्रण देना है।

आदेश मिलने की देर थी कि कोशलदेश के राजभक्त सैनिक स्त्रियों व बच्चों को घेर उन्हें भी भालों से गोदने लगे। कुछ स्त्रियाँ अपने बच्चों को लेकर फिर भी भाग निकली हैं जिनका पीछा करते सैनिकों से लड़ते हुए कई शाक्य युवक वीरगति को प्राप्त हो रहे हैं।

"हाथियों को दौड़ाओ इन भगोड़ों के पीछे। अश्वारोहियों को आदेश दो दोनों ओर से इन्हें घेर लें!" विरुद्धक चिल्लाया। "इन्द्र ने पापाचार में लीन निन्यानबे जातियों का संहार किया था न! सौवीं जाति का संहार अब मेरे द्वारा होगा।"

इस भागमभाग में बूढ़े स्त्री-पुरुष अब पीछे छूटने लगे हैं और हाथियों के पैरों तले सबसे पहले वे ही रौंदे जा रहे हैं। उनकी चीत्कार सुनकर आगे-आगे भागे चले जा रहे कुछ युवक ठिठके। एक पल को असमंजस में खड़े भी रह गए। परन्तु हाथियों को अपनी ओर दौड़ते देख अगले ही पल वे फिर भाग खड़े हुए। इस समय तक सबको बस अपने ही प्राण बचाने की चिन्ता हो चली है।

वृद्ध हो चुका गणसेनापति किसी प्रकार विरुद्धक तक पहुँचने में सफल हो गया। वीरभद्र के अतिरिक्त कई सैनिक भी उसे पहचानते हैं। सामान्य स्थिति में उसकी चाल-ढाल से दर्प टपकता है। परन्तु इस समय वह दोनों हाथों को जोड़े दोहरा हुआ जा रहा है।

"मैंने राज्य की बहुत सेवा की है महाराज।" विरुद्धक के पैरों पर सिर रखकर वह गिड़गिड़ाने लगा।

"अब मेवा पा।" अगले ही पल सेनापति का सिर विरुद्धक के पैरों में पड़ा था। घृणा से थूकते हुए विरुद्धक ने जो ठोकर मारी तो कटा हुआ सिर दूर तक लुढ़कता चला गया।

सहस्त्रों शाक्य भगीरथी में कूद गए। बच्चे-बूढ़े डूब गए। सुन्दर, युवा स्त्रियों को सैनिकों ने बचा लिया। राजाज्ञा इन्हें बन्दी बनाकर रनिवास पहुँचाने की है। शेष जो भी पकड़ में आए स्त्री-पुरुष, अपना सैनिक-धर्म निभाते हुए उन्होंने उन्हें परलोक पहुँचा दिया। नीली भगीरथी लाल हो चली। सैनिकों के पैर खून भरी मिट्टी में लिथड़ने लगे।

जिन्होंने भी इधर-उधर भागकर बचने का प्रयत्न किया था वे अश्वारोहियों के भालों का लक्ष्य बन धरती पर पड़े हाथ-पैर पटक रहे हैं। उन्हें तड़पता छोड़ सैनिक अपने अश्वों को उनके पीछे दौड़ाये चले जा रहे है जो घायल व रक्त से लथपथ होने पर भी किसी प्रकार बच निकले है और गिरते पड़ते हुए पश्चिम दिशा में स्थित सगरवाह झील की ओर भागे चले जा रहे है जहाँ कपिलवस्तु राज्य की सैनिक छावनी है। राह में पड़े रोते, तड़पते पीड़ा से चीखते, कराहते शाक्यों की मृत्यु सुनिश्चित करने के लिये उन्हें अपनी ऊर्जा व समय व्यर्थ करने की आवश्यकता भी नहीं है। गिद्ध उन्हें घेरकर बैठने लगे हैं, श्येन उनके ऊपर मँडराने लगे हैं और चीलें आकाश में चक्कर लगाते हुए ललचाई निगाहों से नीचे देख रही हैं किन्तु निर्णय नहीं कर पा रहीं कि कहाँ उतरा जाए? पूरे नगर में ही तो प्रीतिभोज चल रहा है!

"आप कुछ करते क्यों नहीं?" आनन्द का कलेजा फटा जा रहा था इन दारुण दृश्यों को देख।

कपिलवस्तु के पूर्वी नगर-द्वार पर एक छितराए हुए पेड़ की विरल छाया में चिलचिलाती धूप से बचाव का असफल प्रयत्न करते हुए बुद्ध के साथ वह भी खड़ा हुआ है। उसने ही दी थी उन्हें यह सूचना।

"तथागत! महाराज विरुद्धक पुनः नगर-द्वार की ओर आते दिख रहे हैं।"

बुद्ध उस समय कपिलवस्तु में ही थे। सुनते ही वे नगरद्वार पर आकर खड़े हो गए। विरुद्धक तीन दिन से ससैन्य डेरा डाले हुए था। तीनों दिन नगर-द्वार पर उन्हें खड़ा देख वह लौट गया था, आज नहीं लौटा।

अपनी जाति का निर्मम संहार होते देख बुद्ध का रोआँ-रोआँ रो रहा था। ऐसा प्रतीत हो रहा था उन्हें मानो गुरु अर्जुन से सुने उस महाविनाशकारी युद्ध के दृश्य ही उनकी आँखों के सामने दोहराए जा रहे हैं।

"शाक्यों को अपने दम्भ का फल भोगना ही था।" बुद्ध फुसफुसाये। "तीन बार मेरे कर्मफल ने यह विपत्ति टाली। मानव-प्रयत्न मात्र इतना ही कर सकते हैं। नियति-चक्र की गति में किंचित परिवर्तन भर कर सकते हैं, उसकी दिशा परिवर्तित नहीं कर सकते।"

घटना-चक्र इतनी तीव्रगति से घूमा था कि किसी को समझ ही नहीं आया क्या हो गया, कैसे हो गया और क्यों हो गया!

प्रसेनजित राजकार्य से नगरक नामक निगम में था जब उसे सूचना मिली कि तथागत वहाँ से तीन योजन पर स्थित मेदतलुम्प ग्राम में हैं जो कपिलवस्तु राज्य में पड़ता है। अपने साथ पाँच सैनिकों तथा बन्धुल मल्ल के भांजे दीर्घकारायण को ले, जिसे उसके मामा की मौत के पश्चात् उसने अपना प्रधान-सेनापति नियुक्त कर दिया था, वहाँ पहुँच गया।

मल्लिका की तब तक मृत्यु हो चुकी थी। अपनी बेटी वजिराकुमारी का विवाह अजातशत्रु के साथ किये जाने के पश्चात् से वह अत्यन्त दुखी रहने लगी थी। उसी दुःख ने कदाचित उसे असमय मौत के मुँह में धकेल दिया था।

"आप उस पितृहन्ता के हाथों मेरी बच्ची को सौंपेंगे?" प्रसेनजित का प्रस्ताव सुनते के साथ ही मल्लिका चिल्ला पड़ी थी।

"महाराज बिम्बसार की मौत नैसर्गिक थी। तुम्हारे पास क्या प्रमाण है कि उनकी हत्या हुई थी?" कहकर प्रसेनजित कुछ पल को हिचका था। "और यदि हुई भी है तो अजातशत्रु ने ही की है?"

"सब जानते हैं, तुम भी जानते हो भले ही मेरे समक्ष न स्वीकार करो, कि अपने पिता को उसने ही मारा है! अपराधी है वह, अपराधी! प्रथम तो अपने पिता को बन्दी बनाया जबकि इसकी सिंहासन-लोलुपता देख उन्होंने स्वयं ही इसका राज्याभिषेक कर दिया था। और फिर देवदत्त के उकसाने पर कि ढोल में चूहे को जीवित छोड़ कैसे चैन से रहा जा सकता है उन्हें कारागार में ही मरवा दिया। अजातशत्रु के सिर पर आपके बहनोई की ही नहीं, आपकी बहन और मेरी ननद कोशलदेवी की हत्या का पाप भी है। और देवदत्त उस अपराध में सहभागी है, व उसका उत्प्रेरक भी।"

बिम्बसार की कारागार में हुई मृत्यु के साथ ही कोशलदेवी की मृत्यु का भी समाचार मिला था। अपनी बहन की असमय मौत के उपरान्त प्रसेनजित ने काशी से होनेवाली वार्षिक एक लाख स्वर्ण-मुद्राओं की आय, जो संजय महाकोशल ने अपनी बेटी का कन्यादान करते समय उसके स्नान एवं प्रसाधन व्यय के रूप में बिम्बसार को दे रखी दी थी, वह रोक दी। अजातशत्रु ने काशी पर तीन बार चढ़ाई की और हर बार मुँह की खाई। चौथी बार प्रसेनजित ने अपने भतीजे को बन्दी बना लिया परन्तु उसे कोई दंड न देकर उसने वजिरा के साथ उसका विवाह तय करा दिया और झगड़े की जड़ बनी एक लाख स्वर्ण-मुद्राओं की आय बेटी के नाम कर दी, उसके प्रसाधन-व्यय हेतु।

"तुम तो मनगढ़न्त बातों को सच मानने लगती हो। बिना प्रमाण किसी को अपराधी नहीं ठहराया जा सकता।"

"क्या प्रमाण चाहिये आपको? भूल गए आप कि यह वही देवदत्त है जिसने तथागत की हत्या करने की मंशा से एक भारी चट्टान को गृद्धकूट पर्वत पर से लुढ़का दिया था जब वे उसके नीचे टहल रहे थे! वह तो अच्छा हुआ कि बीच में ही किसी पत्थर से टकराकर उस चट्टान की दिशा परिवर्तित हो गई और उससे छिटकी किरच से तथागत के पैर का मात्र अँगूठा घायल हुआ। क्या उसने ही तो अजातशत्रु के साथ मिलकर उसके धनुर्धारी सैनिकों के माध्यम से तथागत के प्राण लेने का प्रयास नहीं किया था? हाथी को ताड़ी पिलाकर उनके मार्ग में छोड़ देने का षड्यन्त्र भी निस्सन्देह उन दोनों का ही था। कोई शत्रु है आपका तो वह सत्तालोलुप, निर्दयी भतीजा ही है, और रहेगा। घृणा करता है वह आपसे!

"तथागत कहते हैं, घृणा से घृणा ही उपजती है। शत्रुता का उत्तर शत्रुता नहीं है, मित्रता है। घृणा का समुचित उत्तर मात्र प्रेम है। अन्यथा तो युद्ध और हिंसा कभी समाप्त ही नहीं हो सकेंगे। क्रोध और प्रतिशोध की भावनाओं का अन्तिम परिणाम सर्वनाश के अतिरिक्त अन्य कुछ नहीं हो सकता।"

"सो मैं नहीं जानती, परन्तु यह ठीक नहीं हो रहा।"

बेटी का विवाह होने के पश्चात् मल्लिका अवसाद में डूबती चली गई और एक रात जो सोई तो फिर नहीं ही उठी।

उस दिन से प्रसेनजित दुखी तो था ही, अपराध-भाव से भी ग्रस्त था।

"तथागत मैं कभी नहीं भूल पाता कि मल्लिका की असमय मौत के लिये मैं ही उत्तरदायी हूँ।"

"राजन! तुम्हारी यह सोच ठीक नहीं। तुम्हारा अभिप्राय प्रशंसनीय था और तुम मात्र उसी के लिये उत्तरदायी हो, परिणाम के लिये नहीं। राजन! शरीर के साथ मोह रखना, वह अपना हो या अपने किसी प्रियजन का, निर्वाण की राह से भटकाता है। मोह के मूल में है तृष्णा। और युद्ध, संघर्ष, अन्याय के मूल में भी तृष्णा ही है। यही

तृष्णा पुनर्जन्म का कारण भी है। इसके समाप्त होने में सम्पूर्ण मानव-जाति का हित है। उसका त्राण है, निर्वाण है।"

देर रात तक प्रसेनजित बुद्ध के पास बैठा रहा। जब उनकी कुटी से वह बाहर निकला तो पता चला दीर्घकारायण उसकी राजमुद्रिका और तलवार लेकर सभी सुरक्षा सैनिकों के साथ वहाँ से जा चुका है तथा मात्र उसके अश्व के साथ एक सैनिक को छोड़ गया है, उसे यह सन्देश देने के लिये कि अब महाराज विरुद्धक कोशलनरेश हैं। यदि वह अपने प्राणों की कुशल चाहता है तो तुरन्त कोशलदेश को छोड़कर चला जाए। प्रसेनजित को स्वप्न में भी अनुमान नहीं था कि दीर्घकारायण अपने मामा की मौत के लिये उसे ही उत्तरदायी समझता है और मन ही मन उससे अत्यन्त घृणा करता है।

प्रसेनजित ने तत्काल मगध की दिशा में अश्व दौड़ा दिया। कुछ भी हो, अजातशत्रु है तो मेरा भतीजा, और दामाद भी। वह नहीं शरण देगा, वह नहीं मेरी सहायता करेगा राज्य को पुनः प्राप्त करने में तो कौन करेगा?

जिस समय प्रसेनजित राजगृह पहुँचा, नगर-द्वार रात्रि के लिये बन्द हो चुका था।

"द्वार सवेरे के पहले नहीं खुल सकता, राजाज्ञा है!" कई बार पुकारने पर परकोटे के ऊपर खड़े एक प्रहरी ने अशिष्ट स्वर में उत्तर दिया।

"मैं महाराज प्रसेनजित हूँ, कोशलनरेश!"

वहाँ खड़े सभी प्रहरी हँस दिये।

"कोशलनरेश, वह भी अकेले! न कोई सैनिक, न कोई सेवक।"

"मेरा विश्वास करो, मैं सच कह रहा हूँ। मैं कोशलनरेश प्रसेनजित ही हूँ।"

"कोई भी हो तुम, द्वार नहीं खुल सकता। महाराज अजातशत्रु होते तुम्हारे स्थान पर तब भी नहीं खुलता। जानते नहीं, महाराज बिम्बसार को भी विलम्ब से आने पर एक रात बाहर ही रुकना पड़ गया था।"

प्रसेनजित के लाख कहने पर भी प्रहरियों ने न तो द्वार खोला, न ही उसके आने का सन्देश सवेरे के पहले महाराज अजातशत्रु तक पहुँचाने के लिये सहमत हुए।

पूस का महीना था, कड़कड़ाती ठंड। रात भर खुले में रहकर प्रसेनजित का वृद्ध शरीर अकड़ गया और उसके प्राणों ने जर्जर शरीर छोड़ने के लिये सवेरा होने की भी प्रतीक्षा नहीं की।

प्रसेनजित की मौत का शुभ-समाचार पाते ही विरुद्धक वीरभद्र के साथ सेना ले कपिलवस्तु के लिये निकल पड़ा था।

कपिलवस्तु के पश्चिमी नगरद्वार से दो गावुत पर है सगरवाह झील। जो भी शाक्य उस तक पहुँच पाए किसी प्रकार, उन्हें आशा थी कि वहाँ नियुक्त सैनिक-वाहिनी उन्हें बचा लेगी। परन्तु विरुद्धक की सेना के सामने उन सैनिकों की गिनती

भी छोटी पड़ गई और उनके साथ-साथ पचहत्तर हजार शाक्यों के रक्त से झील का पानी सूरज डूबते-डूबते, डूबते सूरज जैसा ही लाल हो गया था।

जंगली कुत्तों और भेड़ियों की बन आई है। कौन मरा है और कौन मात्र घायल, उन्हें इससे कुछ लेना देना नहीं है, न ही घायलों के चीखने चिल्लाने से उन्हें कोई अन्तर पड़ रहा है। वे तो एक सिरे से सभी को भँभोड़ते हुए अपने बड़े-बड़े नुकीले दाँतों से अपने भक्ष्यों के अंग-अंग चिथाड़े दे रहे हैं; या पेट फाड़ने पर जो मुँह में आ जाए उसे हबड़-तबड़ खाते हुए मांस के छीछड़े सारे में बिखेर रहे हैं।

उधर कपिलवस्तु में अब श्मशान की शान्ति छाई हुई है, अतिरिक्त गेंतियों व बल्लमों की ध्वनि के जिन्हें लिये सैकड़ों सैनिक सन्थागार-भवन को ढहाने में जुटे हैं, और महानामा के विशाल भवन को भी।

बुद्ध दिन भर उस वृक्ष के नीचे ही खड़े रहकर यह नरसंहार देखते रहे थे। उनकी आँखों में वर्षों पूर्व देखा हुआ दुःस्वप्न तैर रहा था और कानों में गुरु अर्जुन का स्वर गूँज रहा था।

"कहने को तो कह दिया कि भीमसेन ने दस हजार हाथियों, पाँच हजार अश्वों के साथ-साथ कौरवों के दो लाख सैनिकों को मृत्यु के मुँह में पहुँचा दिया। किन्तु कितनी पीड़ा छिपी है इसके पीछे! कितनी माँ-बहनों का दारुण क्रन्दन, कितने पुत्रों-पिताओं का करुण विलाप! यह कोई नहीं बताता।"

दोपहर से ही बुद्ध का सिर असहनीय पीड़ा से फटने लगा। रात्रि में अपनी कुटी पहुँचते ही वे निढाल होकर गिर पड़े। सवेरे उनका शरीर ज्वर से जल रहा था। आनन्द ने तुरन्त उन्हें जेतवन ले जाने की व्यवस्था की तथा जीवक को बुला भेजा। सिरशूल ने किन्तु उनका पीछा मृत्युपर्यन्त नहीं छोड़ा।

कपिलवस्तु को निर्जन तो बना ही चुका था विरुद्धक परन्तु जब तक सन्थागार तथा महानामा का भवन ईंटों-पत्थरों के ढेर नहीं बन गए तब तक वह वहाँ से नहीं हिला।

राजपुरोहित अग्निदत्त तो यह घटनाक्रम सुनकर स्तब्ध रह गए। उनकी चालें शकुनि के पाँसों की चाल सरीखी भयंकर परिणामकारी होंगी, उन्हें स्वप्न में भी अनुमान नहीं था। किन्तु श्रावस्ती में बुद्ध के अन्य विरोधी चुप नहीं बैठे। जब भिक्षु-भिक्षुणियाँ ही उनकी आलोचना कर रहे हों तब वे क्यों हिचकें?

"अपना घर बचा नहीं सके, संसार बचाने चले थे!"

"अब देखते हैं कैसे और कितने दिन यहाँ टिक पाते हैं ये सिरमुँड़े।"

शाक्य भिक्षुओं में घबराहट थी ही और बहुतों ने श्रावस्ती से भागने की योजना भी बना ली थी। जैसे ही पता चला कि विरुद्धक अचिरवती आ पहुँचा है उनमें से अधिकांश भाग भी लिये। किन्तु अगले दिन सवेरे श्रावस्ती-वासी भौंचक रह गए

यह सुनकर कि विरुद्धक को अचिरवती सेना समेत बहा ले गई है। और तथागत के प्रति उनको श्रद्धा असीम हो चली।

श्रावस्ती लौटते हुए बीच में रात अधिक हो जाने से विरुद्धक अचिरवती के कछार पर सेना सहित रात्रि-विश्राम कर रहा था कि धरती में से अचानक लाल-लाल चींटियाँ लाखों नहीं करोड़ों की संख्या में निकल आईं। नींद में किसी की कुछ समझ में नहीं आया तो सब के सब लगभग सूखी पड़ी अचिरवती के तल पर बालू में पड़कर सो गए। फिर देर रात न जाने कैसे अचानक ही नदी बाढ़ पर आ गई और विरुद्धक को उसकी सेना व सेनापति समेत बहा ले गई।

प्रसेनजित का भतीजा एवं दामाद होने के नाते राजसिंहासन का उत्तराधिकारी अब अजातशत्रु ही था। अविलम्ब उसने कोशलदेश पर अधिकार कर लिया। मगध साम्राज्य की नींव पड़ चुकी थी।

बिम्बसार की मृत्यु के पश्चात् सुहासिनी ने स्वयं को अपने प्रासाद में बन्द कर लिया था। न किसी को आने दिया जाता, न ही वह बाहर निकलती। एक दिन पता चला प्रतुल्य को लेकर वह कहीं चली गई है। उस दिन के बाद से सुहासिनी को किसी ने नहीं देखा था।

किन्तु जंगल में बरसों से उजड़े पड़े आश्रम को फिर हरा-भरा होते, पेड़ों को फलते-फूलते देख वहाँ से आते-जाते लोग चकित थे। उसमें फिर से मोर नाचने लगे थे; तोते उड़ने लगे थे; मैनाएँ चहकने लगी थीं। और केशों को सिर पर जूड़े में बाँधे सुन्दर-सी जोगन के साथ एक पुरुष निंदाई-गुड़ाई करता, पेड़-पौधों को पानी देता दिखने लगा था। आते-जाते लोगों को जोगन बड़े ध्यान से देखा करती जैसे कुछ ढूँढने, किसी को पहचानने का प्रयत्न कर रही हो।

रहस्यमय पुरुष

सुमित्र की आँखों से आँसू अभी भी बह जाते हैं। मुख से आह अभी भी निकल जाती है। चकोरी के जाने के पश्चात् उसे वनों में विक्षिप्त-सा घूमते हुए एक वर्ष पूरा होने को आया है। बाल उलझकर जटा बन गए हैं। जीर्णशीर्ण वस्त्र बबूल की झाड़ियों में उलझते रहने से कहीं कहीं तो चिन्दी होकर लटक गए हैं। किसी गाँव में पहुँच जाता है कभी और कोई दयालु स्त्री कुछ दे देती है तो खा लेता है। अन्यथा वन के फलों-फलियों, पत्तों-फूलों को खाकर ही काम चला लेता है। आँखों के नीचे काले गड्ढे पड़ गए हैं। हड्डियाँ निकल आईं हैं। कभी रोने लगता है, कभी बड़बड़ाने लगता है।

बहुत रोका सबने, बिठाकर समझाया। होनी पर किसका बस है? सब अपनी आयु लिखाकर लाते हैं। मिलना-बिछड़ना तो सबके जीवन में है। किसी के न रहने से संसार नहीं रुकता और न ही इस कारण कोई जीना छोड़ देता है।

आँसू बहाते हुए सुमित्र सुनता रहा और फिर बिना कुछ कहे उठकर चल दिया। भटकते हुए कभी इस वन में चला जाता है तो कभी उस वन में निकल जाता है। गाँवों से निकलते हुए स्त्रियों को पानी से भरी मटकी लाते देखता है तो चकोरी की स्मृति और भी अधिक तड़पा देती है। ऐसे में उसके मन में आत्महत्या का विचार प्रबल होने लगता है। आज भी ऐसा ही हुआ और उसने दृढ़ निश्चय कर लिया।

"अब और नहीं, यह जीवन अब और नहीं। क्या नदी में डूब जाऊँ? किन्तु मैं तो तैरना जानता हूँ। कोई पहाड़ी दिख जाए तो उस पर से कूद जाऊँ। परन्तु पहाड़ी तो यहाँ दूर-दूर तक नहीं दिखाई देती। क्या ही अच्छा हो कोई हिंसक पशु ही मुझ पर आक्रमण कर दे और अपना आहार बना ले। मैं कोई प्रतिरोध नहीं करूँगा।"

बड़बड़ाते हुए सिर झुकाये चलता सुमित्र अचानक किसी की उपस्थिति का आभास पा ठिठक गया और सिर ऊपर उठाते ही वह चौंक पड़ा।

"तुम?"

सामने वही लम्बा-चौड़ा व्यक्ति माथे पर पट्टी बाँधे खड़ा था।

"हाँ, मैं।"

देर तक सुमित्र विस्मय से उसे देखता रहा, निःशब्द।

"जब भी मैं वन में होता हूँ, तभी आ जाते हो। क्यों? क्या चाहते हो तुम मुझसे? वन में ही क्यों दिखा करते हो?"

"वन में ही रहना मेरी नियति है। तुम्हें बचपन में वन में भटकते देख तुमसे स्नेह हो गया था। आत्महत्या करने की सोच रहे हो?"

"तुम्हें कैसे पता मेरे मन में क्या है?"

"यह मेरे प्रश्न का उत्तर नहीं है।"

"अब नहीं झेला जाता यह दुःख!"

"तुम नहीं झेलते यह दुःख तो चकोरी को झेलना पड़ता, तुम्हें खोने का दुःख।"

सुमित्र सोच में डूब गया।

"क्या सोचने लगे?"

"अपना विगत जीवन देख रहा था जिसमें बार-बार मेरे प्रियजन मुझसे बिछड़े हैं। सुख आया नहीं कि दुःख ने दाँव खेल दिया। ऐसे क्या कर्म किये थे मैंने जो पग-पग पर मुझे दुःख आ दबोचता है?"

"रात के पश्चात् जैसे दिन है सुमित्र, वैसे ही दुःख के पश्चात् सुख और सुख के पश्चात् दुःख है। इसे बार-बार जीकर इस तथ्य को आत्मसात करने में ही जीवन की सार्थकता है। यही इसका सौन्दर्य भी है। जीवन प्रशिक्षण है, सुख दुःख के साथ जीने का। ऐसा व्यक्ति बनने का जिसे दुःख दुखी न करे, चिन्ता चिन्तित न करे। तथागत भी तो कहते हैं कुछ भी स्थाई नहीं है!"

"किन्तु मुझे तो जीवन में मात्र भटकाव और बिछड़ना ही मिला है।"

"मिलना-बिछुड़ना, आनन्द-पीड़ा तो जीवन के अभिन्न अंग हैं सुमित्र। तुम इनसे सुख पाते हो या दुःख, यह तुम पर भी निर्भर है। एक ही परिस्थिति में कोई दुखी हो सकता है, कोई सुखी। बड़ी सीमा तक यह तुम्हारी सोच का परिणाम भी है। फिर आत्महत्या करके दुःख से छुटकारा मिल जाएगा, यह तुम्हें कैसे पता? मरकर भी दुःख दूर न हुआ तो? कौन जाने तब यह दुःख ही तुम्हारा स्थाई भाव बन जाए। जीवन जो परोसे उसे आभारी होकर लेते जाओ। उसमें ही सुख के पल निकालो। जीवन में हर मोड़ पर कुछ अप्रत्याशित घटता ही रहता है परन्तु हम यह मानकर चलते हैं कि जो चाह रहे हैं, जो सोच रहे हैं वही होनेवाला है। दुःख अप्रत्याशित रूप से आते हैं तो सुख भी वैसे ही आते हैं। मृत्यु के उपरान्त वे तुम्हें कहाँ खोजेंगे?"

"मनुष्य जो चाहता है सुमित्र, सदैव उसे नहीं मिलता। यह नियम है प्रकृति का। चाहो तो इसे नियति का विधान कह लो। इसका कोई अपवाद नहीं हो सकता। हम जहाँ हैं, जैसे हैं, उसी में हमें सुख ढूँढना होगा। अपनी नियति को कोसते हुए कि उसे तो कीचड़ के अतिरिक्त कभी कुछ नहीं मिला, कमल खिलना नहीं छोड़ देता। ऐसा होता तो वह कमल नहीं होता। समस्या यह है, हम आशा लगा बैठते हैं—निराधार, अकारण, अतार्किक रूप से—उस भविष्य को लेकर जिसे हम जानते नहीं, जान सकते नहीं, जिस पर हमारा कोई वश नहीं। निरर्थक आशाओं को छोड़ दो। दु:ख विछोह का तब भी होगा परन्तु उबर जाओगे। टूटे सिरे फिर से सँभालोगे और जीवन का पुनरारम्भ कर पाओगे, नये उत्साह के साथ।"

"नहीं, अब और नहीं! अब यह जीवन मेरे लिए नहीं! आत्महत्या नहीं की यदि मैंने तो पुन: तथागत की शरण में जाकर परिव्राजक जीवन अपना लूँगा।"

"एक व्यक्ति अपने घर के सामने आम्रवृक्ष के नीचे बैठा था जब एक बिच्छू ने उसे काट लिया। उस दिन से उसने उस वृक्ष के आम खाना ही छोड़ दिया, यह सोच कि वृक्ष के नीचे रहनेवाले इस बिच्छू का विष तो पूरे वृक्ष में ही चढ़ गया होगा। तुम्हारी सोच भी कुछ ऐसी ही है।"

"तो क्या तथागत का बताया हुआ मार्ग मिथ्या है?"

"ऐसा मैंने कब कहा! वस्तुतः मध्यम मार्ग ही सर्वोचित मार्ग है। अति बुरी है इसमें कोई सन्देह नहीं। वस्त्र पर्याप्त न हों शरीर पर तो समस्या, अधिक हों तो भी कष्ट। धन का अभाव हो तो दुर्दशा, अधिक हो जाए तो और भी विपत्ति—राजा और उसके अधिकारियों से लेकर दस्युओं, चोरों तक का भय। पवन न बहे तो साँस लेना दूभर, वेग से बहे तो घरों के छप्पर उड़ जाएँ। वर्षा अपर्याप्त हो तो दुर्भिक्ष से त्राहि-त्राहि मच जाती है, अधिक हो जाए तो बाढ़ से सर्वनाश हो जाता है।"

"क़िन्तु ब्रह्मचर्य भी अति है, मध्यम मार्ग नहीं है। उचित मार्ग कामान्धता और ब्रह्मचर्य के मध्य कहीं है। ब्रह्मचर्य सभी के लिये उपयुक्त है भी नहीं। हमारे ऋषि मुनि भी कहाँ अविवाहित रहते हैं? वासना त्याज्य हो सकती है सुमित्र, परन्तु प्रेम तो त्याज्य नहीं! प्रेम तो एक अत्यन्त उदात्त भाव है, इस सृष्टि के अस्तित्व का आधार है। स्त्री-पुरुष में प्रेम स्वाभाविक है, और सुन्दर भी। जब उनमें प्रेम होगा तो कामेच्छा जागेगी ही। कामेच्छा जागेगी तो यह प्रेम और भी प्रगाढ़ होगा। प्रेम से उत्पन्न होनेवाली कामेच्छा सुन्दर है, वांछनीय है। बुरा है स्त्री-पुरुष दोनों की इच्छा और सहमति के बिना किया जानेवाला संसर्ग। बुरी है

संसर्ग की ऐसी इच्छा जिस पर तुम्हारा नियन्त्रण नहीं है तथा ऐसी कामेच्छा के साथ जुड़े हुए मनोवेग।"

"जिन उद्वेगों को सामान्यतः बुरा कहा जाता है सुमित्र, वे भी सभी एक सीमा तक अच्छे हैं। सीमा के भीतर क्रोध अच्छा है, लालच अच्छा है, गर्व अच्छा है, भय अच्छा है और वासना भी। बुराई भोग में नहीं विवेकहीन भोग में है। भोग में भी मध्यम मार्ग ही सम्यक है, न इसकी अति और न ही इसका पूर्णतः निषेध।"

"परन्तु ..."

"इस पगडण्डी को पकड़कर दो दिन चलोगे तो," हाथ से संकेत करते हुए उसने बीच में ही टोका था, "केले के वृक्षों से घिरा एक झोंपड़ा मिलेगा तुम्हें। तुम्हारे परन्तु का उत्तर वहीं पर मिलेगा।"

"किन्तु तुम हो कौन?"

"वह जिसे दो-हजार वर्ष जीने का परन्तु किसी का भी स्नेह-भाजन न बन पाने का शाप प्राप्त है।"

कहकर वह लम्बे डग भरता हुआ जंगल में कहीं खो गया।

अन्ततः

वैशाली नगर की सीमा से आधा योजन उत्तर में स्थित एक विशाल आम्रवन में नागरिकों, भिक्षुओं व उपासकों की भीड़ उमड़ी पड़ रही है। सूर्योदय भी नहीं हुआ था तब से ये लोग आसपास और कई दूर के भी ग्रामों व निगमों से आने आरम्भ हो गए थे और अब प्रत्येक वृक्ष के नीचे समूह बनाकर बैठे हुए हैं।

उत्सुकतावश सभी अधीर हो रहे हैं और यह अधीरता उनके परस्पर वार्तालाप की मधुमक्खी सरीखी भिनभिनाहट बन पूरे आम्रवन में तैर रही है। दिन का दूसरा प्रहर भी आधा बीत चला जब तथागत आते दिखाई दिये। तुरन्त ही सब खड़े हो गए।

तथागत के मुख पर वृद्धावस्था के कुछ लक्षण दिखने लगे हैं। उनकी आयु भी तो अस्सी वर्ष हो गई है! किन्तु फिर भी उनमें वही आकर्षण है, और वही तेज। आचार्य आनन्द भी उनके साथ ही हैं।

तथागत के साथ बारी-बारी से एक भिक्षु तो उनका सेवक बन सदा ही साथ रहा करता था, किन्तु अब आचार्य आनन्द उनके स्थायी सेवक बन गए हैं। कभी कोई, कभी कोई सेवक होने से तथागत को कष्ट होता था। क्योंकि कुछ बातें ऐसी हैं जो उन्हें एक आँख नहीं भाती, जैसे पीने के पानी का प्याला धरती पर रखा जाना। आचार्य आनन्द न केवल उनकी रूचि-अरुचि से भली-भाँति परिचित हैं, उनसे वे अत्यधिक स्नेह भी करते हैं। तथागत को वायु-शूल होने पर एक बार उन्होंने तिल, चावल व मोठ को भिगाकर त्रिकूट दलिया राजगृह में विहार के अन्दर ही पका दिया था, जबकि उस समय यह नियम विरुद्ध था और वे यह जानते थे। इसके लिये उन्हें तथागत से डाँट भी खानी पड़ी थी।

फिर अब तो तथागत के मेरुदंड में पीड़ा भी रहने लगी है, कदाचित लम्बे समय तक तपस्यारत बैठे रहने से, तथा अपच का रोग भी हो गया है। अतः जब तथागत ने किसी को अपना स्थायी सेवक बनाना चाहा था तो आचार्य आनन्द ने हठपूर्वक यह दायित्व स्वयं ले लिया था। किन्तु अब उनमें वृद्धावस्था के लक्षण तथागत से भी कहीं अधिक प्रमुखता से उभर आये हैं। मुख पर झुर्रियाँ गहरा गईं

हैं। तथागत ने उनसे कई बार कहा कि वे उनकी सेवा का उत्तरदायित्व अब अन्य किसी भिक्षु को सौंप दें, परन्तु वे मानते कहाँ हैं!

आचार्य सारिपुत्र तथा आचार्य मौद्गल्यायन तो अब तक इस संसार को छोड़ चुके हैं, और राहुलमाता भी। कपिलवस्तु में हुए नरसंहार के पाँच वर्ष पश्चात् जब वे राजगृह में मृत्युशय्या पर थीं उन्होंने तथागत को अपनी कुटी में बुलवा भेजा था। कहते हैं पहर भर पश्चात् तथागत के चरणों में ही उन्होंने प्राण छोड़े थे। इस बीच उनके मध्य क्या वार्तालाप हुआ यह अधिक तो ज्ञात नहीं। परन्तु आनन्द ने इतना अवश्य बताया था कि राहुलमाता ने आँसू बहाते हुए उनसे पूछा था कि क्या उन्हें ज्ञात था शाक्यों का ऐसा संहार होनेवाला है और क्या इसीलिये वे राहुल को, नन्द को, आनन्द तथा अन्य कई शाक्य युवकों को भी अपने साथ ले गए थे? किन्तु इस प्रश्न का उत्तर देने के पूर्व तथागत ने उसे यह कहकर बाहर भेज दिया था कि वे राहुलमाता के साथ एकान्त में कुछ चर्चा करना चाहते हैं।

अपनी बहन के प्राण त्यागने का समाचार पाने के शीघ्र पश्चात् ही देवदत्त ने भी रक्तवमन करते हुए अपना शरीर छोड़ दिया। उस घटना को हुए छह वर्ष हो चुके हैं।

असाध्य अतिसार से पीड़ित आचार्य सारिपुत्र अपना अन्तिम समय निकट जान गत वर्ष अपनी माँ के पास चले गए थे, राजगृह के निकट स्थित अपने गाँव। उनके प्राण अपने मातृगृह में उसी कक्ष में निकले जिस कक्ष में वे इस पृथ्वी पर आए थे। तब वे 84 वर्ष के थे। अपने परम मित्र के संसार छोड़ जाने के कुछ ही माह पश्चात् आचार्य मौद्गल्यायन भी चल बसे। वनमार्ग से पदचर्या करते समय किन्हीं दुष्टों ने उन्हें नृशंसतापूर्वक इतना अधिक मारा-पीटा कि उनकी एक-एक हड्डी तोड़ कर रख दी। साथ ही वे यह भी कहते गए कि तेरे पास तो विलक्षण चमत्कारिक शक्तियाँ हैं न! तो बचा ले स्वयं को उनका प्रयोग कर। अन्त में वे उन्हें मृत जान छोड़ गए। परन्तु वे वस्तुतः मरे नहीं थे और येन केन प्रकारेण तथागत के पास पहुँच पाने तक उन्होंने अपने प्राण नहीं ही छोड़े। तथागत से अनुमति प्राप्त कर आचार्य कौण्डिन्य अपना अन्तिम समय चित्रकूट के निकट मन्दाकिनी नदी के तट पर व्यतीत करने इसी वर्ष गए हैं।

अचानक एक कोलाहल उठा और सभी लोग खड़े होकर धीरे-धीरे दो ओर बँट गए, देवी आम्रपाली को मार्ग देते हुए। एक पल को ऐसा प्रतीत हुआ मानो दिन रहते ही पुनः सूर्योदय हो रहा है। स्वर्णिम त्वचा में से जैसे सूर्य की रश्मियाँ फूट रही हैं।

अब तक तथागत एक विशाल वृक्ष के नीचे ऊँचे आसन पर विराजमान हो चुके थे। देवी आम्रपाली दोनों हाथों को जोड़े हुए धीर गति से एक-एक पग बढ़ाती तथागत के समक्ष पहुँचीं और दोनों घुटनों व पंजों के बल बैठते हुए अपना ललाट धरती पर टिका दिया। सूर्य के प्रकाश में उनका घुटा हुआ सिर चमक उठा।

देवी आम्रपाली पाँच दिन पूर्व ही तथागत से मिली थीं। उनके वैशाली आगमन का समाचार सुन वे तीव्रगामी रथ में बैठकर कूटागारशाला गईं और उन्हें भोजन का निमन्त्रण दे आईं। तुरन्त पश्चात् वैशाली के कई युवक भी निमन्त्रण देने पहुँचे परन्तु तथागत ने अस्वीकार कर दिया।

"मैं देवी आम्रपाली का निमन्त्रण स्वीकार कर चुका हूँ।"

"परन्तु तथागत वह तो एक गणिका है।"

"मुझे ज्ञात है।"

"क्या आपका उसके प्रासाद में प्रवेश उपयुक्त होगा?"

"क्या तथागत के लिये कहीं कोई बन्धन हुआ करता है?"

उन युवकों ने तुरन्त अपने रथ दौड़ाये और मार्ग में आम्रपाली के रथ को घेर लिया।

"तथागत को सन्देश पहुँचा दो तुमने अपना निमन्त्रण स्थगित कर दिया है। सर्वप्रथम हम उन्हें आतिथ्य देंगे।"

"क्यों, क्यों करूँ मैं ऐसा?" आम्रपाली ने उपहास-सिक्त मुस्कुराहट के साथ पूछा।

"क्योंकि हम कहते हैं।" सब एक साथ बोल पड़े। "क्योंकि तुम ..."

वाक्य पूरा होने के पूर्व ही आम्रपाली अपना रथ दौड़ा ले गई थी परन्तु उसकी दम्भपूर्ण हँसी पीछे ही छूट गई थी।

तथागत तथा उनके साथ आए भिक्षुओं को श्रद्धापूर्वक भोजन कराने के पश्चात् आम्रपाली ने साथी गणिकाओं तथा दास-दासियों के साथ बैठकर तथागत का उपदेश सुना। अगले दिन प्रातः वह पुनः कूटागारशाला पहुँची और देर तक उसने तथागत के साथ एकान्त में वार्तालाप किया। जब वह वहाँ से चली तो रोने के कारण उसकी आँखें सूजी हुई थीं। उसी शाम उसने सहस्त्रों वृक्षों से भरा अपना आम्रवन संघ को दान कर दिया तथा तथागत से अनुरोध किया कि वे उसे प्रवज्या देकर भिक्षुणी-संघ में सम्मिल्लित कर लें।

"ब्रह्मचर्य का पालन अत्यन्त कठिन है देवी आम्रपाली, और भिक्षुणी का जीवन भी। यह सभी के लिये नहीं है, और न ही सच्चे अर्थों में विरक्ति सभी को हो पाती है। उपासिका-धर्म भी श्रेष्ठ है। तुम उसे अपनाओ।"

किन्तु आम्रपाली अपने हठ पर अड़ी रही।

"यदि तुम दृढ़ प्रतिज्ञ हो तो तुम्हें चार दिन पश्चात् तुम्हारे द्वारा संघ को दान दिए हुए आम्रवन में ही उपसम्पदा दी जायेगी। परन्तु इन चार दिनों में तुम्हें अपने प्रासाद में ही भिक्षुणीवत रहना होगा।"

इस समय आम्रवन में उपस्थित प्रत्येक व्यक्ति की दृष्टि हाथों को जोड़े बैठी देवी आम्रपाली की मन्त्रमुग्धकारी छवि पर ही ठहरी हुई है। जिस किसी की निगाह उनकी कमलनाल-सी अँगुलियों पर गई वह उन पर से आँखें नहीं हटा पा रहा है। जिसकी दृष्टि उनकी शंख-सी कलाइयों पर टिकी तो वहीं टिकी रह गई। सर्वांग सुन्दरी किसे कहते हैं यह उन्हें देख समझ आता है। आभूषणविहीन, प्रसाधनविहीन होकर भी सौन्दर्य इस प्रकार चकाचौंध कर सकता है यह कल्पना से भी परे था, अब तक। उनकी दीप्त काया का स्पर्श पा काषाय चीवर भी स्वर्णाभ हो उठा है।

उपस्थित अधिकांश लोगों की आँखों से आँसू टपक रहे हैं। इनमें वे लोग हैं जिन्होंने कभी देवी आम्रपाली को काशी के कौषेय वस्त्रों में उनके लम्बे लहराते केशों के साथ देखा था, और वे भी जिन्होंने कभी उनकी मोहिनी नृत्य-भंगिमाएँ देखी थीं। इनमें वे गणिकाएँ भी हैं जो उनकी संगिनी थीं और जिन्हें उन्होंने अपना प्रासाद सौंप दिया है तथा जिनमें उन्होंने अपने आभूषण भी बाँट दिए हैं, और वे दासियाँ भी हैं जिनमें उन्होंने अपना समस्त संचित धन वितरित कर दिया है। शान्त मुद्रा में सिर झुकाये हुए तथा अपने मृगलोचनों को मूँदे आम्रपाली किन्तु इस सबसे अनजान बैठी है तथागत का धर्मोपदेश सुनते हुए।

"ब्रह्मचर्य-पालन कठिन है और निष्ठावान भिक्षु अथवा भिक्षुणी का जीवन भी। किन्तु बिना ब्रह्मचर्य अपनाए, बिना प्रव्रज्या लिये निर्वाण भी सम्भव नहीं। क्यों सम्भव नहीं? क्योंकि बिना मोह से छुटकारा पाए निर्वाण सम्भव नहीं, और मोह से छुटकारा बिना ब्रह्मचर्य अपनाए तथा बिना प्रव्रज्या लिये सम्भव ही नहीं।"

"साथ ही किन्तु यह भी ध्यान रखना होगा कि भिक्षु अथवा भिक्षुणी का जीवन मात्र स्व-निर्वाण हेतु नहीं है। उपासकों व उपासिकाओं का धम्म के मार्ग पर विश्वास बनाए रखने में भी उन की महत्वपूर्ण भूमिका है, अन्यथा कोई अन्य गुरु अथवा ब्राह्मण आएगा जो उन्हें कोई और धर्म समझा देगा और वे उस ओर चल देंगें। यह मानव स्वभाव है कि उचित मार्ग पर बने रहने के लिये भी उसे निरन्तर मार्गदर्शन व प्रोत्साहन की आवश्यकता होती है। यदि किसी कारणवश ऐसा नहीं हो सका तो जैसे लोहे को पड़े पड़े मोरचा लग जाता है, लकड़ी को घुन खा जाता है, उसी प्रकार यह धम्म भी इस जम्बूद्वीप से लुप्त हो जाएगा।"

"विरोधी पूछते हैं, भिक्षुओं से शेष समाज का क्या भला होता है। निष्ठावान भिक्षु ही, भले वे कितने ही थोड़े हों, धम्म-ध्वजा फहराए रखेंगे। और जब तक यह ध्वजा फहरेगी मानव-कल्याण की आशा जीवित रहेगी। सागर की अतल गहराई में पड़ी बूँद के त्याग ने ही तो उन बूँदों को ऊपर तैराया है जो मेघ बनकर बरसती हैं।"

"कुछ भिक्षुओं में आई विकृतियों को देख उपासक पूछने लगे हैं, ऐसे लोगों ने प्रवज्या ली ही क्यों और क्यों तो वे अब भी संघ में बने हुए हैं। यदि शरीर का कोई अंग व्याधिग्रस्त हो जाए तो उसका उपचार करने का प्रयत्न किया जाता है न कि उसे काटकर फेंक दिया जाता है। परिवार में किसी को असाध्य रोग भी हो तब भी हम उसके ठीक होने की आशा नहीं छोड़ते। न जाने कब कोई औषधि मिल जाए अथवा चमत्कार ही हो जाए। कुछ भिक्षु विकृत मानसिकता लिये हैं तो सहस्त्रों निष्ठावान भी हैं।"

"आलोचक आरोप लगाते हैं कि संघ प्रवज्या लेने वालों के परिवार के प्रति निर्मम दृष्टिकोण रखता है। हमें यह समझना होगा कि समाज-हित में जो भी व्यक्ति अपना जीवन अर्पण करता है, उसके परिवार को कष्ट भोगना ही होता है। परन्तु बहुजन हिताय यह मूल्य चुकाना ही होगा। क्योंकि इस धम्म का मार्ग ही एकमात्र विश्व-कल्याणकारी मार्ग है। मात्र यही वह धम्म है जो समानता का सन्देश देता है; जो आडम्बरों से मुक्त है; जो सरल व न्यायपूर्ण जीवन जीने की शिक्षा देता है। इसी धम्म के मार्ग पर चलकर शान्ति है, सुरक्षा है। जिस दिन जम्बूद्वीप से इस धम्म का लोप होगा उसी दिन से शान्ति, सुरक्षा व स्वतन्त्रता का भी यहाँ से विलोप होने लगेगा। उसी दिन से यहाँ अन्याय व अत्याचार का साम्राज्य खड़ा होने लगेगा।"

अपना उपदेश समाप्त कर जैसे ही तथागत ने आम्रपाली को उपसम्पदा देकर संघ में प्रविष्ट किया, 'देवी आम्रपाली की जय' के घोष से आकाश अनुगूँजित हो उठा।

श्रोताओं में सुमित्र भी है और यह सब देख-सुनकर उसकी आँखों से अश्रुधार बह चली है। उसके केश और वस्त्र दोनों श्वेत हैं। मुख पर झुर्रियाँ तो हैं परन्तु गरिमा भी है। जब देर तक उसके आँसू नहीं थमे तो साथ बैठी सलोनी ने उसका सिर अपने कन्धे पर रख लिया। केशों में एक श्वेत लट के अतिरिक्त सलोनी में आयु के विशेष लक्षण नहीं दिखाई दे रहे। त्वचा में अभी भी सलोनापन है, यौवन-विभा भले न हो। वह भी श्वेत वस्त्र पहने है क्योंकि अब वे दोनों ही तथागत के उपासक हैं।

सुमित्र को रोते देख सलोनी की स्मृतियों में कई वर्षों पूर्व का वह दिन उभर आया जिस दिन अचानक वह उसके झोंपड़े पर आ पहुँचा था और उसके आँसुओं की धार इसी प्रकार बह निकली थी।

"कौन हो आप? क्या चाहिये?"

"कौन है सूरज?" झोंपड़े के चारों ओर लगे केले के पौधों की गुड़ाई में करते अपने पुत्र का स्वर सुनकर उसने पुकारा था।

"कोई आया है माँ! बाहर आओ।"

बाहर ओसारे में आकर उसने देखा तो एक पुरुष शरीर पर चिथड़े लपेटे, उलझे बाल व बढ़ी हुई दाढ़ी लिये विभ्रमित-सा खड़ा था।

"सलोनी तुम?" उसे देखते ही उस पुरुष के मुँह से निकल पड़ा।

स्वर तो सलोनी का जाना-पहचाना था। उसने दो पग आगे बढ़ाकर आँखें सिकोड़ कर देखा और तुरन्त ही वह दौड़कर ओसारे से नीचे उतर आई।

"सुमित्र तुम?" सलोनी की आँखें डबडबा आईं। "यह क्या दशा बना रखी है!"

"कहाँ चली गई थीं? कितना ढूँढा तुम्हें!" सुमित्र रो दिया था।

"मैंने भी कितनी प्रतीक्षा की तुम्हारी! आशा को परन्तु कभी टूटने नहीं दिया," सलोनी ने सुमित्र के आँसू अपने आँचल से पोंछते हुए कहा था, "कि एक दिन तुम आओगे। आओ, भीतर आओ! लगता है कई दिनों से तुमने कुछ खाया नहीं है। पहले कुछ खा-पी लो और फिर नहा-धो लो। अब समय ही समय है सुनने-सुनाने को। तुम अपनी सुनाना, मैं अपनी सुनाऊँगी। कैसे प्राण बचाकर भागी, कैसे तुम्हारे पुत्र को पाला। अच्छा यह हुआ, मेरे इस संसार से चले जाने के पहले ही तुम आ गए।"

सुनकर सुमित्र के आँसुओं की झड़ी लग गई थी, गला रूँध गया था और भरे गले से वह इतना ही कह पाया था,

"हाँ सलोनी! अन्ततः मैं आ ही गया!"

आम्रपाली को दीक्षा देने के पश्चात् तथागत वैशाली से चले जाते हैं परन्तु एक ही माह में वे लौट आते हैं। उन्हें आभास हो चुका था कि उनके परिनिर्वाण का समय आ चुका है। कूटागारशाला में धर्मोपदेश करते हुए वे कहते हैं,

"तीन माह में यह शरीर छूट जाएगा और तथागत परिनिर्वाण को प्राप्त हो जाएँगे, यह जान आनन्द ने मुझसे पूछा था कि तब भिक्षुओं का पथ-प्रदर्शन कौन करेगा। भिक्षुओ! तब जो शिक्षा मैंने तुम्हें दी है वही तुम्हारा पथ-प्रदर्शन करेगी। यह दीप बुझ जाएगा परन्तु धम्म का दीप जलता रहेगा। उस दीप से ही अपना जीवन-पथ प्रकाशित करो।"

"किन्तु यह भी ध्यान रहे कि धम्म मात्र एक नाव सरीखा है जिसके सहारे तुम्हें निर्वाण का तट पाना है। परन्तु फिर उसे ढोते ही नहीं रहना है। क्या नाव से नदी पार करने के पश्चात् व्यक्ति उस नाव को अपने साथ ही ले जाया करता है कि इसने

मेरा इतना साथ दिया, उफनती नदी के पार उतारा, तो मैं इसे कैसे छोड़ दूँ! अन्त में तो तुम्हें अपना दीप स्वयं ही बनना है।"

वैशाली से जब वे जाने लगते हैं, सहस्त्रों अश्रुपूरित उपासक व उपासिकाएँ उनके पीछे हो लेते हैं। किन्तु सभी को वे लौटा देते हैं। नगरद्वार पर पहुँच वे पीछे की ओर पूरा घूमकर वैशाली को वैसे ही देखते है जैसे कि उन्होंने गृहत्याग करते समय कपिलवस्तु को देखा था।

मात्र आचार्य आनन्द को साथ ले कपिलवस्तु जानेवाले मार्ग पर चलते हुए वे पावा में उपासक कर्मारपुत्र चुन्द के आम्रवन में रुकते है। उसके द्वारा उन्हें शूकर-मार्दव परोसा जाता है जिसे खाने के पश्चात् उनकी गुदा से रक्तस्राव होने लगता है। अत्यधिक दुर्बलता छा जाने पर भी वे पुन: चल पड़ते हैं।

कुशीनगर पहुँचते-पहुँचते शरीर उनका साथ छोड़ने लगता है। नगर के समीप एक नदी के तट पर स्थित शालकुंज में मल्ल उपासकों व उपासिकाओं से घिरे हुए जब वे अन्तिम साँस ले रहे होते हैं तो उनके साथ एक पूरा युग ही अपनी शेष घड़ियाँ गिन रहा होता है। वह युग जो समाप्त होकर भी कभी समाप्त नहीं होगा और एक युगदृष्टा के विश्व-शान्ति सन्देश में अनन्त काल तक धड़कता रहेगा।

Bibliography

हिन्दी पुस्तकें

1. चीनी यात्री फाहियान का यात्रा विवरण लेखक जगन्नमोहन वर्मा प्रकाशक राष्ट्रीय पुस्तक न्यास
2. बुद्धकालीन भारतीय भूगोल लेखक डॉ. भरतसिंह उपाध्याय प्रकाशक हिन्दी साहित्य सम्मेलन प्रयाग
3. बौद्ध दर्शन लेखक राहुल सांकृत्यायन
4. बुद्धचर्य्या लेखक राहुल सांकृत्यायन
5. दर्शन दिग्दर्शन लेखक राहुल सांकृत्यायन
6. विनय पिटक अनुवादक राहुल सांकृत्यायन
7. वेदान्त दर्शन गीता प्रेस गोरखपुर
8. ईशादि नौ उपनिषद गीता प्रेस गोरखपुर
9. निदानकथा अनुवादक डॉ.महेश तिवारी चौखम्भा प्रकाशन
10. ललितविस्तर अनुवादक शान्तिभिक्षु शास्त्री उत्तर प्रदेश हिन्दी संस्थान लखनऊ
11. बृहदारण्यकोपनिषद गीता प्रेस गोरखपुर
12. प्राचीन भारत के कलात्मक विनोद लेखक हजारीप्रसाद द्विवेदी
13. ऋग्वेद संहिता अनुवाद प्रसन्न चन्द्र गौतम एवं महेश चन्द्र माहेश्वरी भारतीय विद्या भवन
14. बुद्ध धम्म का सार लेखक प्रो. पी. लक्ष्मी नरसू अनुवादक धम्ममित्र सत्यप्रकाश
15. भारतीय दर्शन की रूपरेखा लेखक प्रो. हरेन्द्र प्रसाद सिन्हा प्रकाशक मोतीलाल बनारसीदास

English Books

1. The Life of Buddha as Legend and History by Edward J. Thomas
2. Buddha his life, his Doctrine. his Order by Dr. Hermann Oldenberg
3. A History of Pre-Buddhistic Indian Philosophy by Benimadhab Barua
4. Ancient India by R. C. Majumdar
5. The Wonder That Was India by A. L. Basham
6. Mahabharat translated by Kisari Mohan Ganguli in Four Volumes
7. Life in Ancient India by Mahendra Pratap Singh
8. Daily Life in Ancient India by Jeanine Auboyer
9. An Introduction to the Study of Indian History by D, D. Kosambi
10. Buddha by Karen Armstrong

11. Gem in the Lotus by Abraham Eraly
12. The First Spring, The Golden Age of India by Abraham Eraly
13. India's Ancient Past by R. S. Sharma
14. A History of Civilisation in Ancient India by R. C. Dutt
15. The Republican Trends in Ancient India by Shobha Mukerji
16. Performing Artistes in Ancient India by Iravati
17. Court Procedure in Ancient India by M. K. Sharan
18. Crime and Punishment in Ancient India by Sukla Das
19. Education in Ancient India by A. S. Atlekar
20. Studies on the Carvaka/Lokayata by Ramkrishna Bhattacharya
21. History and Doctrines of The Ajivikas by A. L. Basham
22. Ancient Indian Costumes by Roshen Alkazi
23. The Dhammapada translated by Eknath Easwaran
24. Ancient Indian Social History by Romila Thapar
25. Lectures on the Ancient History of India by D. R. Bhandarkar
26. Textiles in Ancient India by Dr. Kiran Singh
27. History of Indian Philosophy by S. K. Belvalkar and R. D. Ranade
28. Fine Arts in Ancient India by Anil Baran Ganguly
29. The History of Education in Ancient India by Suresh Chandra Ghosh
30. Historicity of the Mahabharat by B. B. Lal
31. Early Buddhist Monachism by Sukumar Dutt
32. Travels of Fah-Hian and Sung-Yun by Samuel Beal
33. Surviving Harappan Civilisation by P. C. Kashyap

Downloaded from the Net

1. Sutta Pitak from www.palicanon.org
2. Anguttar Nikay translated from the Pali by Thanissaro Bhikkhu from www.accesstoinsight.org/tripitaka
3. The Book of the Discipline (Vinaya Pitaka) translated by I. B. HORNER
4. Digha Nikaya translated by Maurice Walshe published by Wisdom Publication Boston
5. Teachings of the Buddha The Middle Length Discourses of the Buddha (Majjhim Nikay) Translated from Pali by Bhikkhu Bodhi
6. The Biography of the Buddha as Depicted in the Pāli Canon by Ven. Moragaswewe Vijitha published by Sri Lanka International Buddhist Academy (SIBA)
7. Buddhist India by Rhys Davids
8. A Sketch of the Life and Teachings of Gautam, The Buddha by Rhys Davids